U0070853

韓語文法

한국어 교육 문법 자료편

精準剖析

姜炫和
李炫姸
南信惠
張彩璘
洪妍定
金江姬

韓語裡沒有實質意義而只有語法意義的虛詞（助詞、語尾），在沒有相對虛詞的漢語裡，一般學習者會希望、甚或亟盼有一對一的解釋或譯文來加速理解。若干語法書或教學的確提供了這個需求，可是卻也帶來一些應用上的誤謬，甚或學習理解與辨義上的困擾。

助詞 -도, -만以「也」、「只」來解釋，在漢語裡倒有一對一的相應情境，可是 -까지, -마저, -조차都解釋成「連...也...」；副詞格助詞 -같이, -처럼, -만큼 都解釋成「像...一樣」，就難以區分清楚到底差別在哪裡。一種語言一般字詞是不會有不同形態表達一樣的意義的，即使意義相同也會有些微的差異。所以只有語法意義的虛詞最好不要硬要一對一解釋，而要從語法意義去理解，應用上才不致誤用而導致聽者誤會。

本書分助詞、語尾（連結、終結、冠形、先語末、補助等語尾）、依存語結構等數章。其中依存語結構指依存名詞和補助用言等不能獨立行使語法功能的元素，一般語法書將依存名詞歸於名詞類，補助用言歸於動詞類，似乎和語尾無關。但依存名詞、補助用言都是依附在動詞（與形容詞）語幹後，以添加談話人的心理態度，功能形同終結語尾，本書特置「依存語結構：連結表達」、「依存語結構：終結表達」兩章，迥異於一般語法書，堪稱獨特並非常符合韓語語法的結構。國際學村之前出版的《韓語文法精準應用》一書將依存語歸於終結語尾，與此有異曲同工之趣。

韓語語法元素究竟在什麼場合使用，有什麼微妙的意義，這些對學韓語的外國人來說是難以體會的，助詞 -가/-이和 -는/-은，連結語尾 -고和 -아서、 -어서和 -니까，冠形語尾 -던和 -었던，先語末語尾 -겠-和依存語 -ㄹ 것이다 等的意義是如何區分的，本書設有「相關表達」一節以詳細分析說明。

韓語的助詞和動詞、形容詞都有關聯之處，多義的-에和移動、指向、接觸、進入、態度性質的動詞有密切關係，本書特設「搭配訊息」予以闡明。且書中對於被指為非標準語的常用方言採取寬容態度，以利學習者適應實際語言情況。《韓語文法精準應用》提供了語用學上的文章脈絡連貫與對話呼應，本《韓語文法精準剖析》提供了語義學上的深層意義理解方案，相輔相成，特推薦於韓語學習者以奠定深厚基礎、精準應用之用。

楊人從

前言

　　本書是歷經研究所三年課程所完成的韓語文法研究成果。這段期間一直在思考韓語教學的文法項目選定以及有效的呈現方式，看似難以完結的工程終於迎接結束的到來，完成了這本《韓語文法精準剖析》。

　　本書《韓語文法精準剖析》以文法項目為中心，以字典形式呈現。學習者藉由了解個別文法項目的意義和使用脈絡，而能擁有溝通所需的合宜語言使用能力；並藉由了解各文法項目的各類使用特性（形態、意義、文法、談話），養成正確的溝通能力。

　　本書置重於文法項目選定過程和各種文法知識訊息。首先，我們希望以客觀的基準選定韓語教學所需的文法項目，為達成此目標，計算了韓語教材、韓語能力測驗等韓語教學資料出現的文法項目資料重複度，並觀察一般韓語語料庫、韓語教學語料庫的頻率。同時，也交叉分析先行研究、字典的文法項目目錄等，選出韓語教學必備的文法項目。另外，各文法項目的知識訊息分為形態、意義、文法、談話層面，依序敘述，也透過類似文法項目比較，辨別其特徵。韓語教學資料語料庫和一般韓語語料庫組織、口語和書面語的頻度選定、類似形態的代表文法項目選定、個別項目的文法項目整理作業、類似或相關文法項目的比較等，為困難又漫長的作業。付梓前修正了數次，仍可能存在失誤。

　　不管有沒有課，我們只要到了星期五，就聚集到研究室逐條討論，如今能到收割階段，有莫名的成就感。身處積累的行政作業、研究壓力、無數的學生指導中，仍抽空討論、思考的作業為無比的喜悅。共同作者李炫姃、南信惠、張彩璘、洪妍定、金江姬，相信五位學生會共享如此的成就感。若沒有跨出第一步就沒有前進，因此即便還有不備之處，仍決定出版。在艱困的出版環境中，仍樂意幫忙出版的 Hangeul Park 出版社，在此表達感謝之意。

代表作者

姜炫和

｜ 凡 ｜ 例 ｜

 標題項目訊息

▶標題項目以領域別頻率和重複度為基準選定，以下列原則標示。

- 有媒介母音者合併標示：「（으）로」、「-（으）면」等
- 兩個形態的頻率相同者，兩個形態都標示：「이/가」、「-은/는데」等
- 部分語尾形態複雜者，以和動詞結合的形態為代表標示：「-는다」等
- 依存語結構將冠形詞形語尾一起標示：「-은/는/을 것 같다」等

形態訊息

▶形態訊息包含在使用上學習者必須要知道的異形態訊息、詞性相關形態訊息。依存語結構和冠形詞形語尾結合，因此提供各時制的形態訊息。同時，形態訊息的縮寫、原形訊息、簡化形態訊息、考量各句型的活用、其他相關訊息等，也都一併反映。

	動詞			形容詞	
	過去	現在	未來	現在	未來
尾音O	-은 게 틀림없다	-는 게 틀림없다	-을 게 틀림없다	-은 게 틀림없다	-을 게 틀림없다
尾音X	-ㄴ 게 틀림없다		-ㄹ 게 틀림없다	-ㄴ 게 틀림없다	-ㄹ 게 틀림없다

 用法訊息

意義訊息

▶意義訊息中，相關文法用法之說明標示其名詞形概念詞，如：「-음」、「-기」、「-는 것」等。

▶阿拉伯數字「1、2、3⋯⋯」記述該文法項目的基本意義和擴張用法，其順序由基本意義到擴張意義。

| EXAMPLE -잖아(요)

1. 確認   2. 告知

▶意義說明部分簡明敘述概念詞的意涵，如「表示什麼意思」、「用於什麼情況」、「用於何時」等。

| EXAMPLE -잖아(요)

1. 確認：用於確認對方已知的事實時。
2. 告知：用於告知認為對方應該要知道的內容，尤其用於說明自己說過之事的根據或理由時。

▶例句用來呈現該文法的用法，和標題結合的要素以粗體表示。分為單句例句和對話例句，盡可能提示形態訊息和文法訊息。「＊」為錯誤句，「?、??」為不自然的例句。

| EXAMPLE -잖아(요)

가: 규현 씨 생일에 우리 뭐 사 줄까요? 圭賢生日我們要送什麼？
나: 책을 사 줄까요? 규현 씨는 책을 많이 읽잖아요.
　　要不要送書？圭賢不是看很多書嗎。

文法訊息

▶文法訊息是指有助於理解，或在使用文法項目時應該知道的文法訊息或其限制。包含該文法的主語、目的語等的「句子成分訊息」、與之結合的前用言、先語末語尾、助詞等「形態素訊息」，還有「否定形」、「句子類型」、「分布、活用特徵訊息」等。

| EXAMPLE -고 말다

· 助詞結合訊息：在「－고」和「말다」之間使用助詞「야」，更強調該意義。
  예문 김 선생은 불의의 사고로 일찍 세상을 떠나고야 말았습니다.
  　　金老師因意外事故而英年早逝了。
· 前用言限制：主要和動詞結合，不和形容詞、「이다」結合。
  예문 *아기가 엄마를 닮아서 못생기고 말았어요. *孩子像媽媽，終於長得不好看。
· 先語末語尾限制：和前用言結合時，不介入「－었－」、「－겠－」。
  예문 *늦잠을 자는 바람에 중요한 행사에 (지각했고/지각하겠고) 말았어요.
  　　*因為睡過頭，終於在重要的活動上遲到。
· 時制訊息：主要和「－었－」結合，用過去形。不過，若要將未來的事件表現為既成事實時，可以用未來形。
  예문 나도 언젠가는 세상을 떠나고 말겠지. → 변할 수 없는 사건을 표현할 때
  　　我也是總有一天會離開世界。→ 表現不能變更的事件時

김 선생은 사고로 일찍 세상을 <u>떠나고 말 겁니다</u>. → 점쟁이가 미래를 예언할 때
金老師會因為事故很早離開世間。 → 占卜者預言未來時

· 句子類型限制：主要用陳述句、疑問句，不用建議句、命令句。
　예문 *중요한 행사에 <u>지각하고 맙시다</u>. *重要的活動遲到。

搭配訊息

▶搭配訊息提供常和該文法一起使用的單字、文法形態訊息。

| EXAMPLE -다시피
· 為強調意思而和「거의」、「매일」等一起使用。
　예문 할머니가 저를 <u>거의 키우다시피</u> 하셨어요. 奶奶幾乎是拉拔我長大。

談話訊息

▶談話訊息包含實際使用的場面、話者和聽者訊息、語言行為訊息。按使用場域訊息、口語和書面語實際使用形態、溝通功能訊息等順序記述。

| EXAMPLE -는다고(요)
· 主要用於口語中。
· 主要用於非正式場合中。
· 陳述句的「-는다고（요）」可以用於十分親近的上位者，不過即使是親近的上位者，聽起來也有可能心情不好，使用時要多注意。
· 在正式場合、聽者是上位者，要重複傳達自己的話時，不要用「-는다고（요）」，而以重複自己說過的話較為自然。
· 在口語中也會發音為「-는다구（요）」。

相關表達

▶相關表達提供與該文法意義、功能類似的文法訊息，包含文法間的意義性、文法性、談話層面的相似性和差異點等訊息。另外，需要時也提供和文法項目相反、具上下位關係的表達。

| EXAMPLE -어서 vs -기 때문에
（1）在大部分的情況中，和「-어서」差異不大，可以替換使用。

예문 오늘은 날씨가 (춥기 때문에/추워서) 집에 있으려고 한다.
因為今天天氣冷，所以想待在家。

（2）不過，「-어서」和前用言結合時，難以介入「-었-」、「-겠-」，而「-기 때문에」則沒有這個限制。

예문 한국에 온 지 오래(되었기 때문에/되어서) 한국 생활에 익숙합니다.
因為來韓國很久了，所以熟悉了韓國生活。

（3）「-기 때문에」比「-어서」書面性更強。

예문 가 : 서준아, 안 씻니? 敘俊，還沒洗澡嗎？
　　나 : 오늘은 피곤해서 그냥 자려고요. 今天很累，想直接睡。

예문 경기가 회복되고 있기 때문에 내년에는 경제 성장률이 올해보다 높을 것으로 예상된다. 由於景氣在恢復，因此預期明年的經濟成長率會比今年高。

（4）也可以將助詞「에」換成和「이다」結合的「-기 때문이다」形態。

예문 이번에 오디션에서 탈락한 것은 준비가 부족했기 때문이에요.
這次試鏡之所以落選是因為準備不足的緣故。

③ 其他訊息

其他用法

▶提供非標題項目、即有限制性質的用法訊息。

| EXAMPLE -기 전에
・角色的優先順序：用於強調後述角色比前述角色更優先。
예문 나는 아내이기 전에 여자예요. 我身為妻子之前是女人。

參考訊息

▶提示和該文法相關的參考訊息。

| EXAMPLE -을까 보다
・「보다」可以替換成意義相近的「하다」或「싶다」，害怕的程度以「보다」最強。
예문 멀미를 할까 (봐서/해서/싶어서) 약을 가지고 왔어요.
因為可能會暈車，所以帶了暈車藥來。

▶提示和該文法搭配之其他要素時的擴張意義，或在特定狀況脈絡中，附加的語言行為等擴充訊息。

| **EXAMPLE** (으)로

- （으）로 해서：前內容如「길」、「다리」、「비상구」、「뒷문」等通過或經過的地點後加「（으）로 해서」，有「經由」之意。

예문 (택시를 탈 때) 아저씨, 마포대교로 해서 가 주세요.
（搭計程車時）大叔，請走麻浦大橋。

本書用法

 I 標題項目訊息

標題項目	・代表形態	▶以領域別和重複度為基準選定。
形態訊息	・異形態訊息 ・縮寫、原形訊息 ・簡化形態訊息	▶收錄標題項目的各種形態相關訊息。 ▶必要時提示詞性和時制的形態訊息。

 **II** 用法訊息

意義訊息	・概念 ・意義說明 ・例句	▶以概念詞表示文法項目意義。 ▶提供易於理解的解釋說明。 ▶形態和文法訊息於例句中以粗體字特別標示。
文法訊息	・句子成分訊息： 　主語、目的語 ・結合形態素訊息： 　前用言、助詞、先語末語尾 ・子句、句子特徵訊息： 　否定形、句子類型、後子句	▶為助於理解或表達文法項目，提示其文法訊息或使用限制。
搭配訊息	・經常搭配的句子成分訊息	▶提示常和該文法搭配的詞彙、文法形態訊息。
談話訊息	・使用場域訊息 ・口語／書面語使用訊息 ・溝通功能訊息	▶提示實際使用的場面、話者和聽者訊息、口語或書面語實際使用的形態、語言行為等的訊息。
相關表達	・句型間類似性、差異點 　：意思、文法、談話等	▶比較有類似意義、功能相關之表達間的意義、文法和談話特性。

目次

目錄

終結語尾

依存語結構：連結表達

先語末語尾

冠形詞形語尾

1

助詞

1 助詞

結構

標題項目訊息

標題項目以下列方式表示代表形態。

- 標出媒介母音：(으)로
- 前內容有尾音者先列出：은／는

助詞領域輕鬆讀

▶ 依前內容音節末有無尾音，列出其異形態

- 由於助詞是接在前內容之後，因此形態訊息部分依據前內容音節末有無尾音列出異形態來區分。

▶ 列出前要素和後要素訊息

- 助詞在文法訊息上，相較其他領域更為簡略，主要分前要素訊息和後要素訊息。前要素主要是該助詞結合的名詞（或名詞片語），後要素主要是和該助詞經常使用的敘述表達，或和前內容相關的名詞（或名詞片語）。

▶ 列出口語、書面語使用傾向

- 助詞依口語、書面語的不同，而有不同的形態，在談話訊息中有詳細列出。

▶ 列出口語中經常省略、縮略的現象

- 助詞在口語中，經常會省略或縮寫，在談話訊息中有詳細列出。不同於形態訊息中的縮寫、Tip，談話訊息中的縮略現象，僅限於口語使用特性上發生的形態。

▶ 列出各種使用訊息

- 助詞在各處的使用形態有所差異，因此在談話訊息中列出口語／書面語、格式體／非格式體、說聽者訊息等各形態。在相關表達中，也相互比較在相似環境中可以、不能替換的助詞。

▶ 列出補充句型和擴張意義訊息

- 助詞經常可以和其他要素結合一起學習，因此一併敘述可以增加句型或有擴充意義的內容。

▶ 列出結合形助詞訊息

- 標題的助詞若和其他助詞結合使用，則列出增加的例句。

까지

形態訊息

· 前內容後加「까지」。

1 範圍終點

表示範圍的終點或界限。

· 수업이 오후 1시까지 있습니다. 到下午一點有課。
· 고향에서 서울까지 5시간 걸립니다. 從故鄉到首爾要五個小時。
· 저녁 5시부터 9시까지 아르바이트를 합니다. 我從傍晚五點到九點打工。
· 오늘부터 14일까지 할인 행사가 진행될 예정이다.
  從今天到 14 日預定進行折扣活動。
· 가 : 그 책을 벌써 다 읽었어요? 那本書都讀完了？
  나 : 너무 재미있어서 끝까지 다 읽어 버렸어요. 因為太有趣，所以看到了最後。

搭配訊息

· 「까지」常和表示範圍起點的助詞「에서」、「부터」一起使用。基本上場所的
  範圍用「～에서 ～까지」，時間的範圍用「～부터 ～까지」。
  예문 서울에서 부산까지 기차로 3시간쯤 걸려요.
  從首爾到釜山搭火車約需三小時。
  오늘부터 내일까지 휴가입니다. 我從今天到明天休假。

2 添加

表示現在的狀態、程度的增加或加劇。

· 바람이 부는데 비까지 온다. 既颳風又下雨。
· 저녁에다가 커피까지 사 주시고 정말 감사드립니다.
  請了晚餐還買了咖啡，真的很感謝。
· 채린이는 성격이 좋은데 예쁘기까지 해서 인기가 많다.
  彩林個性好又漂亮，因此很受歡迎。

- 가 : 진짜 네가 안 했어? 你真的沒做？

  나 : 너까지 나를 믿지 못하는 거야? 連你都不相信我嗎？

相關表達

- 도

  (1) 「도」單純表示兩種情況同時存在，「까지」表示先承認前面的事情，且不僅止於此，還更加重，更強烈傳達話者的態度。

  예문 몸이 아픈데, 일도 많다. → 몸도 아프고 일도 많음.

  　　身體不舒服，事情也多。 → 身體也不舒服、事情也多。

  　　　　　　일까지 많다. → 몸이 아픈데, 여기에서 그치지 않고 마음에 들지 않는 일이 겹침.

  　　　　　　連事情也很多。 → 不僅身體不舒服，還有不如意的事情重疊著。

  (2) 「도」可以在句中反覆使用，「까지」則不可。

  예문 그는 사업이 어려워서 차(도/*까지) 팔고 집(도/*까지) 팔고 땅(도/*까지) 팔았다.

  　　他因為事業困難，車子也賣了，房子也賣了，連地也賣掉。

- 마저

  (1) 「까지」單純表達一個事實添加，而「마저」表示「最後僅剩的」或「可以稱之為最後一個的」的意義添加。

  예문 행복해하는 사람들을 보면 나(*마저/까지) 기분이 좋아진다.

  　　看到幸福的人，連我心情都會變好。

  　　김치 박물관에 가면 여러 종류의 김치를 구경하고, 김장 체험(*마저/까지) 할 수 있다.

  　　到泡菜博物館去，可以看到各種泡菜，還能體驗做過冬泡菜。

  (2) 「마저」可以用「까지」代替，但「마저」有更強調話者有違期待失落的效果。

  예문 그는 작년에 사랑하는 아내(마저/까지) 잃어 상심이 크다.

  　　他去年甚至失去心愛的妻子，十分傷心。

- 조차

  (1) 「까지」可以用於肯定句和否定句，「조차」主要用在否定句。

  예문 똑똑한데 성격(*조차/까지) 좋다. 聰明且個性也好。

  (2) 在否定句中，「조차」可以替換成「까지」。不過，「조차」的前內容是話者認為「非常基本的事項」；「까지」的前內容則沒有這種意義上的限制。

예문 공부를 포기했는지 이제는 숙제까지 안 한다. → 다른 일에 더하여 숙제도 안 한다.

好像是放棄念書的樣子，現在連作業都不寫了。 → 其他事情再加上作業也沒寫。

숙제조차 안 한다. → 가장 기본적인 숙제도 안 한다.

連最根本的作業都不寫了。 → 最基本的作業也不寫。

3 其他用法

① 超過

> 主要加在「이렇게、저렇게、그렇게」和部分連結語尾之後，表示超過正常的程度。

- 그렇게까지 할 필요 없어요. 沒有必要做到那樣。
- 가 : 영어 발표 시험 준비 많이 했어? 英文發表考試充分準備了嗎？
- 나 : 응. 자면서까지 외울 정도야. 嗯，到了睡夢中都在背的程度了。

結合型助詞訊息

> 「까지」也和下列其他助詞結合使用。

- **까지 + 가** : 여기**까지가** 시험 범위입니다. 到這裡是考試範圍。
- **까지 + 는** : 선생님 집 주소**까지는** 모르겠어요. 我連老師家地址也不知道。
- **까지 + 도** : 엄마**까지도** 저에게 말해 주지 않았어요. 連媽媽也不告訴我。
- **까지 + 로** : 일단 계약 기간은 15일**까지로** 되어 있습니다.
  暫訂契約期間是到 15 號。
- **까지 + 를** : 1에서 10**까지를** 세어 보십시오. 請從 1 數到 10 看看。
- **까지 + 만** : 이번 학기**까지만** 한국에서 공부하고 고향에 돌아갈 거예요.
  我到這學期為止在韓國讀書，之後要回家鄉去。
- **까지 + 밖에** : 2월은 왜 29일**까지밖에** 없어요? 2 月為什麼只到 29 日？
- **까지 + 와** : A 전자에서는 지금**까지와** 다른 모습의 자동차를 출시할 계획이다.
  A 電子公司計畫推出與一直以來面貌不同的汽車。
- **에 + 까지** : 김 선수의 갑작스런 결혼 소식은 해외 신문**에까지** 났다.
  金選手突如其來的結婚消息，連國外報紙都刊登了。
- **에서 + 까지** : 요즘은 화장실**에서까지** 스마트폰을 보는 사람이 늘고 있다.
  近來連在化妝室都在看手機的人在增加中。
- **한테 + 까지** : 부모님은 자식들**한테까지** 아프다는 것을 말하지 않았다.
  父母連對孩子都不說生病的事。

께

形態訊息

· 前內容後加「께」。

1 對象

「에게」的尊待語。表示受某行為影響的對象或感覺感情的對象。

· 어제 부모님께 전화를 드렸어요. 昨天打電話給父母。
· 할아버지께 인사를 드리러 가야 해요. 應該去和爺爺打招呼。
· 이 드라마를 시청해 주신 모든 분들께 감사드립니다.
  感謝收看這部電視劇的各位。
· 우리 직원들은 사장님께 깊은 존경심을 느끼고 있다.
  我們職員對社長深感尊敬。
· 가 : 이 문제를 잘 모르겠어요. 我不太清楚這個問題。
  나 : 그럼 강 선생님께 한번 여쭤 보세요. 那去請教姜老師。

文法訊息

· **前要素訊息**：和表示話者要尊敬對象的有情名詞結合。
· **後要素訊息**：主要是需要對象的動詞，如「주다、가르치다、말하다、맡기다、보내다、보이다、느끼다、실망하다」，或「관심、호감、흥미」等表示感情的名詞。
  예문 김 선생님께 호감을 가지는 사람이 많이 있어요.
  對金老師有好感的人很多。

談話訊息

· 有主要用於口語的傾向。

相關表達

· 에게、한테

(1) 「께」是「에게」的尊待語，因此若非須尊待的對象則不用「께」，而用「에게」。口語中使用「한테」代替「에게」。

例文 저는 고민이 있으면 친구(에게/한테/*께) 전화를 해요.
我有心事時，會打電話給朋友。

擴張

- **使動句中的「께」**

  (1) 表示受指使的對象（人）。

  例文 의사 선생님이 할머니께 운동을 하게 하셨어요. 醫生要奶奶運動。

- **移動動詞句中的「께」**

  (1) 表示主語指向的對象（人）。

  例文 서준이는 선생님께 다가가서 인사를 했다. 敘俊走向老師打了招呼。。

- **比較動詞與「어울리다」句中的「께」**

  (1) 表示比較對象（人）與基準。

  例文 이런 옷은 아버님께 어울리지 않는 것 같아요. 這種衣服似乎不適合父親。

- **「있다／없다」句中的「께」**

  (1) 表示擁有那個的對象（人）。

  例文 우리 집의 경제권은 어머니께 있어요. 我們家的經濟權在母親。
  최종 권한은 사장님께 있습니다. 最終權限在社長。

- **信件或電子郵件中，用於接收的對象（人）。**

  例文 강현화 선생님께. 給姜炫和老師

2 主體

「에게」的尊待語。表示主語受某行為影響時，該行為起始的主體。

- 저는 김 선생님께 한국어를 배웠어요. 我向金老師學韓語。
- 이 집은 조부모님께 물려받은 거예요. 這間房子是繼承自祖父母。
- 아직 학생이라서 매달 부모님께 용돈을 받아요.
  我還是學生，所以每個月向父母拿零用錢。
- 일하다가 실수를 해서 사장님께 혼났어요. 工作失誤被社長罵。
- 수업 시간에 게임하다가 선생님께 잡혔다. 上課玩遊戲被老師抓到。
- 가 : 그 이야기를 누구한테서 들었어요? 那話你聽誰說的？
  나 : 부장님께 들었는데요. 聽部長說的。

文法訊息

- **前要素訊息**：和表示話者要尊敬對象的有情名詞結合。
- **後要素訊息**：通常接「받다、듣다、배우다、혼나다、야단을 맞다」等具被動性的部分動詞，或部分被動詞。

談話訊息

- 主要有用於口語的傾向。

相關表達

- 에게、한테

  (1) 「께」是「에게」的尊待語，因此若非須尊敬的對象則不用「께」而用「에게」。口語中也以「한테」代替「에게」。

  예문 어제 친구(에게/한테/*께) 선물을 받았어요. 昨天收到朋友的禮物。

結合型助詞訊息

「께」也和其他助詞結合使用。

- **께 + 는**：강희야, 강 선생님**께는** 내가 말씀드릴게.
  姜熹，我來向姜老師說。
- **께 + 도**：선생님들과 선배님들**께도** 감사의 말씀드립니다.
  向老師們與學長姊們表達感謝之意。
- **께 + 만**：할아버지**께만** 드리지 말고, 할머니께도 좀 드리렴.
  別只給爺爺，也要給奶奶一些。

께서

助詞

形態訊息

- 前內容後加「께서」。

1 主體

「이／가」的尊待語。表示某狀態、狀況的對象或動作的主體。

- 할아버지께서 신문을 읽으세요. 爺爺讀報紙。
- 강 선생님께서 바쁘신가 봐요. 姜老師好像很忙。
- 일전에 선생님께서 말씀해 주셨어요. 以前老師曾經說過。
- 오늘 어머니께서 반찬을 보내셨어요. 今天媽媽寄了菜餚。
- 시부모님께서 저에게 정말 잘 대해 주세요. 公婆真的對我很好。
- 어른들께서 하시는 말씀은 모두 일리가 있다. 大人說的話都有道理。
- 가 : 누가 발표를 맡기로 했어요? 決定由誰負責發表？

  나 : 회장님께서 직접 하시기로 했어요. 會長親自發表。

文法訊息

- **前要素訊息**：和表示話者要尊敬對象的有情名詞結合。
- **後要素訊息**：後方的用言通常和先語末語尾「-（으）시-」結合。

  예문 할아버지께서 병원에 (?다녀왔어요/다녀오셨어요). 爺爺去了趟醫院。

談話訊息

- 如果主體是政治人物、知名人物、偉人等，不使用「께서」。若使用「께서」，會有個人情分的感覺。

  예문 (뉴스에서) 김 대통령(??께서/이) 이번에 미국을 방문하였습니다.

  （新聞中）金總統這次訪問了美國。

相關表達

(1) 이／가：「께서」是「이／가」的尊待語。如果句子的主語是應尊待的對象以「께서」代替「이／가」，不過並非絕對必要。

  예문 친구(가/*께서) 한국에 왔어요. 朋友來韓國。

  어머니(가/께서) 한국 드라마를 좋아하세요. 媽媽喜歡韓國電視劇。

結合形助詞訊息

「께서」也和其他助詞結合使用。

- **께서 + 는** : 김 선생님**께서는** 계신데 이 선생님**께서는** 부재중이시다.
  金老師在，李老師不在。
  → 參閱「은／는」的相關表達
- **께서 + 도** : 강 선생님 외에 다른 선생님**께서도** 발표를 하신다고 들었어요.
  聽說除了姜老師外，其他老師也要發表。
- **께서 + 만** : 이번 회의에는 회장님은 안 오시고 사장님**께서만** 참석하십니다.
  這次會議會長不來，只有社長參加。

과 / 와

形態訊息

	形態
尾音 ○	과
尾音 ×	와

1 對等連接

使用於多個事物或人同等連接時。

- 저는 언니와 동생이 있어요. 我有姊姊和妹妹（弟弟）。
- 오늘 저녁 메뉴는 된장찌개와 생선입니다. 我的晚餐是大醬湯和魚。
- 그 집 첫째 딸과 둘째 딸은 모두 미인이다. 那家的大女兒和二女兒都是美人。
- 이 음악은 광고와 드라마에서 자주 나와요.
  這音樂經常在廣告和電視劇中出現。
- 인터넷 뱅킹으로 송금과 환전 업무를 손쉽게 이용할 수 있습니다.
  網路銀行可以便利使用匯款和換匯業務。
- 가：오늘 회의의 안건은 무엇입니까? 今天會議的討論事項是什麼？
  나：설문 조사 결과와 추후 개선 방향에 관해 논의할 예정입니다.
  預定要討論問卷調查結果和後續改善方向。

文法訊息

- **後要素訊息：接和前要素對等或有並列意義之名詞。**

Tip 事物或人有三個以上時，反覆使用「과／와」有不自然之感。

- 백화점에서 신발과 옷과 가방과 모자를 구경했다. (??)
  在百貨公司逛鞋子和衣服和包包和帽子。
  → 백화점에서 신발, 옷, 가방과 모자를 구경했다. (ㅇ)
  → 在百貨公司逛鞋子、衣服、包包和帽子。
  → 백화점에서 신발과 옷, 가방, 모자를 구경했다. (ㅇ)
  → 在百貨公司逛鞋子和衣服、包包、帽子。

- 主要使用於書面語。

相關表達

- 하고

  (1)「하고」主要用於口語，而「과／와」主要用於書面語。

  예문 가 : 뭐 먹을래? 要吃什麼？

  　　 나 : 나는 냉면하고 불고기 먹을래. 我要吃冷麵和烤肉。

  예문 건강을 위해서는 균형 잡힌 식사와 적당한 운동이 필수적이다.

  　　 為了健康，均衡飲食和適當運動是必要的。

  (2)「과／와」不和第二個名詞結合，而「하고」沒有這項限制。

  예문 가 : 아침에 뭐 먹었어? 早餐吃了什麼？

  　　 나 : 빵하고 우유(하고). 麵包和牛奶（和）。

  　　 빵과 우유(*와). 麵包和牛奶（*和）。

- (이) 랑

  (1)「（이）랑」主要用於口語，而「과／와」主要用於書面語。

  예문 여행을 할 때는 그 나라의 역사(²랑/와) 문화를 존중해야 한다.

  　　 旅行時，必須要尊重該國的歷史和文化。

  (2)「（이）랑」帶有可愛、富感情的感覺。

  예문 자기야, 나는 피자(랑/²와) 파스타가 먹고 싶어.

  　　 親愛的，我想吃披薩和義大利麵。

  (3)「과／와」不和第二個名詞結合，而「（이）랑」沒有這項制約。

  예문 내일 모임에 너랑 나랑 채린이랑 또 누가 가지?

  　　 明天聚會有你和我和彩林，還有誰會去？

  　　 *너와 나와 채린이와

  　　 *你和我和彩林

2 一起的共事者

表示一起做某事的共事者。

- 남자 친구와 싸웠어요. 我和男朋友吵架了。
- 동생과 같이 살고 있어요. 我和弟弟（妹妹）一起住。
- 어제 선배와 함께 밥을 먹었어요. 昨天和學長／學姐一起吃了飯。

- 우리 형은 10년 연애 끝에 첫사랑과 결혼했어요.
  我哥哥和初戀情人談戀愛十年後結婚了。
- 어렸을 때에는 친구들과 어울려 자주 놀러 다니곤 했다.
  小時候經常和朋友一起玩。
- 가 : 스트레스를 어떻게 푸는 게 좋을까요? 要如何消除壓力才好呢？
  나 : 가까운 사람들과 자주 만나서 이야기하는 것이 좋습니다.
  經常和親近的朋友見面聊天會很好。

文法訊息

- **前要素訊息**：和表示人的名詞相結合。
- **後要素訊息**：可以和表示行為的動詞一起使用。尤其像「사귀다、싸우다、만나다、어울리다、결혼하다」等不能獨自行使行為的部分動詞一定要與「 名詞 + 과／와」一起使用。

談話訊息

- 主要使用於書面語。

相關表達

- 하고
  (1) 「하고」主要用於口語，而「과／와」主要用於書面語。

  예문 오래간만에 너하고 만나니까 좋다. 許久未見，感覺真好。
  다른 사람과 이야기할 때는 상대방의 말을 잘 들어 주는 것이 중요하다.
  和他人對話時，專心傾聽對方的話很重要。

- (이)랑
  (1) 「(이)랑」主要用於口語，而「과／와」主要用於書面語。

  예문 (신문에서)최근 동료(?랑/와) 식사하지 않는 직장인들이 늘고 있다.
  （報紙中）近來不和同事吃飯的上班族持續增加。

  (2) 「(이)랑」有可愛、富感情之感。

  예문 서준아, 오늘 나(랑/?와) 노래방 갈래?
  敘俊啊，今天要不要和我去 KTV？

3 比較的對象

表示被比較的對象。

- 하얀색 신발은 이 옷과 어울리지 않는다. 白色的鞋子和這件衣服不搭。

- 아버지는 어머니와 달리 성격이 급하시다. 爸爸和媽媽不同，個性比較急。
- 그 친구는 생각하는 방식이나 취향이 나와 비슷하다.
  他的思考方式和興趣跟我相似。
- 지난번에 말씀 드린 바와 같이 지각은 절대 안 됩니다.
  如同上次所告知的，絕對不能遲到。
- 가 : 이번 고객 만족도 조사 결과가 어떤가요? 這次的顧客滿意度調查結果如何？
  나 : 지난번과 비교하면, 만족도가 크게 향상되었습니다.
  和上次相較，滿意度大幅提升了。

文法訊息

- **後要素訊息**：主要和「같다、다르다、어울리다、비교하다、비슷하다」等表比較的用言一起使用。

談話訊息

- 主要使用於書面語。

相關表達

- 하고
  (1)「하고」主要用於口語，而「과／와」主要用於書面語。

  예문 단발머리가 네 얼굴형하고 잘 어울려. 短髮和你的臉型很搭。
  다른 사람과 자신을 비교하는 것은 좋지 않다. 拿別人和自己比較並不好。

- (이)랑
  (1)「(이)랑」主要用於口語，而「과／와」主要用於書面語。

  예문 일반적인 상식(²이랑/과) 달리, 소비자들은 고가의 물건을 선호하기도 한다.
  不同於一般常識，消費者也會偏好高價的物品。

  (2)「(이)랑」帶有可愛、富感情的感覺。

  예문 가 : 서준아, 넌 어때? 敘俊，你怎麼樣？
  나 : 응. 나도 너(랑/²와) 비슷해. 嗯，我也和你差不多。

結合形助詞訊息

「과/와」也和其他助詞結合使用。

- **과/와 + 는** : 친구**와는** 모든 이야기를 할 수 있다. 和朋友什麼都能說。
- **과/와 + 도** : 여기에 부모님**과도** 와 본 적이 있어요. 曾經和父母一起來過這裡。
- **과/와 + 만** : 아직 부장님**과만** 말씀을 나누어 보았습니다. 目前只和部長說過話。
- **과/와 + 의** : 다른 사람**과의** 인연을 소중히 여겨야 한다. 應要珍惜和其他人的緣分。

대로

助詞

形態訊息

前內容後加「대로」。

1 跟隨前方的話、以此為根據

表示跟隨前方所言、以之為根據行事。

- 법대로 합시다. 依法行事吧！／照法律來辦吧！
- 사실대로 말해 주세요. 請照事實說。
- 채린 씨부터 차례대로 발표를 해 볼까요? 從彩林開始依序發表如何？
- 모든 일이 내 생각대로 되면 얼마나 좋을까요?
  要是所有事情都依我所想實現那該有多好？
- 지난번 선생님 말씀대로 미술 공부를 더 해 볼까 해요.
  依上次老師所說的，我考慮是否再讀美術。
- 대부분의 사회 초년생들은 상사의 지시대로 일을 진행한다.
  大部分的社會新鮮人會依上司的指示做事。
- 가 : 우와, 이거 진짜 맛있다. 어떻게 만들었어?
  哇，這個真好吃，怎麼做的啊？
  나 : 다행이다. 그냥 인터넷 보고 레시피대로 만들었어.
  太好了，我就看網路照著食譜做。

- **前要素訊息**：主要與「말、말씀、속담、법、계획、생각、마음、예상、지시、가르침、순서、차례、방식」等和說話、方式有關的名詞結合。

- 口語中也發音成「대루」。

2 各自區分

表示兩者以上各自區分。

- 냉장고가 이게 뭐야? 반찬은 반찬대로, 야채는 야채대로 잘 놓아야지.
  冰箱這是怎樣？菜餚要跟菜餚、蔬菜要跟蔬菜好好放啊！
- 어제 청소하면서 겨울옷은 겨울옷대로 여름옷은 여름옷대로 정리를 했어요.
  昨天打掃的同時，把冬衣和夏衣分別整理好了。
- 여자애들은 여자애들대로, 남자애들은 남자애들대로 따로 떨어져서 앉았다.
  女孩子們、男孩子們分別坐下。
- 가 : 우리 헤어지자. 我們分手吧！
  나 : 그래. 좋아. 너는 너대로, 나는 나대로 이제 서로 상관하지 말자.
  好啊，你是你、我是我，以後不要再彼此牽扯了。
- 가 : 밥을 그렇게 많이 먹었는데, 또 케이크가 들어가?
  飯吃那麼多，還吃得下蛋糕？
  나 : 당연하지. 밥은 밥대로 디저트는 디저트대로 다 먹어야지.
  當然了，飯是飯，蛋糕是蛋糕，都要吃啊！

Tip 主要以「 **名詞 1** 은／는 **名詞 1** 대로, **名詞 2** 은／는 **名詞 2** 대로」模型使用。

- 口語中也發音成「대루」。

- **마다**

  (1) 「마다」主要和「있다、다르다」一起使用，表示各自相同或不同，「대로」則以區分前者和後者為焦點。

  예문 사람마다 생각이 달라요. 每個人的想法不同。

  이 사람은 이 사람대로 저 사람은 저 사람대로 각자 생각이 다르다.

  這個人是這個人，那個人是那個人，各自想法不同。

結合形助詞訊息

「대로」也和其他助詞結合使用。

- 대로 + 는：부장님의 요구는 무리예요. 그 요구**대로는** 도저히 할 수가 없어요.
  部長的要求不合理，照那要求的話終究是做不到的。
- 대로 + 만：정말 사실**대로만** 말씀해 주세요. 請只照事實說。
- 대로 + 의：내 멋**대로의** 삶도 가치가 있다.
  隨自己心意的人生也有價值。／過自己的生活，做自己的人生。

더러

助詞

形態訊息

- 前內容後加「더러」。

1 行為影響的對象

表示某行為影響的對象。

- 내가 친구더러 만나자고 했어. 我跟朋友建議見個面。
- 친구가 나더러 뚱뚱하다고 했다. 朋友說我胖。
- 어머니는 형더러 방을 청소하라고 시켰다. 媽媽要哥哥打掃房間。
- 가：현정아, 언니더러 언제 오냐고 문자 좀 보내 봐.
  賢靜，傳訊息問姊姊什麼時候來。

  나：오늘 좀 늦는다고 했어요. 她說今天會晚一點。

文法訊息

- **前要素訊息**：主要和人名、代名詞、動物名等有情名詞結合。
- **後要素訊息**：主要接「–다고／냐고／자고／(으)라고 (말)하다的間接引用子句。

談話訊息

- 主要用於口語。
- 口語也用於日常對話等非正式場合。

相關表達

- **ㄹ더러**

  (1) 如果前內容沒有尾音，可用「ㄹ더러」。

  예문 서준이가 (날더러/나더러) 연예인을 닮았대.
  敘俊說我長得像藝人。

- **에게**

  (1) 「더러」主要和「말하다」類的敘述語一起使用，而「에게」適用各類敘述語。

  예문 선배(에게/더러) 소개해 달라고 했어요. 我請前輩幫我介紹。
  어제 친구(에게/*더러) 생일 선물을 줬어요. 昨天送生日禮物給朋友。

  (2) 「더러」適合非正式場合的口語，書面語和正式場合使用「에게」更自然。

  예문 친구가 나(?에게/더러) 노래 잘한대. 朋友說我歌唱得很好。
  대통령은 국민들(에게/??더러) 투명한 정치를 약속한다고 말했다.
  總統和國民約定要做透明的政治。

- **한테**

  (1) 「더러」主要和「말하다」類的敘述語一起使用，而「한테」適用各類敘述語。

  예문 엄마가 나(한테/더러) 밥 먹으래. 媽媽叫我吃飯。
  이거 신혜(한테/*더러) 좀 전해 줘. 請幫我轉達這個給信惠。

- **보고**

  (1) 「더러」和「보고」差異不大，可以替換使用。

  예문 나(보고/더러) 시간이 있는지 물어봤다. 他問了我有沒有時間。

結合形助詞訊息

「더러」也和其他助詞結合使用。

- **더러 + 는** : 오늘 숙제가 없다고? 선생님께서 나**더러는** 하라고 하셨는데.
  今天沒有作業嗎？老師要我做呢。
- **더러 + 도** : 현정이가 나**더러도** 오라고 했어. 賢靜也叫我來。
- **더러 + 만** : 선배가 유독 저**더러만** 뭐라고 하더라고요. 學長只對我說了什麼。

도

形態訊息

· 前內容後加「도」。

1 同樣的事物添加

表示已經提及的事物再添加相同的，或使之包含在內。

· 저는 학생이에요. 제 동생도 학교에 다니고 있어요.
  我是學生。我弟弟（妹妹）也在上學。
· 어제 백화점에서 옷을 샀어요. 가방도 샀고요.
  昨天在百貨公司買了衣服，也買了包包。
· 아침에 보통 빵을 먹고 커피도 마셔요. 早上通常吃麵包，也喝咖啡。
· 여름 방학 때 프랑스에 갔었어요. 이탈리아에도요.
  暑假時去了法國，還有義大利。
· 요즘은 아이가 잘 뛰어놀고 말도 잘해요. 最近的孩子很會玩也很會說話。
· 이번 행사에는 총리뿐만 아니라 대통령도 참석했다.
  這次活動不只總理，連總統也參加了。
· 가 : 규현이가 유학을 간다면서? 聽說圭賢要去留學？
  나 : 응. 나도 들었어. 嗯，我也有聽說。

談話訊息

· 口語中也發音成「두」。
  예문 나(도/두) 가고 싶어. 我也想去。

相關表達

· 까지
  (1)「도」單純表達兩種情況同時存在，「까지」表示先認定前面的事項，且不
     僅止於此，還添加一個，更強烈傳達話者的態度。
  예문 몸이 아픈데, 일도 많다. → 몸도 아프고 일도 많음.
     身體不舒服，事情也多。 → 身體也不舒服、事情也多。
                일까지 많다. → 몸이 아픈데, 여기에서 그치지 않고 마음에 들지 않는 일이 겹침.

連 事情 也很多。 → 身體不舒服，不僅如此，還有不如意的事情重疊。

(2) 「도」可以在句中反覆使用，「까지」則不可。

예문 그는 사업이 어려워서 차(도/*까지) 팔고 집(도/*까지) 팔고 땅(도/*까지) 팔았다.

他因為事業困難，車子也賣了，房子也賣了，連地也賣掉了。

擴張

• ~도 ~도

(1) 羅列「도」可以表示各對象都處於某種狀況。

예문 여기 비빔밥은 맛도 좋고, 값도 싸다. 這裡的拌飯好吃，價格也便宜。

다이어트 때문에 마음대로 먹지도 마시지도 못하겠다.

因為減肥的緣故，我（你）將不能隨意吃也不能亂喝了。

예문 가 : 아버지 생신인데, 언제 식사하는 게 좋을까?

爸爸生日到了，什麼時候吃飯好呢？

나 : 나도 서준 씨도 금요일이 좋아. 그날은 애들도 집에 있고.

我和敘俊都是星期五可以，那天孩子們也都在家。

• 도（괜찮다, 좋다）

(1) 表示雖然前者最好，但若不行的話，可以追加接受後者。

예문 커피가 없으면 물도 괜찮아요. 如果沒有咖啡，水也沒關係。

예문 가 : 미안한데, 토요일에는 내가 일이 있어서 만날 수 없을 것 같아.

抱歉，星期六我有事，可能無法見面。

나 : 토요일이 어려우면 저는 일요일도 좋아요.

星期六有困難的話，我星期日也可以。

2 包含極端

表示包含極端的項目。

• 어제 처음 만나서 아직 나이도 몰라요. 昨天初次見面，還不知道幾歲。

• 언니는 화가 나서 나하고 말도 안 해요. 姊姊生氣了，連話都不跟我說。

• 오늘은 일이 너무 바빠서 화장실도 못 갔어요.

今天工作太忙，連廁所也沒辦法去。

• 저는 그런 사람 몰라요. 이름도 들어본 적이 없어요.

我不認識那樣的人，連名字都沒聽過。

- 신혜는 조금도 잘못이 없어요. 모두 제 잘못이에요.
  信惠沒有任何錯，全都是我的錯。
- 정부는 대책 마련은커녕 해당 문제에 대한 인식도 못하고 있다.
  政府別說準備對策，連對問題的認知都不足。
- 가 : 돈 좀 빌려 줘. 借我點錢。
  나 : 나 지금 십 원도 없어. 我現在連十塊都沒有。

文法訊息

- **前要素訊息**：主要接「안、못、-지 않다、-지 못하다、모르다、없다」等表示否定的話。

談話訊息

- 口語中也發音成「두」。
  예문 너는 그렇게 쉬운 것(도/두) 못하냐?
  你連那麼容易的都做不到？

擴張

- 조금도 , 하나도 , 아무도 , 한 (개 / 권 / 마디 / 모금...) 도
  (1)「도」因為表示極端的情況，所以儘管話者實際上並非如此，也可以在強調狀況時使用。
  예문 맛이 하나도 없어. → '맛이 없음'을 강조하고 있다.
  一點也不好吃。→ 強調「不好吃」。
  예문 가 : 이번 학기 강 선생님 수업 어때? 這學期姜老師的課怎麼樣？
  나 : 아, 너무 어려워서 한 마디도 못 알아듣겠어. → 모른다는 것을 강조하기 위해 사용한다.
  啊，太難了，一句也聽不懂。→ 用來強調不懂。

- 아무 명사 도
  (1)「아무 명사 도」以「아무 일도、아무것도、아무 말도」等，有「任何一個名詞都」之意，後方接否定句。
  예문 너무 기뻐서 아무 말도 할 수 없어요. 因為太高興了，所以說不出任何話。
  예문 가 : 표정이 왜 그래요? 무슨 일 있었어요? 表情怎麼那樣？有什麼事嗎？
  나 : 아니요. 아무 일도 없었어요. 沒有，什麼事也沒有。

- 조차

  (1) 和「도」差異不大，可以替換使用。

  예문 나는 그 사람의 이름(조차/도) 몰라요. 我連那個人的名字都不知道。

  (2) 「도」表示極端意義時，加在「조금、하나」後表示誇張；「조차」則沒有這種誇張用法。

  예문 나는 정말 하나(*조차/도) 모르겠어. 我真的一點也不知道。

3 強調

使用於強調前話之意義時。

- 아이가 정말 예쁘게도 웃네요. 孩子笑得可真美。
- 11시인데 아직도 자고 있어? 11 點了，還在睡嗎？
- 아이고, 녀석 참 씩씩도 하다. 哎呀，小夥子可真勇敢。
- 어머, 이 작은 게 비싸기도 하네. 噢，這小的可真貴。
- 가 : 늦어서 미안해. 晚到了抱歉。

  나 : 일찍도 온다. 지금이 몇 시야? 來得可真早，現在幾點了？

文法訊息

- **前要素訊息**：主要和「일찍、빨리、천천히、자주、퍽、잘」等部分副詞或用言的副詞形結合。
- **後要素訊息**：後用言主要和「–는다、–네（요）」結合。

Tip 發話狀況會立即反應話者的態度，因此經常和「–는다、–네（요）」等終結語尾一起使用。

談話訊息

- 主要用於口語中。
- 口語中也會發音成「두」。

  예문 거 참 많이(도/두) 먹는다. 吃得真多。

- 依發話狀況，也會表現「感嘆、挪揄、驚嚇」的態度。

  예문 넌 진짜 부지런하게도 산다. → '감탄'

  你活得真勤勞。 → 感嘆

  예문 가 : 내가 옆에 있으니까 도움이 되지? 我在旁邊，有幫助吧？

  나 : 하루 종일 불평만 하면서 그런 말을 잘도 한다. → '비아냥'

  一天到晚只會抱怨，可真會說那種話。 → 挪揄

예문 우와, 사람이 정말 많이도 모였네요. → '놀람'
哇，真的聚集了很多人呢。 → 驚嚇

結合形助詞訊息

「도」也和其他助詞結合使用。

- **께 + 도** : 선생님들과 선배님들**께도** 감사의 말씀드립니다.
  向老師們與學長姊們表達感謝。
- **께서 + 도** : 강 선생님 외에 다른 선생님**께서도** 발표를 하신다고 들었어요.
  聽說除了姜老師外，其他老師也要發表。
- **더러 + 도** : 현정이가 나**더러도** 오라고 했어. 賢靜也叫我來。
- **마저 + 도** : 연정이가 화가 많이 나서 인사**마저도** 안 하네요.
  顏廷很生氣，連招呼也不打。
- **만 + 도** : 형이 동생**만도** 못하다. 哥哥不如弟弟。
- **만 + 으로 + 도** : 아이가 있다는 사실**만으로도** 살아갈 힘을 느낀다.
  有孩子這件事，就足以感受活下去的力量。
- **만큼 + 도** : 손톱**만큼도** 반성하지 않고 있구나. 看來一點也沒有在反省。
- **보고 + 도** : 선생님께서 나뿐만 아니라 반장**보고도** 안 된다고 했어요.
  老師不只對我，也對班長說不行。
- **보다 + 도** : 사회생활이라는 게 생각했던 것**보다도** 훨씬 어렵네요.
  社會生活比想像的還要難。
- **에 + 도** : 요즘 친구 결혼식이 많네요. 이번 주말**에도** 있어요.
  最近有很多朋友辦婚禮，這個周末也有。
- **에 + 도 (불구하고)** : 서준이는 어린 나이**에도 (불구하고)** 참 어른스럽네요.
  儘管敍俊年紀小，但很像大人。
- **에게 + 도** : 명절에는 친척들**에게도** 인사를 드리러 가요.
  節慶時也去和親戚打招呼。
- **에게서 + 도** : 어른뿐만 아니라 아이들**에게서도** 배울 점은 있다.
  不只向大人，孩子也有值得學習之處。
- **에서 + 도** : 요즘은 커피숍**에서도** 공부하는 사람이 많아요.
  最近咖啡店裡也有很多人在讀書。
- **과/와 + 도** : 여기에 부모님**과도** 와 본 적이 있어요. 這裡我曾經和父母一起來過。
- **(으)로 + 도** : 요즘은 전화 외에 스마트폰 앱**으로도** 배달이 가능하다.
  最近除了用電話，手機 APP 也能叫外送。
- **(으)로부터 + 도** : 이 제품은 국내뿐만 아니라 해외 기관들**로부터도** 인증을 받았
  다. 這個產品不只在國內，也獲得海外機構的認證。
- **(으)로서 + 도** : 다른 사람은 물론이고 엄마인 나**로서도** 아들의 마음을 모르겠
  다. 別說其他人，身為媽媽的我也不懂兒子的心。

- **(이)나마 + 도** : 예전에는 걷기라도 했는데, 요즘에는 그**나마도** 안 한다.
  我以前還會走走路，現在連那個也都不做了。
- **(이)랑 + 도** : 직장 동료들**이랑도** 가끔 주말에 만나서 놀 때도 있다.
  和職場同事偶爾在周末見面出去玩。
- **조차 + 도** : 너무 긴장해서 인사**조차도** 제대로 못 했다.
  太緊張了，連問候也沒能做好。
- **하고 + 도** : 이 치마는 스웨터나 셔츠**하고도** 잘 어울려요.
  這條裙子很搭毛衣和襯衫。
- **한테 + 도** : 다른 사람 이야기라고 생각했는데, 나**한테도** 이런 좋은 일이 일어나는 구나. 以前覺得是其他人的事，原來自己也會發生這種好事。
- **한테서 + 도** : 모두가 싫어하는 사람**한테서도** 배울 점은 있다.
  眾人討厭的人也會有可學習之處。

따라

助詞

形態訊息

· 前內容後加「따라」。

1 「沒理由地不同於平日」

表示「沒理由地不同於平日」。

- 오늘**따라** 가족이 그리워요. 今天特別想念家人。
- 이번 주**따라** 몸이 자꾸 피곤하네요. 尤其這周身體老是疲倦。
- 요즘**따라** 매운 음식이 계속 먹고 싶어요. 最近一直想吃辣的東西。
- 어제**따라** 일이 이상하게 많더라고요. 尤其昨天事情不尋常的多。
- 가 : 너 며칠 전에 왜 그렇게 술을 마셨어? 你前幾天為什麼那樣喝酒？
  나 : 그날**따라** 왠지 취하고 싶은 기분이었거든.
  特別那天不知道為什麼就想喝醉。

文法訊息

· **前要素訊息**：主要和「어제、오늘、요즘、그날」等表時間的字結合，不能和「내

일、모레」等表示未來的時間結合。但若未來的事情已經決定，可以例外使用。

예문 *내일따라 비가 많이 올 거예요. 明天會下大雨。

(일정표를 보면서) 내일따라 약속이 많네요.

（看著行程表）明天有很多約呢。

搭配訊息

- 「따라」後經常使用「이상하게、나도 모르게、그냥、왠지」等。

  예문 요즘따라 (그냥) 옛날 친구들이 보고 싶어.

  今天（沒理由地）特別想見以前的朋友。

談話訊息

- 主要用於口語。

마다 助詞

形態訊息

- 前內容後加「마다」。

1 一個一個各自

表示「各自、每一個都」的意思。

- 요즘은 집집마다 컴퓨터가 있어요. 最近家家戶戶都有電腦。
- 만나는 사람마다 강희를 칭찬했다. 每個人都稱讚姜熙。
- 나라마다 인사를 하는 방법이 달라요. 每個國家問候的方式不同。
- 하루의 적정 수면 시간은 개인마다 다르다고 한다.

  聽說每個人一天的適當睡眠時間不同。

- 가 : 나는 이 식당이 맛있는데, 내 동생은 별로래.

  我覺得這間餐廳好吃，但我弟弟（妹妹）覺得不怎麼樣。

  나 : 사람마다 입맛이 제각각이니까, 뭐. 因為每個人口味喜好不同唄。

- 대로

  (1) 「마다」主要和「있다、다르다」一起使用，表示每一個都相同或互異，「대로」則聚焦於前者和後者的區分。

  예문 사람마다 생각이 달라요. 每個人的想法不同。

  이 사람은 이 사람대로 저 사람은 저 사람대로 각자 생각이 다르다.

  這個人是這個人，那個人是那個人，各自想法不同。

2 反覆

表示各狀況隨時間反覆。

- 신혜는 날마다 도서관에 가요. 信惠每天都去圖書館。
- 마을버스는 10분마다 옵니다. 社區公車每 10 分鐘來一班。
- 아버지는 주말마다 낚시를 가십니다. 爸爸每個周末都去釣魚。
- 친구는 생일 때마다 잊지 않고 선물을 보낸다. 朋友每到生日都不忘寄禮物。
- 가 : 언제 아르바이트를 해요? 什麼時候打工？

  나 : 수요일하고 토요일마다 아르바이트를 해요. 我每周六日打工。

文法訊息

- 前要素訊息：主要和「분、시간、주일、달、해、때 」等表示時間的字結合。

擴張

- 「날이면 날마다」、「밤이면 밤마다」

  (1) 「매일、매일 밤」可以寫成「날이면 날마다、밤이면 밤마다」。

  예문 이런 기회는 날이면 날마다 오는 것이 아닙니다. 這種機會不是天天有。

  밤이면 밤마다 옆집에서 음악 소리가 들린다.

  每晚隔壁人家都傳來音樂聲。

마저

- 前內容後加「마저」。

1 「最後僅剩下的一個」

表現況下添加最後僅剩的一個。

- 믿었던 친구**마저** 저를 떠났어요. 連以前一直信任的朋友都離開了我。
- 막내딸**마저** 작년에 시집을 가서 마음이 허전해요.
  連小女兒都在去年出嫁，心裡有點空虛。
- 그 배우는 바보 연기**마저** 멋있다는 평을 듣고 있다.
  那位演員得到連傻瓜都演得很帥氣的評價。
- 신혜는 얼굴뿐만 아니라 걸음걸이**마저** 아버지를 닮았다.
  信惠不只臉蛋，連步伐都像爸爸。
- 어렸을 때 부모님을 여의고, 작년에 할머니**마저** 돌아가셨어요.
  小時候喪失父母，去年連奶奶也去世了。
- 중소기업은 물론이고 대기업**마저**도 적자를 기록하고 있다.
  不只中小企業，連大企業都在赤字。
- 가 : 요즘 편의점에는 없는 게 없어요. 最近便利商店無所不有。
  나 : 맞아요. 심지어 속옷**마저** 팔고 있다니까요. 沒錯，甚至連內衣也在賣。

搭配訊息

- 經常以「심지어 ~마저、~뿐만 아니라 ~마저、~은/는 물론이고 ~마저」等搭配使用。

談話訊息

- 「마저」可以用於肯定句和否定句中，使用「마저」有強調肯定性和否定性的效果。
- 在肯定句中使用「마저」，也有羨慕、揶揄、玩笑的意味。
  예문 가 : 강희는 어떻게 모든 걸 저렇게 완벽하게 하지?
  姜熙怎麼會一切都做得那麼完美？

나 : 맞아. 심지어 성격마저 좋잖아. 對啊，甚至連性格都好。

相關表達

- 까지

(1)「까지」只單純表示一個事實的添加，而「마저」則表示「最後僅剩的」或「可以稱為最後一個的」意義的添加。

例文 행복해하는 사람들을 보면 나(까지/*마저) 기분이 좋아진다.
看到幸福的人，連我都會心情好。

김치 박물관에 가면 여러 종류의 김치를 구경하고, 김장 체험(까지/*마저) 할 수 있다.
到泡菜博物館去，可以看到各種泡菜，還能體驗做過冬泡菜。

(2) 使用「마저」，更有強調和話者期待違背的效果。

例文 그는 작년에 사랑하는 아내(까지/마저) 잃어 상심이 크다.
他去年甚至失去心愛的太太，十分傷心。

- 조차

(1)「조차」表示沒有做最基本的事，而「마저」有「連最後剩下的都」之意，以表示話者最後的期待落空。

例文 친구가 나를 보고도 인사마저 하지 않네요. → '말을 안 하는 것은 물론이고 인사도'
朋友看到我，連招呼都不打呢。 → 「不說話是當然的，連招呼也」

인사조차 하지 않네요. → '가장 기본적인 인사도'
連招呼都不打呢。→ 「連最基本的打招呼也都」

(2)「조차」不用於肯定句，而「마저」可以用於肯定句和否定句中。

例文 막내딸(*조차/마저) 시집을 갔다. 連小女兒都出嫁了。
추운데 바람(*조차/마저) 불어요. 天氣冷，還颳風。

結合形助詞訊息

「마저」也和其他助詞結合使用。

- '마저 + 도 : 연정이가 화가 많이 나서 인사**마저도** 안 하네요.
顏廷太生氣了，連招呼也不打。

만

形態訊息

・ 前內容後加「만」。

1 「只有」

表示其他除外，限定於前者。

・ 동생은 집에 오면 컴퓨터만 해요. 弟弟（妹妹）回家，就只玩電腦。
・ 이건 비밀이니까 너만 알고 있어야 돼. 這是秘密，只有你知道就好。
・ 저는 다이어트 중이라서 물만 마셔요. 我在減肥，只喝水。
・ 가족들은 모두 고향에 있고 저만 서울에서 살아요.
  家人全都在家鄉，只有我住在首爾。
・ 이 할인 쿠폰은 신촌점에서만 사용할 수 있다.
  這個折扣優惠卷只能在新村店使用。
・ 가 : 혹시 연정 씨하고 친하세요? 你和顏廷熟嗎？
  나 : 아니요. 그냥 만나면 인사만 하는 사이예요.
  不，就只是見面會打招呼的關係。

文法訊息

・ **前要素訊息**：主要和表示具體事物或人的名詞結合。

相關表達

・ 밖에

  (1)「만」和「밖에」都有限定的意義，不過「밖에」後方接否定句。

  예문 동생은 집에 오면 (게임밖에 안 해요/게임만 해요).
  弟弟（妹妹）回家，就只玩電腦。

  (2)「만」表示某事物最少的限定，而「밖에」表示該項目不足。

  예문 가 : 오백 원만 빌려 주세요. 請借我伍佰元就好。
  나 : 죄송해요. 지금 백 원밖에 없어요. 抱歉，我現在只有一百。

  예문 저는 지금 한국 친구가 한 명(밖에 없어서/*만 있어서) 친구를 더 사귀고
  싶어요. 我現在只有一位韓國朋友，還想再交朋友。

2 強調

表示強調限定（用法 1）的意義。

- 이번 일은 반드시 성공해야만 해요. 這次事情一定要成功。
- 내일 약속이 있다는 걸 자꾸만 잊어버려요. 我一直忘記明天有約。
- 그냥 보지만 말고 뭐라고 말 좀 해 주세요. 不要只是看，也請說一下什麼。
- 규현 씨는 대답은 하지 않고 그냥 웃기만 해요. 圭賢不回答只顧笑著。
- 어제만 해도 겨울 같았는데 오늘은 따뜻하다.
  昨天還很像冬天，而今天很溫暖。
- 날씨가 흐려서 당장이라도 비가 올 것만 같다. 天氣陰霾，好像隨時會下雨。
- 가 : 그만 진정하세요. 請冷靜。
  나 : 잘못은 저 사람이 했는데 왜 참고만 있어야 해요?
  明明是那個人的錯，為什麼只能忍？

文法訊息

- **前要素訊息**：主要和「자꾸、빨리」等部分副詞，或「-고、-기、-어、-어야、-지」等部分語尾結合。

3 最少的水準

表示以最小限度限制話者的期待。

- 딱 한 입만 먹을게. 我就只吃一口。
- 잠시만 기다려 주세요. 請稍等我。
- 미안한데, 천 원만 좀 빌려 줄래? 不好意思，可以就只借我一千元嗎？
- 마지막으로 한 번만 기회를 주세요. 請再給我最後一次機會。
- 시험에서 오십 점만 맞으면 좋겠다. 考試要是能答對五十分就好了。
- 가 : 이제 게임 그만하고 자라. 別再玩遊戲了，睡覺吧。
  나 : 엄마, 딱 한 시간만 더 하고 잘게요. 媽媽，我就只再玩一個小時就睡。

文法訊息

- **前要素訊息**：主要和「개、만、원、판、통、마리、시간、분」等單位表達結合。

4

最小限度的條件

表示某事實現或成為某狀態的最少條件。

- 저는 물만 마셔도 살이 찌는 타입이에요. 我是只喝水也會胖的類型。
- 너무 피곤해서 눈을 감기만 해도 잘 것 같아요.
  太累了，好像一閉上眼睛就能睡。
- 어머니 목소리만 들어도 눈물이 날 것 같은 기분이었다.
  彷彿聽到媽媽聲音就會流淚的心情。
- 삼촌은 술만 마시면 언제나 큰 소리로 노래를 부르세요.
  叔叔只要喝酒，就會大聲唱歌。
- 가 : 쇼핑 자주 해요? 你常購物嗎？
  나 : 그럼요. 월급이 들어오기만 하면 백화점에 쇼핑하러 가요.
  當然了，只要薪水進來，就去百貨公司購物。

Tip 主要以「（-기）만 하면、（-기）만 -어도」等句模型表現。

文法訊息

- **前要素訊息**：主要和名詞或以轉成語尾「-기」轉成的用言名詞形結合。

比較的對象

表示前話為比較的對象。

- 동생이 형만 못해요. 弟弟（妹妹）不如哥哥。
- 아들 발이 엄마 발만 하네요. 兒子的腳如同媽媽的（那麼大）。
- 내년에도 올해만 같으면 좋겠네요. 明年也像今年一樣就好了。
- 일을 대충 하는 것은 안 하느니만 못해요. 事情敷衍做不如不做。
- 가 : 요즘 장사 잘 돼요? 最近生意好嗎？
  나 : 아니요. 예전만 못하네요. 不，不如從前。

文法訊息

- **後要素訊息**：接「하다、못하다、같다」。

擴張

- 만 하다
  (1) 也會以固定的表達形式使用。
  예문 월급이 쥐꼬리만 하다. → 월급이 매우 적음.

月薪如老鼠尾巴。→月薪非常少。

배가 남산**만** 하다. → 배가 무척 뚱뚱함.

肚子如南山。→ 肚子非常胖。

얼굴이 주먹**만** 하다. → 얼굴이 매우 작음.

臉如拳頭般。→ 臉非常小。

結合形助詞訊息

「만」也和其他助詞結合使用。

- 만 + 도 : 형이 동생**만도** 못하다. 哥哥不如弟弟（妹妹）。
- 만 + 으로 : 최근 식단 조절**만으로** 암을 이겨낸 사람들이 늘고 있다.
  最近只透過調整飲食就戰勝癌症的人在增加中。
- 만 + 으로 + 는 : 노력 없이 열정**만으로는** 성공할 수 없어요.
  不努力而只有熱情是無法成功的。
- 만 + 으로 + 도 : 아이가 있다는 사실**만으로도** 살아갈 힘을 느낀다.
  有孩子這件事，就足以感受活下去的力量。
- 만 + 을 : 나는 정말 너**만을** 사랑해. 我真的只愛你。
- 만 + 이라도 : 단 일 분**만이라도** 돌아가신 부모님을 만나고 싶어요.
  一分鐘也好，我想見見過世的父母。
- 만 + 의 : 오늘 일은 우리**만의** 비밀이야. 今天的事情是我們的秘密。
- 까지 + 만 : 이번 학기**까지만** 한국에서 공부하고 고향에 돌아갈 거예요.
  只到這學期為止在韓國讀書，然後要回家鄉去。
- 께 + 만 : 할아버지**께만** 드리지 말고, 할머니께도 좀 드리렴.
  別只給爺爺，也要給奶奶一些。
- 께서 + 만 : 이번 회의에는 회장님은 안 오시고 사장님**께서만** 참석하십니다.
  這次會議會長不來，只有社長參加。
- 대로 + 만 : 정말 사실**대로만** 말씀해 주세요. 請照事實說。
- 더러 + 만 : 선배가 유독 저**더러만** 뭐라고 하더라고요. 學長就只對我說了些什麼。
- 만큼 + 만 : 너에게 많은 걸 바라지 않아. 딱 네 형**만큼만** 해라.
  我不期待你太多，做到你哥哥那樣就好。
- 보고 + 만 : 도대체 김 과장님은 왜 저**보고만** 화를 내시는 거예요?
  到底金課長為什麼只對我生氣？
- 에 + 만 : 저는 날씨가 좋은 날**에만** 빨래를 해요.
  我只有在天氣好的時候洗衣服。
- 에게 + 만 : 홈페이지에 가입한 고객분들**에게만** 할인 혜택을 드립니다.
  只有給予加入網站會員的顧客打折優惠。
- 에게 + 만 + 은 : 우리 아이들**에게만은** 고생을 시키고 싶지 않아요.
  我不想只讓我的孩子們受苦。

- **에게서 + 만**：아이**에게서만** 문제를 찾으려고 하는 부모들이 많다.
  只想從孩子身上找問題的父母很多。
- **에서 + 만**：이 음식은 이 식당**에서만** 팔아요. 這道料理只有在這間餐廳販售。
- **과/와 + 만**：아직 부장님**과만** 말씀을 나누어 보았습니다. 目前只和部長說過。
- **(으)로 + 만**：말**로만** 하지 말고 행동으로 보여 주세요. 別只用說的，請展現行動。
- **(으)로서 + 만**：그를 배우**로서만** 기억하는 사람이 많지만, 사실 그는 소설가이기도
  하다. 很多人只記得他是演員，其實他也是小說家。
- **(으)로써 + 만**：휴대 전화는 더 이상 통신 수단**으로써만** 기능하지 않는다.
  手機不再僅只是通訊的工具而已。
- **(이)라야 + 만**：저희 식당은 2인분 이상**이라야만** 배달해 드립니다.
  我們餐廳要兩人份以上才外送。
- **(이)랑 + 만**：고향 친구들 중에서 신혜**랑만** 아직도 가끔 연락한다.
  家鄉朋友中只有和信惠會偶爾聯絡。
- **하고 + 만**：연말에는 친한 사람들**하고만** 송년회를 할까 해요.
  我想年底只和熟識的人辦送年會。
- **한테 + 만**：정말 너**한테만** 말하는 거니까 다른 사람한테는 말하지 마.
  我真的只對你說，別和別人講。
- **한테서 + 만**：친구들한테 모두 문자를 보냈는데 강희**한테서만** 답장이 왔다.
  我給朋友都發了訊息，只有從姜熙那裡來了回信。

만큼

形態訊息

- 前內容後加「만큼」。

1 數量或程度相似

表示某對象的數量或程度和前名詞相似。

- 동생이 형**만큼** 키가 커요. 弟弟（妹妹）和哥哥一樣高。
- 요즘은 주말도 평일**만큼** 바빠요. 最近周末也和平日一樣忙。
- 우리 아이는 어른**만큼** 밥을 먹어요. 我們孩子飯吃得和大人一樣多。
- 양 다리를 어깨 넓이**만큼** 벌려 주세요. 雙腳請張開與肩同寬。

- 선생님은 반 아이들의 숫자만큼 커피를 사 주셨다.
  老師買咖啡請班上每一個孩子。
- 가 : 여보, 나 얼마나 사랑해요? 老公，你有多愛我？
  나 : 하늘만큼 땅만큼 사랑해요. 如天如地般愛。

文法訊息

- **前要素訊息**：大抵上和「크기、넓이、높이、폭、숫자、개수」等定量名詞或可以替換成定量表達的字結合，較為自然。
- **後要素訊息**：「만큼」後方不接姿勢動詞「앉다、서다、눕다、엎드리다」或「이다、되다、도착하다、합격하다」等無法表程度的用言。不過，若這些用言伴隨表示程度的副詞，則可以使用。

  예문 *연정이는 채린이만큼 도착했다. *顏廷和彩林一樣抵達。

  연정이는 채린이만큼 빨리 도착했다. 顏廷和彩林一樣快抵達。

相關表達

- **만치**

  (1) 沒有太大差異，可以和「만큼」替換使用。

  예문 아이가 밥을 어른(만치/만큼) 먹네. 孩子飯吃得和大人一樣多

  (2)「만치」近來不常用於口語，不過如爺爺、奶奶般年齡層較高的話者還會使用。

  예문 아이 : 할아버지도 우리 아빠(²만치/만큼) 손이 크네.

  孩子 : 爺爺和爸爸一樣大手筆。

- **처럼**

  (1)「만큼」有時候和「처럼」意思相近，不過前提的事實不同。

  예문 강희는 어머니처럼 키가 크다. → 두 사람 모두 평균 키보다 크다.

  姜熙像媽媽個子高。→ 兩個人都比平均身高高。

  강희는 어머니만큼 키가 크다. → 강희의 키를 어머니와 비교했을 때, 어머니와 견줄 수 있을 정도로 키가 크다. 두 사람의 키가 평균보다 큰지는 알 수 없다.

  姜熙和媽媽個子一般高。→ 姜熙的身高和媽媽比較時，和媽媽等高。無法得知兩人的身高是否比平均高。

  (2)「처럼」表示模樣或狀態類似，「만큼」表示數量或程度對等。

  예문 아이가 아빠처럼 자요. → 아이의 자는 모습이 아빠와 비슷함.

  孩子像爸爸一樣睡。→ 孩子睡覺的模樣像爸爸。

  아이가 아빠만큼 자요. → 아이가 아버지와 비슷한 시간 동안 잠을 나타냄.

  孩子像爸爸一樣程度睡著。→ 表示孩子睡的時間和爸爸差不多。

(3) 「만큼」和姿勢動詞或「이다、되다、생기다、보이다」等部分敘述語不搭，而「처럼」沒有這樣的制約。

> 【예문】강희는 귀여운 토끼(*만큼/처럼) 생겼어요. 姜熙像可愛的兔子一樣成長。
>
> 이제 나도 언니(*만큼/처럼) 대학생이 되었다.
> 現在我也像姐姐一樣成了大學生。
>
> 지하철에서 날 도와준 사람이 정말 천사(*만큼/처럼) 보였어요.
> 在地鐵幫助我的人真的像天使一樣。

- 같이

(1) 「같이」表示前內容的模樣、狀態或特性類似，而「만큼」主要用於比較數量或程度的句子。

> 【예문】이제는 룸메이트가 가족같이 편하다. → 가족과 비슷하게
> 現在室友和家人一樣無拘無束。→ 和家人類似
>
>   가족만큼 편하다. → 가족까지는 아니지만 그것과 견줄 수 있을
>   정도로
>
>   像家人般無拘無束。→ 雖然不是家人，但程度可以比擬
>
> 가끔 아들이 남편(같이/*만큼) 느껴질 때가 있다.
> 有時候會覺得兒子像老公一樣。
>
> 부모님께 받은 사랑(*같이/만큼) 보답해 드리고 싶어요.
> 我想如同得自父母的愛般報答他們。

(2) 「만큼」和姿勢動詞、「이다、되다、생기다、보이다」等部分敘述語不搭，而「같이」沒有這樣的制約。

> 【예문】강희는 귀여운 토끼(같이/*만큼) 생겼어요. 姜熙像可愛的兔子般。

結合形助詞訊息

「만큼」也和其他助詞結合使用。

- 만큼 + 도 : 손톱만큼도 반성하지 않고 있구나. 看來一點也沒有在反省。
- 만큼 + 만 : 너에게 많은 걸 바라지 않아. 딱 네 형만큼만 해라.
  我不期待你太多，只像你哥哥那樣就好。
- 만큼 + 은 : 다른 사람은 몰라도 안전만큼은 소홀히 하면 안 된다.
  不管其他人，就只有安全不可疏忽。
- 만큼 + 을 : 지금 휴대폰을 사면 휴대폰 값만큼을 사은품으로 돌려준대.
  聽說現在買手機的話，會得到等同手機價錢的贈品。
- 만큼 + 의 : 집을 지으려면 얼마만큼의 예산이 필요할까?
  想要蓋房子的話，需要多少的預算？

- **만큼 + 이나** : 족발도 치킨**만큼이나** 한국 사람들이 좋아하는 야식이다.
  豬腳也如同炸雞，是韓國人喜歡的宵夜。
- **만큼 + 이라도** : 얼마 안 남았지만 남은 시간**만큼이라도** 즐겁게 살고 싶다.
  雖然剩下的時間不多，但希望能開心地過餘生。

밖에

助詞

形態訊息

- 前內容後加「밖에」。

1 唯一

表示前者是唯一的。有「該項以外、除此之外」之意。

- 지금 돈이 백 원밖에 없어요. 現在只有一百元。
- 제 동생은 공부밖에 모르는 모범생이에요.
  我弟弟（妹妹）是只知道讀書的模範生。
- 시간이 없어서 숙제를 조금밖에 못 했어요.
  因為沒時間，所以作業只做了一點。
- 검찰은 사건의 일부밖에 파악하지 못했다고 밝혔다.
  檢察官表示只掌握事件的一部分。
- 가 : 아직도 아파요? 병원에 가 봤어요? 還會痛嗎？去過醫院了嗎？
  나 : 아니요. 병원에 가 봤자 쉬라는 말밖에 더 듣겠어요?
  不，就算去了醫院，還不是只會聽到要多休息的話？

文法訊息

- **前要素訊息**：和「하나、조금」小數量、低程度的詞，或話者認為少的表達結合。
- **後要素訊息**：接「없다、모르다、안、–지 않다、못、–지 못하다」等表示否定的話。

相關表達

- **만**

  (1) 「만」和「밖에」都有限定的意義，不過「밖에」後方接否定句。

  [예문] 동생은 집에 오면 게임(만 해요/밖에 안 해요).
  弟弟（妹妹）回到家，就只玩遊戲。

  (2) 「만」表示某事物最少的限定，而「밖에」表示該項目不足。

  [예문] 가 : 오백 원만 빌려 주세요. 請借我伍佰元就好。

  나 : 죄송해요. 지금 백 원밖에 없어요. 抱歉，我現在只有一百。

  [예문] 저는 지금 한국 친구가 한 명(?만 있어서/밖에 없어서) 친구를 더 사귀고 싶어요.
  我現在只有一位韓國朋友，還想再交朋友。

- **뿐**

  (1) 「뿐」以「뿐이다」的形態使用，近似於「밖에」的意思。

  [예문] 가 : 네가 나를 사랑하는지 잘 모르겠어. 我不知道你是否愛我。

  나 : 믿어 줘. 내가 사랑하는 사람은 너뿐이야.
  = 너밖에 없어.

  相信我，我愛的人只有你。

- **(이)나**

  (1) 和表示數量的詞一起用，表示量多。

  [예문] 제 동생은 한 달에 책을 20권이나 읽어요. 하지만 저는 1권밖에 안 읽어요.
  我弟弟（妹妹）一個月讀 20 本書，可是我只讀一本。

  (2) 即使是同樣的數量，若話者覺得少，用「밖에」；若話者覺得多，用「(이)나」表示。

  [예문] 선물을 사야 하는데 돈이 1,000원밖에 없어요.
  我該買禮物，但錢只有一千元。

  기대하지 않았는데 주머니에는 돈이 1,000원이나 있었어요.
  本來沒有期待，但口袋裡竟然有一千元。

  [예문] 가 : 시험에서 3개나 틀렸어요. → 많이 틀렸다고 생각함.
  考試錯到三題。→ 認為錯很多。

  나 : 네? 3개밖에 안 틀렸어요? → 조금 틀렸다고 생각함.
  是嗎？只錯三題？→ 認為只錯一點。

結合形助詞訊息

「밖에」也和其他助詞結合使用。

- **밖에 + 는** : 죄송하다는 말**밖에는** 드릴 말씀이 없습니다. 除了抱歉外別無他言。
- **까지 + 밖에** : 2월은 왜 29일**까지밖에** 없어요? 2月為什麼只到29日？
- **에서 + 밖에** : 이런 풍경은 이 시장**에서밖에** 볼 수 없어요.
  這種風景除了這個市場以外看不到。
- **(으)로 + 밖에** : 연정이의 말은 아무리 생각해도 자랑**으로밖에** 들리지 않았다.
  顏廷的話再怎麼想，聽起來都只有炫耀。

보고

助詞

形態訊息

- 前內容後加「보고」。

1 說話的對象

表示說話的對象。

- 친구가 저보고 오늘 예쁘다고 했어요. 朋友說我今天漂亮。
- 너 처음에 나보고 남자 같다고 했잖아. 你一開始見到我不是說我像男生嗎？
- 제가 그 사람보고 같이 가자고 했어요. 我建議他一起去。
- 모르는 게 있으면 누구보고 물어봐요? 如果有不知道的要問誰？
- 가 : 부장님이 아까 뭐라고 하셨어? 部長剛剛說了什麼？
  나 : 부장님이 채린 씨보고 보고서 제출하라고 하셨어. 部長要彩林交報告。

文法訊息

- **前要素訊息**：和表示人或動物的有情名詞結合。
- **後要素訊息**：主要接「（-다고）이야기하다、말하다、보고하다、묻다」等發話動詞和引用表達。

- 主要用於口語。
- 口語也用於日常對話等非正式場合。

相關表達

- ### 에게

  (1) 「보고」主要和「말하다」類的敘述語一起使用，而「에게」適合各種敘述語。

  예문 동생(에게/보고) 먼저 집에 가라고 했어. 叫弟弟（妹妹）先回家。
  친구(에게/*보고) 메일 보냈어. 寄信給朋友。

  (2) 「보고」主要用於非正式的口語。

  예문 엄마가 나(²에게/보고) 우유를 사 오라고 하셨어. 媽媽要我去買牛奶。

- ### 한테

  (1) 主要和「말하다」類的敘述語一起使用，表示說話的對象。

  예문 엄마가 너(한테/보고) 청소 좀 하래. 媽媽叫你去打掃。
  나(한테/*더러) 문자 좀 보내 줘. 發個訊息給我。

- ### 더러

  (1) 和「보고」差異不大，可以替換使用。

  예문 나(더러/보고) 시간이 있는지 물어봤다. 問了我是否有時間。

結合形助詞訊息

「보고」也會如同下方和其他助詞結合使用。

- **보고 + 는**：언니, 엄마 집에 안 계셔? 나**보고는** 집이라고 하셨는데.
  姐姐，媽媽不在家嗎？她跟我說在家呢。
- **보고 + 도**：선생님께서 나뿐만 아니라 반장**보고도** 안 된다고 했어요.
  老師不只對我，也對班長說不行。
- **보고 + 만**：도대체 김 과장님은 왜 저**보고만** 빨리 하라는 거예요?
  到底金課長為什麼對我說快點做？

보다

形態訊息

· 前內容後加「보다」。

1 比較的對象

兩者以上比較時,表示比較的對象。

· 수박이 사과**보다** 더 커요. 西瓜比蘋果更大。
· 처음**보다** 한국어 실력이 늘었어요. 韓語實力比剛開始提升了。
· 저는 말**보다** 행동이 더 빠른 사람이에요. 我是行動比說話更快的人。
· 우리 강아지는 집에서**보다** 밖에서 더 잘 놀아요.
  我的小狗在外面比在家更會玩。
· 친구와 이야기를 한다기**보다** 일방적으로 듣고 있었다.
  與其說和朋友聊天,更像單方面在聽。
· 가 : 언니는 몇 살이에요? 姐姐幾歲?
  나 : 언니가 저**보다** 두 살 많아요. 姐姐比我大兩歲。

文法訊息

· **前要素訊息**:主要和名詞或以轉成語尾「-기」轉成的用言名詞形結合。
· **後要素訊息**:適合於和表示比較之意的副詞「더、훨씬、비교적」等搭配。

相關表達

· 에 비해서

  (1) 和「보다」差異不大,可以替換使用。

  例文 부산은 서울(에 비해서/보다) 더 덥다. 釜山比首爾更熱。

  (2)「에 비해서」若用作「相較於、考量前者的話」的意思時,不能替換成「보다」。

  例文 이 휴대폰은 가격(에 비해서/*보다) 기능이 많아요.
  這支手機相較價格,功能很多。

  (3)「에 비해서」比起一般對話等非正式場合的對話,更適合正式場合和書面語。

예문 올해는 작년(에 비해서/보다) 기온이 상승했습니다.
今年比起去年，氣溫上升了。

예문 가 : 야, 오늘 좀 덥지 않냐? 喂，今天不熱嗎？

나 : 어. 어제(²에 비해서/보다) 더 덥다. 嗯，比昨天更熱。

結合形助詞訊息

「보다」也和其他助詞結合使用。

- **보다 + 는** : 혼자**보다는** 다른 사람과 있는 게 더 즐겁다.
  和其他人一起比單獨一個人更愉快。
- **보다 + 도** : 사회생활이라는 게 생각했던 것**보다도** 훨씬 어렵네요.
  社會生活比想像的還要難。
- **보다 + 야** : 모르는 것**보다야** 아는 게 낫지. 知道比不知道更好些。
- **에서 + 보다** : 커피숍**에서보다** 집에서 조용히 마시는 커피가 더 좋다.
  比起在咖啡店，在家安靜地喝咖啡更好。

부터 助詞

形態訊息

- 前內容後加「부터」。

---

1 範圍的起始

表示在某範圍內的開始或順序上的第一。

- 9시부터 1시까지 한국어 수업이 있어요. 從九點到一點有韓語課。
- 금요일부터 일요일까지 여행을 가려고 해요. 我想星期五到星期天去旅行。
- 집에 오면 우선 손부터 씻고 다른 일을 하세요.
  回到家請先洗手再做其他事情。
- 발표를 하기 전에 먼저 제 소개부터 하겠습니다. 發表前我先自我介紹。
- 그 아이는 학교에 들어가고부터 성격이 더 밝아졌다.
  那個孩子從進學校開始個性更開朗了。

- 가 : 언제부터 배우가 꿈이었어요? 什麼時候開始演員是你的夢想？

  나 : 어렸을 때부터 배우가 되고 싶었어요. 我從小時候開始就想當個演員。

文法訊息

- **前要素訊息**：主要和時間相關的名詞結合使用，或和表示順序上第一的字結合。另外，也可以加在表示時間先後關係的語尾「-고、-어서」之後。

搭配訊息

- 「부터」常和表示範圍尾端的「까지」搭配使用，大部分以「（時間）부터（時間）까지」形態表示。

相關表達

- 에서

  (1) 「에서」主要和地點名詞使用以表出發地之意，而「부터」和表示地點的名詞、時間名詞、有情名詞等各種名詞一起使用，表示某事的起始或順序上的第一。

  例文 학교(에서/부터) 집까지 걸어서 왔어요. 從學校走路到家。

  서울역(에서/*부터) 출발했어요. 從首爾站出發。

  오늘(*에서/부터) 수업이 시작돼요. 從今天開始上課。

  채린 씨(*에서/부터) 읽어 보세요. 請從彩林開始讀讀看。

結合形助詞訊息

「부터」也和其他助詞結合使用。

- **부터 + 가** : 내일**부터가** 정말 바쁠 거예요. 明天開始真的會很忙。
- **부터 + 는** : 다음**부터는** 늦지 마세요. 下次起請別遲到。
- **부터 + 라도** : 아직 늦지 않았으니까 이제**부터라도** 열심히 공부하면 돼요.
  現在還不遲，即使現在開始用功也可以。
- **부터 + 의** : 의사는 어렸을 때**부터의** 꿈이었다. 醫生是我自小的夢想。

아 / 야

形態訊息

	形態
尾音 ○	아
尾音 ×	야

1 稱呼用語

用於話者呼喚朋友、晚輩、動物等時。

- 신혜야, 어디 가? 信惠，去哪裡？
- 서준아, 밥 먹었니? 敘俊，吃飯了嗎？
- 애들아, 우리 내일 만날래? 孩子們，我們明天見個面？
- 엄마 : 강희야, 컴퓨터 그만하고 얼른 자. 媽媽：姜熙，別再玩電腦，快睡覺。
  강희 : 네, 엄마. 姜熙：好，媽媽。

文法訊息

- **前要素訊息**：和表人、動物的名字或動物的詞結合。
- **後要素訊息**：後用言接「-어、-니？、-냐？、-자」等半語體的終結語尾較自然。

談話訊息

- 主要由在上位者對在下位者使用，或用在朋友間、親近對象。
  예문 상은아, 어떻게 생각해? 尚恩，你怎麼想？
  상은 씨, 어떻게 생각하십니까? 尚恩，你怎麼想？

- 一般連名帶姓呼喚時不用「아/야」。
  예문 *장채린아, 어디야? 張彩林，在哪裡？

- 和動物的別名一起使用，好像呼喚人一般會有親近的感覺。
  예문 멍멍아, 이리 와. 狗狗，來這裡。

- 外國名字通常不加「아/야」。
  예문 ??제시카야, 지금 뭐 해? 潔西卡，現在在幹嘛？

에

- 前內容後加「에」。

1 位置與場所

表示事物或人存在的位置與場所。

- 은행은 정문 앞에 있어요. 銀行在正門前方。
- 교실에 시계가 없어요. 教室沒有時鐘。
- 공원에 사람이 많아요. 公園人很多。
- 저는 지금 신촌에 살고 있어요. 我現在住在新村。
- 모두 자리에 앉아 주시기 바랍니다. 請大家坐在位置上。
- 이 케이크는 냉장고에 넣어서 보관해야 한다. 這個蛋糕要放冰箱冷藏。
- 가 : 지금 어디야? 你現在在哪裡?

  나 : 나 지금 도서관에 있어. 我現在在圖書館。

文法訊息

- **前要素訊息**：和「앞、뒤、위、아래、옆、오른쪽、왼쪽、가운데」等表示位置的詞，或「도서관、식당、집」等表示場所的詞結合。
- **後要素訊息**：主要接「있다、없다、많다」等表示存在的詞，或「넣다、놓다、두다、앉다」等字。

  예문 부모님은 고향에 계세요. 하지만 동생은 베이징에 있어요.

  父母在故鄉，不過弟弟（妹妹）在北京。

相關表達

- 에서

  (1) 「에」表示存在地點或行為的地點，而「에서」表示行為發生的場所。

  예문 버스(*에서/에) 사람이 많아요. 公車人很多。

  자리가 없어서 바닥(*에서/에) 앉았다. 因為沒座位，所以坐地板。

  책이 책상 위(*에서/에) 있어요. 書在書桌上。

  교실(에서/*에) 공부를 해요. 在教室讀書。

  > Tip
  > ↙ 에   (에서)

(2) 「 場所名詞 ＋에」的後動詞被省略，也表示工具、手段、方法。

예문 고기는 강한 불에 (올려놓고) 익혀야 한다. 肉要放到大火上煮熟。

전자레인지에 (넣어서) 국을 데워 먹어라. 把湯放到微波爐加熱吃。

2 目的地

表示行為目標的到達地與目的地。

- 저는 매일 학교에 가요. 我每天去學校。
- 우리 오빠는 회사에 다니고 있어요. 我哥哥在公司上班。
- 친구가 방학이라서 한국에 놀러 왔어요. 朋友放假來韓國玩。
- 경찰은 사건이 발생한 직후 현장에 도착하였다.
  警察在事件發生後就抵達現場。
- 가 : 어디에 가요? 要去哪裡？

  나 : 밥 먹으러 식당에 가요. 去餐廳吃飯。

文法訊息

- **前要素訊息**：主要和表示場所與位置的詞結合。
- **後要素訊息**：接「가다、오다、다니다」等移動動詞，或「도착하다、닿다、이르다」等表示移動結果的動詞。

相關表達

- 을 / 를

  (1)「을／를」也和移動動詞一起使用，表示目的地之意。不過「을／를」和場所名詞外的敘述性名詞結合時，也可以表示移動的「目的」。

  예문 가 : 지금 어디(를/에) 가요? 現在要去哪裡？

  나 : 도서관(을/에) 가요. 去圖書館。

  상경이는 유학(을/*에) 간다. 尚景去留學。

  (2) 這個用法中，「을／를」和「에」的差異不大，可以替換使用。不過，「을／를」不同於「에」，表示話者將整個場所作為一個對象。

  예문 화장실(에/을) 가요. 去化妝室。

  나는 버스 뒷자리(에/*를) 가서 앉았다. 我走到公車後方的座位坐下。

  (3) 使用「을／를」時有強調目的地的感覺。

  예문 가 : 어디 가? 去哪裡？

  나 : (집에/*집을). → '가다'가 생략된 문장에서는 '집을'의 사용이 어색함.

  （家）。→ 在省略「가다」的句子中，使用「집을」不自然。

예문 가 : 나 지금 미국(에/²을) 갈 거야. 我現在要去美國。

나 : 뭐? 갑자기 미국(에/을)! → 목적지가 '미국'이라는 사실에 놀람.

什麼？這麼突然（去）美國！→ 對於目的地是「美國」表示驚訝。

- **(으)로**

(1)「（으）로」有表示方向與經過的意義，「에」則沒有這種意思。

예문 이 버스는 명동에 가요. → 버스의 목적지가 명동임.

這班公車到明洞去。→ 公車的目的地是明洞。

명동으로 가요. → 명동 방향으로 가므로 중간에 신촌 등을 경유함.

往明洞去。→ 往明洞的方向走，中間經過新村等地。

좀 더 오른쪽(으로/*에) 오세요. 請再往右邊一點。

3 對象

表示行為或感情的對象。

- 나는 매일 아침 꽃에 물을 준다. 我每天早上給花澆水。
- 어제 식당에 전화를 걸어 예약했어요. 昨天打電話到餐廳預約。
- 서준이는 그 사람의 외모에 반했다고 했어요. 據說敘俊沉迷於他的外貌。
- 노사는 정리 해고에 반대하는 시위를 벌이고 있다.
  勞資雙方展開反對解雇的示威。
- 가 : 왜 한국에 왔어요? 為什麼來韓國？
  나 : 한국 문화에 관심이 있었거든요. 因為對韓國文化有興趣。

文法訊息

- **前要素訊息**：不能和表示人或動物的有情名詞結合。
  예문 *나는 친구에 물을 뿌렸다. → '에게'를 써야 한다.
  我對朋友灑水。→ 要用「에게」。

相關表達

- **에다가**
  (1)「에다가」不同於「에」，「에다」不表示感情的對象。
  예문 쓰레기는 쓰레기통(에다가/에) 버리세요. 垃圾請丟垃圾桶。
  저는 운동(*에다가/에) 관심이 많아요. 我對運動很感興趣。
  (2)「에다가」主要用於口語，比起「에」有強調的感覺。

- 에게

   (1) 如果行為或感情的對象是人或動物等有情名詞時，以「에게」代替「에」。

   예문 나는 친구(에게/*에) 전화를 했다. 我給朋友打電話。

   강희는 고양이(에게/*에) 우유를 주었어요. 姜熙給貓牛奶。

擴張

- 에 대해 (서) , 에 대한

   (1) 主要用於表示要說話的對象。

   예문 오늘은 '환경 문제'에 대해(서) 이야기를 해 봅시다.

   今天來對「環境問題」聊聊吧！

   사람들은 누구보다 자기 자신에 대해(서) 알아야 한다.

   人應該要比其他人還了解自己。

   이 영화는 젊은이들의 사랑에 대한 것이다. 這部電影是關於年輕人的愛情。

- 에 좋다, 에 효과가 있다

   (1) 表示目標的對象。

   예문 바나나는 다이어트에 좋습니다. 香蕉對瘦身好。

   이 옷은 편하게 입기에 좋습니다. 這件衣服適合舒適穿。

   이 약은 두통에 효과가 있습니다. 這個藥對頭痛有效。

- 에 의해 (서) , 에 의한 , 에 의하면

   (1) 表示後內容的基準、理由、出處的對象。

   예문 불법 복제를 하면 법에 의해(서) 처벌을 받게 된다. 非法複製會依法受罰。

   음주운전에 의한 사고는 매해 줄어드는 추세이다.

   酒後開車的事故每年有減少的趨勢。

   연구 결과에 의하면 적당한 스트레스는 건강에 도움이 된다고 한다.

   根據研究結果，適當的壓力有助於健康。

- 에 따라 (서) , 에 따른 , 에 따르면

   (1) 表示後內容的比例、基準、原因、出處的對象。

   예문 날씨가 더워짐에 따라(서) 에어컨 판매량이 늘고 있다.

   隨著天氣變熱，冷氣機的銷量正增加中。

   시대에 따라(서) 선호되는 직업이 달라지고 있다.

   隨著時代，看好的職業持續改變。

   경제 발전에 따른 문제점들은 다음과 같다.

   經濟發展伴隨的問題如下。

일기 예보에 **따르면** 내일은 날씨가 맑다고 한다.
根據天氣預報顯示，明天天氣晴朗。

4 時間

表示行為或狀態的時間。

- 저는 매일 아침 7시에 일어나요. 我每天早上七點起床。
- 저는 작년에 처음 한국에 왔어요. 我去年第一次來韓國。
- 수업이 끝난 후에 친구를 만났어요. 課程結束後見了朋友。
- 오늘 밤에 친구 생일 파티가 있어요. 今天晚上有朋友的生日派對。
- 사람들은 겨울에 활동량이 줄어든다. 人們在冬天活動量減少。
- 월요일에 긴급회의를 열기로 했다. 決定星期一開緊急會議。
- 가 : 무슨 요일에 아르바이트를 해요? 星期幾打工？

  나 : 주말에 해요. 周末打工。

文法訊息

- **前要素訊息：**主要和表示時間的詞結合。不過，不可以和時間名詞「오늘、어제、내일、그제、모래」結合。

  예문 *저는 내일에 휴가를 떠납니다. *我明天去休假。

5 添加

表示某事物之後添加。

- 1(일)에 2(이)를 더하면 3(삼)이 된다. 一加二等於三。
- 오늘은 비에 바람까지 강하네요. 今天雨和風都強。
- 그는 동그란 얼굴에 큰 눈을 하고 있었다. 他圓臉加上有大眼睛。
- 피자에 파스타까지 먹어서 배가 터질 것 같아요.
  吃了披薩又加了義大利麵，肚子彷彿要爆了。
- 요즘 회사원들은 셔츠에 청바지를 즐겨 입는다.
  最近的上班族喜歡穿T恤和牛仔褲。
- 가 : 현정 언니, 요즘 많이 바빠요? 賢靜姐，最近忙嗎？

  나 : 말도 마. 회사 일에 집안일까지 하느라 정신없어.
  別說了，要做公司的事加上家裡的事，忙到昏頭。

- 에다가

    (1) 和「에」差異不大，可以替換使用。不過比「에」更有強調的感覺。

    예문 너 설마 삼겹살(에다가/에) 냉면까지 다 먹었어?

    難道你吃了五花肉又連冷麵也都吃了？

    (2) 「에」可以用於口語和書面語中，而「에다가」主要用於日常對話。

    예문 (일기 예보) 내일은 많은 양의 비(?에다가/에) 바람까지 강하게 불 것으로 전망됩니다. （天氣預報）明天會下大雨並颳強風。

    엄마, 내일 비(에다가/에) 바람까지 분대.

    媽媽，聽說明天會下雨，還會颳風。

6 單位

表示前內容為計算的基準或單位。

- 이 약은 하루에 세 번 드셔야 합니다. 這個藥一天要吃三次。
- 저는 일주일에 두 번 태권도를 배우고 있어요. 我每周學兩次跆拳道。
- 서준이는 한 달에 5권이 넘는 책을 읽는다고 한다.
  聽說敘俊每個月讀超過五本書。
- 채린이는 삼 년에 한 번씩 부모님과 해외여행을 간다.
  彩林每三年和父母出國旅行一次。
- 가 : 이 사과 얼마예요? 這蘋果多少錢？

    나 : 세 개에 오천 원이에요. 三個一千元。

文法訊息

- **前要素訊息**：主要和表示期間或數量的詞結合。
- **後要素訊息**：接「번、회、개、원、권」等表示單位的詞。

7 比較基準

表示前內容為比較的基準。

- 월급에 비하면 일이 많은 셈이다. 相較於月薪，事情算多。
- 예의에 어긋나는 행동은 하지 마세요. 請不要做違背禮儀的行動。
- 학생은 학교 규칙에 맞는 행동을 해야 한다. 學生要做符合學校規定的行動。
- 미래를 예측하는 일은 거의 불가능에 가깝다. 預測未來幾近不可能。

- 가 : 이 가방 어때? 這個包包如何？

  나 : 아주 예쁜데. 지금 옷에 잘 어울려. 很漂亮，和現在的衣服非常搭配。

文法訊息

- **前要素訊息**：主要和不能表示感情的事物或抽象名詞結合。
- **後要素訊息**：和「비교하다、비하다、걸맞다、가깝다、어울리다、어긋하다」等用言一起使用。

Tip 有情名詞不用「에」而用「에게」。

- 연정아, 그 사람은 너에게 어울리지 않아. 妍貞，那個人不適合你。

擴張

- **에 비해 (서) , 에 비하면**

  (1) 表示比較的對象。

  예문 형에 비해(서) 동생은 키가 작은 편이다.

  和哥哥相比，弟弟（妹妹）的個子算小的。

  노력에 비해(서) 결과가 좋지 않다.

  和努力相比，結果並不好。

  예전에 비하면 복지 혜택이 늘어난 것이지만 아직도 부족하다.

  和過去相比福利雖然增加了，但仍不夠。

8 原因

表示前內容為後者的原因。

- 채린이는 맥주 한 잔에 취해 버렸다. 彩林一杯啤酒就醉了。
- 나는 오랜 자취 생활에 지쳐 있었다. 我厭倦於長期的自炊生活。
- 시끄러운 차 소리에 아기가 잠에서 깼다. 小孩子在吵雜的車聲下從睡夢中醒了。
- 이번 홍수에 지역 주민들이 큰 피해를 입었다.

  因這次水災，地區居民受災嚴重。
- 가 : 왜 점점 말을 안 해? 為什麼逐漸不說話呢？

  나 : 지금 더위에 지쳐서 아무 말도 못 하겠어. 現在太熱了，說不出什麼話。

文法訊息

- **後要素訊息**：「에」不能用於表示主語積極、主動行為的原因，因此後用言主要是具狀態性的用言。

  예문 그 아이는 어려운 가정 형편(*에/으로) 학교를 그만두었다.

  那個孩子因為家境困難而休學。

- （으）로

 (1) 「（으）로」和「에」一樣表示原因和理由。「（으）로」可以用在表示主
    語積極、主動行為的原因，而「에」則不可。

 예문 큰 소리(*로/에) 아기가 깼다. 孩子因大聲音而醒來。
    큰 소리(로/*에) 동생을 깨웠다. 以大音量叫醒弟弟（妹妹）。

9 資格、身分

表示前詞是資格或身分。

- 현정 선배가 학생회장에 선출되었대요. 聽說賢靜學姊被選為學生會長。
- 전 서울 시장이 대통령에 당선되었습니다. 前首爾市長當選為總統。
- 강 교수님께서 우리 학교 총장에 임명되셨습니다.
  姜教授被任命為我們學校的校長。
- 아나운서 출신 정치가가 여성부 장관에 취임하였다.
  主播出身的政治家就任女性部長。
- 가 : 이번 학기에는 누가 반장이 되었어요? 這個學期誰當了班長？
  나 : 규현이가 반장에 뽑혔대요. 聽說圭賢被選為班長。

文法訊息

- **前要素訊息**：主要和「회장、사장、반장、총장、장관、대통령」等表示社會地位
  的詞結合。
- **後要素訊息**：接「선출되다、임명되다、취임하다、선택되다、뽑히다」等使之擁有
  資格、地位的根據或程序相關意義之用言。

相關表達

- （으）로

 (1) 「（으）로」也表示資格或身分。

 예문 현정 선배가 학생 회장(에/으로) 선출되었대요.
    聽說賢靜學姊被選為學生會長。

 (2) 「（으）로」可以和各種具主動意義的動詞結合，而「에」則不可。

 예문 1반 학생들은 강희를 반장(으로/*에) 뽑았다. 一班學生選姜熙為班長。
    나는 정사원(으로/*에) 입사했다. 我以正式職員進入公司。

10 其他用法

① 羅列

以「～에 ～에」形態使用，表示羅列之意。

- 신혜는 과자에 아이스크림에 먹을 것을 사서 우리 집에 놀러 왔다.
  信惠買了餅乾和冰淇淋來我們家玩。
- 가 : 풀 옵션 원룸을 찾고 있는데요. 我在找含傢俱的套房。
  나 : 요즘 웬만하면 침대에 세탁기에 냉장고까지 다 있어요.
  最近不錯的房子都有床、洗衣機和冰箱。

結合形助詞訊息

「에」也和其他助詞結合使用。

- 에 + 까지 : 김 선수의 갑작스런 결혼 소식은 해외 신문에까지 났다.
  金選手突如其來的結婚消息連海外報紙都報導了。
- 에 + 나 : 쓰레기를 아무 곳에나 버리면 안 돼요.
  不能隨處亂丟垃圾。
- 에 + 는 : 작년 겨울에는 눈이 참 많이 왔어요.
  去年冬天真的下了很多雪。
- 에 + 도 : 요즘 친구 결혼식이 많네요. 이번 주말에도 있어요.
  最近朋友的結婚典禮很多，這個周末也有。
- 에 + 도 (불구하고) : 서준이는 어린 나이에도 (불구하고) 참 어른스럽네요.
  敘俊年紀雖小，卻很像大人。
- 에 + 라도 : 지금 못하면 나중에라도 꼭 사과해.
  現在做不到的話，以後也一定要道歉。
- 에 + 를 : 여러분, 잠깐 이 위에를 봐 주십시오.
  各位，請看一下這上面。
- 에 + 만 : 저는 날씨가 좋은 날에만 빨래를 해요.
  我只有在天氣好的日子洗衣服。
- 에 + 야 : 제 딴에야 일찍 취직하는 게 부모를 돕는 길이라고 생각했겠지.
  他大概自認為儘早就業是幫助父母的方式。
- 에 + 야말로 : 이번에야말로 시험에 꼭 합격할 거예요.
  這次考試一定要及格。
- 에 + 의 : 젊은이들의 사회에의 진출이 점점 늦어지고 있다.
  年輕人進入社會愈來愈晚。

에게

形態訊息

· 前內容後加「에게」。

Tip 若代名詞「나、저、너」和「에게」結合，可以簡寫如下。

· 나에게 → 내게	· 저에게 → 제게	· 너에게 → 네게

1 對象

表示受某行為影響的對象，或是感受情感的對象。

- 친구에게 선물을 줬어요. 送禮物給朋友。
- 친구는 저에게 문자를 자주 보내요. 朋友常傳訊息給我。
- 부모님은 늘 우리에게 사랑한다고 말씀하셨어요.
  父母總是對我們說愛我們。
- 채린이는 미국 유학 후 아이들에게 영어를 가르쳐요.
  彩林去美國留學後教孩子們英文。
- 교사는 학생들에게 늘 관심을 가지고 있어야 한다.
  教師要時常關心學生。
- 가 : 작가님, 앞으로 어떤 글을 쓰고 싶으신가요?
  作家，您未來想要寫怎樣的文章？
  나 : 어려운 사람들에게 힘과 용기를 주는 글을 쓰고 싶습니다.
  我想寫能帶給有困難的人力量和勇氣的文章。

文法訊息

- **前要素訊息**：主要和人或動物等有情名詞結合。
- **後要素訊息**：主要接如「주다、가르치다、맡기다、보내다」等需要對象的動詞，
  或如「느끼다、실망하다」等感情動詞。若是名詞則主要接「관심、호감、흥미」
  等表示感情的名詞。

談話訊息

- 主要用於書面語中。

- 也可以用於正式的口語場合。

- 께

  (1) 如果前內容是需要尊待的對象，也可以用「께」代替「에게」。

  예문 저는 매일 아버지께 전화를 드립니다. 我每天給爸爸打電話。

  졸업식 전날 선생님께 편지를 썼어요. 畢業典禮前一天給老師寫了信。

- 한테

  (1) 在口語中經常使用「한테」代替「에게」。

  예문 신혜야, 그거 나한테 줘. 信惠，把那個給我。

- 에

  (1) 無法感受感情的事物或抽象名詞用「에」。

  예문 꽃(에/*에게) 물을 줍니다. 給花澆水。

- 더러

  (1) 「더러」和「말하다」類的敘述語一起使用，而「에게」可以搭配各種敘述語。

  예문 선배(더러/에게) 소개해 달라고 했어요. 請學長幫忙介紹。

  어제 친구(*더러/에게) 생일 선물을 줬어요. 昨天給了朋友生日禮物。

  (2) 「더러」主要用於非格式體的口語，書面語或正式場合使用「에게」。

  예문 친구는 나(더러/ʔ에게) 노래를 잘한다고 했다. 朋友對我說我唱歌唱得好。

- 보고

  (1) 「보고」和「말하다」類的敘述語一起使用，而「에게」可以搭配各種敘述語。

  예문 동생(보고/에게) 먼저 집에 가라고 했어. 叫弟弟（妹妹）先回家。

  친구(*보고/에게) 메일 보냈어. 給朋友寄了電子郵件。

  (2) 「보고」經常用於非格式體口語中。

  예문 엄마가 나(보고/ʔ에게) 우유를 사오라고 하셨어. 媽媽叫我去買牛奶。

- 使動句中的「에게」
  (1) 表示被指使的對象（人）
  예문 어머니가 아이에게 우유를 먹입니다. 媽媽餵孩子喝牛奶。

- **移動動詞句中的「에게」**

  (1) 表示主語趨向的對象（人）

  예문 서준이는 나에게 다가와서 인사를 했다. 敘俊走近我來打招呼。

- **比較動詞與「어울리다」句中的「에게」**

  (1) 表示比較對象（人）與基準

  예문 아줌마 역할은 그 배우에게 어울리지 않는다. 大嬸角色和那位演員不搭。

- **「있다／없다」句中的「에게」**

  (1) 表示擁有某物者的對象（人）

  예문 결혼식 사진은 나에게 없고 신혜에게 있다.
  結婚典禮照片不在我這裡，在信惠那裡。
  나에게 시간과 돈이 생긴다면 전 세계를 여행하고 싶다.
  如果我有時間和錢，想要去環遊世界。

- **用於信件或電子郵件中表示收信的對象（人）**

  예문 보고 싶은 현정이에게. 給想念的賢靜
  사랑하는 서준이에게. 給我愛的敘俊

2 主體

表示主語受某行為影響時，該行為所出之主體。

- 가끔 부모도 아이에게 배울 때가 있다. 有時候父母也要向孩子學習。
- 거짓말 한 것이 언니에게 들통 나 버렸다. 說謊的事被姐姐拆穿。
- 이번 생일 때 친구들에게 선물을 많이 받았어요.
  這次生日收到很多朋友的禮物。
- 누구나 다른 사람에게 칭찬을 받으면 기분이 좋기 마련이다.
  任何人被他人稱讚時，都會心情好。
- 가 : 신혜 씨, 강아지를 무서워한다면서요? 信惠，聽說你怕小狗？
  나 : 네, 어렸을 때 강아지에게 물린 적이 있어서요.
  對，因為小時候曾經被狗咬過。

文法訊息

- **前要素訊息**：主要和人或動物等有情名詞結合。
- **後要素訊息**：主要接如「받다、배우다」等有被動意義的動詞，或如「물리다、보이다、잡히다、안기다」等部分被動詞。

- 主要用於書面語中。
- 也可以用於正式的口語場合。

相關表達

- 한테

(1) 「에게」主要用於書面語中，而「한테」主要用於口語中。

예문 너 그 말 누구(한테/²에게) 들었니? 那番話你聽誰說的？／從誰那裡聽來的？
연구 결과, 대부분 가족들(²한테/에게) 스트레스를 받은 적이 있는 것으로
나타났다. 研究結果顯示，大部分的人曾經受到家人的壓力。

- 에게서

(1) 在「받다、배우다」句中，「에게」和「에게서」可以交替使用，不過在被動
句中，不能使用「에게서」。

예문 지난 설에는 친척들(에게서/에게) 선물을 많이 받았습니다.
上個過年從親戚那獲得很多禮物。
아기는 엄마(*에게서/에게) 안겨서 잠이 들었다.
孩子給媽媽抱著睡著了。

結合形助詞訊息

「에게」也和其他助詞結合使用。

- **에게 + 는** : 채린이**에게는** 차를 선물하고, 현정이**에게는** 과자를 선물했다.
  送茶給彩林，送餅乾給賢靜。
- **에게 + 도** : 명절에는 친척들**에게도** 인사를 드리러 가요.
  節慶時也去向親戚問好。
- **에게 + 만** : 홈페이지에 가입한 고객분들**에게만** 할인 혜택을 드립니다.
  僅給予加入網頁會員的顧客折扣優惠。
- **에게 + 만 + 은** : 우리 아이들**에게만은** 고생을 시키고 싶지 않아요.
  只不想讓我們的孩子受苦。
- **에게 + 조차** : 남편은 아내인 나**에게조차** 아프다는 말을 하지 않았다.
  先生連對身為太太的我，也不說不舒服。

에게서

形態訊息

- 前內容後加「에게서」。

Tip 若代名詞「나、저、너」和「에게」結合，可以簡寫如下。

- 나에게서 → 내게서
- 저에게서 → 제게서
- 너에게서 → 네게서

1 開始的對象

表示動作、狀態開始，或出自的對象。

- 부모들도 아이에게서 많은 것을 배운다. 父母也向孩子學習到很多東西。
- 나는 신혜에게서 사랑의 감정을 느꼈다. 我從信惠那裡感受到愛的感情。
- 생일에 친구들에게서 축하 편지를 받았습니다. 生日收到朋友們的祝賀信件。
- 시간이 지나자 사람들은 그에게서 멀어져 갔습니다.
  時間一過，人們開始遠離他。
- 사람들은 누구나 주위 사람들에게서 영향을 받는다.
  任何人都會受到周邊的人影響。
- 연예인들은 대중들에게서 잊히는 일이 가장 무섭다고 한다.
  藝人們說被大眾遺忘是最可怕的。
- 가 : 김 대리, 거래처에 회신했어? 金代理，給交易處回信了嗎？
  나 : 네. 오늘 담당자에게서 연락이 와서 답장을 했습니다.
  回了，今天負責人有聯繫來，已經回覆。

文法訊息

- **前要素訊息**：主要和人或動物等有情名詞結合。
- **後要素訊息**：主要接有被動之意的動詞或被動詞。

談話訊息

- 主要用於書面語中。

相關表達

- 에서

  (1) 如果前名詞不是人，用「에서」表示出處與起源。

  【예문】 이번 일은 아내의 오해(에서/*에게서) 시작되었다.

  　這次的事情始於太太的誤會。

- 에게, 한테

  (1) 在「받다、배우다」句中，「에게」、「한테」、「에게서」可以替換使用，不過在被動句中不能用「에게서」。

  【예문】 지난 설에는 친척들(에게/한테/에게서) 선물을 많이 받았습니다.

  　上個過年收到很多親戚的禮物。

  　아기는 엄마(에게/한테/*에게서) 안겨서 잠이 들었다.

  　孩子被媽媽抱著睡著了。

  (2) 「에게서」主要用於書面語中，而「한테」主要用於口語中。

  【예문】 처음 뵙겠습니다. 동생(한테/²에게서) 말씀 많이 들었습니다.

  　初次見面，從弟弟（妹妹）那裡久仰大名。

- 한테서

  (1) 「에게서」主要用於書面語中，而「한테서」主要用於口語中。

  【예문】 (신문) 이 박사는 대통령(²한테서/에게서) 직접 상을 받았다.

  　（報紙）李博士從總統手中領獎。

  　야! 너 솔직히 말해. 엄마(한테서/²에게서) 다 들었거든?

  　喂！你老實說，都聽媽媽說了？

- (으)로부터

  (1) 這兩個助詞有時候可以替換使用。

  【예문】 사람들은 가족들(로부터/에게서) 살아갈 힘을 얻곤 한다.

  　人們經常會因家人們而得到活下去的力量。

  (2) 不過在日常對話中，使用「（으）로부터」感覺不自然。

  【예문】 그 사람(²으로부터/에게서) 늘 좋은 향기가 나네요.

  　他總是散發出香味。

結合形助詞訊息

「에게서」也會如同下方和其他助詞結合使用。

- 에게서 + 는 : 유독 신혜에게서는 늘 좋은 향기가 나는 것 같아요.
  似乎唯有信惠總是散發香氣。
- 에게서 + 도 : 어른뿐만 아니라 아이들에게서도 배울 점은 있다.
  不只向大人，也能向孩子學到很多事。
- 에게서 + 만 : 아이에게서만 문제를 찾으려고 하는 부모들이 많다.
  很多父母只會從孩子身上找問題／只想從孩子身上找問題的父母很多。

에다가

助詞

形態訊息

- 前內容後加「에다가」。
  縮寫 에다

1 到達點

表示行為所指向的抵達點。

- 쓰레기는 꼭 쓰레기통에다가 버리세요. 垃圾請務必丟入垃圾桶。
- 저는 매일 아침 꽃에다가 물을 줘요. 我每天早上給花澆水。
- 공책에다가 이름을 써서 내 주세요. 請在筆記本上寫名字後繳交。
- 식당에다가 전화해서 예약을 좀 미뤄 줄래?
  能不能幫忙打電話給餐廳將預約延後？
- 현정 씨, 이 과일 좀 접시에다가 담아 주세요.
  賢靜，請幫忙把這個水果放到盤子上。
- 가 : 택배 왔습니다. 어디에다가 놓을까요? 送貨來了，要放在哪裡？
  나 : 여기에다 놓아 주세요. 請放這裡。

文法訊息

- **後要素訊息**：主要接如「걸다、붙이다、버리다、쓰다、적다、사인하다、낙서하

다、놓다、넣다、두다、담다、주다」、「보내다、전화하다、전화를 걸다」等需到達點的動詞。

談話訊息

- 主要用於口語中。
- 在口語中也可以簡寫為「에다」。

相關表達

- 에

  (1) 「에」和「있다、없다」一起使用以表示存在位置，「에다가」則沒有這種意義。

  例文 채린이는 지금 학교(에/*에다가) 있어요. 彩林現在在學校。

  열쇠가 서랍 안(에/*에다가) 없어요. 鑰匙不在抽屜裡。

  (2) 「에」可以和「앉다、서다、눕다」等姿勢動詞一起使用，「에다가」則不可。

  例文 이 자리(에/*에다가) 앉으세요. 請坐這個位置。

  이 앞(에/*에다가) 서세요. 請站在這前面。

  (3) 「에」可以用於書面語和口語中，而「에다가」主要用於口語中，且比「에」更有強調的感覺。

  例文 <안내문> 쓰레기는 쓰레기 통(에/ᴾ에다가) 버리십시오.

  <公告文>垃圾請丟入垃圾桶。

  야, 이걸 여기(에/에다가) 두면 어떡해. 위험하잖아.

  喂！這個怎麼能放在這裡，很危險啊！

  (4) 「에다가」和「에」不同，「에다가」不表示感情的對象。

  例文 저는 운동(에/*에다가) 관심이 많아요. 我對運動很感興趣。

2 添加

表示在某事物後再添加。

- 1(일)에다가 2(이)를 더하면 3(삼)이 돼요. 一加二等於三。
- 친구가 케이크에다가 선물까지 사 줬어요. 朋友買了蛋糕還送禮物給我。
- 요즘 아르바이트에다가 과제까지 있어서 힘들어요.
  最近有打工再加上有作業很辛苦。
- 우리 고향은 멀어서 버스에다가 배까지 타야 해요.
  我的家鄉很遠，要搭公車、搭船。

- 치킨에다가 맥주 한 잔 마시면 스트레스가 풀려요.
  炸雞又加上一杯啤酒的話，就可以解除壓力。
- 가 : 코트 입어야 되나? 要穿大衣嗎？

  나 : 날씨가 따뜻해서 원피스에다가 재킷만 입어도 돼요.
  天氣溫暖，穿連身洋裝加件外套也可以。

談話訊息

- 主要用於口語中。
- 在口語中也可以簡寫為「에다」。

相關表達

- 에

  (1) 和「에다가」差異不大，可以替換使用。不過，「에다가」比起「에」，更有強調的感覺。

  예문 너 설마 삼겹살(에/에다가) 냉면까지 다 먹었어?
  你該不會五花肉之外連冷麵都吃了？

  (2) 「에」可以用於書面語和口語中，而「에다가」主要用於日常對話中。

  예문 (일기 예보) 내일은 많은 양의 비(에/ᵖ에다가) 바람까지 강하게 불 것으로 전망됩니다. （天氣預報）明天預測會大量降雨，並且颳強風。
  엄마, 내일 비(에/에다가) 바람까지 분대. 媽媽，聽說明天會下雨又颳風。

3 其他用法

① 比喻對象

以「～에다가 비유하다／비유되다」形態表示「為比喻的對象」。

- 우리는 흔히 사람을 동물에다가 비유하곤 한다.
  我們經常將人比喻為動物。
- 인생은 종종 여행에다가 비유된다.
  人生經常被喻為旅行。

에서

形態訊息

· 前內容後加「에게서」。

縮寫 서

1 行為發生的場所

表示某行為發生的場所。

· 식당에서 밥을 먹습니다. 在餐廳吃飯。
· 어제 커피숍에서 친구를 만났어요. 昨天在咖啡店見了朋友。
· 노래방에서 노래를 부르면 스트레스가 풀려요. 去KTV唱歌可以消除壓力。
· 이번 졸업식은 강당에서 진행될 예정입니다. 這次畢業典禮將在講堂舉辦。
· 남북 측은 판문점에서 회담을 진행하기로 했습니다.
  南北預定在板門店舉行會談。
· 가 : 이 케이크 어디에서 샀어요? 這個蛋糕在哪裡買的？
  나 : 새로 생긴 빵집에서 산 거예요. 在新開的麵包店買的。

文法訊息

· **前要素訊息**：和「도서관、식당、집、학교、여기」等表示場所的詞結合。
· **後要素訊息**：接表示行為或動作的詞。

談話訊息

· 口語或報章標題也省略為「서」。
  예문 우리 어디서 만날까? 我們在哪裡見面？
  한국서 세계 정상 회의 개최 韓國將召開世界高峰會議。

相關表達

· 에

(1)「에」表示存在場所或行為的地點，而「에서」表示行為發生的地點。
  예문 버스(에/*에서) 사람이 많아요. 公車上人很多。
  자리가 없어서 바닥(에/*에서) 앉았다.

因為沒位子，所以坐地板。

책이 책상 위(에/*에서) 있어요. 書在書桌上。

교실(*에/에서) 공부를 해요. 在教室裡讀書。

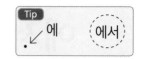
Tip
에 에서

☞2 出發點

表示出發的場所。

- 저는 집에서 학교까지 걸어서 다녀요. 我從家裡走路上學。
- 서울에서 부산까지 기차로 3시간쯤 걸려요.
  從首爾搭火車到釜山大約要三小時。
- 최근 외국에서 들어온 식재료가 인기를 끌고 있다.
  最近從國外進口的食材很受歡迎。
- 가 : 한스 씨는 어디에서 왔어요? 漢斯從哪裡來？
  나 : 저는 미국에서 왔어요. 我從美國來。

文法訊息

- **前要素訊息**：和「도서관、식당、집、학교、여기」等表示場所的詞結合。
- **後要素訊息**：接「오다、떠나다、나가다、나오다、출발하다、들어오다」等移動動詞或「시작하다、기원하다、유래하다」等動詞。

搭配訊息

- 「에서」經常和表示範圍尾端的「까지」搭配使用，一般以「（地點）에서 （地點）까지」形態表示。

談話訊息

- 口語或報章標題也會省略為「서」。
  예문 여기서 출발하면 한 20분쯤 걸릴 거야. 從這裡出發的話大約要 20 分鐘。
  일본서 들어온 식재료 인기 由日本進口的食材受歡迎

相關表達

- 부터
  (1)「에서」通常用作地點名詞，表示出發地之意，而「부터」則可以和地點名詞、時間名詞、有情名詞等各種名詞一起用，表示某事的開始或順序之始。
  예문 학교(부터/에서) 집까지 걸어서 왔어요. 從學校走回家。
  서울역(*부터/에서) 출발했어요. 從首爾站出發了。
  오늘(부터/*에서) 수업이 시작돼요. 今天開始上課。
  채린 씨(부터/*에서) 읽어 보세요. 從彩林開始讀。

- （으）로부터

  (1) 和場所名詞一起使用，表示出發點之意時可以和「（으）로부터」替換。

  예문 최근 외국(으로부터/에서) 수입된 식자재가 큰 인기다.
  近來從國外進口的食材很受歡迎。
  도쿄(로부터/에서) 날아온 소식　從東京傳來的消息。

  (2) 如果移動的對象是人，使用「에서」。

  예문 저는 미국(*으로부터/에서) 왔어요.　我從美國來。
  저는 학교(*로부터/에서) 집까지 걸어서 다녀요.
  我從學校到家裡走路上下學。

擴張

- 「에서」不僅可以和各種用言搭配表示出發地點，也可以廣泛用來解釋某事的基準、開始、出處、動機等。

  (1) （和「멀다、가깝다」一起）表示「以該場所作為起點遠或近」。

  예문 학교는 지하철역에서 꽤 멀어요.　學校離地鐵站很遠。
  우리 집은 시내에서 가까운 편이에요.　我們家算是離市區近。

  (2) 表示某事的開始點。

  예문 이 상태에서 일을 계속하면 쓰러질 수도 있어요.
  在這個狀態下繼續工作的話，有暈倒的可能。

  (3) 表示某事或信息的出處。

  예문 일기예보에서 오늘 비가 온다고 했어요.
  天氣預報說今天會下雨。
  책에서 봤는데 사람마다 적정 수면 시간이 다르대요.
  我看書上說每個人適當的睡眠時間不同。

  (4) 以「마음에서」、「뜻에서」、「차원에서」等說明某行為的動機。

  예문 선생님께 감사드리는 마음에서 이 꽃을 준비했습니다.
  我以感謝老師的心意，準備了這束花。
  아이들에게 모범을 보이는 차원에서 재활용을 하고 있습니다.
  為了向孩子們示範，正在做資源再利用。

3 主體

表示某事的主體。

- 방송국에서 신입 사원을 모집합니다.　廣播局招募新人。

- 회사에서 신상품을 개발하고 있다. 公司在開發新商品。
- 정부에서 건강 보험료 인상 계획을 밝혔다. 政府發表調漲健康保險費的計畫。
- 학생회에서 무료로 간식을 나누어 주고 있다. 學生會在免費發放點心。
- 가 : 김 기자, 정부 발표에 대한 시민 단체의 반응은 어떤가요?
  金記者，針對政府的發表，市民團體的反應如何呢？
  나 : 시민 단체에서는 강하게 반발하고 있습니다. 市民團體強烈反對。

文法訊息

- **前要素訊息**：和「회사、정부」等表示團體的詞一起使用。
- **後要素訊息**：主要接「개최하다、모집하다」等部分他動詞。不能接形容詞和表示狀態的詞。
  예문 학교(가/*에서) 참 예쁘네요. 學校真漂亮啊。

談話訊息

- 口語中也省略為「서」。
  예문 과 사무실서 사물함 신청을 받고 있어. 系辦的置物櫃受理申請中。

相關表達

- 이 / 가

  (1) 如果主體不是團體，而是一般的狀態或行為，用「이／가」。
  예문 친구(가/*에서) 내일 한국에 와요. 朋友明天來韓國。

結合形助詞訊息

> **「에서」也和其他助詞結合使用。**

- **에서 + 가** : 이 일을 시작한 동기는 단순한 호기심**에서가** 아니었다.
  開始這件事的動機，並非出自單純的好奇心。
- **에서 + 까지** : 요즘은 화장실**에서까지** 스마트폰을 보는 사람이 늘고 있다.
  近來在廁所內看手機的人增加中。
- **에서 + 나** : 과학 기술의 발전으로 영화**에서나** 볼 법한 일들이 실제로 일어나고 있다.
  因科學技術的發展，在電影中才會出現的事情現正實際發生著。
- **에서 + 나마** : 먼 곳**에서나마** 팬으로서 응원하겠습니다.
  我即使在遠方也會以粉絲身分給予聲援。
- **에서 + 는** : 집이 시끄러워서 집**에서는** 공부할 수 없어요.
  因為家裡吵雜，所以沒辦法在家裡讀書。

- **에서 + 만** : 이 음식은 이 식당**에서만** 팔아요. 這道料理只有在這家餐廳販售。
- **에서 + 밖에** : 이런 풍경은 이 시장**에서밖에** 볼 수 없어요.
  這種風景只能在這個市場看到。
- **에서 + 보다** : 커피숍**에서보다** 집에서 조용히 마시는 커피가 더 좋다.
  我覺得在家安靜喝的咖啡比在咖啡店更好。
- **에서 + 야** : 그동안 미루던 일을 오늘**에서야** 하기로 했다.
  我今天終於決定做好拖延一陣子的事情。
- **에서 + 와** : 지난 소설**에서와** 마찬가지로 이 소설에도 소년이 등장한다.
  和過去的小説一樣，這篇小説也有少年登場。
- **에서 + 의** : 여행지**에서의** 추억은 좀처럼 잊히지 않는다. 旅遊的記憶不容易遺忘。
- **에서 + 조차** : 남편은 집**에서조차** 일만 했다. 丈夫連在家也都只在工作。
- **에서 + 처럼** : 영화**에서처럼** 낭만적인 사랑을 할 수 있을까?
  有辦法像電影一樣做到浪漫的戀愛嗎？

요

形態訊息

- 前內容後加「요」。

Tip 如果前內容是名詞，且有尾音，也可以加「이요」。

- 가방이요
- 천원이요

1 尊待（句子終結）

表示對對話對象的尊待，用在句子的結尾。

- 비가 오네요. 下雨呢。
- 오늘 날씨가 좋지요? 今天天氣好吧？
- 제가 요즘 좀 바쁘거든요. 我最近有點忙。
- 주말에 동물원에 갈래요? 周末要不要去動物園？
- 가 : 지금 뭐 해요? 現在在做什麼？
  나 : 텔레비전을 봐요. 看電視。

文法訊息

- **前要素訊息**：和「–아、–지、–네、–거든、–을래、–을까」等終結語尾結合。

談話訊息

- 主要用於口語中。
- 聽者年紀比話者大，或者是在上位者時，初次見面一般用「요」。

2 尊待

表示對對話對象的尊待。

- 이 식당은요, 비빔밥이 제일 유명해요. 這間餐廳呢，拌飯最有名。
- 저는 아침에 일어나면요, 먼저 물부터 마셔요. 我早上起來時，會先喝開水。
- 선생님, 강희가요, 저한테요, 바보라고 했어요. 老師，姜熙她呢，對我說啊，說我是笨蛋。
- 가 : 이름이 뭐예요? 你叫什麼名字？

  나 : 남신혜요. 南信惠。
- 가 : 지금 어디예요? 你現在在哪裡？

  나 : 지금요? 버스요. 現在嗎？公車上。

文法訊息

- **前要素訊息**：和名詞、副詞、助詞、連結語尾結合。

談話訊息

- 主要用於口語中。
- 主要用於日常對話等非正式場合中。
- 對話時，不說完整的句子，而是在主語或副詞後不斷加上「요」，有可愛地說話的感覺。一般是小孩子或年輕女性會反覆使用「요」。

  예문 (아이가 엄마에게) 엄마, 저는요, 엄마가요, 세상에서요, 제일요, 좋아요.

  （孩子對媽媽說）媽媽，我啊，在這個世界上啊，最，喜歡，媽媽哦。

  (어린 후배가 선배에게) 선배, 선배는요, 졸업하면요, 앞으로요, 뭐 하실 거예요?

  （年幼後輩對前輩說）學姊，學姊啊，畢業的話，以後呀，要做什麼呢？

Tip 聽完提問，可在提問者要求的問題事項後加上「요」簡答。

(으) 로

形態訊息

	形態
尾音 ○	으로
尾音 ✕	로

Tip 如果前內容的尾音是「ㄹ」，不加「으로」，加「로」。

1 方向

表示某事物指向的方向。

- 이 버스는 명동으로 갑니다. 這輛公車往明洞去。
- 이 소포를 부산으로 보내고 싶은데요. 我想要寄這個包裹到釜山。
- 오른쪽으로 돌면 큰 은행이 보일 거예요. 往右轉會看到一間大銀行。
- 최근 다른 나라로 유학을 가는 학생이 늘고 있다.
  最近去他國留學的學生增加中。
- 지금부터 호명되시는 분은 앞으로 나와 주십시오.
  現在開始被叫到名字的人請到前面來。
- 가 : 선생님, 목이 자주 아픈데요. 醫生，我的喉嚨常常不舒服。
  나 : 그럴 때는 고개를 위, 아래로 천천히 움직여 보세요.
  那樣時請將頭上下慢慢動看看。

文法訊息

- **前要素訊息**：和場所名詞、位置名詞、表示方向的名詞結合。
- **後要素訊息**：主要接如「가다、오다、나가다、나오다、떠나다」等移動動詞，或如「움직이다」、「보내다」等動詞。

談話訊息

- 口語中將「(으)로」發音成「(으)루」。和「것」、「여기、저기、거기」一起使用的話，也可以發音成「걸로、여길로、저길로、거길로」。
  예문 어디루 가세요? 您要去哪裡？
  아줌마, 이걸로 주세요. 大嬸，請給我這個／我要買這個。

相關表達

- 에

  (1) 「에」表示明確的目的地，而「（으）로」表示朝向目的地的方向與路線

  예문 이 버스는 명동에 가요. → 버스의 목적지가 명동임.

  　　這輛公車到明洞去。→ 公車的目的地是明洞。

  　　　　　　명동으로 가요. → 명동 방향으로 가므로 중간에 신촌 등을 경유함.

  　　　　　　往明洞去。→ 往明洞方向去，中途經過新村等地。

  　　좀 더 오른쪽(?에/으로) 오세요.

  　　請往右邊一點。

- 을 / 를

  (1) 「을／를」也可以和「가다、오다」等移動動詞一起使用，表示目的地。不過「을／를」不表示方向。

  예문 오늘은 학교를 가요. → 목적지가 학교임.

  　　今天去學校。→ 目的地是學校。

  　　　　　　학교로 가요. → 학교 방향으로 감. 목적지는 학교나 그 근처일 수 있음.

  　　　　　　往學校去。→ 往學校的方向去，目的地可能是學校或附近。

  　　거기에서 오른쪽(*을/으로) 가세요. 請在那往右走。

擴張

- （으）로 해서

  (1) 前內容如果在「길、다리、비상구、뒷문」等通過或經過的場所之後加上「（으）로 해서」，有「經由」之意。

  예문 아저씨, 마포대교로 해서 가 주세요. 大叔，請走麻浦大橋。

2 手段、道具、方式

表示做某行為時「利用該事物」或「成為那樣的狀態」。

- 수업 시간에는 한국어로 이야기하세요. 上課期間請說韓語。
- 한국에서는 숟가락과 젓가락으로 밥을 먹어요. 韓國用湯匙和筷子吃飯。
- 요즘은 스마트폰으로 동영상도 만들 수 있어요. 最近用手機也能拍影片。
- 강희는 언제나 웃는 얼굴로 사람들을 대해서 보기 좋아요.
  姜熙總是笑臉迎人，看起來很舒服。
- 연구 결과, 맨발로 걸으면 발바닥이 더 튼튼해진다고 한다.
  研究結果顯示，光腳走路腳底會更結實。

- 재능 기부란 돈이 아닌 재능으로 다른 사람을 돕는 것을 말한다.
  捐獻才能是指不以錢，而是以才能來幫助他人。
- 가 : 서준 씨는 학교에 어떻게 와요? 敘俊怎麼來學校？

  나 : 저는 매일 지하철로 와요. 我每天搭地鐵來。

文法訊息

- **前要素訊息**：主要和交通手段、語言、身體部位等表示手段或工具的名詞結合。表示方式時，和「차림、채、표정、맨발、맨손」等表示狀態的詞結合。
- **後要素訊息**：接表示行為的詞。

談話訊息

- 口語中會將「（으）로」發音成「（으）루」。和「것」、「여기、저기、거기」一起使用的話，也可以發音成「걸로、여길로、저길로、거길로」。

  예문 포크루 찍어 먹어. 用叉子吃。

  가위가 안 되면, 이걸로 잘라 보세요. 剪刀不行的話，請用這個剪看看。

相關表達

- **（으）로써**

  (1) 和「（으）로」差異不大，可以替換使用。不過，和「（으）로」相較之下，有強調的感覺。

  예문 총리 후보자는 눈물(로써/로) 국민들에게 지지를 부탁했다.

  總理候選人以眼淚拜託選民支持。

  (2) 在日常對話中，使用「（으）로」更自然。

  예문 가 : 중국에서는 컵라면을 젓가락으로 안 먹는다면서?

  聽說在中國不用筷子吃泡麵？

  나 : 응. 중국에서는 포크(?로써/로) 먹어. 嗯，在中國用叉子吃。

  (3) 「動詞＋-음으로써」的「（으）로써」和「（으）로」替換的話，會不自然。

  예문 우선 상대방의 말을 열심히 들어 줌(으로써/*으로) 서서히 문제를 해결해 가는 것이 좋다.

  先仔細聽對方的話，再慢慢解決問題較好。

  한국의 문화를 체험함(으로써/*으로) 한국 문화를 더욱 이해할 수 있다.

  藉由體驗韓國的文化，能更理解韓國文化。

表示某物品或食物的材料。

- 최근 두부로 만든 과자가 인기를 끌고 있다. 最近以豆腐製作的餅乾很受歡迎。
- 이 식탁은 버려진 나무로 만들어진 것입니다.
  這個餐桌是以廢棄木材製作而成。
- 이 가방은 소가죽으로 제작되어 질감이 부드럽습니다.
  這個包包以牛皮製作，質感柔軟。
- 캐시미어로 된 코트는 가볍고 따뜻하다는 점이 특징이다.
  用喀什米爾製作的大衣以又輕又暖為特徵。
- 가 : 아이 옷인데 너무 비싸지 않아? 這是小孩子的衣服，不覺得太貴了嗎？
  나 : 아마 순면으로 만들어서 그럴 거야. 也許是因為以純棉製作（而那麼貴的）。

文法訊息

- **前要素訊息**：和表示某物材料或原料的詞結合。
- **後要素訊息**：主要接「만들다、제작하다、생산하다」等動詞。

談話訊息

- 口語中會將「（으）로」發音成「（으）루」。和「것」一起使用的話，也可以發音成「걸로」。
  예문 이 빵은 쌀루 만들었대. 聽說這個麵包是米做的。
  그냥 버리기 아까워. 이걸로 뭔가 만들까?
  直接丟掉太可惜了，要用這個做什麼呢？

相關表達

- **（으）로써**
  (1)「（으）로써」也可以表示製作某物的材料或原料，大都以「（으）로」的形式出現。
  예문 그는 직접 재배한 딸기(로써/로) 잼을 만든다. 他用自己種的草莓做果醬。

表示某對象的身分和資格。

- 이번 반장 선거에서 규현이가 반장으로 뽑혔대.
  在這次班長票選中，圭賢被選為班長。

- 이 학교는 내가 교사로 처음 부임한 곳이었다.
  這間學校是我當老師第一次任職的地方。
- 한 집안의 가장으로 사는 것은 쉽지 않은 일이야.
  作為一家的家長是件不容易的事。
- 강 선생님께서 이번 대회에 심사 위원으로 참석하셨다.
  姜老師以審查委員的身分參加這次大會。
- 나는 여행지에서 찍은 사진을 기념으로 간직하고 있다.
  我將旅行拍攝的照片作紀念收藏著。
- 가 : 너 여자 친구랑 헤어졌어? 你和女朋友分手了？
  나 : 응. 그냥 좋은 친구로 남기로 했어. 嗯，決定就當好朋友。

文法訊息

- **前要素訊息**：主要接如「대통령、군인、교사、선수」等表示職業的名詞、「사장、상사、선배」等表示地位的名詞、「가족、친구、언니」等表示角色的名詞。此外，也可以接「개념、점심」等一般名詞。

談話訊息

- 口語中會將「（으）로」發音成「（으）루」。
  [예문] 저는 이번 드라마에서 주인공의 언니루 나오는데요.
  我在這次電視劇中以主角的姐姐出現。

相關表達

- 에

  (1) 搭配「뽑히다、선출되다」等有被動性質的動詞，表「資格」之意。

  [예문] 현정 선배가 학생회장(에/으로) 선출되었다. 賢靜學姊被選為學生會長。

  (2) 「（으）로」不同於「에」，可以接各種有主動意義的動詞。

  [예문] 1반 학생들은 강희를 반장(*에/으로) 뽑았다. 一班學生選姜熙為班長。
  나는 정사원(*에/으로) 입사하였다. 我以正式職員進入公司。

- （으）로서

  (1) 和「（으）로」差異不大，可以替換使用。

  [예문] 팬(으로서/으로) 오빠를 응원할 거예요. 我要以粉絲的身分給哥哥加油。

  (2) 「（으）로서」後除了動詞外，也可以接形容詞。

  [예문] 아이들의 성장을 지켜보는 것은 부모(로서/*로) 큰 기쁨이다.
  看著孩子成長是父母極大的喜悅。

5 變化的結果

表示前事物變化的結果。

- 이모는 아이 셋을 모두 의사로 키웠다. 姨母培養三個孩子成為醫師。
- 이 프로그램은 음성을 문자로 바꿔 준다. 這個程式將聲音轉為文字。
- 제 친구는 술만 마시면 다른 사람으로 바뀌어요.
  我朋友一喝酒就會變成另一個人。
- 지구 온난화로 사막으로 변한 지역이 늘고 있다.
  因地球暖化而變為沙漠的地區增加中。
- 오랜만에 만난 친구는 한 아빠의 아이로 변해 있었다.
  許久不見的朋友成為一個孩子的爸爸。
- 가 : 달러를 원으로 바꾸고 싶은데요. 我想要將美金換為韓元。
  나 : 네, 잠시만요. 好,請稍等。

文法訊息

- **後要素訊息**：接如「만들다、변하다、바뀌다、키우다」等表示性質變化的動詞。

談話訊息

- 口語中會將「(으)로」發音成「(으)루」。和「것」、「여기、저기、거기」
  一起使用的話,也可以發音成「걸로、여길로、저길로、거길로」。
  예문 이거 천 원짜리루 바꿔 주세요. 請幫我將這個換成千元鈔票。
  약속 장소를 명동에서 여길루 바꿀까? 約定場所要不要從明洞換到這裡?

6 原因和理由

表示事情的原因或理由。

- 갑작스러운 폭설로 말미암아 수업이 취소되었다.
  由於突如其來的暴雪,因而課程被取消了。
- 이번 지진으로 인해 수많은 이재민들이 발생했다.
  因這次地震許多災民因而產生。
- 무리한 다이어트로 건강을 잃는 사람들이 늘고 있다.
  因不當的節食而失去健康的人增加中。
- 동생은 어려운 가정 형편으로 학교를 그만두어야 했다.
  弟弟(妹妹)因家境困難的關係而必須休學。

- 연정이는 사고 이후 꾸준한 재활 치료로 건강을 회복하였다.
  妍靜在事故後持續做復健而恢復了健康。
- 가 : 선생님께서는 어린 나이에 요리 일을 시작하셨는데, 이유가 있나요?
  老師自幼便開始料理，有什麼緣由嗎？
  나 : 아버님의 병환으로 집안이 어려웠거든요.
  因為父親生病，家裡變得困難。

文法訊息

- **前要素訊息**：主要和疾病、事故、現象、事件等相關的名詞結合。
- **後要素訊息**：主要接有動作性的用言。另外也和動詞「인하다」、「말미암다」結合，即以「－(으)로 인해」、「－(으)로 말미암아」的形態呈現。

談話訊息

- 口語中會將「(으)로」發音成「(으)루」。
  예문 이번 홍수루 재산 피해가 엄청 많이 났대.
  聽說這次水災產生巨大財產損失。

相關表達

- 에
  (1) 「(으)로」和「에」一樣，表示原因和理由。「(으)로」可以表示主語積極、動態行為的原因，「에」則不可。
  예문 큰 소리(에/*로) 아기가 깼다. 在大聲響下孩子因而醒來。
  큰 소리(*에/로) 동생을 깨웠다. 用大聲響吵醒弟弟（妹妹）。

7 選擇與決定

表示選擇或決定某事項。

- 오늘 점심은 피자로 할까요? 今天午餐要不要吃披薩？
- 내일 채린 씨랑 만나기로 했어요. 我明天要和彩林見面。
- 나는 내년에 유학을 가기로 결정했다. 我決定明年去留學。
- 다음 회의는 금요일로 하는 게 좋겠어요. 下次會議在星期五舉行會較方便。
- 자세한 얘기는 다음에 하는 것으로 하지요. 詳細內容下次談吧。
- 가 : 음료는 커피와 녹차 중에 고르실 수 있습니다. 飲料有咖啡和綠茶可以選。
  나 : 커피로 할게요. 我要咖啡。

文法訊息

- **後要素訊息**：接「하다、약속하다、결정하다、선택하다」等動詞。

談話訊息

- 口語中會將「（으）로」發音成「（으）루」。和「것」、「여기、저기、거기」
  一起使用的話，也可以發音成「걸로、여길로、저길로、거길로」。

  예문 나도 커피루 할래. 我也要咖啡。

  저는 이걸로 할게요. 我要這個／我買這個。

8 數的範圍

表示數數時包含的範圍。

- 모처럼의 휴가가 어제로 끝이 났어요. 難得的休假到昨天結束了。
- 휴대폰을 잃어버린 것이 이번으로 5번째예요. 弄丟手機這次是第五次了。
- 정부가 정책 공모를 실시한 지 올해로 3주년이 되었다.
  政府公開徵求政策實施到今年是三週年了。
- 가: 두 사람 만난 지 오래되었어요? 兩位交往很久了吧？

  나: 아니요. 오늘로 사귄 지 100일 되었어요. 不，到今天交往了 100 天。

文法訊息

- **前要素訊息**：主要和「어제、오늘、내일、지난달、이번 달、다음 달」、「작년、올
  해、내년」、「이번」等表示時間的名詞結合。
- **後要素訊息**：主要接「（期間）이／가 되다」、「번째이다」等。

談話訊息

- 口語中會將「（으）로」發音成「（으）루」。

  예문 동창들이랑 연락을 안 한 지도 올해루 벌써 5년째야.

  自從沒和同學聯絡到今年已是第五年了。

相關表達

- （으）로써

  (1)「（으）로써」表示計算時間時加入的限制，相較於「（으）로」，更有強
     調的感覺。

     예문 시험에 떨어진 것도 이번으로써 벌써 네 번째다.

     光是考試落榜這次已經是第四次了。

예문 가 : 미안해. 내가 잘못했어. 抱歉，我錯了。

나 : 이제 오늘로써 너하고 끝이야. 다신 만나지 말자.

我和你今天結束了，不要再見面了。

擴張

- **아침저녁으로, 밤낮으로, 시시각각으로等**

(1) 「（으）로」和部分表示時間的名詞結合，在句子中沒有特別的意義，也可以讓前內容變為副詞語。

예문 아버지는 아침저녁으로 운동을 하신다. 爸爸早晚運動。

結合形助詞訊息

「（으）로」也和其他助詞結合使用。

- **(으)로 + 나** : 가치관을 바꾸는 것은 개인적**으로나** 사회적**으로나** 어려운 일이다.
  改變價值觀這件事，不論是個人或社會，都是困難的事情。
- **(으)로 + 나마** : 강 선생님, 멀리 있지만 이렇게 이메일**로나마** 안부를 묻습니다.
  姜老師，雖然在遠方，聊藉此電子郵件致上問候之意。
- **(으)로 + 다가** : 오늘 저녁은 특별히 스테이크**로다가** 준비했어요.
  今天晚上特別準備了牛排。
- **(으)로 + 도** : 요즘은 전화 외에 스마트폰 앱**으로도** 배달이 가능하다.
  近來除了打電話，用手機 APP 也可以叫外送。
- **(으)로 + 만** : 말**로만** 하지 말고 행동으로 보여 주세요. 別光用說的，請展現行動。
- **(으)로 + 밖에** : 연정이의 말은 아무리 생각해도 자랑**으로밖에** 들리지 않았다.
  妍靜的話不論怎麼想，聽起來都只是炫耀。
- **까지 + 로** : 일단 계약 기간은 15일**까지로** 되어 있습니다.
  契約時間暫且訂為到 15 日為止。
- **만 + 으로** : 최근 식단 조절**만으로** 암을 이겨낸 사람들이 늘고 있다.
  最近僅以調整食譜戰勝癌症的人增加中。
- **한테 + 로** : 방학이라서 아이들은 잠깐 할머니**한테로** 보냈어요.
  因為放假，所以暫時把孩子們送到奶奶那裡。

(으) 로는

	形態
尾音 ○	으로는
尾音 ×	로는

1 出處、根據

表示說話或判斷的出處或根據。

- 의사 선생님 말씀으로는 쉬면 낫는대요. 根據醫生所言，休息就會好。
- 내 생각으로는 혼자 사는 게 제일 편한 것 같아. 我認為獨居是最舒適的了。
- 들리는 말로는 너 조만간 결혼한다고 하던데, 진짜야?
  我聽聽來的話，說你快結婚了，是真的嗎？
- 제가 들은 소문으로는 서준이가 엄청난 부잣집 아들이래요.
  我聽來的傳言，說敘俊是超級有錢人家的孩子。
- 얼핏 듣기로는 강희한테 남자 친구가 생긴 것 같아요.
  突然聽說姜熙有了男朋友。
- 가 : 이번 주 금요일이 회의지요? 這周五有會議吧？
  나 : 음, 제가 알기로는 목요일인 것 같은데요. 嗯，就我所知，好像是禮拜四。

文法訊息

- **前要素訊息**：主要和「말、말씀、이야기、소문、생각」等名詞或「듣기」、「알기」、「보기」等的「名詞形」結合。
- **後要素訊息**：主要搭配「-다고 하다」等引用表達，或「-은 것 같다」等推測表達。

談話訊息

- 主要用於口語中。

相關表達

- ~ 에 따르면 , ~ 에 의하면

(1) 「～에 따르면」、「～에 의하면」、「（으）로는」都用於表示出處和根據，不過「～에 따르면」和「～에 의하면」適合用在新聞或報紙等客觀的報導，而「（으）로는」用來表示以話者的主觀想法為根據。

예문 소문(에 따르면/에 의하면/으로는) 곧 새 휴대폰 모델이 출시된대요.

　　　根據傳聞，馬上就會推出新型手機。

　　　뉴스(에 따르면/에 의하면/*로는) 버스 요금이 인상된다고 한다.

　　　據新聞報導，公車票價上漲了。

　　　제 생각(*에 따르면/*에 의하면/으로는) 그건 아닌 것 같아요.

　　　根據我的想法，那似乎並非如此。

2 「該當於前所述內容者」

表示「該當於前所述內容者」之意。

- 역시 야식으로는 치킨이 최고야. 就消夜來說，還是炸雞最好。
- 산책하기로는 역시 한강이 그만이네요. 就散步來說，還是漢江最佳。
- 어린이날 선물로는 역시 인형만 한 것이 없어요.
  就兒童節禮物來說，沒有比娃娃更好的了。
- 분위기 좋은 레스토랑으로는 거기가 제일인 것 같아.
  就氣氛好的餐廳來說，似乎以那裡最佳。
- 가 : 작년에 그 가수 콘서트에 갔다 왔는데 진짜 최고더라.
  去年去了那位歌手的演唱會，真的感覺最好。
  나 : 노래 잘하기로는 그 가수를 따라올 사람이 없지.
  就歌唱得好這一點，沒有人能追上那位歌手。

文法訊息

- **前要素訊息**：主要和名詞或加名詞形語尾「–기」用言的名詞形結合。
- **後要素訊息**：主要接「그만이다」、「제일이다」、「최고다」、「만 한 것이 없다」、「따라올 … 이／가 없다」等。

談話訊息

- 主要用於口語中。

(으)로부터

形態訊息

	形態
尾音 ○	으로부터
尾音 ×	로부터

1 出發點

表示某行為或事件的出發點，或其來源對象、根源。

- 뉴욕으로부터 소포가 왔어요. 從紐約來了包裹。
- 온갖 유해 물질로부터 건강을 지키자. 從各種有害物質守護健康。
- 지금으로부터 3년 전에 있었던 일이에요. 那是現在算起三前年發生的事。
- 규현이는 동료들로부터 인정받는 실력가예요. 圭賢是被同事認定的實力家。
- 모든 연구는 "왜?"라는 물음으로부터 시작된다.
  所有研究都是從「為什麼」出發。
- 정부의 새 정책이 시민들로부터 큰 호응을 얻고 있다.
  政府的新政策得到市民的巨大迴響。
- 가: 정말 화가 나. 真的生氣。

  나: 진정해. 모든 행복과 불행은 나로부터 비롯된다고 하잖아.

  冷靜一點，所有幸福和不幸都是出自自己啊。

文法訊息

- **前要素訊息**：主要和各類名詞結合，但若是「時間名詞」只能和「지금、그 시간」等少數名詞結合。
- **後要素訊息**：主要接「오다、나오다、비롯되다、시작하다、받다、얻다、수집하다」、「구하다、보호하다、지키다、탈출하다」等動詞。

相關表達

- 에서
  (1) 「（으）로부터」和場所名詞一起使用，若表示出發點之意時，有時候可以和「에서」替換使用。

예문 최근 외국(에서/으로부터) 수입된 식자재가 큰 인기다.
最近從國外進口的食材很受歡迎。

도쿄(에서/로부터) 날아온 소식　從東京傳來的消息

(2) 如果移動的對象是人時用「에서」。

예문 저는 미국(에서/*으로부터) 왔어요. 我從美國來。

저는 학교(에서/*로부터) 집까지 걸어서 다녀요.

我走路上下學。／我走路到學校上班。

- 에서부터

(1) 「（으）로부터」表示某行為所起始的事件或事情時，可以和「에서부터」替換使用。

예문 부부싸움은 언제나 사소한 일(에서부터/로부터) 비롯된다.

夫妻吵架都是從小事開始。

(2) 表示範圍的開始時用「에서부터」而不用「（으）로부터」。

예문 나는 우리 딸의 머리(에서부터/*로부터) 발끝까지 모두 사랑스럽다.

對我來說，女兒頭到腳都令人憐愛。

오늘은 교과서 50페이지(에서부터/*로부터) 수업을 시작해 볼까요?

今天從課本第50頁開始上課吧？

- 에게서

(1) 如果某行為起始的對象是人，可以和「에게서」替換使用。

예문 사람들은 가족들(에게서/로부터) 살아갈 힘을 받곤 한다.

人們經常從家人身上獲得活下去的力量。

(2) 在日常對話中使用「（으）로부터」感覺不自然。

예문 그 사람(에게서/²으로부터) 늘 좋은 향기가 나네요.

他總是散發出香氣。

- 한테서

(1) 如果前內容是人，「한테서」可以替換成「（으）로부터」。

예문 저는 자라오면서 어머니(한테서/로부터) 많은 것을 배웠습니다.

我在成長過程中，從媽媽那學了很多。

(2) 日常對話中使用「한테서」、書面語中使用「（으）로부터」更為自然。

예문 아버지(한테서/²로부터) 편지를 받았어요. 收到了爸爸寄來的信。

結合形助詞訊息

「（으）로부터」也和其他助詞結合使用。

- (으)로부터 + 는 : 김 감독의 지난 영화와 달리 이번 영화**로부터는** 깊은 감동을 받았다.
  不同於金導演之前的電影，從這部電影得到深深感動。
- (으)로부터 + 도 : 이 제품은 국내뿐만 아니라 해외 기관들**로부터도** 인증을 받았다.
  這個產品不只國內，也獲得海外機構認證。

（으）로서

助詞

形態訊息

	形態
尾音 ○	으로서
尾音 ×	로서

1 資格

表示某種地位、身分和資格。

- 학생으로서 공부를 하는 것은 당연한 일이다. 身為學生，念書是當然的事。
- 반장, 네가 먼저 발표해. 반장으로서 모범을 보여 줘.
  班長，你先發表，展現一下身為班長的模範。
- 선생님으로서 어떻게 아이에게 그런 말을 할 수 있어요?
  身為老師，怎麼能對孩子說那種話？
- 너를 오랫동안 옆에서 지켜본 사람으로서 한마디만 할게.
  我以長久在身邊照顧你的人來說一句話。
- 가 : 아이를 낳고 옛날과 가장 크게 달라진 점이 있을까요?
  生孩子後，有和以前大為不同的地方嗎？
  나 : 이제는 한 아이의 부모로서 나보다 아이를 먼저 생각하게 되었어요.
  現在身為一個孩子的父母，變得會先思考孩子而不是自己。

- **前要素訊息**：主要接「선생님、부모、반장、친구、애인、남편、아내、가장、상사」等表示地位、身分、資格的詞。

相關表達

- （으）로

(1) 和「（으）로」差異不大，可以替換使用。

예문 팬(으로/으로서) 오빠를 응원할 거예요. 將以粉絲身分給哥哥加油。

(2) 不過「（으）로」後方除了動詞外，也可以接形容詞。

예문 아이들의 성장을 지켜보는 것은 부모(*로/로서) 큰 기쁨이다.
看著孩子成長，是身為父母的極大喜悅。

- （으）로써

(1) 「（으）로서」和「（으）로써」的發音相似，經常會混淆。「（으）로서」表示資格，而「（으）로써」表示工具、手段、方法，為不同的助詞。

結合形助詞訊息

「（으）로서」也和其他助詞結合使用。

- **(으)로서 + 가**：아버지**로서가** 아니라 인생 선배로서 한마디 할게.
不是身為爸爸，而是以人生前輩來說一句話。
- **(으)로서 + 는**：그 사람은 친구**로서는** 좋은데 애인**으로서는** 별로일 것 같아.
他當朋友很好，但當戀人似乎不怎麼樣。
- **(으)로서 + 도**：다른 사람은 물론이고 엄마인 나**로서도** 아들의 마음을 모르겠다.
其他人不用說了，身為媽媽的我也不太清楚兒子的想法。
- **(으)로서 + 만**：그를 배우**로서만** 기억하는 사람이 많지만, 사실 그는 소설가이기도 하다.
很多人只把他記成演員，其實他也是小說家。
- **(으)로서 + 의**：부모**로서의** 삶은 생각보다 쉽지 않았다.
父母的人生比想像的不容易。

(으)로써

形態訊息

	形態
尾音 ○	으로써
尾音 ×	로써

1 手段、工具、方法

表示做某行為的手段、工具、方法。

- 문제는 대화로써 풀어야 해요. 問題要透過對話解決。
- 돈으로써 모든 것을 해결하려고 하지 마세요.
  請不要想用錢來解決所有問題。
- 따뜻한 말로써 다른 사람의 호감을 얻을 수 있다.
  可以用溫暖的話得到他人的好感。
- 어떤 예술가들은 자신의 생각을 몸으로써 표현하기도 한다.
  有些藝術家也用身體來表達自己的想法。
- 어려운 상황이지만 서로에 대한 사랑으로써 극복했어요.
  雖然是困難的狀況，但以彼此的愛克服了。
- 동호회 활동을 함으로써 다양한 사람들과 교류를 할 수 있다.
  可以藉由同好會的活動和各色各樣的人交流。
- 가 : 가수가 된 특별한 계기가 있었나요? 您有成為歌手的特別契機嗎?
  나 : 저는 노래로써 다른 사람들에게 힘을 주고 싶었어요.
  我想要透過歌唱來給別人力量。

Tip 「(으)로써」主要以「動詞＋음으로써」的形態使用。

- 매일 아침 천천히 걸음으로써 건강을 지킬 수 있었어요.
  每天早上慢慢走路可以維持健康。
- 친구들을 사귐으로써 새 학교에 적응했어요.
  結交朋友而適應了新學校。

- 主要用於報紙、討論、發表等正式場合中。

  예문 남북문제는 대화로써 해결하는 것을 원칙으로 해야 한다.

  南北問題應以對話來解決為原則。

- **（으）로**

  (1) 和「（으）로써」差異不大，可以替換使用。不過，「（으）로써」比「（으）로」更有強調的感覺。

  예문 총리 후보자는 눈물(로/로써) 국민들에게 지지를 부탁했다.

  總理候選人以眼淚拜託國民支持。

  (2) 日常對話中使用「（으）로」更自然。

  예문 가 : 중국에서는 컵라면을 젓가락으로 안 먹는다면서?

  聽說在中國不用筷子吃泡麵？

  나 : 응. 중국에서는 포크(로/?로써) 먹어.

  對，在中國用叉子吃。

  (3) 「動詞＋음으로써」的「（으）로써」若和「（으）로」替換，會顯得不自然。

  예문 우선 상대방의 말을 열심히 들어 줌(으로써/*으로) 서서히 문제를 해결해 가는 것이 좋다.

  先仔細聽對方的話，再慢慢解決問題比較好。

  한국의 문화를 체험함(으로써/*으로) 한국 문화를 더욱 이해할 수 있다.

  藉由體驗韓國文化，可更理解韓國文化。

- **（으）로서**

  (1) 「（으）로서」和「（으）로써」的發音相似，經常會混淆。「（으）로서」表示資格，而「（으）로써」表示工具、手段、方法，為不同的助詞。

2 其他用法

① 數的範圍

表示計算時間時所加入的限制，比「（으）로」更有強調的感覺。

- 시험에 떨어진 것도 이번으로써 벌써 네 번째다.

  就連考試落榜這次已經是第四次了。

- 가 : 미안해. 내가 잘못했어.
  抱歉，我錯了。
  나 : 이제 오늘로써 너하고 끝이야. 다신 만나지 말자.
  我和你今天就此結束了，不要再見了。

② 材料或原料

表示材料或原料。

- 그는 직접 재배한 딸기로써 잼을 만든다.
  他用自己栽種的草莓做果醬。

結合形助詞訊息

「（으）로써」也和其他助詞結合使用。

- (으)로써 + 만 : 휴대 전화는 더 이상 통신 수단**으로써만** 기능하지 않는다.
  手機再也不是只有通訊功能。

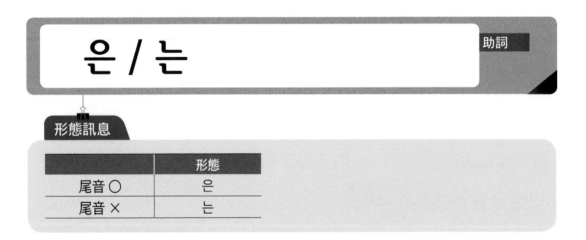

은 / 는   助詞

形態訊息

	形態
尾音○	은
尾音✕	는

1 對照

表示某對象和其他事項對照。

- 형은 키가 큰데 동생은 키가 작아요. 哥哥個子高，弟弟（妹妹）個子小。
- 어제는 추웠는데 오늘은 따뜻하네요. 昨天冷，今天溫暖。
- 숙제는 했는데 예습은 아직 못했어요. 作業是寫了，但預習還沒能做。
- 김치찌개는 맵지만 불고기는 안 매워요. 泡菜鍋辣，但烤肉不辣。
- 그 사람은 일을 빨리는 하는데 정확하지는 않네요. 他事情是做得快，但不確實。

- 올해는 작년에 비해 기온이 많이 올랐다. 今年氣溫比去年上升許多。
- 가 : 아이가 참 조용하네요. 孩子真安靜。

  나 : 아니에요. 집에서는 말이 많은데 밖에서는 이렇게 조용해져요.

  不，在家裡話很多，出來就變這麼安靜。

文法訊息

- 前要素訊息：除了名詞外，和部分副詞、助詞能較自由結合。

  예문 자주는 아니지만, 가끔 외식을 할 때가 있어요.

  雖不是經常的，偶爾有外食的時候。

談話訊息

- 口語中也會將「는」簡化成「ㄴ」。

  예문 가 : 너도 알고 있었니? 你也知道嗎？

  나 : 아니요. 전 몰랐어요. 不，我不知道。

相關表達

- 이／가

  (1)「은／는」有「對照」的意思，「이／가」則沒有這種意思。

  예문 저는 한국에 왔지만 친구(*가/는) 미국에 갔어요.

  我來韓國，可是朋友去美國了。

  예문 가 : 오늘 약속 있어요? 今天有約嗎？

  나 : 음…. 약속은 없는데…. → '아르바이트', '수업' 등 다른 일이 있다는 느낌을 준다.

  嗯…，約是沒有…。→ 有「打工」、「上課」等其他事情的感覺。

  아니요. 약속이 없어요. → 다른 일이 있다는 느낌이 없다.

  不，沒有約。→ 沒有其他事情的感覺。

  (2) 和形容詞一起使用時，如果沒有對照之意，用「이／가」更為自然。

  예문 날씨가 좋다. → 말 그대로 오늘 날씨가 맑고 좋음을 나타냄.

  天氣好。→ 如字面，表示今天天氣晴朗。

  날씨는 좋다. → 하지만 내 기분은 별로 좋지 않다/할 일이 없다 등의 의미

  天氣是好。→「不過我心情是不太好、沒事做」等的意思。

- 께서는

  (1) 如果前內容是要尊待的對象，也可以使用「께서는」。

  예문 김 선생님께서는 계신데 이 선생님께서는 부재중이시다.

  金老師是在，但李老師不在。

表示句子的主題和話題。

- 우리 고향은 생선이 유명한 도시입니다. 我的家鄉是魚類有名的都市。
- 그 가게는 냉면과 만두가 제일 맛있어요. 那家店冷麵和水餃最好吃。
- 김치는 세계의 삼대 발효 식품 중에 하나이다. 泡菜是世界三大發酵食品之一。
- 이 책은 전후의 삶을 가장 잘 묘사했다는 평가를 받고 있다.
  這本書得到描寫戰後生活最好的評價。
- 가 : 자기소개를 좀 해 보세요. 請自我介紹一下。
  나 : 안녕하세요. 저는 프랑스에서 온 카이나라고 합니다.
  你好，我是從法國來的凱納。

談話訊息

- 口語中也會將「는」簡化成「ㄴ」。
  예문 전 한국 문화에 관심이 있어서 한국에 왔어요.
  我對韓國文化有興趣，所以來韓國。

相關表達

- 이 / 가
  (1)「은／는」和「이／가」一樣，能表示行為和狀態的主體。
  예문 친구(가/는) 미국에 갔어요. 朋友去了美國。
  (2)「은／는」可用於自我介紹時，而「이／가」則不可。
  예문 (*제가/저는) 임규현이라고 합니다. (*제가/저는) 사진 찍는 것을 좋아합니다. 我叫林圭賢，我喜歡拍照。
  (3)「은／는」有「～에 대해서」之意，因此在句子開頭強調前內容時，使用「은／는」更為自然。
  예문 강 선생님(은/?이) 제가 제일 존경하는 선생님이에요.
  姜老師是我最尊敬的老師。
  (4)「누구、어디、무엇、언제」等疑問詞和「이／가」結合。
  예문 (누가/*누구는) 동생이에요? 誰的弟弟（妹妹）？
  어디(가/*는) 아파요? 哪裡不舒服？
  뭐(가/*는) 맛있어요? 什麼最好吃？
  언제(가/*는) 괜찮아요? 什麼時候方便？
  (5)「이／가」使用於對聽者提示新訊息，而「은／는」主要用於說兩人共知的

訊息時。

예문 가 : 저기요. 연세 대학교(가/*는) 어디예요? 請問，延世大學在哪裡？

나 : 연세 대학교(*가/는) 이쪽이에요. 延世大學是這方向。

예문 옛날 옛날에 왕자(가/*는) 살았어요. 그 왕자는 ....

很久以前有個王子，那王子是…。

요즘 새로운 드라마(가/*는) 시작되었어요. 그 드라마는 ....

最近有部新的電視劇開始，那部電視劇是…。

며칠 전에 친구(가/*는) 한국에 왔어요. 그 친구는 ....

前幾天朋友來韓國，那朋友是…。

(6) 子句中不用「은／는」，使用「이／가」。

예문 친구(가/*는) 제 선물을 좋아할지 모르겠어요.

不知道朋友喜不喜歡我的禮物。

이 가방은 오빠(가/*는) 사 준 거예요. 這個包包是哥哥送給我的。

- 께서는

(1) 如果前內容是要尊待的對象，也可以使用「께서는」。

예문 할아버지께서는 병원에 가셨어요. 爺爺去了醫院。

사장님께서는 말수가 적고 신중하신 분이세요. 老闆是話少、慎重的人。

- (이) 란

(1) 「（이）란」和「은／는」在說明某對象或下定義時，可以替換使用。不過「（이）란」更能明確表達話題。

예문 기행문(이란/은) 여행에서 있었던 일을 쓴 글을 말한다.

遊記是指寫旅遊時發生之事的文章。

사랑(이란/은) 서로 같은 곳을 바라보는 것이다.

愛是彼此盼望同樣的地方的。

3 強調

表示話者強調前面的話。

- 이런 일이 처음은 아니에요. 這樣的事情不是第一次。
- 교실에서는 조용히 해야 돼요. 在教室裡要安靜。
- 모르는 것은 언제든지 물어보세요. 有不知道的事情請隨時問。
- 그 사람을 보면은 꼭 연락해 주세요. 看到那個人請務必跟我聯絡。
- 밥은 제대로 먹으면서 다니는지 모르겠구나. 不知道有沒有好好吃飯。

- 가 : 지난번 동창회에서 연정이도 봤어? 上次同學會也有看到妍靜嗎？

  나 : 응. 너무 달라져서 보고는 깜짝 놀랐어. 嗯，變了很多，一看到嚇一跳。

文法訊息

- **前要素訊息**：除了名詞外，也和助詞、部分連結語尾結合。

  예 助詞：보다는, 에서는, 에는, (으)로는, (으)로서는, (이)라고는, 치고는, 치고서는 等

  예 語尾：-ㄴ/는다고는, -고는, -지만은, -(으)면은, -(으)려고는 等

談話訊息

- 口語中也會將「는」簡化成「ㄴ」。

  예문 가 : 학교 그만두고 아르바이트만 할까? 要不要休學打工就好？

  나 : 에이, 그건 아니지. 不該那樣吧。

結合形助詞訊息

「은／는」也和其他助詞結合使用。

- **과/와 + 는**：친구**와는** 모든 이야기를 할 수 있다. 和朋友什麼話都能説。
- **까지 + 는**：선생님 집 주소**까지는** 모르겠어요. 連老師家地址也不知道。
- **께 + 는**：강희야, 강 선생님**께는** 내가 말씀드릴게. 姜熙，金老師那裡我去説。
- **대로 + 는**：부장님의 요구는 무리예요. 그 요구**대로는** 도저히 할 수가 없어요.
  部長的要求不合理，照那要求做實在辦不到。
- **더러 + 는**：오늘 숙제가 없다고? 선생님께서 나**더러는** 하라고 하셨는데.
  今天沒有作業？老師對我説叫我做啊。
- **만 + 으로 + 는**：노력 없이 열정**만으로는** 성공할 수 없어요.
  不努力、只有熱情是無法成功的。
- **만큼 + 은**：다른 사람은 몰라도 안전**만큼은** 소홀히 하면 안 된다.
  別人怎樣不管，忽視安全是不可以的。
- **밖에 + 는**：죄송하다는 말**밖에는** 드릴 말씀이 없습니다. 除了抱歉之外我無話可説。
- **보고 + 는**：언니, 엄마 집에 안 계셔? 나**보고는** 집이라고 하셨는데.
  姊姊，媽媽不在家嗎？她跟我説在家啊。
- **보다 + 는**：혼자**보다는** 다른 사람과 있는 게 더 즐겁다.
  比起一個人，和其他人一起更開心。
- **부터 + 는**：다음**부터는** 늦지 마세요. 下次開始別遲到。
- **에 + 는**：작년 겨울**에는** 눈이 참 많이 왔어요. 去年冬天是下了很多雪。
- **에게 + 는**：채린이**에게는** 차를 선물하고, 현정이**에게는** 과자를 선물했다.
  給彩林送茶，給賢靜送餅乾。

- **에게 + 만 + 은** : 우리 아이들**에게만은** 고생을 시키고 싶지 않아요.
  不想只讓我們孩子受苦。
- **에게서 + 는** : 유독 신혜**에게서는** 늘 좋은 향기가 나는 것 같아요.
  似乎只有信惠身上總是散發出香氣。
- **에서 + 는** : 집이 시끄러워서 집**에서는** 공부할 수 없어요.
  家裡很吵，在家沒辦法念書。
- **(으)로부터 + 는** : 김 감독의 지난 영화와 달리 이번 영화**로부터는** 깊은 감동을 받
  았다. 不同於金導演過去的電影，我深受這部電影感動。
- **(으)로서 + 는** : 그 사람은 친구**로서는** 좋은데 애인**으로서는** 별로일 것 같아.
  他當朋友是很好，當戀人似乎不行。
- **이랑 + 은** : 엄마**랑은** 영화도 보고 쇼핑도 하지만, 아빠**랑은** 잘 외출 안 해.
  和媽媽會看電影也會逛街，和爸爸不怎麼出去。
- **하고 + 는** : 언니**하고는** 성격이 비슷한데, 동생**하고는** 많이 달라요.
  我和姐姐個性相似，和妹妹（弟弟）就很不同。
- **한테 + 는** : 아이들**한테는** 공부보다 게임이 최고지.
  對孩子來說，比起念書遊戲更佳。
- **한테서 + 는** : 다른 사람들은 내 음식이 맛있다는데 남편**한테서는** 못 들어봤다.
  其他人說我的料理好吃，但從沒聽老公說過。

은 / 는커녕

形態訊息

	形態
尾音 ○	은커녕
尾音 ×	는커녕

1 別說前者，連更基本的也

表示別說前者，連更簡單、更基本的事也不可能。

- 예습**은커녕** 숙제도 못했다. 別說預習，連作業也沒能寫。
- 너무 바빠서 밥**은커녕** 물도 못 마셨다. 太忙了，別說吃飯，連水也沒能喝。
- 하와이**는커녕** 가까운 제주도조차 가 본 적이 없다.

別說夏威夷，連近的濟州島也沒去過。

- 신혜는 어찌 된 일인지 인사**는커녕** 아는 척도 안 하던데요.
  信惠怎麼回事，別說打招呼了，連裝熟也不。

- 회사는 문제를 해결하기**는커녕** 오히려 없던 일로 하려고 했다.
  公司別說解決問題了，反而要掩蓋事實。

- 가 : 연정 씨는 남자 친구 있어요? 妍靜有男朋友嗎？
  나 : 남자 친구**는커녕** 그냥 친구도 별로 없어요.
  別說男朋友，連普通朋友也不太多。

文法訊息

- **後要素訊息**：主要接「못」、「–지 못하다」、「안」、「–지 않다」等否定表達，以及「힘들다、어렵다、귀찮다」等有否定意義的用言。

> **Tip** 「은／는커녕」用於肯定句中時，表示否定話者的期待。
>
> - 칭찬**은커녕** 오히려 욕을 들었다. → '칭찬을 받을 줄 알았는데 그게 아니라' 오히려 욕을 들었다.
>   別說稱讚，反而是挨罵。→ 以為會被稱讚，結果卻挨罵。

搭配訊息

- 「은／는커녕」後的名詞常用「도」和「조차」，也就是「 名詞 1 은／는커녕 名詞 2 도」、「 名詞 1 은／는커녕 名詞 2 조차」。

談話訊息

- 由於包含對某對象的價值判斷，因此在正式場合中不太使用。在書面語中，主要用於表示個人意見的社論或小說。
  예문 정부는 수재민의 고통을 덜어 주기**는커녕** 책임지지 않으려고 한다. 政府別說要減輕水災災民的痛苦，連責任也不想負。

- 「는커녕」在口語中也會用成「ㄴ커녕」。
  예문 가 : 여행 준비 잘 돼 가? 旅行準備順利嗎？
  나 : 바빠서 준빈커녕 여행 생각도 못하고 있어.
  太忙了，別說準備了，連旅行念頭都不敢有。

- 表現話者的不滿，或強調否定狀況。
  예문 첫, 손님**은커녕** 개미 한 마리도 안 보이네.
  唉，別說客人了，連隻螞蟻都看不到。

相關表達

- 은／는 고사하고

(1) 「은／는 고사하고」表示「前面的事沒有必要說」，大致可以和「은／는커녕」替換使用。

예문 단수가 되어서 샤워(는 고사하고/는커녕) 세수도 못했다.

因為停水，別說洗澡，洗臉也無法。

- 은 / 는 물론이고

(1) 「은／는 물론이고」和「은／는커녕」不同之處在於可以用在肯定的狀況。

예문 이 식당은 음식 맛(은 물론이고/*은커녕) 분위기도 좋다.

這家餐廳食物味道不用說，氣氛也好。

- 인들

(1) 「은／는커녕」和「인들」表示話者的否定態度，不過「인들」更強調否定的態度。

예문 가 : 발표 준비 하고 있어? 在準備發表嗎？

나 : 발표 준비는커녕 과제도 못 하고 있어.

別說準備發表了，連作業都沒能做。

가 : 어떡해. 내가 좀 도와줄까? 怎麼辦，要我幫忙嗎？

예문 가 : 발표 준비 하고 있어? 在準備發表嗎？

나 : 야. 내가 지금 잠도 못 자는 판에 발표 준빈들 했겠냐?

欸，我現在連覺都睡不了，有可能準備嗎？

가 : 뭐야. 왜 나한테 짜증이야. 什麼啊，幹嘛對我發飆。

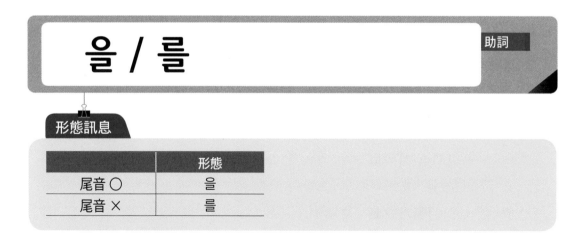

을 / 를

助詞

形態訊息

	形態
尾音○	을
尾音✕	를

1 行為的對象

表示某行為直接、間接受影響的對象。

- 아침에 빵을 먹어요. 早上吃麵包。

- 어제 명동에서 옷을 샀습니다. 昨天在明洞買了衣服。
- 내일 친구를 만나려고 해요. 明天要見朋友。
- 저는 한국 가수를 좋아해요. 我喜歡韓國歌手。
- 요즘 피아노를 배우고 있어요. 最近在學鋼琴。
- 친구에게 생일 선물을 주었다. 送生日禮物給了朋友。
- 가 : 매일 어떻게 학교에 와요? 每天怎麼來學校？

  나 : 지하철을 타고 학교에 가요. 搭地鐵去學校。

> **Tip** 「게임하다、공부하다」等「敘述形名詞＋하다」的結構中，「하다」前面也可以加「을／를」，即為「게임을 하다」、「공부를 하다」。

文法訊息

- **後要素訊息**：主要接他動詞（及物動詞），不能和表示狀態的詞一起使用。

  예문 *저는 책을 많아요. 我書很多。

談話訊息

- 有時候口語中不用「을／를」更為自然。

  예문 가 : 커피(ʔ를/∅) 줄까요? 要不要喝咖啡？

  나 : 아니요. 아침에 커피(ʔ를/∅) 마셨어요. 不，早上喝了咖啡。

- 口語中也會以「ㄹ」代替「를」。

  예문 가 : 지금 (ʔ뭐를/뭘) 해요? 現在在幹嘛？

  나 : 책(을/∅) 읽어요. 在看書。

擴張

- 을 / 를 가지고

  (1) 表示所接詞為道具、手段、方法、材料。

  예문 요즘 휴대폰을 가지고 할 수 있는 일이 참 많아요.

  最近能用手機做的事真的很多。

  오늘은 버섯을 가지고 볶음 요리를 만들어 보겠습니다.

  今天要用香菇來做炒料理。

  (2) 表示「以前的事為對象」之意。

  예문 이미 끝난 일을 가지고 뭐라고 해 봤자 소용없다.

  拿已經結束的事情來怎麼說也沒用。

  다음 시간에는 '사랑'이라는 주제를 가지고 이야기를 나눠 보도록 하겠습니다. 下次要以「愛」為主題來上課／講授。

- 을 / 를 위헤 (서)

  (1) 表示有利於或想幫助的對象。

  예문 대학 입학을 위해서 열심히 공부하고 있어요.

  為了進大學，正在努力用功念書。

  환경을 위해 개인 컵을 사용하는 사람들이 늘고 있다.

  為了環境而使用個人杯的人正在增加。

2 目的地

表示主語有目的移動的場所。

- 동생은 학교를 다녀요. 弟弟（妹妹）在上學。
- 친구가 한국을 왔어요. 朋友來韓國。
- 배가 아파서 병원을 갔어요. 肚子痛去醫院。
- 일이 바쁘면 주말에도 회사를 간다. 工作忙的話，周末也會去公司。
- 가：어제 뭐 했어요? 昨天做了什麼？

  나：미용실을 다녀왔어요. 去美容室。

文法訊息

- **前要素訊息**：和表示場所的名詞結合。
- **後要素訊息**：主要接「가다、오다、다니다」等表移動意義的動詞。

談話訊息

- 有時候口語中不用「을/를」更為自然。

  예문 가：요즘 바빠요? 最近忙嗎？

  나：네, 요즘 피아노 학원(을/Ø) 다녀서 좀 바빠요.

  嗯，最近在上鋼琴補習班，有點忙。

- 口語中也以「ㄹ」代替「를」。

  예문 가：지금 (어디를/어딜) 가요? 現在要去哪裡？

  나：편의점(을/Ø) 가요. 去便利商店。

相關表達

- 에

  (1) 在這個用法中，「을/를」和「에」的差異不大，可以替換使用。不過，
     「을/를」和「에」的不同之處，在於「을/를」表示話者將整個場所視為
     一個對象。

예문 화장실(에/을) 가요. 去廁所。

나는 버스 뒷자리(에/*를) 가서 앉았다. 我到公車的後面座位坐下。

(2) 表示目的地時一般用「에」。使用「을／를」時，多少有點強調目的地的感覺。

예문 가 : 어디 가? 去哪裡？

나 : (집에/*집을). → '가다'가 생략된 문장에서는 '집을'의 사용이 어색함.

家。→ 在省略「去」的句子中，用「집을」不自然。

예문 가 : 나 지금 미국(에/ᵖ을) 갈 거야. 我現在要去美國。

나 : 뭐? 갑자기 미국(에/을)! → 목적지가 '미국'이라는 사실에 놀람.

什麼？突然去美國！→ 對於目的地是「美國」這個事實感到驚訝。

3 移動的出發點

表示主體開始移動的場所。

- 나는 7시에 집을 나왔다. 我七點從家裡出來。
- 동생은 울면서 고향을 떠났다. 弟弟（妹妹）哭著離開家鄉。
- 현정이는 어제 제주도를 출발했다. 賢靜昨天從濟州島出發。
- 요즘은 대학을 나와도 취직하기가 힘들다. 最近大學畢業也不好找工作。
- 가 : 휴가 계획 세웠어요? 休假計畫安排好了嗎？

  나 : 네, 이번에는 복잡한 도시를 벗어나서 시골로 갈 거예요.

  嗯，這次要脫離複雜的都市，到鄉下去。

文法訊息

- **前要素訊息**：和表示場所的名詞結合。
- **後要素訊息**：主要接「나오다、나가다、나서다、떠나다、거치다、출발하다」等移動動詞。

談話訊息

- 「을／를」在口語中可以省略。

  예문 집(을/Ø) 나가도 갈 데가 없어. 離開家也沒有地方可去。

相關表達

- 에서

  (1) 「에서」也表示出發之意。

  예문 강희는 오늘 아침 일찍 집(에서/을) 나갔다. 姜熙今天一早離開家裡出去。

(2) 在比喻的表達中，不能使用「에서」。

> 예문 그는 고등학교(*에서/를) 나온 후 계속 일했다. 他高中畢業後一直在工作。

4 移動進行的場所

表示移動進行的場所。

- 사람들이 길을 건너고 있어요. 人們正在穿越馬路。
- 비행기가 하늘을 날고 있습니다. 飛機在天上飛。
- 친구와 함께 홍대 앞거리를 돌아다녔다. 和朋友逛了弘大前的街道。
- 나는 어렸을 때 강을 헤엄치면서 놀았다. 我小時候在小河游泳玩耍。
- 가: 어제 뭐 했어요? 昨天做什麼？
  나: 공원을 산책했어요. 到公園散步。

文法訊息

- **前要素訊息**：和表示場所的名詞結合。
- **後要素訊息**：主要接「걷다、건너다、날다、다니다、달리다、오르다」等表示移動意義的動詞。

談話訊息

- 有時候口語中不用「을/를」更為自然。
  > 예문 가: 은행이 어디에 있어요? 銀行在哪裡？
  > 나: 정문 앞 횡단보도(를/Ø) 건너면 보일 거예요.
  > 過了正門前的斑馬線就會看到。

相關表達

- 에서
  (1)「에서」也表示行為的場所。不過，如果說「을/를」是表示移動進行的地點，「에서」就是表示行為的地點。
  > 예문 나는 아침마다 운동장(에서/을) 달린다. 我每天早上去運動場跑步。
  > 사람들이 길(을/*에서) 건넜다. 人們穿越馬路。

  (2)「을/를」和「에서」不同，「을/를」表示話者將場所視為整體，因此「온 N」和「을/를」相搭配，和「에서」則不搭。
  > 예문 나는 그 과자를 구하기 위해 온 가게(*에서/를) 돌아다녔다.
  > 我為了找那個餅乾，逛了整間店。
  > 잃어버린 지갑을 찾으려고 온 교실(*에서/을) 찾아다녔다.
  > 為了找弄丟的錢包，找了整間教室。

5 移動的目的

表示移動的目的。

- 동생이 영국으로 유학을 갔다. 弟弟（妹妹）去英國留學。
- 부모님께서는 여행을 떠나셨다. 父母去旅行。
- 날씨가 더워서 바닷가로 휴가를 왔다. 天氣熱，於是來海邊渡假。
- 가：주말에 뭐 해요? 周末做什麼？

  나：가까운 한강으로 소풍을 갈까 해요. 想去臨近的漢江郊遊。

文法訊息

- **前要素訊息**：和表示目的的漢字語名詞結合。和「–하다」前方的漢字語搭配顯得自然。

  예문 나는 주말에 친구와 (*영화를/영화 구경을) 갔다. 我周末和朋友去看電影。

  선생님과 함께 (*밥을/식사를) 갔다. 和老師一起去用餐。

- **後要素訊息**：主要接「다니다、가다、오다、떠나다」等表示移動意義的動詞。

談話訊息

- 有時候口語中不用「을／를」更為自然。

  예문 가：방학에 뭐 했어? 放假做了什麼？

  나：여행(을/Ø) 다녀왔어. 去旅行了。

相關表達

- 에

  (1)「에」也可以和移動動詞一起使用，和「을／를」不同之處，在於沒有表示行為目的的意思。

  예문 주말에는 쇼핑(*에/을) 갈 거예요. 周末要去購物。

6 強調

表示強調之意。

- 나는 그 사람의 있는 그대로를 사랑한다. 我愛他原本的樣子。
- 우리 아이는 집에 오면 공부를 하지를 않아. 我們家孩子回家不念書。
- 규현이는 한참을 생각한 후에 말을 시작했다. 圭賢想了一下後開始說話。
- 가：상사 때문에 힘들다면서? 聽說你因為上司而感覺很累？

나 : 응. 그 사람은 정말 뭐 하나 제대로 알지를 못해.

嗯，那個人做（說）什麼真的搞不懂。

文法訊息

- **前要素訊息**：和「한참、꼼짝」等部分副詞或「-지 않다」、「-지 못하다」、
「-지 말다」等否定表達語尾的「-지」結合。

談話訊息

- 主要用於口語中。

相關表達

- 이 / 가

  (1) 「이／가」大抵在敘述語是形容詞或自動詞（不及物動詞）時使用，而「을
  ／를」則在敘述語是需要行為對象的他動詞時使用。

  예문 왜 먹지(*가/를) 않니? 為什麼不吃？

  　　요즘은 손님이 많지(가/?를) 않네요. 最近客人不多。

  (2) 如果主語有意圖，即使「-지」前方的敘述語是自動詞，「이／가」也能替換
  成「을／를」。

  예문 차가 굴러 가지(가/를) 않아. 車子走不動。

  　　우리 아들은 도대체 학교에 가지(를/*가) 않아요. 我兒子根本不去學校。

7 其他用法

① 經由地

主要和「거치다、지나다」等敘述語一起使用，帶有「經由地」之意。

- 이 비행기는 홍콩을 거쳐 미국으로 간다. 這班飛機經由香港去美國。
- 가 : 연정이가 진짜 안 오네. 妍靜真的沒來呢。
- 나 : 아까 시청역을 지났다고 했으니까 곧 올 거야.

  剛剛說過了市廳站，馬上就會到。

의

形態訊息

· 前內容後加「의」。

Tip 代名詞「나、저、너」加「의」結合成「나의、저의、너의」，經常如下縮寫。

· 나의 가방 → 내 가방   · 저의 친구 → 제 친구   · 너의 소원 → 네 소원

1 所有、所屬、關係、起源、主體的關係

表示對前方內容的所有、所屬、關係、起源、主體之意。

· 이건 현정 씨의 휴대폰이에요. 這是賢靜的手機。

· 안녕하세요. 한국 무역의 남신혜라고 합니다. 你好，我是韓國貿易的南信惠。

· 제 딸은 지금 유학을 가 있어요. 我女兒現正在那裡留學。

· 아내의 마음을 잘 모르겠어요. 老婆的心不太清楚。

· 자연의 위대함 앞에서 입이 떡 벌어졌다. 在大自然的雄偉前張大了嘴巴。

· 가 : 자기의 가장 큰 단점이 뭐라고 생각합니까? 你認為自己最大的缺點是什麼？

   나 : 저는 다른 사람의 부탁을 잘 거절하지 못합니다. 我不太能拒絕別人的拜託。

談話訊息

· 口語中經常省略「의」更覺得自然。

   예문 가 : 이거 누구 책이에요? → '누구의 책'보다 '누구 책'이 자연스럽다.

   這是誰的書？ → 「**누구 책**」比「**누구의 책**」更自然。

   나 : 철수 책이에요. → '철수의 책'보다 '철수 책'이 자연스럽다.

   哲秀的書。 → 「**철수 책**」比「**철수의 책**」更自然。

· 若句子中「의」後是「-은 名詞、-적＋名詞」時，「의」不能省略。

   예문 규현이(의/*Ø) 밝은 성격은 어머니를 닮은 것 같네요.

   圭賢的開朗性格好像是像媽媽。

   어머니(의/*Ø) 긍정적 태도는 저에게 좋은 영향을 미쳤어요.

   媽媽的正向態度給了我好的影響。

Tip 「나의、저의、너의」省略「의」後的「나、저、너」並不常使用，經常用「내、제、네」。

- (*나/내) 친구는 유학 갔어. （我）朋友去留學。
- (*저/제) 꿈이에요. 是（我的）夢。
- (*너/네) 친구야? （你的）朋友嗎？

2 行為的對象或目標

表示前者是後者行為的對象或目標。

- 우리 회사는 신제품의 개발에 힘쓰고 있다. 我們公司在努力做新產品的開發。
- 의료 기술의 발달로 평균 수명이 증가하였다.
  因醫療技術發達，平均壽命增加了。
- 최근 쓰레기의 처리 문제가 심각하다. 最近垃圾處理問題嚴重。
- 가 : 젊은이들이 성인병에 걸리는 이유는 무엇인가요?
  年輕人得成人病的理由是什麼呢？
  나 : 가장 큰 이유로는 운동의 부족을 들 수 있겠습니다.
  最大的理由可以說是運動不足。

談話訊息

- 說話時經常省略「의」。
  예문 장애인(의/Ø) 인권 문제가 대두되었다.
  身障者人權問題浮出檯面。

3 屬性或數量

表示前者對後者在屬性上或數量上設限。

- 제 인생 최고의 순간은 지금이에요. 我人生最佳的瞬間就是現在。
- 그 사람에게서 사랑의 감정을 느꼈어요. 從他那裡感受到愛的感情。
- 한 편의 영화로 기분 전환을 해 보세요. 請試試用一部電影轉換心情。
- 강희는 고도의 집중력을 발휘했다. 姜熙發揮了高度的集中力。
- 가 : 남편의 어떤 점이 그렇게 멋있었어요? 老公的哪一點帥氣？
  나 : 190센티미터의 큰 키에 반했어요. 我著迷於 190公分的高個子。

文法訊息

- **前要素訊息**：和「최고、최선、고도、일말」等表屬性或數量的詞結合。

1 助詞 **115**

4 全體和部分

表示前者和後者的全體和部分的關係。

- 정치인의 한 사람으로서 진심으로 감사의 말씀을 드립니다.
  作為從事政治的一員,在此表達真心的感謝。
- 직장인들의 대부분이 운동 부족인 것으로 나타났다.
  上班族大部分呈現運動不足。
- 그 가수는 콘서트 수익금의 일부를 기부했다.
  那位歌手把演唱會收入的部分捐出。
- 신혜는 월급의 절반을 저축하는 데에 쓰고 있다. 信惠把一半薪水用來儲蓄。
- 가 : 요즘 집값이 많이 올랐지? 最近房價上漲許多吧?

  나 : 응. 작년의 두 배는 되는 것 같아. 嗯,似乎是去年的兩倍。

文法訊息

- **後要素訊息**:接「대부분、일부、한 사람、~배、반、절반」等。

談話訊息

- 說話時經常省略「의」。使用「의」會讓全體和部分的關係更鮮明。

  예문 생활비(의/Ø) 반이 식비로 나간다. 生活費的一半用在餐費上。

5 比喻的對象

表示前內容和後內容是比喻對象。

- 소외된 이웃들에게 관심의 손길이 필요합니다.
  必須對被冷落的鄰居伸出關心的手。
- 자기 마음 속 양심의 소리에 귀를 기울여 보세요.
  請傾聽自己心中良心的聲音。
- 나는 친구들의 선물을 받고 감격의 눈물을 흘렸다.
  我收到朋友們的禮物,流下感激的眼淚。
- 정치인들은 서로에게 비난의 화살을 돌렸다.
  政治人物們指責的箭指向彼此。
- '철의 여인'은 강한 의지를 가진 여성에게 쓰는 말이다.
  「鐵之女人」是用來指擁有強烈意志的女性的一名話。

使用於前方助詞以其意義特性修飾後者時。

- 요즘 들어 친구와의 인연이 정말 소중한 것 같아.
  現在和朋友的緣分好像真的很重要。
- 여행지에서의 하루는 길게 느껴진다. 在旅行地點的一天感覺漫長。
- 앞으로 부모로서의 역할에 더 충실해야겠다. 未來要更忠實於父母的角色。
- 가 : 강희가 나 좋아하는 것 같지 않아? 姜熙好像喜歡我？

  나 : 그건 너만의 착각이야. 那只是你自己的錯覺。

文法訊息

- **前要素訊息**：和「에、에서、（으）로、（으）로서、만、과／와」等部分助詞結合。

이 / 가　　　　　　　　　助詞

形態訊息

	形態
尾音○	이
尾音×	가

· 前內容後加「의」。

Tip 代名詞「나、저、너、누구」加上「가」，形態會改變。

- 나 + 가 → 내가 (나가 ×)　　· 저 + 가 → 제가 (저가 ×)
- 너 + 가 → 네가 (너가 ×)　　· 누구 + 가 → 누가 (누구가 ×)

Tip 如果前內容是名字，有尾音加接詞「이」，沒有尾音加助詞「가」。
不過，若是外文名字，則不適用。

- 현정이가　　　　· 마이클이가(×) → 마이클이(○)

1 主體

表示某狀態、狀況的對象或動作的主體。

- 빵이 맛있어요. 麵包好吃。
- 얼굴이 예뻐요. 臉蛋漂亮。
- 제가 전화를 했어요. 我打了電話。
- 내일 친구가 한국에 온다. 明天朋友來韓國。
- 가 : 오늘 날씨가 어때요? 今天天氣怎麼樣?

  나 : 날씨가 좋아요. 天氣好。

談話訊息

- 對話時可以省略「이/가」,不過在寫作或正式場合中,不省略「이/가」。

  예문 가 : 지금 공원에 사람(이/Ø) 많아요? 現在公園人多嗎?

  나 : 네, 사람(이/Ø) 많아요. 嗯,人多。

  (뉴스에서) 최근 지하철을 이용하는 사람들(이/*Ø) 늘고 있습니다.

  (新聞中)近來使用地鐵的人增加中。

- 在「무엇、어디、누가」等疑問詞的回答、子句中,不省略「이/가」。

  예문 가 : 누가 채린 씨 동생이에요? 誰是彩林的妹妹?

  나 : 모자를 쓴 사람(이/*Ø) 제 동생이에요. 戴帽子的人是我妹妹。

  예문 저는 강희(가/*Ø) 누구인지 몰랐어요. 我不知道姜熙是誰。

- 「것+이」在口語中也用作「게」。

  예문 이것이 → 이게, 그것이 → 그게, 저것이 → 저게

Tip 「이/가」用力發音,可以解釋為「不是其他的,就是那個」的意思。

- 이 피자 빵이(↗) 맛있네요. → '다른 빵이 아니라 바로 이 피자 빵이'

  這個披薩麵包好吃。→ 不是其他麵包,就是這個披薩麵包。

相關表達

- 에서

  (1) 「에서」和團體名詞結合,表示團體行為的主體,此時不能和「이/가」替換使用。

  예문 회사(에서/*가) 신제품을 개발하였다. 公司開發了新產品。

  (2) 「에서」不能以形容詞作敘述語,「이/가」則沒有這種限制。

  예문 학교(*에서/가) 예쁘다. 學校漂亮。

- 은 / 는

(1) 「은／는」和「이／가」一樣，表示行為和狀態的主體。

예문 친구(는/가) 미국에 갔어요. 朋友去了美國。

(2) 「은／는」有對照之意，「이／가」則沒有這種意義。

예문 저는 한국에 왔지만 친구(는/*가) 미국에 갔어요.
　　 我來了韓國，而朋友去了美國。

예문 가 : 오늘 약속 있어요? 今天有約嗎？
　　 나 : 음…. 약속은 없는데…. → '아르바이트', '수업' 등 다른 일이 있다는 느낌을 준다.
　　 嗯…，約是沒有…。→ 有「打工」、「上課」等其他事情的感覺。
　　　　 아니요. 약속이 없어요. → 다른 일이 있다는 느낌이 없다.
　　　　 不，沒有約。→ 沒有其他事情的感覺。

(3) 「은／는」表對照之意時，可以和主語之外的其他句子要素結合。

예문 아침은 먹었는데, 점심은 못 먹었어요. → '을/를' 대신에 '은/는'이 사용됨.
　　 早餐是吃了，還沒吃中餐。→ 「은／는」代替「을／를」。
　　 도와는 주겠지만, 그 이상은 못해요. → '도와주다' 중 '도와'에 결합함.
　　 是會幫忙，但不能再多了。→ 和「도와주다」中的「도와」結合。

(4) 「은／는」可以用在自我介紹時，「이／가」則不可。

예문 (저는/*제가) 임규현이라고 합니다. (저는/*제가) 사진 찍는 것을 좋아합니다. 我叫林圭賢，我喜歡拍照。

(5) 「은／는」有「～에 대해서」之意，因此在句子開頭強調前內容時，使用「은／는」較為自然。

예문 강 선생님(은/??이) 제가 제일 존경하는 선생님이에요.
　　 姜老師是我最尊敬的老師。

(6) 「누구、어디、무엇、언제」等疑問詞和「이／가」結合。

예문 (*누구는/누가) 동생이에요? 誰是弟弟（妹妹）？
　　 어디(*는/가) 아파요? 哪裡不舒服？
　　 뭐(*는/가) 맛있어요? 哪個好吃？
　　 언제(*는/가) 괜찮아요? 什麼時候方便？

(7) 「이／가」用於向聽者提供新訊息，「은／는」主要用於兩個人共知的訊息。

예문 가 : 저기요. 연세 대학교(*는/가) 어디예요? 請問，延世大學在哪裡？
　　 나 : 연세 대학교(는/*가) 이쪽이에요. 延世大學在這方向。

예문 옛날 옛날에 왕자(*는/가) 살았어요. 그 왕자는 ….
　　 很久以前有個王子，那王子是…。

요즘 새로운 드라마(*는/가) 시작되었어요. 그 드라마는….

最近有新的電視劇開始，那部電視劇…。

며칠 전에 친구(*는/가) 한국에 왔어요. 그 친구는….

前幾天朋友來韓國，那位朋友…。

(8) 在內包子句中不用「은／는」而使用「이／가」。

예문 친구(*는/가) 제 선물을 좋아할지 모르겠어요.

不知道朋友喜不喜歡我的禮物。

이 가방은 오빠(*는/가) 사 준 거예요. 這個包包是哥哥送給我的。

2 對象

表示改變的對象、不定的對象、心理狀態的對象。

- 저는 가수가 되고 싶어요. 我想當歌手。
- 이 가방은 제 가방이 아닙니다. 這個包包不是我的包包。
- 저는 제 고향이 좋아요. 我喜歡我的家鄉。
- 나는 형제가 많은 사람들이 늘 부러웠다. 我一直很羨慕有很多兄弟姊妹的人。
- 가 : 뭐가 먹고 싶어요? 想吃什麼？

  나 : 불고기가 먹고 싶어요. 我想吃烤肉。

文法訊息

- **後要素訊息**：主要接「되다、아니다」或「좋다、싫다、무섭다」等心理形容詞和「싶다」等補助形容詞。

Tip 「–고 싶다」句中如果聚焦在「싶다」，也可以將「을／를」替換成「이／가」。

  - 오늘은 피자(를/가) 먹고 싶어요. 今天想吃披薩。

談話訊息

- 對話時可以省略「이／가」，但若強調對象時則不省略。另外，在寫作或正式場合中不省略「이／가」。

  예문 나는 강아지(가/Ø) 좋아. 我喜歡狗。

  예문 가 : 뭐라고요? 약속 시간이 4시라고요? 你說什麼？約的時間是四點？

  나 : 아니요. 4시(가/*Ø) 아니라고요. 4시(가/*Ø) 아니라 3시예요.

  不，我說不是四點。不是四點而是三點。

  예문 나중에 크면 선생님(이/*Ø) 되고 싶다. 以後長大想當老師。

- 「것＋이」在口語中也可略為「게」。

예문 이것이 → 이게, 그것이 → 그게, 저것이 → 저게

3 強調

表示強調。

- 교실이 따뜻하지가 않아요. 教室不暖和。
- 일이 끝나지가 않아. 事情沒結束。
- 도대체가 알 수가 없다. 終究無法理解。
- 가 : 피곤해 보여요. 你看起來疲倦。

  나 : 집 주변이 너무 시끄러워서 잘 수가 없어요. 家裡附近太吵了，睡不著。

文法訊息

- **前要素訊息**：和「–지 않다」、「–지 못하다」的語尾「–지」、「–을 수 없다」的依存名詞「수」結合。副詞中和「도대체、그대로、거의、다」等搭配。

談話訊息

- 主要用於口語中。

相關表達

- 을 / 를

  (1)「이/가」可以用在敘述語是形容詞或自動詞時，而「을/를」用在敘述語是需行為對象的他動詞。

  예문 왜 먹지(를/*가) 않니? 為什麼不吃？

  　　 오늘은 날씨가 좋지(²를/가) 않네요. 今天天氣不好。

  (2) 如果主語有意圖性，即使是自動詞也可以將「이/가」替換成「을/를」。

  예문 차가 굴러 가지(를/가) 않아. 車子發不動。

  예문 우리 아들은 도대체 학교에 가지(를/*가) 않아요. 我兒子根本不去學校。

(이) 나

形態訊息

	形態
尾音 ○	이나
尾音 ×	나

1 選擇

表示從兩者以上羅列中選擇其一。

- 저는 주말에 영화나 드라마를 봐요. 我周末看電影或連續劇。
- 아침에는 빵이나 삼각 김밥을 먹어요. 早上吃麵包或御飯糰。
- 보통 커피숍에 가면 커피나 홍차를 마셔요. 通常去咖啡店時，喝咖啡或紅茶。
- 지하철이나 버스를 타고 가는 게 어때요? 搭地鐵或公車去怎麼樣？
- 보통 도서관에서나 커피숍에서 공부를 해요. 通常在圖書館或咖啡店念書。
- 가 : 언제 다시 오면 될까요? 什麼時候再來好呢？

  나 : 내일이나 모레 오세요. 請明天或後天來。

2 次善

表示雖然不是十分滿意但選擇該項。

- 할 일도 없는데 잠이나 자자. 也沒事做，睡個覺吧。
- 배고픈데 라면이나 먹을까? 肚子餓，要不要吃個泡麵？
- 쓸데없는 소리하지 말고 공부나 해. 別說沒用的話，念個書吧。
- 오늘 시간 괜찮으면 술이나 한잔 할까요? 今天時間可以的話，要不要喝一杯？
- 걱정하지 말고 일단 한번 해 보기나 하세요. 別擔心，且先試一下。
- 가 : 오늘 뭐 할까? 今天要做什麼？

  나 : 영화나 보러 가자. 去看個電影吧。

文法訊息

- **前要素訊息**：話者不認為十分滿意的對象。

122

- **後要素訊息**：用言主要和「－（으）세요」、「－을까요？」、「－읍시다」等表示命令、提議的終結語尾結合。

- 在提議的狀況中，即使話者提的是最好的，但也會以表次善的、次好的「（이）나」來降低聽者的負擔。提議時使用「（이）나」，比起「真誠的提議」，更有「輕微的提議」的感覺。

  예문 커피 마시러 갈래? 要不要去喝咖啡？

  커피나 마시러 갈래? → '커피' 혹은 '커피를 마시는 일' 외에 다른 것도 괜찮음.

  要不要去喝個咖啡？ → 「咖啡」或「喝咖啡這件事」以外的也無妨。

相關表達

- **（이）라도**

  (1) 「（이）라도」也表示並非最佳的選項，和「（이）나」差異不大，可以替換使用。

  예문 배부른데 잠깐 산책(이라도/이나) 할까? 肚子飽，要不要去散個步？

  밥이 없으니까 라면(이라도/이나) 먹어야겠어요.

  沒有飯了，泡麵或什麼的也該吃些。

  (2) 「（이）나」表示話者認為前者不怎麼樣，「（이）라도」則沒有這樣的意思。

  예문 가：이번 방학에는 유럽 여행이나 갈까 해요. → '유럽 여행'을 가볍게 여김.

  我想這次放假去歐洲旅遊一下。 → 認為「歐洲旅行」不是什麼大事。

  나："유럽 여행이나"라고 했어요? 생각보다 돈이 얼마나 많이 필요한데요. 你說「歐洲旅遊一下」？錢比想像的還要多啊。

  예문 가：이번 방학에는 유럽 여행이라도 갈까 해요. → 아직 뭘 가장 하고 싶은지 모르겠음.

  我在想這次放假要不要去歐洲旅行。 → 還不知道最想做什麼。

  나：괜찮은 것 같은데요. 好像不錯。

  (3) 不同於「（이）라도」之處，在於「（이）나」有否定聽者之意。

  예문 가：내가 선물 사 줄까? 我要不要送禮物給你？

  나：너는 돈도 없으면서 선물은 무슨. 그냥 편지(*라도/나) 써서 줘.

  你錢也沒有，買什麼禮物。寫個信給我就好。

  예문 가：저 사람 지금 뭐 하는 거지? 那個人現在在做什麼？

  나：다른 사람 일에 신경 쓰지 말고 그냥 네 할 일(*이라도/이나) 제대로 해. 別去擔心其他人，好好做你的事就好。

- （이）나마

  (1)「（이）나」和「（이）나마」可以替換使用，但「（이）나」沒有對狀況肯定評價的意思。

  > **예문** 찬밥(이나마/이나) 먹어야겠다. 就算是冷飯也要吃。
  >
  > 작은 집(이나마/*이나) 누울 곳이 있어서 행복하다.
  >
  > 即使是小房子，有地方躺就幸福了。

3 包含全部

表示在多樣中包含全部。

- 서준이는 춤이나 노래나 다 잘해요. 敘俊跳舞、唱歌都很擅長。
- 저는 아무 데서나 잠을 잘 자요. 我到哪都睡得好。
- 이 음식은 누구나 쉽게 만들 수 있어요. 這道料理任何人都很容易製作。
- 변명이라도 좋으니까 아무 말이나 좀 해 봐. 辯解也好，說點話吧。
- 동생은 내가 하는 것은 무엇이나 다 따라 해요.
  弟弟（妹妹）不管我做什麼，都跟著照做。
- 의견이 안 맞는 사람은 어디에나 있는 법이다. 意見不同的人不管到哪裡都會有。
- 가 : 뭐 드실래요? 要吃什麼？

  나 : 저는 아무 거나 다 잘 먹어요. 我任何東西都很能吃。

文法訊息

- **前要素訊息**：主要和「아무」、「아무 名詞」或「무엇、어디、누구」等疑問詞結合，也可以和「에」、「에서」等助詞結合。

相關表達

- （이）든지

  (1)「（이）든지」和「（이）나」依句子不同，也有可交替使用的情況。

  > **예문** 이 일은 누구(든지/나) 할 수 있어요. 這件事任誰都能做。

  (2) 疑問詞「누구、언제、어디」和助詞「（이）나」結合，表示包含該項的「全部」之意，而和「（이）든지」一起使用的話，則表示「無關乎特殊狀況、不挑選」之意。

  > **예문** 무슨 일이 있거든 언제(든지/*나) 연락하세요.
  >
  > 不管有什麼事，隨時都請聯繫。
  >
  > ('언제든지' = '무슨 일이 있을 때마다')
  >
  > ＝有什麼事情的時候

무엇(이든지/*이나) 물어보세요. 不管是什麼，都請問。

('무엇이든지' = '어려운 문제, 쉬운 문제 가리지 말고')

（不管什麼＝不管困難的問題、簡單的問題）

당신과 함께라면 어디(든지/*나) 갈 수 있어요.

只要和你一起，哪裡都可以去。

('어디든지'= '거리나 장소에 관계없이')

（不管哪裡＝無關距離或地點）

무슨 소원(이든지/*이나) 들어 줄게요.

不管是什麼願望，我都會聽。

('무슨 소원이든지' = '소원의 내용에 관계없이')

（不管什麼願望＝無關乎願望的內容）

(3) 不定代名詞「아무」不能和「든지」一起使用。

예문 이번 파티에는 아무(*든지/나) 와도 돼요. 這次派對不管誰來都可以。

(4) 「아무 名詞（이）나」有「不管為何，名詞中之一」的意思，而「（이）든지」則沒有此意。

예문 저는 (뭐든지/아무 거나) 잘 먹어요. 我不管是什麼都很能吃。

배가 고프니까 일단 (*뭐든지/아무 거나) 하나 주문해요.

肚子餓了，不管什麼都好，暫且先訂一個。

원하는 곳이 있으면 (어디든지/*아무 데나) 데리고 갈게요.

如果有想去的地方，不管是哪裡，我都帶你去。

(5) 「（이）나」可以用於肯定句和否定中，而「（이）든지」大抵用於肯定句較自然。

예문 그 사람은 궁금한 것이 있어도 (*언제든지/언제나) 묻지 않아요.

他即使有不解的地方，總是不問。

- **（이）라도**

(1) 「（이）나」和「（이）라도」在部分句中沒有太大差異，可以替換使用。

예문 휴일에는 어디(라도/나) 사람이 많아요. 假日不管哪裡人都多。

(2) 不過，「疑問詞 ＋ （이）나」有包含全部的意思，「疑問詞 ＋ （이）라도」有「無關」的意思。

예문 친구 집에 갈 때는 뭐(라도/*나) 하나 사 가는 편이다.

去朋友家時，會買個什麼的。

('뭐라도'= '좋은 것이든 나쁜 것이든')

（不管什麼＝不管是好的東西，還是壞的東西）

우리는 누구(*라도/나) 친구가 필요해요.

我們不管是誰都需要朋友。

('누구나'= '모두')

（不管誰＝全部）

애들아, 내 도움이 필요하면 언제(라도/*나) 전화해.

孩子們，如果需要我的幫忙，隨時打電話。

('언제라도'= '때에 관계없이')

（不管何時＝無關時間）

현정이는 언제(*라도/나) 음악을 들어요.

賢靜隨時都在聽音樂。

('언제나'= '항상', '자주')

（不管何時＝總是、經常）

(3) 「（이）라도」有「無關」的意思，因此其後可用「괜찮다、좋다」等，而「（이）나」後不用這類敘述語。

예문 저는 누구(라도/*나) 좋으니까 친구를 사귀고 싶어요.

我是誰都好，想要交朋友。

4 數量或程度多

表示某事物的數量或程度比話者期待或預料的多出許多。

- 이번에 상금이 오천만 원이나 된대요. 聽說這次獎金有五千萬元之多。
- 어제 거의 열 시간이나 자 버렸어요. 昨天幾乎睡了十個小時之多。
- 채린이는 애완견을 다섯 마리나 기른대요. 聽說彩林養了五隻小狗之多。
- 신혜는 매일 커피를 다섯 잔이나 마신대요. 聽說信惠每天喝五杯咖啡之多。
- 차가 오지 않아서 거의 한 시간이나 기다렸다.

  車子沒來，幾乎等了一小時之多。

- 가 : 삼만 원입니다. 三萬元。

  나 : 네? 무슨 샌드위치가 삼만 원이나 해요? 什麼？什麼三明治要三萬元這麼貴？

相關表達

- 밖에

  (1) 表示某事物的數量少。

  예문 어제 두 시간밖에 못 잤어요. 昨天只睡兩小時。

  (2) 即使是同樣的數量，話者認為少用「밖에」，覺得多就用「（이）나」表示。

  예문 선물을 사야 하는데 돈이 1,000원밖에 없어요.

  該買禮物，但只有一千元。

기대하지 않았는데 주머니에 돈이 1,000원이나 있었어요.
沒有預料到口袋裡竟有一千元。

[예문] 가 : 시험에서 3개나 틀렸어요. → 많이 틀렸다고 생각함.
考試錯了三題之多。→ 認為錯了很多。

나 : 네? 3개밖에 안 틀렸어요? → 조금 틀렸다고 생각함.
嗯？只錯三題嗎？→ 認為只錯一點。

5 數量或程度的猜測

表示數量或程度的猜測。

- 친구 결혼식에 몇 명**이나** 갈지 아직 모르겠네요.
  朋友的結婚典禮有幾個人會去還不知道。
- 과연 몇 퍼센트**나** 찬성이라고 응답할지 궁금하네요.
  好奇究竟會有百分之幾的人回答贊成。
- 저 사장님 젊어 보이는데 몇 살**이나** 됐을까? 那位老闆看起來很年輕，他幾歲？
- 가 : 호텔에 몇 시에**나** 도착할 것 같아요? 大概幾點會到飯店？
  나 : 음. 한 열 시**나** 돼야 도착할 것 같은데요. 嗯，好像大概十點才會到。

文法訊息

- **前要素訊息**：主要和「몇 명、몇 시간、몇 살」等表示對數量或程度疑問的表達結合。

6 比喻

表示雖然實際並非如此但幾乎是那樣。

- 큰 형은 우리 집 가장**이나** 같아요. 大哥就像我們家的家長。
- 그분은 제 어머니**나** 다름없는 분이세요. 那位就如同我的母親般。
- 채린이는 내 가족**이나** 마찬가지인 죽마고우예요.
  彩林是如同我家人的青梅竹馬朋友。
- 한국에서 오래 살아서 여기가 고향**이나** 마찬가지이다.
  在韓國生活很久，這裡就如同家鄉般。
- 가 : 채린 씨는 혼자 사나 봐요. 彩林好像一個人住。
  나 : 그건 아닌데, 룸메이트가 잘 안 들어와서 거의 혼자 사는 거**나** 다름없어요.
  不是的，因為室友不太回來，所以就幾乎像獨居一樣。

- **後要素訊息**：主要接「다름없다」、「마찬가지다」、「변함없다」、「같다」等。

相關表達

- **과/와**

(1)「(이)나」有比喻之意，「과/와」則沒有。

예문 이제는 한국이 제 고향이나 마찬가지예요. → 한국이 고향일 수는 없지만, 마치 그 정도로 편안하게 느껴진다.

現在韓國就如同我的家鄉一般。 → 雖然韓國不是家鄉，但如同那樣的程度感到舒適。
이 경우도 지난번과 마찬가지로 해결하시면 됩니다. → 비유적인 의미가 없다.
這次的情況若也和上次一樣解決就可以了。 → 沒有比喻的意思。

7 挪揄態度

表示話者對他人的誇張想法、行為嘲笑或鄙視。

- 그깟 돈푼이나 있다고 사람 무시하는 거예요? 有那麼一點錢就目中無人了？
- 자기가 무슨 대단한 사람이나 되는 줄 아나 봐.
  看來他好像覺得自己很了不起的樣子。
- 매니저가 마치 사장이나 되는 것처럼 일을 시켜요.
  經理就像自己是老闆一樣指使工作。
- 아직 결선이 남았는데 벌써 우승이나 한 것처럼 으스대기는.
  還有決賽就彷彿已經優勝般的得意洋洋。
- 가 : 아, 아파서 못 걷겠어. 啊，好痛走不動了。
  나 : 조금 다친 것 가지고 무슨 큰일이나 당한 듯이 엄살 부리지 말아요.
  別只受一點小傷就像遭遇什麼大事一樣哀哀叫。

Tip 通常以「(이)나 되는 것처럼」、「(이)나 되는 듯이」形態表現。

文法訊息

- **前要素訊息**：接主語誇張思考的內容。主要接「대단한 名詞」、「엄청난 名詞」等表達，或「사장、우승、부자」等一般而言社會地位較高，或表示正面意義的內容。

相關表達

- **(이)라도**

(1) 在這個用法中，「(이)나」和「(이)라도」沒有太大的差異，可以替換

使用。

예문 그는 자기가 마치 엄청난 영웅(이라도/이나) 되는 듯이 거짓말을 해 댄다.

他就像自己是個大英雄般說謊。

8 其他用法

① 表示對他人說的話的否定態度。

- 表示話者引用從他人那聽到的話,並表示對之沒興趣或不滿。和部分終結語尾「–는다」、「–자」、「–라」等一起使用,其後和「뭐라나、어떻다나、어쩐다나」等一起使用。

    예문 연정이가 내일 소개팅을 한다나 뭐라나.

    聽說妍靜明天要相親,那又怎樣呢。

    예문 가 : 친구하고 오해 풀었어요? 和朋友化解誤會了嗎?

    나 : 아니요. 글쎄, 친구가 자기는 그런 말을 한 적이 없다나요.

    沒有,朋友說他沒有講過那樣的話。

結合形助詞訊息

「(이)나」也和其他助詞結合使用。

- 에 + 나 : 쓰레기를 아무 곳에나 버리면 안 돼요. 垃圾隨處丟是不可以的。
- 에서 + 나 : 과학 기술의 발전으로 영화에서나 볼 법한 일들이 실제로 일어나고 있다. 因科技發展,或可在電影中出現的事情正實際發生。
- (으)로 + 나 : 가치관을 바꾸는 것은 개인적으로나 사회적으로나 어려운 일이다. 改變價值觀這件事,個人或社會都很困難。
- 한테 + 나 : 누구한테나 고민은 있다. 對誰都有煩惱。

(이) 나마

形態訊息

	形態
尾音 ○	이나마
尾音 ×	나마

1 雖不滿意

表示現在的狀況還不滿意、有所不足,但不得不接受。

- 낡은 집**이나마** 있어서 다행이에요. 雖然是棟老舊的房子,但有就萬幸了。
- 조금씩**이나마** 몸이 회복되고 있는 것 같아요.
  雖然只有一點點,但身體似乎在恢復中。
- 잠시**나마** 이야기를 나눌 수 있어서 영광이었습니다.
  時間雖然短暫,但能與您交談真感榮幸。
- 계약직**이나마** 내가 좋아하는 일을 할 수 있어서 행복해요.
  雖然僅是約聘職,但能做自己喜歡的事真感幸福。
- 늦게**나마** 준비를 하는 것이 아예 안 하는 것보다 나아요.
  雖然晚了些,但有做準備總比不做好。
- 직접 찾아뵐 수 없어 이렇게 전화로**나마** 안부를 여쭙니다.
  無法直接前往拜見,但會藉電話致上問候之意。
- 가 : 이렇게 기부 활동을 하는 이유는 무엇인가요?
  您這樣從事奉獻活動的緣由為何?
  나 : 어려운 이웃들에게 조금**이나마** 도움을 주고 싶었거든요.
  因為我想要多少給有困難的鄰居一些幫助。

文法訊息

- **前要素訊息**:和「잠시、잠깐、일부、부분、대략、작은 名詞 、낡은 名詞 」或
  「(뒤) 늦게、부족하게、약소하게、막연하게、어렴풋하게」、「멀리서」 等客觀
  上不足,但有劣等價值的內容。

  예문 *새 집이나마 있어서 좋아요.→ 낡은 집이나마

  *雖然是新家,但有就萬幸了。→ 雖然是老舊的家

130

談話訊息

- 「（이）나마」表示雖認定狀況和能力不滿意，但話者接受並給予肯定評價。

  [예문] 짧은 시간이나마 함께 해서 (즐거웠습니다/*아쉬웠습니다).

  雖然時間短暫，但很開心能一起做。

- 可以表示話者的謙遜態度。

  [예문] 가 : 이번 이재민 돕기 행사에 참여해 주셔서 진심으로 감사드립니다.

  真心感謝參與此次幫助災民的活動。

  나 : 아닙니다. 이번 행사로 여러분들께 조금이나마 위로가 되었으면 하는

  마음입니다. 不會，希望這次活動多少能帶給各位一點安慰。

相關表達

- （이）라도

  (1) 和「（이）나마」沒有太大差異，可以替換使用。不過，「（이）나마」之後
  接有對不滿狀況給予補償的內容比用「좋다、괜찮다、상관없다」更自然。

  [예문] 간소하게(라도/*나마) 괜찮아요. 稍微樸素也無妨。

  간소하게(라도/나마) 음식을 차려 놓았어요. 雖然樸素，但準備了食物。

  (2) 「（이）나마」表現出話者對事態的肯定，因此不太適合用在第二人稱、第
  三人稱主語，「（이）라도」則沒有這個限制。

  [예문] 가 : 내 남자 친구는 자꾸 내 생일도 잊어버리고 나한테 무심해.

  我男朋友老是忘記我的生日，對我不太關心。

  나 : 너는 그런 남자 친구(라도/*나마) 있지. 나는 그런 친구도 없어.

  你有那樣的男朋友也不錯了，我連那樣的朋友都沒有。

  [예문] 가 : 배가 고파요? 지금 라면밖에 없는데 어떡하지요?

  肚子餓嗎？現在只有泡麵，怎麼辦？

  나 : 라면(이라도/*이나마) 주세요. 即使是泡麵也好，請給我。

- （이）나

  (1) 「（이）나」和「（이）나마」可以替換使用，不過「（이）나」沒有對狀況
  肯定評價的意思。

  [예문] 찬밥(이나/이나마) 먹어야겠다. 就算是冷飯也要吃。

  작은 집(*이나/이나마) 누울 곳이 있어서 행복하다.

  即使是小房子，有地方躺就幸福了。

結合形助詞訊息

「(이) 나마」也和其他助詞結合使用。

- (이)나마 + 도 : 예전에는 걷기라도 했는데, 요즘에는 그나마도 안 한다.
  以前還會走,現在連走都不走。

(이) 니

助詞

形態訊息

	形態
尾音 ○	이니
尾音 ×	니

1 羅列

以「～ (이) 니～ (이) 니」形態用於兩個以上的事項以同等資格羅列。

- 국이니 밥이니 없는 게 없네요. 湯、飯啦無所不有。
- 요즘 과제니 발표니 해야 할 일이 너무 많아요.
  最近作業啦、發表啦,要做的事情很多。
- 현정이는 화장품이니 과자니 선물을 잔뜩 사왔어요. 賢靜買了化妝品、餅乾,
  滿滿的禮物。
- 회사에서도 인맥이니 서열이니 그런 게 얼마나 중요한데. 在公司裡人脈啦、輩
  分啦都很重要。
- 가 : 연말인데 어떻게 지내요? 年底到了,要怎麼過?
  나 : 요즘 송년회니 환송회니 행사 때문에 정신없어요.
  最近因為送年會、歡送會等等活動而不可開交。

文法訊息

- **前要素訊息**:「(이) 니」前方的兩個內容要是相似的類屬。
- **後要素訊息**:要接有搭配兩個名詞之意思的用言。
  예문 *현정이는 화장품이니 과자니 잔뜩 먹었어요.

*賢靜化妝品和餅乾都吃很多。

相關表達

- **（이）며**

  (1) 和「（이）니」沒有太大差異，可以替換使用。

  例文 팔(이며/이니) 다리(며/니) 안 아픈 곳이 없네요.
  手啦、腳啦沒有不痛的地方。

- **하고**

  (1) 和「（이）니」沒有太大差異，可以替換使用。

  例文 술(하고/이니) 안주(하고/니) 다 차려져 있네요. 酒、下酒菜都準備好了呢。

- **（이）다**

  (1) 和「（이）니」沒有太大差異，可以替換使用。

  例文 요즘 이사(다/니) 뭐(다/니) 바쁘게 지내고 있어요.
  最近在搬家啦！做什麼啦，很忙碌地過著。

- **（이）라든가**

  (1) 「（이）라든가」用在舉例說明時，在這個狀況中，和「（이）니」沒有太
  大差異，可以替換使用。

  例文 예를 들어, 집안(이라든가/이니) 학벌(이라든가/이니) 하는 것은 중요하지
  않아. 舉例來說，家世、學歷都不重要。
  방 안에 옷(*이라든가/이니) 가방(*이라든가/이니) 엉망진창으로 널려 있
  다. 家裡衣服啦、包包啦堆得到處都是。

  (2) 「（이）니」和「뭐」一起使用，「（이）라든가」則否。

  例文 인생의 목표가 성공(이니/*이라든가) 뭐(니/*라든가) 해도 행복이 가장 중
  요해요. 不管人生的目標是成功還是什麼，幸福最重要。

- **하며**

  (1) 「하며」用在羅列事物時，和「（이）니」沒有太大差異，可以替換使用。

  例文 어머니는 슈퍼에서 과일(하며/이니) 야채(하며/니) 잔뜩 사 오셨다.
  媽媽去超市買了一大堆水果、蔬菜回來。

  (2) 「하며」和「（이）니」不同，除了事物外，也可以用來羅列特定樣貌。

  例文 저 오뚝한 코(하며/*니) 날렵한 턱선(하며/*이니) 정말 내 스타일이야.
  高聳的鼻子和俊俏的下顎線，真是我的菜。

擴張

(1) ～(이)니 ～(이)니 하다：表示「雖然有這樣那樣的說辭」或「這樣那樣的說法」的意思。

예문 치킨이니 피자니 해도 역시 밥이 최고예요.

不管是炸雞啦披薩啦，還是飯最好。

뭐니 뭐니 해도 감기에는 역시 생강차가 제일이에요.

不管怎麼說，感冒還是生薑茶最好。

친구들은 제주도니 부산이니 하면서 여행 계획을 짜고 있어요.

朋友們在說濟州、釜山，安排旅遊計畫。

이다

助詞

形態訊息

· 前內容後加「이다」。

2 敘述格助詞

接在敘述主語內容的說辭後。

- 나는 스무 살이다. 我二十歲。
- 혼자 하는 여행은 이번이 처음이다. 獨自旅行這是第一次。
- 저는 학생이고 언니는 회사원이에요. 我是學生，姐姐是上班族。
- 우리 집은 1층이어서 좀 시끄러워요. 我們家在一樓，所以有點吵。
- 저 사람은 모델인가 봐요. 키가 정말 커요. 他好像是模特兒，個子真高。
- 내일은 한글날이기 때문에 수업이 없습니다. 明天是韓文日沒有課。
- 가 : 시험이 언제인지 알아요? 知道考試是什麼時候嗎？

  나 : 네, 다음 주 월요일이에요. 知道，下周一。

文法訊息

- **前要素訊息**：名詞或部分副詞。
- **後要素訊息**：「이다」後方可以接各種語尾，「이다」也能作為句子的結尾。

- （「이다」用在終結形時）沒有尊待的意義。為了表示相對尊待的意義，以「-습니다」、「-어요」結合的「입니다」、「이에요／예요」表示。

  예문 선생님, 이건 제 작은 선물(입니다/이에요/*이다).
  老師，這是我的小禮物。

- 主體尊待以「-（으）시-」表示。

  예문 저희 부모님께서는 모두 서울 분이십니다. 我父母都是首爾人。

(이) 든지

助詞

形態訊息

	形態
尾音 ○	이든지
尾音 ×	든지

縮寫 (이)든

1 無關

表示不管選擇哪一個，都和後方的行為或結果沒有太大關係。

- 모르는 것이 있으면 언제든지 물어보세요. 如果有不懂的，隨時都請問。
- 이 아르바이트는 간단해서 누구든지 할 수 있어요.
  這個打工很簡單，任何人都能做。
- 만화책이든지 소설책이든지 책이라면 다 좋아해요.
  漫畫書也好、小說也好，只要是書都喜歡。
- 옆집 사람은 낮이든지 밤이든지 시끄럽게 기타를 쳐요.
  隔壁的人不管是白天、晚上都在吵雜地彈吉他。
- 저는 도서관에서든지 교실에서든지 어디에서든지 잘 자요.
  我不管是在圖書館還是教室，到哪裡都睡得很好。
- 가 : 어떤 음식 좋아하세요? 你喜歡怎樣的食物？
  나 : 저는 음식은 가리지 않고 뭐든지 잘 먹어요. 我不挑食，什麼都很能吃。

文法訊息

- **前要素訊息**：和「언제、어디、누구」等疑問詞、一般名詞或「에게、한테、에서」等助詞結合。
- **後要素訊息**：大致上和肯定表達一起使用較自然。

> 예문 그 사람은 궁금한 것이 있어도 (*언제든지/언제나) 바로 묻지 않아요.
>
> 他即使有不解的，也不會直接馬上問。

相關表達

- **(이)든가**

  (1) 和「(이)든지」沒有太大差異，可以替換使用。但與疑問詞一起用時使用「든지」比「든가」更為自然。

  > 예문 바나나(든가/든지) 딸기(든가/든지) 있으면 좀 사 와.
  >
  > 香蕉也好、草莓也好，有就買回來。
  >
  > 저는 과일이라면 뭐(*든가/든지) 다 잘 먹어요.
  >
  > 我只要是水果，都很能吃。

- **(이)고**

  (1) 「(이)고」以「～(이)고～(이)고」形態使用，表示「不挑選、全部」的意思。有部分已定型的用法此時替換成「(이)든지」就不自然。

  > 예문 계란말이는 아이(고/?든지) 어른(이고/?이든지) 모두 좋아하는 반찬입니다. 雞蛋捲是孩子、大人都喜歡的菜。

  (2) 以「～(이)고 뭐고 (간에)」結合形態，可否定自己的想法和對方的想法。此時不可替換成「(이)든지」。

  > 예문 일(이고/?이든지) 뭐(고/?든지) 다 그만두고 여행이나 가고 싶다.
  >
  > 我想把工作什麼的都辭掉去旅行。

  > 예문 가: 오늘 시험 때문에 바빠. 今天因為考試而忙碌。
  >
  > 나: 시험(이고/?든지) 뭐(고/?든지) 간에 일단 청소부터 해.
  >
  > 別管考試什麼的，且先從打掃開始。

  (3) 「～(이)고」和疑問詞一起使用的話，可以和「(이)든지」相互替換。此時，「～(이)고」比「(이)든지」有古典意味。

  > 예문 채린이는 언제(고/든지) 내 힘이 되어 주었다.
  >
  > 彩林無論何時都是我的靠山。

- **(이)나**

  (1) 「(이)든지」和「(이)나」依句子不同，有的情況可以互相替換。

  > 예문 이 일은 누구(나/든지) 할 수 있어요. 這件事任何人都能做。

(2) 疑問詞「언제、어디、누구」和助詞「（이）나」結合的話，有包含該項的「全部」之意。若和「（이）든지」一起使用，有「無關特定狀況、不挑選」的意思。

예문 무슨 일이 있거든 언제(*나/든지) 연락하세요.
不管有什麼事的話，隨時都請聯繫。
('언제든지'= '무슨 일이 있을 때마다') ＝有什麼事情的時候
무엇(*이나/이든지) 물어 보세요. 不管是什麼，都請問。
('무엇이든지'= '어려운 문제, 쉬운 문제 가리지 말고')
＝不分困難的問題、簡單的問題
당신과 함께라면 어디(*나/든지) 갈 수 있어요.
只要和你一起，哪裡都可以去。
('어디든지'= '거리나 장소에 관계없이') ＝無關距離或地點
무슨 소원(*이나/이든지) 들어 줄게요. 不管是什麼願望，我都會聽。
('무슨 소원이든지'= '소원의 내용에 관계없이') ＝無關乎願望的內容

(3) 不定代名詞「아무」不能和「든지」一起使用。

예문 이번 파티에는 아무(나/*든지) 와도 돼요. 這次派對任何人來都可以。

(4) 「아무 名詞（이）나」有不管成為什麼，「N中之一」的意思，「（이）든지」則沒有這個意思。

예문 저는 (뭐든지/아무 거나) 잘 먹어요. 我不管是什麼都很能吃。
배가 고프니까 일단 (아무 거나/*뭐든지) 하나 주문해요.
肚子餓了，不管什麼都好，先點一個。
원하는 곳이 있으면 (*아무 데나/어디든지) 데리고 갈게요.
如果有想去的地方，不管是哪裡，我都帶你去。

(5) 「（이）나」可以和肯定句、否定句一起使用，但「（이）든지」和肯定句一起用較為自然。

예문 그 사람은 궁금한 것이 있어도 (언제나/*언제든지) 묻지 않아요.
他即使有不瞭解的，不管何時，也都不會問。

- （이）라도
(1) 「（이）라도」和「（이）든지」沒有太大差異，可以替換使用。

예문 무슨 일이 생기면 언제(든지/라도) 전화하세요. 有什麼事請隨時打電話。

(2) 「（이）든지」可以和疑問詞外的其他名詞結合、反覆使用。

예문 만화책(*이라도/이든지) 소설책(*이라도/이든지) 다 좋아요.
漫畫書或小說都好。

- 인들
  (1) 「疑問詞＋인들」可以解釋為「疑問詞＋（이）든지」。「인들」接反問句，意思更強烈。

  예문 가족을 위해서라면 뭔들 못 하겠어요?

  (=뭐든지 할 수 있어요.)

  為了家人什麼不能做？（＝什麼都可做）

- （이）라든가
  (1) 「（이）든지」主要和疑問詞搭配，表示「和那個無關」，和「（이）라든가」不同，羅列時不使用。

  예문 모르는 것이 있으면 뭐(*라든가/든지) 물어보세요.

  如果有不懂的，什麼都請問。

（이）라고 助詞

形態訊息

	形態
尾音 ○	이라고
尾音 ×	라고

1 引用

表示直接引用。

- 어머니는 잔소리 대신 "널 믿는다."라고 했어요.
  媽媽以「我相信你」代替嘮叨。
- 상사에게 "수고하셨어요."라고 하면 안 되나요? 不能對上司說「辛苦了」嗎？
- 사람들이 "어느 나라 사람이에요?"라고 자주 물어봐요.
  人們常問「你是哪個國家的人」？
- 가게 앞에 '휴가 중'이라고 쓰여 있어서 그냥 왔어요.
  店家前寫著「休息中」，所以直接回來了。
- 저는 이수민이라고 해요. 친구들은 저를 "미니"라고 불러요.
  我叫李秀敏，朋友們叫我「米妮」。

- 가 : 엄마를 중국말로 뭐라고 해요? 「엄마」的中文怎麼說?

  나 : "마마"라고 해요. 「媽媽」。
- 가 : 야, 삼겹살 먹으러 가자. 欸，去吃五花肉吧。

  나 : 뭐? 너 어제는 분명히 "다이어트할 거야."라고 말했잖아.

  什麼？你昨天不是說「要減肥」。

文法訊息

- **前要素訊息**：直接接其他人或自己以前說的話時，用大引號（ " " ）或小引號
  （ ' ' ）加「（이）라고」。通常和句子或名詞結合。
- **後要素訊息**：主要接「하다」、「묻다」、「듣다」、「쓰다」、「쓰이다」、
  「부르다」等和談話有關的動詞，或「생각하다」、「믿다」等認知動詞。

談話訊息

- 也用來客觀傳達某些話。

  예문 김 대통령은 기자의 질문에 "모두 사실"이라고 답했다.

  金總統對記者的提問回答說：「全屬事實」。

擴張

- 「[句子]＋（이）라고」用在說話的人直接說聽到的事情。此外，也可以用在以
  話者立場將聽到的內容重新解釋、傳達。依話者希望傳達的內容是陳述句、疑
  問句、命令句還是建議句，而有下列不同的表達。

  (1)〔陳述句〕–다고

  예문 일기예보에서 오늘 날씨가 **좋다고** 했어요. 天氣預報說今天天氣好。

  현정이가 자기도 **간다고** 했어요. 賢靜說自己會去。

  (2)〔疑問句〕–냐고

  예문 부모님과 전화를 하면 항상 밥은 **먹었냐고** 물어보세요.

  和父母通話時常問吃飯了沒。

  한국 사람들이 한국어 공부가 **재미있냐고** 자주 물어요.

  韓國人常問學韓文有趣嗎。

  (3)〔命令句〕–（으）라고

  예문 선생님께서 학교에 일찍 **오라고** 했어요. 老師說要早點到學校。

  현정 씨가 저에게 **도와달라고** 했어요. 賢靜請我幫忙。

  엄마가 위험하니까 가지 **말라고** 했어요. 媽媽說危險不要去。

  (4)〔建議句〕–자고

  예문 친구가 주말에 같이 **쇼핑하자고** 했어요. 朋友提議周末一起去逛街。

그 라면은 너무 매우니까 내가 먹지 말자고 했어.
那個泡麵太辣了，所以我勸說不要吃。

(이) 라고 (는)

助詞

	形態
尾音 ○	이라고(는)
尾音 ×	라고(는)

1 不滿

表示對前對象不滿意、認為沒什麼了不起。

- 너 지금 그걸 말이라고 하는 거니? 你現在說的是話嗎？
- 뭐? 빵점? 이걸 성적이라고 받아온 거니? 什麼？零分？這是得到的成績？
- 완전 음치네. 그것도 노래라고 부르는 거예요?
  你完全是個音癡呢，那也叫唱歌？
- 이걸 요리라고 만든 거예요? 이런 걸 어떻게 먹어요?
  這做的叫料理？這要怎麼吃？
- 자식이라고 하나 있는 게 공부는 안 하고 놀기만 하네요.
  我有一個叫做孩子的，不念書只顧玩。
- 가 : 본의 아니게 미안하게 됐네요. 那不是出自本意，甚是遺憾。
  나 : 지금 그걸 사과라고 하는 거예요? 現在那個叫道歉嗎？

文法訊息

- **後要素訊息**：後用言主要和「-는 거예요？」、「-는 거니？」、「-는 거야？」
  等結合，以反問形態呈現。

談話訊息

- 主要用於口語中。
- 基本上用於對對話對象表示不滿，生氣或找碴時。

2　強調不足

以「（이）라고（는）」形態表示強調某事物少或不足。

- 재산이라고는 낡은 집밖에 없어요. 可說是財產的，就只有一棟老房子而已。
- 집에 먹을 것이라고는 물밖에 없어요. 家裡能吃的就只有水而已。
- 할 줄 아는 요리라고는 김치찌개 정도예요. 會做的料理是做泡菜鍋而已。
- 그 사람에 대해서 아는 거라고는 이름뿐이에요.
  有關他，知道的就只有名字而已。
- 가 : 어제 본 영화가 어땠어요? 昨天看的電影如何？
  나 : 정말 재미라고는 하나도 없었어요. 要說有趣嘛一點也沒有。

文法訊息

- **後要素訊息**：主要接「밖에 없다」、「뿐이다」、「하나도 없다」等表示話者否定認知。

談話訊息

- 主要用於口語中。
- 口語中也會簡短說「（이）라곤」。

3　其他用法

① 理由

（「～（이）라고 해서」中的「해서」省略）表示理由。主要接「～은／는 아니다」等否定表達。

- 여자라고 꼭 요리를 잘하는 것은 아니다. 並非女生就一定擅長料理。
- 가 : 커피숍이니까 술은 안 팔 것 같은데요. 因為是咖啡店，酒似乎不賣。
  나 : 글쎄요. 커피숍이라고 꼭 커피만 파는 건 아니니까요.
  是嗎？未必叫做咖啡店的就只賣咖啡。

(이) 라도

形態訊息

	形態
尾音 ○	이라도
尾音 ×	라도

1 次善

表示多個中雖不滿意但仍選擇。

- 밥이 없으면 라면이라도 드세요. 沒有飯的話就吃泡麵吧。
- 내일 시간 있으면 영화라도 볼래요? 明天有時間的話，要不去看個電影？
- 공부가 안 되면 잠이라도 자지 그래요? 念不下書的話，要不然睡個覺吧？
- 전화가 안 되면 문자라도 보내 주셨어야지요.
  打電話打不通的話，傳個訊息也可以啊。
- 가：나도 대기업에 취직할 수 있을까? 我也能進大公司工作嗎？
  나：지원이라도 해 봐. 投個應徵表格試試看吧。

文法訊息

- **前要素訊息**：主要和話者認為不滿足的對象之名詞結合。
- **後要素訊息**：後方用言經常接「–（으）세요、–을까요？、–읍시다」之類表示命令、提議、建議的終結語尾。

談話訊息

- 在提議的狀況中，即使提的是話者認為最好的，也用「（이）라도」以降低聽者的負擔。因為是提議，使用「（이）라도」比「真誠的提議」更有「輕微的提議」的感覺之故。

  예문 커피 마시러 갈래? 要不要去喝咖啡？

  커피라도 마시러 갈래? → '커피' 혹은 '커피를 마시는 일' 외에 다른 것도 괜찮음.

  要不要去喝個咖啡？ → 「咖啡」或「喝咖啡這件事」以外也無妨。

相關表達

- **（이）나**

(1)「（이）라도」也表示並非最佳的選項，和「（이）나」差異不大，可以替換使用。

> **예문** 배부른데 잠깐 산책(이나/이라도) 할까? 肚子飽了，要不要去散個步一下？
>
> 밥이 없으니까 라면(이나/이라도) 먹어야겠어요.
>
> 沒有飯了，泡麵或什麼的也該吃些。

(2)「（이）나」表示話者認為前者不怎麼樣，「（이）라도」則沒有這樣的意思。

> **예문** 가 : 이번 방학에는 유럽 여행이나 갈까 해요. → '유럽 여행'을 가볍게 여김.
>
> 我想這次放假去歐洲旅遊一下。→ 認為「歐洲旅行」不是什麼大事。
>
> 나 : "유럽 여행이나"라고 했어요? 생각보다 돈이 얼마나 많이 필요한데요. 你說「歐洲旅遊一下」？錢比想像中的還要多啊。

> **예문** 가 : 이번 방학에는 유럽 여행이라도 갈까 해요. → 아직 뭘 가장 하고 싶은지 모르겠음.
>
> 我在想這次放假要不要去歐洲旅行。→ 還不知道最想做什麼。
>
> 나 : 괜찮은 것 같은데요. 好像不錯。

(3) 不同於「（이）라도」之處，在於「（이）나」有否定聽者之意。

> **예문** 가 : 내가 선물 사 줄까? 我要不要送禮物給你？
>
> 나 : 너는 돈도 없으면서 선물은 무슨. 그냥 편지(나/*라도) 써서 줘.
>
> 你錢也沒有，買什麼禮物。寫個信給我就好。

> **예문** 가 : 저 사람 지금 뭐 하는 거지? 那個人現在在做什麼？
>
> 나 : 다른 사람 일에 신경 쓰지 말고 그냥 네 할 일(이나/*이라도) 제대로 해. 別去擔心其他人，好好做你的事就好。

2 相同

表示任何情況都一樣。

- 뭐라도 좋으니까 일을 하세요. 什麼都好，工作吧。
- 휴일에는 어디라도 사람이 많아요. 放假不管什麼地方人都多。
- 비 오는 날에는 누구라도 운전하기 힘들어요. 下雨天任誰開車都危險。
- 아무 말이라도 괜찮으니까 대답 좀 해 주세요. 說什麼都好，拜託請回答。
- 가 : 너네 집에 놀러 가도 돼? 可以去你家玩嗎？

  나 : 응. 언제라도 환영이야. 嗯，隨時都歡迎。

- **前要素訊息**：主要和「어디、누구、무엇、언제」等疑問詞結合

相關表達

- **(이) 든지**

    (1) 「(이) 라도」和「(이) 든지」意義上沒有太大差異，可以替換使用。

    예문 무슨 일이 생기면 언제(든지/라도) 전화하세요. 有事的話請隨時打電話。

    (2) 「(이) 든지」可以和疑問詞外的其他名詞結合並反覆使用。

    예문 만화책(이든지/*이라도) 소설책(이든지/*이라도) 다 좋아요.
    漫畫書或小說都好。

- **(이) 나**

    (1) 「(이) 나」和「(이) 라도」按句中情況意義上沒有太大差異，可以替換使用。

    예문 휴일에는 어디(나/라도) 사람이 많아요. 假日不管哪裡人都多。

    (2) 不過，「疑問詞＋(이) 나」有「包含全部」的意義，「疑問詞 ＋ (이) 라도」有「無關」的意思。

    예문 친구 집에 갈 때는 뭐(*나/라도) 하나 사 가는 편이다.
    我去朋友家時，會買個東西去。
    ('뭐라도'= '좋은 것이든 나쁜 것이든') ＝不管是好的東西，還是壞的東西
    우리는 누구(나/*라도) 친구가 필요해요. 我們不管是誰都需要朋友。
    ('누구나'= '모두') ＝全部
    애들아, 내 도움이 필요하면 언제(*나/라도) 전화해.
    孩子們，需要我幫忙的話，隨時打電話。
    ('언제라도'= '때에 관계없이') ＝不論何時
    현정이는 언제(나/*라도) 음악을 들어요. 賢靜隨時都在聽音樂。
    ('언제나'= '항상', '자주') ＝總是、經常

    (3) 「(이) 라도」有「無關」的意思，因此其後可接「괜찮다、좋다」等，而「(이) 나」後方不接這種敘述語。

    예문 저는 누구(*나/라도) 좋으니까 친구를 사귀고 싶어요.
    我誰都好，想要交朋友。

3 其他用法

① 懷疑或疑問

以「～（이）라도 ～는지、～（으）면」形態表示話者對不確定事實的懷疑或疑問。

- 연정이는 술이라도 마셨는지 얼굴이 빨개져 있네요.
  妍靜大概是喝了酒什麼的，臉紅通通的。
- 가 : 이번 주 토요일에 신혜 생일이야. 這周六是信惠生日。
  나 : 아! 맞다. 있지, 내가 혹시라도 잊어버리면 토요일에 다시 말해 줘.
  啊，對，如果我忘記了，周六再跟我說。

以「（마치）～이라도 ～듯、～것처럼」形態表示比喻。

- 현정이는 마치 귀신이라도 본 것처럼 깜짝 놀랐다. 賢靜像看到鬼一樣嚇一大跳。
- 가 : 두 사람한테 아직도 연락 없어? 還沒給兩人連絡嗎？
  나 : 마치 짜기라도 한 듯이 내 연락을 안 받네.
  他們好像說好的一樣不接我的電話。

(이) 라든가

助詞

形態訊息

	形態
尾音 ○	이라든가
尾音 ×	라든가

1 舉例羅列

表示話者以無相關的對象為例並羅列之。

- 귀걸이라든가 팔찌 같은 액세서리를 선물해 봐. 送耳環、手環等飾品看看。
- 바나나라든가 고구마 같은 음식이 다이어트에 좋대.
  聽說香蕉、地瓜等食物對瘦身有益。
- 집안이라든가 학벌이라든가 하는 것보다 진실한 사람인지를 봐야 해.
  比起（講究）家世、學歷，要看是不是實在的人。
- 학생일 때 중국어라든가 일본어라든가 외국어를 배워 놓는 게 어때?
  學生時期先學好中文、日文等外語怎麼樣？

- 가 : 넌 어떤 운동을 좋아해? 你喜歡什麼運動？

  나 : 난 단체로 하는 운동이 좋아. 야구라든가 축구라든가 뭐 그런 운동.

  我喜歡團體運動，像棒球、足球那樣的運動。

文法訊息

- **前要素訊息**：「（이）라든가」前後內容應該是意義相近的類組。
- **後要素訊息**：要接搭配兩個名詞意義的用言。

搭配訊息

- 第二個羅列的內容之後與「같은」、「뭐 그런 （거）」等相搭配。

談話訊息

- 主要用於口語中。

相關表達

- **（이）라든지**

  (1)「（이）라든가」和「（이）라든지」可以替換使用。

- **（이）든지**

  (1)「（이）든지」主要搭配疑問詞，有「和那個無關」之意，和「（이）라든가」不同，羅列時不使用。

  예문 모르는 것이 있으면 뭐(든지/*라든가) 물어보세요.

  如果有不懂的，任何事都請問。

- **（이）니**

  (1)「（이）라든가」主要用在舉例說明時，在這個狀況中，和「（이）니」意義上沒有太大差異，可以替換使用。

  예문 예를 들어, 집안(이니/이라든가) 학벌(이니/이라든가) 하는 것은 중요하지 않아. 舉例來說，家世、學歷之類的都不重要。

  방 안에 옷(이니/*이라든가) 가방(이니/*이라든가) 엉망진창으로 널려 있다. 房間裡衣服啦、包包啦丟得亂七八糟的。

  (2)「（이）니」和「뭐」一起使用，「（이）라든가」則否。

  예문 인생의 목표가 성공(이니/*이라든가) 뭐(니/*라든가) 해도 행복이 가장 중요해요. 不管人生的目標是成功啦還是什麼的，以幸福最重要。

- **（이）다**

  (1) 在「～（이）다 ～（이）다 하다」結構中，「（이）다」可以和「（이）라든 가」替換使用，不過舉例來說時，通常用「（이）라든가」。

  예문 취업을 할 때 학점(이다/이라든가) 자격증(이다/이라든가) 하는 것은 생각 보다 중요하지 않다.

  找工作時，分數、證照不如想像的重要。

  불고기(다/*라든가) 잡채(다/*라든가) 없는 게 없네요.

  烤肉啦、雜菜啦無所不有。

  (2)「（이）다」可以和「뭐」一起使用，「（이）라든가」則不可。

  예문 요즘 과제(다/*라든가) 뭐(다/*라든가) 바빠. 最近在忙作業什麼的。

- **（이）며**

  (1)「（이）라든가」主要用在舉例說明時，在該狀況中，和「（이）며」意義上 沒有太大差異，可以替換使用。

  예문 예를 들어, 부모님 성품(이며/이라든가) 형제 관계(며/라든가) 하는 것이 얼마나 중요한데. 舉例來說，父母的品性、兄弟姊妹關係是非常重要的。

  가방 속에는 책(이며/?이라든가) 프린트(며/?라든가) 온갖 것들이 정신없 이 담겨 있었다. 包包中裝滿書、列印資料。

  (2)「（이）며」可以和「뭐」一起使用，「（이）라든가」則不可。

  예문 출국 전에 비자 발급(이며/*이라든가) 뭐(며/*라든가) 준비할 게 많네.

  出國前要準備簽證什麼的。

- **하며**

  (1)「하며」和「（이）라든가」的羅列意義相似，不過「（이）라든가」用在舉 例羅列的狀況，因此替換使用不自然。

  예문 엄마가 김치(하며/?라든가) 반찬(하며/?라든가) 보내 줬어요.

  媽媽寄泡菜啦、菜餚啦給我。

(이) 라야

形態訊息

	形態
尾音 ○	이라야
尾音 ×	라야

1 必要的條件與資格

表示前者是後者的必備資格或條件。

- 그 일은 컴퓨터 전공자라야 지원할 수 있대요.
  聽說那個工作只有電腦本科系能應徵。
- 장학금은 성적이 90점 이상이라야 받을 수 있어요.
  獎學金要成績90分以上才會拿到。
- 진심을 담은 말이라야 다른 사람을 설득할 수 있어요.
  要真誠說話才能說服他人。
- 속마음을 털어놓을 수 있는 친구라야 진정한 친구 아니에요?
  能說心裡話的朋友，才是真正的朋友吧？
- 점수에 들어가는 숙제라야 하지, 안 그러면 아무도 안 해요.
  要打分數的作業才會做，不然都沒人做。
- 가 : 과장님, 다음 프로젝트는 누구에게 맡기실 거예요?
  科長，下個專案要誰負責？
  나 : 그 일은 정말 전문가라야 할 수 있는 일이라 지금 고민 중이에요.
  那件事只有專家才能做，我正在考慮中。

談話訊息

- 主要用於口語中。

相關表達

- 만
  (1)「（이）라야」在句子中也可以解釋成「만」。

예문 이 일은 너라야 할 수 있어.

　　　　　　=너만

這件事只有你能做。

(2) 「（이）라야」表示「-（으）려면 -아／어야 한다（想要～就必須～）」的意思，「만」則沒有這種假設意思。

예문 좋아하는 일이라야 열심히 할 수 있다. → 무언가를 열심히 하려면 그것이 좋아하는 일이어야 한다.

若是喜歡的事會認真做。→ 如果要認真做，必須是喜歡的事情。

좋아하는 일만 열심히 할 수 있다. → 싫어하는 일은 열심히 할 수 없다.

只有喜歡的事才會認真做。→ 不喜歡的事情不會認真做。

(3) 「만」可以修飾前名詞和後方敘述語，而「（이）라야만」的前名詞是必備條件。

예문 강희는 아메리카노라야 마신다. → 강희는 다른 커피는 안 마심.

姜熙只喝美式咖啡。→ 姜熙不喝其他咖啡。

강희는 아메리카노만 마신다. → ① 다른 커피는 안 마심. ② 다른 일은 안 하고 커피를 마심.

姜熙只喝美式咖啡。→ ① 不喝其他咖啡。 ② 不做其他事，只喝咖啡。

2 沒什麼

表示話者認為前事沒什麼了不起。

- 반찬이라야 김치밖에 없어요. 要說菜餚嘛就只有泡菜了。
- 재산이라야 시골에 있는 집 한 채가 전부예요.
  要說財產嘛就只有鄉下的一棟房子。
- 휴가라야 하루 바닷가에 갔다 오는 거뿐이에요.
  休假嘛就只有一天去海邊來回而已。
- 월급이라야 고작 한 달 간신히 살아 갈 수 있는 정도예요.
  要說月薪嘛就只有一個月勉強可以生活而已。
- 가 : 요즘 운동 많이 하신다면서요? 聽說最近很常運動？
  나 : 에이, 아니에요. 운동이라야 저녁에 조금 걷는 게 다예요.
  沒有啦，要說運動也只有晚上走點路而已。

文法訊息

- **後要素訊息**：主要接「밖에 없다」、「뿐이다」、「이／가 전부다」等。

搭配訊息

- 表示話者認為不怎樣的否定認知，因此適合搭配「고작、겨우」等副詞。

談話訊息

- 主要用於口語中。
- 在口語中會發音成「（이）래야」。

相關表達

- （이）라고는

  (1) 和「（이）라야」差異不大，可以替換使用。

  예문 소개팅(이라고는/이라야) 대학교 때 딱 한 번 해 본 게 다야.
  要說交友聯誼嘛就是大學時代做過一次而已。

結合形助詞訊息

「（이）라야」也和其他助詞結合使用。

- (이)라야 + 만 : 저희 식당은 2인분 이상**이라야만** 배달해 드립니다.
  我們餐廳要兩人份以上才會外送。

（이）란 助詞

形態訊息

	形態
尾音 ○	이란
尾音 ×	란

1 定義的對象

表示以對象作為談話的話題談論之，或下定義。

- 흔히 행복이란 멀리 있는 것이 아니라고 한다. 常常有人說幸福不是在遠方。
- 사랑이란 두 사람이 같은 방향을 바라보는 것이다.

所謂愛，就是兩個人望向同樣的方向。

- 요즘 들어 성공이란 무엇일까에 대해 진지하게 고민하게 된다.
  近來十分認真思考成功是什麼。
- 진정한 친구란 멀리 떨어져 있어도 함께 있는 것 같은 존재이다.
  真正的朋友就是即使相距遙遠也感覺在一起的人。
- 가 : 선생님, 질문이 있는데요. '상대 평가'가 뭐예요?
  老師，我有問題，「相對評價」是什麼？
  나 : 상대 평가란 다른 사람과 비교해서 평가를 하는 것을 말해요.
  所謂的相對評價，就是和他人比較給予的評價。

文法訊息

- **後要素訊息**：後方接該話題的談論內容或下定義，常接「–는 것이다」、「–는 것이 아니다」、「–는 것을 말하다」等。

談話訊息

- 口語中在「（이）란」後稍微停頓，再繼續說。

相關表達

- 은 / 는
  (1) 「（이）란」和「은／는」在說明某對象或對之下定義時可以替換使用，不過「（이）란」有讓話題更明顯突出的差異。

  예문 기행문(은/이란) 여행에서 있었던 일을 쓴 글을 말한다.
  遊記是指寫旅遊時發生之事的文章。
  사랑(은/이란) 서로 같은 곳을 바라보는 것이다.
  愛是彼此望向同樣的地方。

2 其他用法

① 強調

以「（이）란 –는 법이다、–기 마련이다」形態表示強調「一般而言是那樣」。

- 돈이란 아무리 많아도 부족하다고 느끼기 마련이다.
  錢不管再怎麼多，總會感覺不夠。
- 가 : 내 여자 친구는 언제나 사랑이 식은 것 같다고 투덜대.
  我女朋友嚷嚷說愛總有一天會淡掉。

나 : 원래 사랑이란 표현하지 않으면 잘 전달되지 않는 법이야. 더 표현을 해 봐.
原來所謂愛是不表達就無法順利傳達的，所以要多表達。

(이) 랑

助詞

形態訊息

	形態
尾音 ○	이랑
尾音 ×	랑

1 對等連接

用在將多個事物或人同等連接時。

- 생일 선물로 케이크랑 편지를 받았어요. 生日禮物收到蛋糕和信。
- 집에 엄마랑 나랑 둘이 있어. 家裡有媽媽和我兩個人。
- 어제 명동에서 가방이랑 신발이랑 옷도 샀어.
  昨天在明洞買了包包、鞋子和衣服。
- 이번 콘서트는 서울에서랑 부산에서 두 번 한대.
  聽說這次演唱會在首爾和釜山辦兩次。
- 가 : 아침 먹었어? 吃早餐了嗎？
  나 : 응. 바나나랑 요구르트 먹었어. 嗯，吃了香蕉和優格。

談話訊息

- 用在口語中。
- 帶有親切的感覺。
  예문 엄마, 아이스크림이랑 과자 사 주세요. 媽媽，買冰淇淋和餅乾給我。

相關表達

- 과 / 와

(1) 「과／와」書面語特性強烈，而「（이）랑」的口語性強烈。

예문 여행을 할 때는 그 나라의 역사(와/*랑) 문화를 존중해야 한다.
旅行時要尊重該國的歷史和文化。

(2) 「（이）랑」有可愛、帶感情的感覺。

예문 자기야, 나는 피자(²와/랑) 파스타가 먹고 싶어.
　　親愛的，我想吃披薩和義大利麵。

(3) 「과／와」不和第二個名詞結合，而「（이）랑」則沒有這個限制。

예문 내일 모임에 너랑 나랑 채린이랑 또 누가 가지?
　　　　　*너와 나와 채린이와
　　明天聚會有你、我、彩林和誰？

• 하고

(1) 「（이）랑」比「하고」更不正式。

(2) 「（이）랑」有可愛、帶感情的感覺。

예문 엄마, 저는 빵(하고/이랑) 우유 먹을래요. 媽媽，我要吃麵包和牛奶。
　　자기야, 나는 피자(하고/랑) 파스타가 먹고 싶어.
　　親愛的，我想吃披薩和義大利麵。

2 共事的對象

表示一起做某事的對象。

• 나랑 결혼해 줄래? 要和我結婚嗎？
• 이번 방학에 부모님이랑 여행 가려고 해요. 這次放假要和父母去旅行。
• 남자 친구랑 자주 싸우다가 결국 헤어졌어요. 常和男朋友吵架，最後分手了。
• 가 : 내일 누구랑 영화 보는 거예요? 明天和誰看電影？
　나 : 고등학교 동창이랑 봐요. 和高中同學看。

文法訊息

• **前要素訊息**：主要和表示人的有情名詞結合。
• **後要素訊息**：主要接表示行為的動詞，尤其如「사귀다、싸우다、만나다、어울리다、결혼하다」等表無法單獨做的行為的部分動詞，必須要寫成「名詞＋（이）랑」。

談話訊息

• 用在口語中。
• 帶有親切的感覺。
　예문 나 수지랑 결혼해. 我和秀智結婚。
　예문 ²나 수지랑 이혼했어. → 정감을 표현하기 어려운 상황임.
　　我和秀智離婚了。→ 難以表現情感的狀況。

- 과 / 와

  (1)「과／와」書面語特性強烈,而「(이)랑」的口語性強烈。

  예문 (신문에서) 최근 동료(와/ʳ랑) 식사하지 않는 직장인들이 늘고 있다.

  (報紙上)近來不和同事用餐的上班族增加中。

  (2)「(이)랑」有可愛、帶感情的感覺。

  예문 서준아, 오늘 나(ʳ와/랑) 노래방 갈래?

  敍俊,今天要不要和我去唱歌?

- 하고

  (1)「(이)랑」比「하고」更不正式。

  (2)「(이)랑」有可愛、帶感情的感覺。

  예문 내일 친구(하고/랑) 만나기로 했어. 明天要和朋友見面。

3 比較的對象

表示比較的對象。

- 성격이 저랑 비슷하네요. 個性和我差不多呢。
- 엄마랑 닮았다는 말 자주 들어요. 經常聽人說和媽媽長得很像。
- 이 선생님은 박 선생님이랑 가르치는 방식이 달라요.
  李老師的教法和朴老師不同。
- 가 : 어제 길에서 연예인을 봤다면서요? 聽說你昨天在路上看到藝人?

  나 : 네, 그런데 실물이 화면이랑 똑같았어요. 對,真人和銀幕上完全一樣。

文法訊息

- **後要素訊息**:和「같다、다르다、어울리다、비교하다、비슷하다」等比較時常用的部分用言一起使用。

談話訊息

- 用在口語中。
- 帶有親切的感覺。

相關表達

- 과 / 와

  (1)「과／와」書面語特性強烈,而「(이)랑」的口語性強烈。

예문 일반적인 상식(과/?이랑) 달리, 소비자들은 고가의 물건을 선호하기도 한
다. 和一般認知不同，消費者也有偏好高價禮物的。

(2) 「（이）랑」有可愛、帶感情的感覺。

예문 가 : 서준아, 넌 어때? 敘俊，你怎麼樣？

나 : 응. 나도 너(?와/랑) 비슷해. 嗯，我和你差不多。

- 하고
(1) 「（이）랑」比「하고」更不正式。
(2) 「（이）랑」有可愛、帶感情的感覺。

예문 이 옷 내 옷(하고/이랑) 진짜 비슷하다. 這件衣服和我的衣服真的很像。

結合形助詞訊息

「（이）랑」也和其他助詞結合使用。

- **(이)랑 + 도** : 직장 동료들**이랑도** 가끔 주말에 만나서 놀 때도 있다.
我和公司同事周末偶爾也見面出去玩。
- **(이)랑 + 만** : 고향 친구들 중에서 신혜**랑만** 아직도 가끔 연락한다.
在家鄉朋友中，只有和信惠偶爾會連絡。
- **(이)랑 + 은** : 엄마**랑은** 영화도 보고 쇼핑도 하지만, 아빠**랑은** 잘 외출 안 해.
我和媽媽會看電影又逛街，和爸爸就不太出去。

(이) 며

助詞

形態訊息

	形態
尾音 ○	이며
尾音 ×	며

1 羅列

以「～（이）며 ～（이）며」形態表示兩者以上的事物以同樣的資格羅
列。

- 아기가 눈이며 코며 아버지를 꼭 닮았네요. 孩子眼睛、鼻子像極了爸爸。
- 요즘 아이가 감기며 알레르기며 자꾸 아프답니다.
  現在的孩子常常感冒、過敏生病。
- 친구들이 집들이에 세제며 휴지며 잔뜩 사 왔어요.
  朋友們慶祝我搬家，送我一堆洗劑和衛生紙。
- 우리 학교는 학교 수준이며 선배며 동기며 뭐며 다 완벽해요.
  我們學校的學校水準、學長姐、同學等都很完美。
- 어제 대청소를 하면서 안 입는 옷이며 책이며 다 갖다 팔아 버렸어요.
  昨天大掃除的同時，把不穿的衣服、書都拿去賣了。
- 가 : 취업 준비 잘 돼 가? 就業準備順利嗎？
  나 : 아니. 자기소개서며 지원 동기며 뭐며 써야 할 게 엄청 많아.
  不，要寫自我介紹、應徵動機什麼的，要做的事很多。

文法訊息

- **前要素訊息**：「（이）며」前方要有兩個意義相似的類型。
- **後要素訊息**：要接意義上適合搭配兩個名詞的用言。
  예문 *요즘 아이가 감기며 입원이며 자꾸 걸려요. 最近的孩子常常感冒、住院。

相關表達

- **（이）니**
  (1) 和「（이）며」意義差異不大，可以替換使用。
  예문 팔(이니/이며) 다리(니/며) 안 아픈 곳이 없네요. 手啦、腳啦沒有一處不痛。

- **하고**
  (1) 和「（이）며」意義差異不大，可以替換使用。
  예문 술(하고/이며) 안주(하고/며) 다 차려져 있네요. 酒啦、下酒菜啦都準備好了。

- **（이）다**
  (1) 和「（이）며」意義差異不大，可以替換使用。
  예문 요즘 이사(다/며) 뭐(다/며) 바쁘게 지내고 있어요. 最近在忙著搬家什麼的。

- **（이）라든가**
  (1) 「（이）라든가」主要用在舉例說明時，此時和「（이）며」意義差異不大，
     可以替換使用。
  예문 예를 들어, 부모님 성품(이라든가/이며) 형제 관계(라든가/며) 하는 것이
     얼마나 중요한데. 舉例來說，父母的品性、兄弟姊妹的關係非常重要。

가방 속에는 책(°이라든가/이며) 프린트(°라든가/며) 온갖 것들이 정신없이 담겨 있었다. 包包中放滿書、列印資料。

(2)「（이）며」可以和「뭐」一起使用,「（이）라든가」則不可。

예문 출국 전에 비자 발급(*이라든가/이며) 뭐(*라든가/며) 준비할 게 많네.
出國前簽證什麼的要準備的非常多。

- **하며**
  (1)「하며」在羅列事物時,和「（이）며」意義差異不大,可以替換使用。

  예문 어머니는 슈퍼에서 과일(하며/이며) 채소(하며/며) 잔뜩 사 오셨다.
  媽媽在超市買了很多蔬菜、水果。

（이）야

助詞

形態訊息

	形態
尾音 ○	이야
尾音 ×	야

1 強調

表示「不管其他,而是該項」之意,強調前所接內容。

- 밥이야 먹고 살지요. 飯要吃才能活。
- 당연히 처음부터 잘 할 수야 없지. 當然無法從一開始就做得很好。
- 가수니까 노래야 잘 부르지만 춤은 잘 못 춰요.
  因為是歌手歌可以唱得好,但跳舞就不太行。
- 일단 초대야 해 보겠지만 올지 안 올지 모르겠어요.
  且先邀請看看,但不知道來不來。
- 가 : 너 괜찮아? 你還好嗎?
  나 : 나야 괜찮지. 다른 사람이 걱정이다. 我還好,但擔心其他人。
- 가 : 내가 너한테 그런 말도 못 하니? 我不能跟你也說那樣的話嗎?
  나 : 말이야 할 수 있지. 話當然是可以說的囉。

- **後要素訊息**：後方用言主要接「–지（요）」、「–잖아（요）」、「–는데（요）」、「–지만」等語尾。

`Tip` 不可用在要求特定行為、訊息的命令句、建議句、疑問句。

- *공부만 하지 말고 가끔이야 쉬세요. 別只讀書，偶爾要休息。

`談話訊息`

- 主要用於口語中。
- 主要用在一般對話等非正式場合中。
- 「（이）야」也表示話者對某事認為當然，或覺得沒什麼了不起的態度。

`예문` 가 : 선배, 요즘 일이 많으세요? 學長，最近事情多嗎？

나 : 일이야 언제나 많지. 事情隨時都很多啊。

`예문` 가 : 요즘 돈이 없어. 最近沒錢。

나 : 에이, 돈이야 벌면 되지. 뭘 고민해? 唉唷，錢啊再賺就有了，煩惱什麼？

`相關表達`

- 은 / 는

(1) 強調的「（이）야」可以和「은／는」替換，但「（이）야」不能在一個句子中用兩次以上。

`예문` 얼굴(은/이야) 예쁘지. 臉蛋是漂亮。

얼굴(은/*이야) 예쁘지만 성격(은/*이야) 안 좋아.

臉蛋是漂亮，但個性不好。

(2) 「（이）야」表示話者對某事物的確認態度，主要搭配「–지（요）」、「–잖아（요）」等語尾；而「은／는」不表現這種態度。

`예문` 영화가 재미(는/야) 있지요. 電影有趣是有的。

영화가 재미(는/??야) 있어요. 電影有趣是有的。

(3) 「（이）야」和「은／는」不同，不用在要求特定行為、訊息的命令句、建議句、疑問句。

`예문` 공부만 하지 말고 가끔(은/*이야) 쉬세요.

別只顧著讀書，偶爾休息一下吧。

우리 이거 다 먹으면(은/*야) 영화 보러 갈까?

我們把這些都吃完之後，要不要去看電影？

어머니께서 그 일을 알고(는/*야) 있으세요?

母親知曉那件事情嗎？

- （이）야말로

  (1)「（이）야말로」可以說是「（이）야」的強調表達，不過兩個助詞無法替換使用。「（이）야」表示對照的強調意義，「（이）야말로」是「真的就是那個」的意思，用在指定強調某事物時。

  예문 말이야 누구나 할 수 있지. → 하지만 행동을 안 하면 소용없다.

  話是大家都能說的。→ 但沒做出行動就沒用。

  말이야말로 우리가 조심해야 하는 것이다. → 말은 정말 조심해야 한다.

  說話啊是我們要小心的行為。→ 說話真的要小心。

2 方才

表示某事一陣子後才發生。

- 길이 막혀서 이제야 도착했어요. 路上塞車，現在才到。
- 서른이 되어서야 뒤늦게 운전면허 자격증을 땄어요.
  到了三十歲才遲遲拿到駕照。
- 헤어진 후에야 비로소 그 사람의 소중함을 알게 되었어요.
  分手後才了解到他的重要性。
- 비행기를 타고 나서야 정말 이민을 간다는 게 실감이 났다.
  搭上飛機才有真的要移民的感覺。
- 가 : 지난번 김 부장님 승진 이야기 들었어요? 聽到上次金部長升遷的消息了嗎？
  나 : 네. 사회생활에서 인간관계가 중요하다는 것을 그때야 알았어요.
  有，那時候才了解到在社會生活中人際關係是重要的。

文法訊息

- **前要素訊息**：主要和「이제」、「그때」、「–은 후에」、「–고 나서」、「–어서」等表示時間或順序的內容結合。

(이) 야말로

形態訊息

	形態
尾音 ○	이야말로
尾音 ×	야말로

1 強調、確認

表示強調不是其他並確認就是該對象。

- 지금이야말로 새로운 일을 할 최고의 타이밍이 아닐까요?
  現在不就是做新工作的最佳時機嗎?
- 나한테 잔소리하지 말고 너야말로 연애 좀 해 봐.
  別對我嘮叨,你才該去談談戀愛。
- 이 치즈 좀 봐. 이거야말로 진정한 피자라고 할 수 있지.
  看看這起司,這個才叫真正的披薩。
- 호기심이야말로 인생의 가장 큰 재산이라고 한다.
  好奇心才是人生的最大財產。
- 가 : 그동안 감사했어요. 這段時間感謝你。
  나 : 아니에요. 저야말로 많이 배웠습니다. 감사합니다.
  不會,我才是學了很多,謝謝。

相關表達

- (이) 야

  (1) 「(이)야말로」可以說是「(이)야」的強調表達,不過兩個助詞不能替換
      使用。「(이)야」表示對照的強調意義,「(이)야말로」是「真的就是那
      個」的意思,用在指定強調某事物時。

  > 例文 말이야 누구나 할 수 있지. → 하지만 행동을 안 하면 소용없다.
  > 話是大家都會說的。→ 但沒做出行動就沒用。
  > 말이야말로 우리가 조심해야 하는 것이다. → 말은 정말 조심해야 한다.
  > 說話啊是我們要小心的行為。→ 說話真的要小心。

- 이 / 가
  (1) 「（이）야말로」可以和「이／가」替換使用，此時，「이／가」強烈發音較為自然。

  예문 연예인(이/이야말로) 정말 힘든 직업이 아닐까 해요.
  我覺得藝人真的是辛苦的工作。

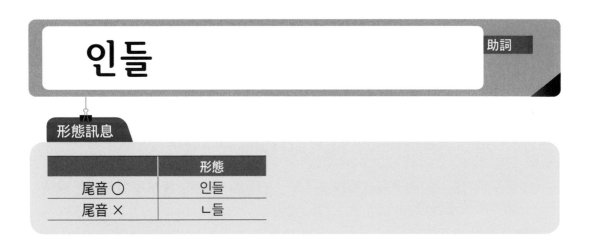

인들

助詞

形態訊息

	形態
尾音 ○	인들
尾音 ×	ㄴ들

1 沒用

表示前者和其他一樣，出現與話者所期待的相反負面結果。

- 숙제도 안 하는데 시험 공부인들 했겠어요?
  作業都不寫了，難道考試會準備嗎？
- 나도 내 마음을 모르는데 다른 사람인들 알겠어요?
  我都不了解自己的心了，其他人可能知道嗎？
- 오지도 가 봤는데 어딘들 못 가겠어요.
  偏僻的地方都去過了，哪裡去不了？
- 돈만 아는 사람인데 돈을 위해서라면 뭔들 못 하겠어.
  他是只愛錢的人，為了錢，沒有什麼事不能做的。
- 난들 회사를 그만두고 싶었겠어? 我難道會想辭職？
- 가 : 그러지 말고 네가 동생한테 한마디 해 봐.
  別這樣，你和弟弟（妹妹）說一下。
  나 : 아빠 말도 안 듣는데, 제 말인들 듣겠어요?
  他連爸爸的話都不聽了，難道我的話會聽嗎？

- **前要素訊息**：話者認為比其他的可能性更低的內容。

  예문 천 원도 없는데 만 원인들 있겠어요? 一千元也沒有，難道會有一萬嗎？

- **後要素訊息**：主要接以「-겠어요？」結尾的反問句（修辭疑問句）。這裡的疑問句並非要具體的回答，而是為了更強調相反的狀況。和「어디、무엇（뭐）、언제、누구」等疑問詞一起使用時，接「못、안 ～겠어（요）？」。

談話訊息

- 主要用於口語中。
- 表示話者的否定態度。

相關表達

- 도

  (1) 使用「인들」的句子可以解釋為「도」，不過「인들」後接反問句，更強調話者的否定態度。

- 예문 부모님 말도 안 듣는데 선생님 말인들 듣겠어요?

  (=선생님 말도 듣지 않을 거예요.)

  父母的話都不聽了，難道會聽老師的話嗎？（＝老師的話不會聽的）

- （이）든지

  (1)「疑問詞＋인들」可以解釋為「疑問詞＋（이）든지」，不過「인들」後接反問句，更加強調其意義。

- 예문 가족을 위해서라면 뭔들 못 하겠어요?

  (=뭐든지 할 수 있어요.)

  如果是為了家人，有什麼不能做嗎？（＝什麼都會做）

- 은／는커녕

  (1)「은／는커녕」和「인들」都表示話者的否定態度。不過，「인들」後接反問句，更強調否定態度。

  예문 가: 발표 준비하고 있어? 在準備發表嗎？

  나: 발표 준비는커녕 과제도 못 하고 있어. 別說準備發表，連作業都沒能做。

  가: 어떡해. 내가 좀 도와줄까? 怎麼辦，要我幫忙嗎？

  예문 가: 발표 준비하고 있어? 在準備發表嗎？

  나: 야. 내가 지금 잠도 못 자는 판에 발표 준빈들 했겠냐?

  喂，我現在連覺都睡不了，可能準備嗎？

  가: 뭐야. 왜 나한테 짜증이야. 什麼啊，幹嘛對我發神經。

조차

形態訊息

· 前內容後方加「조차」。

1 「連最小限度的」

表示在極端狀況下,別說其他的,連最基本的也包含。

· 목이 아파서 약조차 먹을 수 없다. 喉嚨痛,連藥也沒辦法吃。
· 가장 친한 친구조차 내 말을 믿지 않았다. 就連最親近的朋友都不相信我的話。
· 너무 배가 고파서 물조차 맛있게 느껴졌다. 肚子太餓了,就連水都覺得甜美。
· 친구는 나를 보고도 인사조차 하지 않았다. 朋友看到我,連招呼也不打了。
· 새로 산 신발이 불편해서 걷기조차 힘들었다.
  新買的鞋子不合腳,連走路都很吃力。
· 정부는 사건의 실태조차 파악하지 못해 비난을 받고 있다.
  政府連事件實際情況都無法掌握而受到指責。
· 가 : 연정아, 너 요리 잘해? 英珍,妳很會做菜嗎?
  나 : 전혀 못해. 라면조차 못 끓이는데. 完全不行,我連泡麵都不會煮。

文法訊息

· **前要素訊息**:話者認為最基本的內容。
· **後要素訊息**:後方用言主要接「–지 못하다、–지 않다、–을 수 없다」等表否定的表達。也可以用「힘들다」、「무시하다」等有負面意義的用言。

談話訊息

· 藉由包含最基本的、最小限度的,表更強調負面狀況的感覺。

相關表達

· 도
(1)「조차」和「도」差異不大,可以替換使用。
  예문 나는 그 사람의 이름(도/조차) 몰라요.
  我連他的名字都不知道。

(2)「도」若表極端意義時，加「조금、하나」等以誇張表示少量；「조차」則沒
　　有這種誇張用法。

예문 나는 정말 하나(도/*조차) 모르겠어. 我真的一點也不知道。

- 까지

(1)「까지」有「添加」的意義，話者的態度是中立的。

예문 신혜는 회사 일에 집안일(까지/*조차) 해야 해서 바쁘다.
　　信惠除了公司工作，還加上要做家事，很忙碌。

(2)「까지」和「조차」不同，可用在肯定的狀況。

예문 내 동생은 공부는 물론이고 운동(까지/*조차) 잘한다.
　　我弟弟（妹妹）念書不用說了，運動也很行。

- 마저

(1)「조차」表示沒有做基本的事項；而「마저」有「連最後僅剩的一個也」之
　　意，表示話者最後的期待落空。

예문 친구는 나를 보고도 인사마저 하지 않네요. → '말을 안 하는 것은 물론이고 인사도'
　　朋友看到了我連招呼都不打呢。 → 「沒說話是當然的，連招呼也」
　　　　　　　　　　　　　　인사조차 하지 않네요. → '가장 기본적인 인사도'
　　　　　　　　　　　　　　連招呼都不打呢。→ 「連最基本的打招呼都」

(2)「조차」不用於肯定句；而「마저」可以用於肯定句和否定句中。

예문 막내 딸(마저/*조차) 시집을 갔다. 連小女兒都出嫁了。
　　추운데 바람(마저/*조차) 불어요. 天氣冷，還颳風。

結合形助詞訊息

「조차」也和其他助詞結合使用。

- **조차 + 도**：너무 긴장해서 인사**조차도** 제대로 못 했다.
　太緊張了，連問候都沒有好好做。
- **에게 + 조차**：남편은 아내인 나**에게조차** 아프다는 말을 하지 않았다.
　先生連對太太我都不說不舒服。
- **에서 + 조차**：남편은 집**에서조차** 일만 했다. 先生連在家也只工作。

처럼

形態訊息

· 前內容後加「처럼」。

1 程度或模樣相似

表示某對象的程度或模樣和前者相似。

· 제 친구는 가수처럼 노래를 잘해요. 我朋友像歌手一樣會唱歌。
· 새처럼 날고 싶다는 생각을 가끔 해요. 我有時候有像鳥一樣飛的念頭。
· 지금 살고 있는 하숙집은 새 집처럼 깨끗해요.
  現在住的下宿（寄宿家庭）像新家一樣乾淨。
· 이 운동화는 마치 신발을 안 신은 것처럼 가벼워요. 這雙鞋子就像沒穿一樣輕。
· 하숙집 아주머니는 어머니처럼 저를 잘 챙겨 주신다.
  下宿家嬸嬸像媽媽一樣照顧我。
· 가 : 어제 소개팅 잘 했어? 昨天相親順利嗎？
  나 : 응. 처음 만났는데 오래된 친구처럼 편하더라고.
  嗯，第一次見面卻像老朋友一樣無拘束。

相關表達

· 만큼

  (1)「만큼」有時候和「처럼」意思相近，不過前提的事實不同。

  예문 강희는 어머니만큼 키가 크다. → 강희의 키를 어머니와 비교했을 때, 어머니와 견줄 수
  있을 정도로 키가 크다. 두 사람의 키가 평균보다 큰지는 알 수 없다.
  姜熙和媽媽個子一樣高。→ 姜熙的身高和媽媽比較時，和媽媽等高。無法知道兩個
  人是否比平均身高高。
  강희는 어머니처럼 키가 크다. → 두 사람 모두 평균 키보다 크다.
  姜熙像媽媽一樣個子高。→ 兩人的身高都比平均高。

  (2)「처럼」表示模樣或狀態類似；「만큼」表示數量或程度同等。

  예문 아이가 아빠만큼 자요. → 아이가 아버지와 비슷한 시간 동안 잠을 나타냄.
  孩子睡得和爸爸一樣多。→ 孩子睡覺的時間像爸爸。

아이가 아빠처럼 자요. → 아이의 자는 모습이 아빠와 비슷함.

孩子睡得像爸爸。→ 表示孩子睡的樣子和爸爸差不多。

(3) 「만큼」和姿勢動詞或「이다、되다、생기다、보이다」等部分敘述語不搭，而「처럼」沒有這樣的制約。

예문 강희는 귀여운 토끼(*만큼/처럼) 생겼어요. 姜熙長得像可愛的兔子。

이제 나도 언니(*만큼/처럼) 대학생이 되었다.

現在我也像姐姐一樣成了大學生。

지하철에서 날 도와준 사람이 정말 천사(*만큼/처럼) 보였어요.

在地鐵幫助我的人真的像天使一樣。

- 같이

(1) 大抵上和「처럼」意義差異不大，可以替換使用。

예문 신혜는 가수(같이/처럼) 노래를 잘해요. 信惠像歌手一樣歌唱得好。

(2) 在部分慣用表達中，不用「처럼」而用「같이」。

예문 아버지는 불(같이/ᵖ처럼) 화를 내셨어요. 爸爸大發雷霆。

밖에 비가 억수(같이/ᵖ처럼) 쏟아지고 있어요. 外面在下傾盆大雨。

치고 (는) 助詞

形態訊息

· 前內容後加「치고 (는) 」。

1 無例外

表示前內容毫無例外和後內容相同。

- 이 브랜드의 가방치고 비싸지 않은 게 없어요.
  就這個品牌的包包來說沒有不貴的。
- 학생치고 시험을 좋아하는 사람이 어디 있어요? 就學生來說哪有喜歡考試的？
- 우리 회사 사람치고 그 식당을 모르는 사람이 없다.
  只要是我們公司的人，沒有人不知道那間餐廳的。
- 다른 사람 욕하는 사람치고 괜찮은 사람 못 봤어요.
  只要是對他人說髒話的人，沒見過是好人的。

- 가 : 책을 많이 읽는 사람이 똑똑한 것 같아요. 書看得多的人似乎都聰明。

  나 : 맞아요. 책 많이 읽는 사람치고 공부 못 하는 사람 못 봤어요.

  沒錯，只要是書看得多的人，沒見過是不會念書的人。

文法訊息

- **後要素訊息**：接「–을／를 모르는 ～ 이／가 없다」、「–지 않는 ～ 이／가 없다」、「–지 못하는～ 이／가 없다」等雙重否定句或反問。

談話訊息

- 主要用於口語中。
- 在報告、新聞報導等正式寫作中不太使用。

2 例外

以「치고는」形態表示以前方內容為基準，後方內容為例外。

- 그 가수는 아이돌치고는 나이가 많은 편이에요.

  那位歌手就偶像來說，年紀算是偏大的。
- 저 사람은 모델치고는 키가 좀 작은 것 같아요.

  他就模特兒來說，身高似乎有點矮。
- 저렴한 호텔치고는 깔끔하고 시설도 좋았어요.

  就廉價旅店來說，算是乾淨且設施好。
- 가 : 이번에 시험 잘 봤어? 這次考試考得好嗎？

  나 : 급하게 준비한 시험치고는 괜찮았어.

  就匆促準備的考試來說，算是不錯了。

談話訊息

- 主要用於口語中。
- 在報告、新聞報導等正式寫作中不太使用。
- 在口語中也會縮略念成「치곤」。

하고

形態訊息

- 前內容後加「하고」。

1 對等連接

用在多個事物或人同等連接時。

- 저는 형하고 동생이 있어요. 我有哥哥和弟弟（妹妹）。
- 명동에서 가방하고 신발 샀어. 在明洞買了包包和鞋子。
- 여기에 이름하고 주소 써 주세요. 這裡請寫名字和地址。
- 월요일하고 수요일은 수업이 없어요. 星期一和星期三沒課。
- 저는 중국어하고 일본어를 할 수 있어요. 我會說中文和日語。
- 가 : 뭐 드릴까요? 要給您什麼？
  나 : 떡볶이하고 김밥 주세요. 請給我辣炒年糕和紫菜飯捲。

談話訊息

- 主要用於口語中。
- 可以用在書面語中的書信、電子郵件等，但報告、會議資料等正式寫作中不太使用。
- 口語中也發音成「하구」。

相關表達

- 과 / 와

  (1)「하고」主要用於口語，而「과／와」主要用於書面語。

  예문 가 : 손님, 주문하시겠습니까? 客人，要吃什麼？／要點餐了嗎？
  　　 나 : 커피하고 주스 주세요. 我要咖啡和果汁。

  예문 건강을 위해서는 균형 잡힌 식사와 적당한 운동이 필수적이다.
  　　 為了健康，均衡的飲食和適當的運動是必要的。

  (2)「과／와」不和第二個名詞結合，而「하고」則沒有這項制約。

  예문 가 : 아침에 뭐 먹었어? 早餐吃了什麼？

나 : 빵하고 우유(하고). 麵包和牛奶（和）。

　　 빵과 우유(*와). 麵包和牛奶（*和）。

- （이）랑

  (1)「（이）랑」比「하고」更不正式。

  (2)「（이）랑」有可愛、帶感情的感覺。

  예문 엄마, 저는 빵(이랑/하고) 우유 먹을래요. 媽媽，我要吃麵包和牛奶。

  자기야, 나는 피자(랑/하고) 파스타가 먹고 싶어.

  親愛的，我想吃披薩和義大利麵。

2 共事的對象

表示一起做事的對象。

- 어제 친구하고 밥을 먹었어요. 昨天和朋友吃了飯。
- 엄마하고 전화로 이야기했어요. 和媽媽用電話說了。
- 요즘 동생하고 같이 살고 있어요. 最近和弟弟（妹妹）一起住。
- 서준이가 여자 친구하고 참 잘 어울리네요. 敘俊和女朋友真搭呢。
- 가 : 연정이가 오늘 기분이 안 좋아 보이네. 妍靜今天看起來心情不好。

  나 : 응. 쟤 남자 친구하고 헤어졌거든. 嗯，她和男朋友分手了。

文法訊息

- **前要素訊息**：主要和表示人的名詞結合。
- **後要素訊息**：接表示行為的動詞，尤其如「사귀다、싸우다、만나다、어울리다、결혼하다」等無法獨自做的行為的部分動詞，要寫成「 名詞 ＋하고」。

談話訊息

- 主要用於口語中。
- 可以用在書面語中的書信、電子郵件等，但報告、會議資料等正式寫作中不太使用。
- 口語中也發音成「하구」。

相關表達

- 과 / 와

  (1)「하고」主要用於口語，而「과／와」主要用於書面語。

  예문 오래간만에 너하고 만나니까 좋다. 和你好久不見，感覺真好。

  다른 사람과 이야기할 때는 상대방의 말을 잘 들어 주는 것이 중요하다.

和他人對話時，傾聽對方的話很重要。

- （이）랑

  (1) 「（이）랑」比「하고」更不正式。

  (2) 「（이）랑」有可愛、帶感情的感覺。

  예문 내일 친구랑 만나기로 했어. 明天要和朋友見面。

3 比較的對象

表示比較的對象。

- 나도 너하고 똑같은 옷 있는데. 我和你穿了一樣的衣服呢。
- 실물이 사진하고 많이 다르네요. 真人和照片很不一樣呢。
- 어머니보다 아버지하고 닮았어요. 我／他比起媽媽，更像爸爸。
- 가 : 서로 다른 성격의 사람들이 사귈 확률이 높대요.
  聽說彼此個性不同的人，交往的機率高。
  나 : 그래요? 제 남자 친구는 저하고 성격이 비슷한데.
  是喔？我男朋友個性和我差不多呢。

文法訊息

- **後要素訊息**：接「같다、다르다、어울리다、비교하다、비슷하다」等比較用言。

談話訊息

- 主要用於口語中。
- 可以用在書面語中的書信、電子郵件等，但報告、會議資料等正式寫作中不太使用。
- 口語中也會發音成「하구」。

相關表達

- 과 / 와

  (1) 「하고」主要用於口語，而「과／와」主要用於書面語。

  예문 단발머리가 네 얼굴형하고 잘 어울려. 短髮和我的臉型很搭配。
  다른 사람과 자신을 비교하는 것은 좋지 않다. 拿別人和自己比較並不好。

- （이）랑

  (1) 「（이）랑」比「하고」更不正式。

  (2) 「（이）랑」有可愛、帶感情的感覺。

예문 이 옷 내 옷(이랑/하고) 진짜 비슷하다. 這件衣服和我的衣服真的很像。

結合形助詞訊息

> 「하고」也和其他助詞結合使用。

- **하고 + 는** : 언니**하고는** 성격이 비슷한데, 동생**하고는** 많이 달라요.
  和姐姐個性相似，和弟弟（妹妹）很不同。
- **하고 + 도** : 이 치마는 스웨터나 셔츠**하고도** 잘 어울려요.
  這件裙子和毛衣、襯衫很搭。
- **하고 + 만** : 연말에는 친한 사람들**하고만** 송년회를 할까 해요.
  年底考慮只和熟識的朋友辦送年會。

한테

形態訊息

- 前內容後加「한테」。

---

1 對象

> 表示受某行為影響的對象，或感受感情的對象。

- 친구한테 방금 문자 보냈어요. 剛剛傳了訊息給朋友。
- 내일 못 간다고 선생님한테 말씀드렸어. 告訴老師明天沒辦法去了。
- 사장님이 아르바이트생들한테 관심이 엄청 많아. 老闆對工讀生非常關心。
- 자꾸 변명하는 모습을 보고 걔한테 약간 실망했어요.
  看他常辯解的樣子，對他有點失望。
- 가 : 그거 누구한테 주려고 산 거야? 那個是要買給誰的？
  나 : 아, 동생한테 주려고. 생일이거든.
  啊，要給弟弟（妹妹）的，因為他生日啊。

文法訊息

- **前要素訊息**：主要和表示人或動物的有情名詞結合。
- **後要素訊息**：主要接「주다、가르치다、맡기다、보내다、보이다」等需對象的動

詞，或「느끼다、실망하다」等感情動詞。名詞的情形，主要接「관심、호감、흥미」等表示感情的名詞。

談話訊息

- 「한테」主要用於口語中。書面語中，除了小說、隨筆等部分文學作品以外，不太會使用。

  예문 최근 서울시에서는 학생들(에게/*한테) 무상 급식을 지원하고 있다.
  最近首爾市補助提供學生免費餐點。

相關表達

- 께

  (1) 如果前內容是要尊待的對象，不用「한테」，用「께」。

  예문 저는 매일 아버지께 전화를 드립니다. 我每天給爸爸打電話。
  졸업식 전날 선생님께 편지를 썼어요. 畢業典禮前一天給老師寫了信。

- 에게

  (1) 「에게」可以在口語中使用，不過比「한테」書面性更強。

  예문 앞으로 엄마(에게/한테) 더 잘 할게요. 以後我會對媽媽更好。
  정부는 국민들(에게/?한테) 더 많은 혜택을 주기 위해 노력해야 한다.
  政府要努力給國民更多福利。

- 에

  (1) 感受不到感情的事物和抽象名詞使用「에」。

  예문 꽃(에/*한테) 물을 줍니다. 給花澆水。

- 더러

  (1) 「더러」主要和「말하다」類的敘述語一起使用，而「한테」適用於各種敘述語。

  예문 너(더러/한테) 말했는데. 我和你說過了。
  이거 신혜(*더러/한테) 좀 전해 줘. 這個幫我傳達給信惠。

  (2) 「더러」比「한테」更適合非正式的狀況。

  예문 친구가 나(더러/한테) 노래를 잘한대. 朋友說我歌唱得好。

- 보고

  (1) 主要和「말하다」類的敘述語一起使用，表示說話的對象。

  예문 엄마가 너(보고/한테) 청소 좀 하래. 媽媽叫你打掃。
  나(*보고/한테) 문자 좀 보내 줘. 傳個訊息給我。

(2) 「보고」比「한테」更適合非正式的狀況。

예문 내가 언니(보고/한테) 쇼핑하러 가자고 했어. 我建議姐姐一起去逛街。

擴張

- **使動句中的「한테」**
  (1) 表示被指使的對象（人）。
  예문 어머니가 아이한테 우유를 먹입니다. 媽媽餵孩子喝牛奶。

- **移動動詞句中的「한테」**
  (1) 表示主語趨向的對象（人）。
  예문 서준이는 나한테 다가와서 인사를 했다. 敘俊走向我打了招呼。

- **比較動詞與「어울리다」句中的「한테」**
  (1) 表示比較對象（人）與基準。
  예문 아줌마 역할은 그 배우한테 어울리지 않는다. 大嬸角色對那位演員不合適。

- **「있다／없다」句中的「한테」**
  (1) 表示擁有那個的對象（人）。
  예문 결혼식 사진은 나한테 없고 신혜한테 있다.
  結婚照我這裡沒有，在信惠那裡。
  나한테 시간과 돈이 생긴다면 전 세계를 여행하고 싶다.
  如果我有錢和時間，想要去環遊世界。

2 主體

表示主語受某行為影響時，該行為的主體。

- 같이 일하면서 너한테 많이 배웠어. 一起工作和你學到了很多。
- 나도 다른 사람들한테 들은 이야기예요. 我也是聽別人說的。
- 어젯밤에 모기한테 물렸는데 되게 가렵네요. 昨天被蚊子咬，很癢。
- 아이가 엄마한테 안기기만 하면 잠이 드네요. 孩子被媽媽抱就會睡著。
- 가 : 아르바이트 해? 打工嗎？
  나 : 네, 선배한테 소개를 받아서 아르바이트를 시작했어요.
  對，經學長介紹，開始了打工。

文法訊息

- 前要素訊息：主要和表示人或動物的有情名詞結合。

- **後要素訊息**：主要搭配如「받다、배우다、되다」等有被動意義的動詞，或如「물리다、보이다、잡히다、안기다」等部分被動詞。

談話訊息

- 「한테」主要用於口語中。書面語中，除了小說、隨筆等部分文學作品以外，不太會使用。

  예문 최근 일인용 식품이 소비자들(에게/ʔ한테) 사랑을 받고 있는 것으로 나타났다. 顯示近來一人食品備受消費者喜愛。

相關表達

- 에게

  (1) 「에게」主要用於書面語中，「한테」主要用於口語中。

  예문 너 그 말 누구(ʔ에게/한테) 들었니? 那番話你聽誰說的？
  연구 결과, 대부분 가족들(에게/ʔ한테) 스트레스를 받은 적이 있는 것으로 나타났다. 根據研究結果顯示，大部分的人曾從家人那裡受到壓力。

- 한테서

  (1) 在「받다、배우다」句中可以替換，不過在被動句中，無法使用「한테서」。

  예문 지난 설에는 친척들(한테서/한테) 선물을 많이 받았습니다.
  去年過年收到很多親戚送的禮物。
  아기는 엄마(*한테서/한테) 안겨서 잠이 들었다. 孩子被媽媽抱著睡著了。

結合形助詞訊息

「한테」也和其他助詞結合使用。

- **한테 + 까지**：부모님은 자식들**한테까지** 아프다는 것을 말하지 않았다.
  父母甚至不對孩子們說病痛。
- **한테 + 나**：누구**한테나** 고민은 있다. 對任何人來說都有煩惱。
- **한테 + 는**：아이들**한테는** 공부보다 게임이 최고지.
  對孩子來說，玩遊戲比念書更好。
- **한테 + 도**：다른 사람 이야기라고 생각했는데, 나**한테도** 이런 좋은 일이 일어나는구나. 本來認為是別人的事，原來我也有這樣的好事。
- **한테 + 로**：방학이라서 아이들은 잠깐 할머니**한테로** 보냈어요.
  放假了，所以把孩子暫時送到奶奶那。
- **한테 + 만**：정말 너**한테만** 말하는 거니까 다른 사람한테는 말하지 마.
  這是真的只和你說的，別和別人說。

한테서

形態訊息

- 前內容後加「한테서」。

1 起始的對象

表示動詞或狀態開始，或起始的對象。

- 너한테서 그런 말을 듣다니 좀 의외야. 從你那裡聽到那個話，有點意外。
- 선생님한테서 좋은 향기가 나는 것 같아. 老師好像散發出香氣。
- 휴대폰을 보니까 선배한테서 연락이 와 있더라고. 一看手機，學長來聯絡了。
- 아이가 점점 나한테서 멀어지고 있는 것 같아서 좀 서운해.
  孩子似乎慢慢遠離我，有點傷心。
- 가 : 그게 뭐야? 那是什麼？
  나 : 아, 이거 친구한테서 선물 받은 거야. 啊，這是從朋友那收到的禮物。

文法訊息

- **前要素訊息**：主要和表示人或動物的有情名詞結合。
- **後要素訊息**：主要搭配如「받다、배우다」等有被動意義的動詞，或如「잊히다、당하다」等部分被動詞。

談話訊息

- 主要用於口語中。
- 主要用於非正式場合。

相關表達

- 에서
  (1) 前名詞如果不是人，表示出處、起源時用「에서」。
  例文 이번 일은 친구의 오해(에서/*한테서) 시작되었다.
  這次的事情始於朋友的誤會。

- 에게, 한테

  (1) 在「받다、배우다」句中，「에게、한테」和「한테서」可以替換，不過在被動句中不能使用「한테서」。

  예문 지난 설에는 친척들(에게/한테/한테서) 선물을 많이 받았습니다.

  去年過年收到很多親戚送的禮物。

  아기는 엄마(에게/한테/*한테서) 안겨서 잠이 들었다.

  孩子給媽媽抱著睡著了。

  (2) 「한테서」主要用於口語中；「에게」主要用於書面語中。

  예문 처음 뵙겠습니다. 동생(한테서/²에게) 말씀 많이 들었습니다.

  幸會，聽弟弟（妹妹）常提到您。

- 에게서

  (1) 「에게서」主要用於書面語中；而「한테」主要用於口語中。

  예문 (신문) 이 박사는 대통령(에게서/*한테서) 직접 상을 받았다.

  （報紙）李博士獲總統親自頒獎。

  야! 너 솔직히 말해. 엄마(²에게서/한테서) 다 들었거든!

  喂！你老實說，媽媽都跟我說了！

- 한테

  (1) 在「받다、배우다」句中，「한테」和「한테서」可以替換，不過在被動句中，不能使用「한테서」。

  예문 지난 설에는 친척들(한테/한테서) 선물을 많이 받았습니다.

  去年過年收到很多親戚送的禮物。

  아기는 엄마(한테/*한테서) 안겨서 잠이 들었다. 孩子給媽媽抱著睡著了。

- (으)로부터

  (1) 如果前內容是人，可以將「한테서」替換成「(으)로부터」。日常對話中使用「(으)로부터」較不自然。

  예문 저는 자라오면서 어머니(로부터/한테서) 많은 것을 배웠습니다.

  我在成長過程中，向媽媽學了很多。

  환경보호는 작은 실천(으로부터/*한테서) 시작됩니다.

  保護環境從微小的實踐開始。

2

連結語尾

2 連結語尾

結構

標題項目訊息

標題項目以下列原則標示。

- 使用媒介母音：'-(으)러'
- 先標示和陽性母音結合的語尾：'-아/어서'
- 先標示和形容詞結合的語尾：'-은/는데'
- 形態複雜時，以接動詞的形態為代表形：'-는다면'

連結語尾易讀

提示前子句、後子句的相關文法訊息

- 連結語尾的文法訊息，配合將前子句和後子句連結之機能特性，提供相關訊息。提供前子句和後子句的關係，包含主語和目的與限制要一致、後子句的句子類型、時制、否定形等訊息，也是連結語尾的文法訊息特徵。

提示連結語尾的終結語尾性使用訊息

- 連結語尾常用在終結語尾性的使用，透過參考訊息，列出這樣的範例。

提示使用上的談話訊息

- 連結語尾有許多口語、書面語、格式、非格式等限制，使用上的談話訊息皆詳細說明。

提示慣用表達、特徵之使用訊息

- 連結語尾跳脫溝通功能，也常用於特定場合的慣用表達，這些訊息透過其他訊息來揭示。

提示依存語結構（連結表現）的替換可能與否訊息

- 連結語尾依據意思、功能不同，可以和各種依存語替換，因此透過相關表達揭示替換訊息。

– 거나

形態訊息

· 用言的語幹後方加「–거나」。

縮寫 –건

Tip 若意義為「選擇」時,「–거나」不縮寫成「건」。

1 選擇

表示在前者或後者中可擇其一。

· 우리 날씨도 좋은데 드라이브를 하거나 산책하러 가자.
  天氣好,我們去兜風或散步吧。
· 혹시 힘들거나 어려운 일이 있으면 나한테 연락해.
  如果辛苦或有困難的事,就連絡我。
· 어버이날에는 부모님께 선물을 드리거나 용돈을 드리려고 한다.
  父母節打算給父母禮物或零用錢。
· 가 : 많이 아파 보이는데 병원에 가거나 약을 먹어야 하지 않겠어?
  看起來很痛,不該去醫院或吃藥嗎?
  나 : 아까보다 나아졌어. 많이 아프면 병원에 가 볼게.
  比剛剛好了,如果很不舒服的話,我就去醫院。

文法訊息

· **主語限制**:前子句和後子句的主語須相同,後子句的主語通常省略。
  예문 서준이는 노래를 부르거나 (서준이는/*규현이는) 음악을 듣는 것을 좋아
  한다. 敍俊喜歡唱歌或聽音樂。
· **先語末語尾限制**:和前用言結合時,不介入「–었–」、「–겠–」。但若已經結
  束或發生的事情,可以和「–었–」一起使用。
  예문 어렸을 때는 동생과 자주 (다투거나/ʔ다투었거나) 싸웠어요.
  小時候和弟弟(妹妹)常常打架。
  내일은 친구하고 영화를 (보거나/*보겠거나) 쇼핑을 하려고 해요.
  明天打算和朋友看電影或逛街。
  친구와 며칠째 연락이 되질 않아요. 아마 여행을 갔거나 출장을 갔나 봐
  요. 和朋友好幾天聯繫不上,可能去旅行或出差了。

Tip 「-거나」、「-거나 -거나」後可以用「하다」。

- 내일은 친구하고 영화를 보거나 하려고요. 明天打算和朋友看電影或做些
  什麼。
- 내일은 친구하고 영화를 보거나 쇼핑을 하거나 하려고요.
  明天打算和朋友看電影或逛街。

相關表達

- -든지

  (1) 和「-거나」意義差異不大，可以交替使用。

  예문 우리 날씨도 좋은데 드라이브를 하(든지/거나) 산책하러 가자.
  天氣也不錯，我們去兜風或散步吧。

2 無關

表示在各種情況中，任何情況都無關。

- 규현이는 눈이 오거나 비가 오거나 매일 밖에 나가서 축구를 해요.
  圭賢不管下雪或下雨，每天都出去踢足球。
- 다른 사람들이 너의 이야기를 하거나 말거나 신경 쓰지 마.
  不管其他人說不說你，都不要在意。
- 현정 씨는 어디에 가거나 인기가 아주 많다. 賢靜不管到哪裡，都很受歡迎。
- 아빠는 내가 시험을 잘 봤거나 못 봤거나 상관없이 항상 격려해 주신다.
  爸爸不管我考試考得好不好，都經常鼓勵我。
- 가: 그 소문 사실이야? 那個傳言是真的嗎？

  나: 응. 이제 걔가 뭘 하거나 나하고 상관없어.

  嗯，現在不管他做什麼，都跟我無關。

Tip 以「-거나 -거나」、「무엇／어디／누구／언제／어떻게 ~ -거나」、「-거
나 말거나」等形態使用。

Tip 「-거나」後接「간에」、「상관없어」，可以更明確表示不管什麼情況都無
關。

- 요즘 지하철에서는 서 있거나 앉아 있거나 간에 모두 스마트폰을 본다.
  最近在地鐵上，不管站著或坐著，大家都在看智慧手機。
- 우리 부모님은 저의 성적이 좋거나 나쁘거나 상관없이 언제나 수고했다
  고 하세요. 我父母不管我成績好不好，總是說我辛苦了。

談話訊息

- 口語中縮寫為「건」。

相關表達

- -든지

  (1) 和「–거나」意義差異不大，可以替換使用。

  예문 서준이는 옆에 사람이 있(든지/거나) 말(든지/거나) 큰 소리로 이야기한다. 敍俊不管旁邊有沒有人，都大聲說話。

– 거든

連結語尾

形態訊息

- 用言的語幹後加「–거든」。

1 條件

表示「某事為事實，或實現為事實」之意。

- 한국에 도착하거든 바로 연락해. 抵達韓國的話，就馬上連絡。
- 신혜를 만나거든 안부를 전해 주세요. 如果見到信惠，請傳達問候。
- 오후에 날씨가 맑거든 밀린 빨래를 해야겠다.
  如果下午天氣晴朗，要洗堆積的衣物。
- 또 거짓말을 하거든 다시는 만나지 않을 거야.
  如果再說謊，就不再見你了。
- 가 : 날씨가 따뜻해지거든 제주도로 여행갈까요?
  如果天氣變溫暖，要不要去濟州島旅行？
  나 : 좋아요. 제주도에 가 보고 싶었어요.
  好，我想去濟州島看看。

文法訊息

- **先語末語尾限制**：和用言結合時，不介入「–겠–」。
  예문 *신혜를 만나겠거든 안부를 전해 주세요. 如果見到信惠，請傳達問候。

- **後子句訊息**：後子句敘述語主要接表示命令、建議、拜託、約定等的「–어라、–으세요、–자、–읍시다」，或表示意向的「–겠、–을 것이다」等，但「–으면」無此限制。

예문 좋은 대학에 가고 싶거든 죽기 살기로 공부해라.

如果想上好大學，就要拼死拼活的念書。

졸업하거든 같이 유럽 여행을 가자. 畢業後一起去歐洲旅行吧。

먹어 보고 맛있거든 계속 주문해서 먹어야겠어요.

如果吃過覺得好吃，就要繼續訂來吃。

談話訊息

- 在口語中也發音為「–거들랑」、「–걸랑」。
- 「–거들랑」主要用於非正式場合中，用作半語體。

  예문 졸업하거들랑 같이 여행 가자. 畢業後一起去旅行吧。

  잘 모르거들랑 아는 척 하지 마. 不知道就別裝懂。

相關表達

- -으면

  (1) 「–거든」後子句敘述語主要接表示命令、建議、拜託、約定等的「–어라、–으세요、–자、–읍시다」，或表示意向的「–겠다、–을 것이다」等，而「–으면」則沒有此限制。

  예문 한국에 오(거든/면) 바로 연락해 줘. → 명령, 부탁

  抵達韓國的話，就馬上跟我連絡。 → 命令、拜託

  또 거짓말을 하(거든/면) 다시는 만나지 않을 거야. → 의향

  如果再說謊，就不再見你了。 → 意向

  시금치를 데칠 때 소금을 넣(으면/*거든) 색이 선명해져요. → 서술

  汆燙波菜時，如果加鹽，顏色就會變鮮明。 → 敘述

  봄이 오(면/*거든) 꽃이 핀다. → 서술

  春來花開。 → 陳述

終結語尾「-거든(요)」

① 告知對方不知道的內容

用於談論認為對方不知道的內容時。

- 요즘 내가 아침마다 수영하거든. 그런데 내가 오늘 아침에 수영복을 안 가져온 거야.

  最近我早上都去游泳，但我今天早上沒帶泳衣。

- 나 어제 길에서 선생님을 만났거든. 그런데 선생님은 나를 못 알아보셨어.

  我昨天在路上遇到老師，但老師沒認出我。

- 가 : 고기를 많이 샀네? 買很多肉嗎？

- 나 : 응, 우리 가족은 고기를 많이 좋아하거든. 嗯，我家人很喜歡肉。

게

形態訊息

· 用言的語幹後加「-게」。

1 目的

表示前內容是後續內容的目的。

· 자전거가 지나가게 우리가 옆으로 비켜섰다.
  我們往旁邊讓路,以便自行車經過。
· 아이가 깨지 않게 조용히 해 줘요. 不要讓孩子醒,請安靜。
· 나도 좀 앉게 가방 좀 치워 줄래? 請挪開包包讓我坐一下?
· 가 : 여러분, 글씨가 잘 보이나요? 各位,字看得清楚嗎?
  나 : 선생님, 뒤에서도 보이게 조금 더 크게 써 주세요.
  老師,讓後面也看得清楚,請寫大一點。

文法訊息

· **前用言限制**:主要和動詞結合。
· **先語末語尾限制**:和前用言結合時,不介入「-었-」、「-겠-」。
  예문 엄마, 내일 학교에 갈 때 책 사(게/*겠게) 돈 좀 주세요.
  媽媽,明天上學前,請給我錢買書。

談話訊息

· (倒裝或省略,如同終結語尾般使用)可以表示目的。
  예문 서준아, 가방 좀 갖다 줘. 휴대전화 좀 꺼내게.
  (= 서준아, 휴대전화 좀 꺼내게 가방 좀 갖다 줘.)
  敘俊,幫我拿包包來,讓我拿手機。

相關表達

· -도록
  (1) 在大部分的情況中,和「-게」意義差異不大,可以替換使用。
  예문 아이도 먹을 수 있(도록/게) 음식을 작게 잘랐다.
  讓孩子也可以吃,而將食物切小。

(2) 不過，表示「時間的界線」時，「–도록」不替換成「–게」。

예문 아침이 되(도록/*게) 잠이 오지 않았다. 一直到早上還睡不著。

- -게끔

   (1) 和「–게」差異不大，可以替換使用。不過，「–게끔」有更加強調的感覺。

   예문 아이도 먹을 수 있(게끔/게) 음식을 작게 잘랐다.
   讓孩子也可以吃，而將食物切小。

2 其他用法

① 程度、方式

> 主要和形容詞結合，表示後所指行為的程度或方式。

- 서준이는 방을 깨끗하게 청소했다. 敘俊把房間打掃得很乾淨。
- 머리를 예쁘게 잘라 주세요. 頭髮請幫我剪漂亮。
- 차가 막혔지만 다행스럽게도 기차 시간에 늦지 않았어요.
  雖然塞車，但幸好沒有錯過火車。

終結語尾「-게」

① 意圖

> 表示「打算」。

- 벌써 가시게요? 現在就要走了嗎？
- 내 옆에 앉게? 要不要坐在我旁邊？
- 가 : 어디 가? 去哪裡？
- 나 : 피곤해서 집에 가서 쉬게. 累了要回家休息。

② 猜測為理所當然並詢問

> 表示前內容如此，猜想或詢問後內容當然那般。

- 그럼 현정이가 수재게? 那麼賢靜是秀才囉？
- 그 사람이 범인이 아니라면 철수가 범인이게?
  如果那個人不是犯人，那哲秀是犯人囉？

③ 反問

> 反問的終結語尾，表示因後內容不成立，所以前內容也不成立。

- 그 사람이 그 문제를 풀었으면 천재게?
  如果他解開了那個問題的話，就是天才囉？

- 예쁜 사람이 다 연예인이 됐으면 얘도 연예인이 됐게?
  如果漂亮的人都是藝人，那她當了藝人囉？

④ 誘導回答

表示要對方估量回答。

- 이게 몇 개게? 這是幾個？
- 어제 무슨 일이 있었게? 昨天有什麼事？

⑤ 提示提問的根據

表示詢問某內容後，提示其根據。

- 오늘 무슨 일 있으세요? 정장을 입으셨게? 今天有什麼事？穿了西裝？
- 입맛이 없어? 저녁도 안 먹었게. 沒胃口嗎？晚餐也沒吃。

– 게끔

形態訊息

· 用言的語幹後加「–게끔」。

1 目的

表示前內容是後續內容的目的。

- 자전거가 지나가게끔 우리가 옆으로 비켜섰다.
  我們往旁邊閃躲，讓自行車過。
- 문제가 없게끔 마무리를 잘 하십시오. 為了不出問題，請好好收尾。
- 강 선생님은 누구든지 이해할 수 있게끔 쉽게 설명해 주신다.
  姜老師為了讓大家都能懂，簡單地給我們說明。
- 가 : 여러분, 글씨가 잘 보이나요? 各位，字看得清楚嗎？
  나 : 선생님, 뒤에서도 보이게끔 조금 더 크게 써 주세요.
  老師，為了讓後面也看得清楚，請寫大一點。

- **前用言限制：主要和動詞結合。**

  예문 *예쁘게끔 화장을 하세요. 化妝使漂亮。

- **先語末語尾限制：和前用言結合時，難介入「-었-」、「-겠-」。**

  예문 *아이도 먹을 수 있었게끔 음식을 작게 잘랐다.

  讓孩子也可以吃，而將食物切小。

  *제 시간에 출발하겠끔 미리 짐을 싸 두어라.

  先收行李，以便準時出發。

相關表達

- **-도록**

  (1) 大部分的情況和「-게끔」意義差異不大，可以替換使用。

  예문 도서관에서는 공부에 집중할 수 있(도록/게끔) 조용히 해 주세요.

  讓大家在圖書館能集中注意力念書，請安靜。

  (2) 表示「時間的界限」的「-도록」，不可和「-게끔」替換使用。

  예문 아침이 되(도록/*게끔) 잠이 오지 않았다. 一直到早上還睡不著。

- **-게**

  (1) 和「-게끔」差異不大，可以替換使用，不過「-게끔」有更加強調的感覺。

  예문 도서관에서는 공부에 집중할 수 있(게/게끔) 조용히 해 주세요.

  讓大家在圖書館能集中注意力念書，請安靜。

- 고

連結語尾

形態訊息

- 用言的語幹後加「-고」。

---

1 羅列

表示兩個以上對等事實的羅列，無關乎時間順序。

- 형은 부산에 살고 저는 서울에 살고 있어요. 哥哥住在釜山，我住在首爾。

- 오늘은 전국이 **맑고** 포근하겠습니다. 今天全國將晴朗溫暖。
- 어렸을 때 동생의 꿈은 **요리사였고** 나는 가수가 되는 것이 꿈이었다.
  小時候妹妹的夢想是當廚師，我的夢想是當歌手。
- 가 : 힘들어 보이네요. 你看起來很累。
  나 : 네. 지금 **피곤하고** 배도 많이 고파요. 對，現在又累又餓。

文法訊息

- 前子句和後子句的內容互換，意義不變。
  예문 오늘은 전국이 맑고 포근하겠습니다. = 오늘은 전국이 포근하고 맑겠습니다. 今天全國晴朗溫暖。（＝今天全國溫暖晴朗。）

談話訊息

- 在口語中發音「-구」。
  예문 연정이는 키도 크구 예뻐서 정말 부러워. 妍靜又高又漂亮，真的很羨慕。

相關表達

- -으며
  (1) 和「-고」意義差異不大，可以替換使用。
  예문 오늘은 날씨가 (추우며/춥고) 바람이 불겠습니다. 今天天氣冷並颳風。
  그는 (시인이며/시인이고) 대학에서 강의를 하고 있는 교수입니다.
  他是詩人，也是在大學授課的教授。

  (2) 不過「-고」可以用於口語和書面語中，而「-으며」主要用於書面語。

2 行為的時間順序

表示前內容和後內容依時間順序發生。

- 서준아, 간식 **먹고** 학원에 갈 준비 해. 敘俊，吃完點心準備去補習班。
- 현정이의 이야기를 먼저 **듣고** 내가 하고 싶은 이야기를 했어.
  聽完賢靜的故事後，說我想說的事。
- 옷을 **갈아입고** 식사 준비를 했다. 換衣服準備用餐。
- 먼저 올해의 실적에 대해 **보고를 드리고** 그 다음에 내년도 전망과 목표에 대해 말씀드리겠습니다.
  我先報告今年的業績，接下來報告明年的展望和目標。
- 가 : 어제 모처럼 일이 일찍 **끝났는데** 뭐 했어요?
  昨天難得提早工作結束，然後做了什麼？

나 : 피곤해서 퇴근하고 곧장 집으로 갔어요.
累了下班後就直接回家了。

Tip 表示有時間差行為的「-고」，依情境也可以解釋為前行為是後行為發生的原因或契機。

- 추운 날씨에 비를 맞고 감기에 걸렸어. 冷天淋了雨而感冒了。
- 언니는 합격 소식을 듣고 뛸 듯이 기뻐했어요.
  姐姐聽到及格的消息，開心到跳起來。

文法訊息

- **前用言限制**：因為是表示行為的順序，所以主要和動詞結合。
  예문 늦었으니 빨리 씻고 자도록 해. 已經晚了，快點洗一洗去睡覺。

談話訊息

- 在口語中發音為「-구」。
  예문 서준아, 밥 먹구 과자를 먹어야지. 敘俊，吃完飯再吃點心。

相關表達

- **-고서**

  (1) 和「-고」意義差異不大，可替換使用。不過「-고서」有更加強調的感覺。
  예문 그는 전화를 받(고서/고) 표정이 어두워졌다. 他接完電話表情凝重下來。

- **-고 나서**

  (1) 和「-고」意義差異不大，可替換使用。不過「-고 나서」更強調前方的事情或過程結束後，才發生後方的內容。
  예문 옷을 (갈아입고 나서/갈아입고) 식사 준비를 했다.
  換好衣服準備用餐。
  일단 일을 먼저 (끝내고 나서/끝내고) 밥 먹으러 갑시다.
  暫且先把工作結束後去吃飯吧。

- **-어서**

  (1) 「-고」單純表示時間的前後順序，「-어서」表示前內容為後續內容的前提，前後內容有緊密的相關性。
  예문 친구를 만나고 도서관에 갔다. → 두 행위 간에 연관성이 크지 않고, 두 행동이 순차적으로 일어난 것을 나타냄.
  和朋友見面後去了圖書館。→ 表示兩個行為相關性不大、依序發生。
  친구를 만나서 도서관에 갔다. → '친구를 만났고, 그 친구와 도서관에 함께 갔다.'의 의미
  和朋友會合後去了圖書館。→「見了朋友，和該朋友一起去圖書館」之意。

손을 씻고 밥을 했다. → 두 행동이 순차적으로 일어난 것을 나타냄.

洗手後煮飯。→ 表示兩個行動依序發生。

콩나물을 씻어서 국에 넣었다. → '콩나물을 씻었고, 그 콩나물을 국에 넣었다.'의 의미

洗了豆芽菜放入湯中。→「洗豆芽菜，將該豆芽菜放入湯中」之意。

(2) 「–고」將前子句和後子句依時間順序連結，因此前子句和後子句的主語可以不同。「–어서」連結的前子句和後子句主語要相同。

예문 내가 먼저 노래를 (*불러서/부르고) 다음에 강희가 노래를 불렀다.

我先唱歌，接下來姜熙唱。

(3) 「–고」和前用言結合時，可介入「–았–、」「–겠–」，但「–어서」則否。

예문 열심히 (*공부했어서/공부했고) 좋은 대학에 합격했다.

用功念了書而進到好大學。

(4) 「–고」後可以用命令句、建議句，但 「–어서」則不可。

예문 일단 회의를 (*해서/하고) 밥을 먹으러 가자. 且先開完會再去吃飯吧。

숙제를 (*해서/하고) 텔레비전을 봐라. 寫完功課再看電視。

- -은 다음에 / 뒤에 / 후에

(1) 和「–고」意義差異不大，可以替換使用，不過「–은 다음에／뒤에／후에」有更強調前事或過程結束後才接後內容之感。

예문 옷을 (갈아입은 다음에/갈아입은 뒤에/갈아입은 후에/갈아입고) 식사 준비를 했다. 換衣服後準備用餐。

일단 일을 먼저 (끝낸 다음에/끝낸 뒤에/끝낸 후에/끝내고) 밥 먹으러 갑시다. 且先把工作結束後再去吃飯吧。

(2) 「–고」可以用於口語和書面語中，而「–은 뒤에／후에」相對有常用於書面語中的傾向。

🖑3 行為或結果之持續

表示在前行為或在該結果持續的狀態下，實現後方的行為。為「～的狀態」之意。

- 수업에 늦어서 택시를 타고 학교에 가는 중이야.
  上課要遲到了，因此正搭計程車去學校中。
- 이번에는 내 차를 몰고 갈까? 這次要不要開我的車去？
- 피곤해서 오늘은 편한 신발을 신고 왔다.
  因為疲累，所以今天穿了輕便的鞋子來。
- 가 : 무대에서 마이크를 들고 이야기하시는 분이 누구세요?
  在舞台上拿著麥克風講話的人是誰？

나 : 저 분이 강 선생님이세요. 那位是姜老師。

文法訊息

- **主語限制**：前子句和後子句的主語要相同，後子句的主語通常省略。

  예문 제가 오늘은 편한 신발을 신고 (제가/*현정이가) 왔어요.

  我今天穿了便鞋來。

- **前用言限制**：主要和「쓰다、신다、입다、들다、하다」等穿著動詞或「타다、몰다」等表示移動手段與方法的動詞結合。

- **先語末語尾限制**：和前用言結合時，不介入「–었–」、「–겠–」。

  예문 *중요한 미팅이 있어서 정장을 입었고 회사에 갔다.

  因為有重要的會議，所以穿了西裝去公司。

  *내일 날씨가 춥다니까 두꺼운 옷을 입겠고 가려고 해요.

  聽說明天天氣冷，想穿厚衣去。

談話訊息

- 在口語中也發音為「–구」。

  예문 차 막히니까 지하철 타구 가자. 塞車了，搭地鐵去吧。

相關表達

- -고서

  (1) 和「–고」意義差異不大，可以替換使用，但「–고서」有更加強調的感覺。

  예문 무대에서 마이크를 들(고서/고) 이야기하시는 분이 강 선생님이시다.

  在舞台上拿著麥克風講話的人是姜老師。

- -고 나서

  (1) 和「–고」意義差異不大，可以替換使用，不過「–고 나서」更強調前事或過程結束的狀態下，後行為發生。

  예문 장군은 3천 명의 군사를 (*거느리고 나서/거느리고) 전투 현장에 나왔다.

  將軍率領三千名官兵到戰鬥現場。

  마이크를 (*들고 나서/들고) 이야기를 했다. 拿著麥克風講話。

4 其他用法

① 相反事實的羅列

表示相反或對立的事實羅列。

- 길고 짧은 것은 대 봐야 안다. 長短要量過才知道。

- 누가 맞고 누가 틀렸는지는 두고 봐야 알겠지. 誰對誰錯要等著瞧才知道。
- 규현이는 좋고 싫은 것에 대한 표현이 분명한 편이다.
  圭賢對喜惡表情甚是明顯。

② 強調

- 以「-고 -은」的形式反覆使用，強調該意思。主要和「멀다、넓다、크다、길다、검다、붉다、희다」等形容詞一起使用，表示強調某對象的性質或誇張表達。加上補助詞「도」，能更加強調該意思。
- 멀고(도) 먼 길. 遠又遠的路。
- 길고(도) 긴 기다림. 漫長又漫長的等待。
- 넓고(도) 넓은 우주. 遼闊又遼闊的宇宙。
- 검고(도) 검은 속내. 陰暗又陰暗的內心。

終結語尾「-고」

① 詢問

詢問對方某事實或狀況時使用。

- 그동안 별일 없었고? 這段期間沒什麼事？
- 숙제는 다 했고? 作業都寫完了？

② 質問

表示用譏諷的語氣向對方計較或抗議。

- 싫다고 할 때는 언제고? 不是才說不要嗎？／說「不要」是什麼時候？
- 네가 다 먹어 버리면 나는 뭐 먹고? 你都吃完了，我吃什麼？

③ 訝異

用在問話的後方，表示對某狀況或事實的訝異。

- 이게 웬일이야? 지각 한 번 없던 네가 결석을 하고.
  這是怎麼回事？從來不遲到的你缺席了。
- 무슨 일 있으세요? 평소에 안 입던 정장을 입으시고.
  有什麼事嗎？穿了平常不穿的正式服裝。

④ 命令

用於柔性命令時。

- 자, 다음에는 강희가 발표하고. 來，接下來姜熙發表。
- 청소 다 끝냈으면 이제 가 보고. 都打掃完了就可以走。

– 고도

- 用言的語幹後加「–고도」。

1 相反的狀況

表示前行為結束，卻發生和該行為預想結果不同的其他行為或狀況。

- 신혜는 그 사실을 알고도 모르는 척했다. 信惠知道那件事，卻佯裝不知。
- 너무 어려워서 설명을 듣고도 이해하지 못하겠어요.
  太難了，聽過說明也不了解。
- 그는 슬픈 영화를 보고도 울지 않는다. 他看了悲傷電影也不哭。
- 가 : 또 먹어? 그렇게 먹고도 배가 안 불러? 又吃？那樣吃完也不飽嗎？
  나 : 배는 부른데 맛있어서 자꾸 먹게 돼. 飽了，但好吃又吃了。

文法訊息

- **主語限制**：前子句和後子句的主語要相同，後子句的主語通常省略。
  예문 신혜는 그 사실을 알고도 (신혜는/*현정이는) 모르는 척했다.
  信惠知道那件事，卻佯裝不知。

- **前用言限制**：主要和動詞結合。
  예문 *신혜는 그렇게 예쁘고도 인기가 없다. 信惠那麼漂亮，還是沒有人氣。

- **先語末語尾限制**：和前用言結合時，不介入「–었–」、「–겠–」。
  예문 *민우는 어제 잠을 많이 잤고도 수업 시간에 졸고 있다.
  閔宇昨天睡了很久，卻還是在上課打瞌睡。
  *그 사람은 떠나겠고도 연락하지 않을 것이다.
  那個人離開也不聯絡。

- **後子句限制**：後子句主要用在陳述句、疑問句，不用在建議句、命令句。
  예문 *우리 그 일을 보고도 못 믿읍시다. 我們看了那件事也不要相信。

相關表達

- -지만

  (1) 表示「相反的狀況」時，和「–고도」意義差異不大，有時可以替換使用。

  예문 너는 그렇게 매일 놀(고도/지만) 시험을 잘 보더라.

  你每天那樣玩，考試還考得好。

  (2) 「–고도」不太和「–었–」、「–겠–」結合，而「–지만」則非如此。

  예문 공부를 열심히 (*했고도/했지만) 시험에 떨어졌다.

  雖然努力念書，但考試卻落榜。

---

2 相關的特性

用於表示某特性，又添加相關的特性。

- 바다는 참 넓고도 깊다. 海洋真的又廣又深。
- 그 영화는 슬프고도 아름다운 이야기를 그리고 있다.
  那部電影悲傷卻訴說著美麗的故事。
- 그의 아이디어는 참신하고도 독창적이다. 他的點子既創新又獨到。
- 가 : 이곳은 물이 어쩜 이리 투명하고도 맑아? 這裡的水怎麼如此透明又清澈？
  나 : 그러게. 정말 물이 깨끗하다. 是啊，水真的乾淨。

文法訊息

- **前用言限制**：彼此意思相關的形容詞在「–고도」的前後。
  예문 그녀의 피부는 희고도 맑다. 她的皮膚又白又亮。

- **先語末語尾限制**：和前用言結合時，不介入「–었–」、「–겠–」。
  예문 *그녀의 피부는 희었고도 맑았다. 她的皮膚又白又亮。

- **後子句限制**：後子句主要用在陳述句、疑問句，不用在建議句、命令句。
  예문 *물이 맑고도 (깨끗합시다/깨끗하십시오). 水又清澈又乾淨。

– 고서

形態訊息

· 用言的語幹後加「–고서」。

1 行為的時間順序

表示前內容和後內容依序發生。

· 일단 밥부터 먹고서 생각해 보자. 且先吃飯再想吧。
· 먼저 갈 곳을 정하고서 움직이는 게 좋겠어요. 先決定去的地方再移動較好。
· 내가 집에 도착하고서 전화할게요. 我到家後再打電話給你。
· 가 : 엄마, 저 게임해도 돼요? 媽媽，我可以玩遊戲嗎？
  나 : 우선 숙제를 하고서 해야지. 지금은 안 돼.
  應該要先寫完作業再玩。現在不行。

Tip 表示依序行為的「–고서」，依情境，前行為也可以解釋為後行為的原因或契機。
  · 추운 날씨에 비를 맞고서 감기에 걸렸어. 冷天淋雨後而得了感冒。
  · 언니는 합격 소식을 듣고서 뛸 듯이 기뻐했어요.
    姐姐聽到合格的消息，開心到跳起來。

文法訊息

· **前用言限制**：因表示行為的順序，所以主要和動詞結合。
  예문 *산은 높고서 물은 깊다. 山高水深。

· **先語末語尾限制**：和前用言結合時，不介入「–었–」、「–겠–」。
  예문 *채린이는 숙제를 끝냈고서 텔레비전을 켰다. 彩林作業結束後開了電視。

· **助詞結合訊息**：加上「야」而為「–고서야」，表示前行為實現後方得有後行為。
  예문 내가 몇 번을 부르고서야 그가 돌아보았다. 我叫了好幾次，他才回頭看。
    수술이 잘 끝났다는 말을 듣고서야 비로소 안심이 되었어요.
    聽到手術順利結束，終於安了心。
    교실에 도착하고서야 오늘이 휴일인 것을 알았지 뭐야.
    到了教室後，才知道今天是假日。

- 主要用於口語中。
- 在口語中也發音為「-구서」。

   예문 서준아, 손 먼저 씻구서 간식을 먹어야지. 敘俊，要先洗手再吃點心。

相關表達

- **-고**

   (1) 和「-고서」意義差異不大，可以替換使用。不過，「-고서」有更加強調的感覺。

   예문 그는 전화를 받(고/고서) 밖으로 나갔다. 他接了電話後，到外面去。

   (2) 單純羅列的「-고」若換成「-고서」會不自然。

   예문 여름에는 비가 자주 오(고/*고서) 겨울에는 눈이 온다.
   夏天常下雨，冬天下雪。

   (3) 補助性連結語尾「-고」無法與「-고서」替換。

   예문 이번 방학에는 배낭여행을 가(고/*고서) 싶다. 這次放假想去背包旅行。

- **-고 나서**

   (1) 和「-고」意義差異不大，可以替換使用。不過「-고 나서」更強調前事或過程結束後，後內容的接續。

   예문 규현아, 숙제 먼저 끝내(고 나서/고서) 텔레비전을 보도록 해.
   圭賢，先做完作業再看電視。

- **-은 다음에 / 뒤에 / 후에**

   (1) 和「-고서」意義差異不大，可以替換使用，不過「-은 다음에／뒤에／후에」更強調前方的事情或過程結束後，後內容的接續。

   예문 옷을 (갈아입은 다음에/갈아입은 뒤에/갈아입은 후에/갈아입고서) 식사
   준비를 했다. 換衣服後準備用餐。
   일단 일을 먼저 (끝낸 다음에/끝낸 뒤에/끝낸 후에/끝내고서) 밥 먹으러 갑
   시다. 且先把工作結束後再去吃飯吧。

   (2) 「-고서」主要用於口語中，而「-은 다음에／뒤에／후에」相對有較常用於書面語的傾向。

---

2 行為或該結果的持續

表示在前行為或該結果持續的狀態下，後行為達成而為「～的狀態」之意。

- 학교에 지하철을 **타고서** 다녀요. 搭地鐵往返學校。
- 어제는 라디오를 들으면서 **운전하고서** 집에 갔어. 昨天邊聽廣播邊開車回家。
- 규현이가 내 짐을 **들고서** 공항까지 바래다 줬다. 圭賢提著我的行李，陪我到機場。
- 가 : 원피스에 구두까지 **신고서** 어디에 가요? 穿洋裝和高跟鞋要去哪裡？

  나 : 아~, 친구 결혼식이요. 啊~朋友的結婚典禮。

文法訊息

- **主語限制**：前子句和後子句的主語要相同，後子句的主語通常省略。

  예문 제가 오늘은 편한 신발을 **신고서** (제가/*현정이가) 왔어요.

  我今天穿舒服的鞋子來了。

- **前用言限制**：主要和「쓰다、신다、입다、들다、하다」等穿著動詞、「들다、잡다、쥐다」等表示身體動作的動詞，或「타다、몰다」等表示移動手段與方法的動詞結合。

  예문 오늘은 평소와 다르게 안경을 **쓰고서** 왔네요?

  今天跟平常不一樣，戴了眼鏡來呢？

- **先語末語尾限制**：和前用言結合時，不介入「–었–」、「–겠–」。

  예문 *중요한 미팅이 있어서 정장을 **입었고서** 회사에 갔다.

  因為有重要的會議，所以穿了西裝去公司。

  *내일 날씨가 춥다니까 두꺼운 옷을 **입겠고서** 가려고 해요.

  聽說明天天氣冷，想穿厚的衣服去。

談話訊息

- 主要用於口語中。
- 在口語中也發音為「–구서」。

  예문 차 막히니까 지하철 **타구서** 가자. 塞車了，我們搭地鐵去吧。

相關表達

- **-고**

  (1) 和「–고서」差異不大，可以替換使用。

  예문 무대에서 마이크를 **들(고/고서)** 이야기하시는 분이 강 선생님이시다.

  在舞台上拿著麥克風講話的人是姜老師。

- **-고 나서**

  (1) 「–고 서」表示前行為狀態持續中後行為發生，而「–고 나서」表示前事在結束狀態下，後事發生。

예문 장군은 3천 명의 군사를 거느리(*고 나서/고서) 전투 현장에 나왔다.
　　 將軍率領三千名官兵到戰鬥現場。
　　 마이크를 들(*고 나서/고서) 이야기를 했다. 拿著麥克風講話。

2　對立的事實

> 表示後方內容和前方內容為對立關係。「−었는데도」之意。

- 그 아이는 숙제를 안 하고서 했다고 거짓말을 했다.
  那個孩子沒做作業，卻撒謊說做了。
- 그는 내 고향에 가 보지도 않고서 가 본 것처럼 잘 아는 체를 했다.
  他沒去過我的家鄉，卻裝作像去過一樣。
- 민우는 지각을 하고서 선생님께 늦게 오지 않았다고 말했다.
  閔宇遲到了，卻跟老師說沒有晚到。
- 가 : 왜 또 싸우니? 為什麼又吵架？
  나 : 형이 내 간식까지 먹고서 안 먹은 척을 했어요.
  哥哥連我的點心都吃了，卻還裝作沒吃。

文法訊息

- **主語限制**：前子句和後子句的主語要相同，後子句的主語通常省略。
  예문 신혜는 숙제를 안 하고서 (*현정이는) 했다고 거짓말을 했다.
  　　 信惠沒做作業，卻撒謊說做了。
- **前用言限制**：主要和動詞結合。
  예문 *오늘 날씨는 맑고서 공기는 안 좋다. 今天天氣晴朗，但空氣不好。
- **先語末語尾限制**：和前用言結合時，不介入「−었−」、「−겠−」。
  예문 *형은 내 간식까지 먹었고서 안 먹은 척을 했어요.
  　　 哥哥連我的點心都吃了，卻還裝作沒吃。
- **助詞結合訊息**：為了強調意思，會加補助詞「도」、「는」，寫成「−고서도」
  「−고서는」。
  예문 진실을 알고서도 모른 척하시는 거죠? 知道真相但佯裝不知吧？
  　　 형은 내 간식까지 먹고서는 안 먹은 척을 했어요.
  　　 哥哥連我的點心都吃了，卻還裝作沒吃。

談話訊息

- 主要用於口語中。
- 在口語中也發音為「−구서」。

예문 잘못은 네가 하구서 왜 오히려 화를 내? 錯是你犯的，為什麼反而生氣？

3 其他用法

① 當然或必要

以「-고서는 -을 수 없다」形態，表示強調前事實為當然或必要，否則後事為不可能。

- 저는 집이 아니고서는 쉽게 잠들지 못해요. 我不在家就不容易入睡。
- 단단히 각오하지 않고서는 그 일을 끝까지 해내지 못할 것이다.
  如果沒有毅然下定決心，就無法完成那件事。
- 이 개념을 모르고서는 제대로 공부했다고 할 수 없어요.
  不了解這個概念，就無法稱為確實念書。

② 困難或不可能

- 以「-고서야 -을 수 없다」、「-고서야 -겠니／겠어？」形態表示後內容難以發生或不可能。
- 미친 게 아니고서야 그런 말을 할 수가 없다.
  如果不是瘋了，不可能說那樣的話。
- 천재가 아니고서야 어떻게 이 문제를 풀겠어?
  如果不是天才，怎麼能解決這個問題？
- 이렇게 놀기만 해서야 어떻게 시험을 잘 볼 수 있겠니?
  這樣只顧著玩，考試怎麼能考得好？

- 고자

連結語尾

形態訊息

- 用言的語幹後加「-고자」。

1 目的

表示做某行為的目的。

- 그는 꿈을 이루고자 밤낮으로 열심히 공부를 하고 있다.

他為了實現夢想，日夜都在努力讀書。

- 저의 의견을 **말씀드리고자** 이 앞에 섰습니다.

  為了稟報我的意見因而站在這前面。

- 정부는 경제를 **살리고자** 갖은 노력을 하고 있다.

  政府為了拯救經濟而在全面努力。

- 작가는 그 지역 사람들의 비참한 현실을 **알리고자** 이 글을 썼다고 밝혔다.

  作家表示為了傳達該地區人民的悲慘現實，而寫了這篇文章。

- 가 : 일하랴, 애 키우랴 힘드시겠어요. 忙著工作、養孩子，應該很辛苦。

  나 : 아이에게 좋은 **엄마이고자** 나름 애쓰고 있는데 바빠서 쉽지 않네요.

  為了當孩子的好媽媽而盡力，非常忙碌也真不簡單。

文法訊息

- **主語限制**：主要和表示人的主語一起使用。前子句和後子句的主語要相同，後子句的主語通常省略。

  예문 서준이는 원하는 대학에 합격하고자 (서준이는) 열심히 공부했다.

  敘俊為了進入希望的大學而努力念書。

- **前用言限制**：主要和動詞、「이다」結合，不和形容詞結合。

  예문 *언니는 예쁘고자 화장을 열심히 했다.

  姐姐為了漂亮而努力化妝。

- **先語末語尾限制**：和前用言結合時，不介入「–었–」、「–겠–」。

  예문 *정부는 경제를 살렸고자 갖은 노력을 하였다. 政府為了拯救經濟而努力。

  *제 꿈을 말씀드리겠고자 이 자리에 섰습니다.

  為了表述我的夢想而站在這裡。

- **後子句訊息**：主要用在陳述句、疑問句，若用在建議句、命令句，有些情況會不自然。

  예문 ?꿈을 이루고자 최선을 (다하자/다해라). 為了實現夢想，要盡全力。／盡全力吧

談話訊息

- 主要用於書面語中。

- 主要用於正式、官方場合中。用於書面語用在論文、報導、報告等文章中；用在口語時用於正式場合的發表或演說中。

  예문 (기사에서) 현재 △△ 회사는 지역 경제를 살리고자 여러 노력을 하고 있다. （報導中）現在△△公司為拯救地區經濟，正各方努力。

  (기자회견에서) 정부는 현재의 사태를 해결하고자 모든 노력을 기울이고 있습니다. （記者會上）政府為解決現在的事態而傾注全力。

相關表達

- -으려고

  (1) 相對來說「-으려고」更常用於口語中；而「-고자」則常用於書面語、演說、發表等正式場合中。

2 意圖、希望

以「-고자 하다」形態表示欲做某行為的意圖或希望。

- 몇 가지 보완해야 할 사항을 지적하고자 한다. 我要指出還待補足的幾個事項。
- 이번 회의를 통해 논의하고자 하는 것이 무엇입니까?
  經由這次會議要討論的事項是什麼？
- 저는 국민의 뜻에 따르는 정치를 하고자 합니다. 我要從事順從民意的政治。
- 한국어 교사가 되고자 하는 학생들을 위한 교육 과정이 마련되었다.
  準備了給欲成為韓語老師之學生的教育課程。

文法訊息

- **主語限制**：主要和表示人的主語一起使用。
  예문 저는 한국전쟁에 대해 이야기해 보고자 합니다.
  我要來談論關於韓國戰爭。

- **前用言限制**：主要和動詞、「이다」結合，不和形容詞結合。
  예문 *저는 예쁘고자 합니다. 我想要漂亮。

- **先語末語尾限制**：和前用言結合時，不介入「-었-」、「-겠-」。
  예문 *저는 한국어 교사가 되겠고자 합니다. 我想當韓語教師。

- **後子句訊息**：主要用在陳述句、疑問句，不用在建議句、命令句。
  예문 *우리 회의에서 논의하고자 합시다. 我們想在會議中討論吧。

談話訊息

- 主要用於書面語中。
- 主要用於正式、公開場合中。書面語用在論文、報導、報告等文章中；口語用於正式場合的發表或演說中。
  예문 (논문에서) 이 연구를 통해 조선의 음식 문화에 대해 알아보고자 한다.
  （論文中）透過這個研究，希望探討朝鮮的飲食文化。
  (기자회견에서) 질문에 대한 답변을 드리고자 합니다.
  （記者會上）我來回覆提問。

– 길래

形態訊息

· 用言的語幹後加「–길래」。

1 理由、原因

表示話者所認知的內容為原因、理由而做的行為。此時的原因並非出自話者本身，主要是外部狀況或事實。

· 백화점이 세일을 하길래 옷을 한 벌 샀어요.
  因百貨公司打折而買了一套衣服。
· 날씨가 춥길래 두꺼운 옷을 입고 나왔어요.
  因為天氣冷，所以穿了厚衣服出來。
· 오후에 비가 온다고 하길래 우산을 가지고 나왔다.
  因為說下午會下雨，所以帶了雨傘出來。
· 가 : 도대체 무슨 일이길래 그렇게 화가 났어?
  到底是什麼事，那麼生氣？
  나 : 친구가 약속 시간을 자꾸 바꾸길래 좀 다퉜어.
  朋友一直改約會時間而吵了一下。

文法訊息

· **主語限制**：在陳述句中，「–길래」表示話者認知的內容為其理由、原因而做某種行為，因此前子句用第二、三人稱的主語、後子句主語用第一人稱較自然。
  예문 어머니가 주무시고 계시길래 (저는) 깨우지 않고 조용히 나왔어요.
  因為媽媽在睡覺，所以我不吵她，靜靜地出來。

· **先語末語尾限制**：如果前子句和後子句的內容是在同樣的時間中發生，即使是過去的內容，也不用「–었길래」而用「–길래」。不過，若前內容在時間上比後內容早發生，則用「–었길래」。
  예문 동생이 빵을 먹길래 나눠 먹자고 했다.
  弟弟（妹妹）在吃麵包，我說分著吃吧。
  동생이 빵을 다 먹었길래 빵집에 가서 더 사 왔다.
  因為弟弟（妹妹）把麵包都吃掉了，所以我再去麵包店買回來。

- **後子句限制**：主要用在陳述句、疑問句，不用在建議句、命令句。

  예문 *날씨가 덥길래 에어컨을 (켜자/켜라). 因為天氣熱，所以開空調吧。

Tip 常以「-는다고／냐고／자고／으라고 하길래」形態結構的間接話法。

  - 친구가 어디 가냐고 하길래 화장실에 간다고 대답했다.
    朋友問要去哪裡，回答說要去化妝室。
  - 그 식당이 맛있다고 하길래 오늘 점심에 가 보려고요.
    因為聽說那家餐廳好吃，所以今天午餐想去吃看看。

談話訊息

- 主要用於口語中。

  예문 서준이가 몇 번이나 부탁하길래 거절 못 했어.

    敘俊拜託了好幾次，沒辦法拒絕。

相關表達

- **-기에**

  (1)「-길래」比「-기에」更有偶然發現的感覺。

  예문 달력을 보니 오늘이 채린이 생일이(길래/?기에) 선물을 사러 갔다 왔어요.
    看了月曆，發現今天是彩林生日而去買了禮物。

  (2)「-길래」主要用在口語中，「-기에」主要用於書面語中。

  예문 돈이 무엇이기에 사람들은 돈을 그렇게 소중히 여기는가?
    錢究竟是什麼，讓人們那麼重視？

  (3)「-기에」是稍微古風的表達。

- **-어서**

  (1)「-길래」主要用來表示做後續行為的原因，因此後子句經常用動作動詞而不用表示狀態的形容詞。「-어서」的後子句中，動詞及形容詞都可以使用。

  예문 비가 (와서/*오길래) 춥다. 下雨而冷。
    봄이 되(어서/*길래) 날씨가 건조한 거예요?
    是不是春天到了，因此天氣乾燥？

  (2) 在陳述句中，「-길래」的後子句要用第一人稱主語才自然，而「-어서」則沒有這種主語限制。

  예문 지훈이가 거짓말을 (해서/하길래) 내가 화를 냈다.
    因為智勳撒謊，所以我生氣。
    지훈이가 거짓말을 (해서/*하길래) 선생님이 화를 내셨다.
    因為智勳撒謊，所以老師生氣。

① 幸好

以「-길래 망정이지」形態表示做了前內容甚為幸運。

- 엄마가 바로 옆에 있었(길래/기에) 망정이지 하마터면 아기가 크게 다칠 뻔했다.
  幸好媽媽就在旁邊，不然孩子差點受重傷。
- 여행 갈 때 비상약을 가져갔(길래/기에) 망정이지 안 그랬으면 정말 난감했을 거예요.
  幸好旅行時有帶常備藥，要不然可就遭了。

- 느니 / （으）이만큼

連結語尾

形態訊息

	形態	
	動詞	形容詞
尾音 ○	-느니만큼	-으니만큼
尾音 ×		-니만큼

1 理由、原因

表示認定前內容，同時前內容為後內容的原因或根據。

- 강 선생님이 직접 가시느니만큼 잘 해결될 겁니다.
  姜老師親自去，會順利解決的。
- 모두가 열심히 일하느니만큼 좋은 성과가 있으리라 생각한다.
  大家都努力工作，我認為一定會有好成果。
- 요즘 소비자들의 불만이 있었으니만큼 고객 응대에 더욱 신경 써 주세요.
  最近消費者有所不滿，顧客應對要更加用心。
- 현재의 상황이 단기간에 해결될 수는 없으니만큼 장기적으로 대처해야 한다.
  現在的狀況短期無法解決，要從長計議。
- 경제적 부담이 출산율 저하의 주된 원인이니만큼 출산과 양육을 정책적으로

지원해야 한다.

經濟上的負擔是低生育率的主要原因，因此生產和養育要以政策支援。

文法訊息

- **前用言限制**：主要和動詞、「이다」結合，不和形容詞結合。

  예문 *네 키가 작으니만큼 우유를 많이 마셔라. 你個子矮，多喝牛奶吧。

- **先語末語尾限制**：和前用言結合時，不介入「-겠-」。

  예문 *내일은 비가 오겠으니만큼 집에서 쉽시다. 明天會下雨，在家休息吧。

談話訊息

- 主要用於書面語中。

  예문 건조한 시기이니만큼 건강 관리에 더욱 힘써야 한다.

  因為是乾燥期，要多加注意健康管理。

相關表達

- **-으니만치**

  (1) 和「-으니만큼」意義差異不大，可以替換使用。

  예문 어려운 (일이니만치/일이니만큼) 보람도 크겠지.

  因為是艱難的事，所以成就也會很大。

- 느라고

連結語尾

形態訊息

- 用言的語幹後加「-느라고」。

  縮寫 -느라

1 理由、原因

表示前內容為後內容的原因。通常用於表示前內容為其原因，而有負面事實、狀況。

- 요즘 발표 준비하고 시험 공부하느라고 많이 바빠요.

  最近在準備發表和考試，很忙。

- 아침에 급하게 **나오느라고** 휴대전화를 집에 놓고 왔어.

  早上急著出門，因而把手機放在家。
- 어머니가 청소기를 **돌리시느라고** 초인종 소리를 못 들으셨다.

  媽媽在用吸塵器，因而沒聽到門鈴的聲音。
- 가 : 규현아, 지우개 좀 빌려 줘. 圭賢，借我一下橡皮擦。

  나 : 뭐라고 했어? 옆 친구랑 **이야기하느라고** 못 들었어.

  你說什麼？我和旁邊朋友在說話，沒有聽到。

文法訊息

- **主語限制**：前子句和後子句的主語或話題要相同，後子句的主語通常省略。

  예문 미안해. 아까는 내가 **샤워하느라고** (내가) 전화를 못 받았어.

  抱歉，我剛剛在沖澡，沒能接電話。

  강희는 **청소하느라고** (강희의) 옷이 더러워졌다.

  姜熙因為打掃，（姜熙的）衣服弄髒了。
- **前用言限制**：主要和動詞結合。若和瞬間結束的動詞結合，有時會顯不自然。

  예문 *피곤해서 눈을 **감느라고** 너를 못 봤어. 因為疲勞閉上眼睛，沒看到你。
- **先語末語尾限制**：和前用言結合時，不介入「-었-」、「-겠-」。

  예문 어제는 기말 보고서 (**쓰느라고**/***썼느라고**) 한숨도 못 잤어.

  昨天為了寫期末報告，一刻也沒睡。

  곧 결혼 준비하(**느라고**/***겠느라고**) 무척 바쁠 것 같아.

  好像準備就要結婚而非常忙的樣子。
- **後子句訊息**：後子句主要表現否定意義，用在陳述句、疑問句。疑問句主要和「-지요?」、「-잖아요?」等結合，表確認疑問。較難使用在建議句、命令句。

  예문 어머니는 자식들 **키우시느라고** 고생이 (많으시지요/*많으십니까)?

  媽媽養育孩子很辛苦吧？
- **否定形訊息**：前子句若使用表示否定的「안」、「못」，很多情況會顯不自然。

  예문 *오늘 숙제를 안 **하느라고** 불안했어. 今天沒做作業很不安。

談話訊息

- 主要用於口語中。
- 在口語中也發音為「-느라구」。

  예문 어제 영화 **보느라구** 늦게 잤더니 졸려. 昨天看電影以致晚睡，好睏。

相關表達

- **-어서**

  (1) 「−느라고」表示做前行為的過程中造成後方的狀況。「−어서」表示前狀況的結果造成後狀況發生。因此「−느라고」表示前內容和後內容的行為在同樣的時段中發生，而「−어서」的前內容和後內容有時間差。

    예문 그는 텔레비전을 너무 오래 봐서 눈이 아팠다. → 텔레비전을 오래 본 결과 눈이 아팠음.

    他因為看了太久的電視，所以眼睛痛。→ 看電視很久的結果是眼睛痛。

    그는 텔레비전을 보느라고 정신이 없었다. → 텔레비전을 보는 중에 정신이 없음.

    他因為在看電視而心無旁騖。→ 看電視時心無旁騖。

    너무 많이 (먹어서/*먹느라고) 배가 아프다. → 많이 먹은 결과 배가 아픔.

    吃了太多肚子痛。→ 吃太多的結果是肚子痛。

    비가 (와서/*오느라고) 땅이 질다. → 비가 온 결과 땅이 질음.

    因為下雨而地上泥濘。→ 下雨的結果是地上泥濘。

  (2) 「−어서」的前子句、後子句的主語可以不同，不過，使用「−느라고」時，前子句和後子句的主語或話題要一樣。

    예문 동생이 시끄럽게 해서 내가 공부를 제대로 못했어.

    因為弟弟（妹妹）吵，所以我沒辦法好好念書。

    내가 엄마 대신 동생을 돌보느라고 공부를 제대로 못했어.

    因為我代媽媽照顧弟弟（妹妹），所以沒辦法好好念書。

    강희가 청소를 하느라고 옷이 더러워졌다. → 선행절의 주어 '강희', 후행절의 주어 '강희의 옷'

    姜熙因為打掃，衣服因而髒了。→ 前子句的主語是「姜熙」，後子句的主語是「姜熙的衣服」。

- **-는 바람에**

  (1) 「−는 바람에」表示前是為成為後內容的負面原因或理由。

    예문 늦잠을 자는 바람에 학교에 늦었어요. 因為睡懶覺而上學遲到。

  (2) 「−느라고」表示做前行為的過程中，造成後方的狀況。「−는 바람에」表示前狀況的結果，造成後狀況發生。因此，「−느라고」表示前內容和後方內容的行為，在同樣的時段中發生，而「−는 바람에」的前內容和後內容有時間差。

    예문 아침에 남편하고 (싸우는 바람에/*싸우느라고) 하루 종일 우울해요.

    早上和先生吵架，整天都悶悶不樂。

  (3) 「−느라고」前子句和後子句的主語要相同或話題要一致，而「−는 바람에」

則沒有這種限制。

> **예문** 비가 (오는 바람에/*오느라고) 소풍이 취소됐어요.
> 因為下雨，所以郊遊被取消。

- **-는 통에**
  (1) 「–는 통에」表示造成負面結果的原因。這裡的原因主要是吵雜、心情煩躁的狀況。

> **예문** 조카들이 놀러 와서 떠들어 대는 통에 정신이 하나도 없어요.
> 姪子們來玩，吵鬧到我心情亂糟糟。
> 바빠서 서두르는 통에 지갑을 집에 놓고 왔어요.
> 我在匆忙中把錢包放在家裡出門了。

  (2) 「–느라고」前子句和後子句的主語要相同或話題要一致，而「–는 통에」則沒有這種限制。

> **예문** 식당에서 아이가 울어 대(는 통에/*느라고) 휴대전화를 두고 왔다.
> 孩子在餐廳裡哭鬧，以致我把手機忘在那。

- **-은 / 는 탓에**
  (1) 「–은／는 탓에」表示某種負面現象的原因或責任的所在。

> **예문** 태풍이 온 탓에 여행 일정이 연기되었다.
> 因颱風之故，旅遊行程被延期了。

  (2) 「–느라고」主要和動詞結合，而「–은／는 탓에」可和動詞及部分形容詞結合。

> **예문** 동생이 게으른 탓에 나까지 지각을 했다.
> 因弟弟（妹妹）懶惰之故，連我都遲到了。

  (3) 「–느라고」前子句和後子句的主語要相同或話題要一致，「–은／는 탓에」則沒有這種限制。

> **예문** 사람들이 너무 (떠드는 탓에/*떠드느라고) 친구의 말이 잘 들리지 않는다.
> 因人們太吵，而朋友說的話聽不太清楚。

2 目的

表示前內容是後內容的目的。常用於為了某目的而做的行為導致辛苦或犧牲的負面狀況。

- 서준이는 요즘 취직 시험을 준비하느라고 매일 도서관에 가요.
  敘俊最近為準備求職考試而每天都去圖書館。

- 부모님은 동생을 유학 보내느라고 집을 팔고 작은 집으로 이사를 하셨다.
  父母為了送妹妹去留學而把家賣了，搬到小房子去。
- 어머니는 아픈 아버지 대신 생활비를 버시느라고 밤낮으로 일을 하신다.
  媽媽為了代替生病的爸爸賺生活費而日夜都在工作。
- 가: 옥상에서 뭐 해? 在屋頂上幹嘛？
  나: 바람 좀 쐬느라고 올라와 있었어. 我上來吹風乘涼。

文法訊息

- **主語限制**：前子句和後子句的主語要相同，後子句的主語通常省略。
  예문 (제가) 요즘 살을 빼느라고 (제가/*현정이가) 외식을 하지 않아요.
  （我）最近為了減肥，（我）不吃外食。
- **前用言限制**：主要和表示行為的動詞結合。若和表示在短時間內完成行為的動詞結合，常會顯不自然。
  예문 나는 시험을 준비하느라고 열심히 공부했다.
  我為了準備考試而用功念書。
  *나는 시험에 합격하느라고 열심히 공부했다.
  我為了考試合格而用功念書。
- **先語末語尾限制**：和前用言結合時，不介入「-었-」、「-겠-」。
  예문 *부모님은 동생을 유학 (보냈느라고/보내겠느라고) 집을 팔고 작은 집으로 이사를 하셨다. 父母為了送妹妹去留學，把家賣了，搬到小房子。
- **否定形訊息**：後子句若用表示否定的「안」、「못」，很多情況會顯不自然。
  예문 ?요즘 살을 안 빼느라고 외식을 자주 해요. 最近為了不減肥，常常外食。
- **後子句限制**：後子句主要用於陳述句、疑問句，不用建議句、命令句。
  예문 *유학 준비를 하느라고 회사를 쉬어라. 為了準備考試把工作辭了。

談話訊息

- 在口語中也發音為「-느라구」。
  예문 바람 좀 쐬느라구 옥상에 올라와 있었어. 為了乘涼而上來屋頂。

相關表達

- -기 위해 (서)

  (1) 和「-느라고」意義差異不大，可以替換使用。不過「-느라고」稍微表露為了某目的所做的行為有辛苦或犧牲的感覺。
  예문 서준이는 요즘 취직 시험을 (준비하기 위해서/준비하느라고) 매일 도서관에 가요. 敘俊最近為了準備應徵考試，每天都去圖書館。

- -으려고

  (1) 和「-느라고」意義差異不大，可以替換使用。不過「-느라고」稍微表露為了
  實現某目的所做的行為，有辛苦或犧牲的感覺。

  예문 요즘 살을 빼(느라고/려고) 될 수 있으면 외식을 하지 않아요.
  最近為了減肥，盡量不吃外食。

- 는다면

形態訊息

	形態	
	動詞	形容詞
尾音 ○	-는다면	-다면
尾音 ×	-ㄴ다면	

1 假設

表示假設某事實或狀況為其條件。

- 아저씨가 그 말을 듣는다면 무척 기뻐하실 것이다.
  如果叔叔聽了那話，會很高興的。
- 도로가 막히지 않는다면 다섯 시간 정도 걸립니다.
  如果路上不塞車，大約要花五小時左右。
- 나도 언니처럼 예쁘다면 참 좋을 텐데. 要是我像姊姊一樣漂亮就好了。
- 가 : 지수가 그 이야기를 들었다면 큰일인데. 要是智秀聽到那件事就不好了。
  나 : 걱정하지 마. 아마 모를 거야. 別擔心，大概不會知道的。

文法訊息

- **先語末語尾限制**：和前用言結合時，若介入「-었-」，表示假設和已經發生的
  過去事實正相反的內容，或是和現在事實正相反的狀況。不介入「-겠-」。
  예문 네가 도와주지 않았다면 그 일을 해 낼 수 없었을 거야. → 과거와 반대되는 상황
  가정
  如果你沒幫忙，那件事就無法完成。→ 假設和過去相反的狀況

어머니가 살아 계셨다면 너를 자랑스러워 하셨을 거야. → 현재와 반대되는 상황 가정

如果媽媽還健在，會以你為榮。 → 假設和現在相反的狀況

키가 조금만 더 컸다면 좋았을 텐데. → 현재와 반대되는 상황 가정

如果個子再長高一點就好了。 → 假設和現在相反的狀況

내일도 열이 많이 (난다면/*나겠다면) 병원에 꼭 가 보세요.

如果明天也發高燒，一定要去醫院。

相關表達

- **-으면**

  (1) 「–는다면」比起「–으면」表示發生的可能性更小，或假設非事實的感覺更強。

  【예문】(성공하면/성공한다면) 가장 먼저 부모님께 집을 사 드리고 싶어요.

  如果成功的話，最先想買房子給父母。

  하늘을 날 수 (²있으면/있다면) 어떤 기분일까?

  如果能飛上天空，會是怎樣的心情？

– 다가

形態訊息

- 用言的語幹後加「–다가」。

【縮寫】-다

1 行為或狀態中斷，轉換為其他行為或狀態

表示行為或狀態中斷，轉換為其他行為或狀態。

- 날씨가 아침에는 맑다가 지금은 흐리다. 早上晴天，現在陰天。
- 공부를 하다가 시계를 봤는데 벌써 새벽 세 시다.
  念書途中看手錶，發現已經清晨三點。
- 규현이는 피곤해서 영화를 보다가 잠이 들었다.
  圭賢疲倦，看著電影睡著了。
- 가 : 어제 저녁에 전화했었는데 안 받더라고요.

昨天晚上打了電話，但你沒接。

나 : 미안해요. 책을 읽다가 잠이 들어서 전화를 못 받았어요.

抱歉，看書看著睡著了，沒能接電話。

文法訊息

* **主語限制**：前子句和後子句的主語要相同，後子句的主語通常省略。

  예문 날씨가 아침에는 맑다가 (날씨가) 지금은 흐리다. 早上晴天，現在陰天。

  *내가 자다가 엄마가 나를 깨웠다. 我睡覺中媽媽叫醒我。

* **先語末語尾限制**：和前用言結合時，若介入「–었–」意義即不同。「–다가」表示某行為持續的途中，轉換其他行為；而「–었다가」表示在某行為完成的狀態下，發生接下來的行為。

  예문 학교에 가다가 돌아왔다. → 학교에 가는 도중에 멈추고 돌아왔음. 즉 학교에 가지 않았음.

  去學校途中回來了。 → 去學校途中折返，即未去學校。

  학교에 갔다가 돌아왔다. → 학교에 갔고 다시 돌아왔음.

  去學校後回來。 → 去學校後，再回來。

2 原因、根據

表示前內容為後內容的原因或根據。

* 버스에서 졸다가 못 내렸어요. 在公車上打瞌睡，沒能下車。
* 계속 과로를 하다가 쓰러질지도 몰라요. 持續過勞的話，會暈倒也未可知。
* 유민이는 계속 거짓말을 하다가 결국 선생님께 크게 혼났다.

  佑民繼續撒謊，結果老師大發雷霆。
* 가 : 현정 씨, 몸이 안 좋아 보여요. 賢靜，你看起來身體不太好。

  나 : 네. 추운 날씨에 얇게 입고 나갔다가 감기에 걸렸거든요.

  是的，冷天穿得薄，出去就感冒了。

文法訊息

* **後子句限制**：後子句主要用在陳述句、疑問句，不用建議句、命令句。

  예문 ?철수는 과로를 하다가 쓰러져라. 哲秀過勞暈倒吧。

* **助詞結合訊息**：為強調意義也用「–다가는」。「–다가는」常表「警告」之意，此時表示前行為或狀態為原因，將造成否定狀況或結果。「–다가는」也可以縮寫為「–다간」或「–단」。

  예문 그렇게 늑장부리(다가는/다간/단) 학교에 늦겠어.

  那樣拖拖拉拉的話，上學會遲到的。

  너 자꾸 거짓말하(다가는/다간/단) 엄마한테 혼난다.

你常說謊的話，會被媽媽罵。

계속 이렇게 무리하(다가는/다간/단) 병이 날 것 같아요.

再這樣硬撐的話會生病的。

3 其他用法

① 反覆發生

> 以「-다가 -다가 하다」形態表示兩個以上的行為或狀態反覆發生。

- 신혜는 영화를 보면서 울다가 웃다가 했다.
  信惠看著電影又哭又笑的。
- 날씨가 춥다가 따뜻하다가 해서 감기에 걸리기 십상이에요.
  天氣忽冷忽熱感冒十之八九。
- 길이 막혀서 차가 가다가 서다가 하네요.
  路上塞車，車子走走停停。

② 行為的持續

> 以「-다가 -다가」形態強調行為持續。

- 내가 정말 참다가 참다가 이야기하는 거야. 我忍了又忍才說的。
- 철수에게 포기하지 말라고 설득을 하다가 하다가 포기했다.
  一直說服哲秀不要放棄，最後放棄了。

③ 某行為或狀態達到極端而無法再維持。

> 以「-다가 못하여」形態表示某行為或狀態達到極端而無法再維持。

- 배가 너무 아파서 참다가 못하여 119에 전화를 했다.
  肚子太痛，忍受不了打電話給119。
- 수지는 얼굴이 희다가 못해 창백하다. 秀智臉白到不能再白。

④ 意料之外

> 以「-다가 보니까」、「-다가 보면」形態表示做前行為的過程中，意外
> 得知後事實，或成為後狀態。

- 자꾸 하다가 보니까 요령이 생겼다. 常做而要領生。
- 그 친구의 이야기를 듣다 보면 가끔 기분이 나빠져요.
  聽那朋友說話，偶爾會心情變壞。

– 다시피

形態訊息

· 用言的語幹後加「–다시피」。

1 如同

和「알다、듣다、보다、이야기하다、말하다」等動詞一起使用，表示「–는 바와 같이（如同）」之意。。

· 누구나 알다시피 하와이는 세계적인 관광지이다.
  如眾所周知，夏威夷是世界性觀光景點。
· 잘 아시다시피 김치는 한국의 대표적인 음식 중 하나입니다.
  如大家所悉，泡菜是韓國代表食物之一。
· 자료에서 보시다시피 올해 지원자가 작년에 비해 크게 증가했습니다.
  如同資料所示，今年的應徵者比起去年大幅增加。
· 가 : 여러분, 아까도 말했다시피 보고서는 내일까지 꼭 제출하세요.
  各位，如同剛剛所說，報告明天前一定要交。
  나 : 네, 선생님. 好的，老師。

文法訊息

· **前用言限制**：主要和「알다、듣다、보다、이야기하다、말하다」等動詞結合。
  예문 신혜 씨도 알다시피 요즘 제 형편이 좋지 않아요.
  如同信惠你所知，我最近狀況不太好。
· **先語末語尾限制**：和前用言結合時，不介入「–겠–」結合。
  예문 너도 (알다시피/*알겠다시피) 내가 요즘 많이 바쁘잖아.
  如你所知，我最近很忙。

談話訊息

· 在發表、演說等正式、官方場合中經常使用。
  예문 제가 앞에서 말씀드렸다시피 올해의 경제 전망은 매우 밝습니다.
  如我在前面所言，今年的經濟展望良好。

相關表達

- -듯이

    (1) 和「-다시피」差異不大，有時可以替換使用。

    예문 전에도 이야기했(듯이/다시피) 이번 행사를 차질 없이 준비하도록 하십시오. 如同先前所言，這次活動請確實準備不要有差錯。

2 類同

表示實際上雖然並非如此，但是與之近似，為「-는 바와 같이（如同）」之意。

- 어제는 자료를 찾는다고 밤을 새우다시피 했어요.
  昨天為了找資料，幾乎徹夜未眠。
- 서준이가 스키를 타고 미끄러지다시피 내려오고 있네요.
  敘俊滑雪就像滑的下來。
- 그는 고국에서 쫓겨나다시피 다른 나라로 갔다.
  他在故國就像被追趕一樣，到了其他國家。
- 너무 피곤한 나머지 쓰러지다시피 침대에 누웠다.
  太過疲勞，就像暈倒一樣躺在床上。
- 가 : 규현아, 오늘 무척 피곤해 보여. 圭賢，你今天看起來很累。

  나 : 발표 준비하느라고 요즘 도서관에서 살다시피 했더니 힘드네.
  為了準備發表，最近就像住在圖書館一樣，很累。

  Tip 常以「-다시피 하다」形態使用。

  - 그 선배는 연구실에서 살다시피 한다. 那學長如同住在研究室一般。
  - 어제는 잠이 안 와서 밤을 새우다시피 했어요.
    昨天睡不著，就如同熬夜一般。

文法訊息

- **主語限制**：前子句和後子句的主語要相同，後子句的主語通常省略。
  예문 나는 쓰러지다시피 (나는) 침대에 누웠다. 我就像暈倒般躺在床上。
- **前用言限制**：難和形容詞結合。動詞中，主要和「살다、굶다、키우다、새우다、쫓겨나다、미끄러지다、날다、기다」等特定動詞結合。
  예문 지수가 다이어트를 한다고 요즘 거의 굶다시피 하던데요?
  智秀說要減肥，最近幾乎都餓肚子？
- **先語末語尾限制**：不介入表示過去的「-겠-」。
  예문 어릴 때 부모님이 바쁘셔서 할머니가 저를 키(우다시피/*웠다시피) 하셨어요. 小時候父母忙碌，幾乎是奶奶在照顧我。

搭配訊息

- 與「거의」、「매일」搭配以表強調之意。

  예문 할머니가 저를 거의 키우다시피 하셨어요. 幾乎是奶奶在照顧我。

  도서관에서 매일 살다시피 했어요. 幾乎是每天住在圖書館。

相關表達

- -듯이

  (1) 和「–다시피」意義差異不大，有時可以替換使用。

  예문 너무 피곤한 나머지 쓰러지(듯이/다시피) 침대에 누웠다.

  太過疲勞，就像暈倒一樣躺在床上。

– 더니

連結語尾

形態訊息

- 用言的語幹後加「–더니」。

1 原因、理由

表示聽到或經歷的事實為其他事實的理由、原因或條件。

- 어제 오랜만에 등산을 갔다 왔더니 다리가 너무 아파요.
  昨天隔很久爬一次山，腳很痛。
- 너는 어제 그렇게 많이 먹더니 배탈이 났구나.
  你昨天吃那麼多，結果拉肚子了喔。
- 요즘 계속 야근을 했더니 피곤하다. 最近一直加班，很累。
- 가 : 아침부터 날이 흐리더니 비가 오기 시작하네.
  從早上開始就陰天，結果開始下雨了呢。
  나 : 얼른 빨래 걷어야겠다. 要趕快收衣服。

文法訊息

- **主語限制**：第一人稱主語使用「–었더니」，第二、第三人稱主語使用「–더니」。

예문 점심을 굶었더니 기운이 하나도 없어요. → 1인칭 주어는 '-었더니'

中午餓肚子，一點力氣也沒有。→第一人稱主語使用「–었더니」。

밤에 눈이 많이 오더니 길이 미끄럽다. → 3인칭 주어는 '-더니'

晚上下很多雪，路上很滑。→第三人稱主語使用「–더니」。

- **先語末語尾限制**：和前用言結合時，介入「–었–」的「–었더니」和第一人稱主語一起使用，「–더니」和第二、第三人稱主語一起使用。無關乎「–었–」的有無，「–더니」結合的前子句，表示發話時間點以前的狀況。

예문 어제 술을 많이 (마셨더니/*마시더니)속이 쓰려요.

昨天喝很多酒，胃不舒服。

동생이 아이스크림을 여러 개 (먹더니/*먹었더니) 배탈이 났어요.

弟弟吃很多冰淇淋，結果拉肚子了。

- **後子句限制**：後子句主要用陳述句、疑問句，不用建議句、命令句。

예문 *아침부터 비가 오더니 빨리 빨래를 걷어라.

早上開始下雨，要快點收衣服。

- **助詞結合訊息**：也以「–더니마는」、「–더니만」表強調其意。

예문 어제 밤을 샜(더니/더니마는/더니만) 너무 졸려요.

昨天晚上熬夜，現在很睏。

談話訊息

- 主要用於口語中。

예문 아침부터 굶었더니 배고파 죽겠어. 從早上開始餓肚子，現在餓死了。

2 和過去不同，或新的事實

表示知道的事實和過去不同，或有新的事實。後子句主要是和過去對照的事實或狀況。

- 작년 겨울에는 눈이 별로 안 오더니 올해는 폭설이 자주 오는군요.

去年冬天沒下什麼雪，可是今年常下暴雪。

- 전에는 민지가 싫다고 하더니 요즘은 친하게 지내는구나.

之前說不喜歡敏智，可是最近變熟了啊。

- 주말에는 백화점에 사람이 많더니 오늘은 한산하다.

周末百貨公司人多，可是今天稀稀落落。

- 가: 제주도에 가 봤더니 생각보다 볼 게 많더라고요.

去了濟州島，發覺可看的比想像中多。

나: 그래요? 저도 이번 방학에 한번 가 봐야겠네요.

是喔？我這次放假也該去看看。

- **主語限制**：第一人稱主語使用「–었더니」，第二、第三人稱主語使用「–더니」。

  〔예문〕 예전에 자주 가던 식당에 오랜만에 갔더니 맛이 예전만 못했어요.
  → 1인칭 주어는 '-었더니'

  時隔許久去以前常去的餐廳，味道不如從前了。→ 第一人稱主語使用「–었더니」。

  너는 예전에 그 식당에 자주 가더니 요즘은 뜸하네. → 2인칭 주어는 '-더니'

  你以前常去那間餐廳，最近不太去了呢。→ 第二人稱主語使用「–더니」。

- **先語末語尾限制**：和前用言結合時，和「–었–」結合的「–었더니」和第一人稱主語一起使用，「–더니」和第二、第三人稱主語一起使用。無關乎「–었–」的有無，「–더니」結合的前子句，表示發話時間點以前的狀況。

  〔예문〕 고등학교 때 친구를 오랜만에 만났더니 성격이 많이 달라졌더라. → 1인칭 주어는 '-었더니'

  過了很久見到的高中時候朋友，性格變了很多。→ 第一人稱主語使用「–었더니」。

  발표 준비로 한동안 바쁘더니 요즘은 한가한가 봐요? → 2인칭 주어는 '-더니'

  你準備發表忙碌了一段時間，最近看起來比較有空了？→ 第二人稱主語使用「–더니」。

  아기가 예전에는 밥을 잘 안 먹더니 요즘은 입맛이 좋은지 밥을 잘 먹어요. → 3인칭 주어는 '-더니'

  孩子以前不太吃飯，最近可能胃口好，很會吃。→ 第三人稱主語使用「–더니」。

- **助詞結合訊息**：為了強調意思，也以「–더니마는」、「–더니만」表示。

  〔예문〕 작년 겨울에는 눈이 별로 안 오(더니/더니마는/더니만) 올해는 폭설이 자주 내린다. 去年冬天沒下什麼雪，今年常下暴雪。

談話訊息

- 主要用於口語中。

  〔예문〕 어제는 그렇게 기분이 안 좋더니 오늘은 하루 종일 웃네?

  昨天心情不太好，今天整天笑呢？

相關表達

- -으니까

  (1) 和「–었더니」意義差異不大，可以替換使用。

  〔예문〕 어제 제가 학교에 가 (보니까/봤더니) 공사중이더라고요.

  昨天我去學校，學校在施工。

3 接續的狀況或事實

表示某事實或狀況後接續的其他事實、狀況。

- 어둠 속에서 한 남자가 **나타나더니** 순식간에 사라졌다.
  黑暗中出現一名男子，瞬間又消失了。
- 남편이 집에 **오더니** 씻지도 않고 잠을 자고 있다. 先生回到家，沒洗澡就睡了。
- 아기가 심하게 **보채더니** 열이 나기 시작해요. 孩子嚴重哭鬧，接著開始發燒。
- 가：버스에서 어떤 여자가 나를 밀치고 새치기를 **하더니** 재빨리 빈자리에 앉았어. 公車上一個女生推開我插隊，迅速找空位子坐下。
  나：그랬어? 기분이 안 좋았겠다. 是喔？你心情很不好吧。

文法訊息

- **主語限制**：因為是表示經驗或觀察到的事實，所以主要和第二、第三人稱主語一起使用。前子句和後子句的主語或話題要一致。
  예문 *친구가 책을 빌려가더니 내가 오늘 받았다. 朋友借走書，我今天拿到。

- **先語末語尾限制**：雖然意義上表示過去的狀況，但不太介入「-었-」。
  예문 점심시간에 철수가 전화를 (받더니/*받았더니) 밥을 먹다 말고 나갔다.
  午餐時間哲秀接了電話，飯沒吃完就出去了。

- **後子句限制**：後子句主要用陳述句、疑問句，不用建議句、命令句。
  예문 *아기가 아프더니 병원에 가라. 孩子不舒服，去醫院吧。

- **助詞結合訊息**：也以「-더니마는」、「-더니만」表強調之意。
  예문 아기가 심하게 보채(더니/더니마는/더니만) 열이 나기 시작해요.
  孩子嚴重哭鬧，接著開始發燒。

4 相關的狀況更加重

表示某事實、狀況再加上相關的其他事實。

- 오래간만이야. 어렸을 때도 눈이 **크더니** 여전하네.
  好久不見，你小時候眼睛很大，現在也一樣呢。
- 신혜는 어렸을 때도 **예쁘더니** 지금은 정말 미인이 되었네.
  信惠小時候就漂亮，現在真的變成美女了呢。
- 아들이 사춘기가 되어서 반항을 **하더니** 가출까지 했다.
  兒子到了青春期，開始反抗，還離家出走。
- 가：너는 아침도 조금 **먹더니** 점심은 굶는 거야?
  你早上只吃一點，中午要餓肚子？

나 : 어젯밤에 야식을 먹어서 속이 더부룩해.
昨晚吃了消夜，肚子脹脹的。

文法訊息

- **主語限制**：因為是表示經驗或觀察到的事實，所以主要和第二、第三人稱主語一起使用。

  예문 *나는 얼굴도 예쁘더니 마음씨까지 곱다. 我臉蛋漂亮，心地也善良。

- **先語末語尾限制**：雖然意思上表示過去的狀況，但不介入「-었-」。

  예문 아까 철수가 동생과 말싸움을 (하더니/*했더니) 때리기까지 했다.
  剛剛哲秀和弟弟吵架，還打了他。

- **後子句限制**：後子句主要用陳述句、疑問句，不用建議句、命令句。

  예문 *동생과 말싸움을 하더니 때리기까지 해라. 和弟弟吵架，打他吧。

- **助詞結合訊息**：也以「-더니마는」、「-더니만」表示強調之意。

  예문 신혜는 어렸을 때도 예쁘(더니/더니마는/더니만) 커서는 정말 미인이 되었네. 信惠小時候就漂亮，長大真的變成美女了呢。

談話訊息

- 主要用於口語中。

  예문 어제는 지각을 하더니 오늘은 아예 안 왔나 보네.
  昨天遲到，今天好像乾脆不來了呢。

5 其他用法

① 引用

以「-는다고 하더니」形態用於引用俗語，同時提示相關事實、狀況。

예문 호랑이도 제 말하면 온다고 하더니, 현정 씨가 갑자기 나타나서 얼마나 놀랐는지 몰라요.
說曹操曹操到，賢靜突然出現，嚇死我了。
제 눈의 안경이라고 하더니, 그 말이 딱 맞네요.
俗話說情人眼裡出西施，說的真對。

– 더라도

形態訊息

- 用言的語幹後加「–더라도」。

1 違背期待

表示假設或承認前內容，但與後內容無關或不受其影響。

- 이번에 떨어지더라도 다음에 다시 도전할 거예요.
  即使這次落榜，下次也會再挑戰。
- 내일 날씨가 춥더라도 꼭 등산하러 가자. 明天即使天冷，也一定去爬山吧。
- 그가 무슨 말을 하더라도 사람들은 믿지 않았다.
  不管他說什麼，大家都不相信。
- 가 : 화가 많이 났더라도 조금만 참지 그랬어.
  即使再怎麼生氣，也應該稍微忍一下。
  나 : 도저히 참을 수가 없었어. 어떻게 나한테 그런 말을 할 수 있어?
  實在是忍不了，怎麼能對我說那樣的話？

文法訊息

- **先語末語尾限制**：和前用言結合時，不介入「–겠–」。
  예문 *비가 오겠더라도 등산을 가자. 即使會下雨，也去爬山吧。

搭配訊息

- 經常和「아무리」、「설사」等一起使用。
  예문 아무리 비싸더라도 저 옷은 꼭 사고 싶어!
  不管多貴，我希望一定要買下那件衣服。
  설사 너의 말이 맞더라도 바뀌는 것은 없어.
  即使你說的對，也不會有改變。

談話訊息

- 在口語中也發音為「–더라두」。
  예문 조금 늦더라두 꼭 갈게요. 即使會晚一點，我也一定會去。

- -어도

  (1) 和「-더라도」意義差異不大，可以替換使用。不過「-더라도」有更加強調的感覺。

  예문 아무리 (바빠도/바쁘더라도) 끼니는 거르지 마세요.

  就算再怎麼忙，也別不吃飯。

- -을지라도

  (1) 「-을지라도」常用於假設和現實不同，或發生可能性極低的狀況。

  예문 미국으로 유학을 (?갈지라도/가더라도) 자주 연락할게.

  即使去美國留學，也會常連絡。

  죽음이 우리를 갈라놓을지라도 너를 향한 나의 마음은 변함이 없을 것이다. 即使死亡會分開我們，我對你的心還是不會改變的。

  내일 지구가 망할지라도 나는 오늘 사과나무를 심겠다.

  即使明天地球會毀滅，我今天還是要種蘋果樹。

  (2) 「-을지라도」主要用於書面語中。

- 던데

連結語尾

形態訊息

- 用言的語幹後加「-던데」。

1 提示狀況或背景

表示話者經歷過或知道的事實為後方內容的背景或狀況。

- 그 사람 괜찮아 보이던데 한번 만나 보세요.

  他看起來不錯，再見一次看看吧。

- 아까 손님이 오셨던데 만나셨어요? 剛剛有客人來，見到了嗎？

- 근처에 분위기 좋은 커피숍이 생겼던데 같이 가 봐요.

  附近有氣氛不錯的咖啡店，一起去看看。

- 가 : 김 대리 얼굴이 안 좋아 보이던데 무슨 일 있어요?

金代理臉色看起來不好，有什麼事？

나 : 이번 프로젝트 때문에 부장님께 크게 혼났나 봐요.

可能因為這次的專案，部長大發雷霆。

Tip 也可以和引用表達結合，而為「–는다던데、–냐던데、–자던데、–으라던데、名詞이라던데」。

- 연정이가 다음 달에 유학을 간다던데 그 전에 한번 모이자.

  妍靜下個月去留學，在那之前聚一下吧。

文法訊息

- **主語限制：主要和第二、第三人稱主語一起使用。不過若是說明嶄新發現的自我樣貌或感情時，可以和第一人稱主語一起使用。**

  예문 (김 대리가/*제가) 오늘 바쁘던데 조금이라도 쉬면서 일해야지요.

  （金代理）今天雖然忙，還是要稍微休息一下。

  (꿈에서 보니) 내가 하늘을 날던데 오늘 좋은 일이 있으려나?

  （在夢中）我在天上飛，難道今天會有好事？

- **後子句限制：後子句主要用疑問句、建議句、命令句。**

談話訊息

- **主要用於口語中。**

  예문 그 부부가 이혼했다고 하던데 진짜예요?

  聽說那對夫妻離婚了，是真的嗎？

- **（以倒裝或省略，如同終結語尾般使用）使用於提示狀況或背景時。**

  예문 그 사람 괜찮아 보이던데.(= 그 사람 괜찮아 보이던데 한번 만나 보세요.)

  他看起來不錯。（＝他看起來不錯，再見一次看看吧。）

  한번 만나 보세요. 그 사람 괜찮아 보이던데.

  見一次看看吧，他看起來不錯。

相關表達

- **-는데**

  (1) 前子句使用「–던데」，為話者親自經歷的內容

  예문 채린아, 내일 시험도 있(는데/*던데) 도서관에 가서 같이 공부할래?

  彩林，明天有考試，要不要一起去圖書館念書？

  (2) 「–던데」若用第一人稱主語，很可能會不自然，「–는데」則沒有這種限制。

  예문 오늘은 좀 피곤(한데/*하던데) 내일 이야기하자.

  今天有點累，明天再說吧。

2 對立的事實

表示和話者過去經歷的事實或狀況對立的內容在其後。

- 과일이 백화점에서는 **비싸던데** 시장에서는 훨씬 쌌어요.
  水果在百貨公司貴，在市場便宜很多。
- 모두가 그 사실을 **알던데** 지수만 모르더라고요.
  大家都知道那件事，只有智秀不知道。
- 다들 유민이를 **좋아하던데** 나는 왠지 유민이가 싫다.
  大家都喜歡佑敏，我不知為何討厭佑敏。
- 가 : 오늘 김 대리가 일찍 **퇴근했던데** 무슨 일 있어요?
  今天金代理提早下班，有什麼事嗎？
  나 : 감기에 걸려서 몸이 안 좋대요. 聽說他感冒，身體不舒服。

文法訊息

- **主語限制：** 主要和第二、第三人稱主語一起使用。不過，若是說明嶄新發現的自我樣貌或感情時，可以和第一人稱主語一起使用。
  예문 (모두들/*나는) 그 사실을 알던데 지수만 모르더라고요.
  大家都知道那件事，只有智秀不知道。
  꿈에서 보니 내가 하늘을 날던데 현실에서는 전혀 그렇지 않지.
  夢中我在天上飛，可是現實完全不如此。

談話訊息

- 主要用於口語中。
  예문 매일 도서관에서 열심히 공부하던데 또 시험에 떨어졌대요.
  每天在圖書館努力念書，但聽說考試又落榜。
- （以倒裝或省略，如同終結語尾般使用）表示對應內容接於其後。
  예문 모두가 알던데.(= 모두가 알던데 지수만 모르더라고요.)
  大家都知道啊。（＝大家都知道那件事，只有智秀不知道。）
  지수만 모르더라고요. 모두가 알던데.
  只有智秀不知道，大家都知道啊。

相關表達

- -는데
  (1) 前子句使用「-던데」表示的對立事實為話者親自經歷的內容
  예문 아버지의 직업은 요리사(인데/*이던데) 집에서는 전혀 요리를 하지 않으신다. 爸爸的職業是廚師，但在家完全不做料理。

(2)「–던데」若用第一人稱主語，常造成語句不自然的情況，而「–는데」則沒有這種限制。

> **예문** 평일이라 백화점이 한가할 줄 알았(는데/*던데) 사람이 많네.
> 因為是平日，還以為百貨公司人會少，結果很多。

終結語尾「-던데」

① 說明根據

用於以過去新得知或新想法為根據說明時。

- 가 : 이번 어머니 생신을 어디에서 하는 게 좋을까요?
  這次媽媽生日在哪裡辦好呢？
  나 : 여기 새로 생긴 레스토랑 어때요? 거기 괜찮던데요.
  這裡的新餐廳怎麼樣？那裡不錯。

- 가 : 민수는 어떤 사람이야? 좀 재미없는 사람이라면서?
  敏秀是怎樣的人？聽說是無趣的人？
  나 : 어? 그렇지 않아. 지난번에 만났을 때 말도 잘하고 재미있던데.
  喔？並非如此。上次見面時，口才很好又風趣。

- 가 : 오늘 날씨도 좋은데 수지 씨한테 어디 놀러 가자고 할까요?
  今天天氣好，要不要找秀智去哪裡玩？
  나 : 글쎄요. 다음에 연락하는 게 어때요? 요즘 수지 씨가 시험 기간이라 바쁘던데요.
  這個嘛，下次再連絡怎麼樣？最近秀智在考試期間，很忙。

– 던지

連結語尾

形態訊息

- 用言的語幹後方加「–던지」。

1 作為根據或原因的過去事實

表示回憶過去所經歷的事實，其為後敘內容的根據或原因。

- 어찌나 창피하던지 고개를 들 수가 없었다. 太丟臉，抬不起頭來。

- 연설이 어찌나 지루하던지 하품이 계속 나왔어요. 演講太無趣，一直打呵欠。
- 영화가 얼마나 재미있고 감동적이던지 열 번도 넘게 봤어요.
  電影很有趣又令人感動，看了超過十次。
- 아무래도 안 되겠던지 그가 직접 찾아왔다.
  無論如何都不行，因此他親自找上門。
- 가 : 현정 씨, 목소리가 왜 그래요? 賢靜，你聲音怎麼了？
  나 : 좋아하는 가수의 콘서트에서 얼마나 소리를 질렀던지 목소리가 쉬어 버렸
  어요. 我在喜歡歌手的演唱會上喊叫，喉嚨就沙啞了。

文法訊息

- **後子句限制**：後子句主要用陳述句，不用疑問句、建議句、命令句。
  예문 *어찌나 창피하던지 고개를 들 수 없었어요? 非常丟臉，抬不起頭來了嗎？
       *영화가 얼마나 감동적이던지 또 봅시다. 電影有多令人感動，再看吧。

搭配訊息

- 和「어찌나、얼마나」等搭配使用，強調過去經驗的狀況或事實厲害、程度嚴
  重。
  예문 얼마나 화가 나던지 참을 수가 없었다. 非常生氣，忍受不了。

談話訊息

- （省略「-던지」後內容，如終結語尾般使用）以表示感嘆時。
  예문 어찌나 아름답던지! 真是漂亮！
       얼마나 춥던지! 多冷啊！

- 도록

連結語尾

形態訊息

- 用言的語幹後加「-도록」。

1 目的

表示前內容為後內容的目的。

- 소화가 잘 **되도록** 부드러운 음식을 드십시오.
  請吃柔軟的食物以能順利消化。
- 다음에는 시험을 더 잘 **보도록** 열심히 할게요.
  我會用心努力務使下次考試能考好。
- 아이가 먹을 수 **있도록** 음식을 작게 잘랐다.
  將食物切小以讓孩子能吃。
- 가 : 서준아, 밖이 추우니까 감기에 걸리지 **않도록** 따뜻하게 입으렴.
  敘俊，外面很冷，穿溫暖點別感冒。
  나 : 네. 엄마. 好的，媽媽。

文法訊息

- **前用言限制**：主要和動詞結合。
  예문 *나는 예쁘도록 화장을 했다. 我為了漂亮而化妝。
- **先語末語尾限制**：和前用言結合時，不介入「–었–」、「–겠–」。
  예문 *아이가 먹을 수 있었도록 음식을 작게 잘랐다.
  為了讓孩子能吃，將食物切小。
  *서준아, 밖이 추우니까 감기에 걸리지 않겠도록 따뜻하게 입으렴.
  敘俊，外面很冷，穿溫暖點別感冒。

相關表達

- -게
  (1) 和「–도록」差異不大，可以替換使用。
  예문 아이가 깨지 않(게/도록) 조용히 해 줘요. 請安靜點別吵醒孩子。

2 時間的界限

表示時間的界限，為「到該時間為止」之意。

- 1년이 넘도록 그 친구에게서 연락이 없네요. 超過一年沒有那位朋友的聯繫。
- 오랜만에 만난 우리는 밤이 새도록 이야기를 했어요.
  許久不見的我們，聊到深夜。
- 날이 어두워지도록 아이가 집에 돌아오지 않았다. 天黑了孩子沒回家。
- 가 : 이 시간이 되도록 집에 안 오고 어디에 있었니? 這個時間不回家在哪裡？
  나 : 친구네 집에 놀러 갔었어요. 죄송해요. 到朋友家去玩了，對不起。

- **前用言限制**：主要和動詞結合。尤其主要和「날이 밝다、날이 어두워지다、해가 지다、날이 새다、넘다、지나다、되다」等表示時間的表現結合。

  예문 날이 (어두워지도록/*어둡도록) 남편이 오지 않았다.

  天黑了先生沒來。

- **先語末語尾限制**：和前用言結合時，不介入「–시–」、「–었–」、「–겠–」。

  예문 *1년이 (넘도록/*넘었도록) 그에게서 연락이 없다.

  超過一年他沒有連絡。

- **後子句限制**：前子句若用表示否定的「안」、「못」很不自然。

  예문 *5년이 (안/못) 넘도록 시험에 합격하지 못 했다. 超過五年考試沒合格。

相關表達

- **-게**

  (1) 表示「時間界限」的「–도록」不能和「–게」替換使用。

  예문 의견이 좁혀지지 않아 밤이 새(*게/도록) 토론을 계속했습니다.

  意見未見拉近，於是徹夜繼續討論。

- **-을 때까지**

  (1) 在大部分的情況中，和「–도록」意義差異不大，可以替換使用。

  예문 우리는 잠도 자지 않고 해가 (뜰 때까지/뜨도록) 그간의 이야기를 했다.

  我們覺也不睡，聊這段時間的故事到天亮。

終結語尾「-도록」

① 命令

用於向對方表示命令之意時。

- 수업 시간에 늦지 않도록. 上課時間別遲到。
- 열두 시까지 모이도록. 十二點前集合。
- 숙제를 기한 내에 제출하도록. 作業在期限內繳交。

–든지

形態訊息

· 用言的語幹後加「–든지」。

縮寫 –든

1 選擇

表示於前後內容中選擇其一。

· 도착하면 전화를 하든지 문자 메시지를 보내 주세요.
  抵達的話，打電話或傳訊息給我。
· 여름 방학에 영어를 배우든지 중국어를 배우려고 한다.
  暑假想學英文或中文。
· 주말에 같이 밥을 먹든지 영화를 보든지 하자. 周末一起吃飯或看電影吧。
· 가 : 유학 가면 휴대폰은 어떻게 할 거야? 去留學手機要怎麼辦？
  나 : 글쎄, 새로 사든지 아니면 그냥 지금 거 쓸까 해.
  這個嘛，考慮買新的或就用現在的。

文法訊息

· **主語限制**：前子句和後子句的主語要相同，後子句的主語通常省略。
  예문 나는 여름 방학에 영어를 배우든지 (*너는) 중국어를 배우려고 한다.
  　　暑假想學英文或中文。
· **先語末語尾限制**：和前用言結合時，不介入「–었–」、「–겠–」。但若是已結束或已發生的事情，可以和「–었–」一起使用。
  예문 어렸을 때는 동생과 자주 (다투든지/*다투었든지) 싸웠어요.
  　　小時候常常和弟弟（妹妹）鬥嘴或吵架。
  　　내일은 친구하고 영화를 (보든지/*보겠든지) 쇼핑을 할 거예요.
  　　明天要跟朋友看電影或逛街。
  　　친구와 며칠째 연락이 되질 않아요. 아마 여행을 갔든지 출장을 갔나 봐요.
  　　已經幾天跟朋友連絡不上了，看來他不是去旅行就是出差了。

Tip 「-든지」或「-든지 -든지」後方可接「하다」。

- 얼굴이 안 좋아 보이는데 약을 먹든지 하세요.
  臉色看起來不好，吃個藥吧。
- 얼굴이 안 좋아 보이는데 약을 먹든지 병원에 가든지 하세요.
  臉色看起來不好，吃個藥或去醫院吧。

相關表達

- **-든가**

  (1) 和「-든지」意義差異不大，可以替換使用。

  예문 가 : 졸업하면 뭐 할 거야? 畢業後要做什麼？

  　　　나 : 취업을 하(든가/든지) 유학을 가려고 해. 打算去工作或留學。

- **-거나**

  (1) 和「-든지」意義差異不大，可以替換使用。

  예문 우리 날씨도 좋은데 드라이브를 하(거나/든지) 산책하러 가자.
  　　　天氣好，我們去兜風或散步吧。

2 無關

表示在各種狀況中，無論什麼情況都無關。

- 수박이 너무 먹고 싶으니까 싸든지 비싸든지 꼭 사다 줘.
  太想吃西瓜了，不管貴或便宜，一定要幫我買。
- 내 동생은 어디에 가든지 늘 말썽을 부린다.
  我弟弟不管去哪裡，總是會惹麻煩。
- 너는 먹든지 말든지 마음대로 해. 你要吃不吃隨你便。
- 아빠는 내가 시험을 잘 봤든지 못 봤든지 상관없이 항상 격려해 주신다.
  爸爸不管我考試考得好不好，都經常鼓勵我。
- 가 : 현정 씨, 제가 회사를 그만두게 되었어요. 賢靜，我被辭退了。
  나 : 앞으로 무슨 일을 하시든지 잘되시길 바랄게요.
  未來不管做什麼，都希望你順利。

Tip 以「-든지 -든지」、「무엇／어디／누구／언제／어떻게 ~ -든지」、「-든지 말든지」等形態使用。

Tip 「-든지」後加「간에」或「상관없이」，能更明確表示任何情況的無關。

- 부모님은 내가 어디에서 무엇을 하든지 간에 나를 믿고 지지해 주신다.
  父母不管我做什麼，都相信我、支持我。

- 서준이는 무슨 일을 하든지 상관없이 열심히 해요.
  敘俊不管做什麼都用心做。

相關表達

- **-든가**

  (1) 和「-든지」意義差異不大，可以替換使用。

  예문 내 동생은 어디에 가(든가/든지) 늘 말썽을 부린다.
  我弟弟不管去哪裡，總是會惹麻煩。

- **-거나**

  (1) 和「-든지」意義差異不大，可以替換使用。

  예문 서준이는 옆에 사람이 있(거나/든지) 말(거나/든지) 큰 소리로 이야기한
  다. 敘俊不管旁邊有沒有人，都大聲說話。

- 듯이

連結語尾

形態訊息

- 用言的語幹後加「-듯이」。

  縮寫 -듯

1 如同前內容，後內容也如此

表示如同前內容，後內容也如此。

- 사람마다 생김새가 **다르듯이** 성격도 각기 달라요.
  就如每個人長相不同，個性也各不相同。
- 독일의 대표적인 술이 **맥주이듯이** 프랑스의 대표적인 술은 와인이에요.
  如同德國的代表酒是啤酒，法國的代表酒是紅酒。
- 신혜는 지금까지 그래 **왔듯이** 맡은 일을 묵묵히 해내었다.
  如同信惠至今所做的，負責的事情總會默默地做好。
- 가 : 선생님, 보고서를 언제까지 내야 하나요? 老師，報告什麼時候要交？
  나 : 전에도 **말했듯이** 다음 주 일요일까지 제출하도록 하세요.
  如同之前所說的，請在下周日前交。

- **先語末語尾限制**：和前用言結合時，不介入「–겠–」。
  > **예문** *내일 날씨가 좋겠듯이 모레도 날씨가 좋겠다.
  > 如同明天天氣會好，後天天氣也會好。

相關表達

- -는 듯이
  (1) 「–는 듯이」表示和前內容類似，而「–는／은／을 듯이」表示推測某狀況和前狀況類似。
  > **예문** 채린이는 이해하지 못하는 듯이 어리둥절한 표정을 짓고 있다.
  > 彩林就像不了解般，做出困惑的表情。
  > 연정이는 만족스러운 듯이 미소를 띠고 있었다.
  > 妍靜露出滿足般的微笑。
  > 그는 다시는 돌아오지 않을 듯이 모두에게 작별 인사를 했다.
  > 他好像再也不會回來般，向所有人道別。

2 其他用法

① 比較、強調

用於比較類似的事實並強調。

- 비 오듯이 땀이 나다. 如下雨般流汗。
- 뛸 듯이 기쁘다. 像跳起來般喜悅。
- 날아갈 듯이 가볍다. 像飛出去般輕盈。
- 물 쓰듯이 돈을 쓰다. 像用水般花錢。
- 불 보듯이 뻔하다. 如觀火般清楚。
- 가뭄에 콩 나듯이 귀하다. 像旱魃中長出豆般珍貴。

– 라

形態訊息

· 「아니다」用言的語幹後加「–라」而為「아니라」。

1 對立的事實

表示否定前內容，並對照性地強調其後內容。

· 마이클 씨는 미국 사람이 아니라 캐나다 사람이에요.
  麥克不是美國人，是加拿大人。
· 서점은 1층이 아니라 3층에 있습니다. 書店不是在一樓，在三樓。
· 중요한 것은 결과가 아니라 과정이다. 重要的不是結果，而是過程。
· 제가 케이크를 먹은 게 아니라 서준이가 먹었어요.
  不是我把蛋糕吃掉，而是敘俊。
· 가 : 오늘이 목요일이 아니라 금요일이야? 今天不是星期四，而是星期五？
· 나 : 응. 오늘 외솔관에서 모임을 하는 날이잖아.
  嗯，今天是在弧松館聚會的日子啊。

文法訊息

· **主語限制**：前子句和後子句的主語要相同，後子句的主語通常省略。
  예문 마이클 씨는 미국 사람이 아니라 (*제임스 씨는) 캐나다 사람이에요.
  麥克不是美國人，（*傑恩斯）是加拿大人。
· **前用言限制**：和「아니다」結合。
· **先語末語尾限制**：和前用言結合時，不介入「–었–」、「–겠–」。

相關表達

· **-고**
  (1) 和「–라」意義差異不大，可以替換使用。不過「–라」有更強烈否定前內容，肯定後內容之感。
  예문 회의는 10시가 아니(고/라) 10시 반에 시작합니다.
  會議不是十點，而是十點半開始。

其他用法

① 「-을 뿐만 아니라」（不僅）

以「-을 뿐만 아니라」形態表示不只前內容，後內容也有作用。

- 장미꽃은 아름다울 뿐만 아니라 향기까지 좋다.
  玫瑰花不只漂亮，也很香。
- 민우 씨는 성실할 뿐만 아니라 예의도 바릅니다.
  閔宇不只實在，也很有禮貌。
- 흡연은 본인의 건강에 해로울 뿐만 아니라 주변 사람의 건강도 해친다.
  吸菸不只對本人的健康有害，也害到周遭旁人的健康也不好。

- 아 / 어다가

連結語尾

形態訊息

	形態
ㅏ, ㅗ	-아다가
ㅏ, ㅗ 以外	-어다가
하다	-여다가(하여다가/해다가)

縮寫 -아/어다

1 以行為的結果做接下來的行為

表示做某行為後，接該結果做後續行為。

- 싱싱한 채소와 고기를 사다가 요리를 하려고 해요.
  我想買新鮮的蔬菜和肉來做菜。
- 어머니는 동생을 불러다가 심부름을 시키셨다. 媽媽叫妹妹去跑腿。
- 그 회사는 외국에서 물건을 수입해다가 한국에서 판매하고 있다.
  那家公司從國外進口商品，在韓國販售。
- 가 : 조개껍데기를 주워다가 뭐 할 거야? 撿貝殼要幹嘛？
  나 : 실로 꿰서 목걸이를 만들 거야. 要用線穿成項鍊。

文法訊息

- **主語限制**：前子句和後子句的主語要相同，後子句的主語通常省略。

  예문 현정이는 물을 떠다가 (*신혜는) 화분에 주었다.

  賢靜盛水（*信惠）澆花盆。

- **目的語限制**：前子句和後子句的目的語要相同，後子句的目的語通常省略。前子句和後子句的地點要不同，因此可以移動的對象為目的語。

  예문 현정이는 물을 떠다가 (물을) 화분에 주었다. 賢靜盛水（將水）澆花盆。

  꽃을 따다가 (꽃을) 화병에 꽂았다. 摘花後（將花）插到花瓶。

- **前用言限制**：主要和動詞結合。尤其用「사다、빌리다、집다、부르다、데리다、모시다、얻다」等表示做了行為後，持結果物移動地點，接著做接下來的行為。

  예문 현정이는 물을 (떠다가/*마셔다가) 쏟아 버렸다. 賢靜汲水倒掉。

- **先語末語尾限制**：和前用言結合時，不介入「-겠-」。若和「-었-」結合，會變成其他意思。

  예문 *싱싱한 고기를 사겠다가 요리를 할 거예요. 要買新鮮的肉做料理。

  장을 봤다가 요리를 했다. → '장을 보다'와 '요리를 하다'가 별개의 행위로 해석됨.

  買菜後去做菜。→「買菜」和「做菜」可以解釋為不同的行為。

– 아 / 어도

連結語尾

形態訊息

	形態
ㅏ, ㅗ	-아도
ㅏ, ㅗ 以外	-어도
하다	-여도(하여도/해도)

- 「-라도」：在口語中，其前若是「이다」、「아니다」，也可接「-라도」。

  예문 아이라도 알 건 다 알아요. 即使是小孩子，該知道的也知道。

  주스가 아니라도 괜찮아. 不是果汁也好。

1 違背期待

表示假設或承認前內容，但與後內容無關或不受影響。

- 하연이는 많이 먹어도 살이 찌지 않아요. 夏延吃多也不會胖。

- 우리 아무리 힘들어도 포기하지 말자. 我們再怎麼辛苦也別放棄。
- 아무리 화가 났어도 그런 말을 하면 어떻게 해?
  再怎麼生氣，說那樣的話該如何是好？
- 가 : 열심히 공부해도 성적이 오르지 않아서 고민이야.
  努力用功成績也沒有提升，很苦惱。
  나 : 열심히 준비했으니까 다음번에는 분명히 좋은 성적을 거둘 거야.
  已經努力準備了，下次一定可以拿到好成績的。

文法訊息

- **先語末語尾限制：和前用言結合時，不介入「-겠-」。**
  `예문` 아무리 힘들었어도 그렇게 극단적인 선택을 하면 안 되는 거였어.
  就算再怎麼辛苦，也不能做出那樣極端的選擇。
  *아무리 힘들겠어도 해낼 것이다.
  再怎麼辛苦也會解決。

搭配訊息

- **為了強調意思，常和「아무리」、「설사」等一起使用。**
  `예문` 아무리 비싸도 저 옷은 꼭 사고 싶어!
  不管再怎麼貴，我希望一定要買到那件衣服。
  설사 너의 말이 맞는다고 해도 바뀌는 것은 없어.
  即使你說的對，也不會有改變。

談話訊息

- **在口語中也發音為「-어두」。**
  `예문` 일 때문에 바빠두 끼니는 거르지 마. 即使因工作忙碌也別誤餐了。

相關表達

- -더라도
  (1) 在大部分的情況下，和「-어도」意義差異不大，可以替換使用。不過，
     「-더라도」比起「-어도」，更有假設非現實狀況的感覺。
     `예문` 아무리 (바쁘더라도/바빠도) 끼니는 거르지 마세요.
     再怎麼忙碌也別誤餐。
     내가 실수를 했(더라도/어도) 아무도 몰랐을 걸.
     即使我失誤，任誰也不知道的。

- -을지라도

  (1) 「–을지라도」常用於假設和現實不同，或發生可能性微乎其微的狀況。

  예문 많이 (?바쁠지라도/바빠도) 운동은 매일 하고 있어요.
  即使忙碌也每天運動。
  죽음이 우리 사이를 갈라놓을지라도 사랑하는 마음은 변함이 없을 거예요. 就算死亡會分開我們，相愛的心還是不會改變。
  내일 지구가 망할지라도 나는 오늘 사과나무를 심겠다.
  就算明天地球會毀滅，我今天還是要種蘋果樹。

  (2) 「–을지라도」常用於書面語中。

- -음에도（불구하고）

  (1) 「–음에도（불구하고）」表示後內容無關乎前內容。

  예문 그 백화점은 평일임에도 사람이 많았다. 那家百貨公司儘管在平日人也多。
  여러 번 충고했음에도 불구하고 그는 또 같은 잘못을 저질렀다.
  即使已經警告多次，他還是又犯一樣的錯。

  (2) 「–음에도（불구하고）」主要用於陳述句、疑問句，不用於建議句、命令句。不過「–어도」沒有此限制。

  예문 몸이 안 좋음에도 불구하고 최선을 다 (?하자/???해라).
  即使身體不好，還是要盡力。

  (3) 「–어도」可以用於口語和書面語中，而「–음에도（불구하고）」主要用於書面語中。

  예문 경제를 살리기 위해 정부가 갖은 노력을 했음에도 불구하고 불황이 지속되고 있다. 儘管政府為拯救經濟使出全力，但不景氣仍持續著。

- -어 봤자

  (1) 話者表示對方的行為或嘗試不能獲得期待的結果等否定認知，或即使假定某事實但該程度並不厲害時，有的情況可以和「–어도」替換使用。

  예문 우리가 지수에게 아무리 이야기를 (해 봤자/해도) 지수는 우리의 말을 안 믿을 거예요. → 행동이나 시도가 소용없음.
  我們再怎麼和智秀說，智秀也不會相信我們的話的。→ 行為或嘗試無效。

  예문 아저씨는 (길어 봤자/길어도) 6개월 정도밖에 못 사신다고 해요.
  → 정도가 기대에 미치지 못하거나 대단하지 않음.
  聽說叔叔最長也活不過六個月。→ 程度達不到期待，或不靈光。

  예문 (*실패해 봤자/실패해도) 포기하지 마.
  失敗也別放棄。

(2) 「–어도」可以用於口語和書面語中，而「–어 봤자」主要用於口語中。

> 예문 이렇게 싸워 봤자 무슨 소용이 있어요. 這樣吵架有什麼用。
>
> 네가 아무리 노력해 봤자 그 사람을 이길 순 없어.
>
> 你再怎麼努力也贏不了那個人。

2 同意、允許

以「–어도 되다／좋다／괜찮다／상관없다」的形態表示同意或允許。

- 네 지우개 좀 써도 될까? 可以用一下你的橡皮擦嗎？
- 이제 나가 봐도 좋아. 現在可以出去。
- 아직 시간이 있으니까 천천히 준비해도 괜찮아요.
  還有時間，慢慢準備也無妨。
- 가 : 이번 주말에는 회사에 나가 봐야 할 것 같아요. 혹시 약속을 다음 주로 미뤄
  도 될까요?
  這個周末可能要去公司一下。約見面可以延到下周嗎？
  나 : 네. 바쁘면 다음에 만나도 상관없어요. 好，忙的話下次再見面也沒關係。

文法訊息

- **主語限制**：前子句和後子句的主語要相同，後子句的主語通常省略。
  > 예문 저는 다음에 만나도 (저는) 상관없어요. 我下次再見面也沒關係。

- **先語末語尾限制**：不太和表示未來時制的「–겠–」結合。
  > 예문 *이따가 전화하겠어도 될까요? 等一下可以打電話嗎？

- **後接要素訊息**：「–어도」後主要接「되다」、「좋다」、「괜찮다」、「상관없
  다」等。不用於命令句、建議句。
  > 예문 이 옷 입어 봐도 (돼요./돼요?/*되십시오./*됩시다.)
  > 這件衣服可以穿穿看嗎？

相關表達

- **-으면 되다**

  (1) 「–으면 되다」指滿足某基準或結果的條件。相較之下，「–어도 되다」僅表
  示該行為或條件被對方同意、允許。
  > 예문 이곳에 주차하면 돼요? 這裡可以停車嗎？
  > 이곳에 주차해도 돼요? 這裡可以停車嗎？
  > 내일 몇 시까지 오면 돼요? 明天幾點來？
  > 내일 평소보다 조금 늦게 와도 돼요? 明天比平常晚一點來可以嗎？

(2) 表示「禁止」時，使用「-으면 안 되다」。

> 예문 이곳에 주차해도 돼요. (허락, 허용) ↔ 이곳에 주차하면 안 돼요. (금지)
> 在這裡停車也可以。（允許、同意）↔ 在這裡停車不可以。（禁止）
> 내일은 늦게 와도 돼요. (허락, 허용) ↔ 내일은 늦게 오면 안 돼요. (금지)
> 明天晚來也可以。（允許、同意）↔ 明天晚來不可以。（禁止）

3 根據

表示以前行為或狀態為根據說明。

- 그 말만 들어도 철수가 잘못했네. 光聽那番話，就是哲秀不對呢。
- 그 두 사람은 표정만 봐도 서로가 무슨 생각을 하는지 알 수 있어요.
  那兩位光看表情，就可知道彼此在想什麼。
- 말을 더듬는 것만 봐도 그가 거짓말을 하고 있는 게 분명하다.
  光看支支吾吾說話的樣子，他在撒謊是很顯然的。
- 가 : 서준이가 기분이 안 좋아 보이던데. 敍俊看起來心情不好。
  나 : 눈빛만 봐도 딱 화가 난 것 같더라고. 光看眼神就像是在生氣。

文法訊息

- **先語末語尾限制**：和前用言結合時，不介入「-었-」、「-겠-」。
  > 예문 *그 말만 들었어도 철수가 잘못했네. 光聽那番話，就是哲秀不對呢。
- **否定形訊息**：前子句若用表示否定的「안」、「못」，很多情況會顯不自然。
  > 예문 *나는 그 사람 표정만 (안/못) 봐도 무슨 생각을 하는지 알 수 있어.
  > 我光看他的表情，就可知道在想什麼。
- **後子句訊息**：後子句主要用陳述句、疑問句，不用建議句、命令句。
  > 예문 *그 사람 표정만 봐도 무슨 생각을 하는지 (알아맞히자/알아맞혀라).
  > 光看他的表情，就知道在想什麼。

4 強調

以「-어도 -어도」形態表示強調。

- 정말 해도 해도 너무 한다. 真的做得太超過。
- 음식이 너무 많아서 먹어도 먹어도 끝이 없어요. 食物太多，吃得無止盡。
- 가도 가도 끝없는 바다. 無邊無際的海洋。
- 가 : 채린이는 성격이 어때요? 彩林性格如何？

나 : 착해도 착해도 그렇게 착할 수가 없어요. 善良無比。

文法訊息

- **前用言訊息**：反覆用同樣的動詞或形容詞。

  예문 이번 겨울은 추워도 추워도 너무 추워요. 這個冬天極冷無比。

- **先語末語尾限制**：和前用言結合時，不介入「–었–」、「–겠–」。

  예문 *지난여름은 더웠어도 더웠어도 너무 더웠다. 去年夏天極熱無比。

  *일이 너무 많아서 하겠어도 하겠어도 끝이 날 것 같지 않다.

  事情太多，似乎做都做不完。

- **後子句限制**：後子句主要用陳述句、疑問句，不用建議句、命令句。

  예문 *먹어도 먹어도 더 많이 (먹자/먹어라). 盡量吃。

– 아 / 어서

連結語尾

形態訊息

	形態
ㅏ, ㅗ	-아서
ㅏ, ㅗ 以外	-어서
하다	-여서(하여서/해서)

· 라서：如果是接「이다」、「아니다」，也可用「–라서」。

예문 아침이라서 차가 많네요. 因為是早上，所以車很多。

회사원이 아니라서 자유 시간이 많아요.

因為不是上班族，所以自由時間很多。

1 理由、原因

表示前內容是後內容的原因或理由。

- 눈이 많이 와서 길이 미끄럽네요. 因為下大雪，所以路上很滑。
- 차가 막혀서 약속 시간에 늦었어요. 因為塞車，所以赴約遲到了。
- 최근에 경기가 좋아서 부동산 가격이 오르고 있다.

  近來景氣好，不動產價格在上升中。

- 내일 아침에 회의가 있어서 오늘은 집에 일찍 들어가야 한다.

  明天早上有會議，今天要早點回家。
- 가 : 현정아, 졸업을 축하한다. 賢靜，恭喜畢業。

  나 : 선생님, 그동안 많이 도와주셔서 감사합니다.

  老師，謝謝您這段時間的各種幫忙。

文法訊息

- **先語末語尾限制**：和前用言結合時，不介入「–었–」、「–겠–」。

  예문 *그동안 많은 도움을 주셨어서 고마웠습니다.

  這段時間幫助我很多，謝謝。

  *내일 아침에 회의가 있겠어서 오늘은 집에 일찍 들어가야 해요.

  明天早上有會議，今天要早點回家。
- **後子句限制**：後子句主要用陳述句、疑問句，不用建議句、命令句。

  예문 날씨가 더워서 창문을 열(었다/었니?/*자./*어라.)

  因為天氣熱，所以打開窗戶。

談話訊息

- 在口語中也用「–어 가지고／가지구」形態。

  예문 철수가 늦게 와 가지고 한 시간이나 기다렸어.

  因為哲秀晚來，所以等了一個小時。

  동생이 거짓말을 해 가지구 엄마가 얼마나 화가 나셨는지 몰라.

  弟弟說謊，媽媽不知道發了多大的火。
- （倒裝或省略，像終結語尾一般使用）可以表示理由或原因。

  예문 가 : 오늘 회의에 왜 늦었어요? 今天開會為什麼遲到？

  나 : 버스를 놓쳐서요. 因為錯過公車。

相關表達

- -어

  (1) 在大部分的情況中，和「–어서」意義差異不大，可以替換使用。

  예문 최근에 경기가 좋(아/아서) 부동산 가격이 오르고 있다.

  近來景氣好，不動產價格在上升中。

  (2) 不過，「–어서」可以用於書面語和口語中，而「–어」則常用於書面語中。

  (3) 和「미안하다、죄송하다、고맙다、반갑다」一起作為前事實的招呼語時，不用「–어」，而用「–어서」較為自然。

  예문 그동안 도와주(?셔/셔서) 정말 감사합니다. 這期間承蒙協助真是感謝。

- **-으니까**

    (1) 「-어서」和前用言結合時，不介入「-었-」、「-겠-」，而「-으니까」則沒有這個限制。

    예문 열심히 공부했으니까 좋은 결과가 있을 거야.
    已經努力念書了，結果會好的。
    *열심히 공부했어서 좋은 결과가 있었다. 因為努力念書，所以有好結果。

    (2) 「-어서」後不用命令句、建議句，而「-으니까」則沒有這個限制。

    예문 날씨가 추워서 집에 (*있자/*있어라). 因為天氣冷，所以待在家。
    날씨가 추우니까 집에 (있자/있어라). 因為天氣冷，所以待在家吧。

    (3) 「미안하다、죄송하다、고맙다、반갑다」等打招呼或表示自己感情、狀況作為理由時用「-어서」，若用「-으니까」常會顯不自然。

    예문 이해해 (*주시니까/주셔서) 고마워요. 謝謝諒解我。
    약속 시간에 (*늦으니까/늦어서) 미안합니다. 抱歉遲到了。
    (*바쁘니까/바빠서) 어제 못 왔어요. 因為忙碌，所以昨天沒來。

    (4) 「-어서」可以用於書面語和口語中，「-으니까」則常用於口語中。

- **-으므로**

    (1) 「-어서」和前用言結合時，不介入「-었-」、「-겠-」，而「-으므로」則沒有這個限制。

    예문 최선을 (다했으므로/*다했어서) 아쉬움은 없다.
    因為已經盡力了，所以不會覺得可惜。
    내일은 비가 (오겠으므로/*오겠어서) 외출하실 때 우산을 꼭 챙기시기 바랍니다. 明天會下雨，外出時務必攜帶雨傘。

    (2) 「-어서」不用於建議句、命令句，而「-으므로」則沒有這個限制。

    예문 모두가 어려운 때(이므로/*여서) 최선을 다하자.
    大家都是困難的時期，盡全力吧。
    토요일에 중요한 행사가 있(으므로/*어서) 모두 출근하세요.
    星期六有重要的活動，大家請來上班。

    (3) 「-으므로」常用於書面語或正式場合中，而「-어서」可以用於口語和書面語中。

- **-느라고**

    (1) 「-느라고」表示做前行為的過程中，造成後敘狀況；「-어서」則表示前狀況的結果引發後敘的狀況。因此「-느라고」表示前內容和後內容的行為在同時間內發生，而「-어서」的前後內容則有時間差。

예문 그는 텔레비전을 보느라고 정신이 없었다. → 텔레비전을 보는 중에 정신이 없음.

他為了看電視而沒精神。→ 看電視途中沒精神。

그는 텔레비전을 너무 오래 봐서 눈이 아팠다. → 텔레비전을 오래 보았고, 그 결과 눈이 아팠음.

他看電視看太久了而眼睛痛。→ 看了很久電視，結果眼睛痛。

너무 많이 (*먹느라고/먹어서) 배가 아프다. → 많이 먹었고, 그 결과 배가 아픔.

因為吃太多，所以肚子痛。→ 吃了很多，結果肚子痛。

비가 (*오느라고/와서) 땅이 질다. → 비가 왔고, 그 결과 땅이 질음.

下雨地泥濘。→ 下了雨，其結果地泥濘。

(2) 「–느라고」常用在因前內容導致負面影響，因而某事無法達成或帶來不好的結果，因此後子句常用「못 하다、안 하다、아프다、바쁘다、고생하다」等負面內容。

예문 발표 준비하느라고 어제 한숨도 못 잤다.

為了準備發表，昨天一點也沒睡。

공부와 육아를 같이 하느라고 아주 힘들었다.

同時唸書與育兒，非常辛苦。

(3) 「–어서」前子句和後子句的主語可以不同，而「–느라고」連接的前後子句主語則要相同。

예문 동생이 시끄럽게 해서 내가 공부를 제대로 못했어.

因為弟弟吵，所以我沒辦法好好讀書。

내가 엄마 대신 동생을 돌보느라고 공부를 제대로 못했어.

我代替媽媽照顧弟弟而沒辦法好好讀書。

강희가 청소를 하느라고 옷이 더러워졌다. → 선행절의 주어 '강희', 후행절의 주어 '강희의 옷'

姜熙因為打掃而衣服髒了。→ 前子句的主語是「姜熙」，後子句的主語是「姜熙的衣服」。

- **-기 때문에**

(1) 在大部分的情況中，和「–어서」意義差異不大，可以替換使用。

예문 오늘은 날씨가 (춥기 때문에/추워서) 집에 있으려고 한다.

因為今天天氣冷，所以想待在家。

(2) 不過「–어서」和前用言結合時，不介入「–었–」、「–겠–」，而「–기 때문에」則沒有這個限制。

예문 한국에 온 지 오래 (되었기 때문에/되어서) 한국 생활에 익숙합니다.

因為來韓國很久，所以熟悉了韓國生活。

(3) 「–기 때문에」比「–어서」書面性更強。

예문 가 : 서준아, 안 씻니? 敘俊，還沒洗澡嗎？

나 : 오늘은 피곤해서 그냥 자려고요. 今天很累，想直接睡。

예문 경기가 회복되고 있기 때문에 내년에는 경제 성장률이 올해보다 높을 것
으로 예상된다. 由於景氣在恢復，因此預期明年的經濟成長率會比今年高。

(4) 也可以將助詞「에」換成和「이다」結合的「–기 때문이다」。

예문 이번에 오디션에서 탈락한 것은 준비가 부족했기 때문이에요.
這次試鏡落選是因為準備不足。

2 行為的時間順序

表示前內容和後內容依時間順序發生。

- 우리 이번 주말에 만나서 뭐 할까? 我們這周末見面要做什麼？
- 우리 주말에 모여서 그 문제에 대해 의논해 보자.
  我們周末聚一下討論那個問題吧。
- 빨리 집에 가서 쉬고 싶다. 想快點回家休息。
- 가 : 서준아, 빨리 일어나서 씻고 학교 갈 준비해.
  敘俊，快點起來洗洗準備去學校。

  나 : 엄마, 5분만 더 잘게요. 媽媽，我再睡五分鐘。

文法訊息

- **主語限制**：前後子句的主語要相同，後子句的主語通常省略。
  예문 나는 빨리 집에 가서 (*연정이가) 쉬고 싶다. 我想快點回家休息。

- **前用言限制**：表示行為的順序，主要和動詞結合。

- **先語末語尾限制**：和前用言結合時，不介入「–었–」、「–겠–」。
  예문 *어제는 오랜만에 고등학교 동창을 만났어서 밥도 먹고 이야기도 많이 했
  다. 昨天見到許久未見的高中同學，吃了飯也聊很多。

  *이번 여름 방학에는 혼자 유럽에 가겠어서 배낭여행을 할 계획이다.
  這次暑假計畫要自己去歐洲背包旅行。

- **否定形限制**：前子句若用表示否定的「안」、「못」，常會顯不自然。
  예문 ?안 일어나서 학교 갈 준비를 안 한다.
  不起來，不準備去學校。

  ?연정이를 못 만나서 도서관에 못 갔다. → '이유, 원인'의 '-어서'로 해석됨.
  沒見到妍靜，沒去圖書館。→ 表示「理由、原因」的「-어서」。

- 在口語中也使用「–어 가지고／가지구」形態。

  예문 빨리 집에 가 가지고 쉬고 싶다. 想快點回家休息。

  무를 잘라 가지구 냄비에 넣어 줘. 幫忙切蘿蔔後放到鍋子裡。

相關表達

- -고

  (1) 「–고」單純表示時間前後順序，而「–어서」的前內容為後內容的前提，前後內容有緊密相關性。

  예문 친구를 만나고 도서관에 갔다. → 두 행위 간에 연관성이 크지 않고, 두 행동이 순차적으로 일어난 것을 나타냄.

  和朋友見面然後再去圖書館。→ 兩個行為的連貫性不大，表示兩個行為先後發生。

  친구를 만나서 도서관에 갔다. → '친구를 만났고, 그 친구와 도서관에 함께 갔다.'의 의미

  和朋友會合後去圖書館。→「和朋友見面後，和該位朋友一起去圖書館。」之意。

  손을 씻고 밥을 했다. → 두 행동이 순차적으로 일어난 것을 나타냄.

  洗手後做飯。→ 表示兩個行動先後發生。

  콩나물을 씻어서 국에 넣었다. → '콩나물을 씻었고, 그 콩나물을 국에 넣었다.'의 의미

  洗豆芽菜後放入湯中。→「洗豆芽菜後，將該豆芽菜放入湯中。」之意。

  (2) 「–고」單純表示時間前後順序，因此前後子句的主語可以不同。「–어서」連接的前後子句主語則要相同。

  예문 내가 먼저 노래를 (부르고/*불러서) 다음에 강희가 노래를 불렀다.

  我先唱，之後姜熙再唱歌。

  (3) 「–고」和前用言結合時，不介入「–었–」、「–겠–」，而「–어서」則沒有這個限制。

  예문 열심히 (공부했고/*공부했어서) 좋은 대학에 합격했다.

  努力念書後，考進好大學。

3 其他用法

① 目的

表示前面行為是後內容的目的，主要使用動詞「찾다」，可以和「–기 위해서」替換使用。不過「–기 위해서」主要用於書面語中。

- 많은 입양아가 낳아 주신 부모님을 찾(아서/기 위해서) 한국에 온다.
  許多領養兒童為找親生父母來韓國。

- 누구를 찾아서 오셨나요? 您來找誰？

② 手段、方法

> **表示前行為是後內容的手段或方法。**

- 서준이는 매일 걸어서 학교에 간다. 敘俊每天走路去學校。
- 약속 시간에 늦지 않으려고 달려서 왔어요. 為了不要遲到而跑過來。

③ 時間

> 和「지나다、경과하다、걸치다、들다、가다、오다、되다、저물다、어리다、어둑하다」等的動詞、形容詞結合，用於表示時間。

- 그는 어려서 부모님을 잃었다. → '-(었)을 때'의 뜻
  他小時候失去父母。→「-（었）을 때（～的時候）」的意思
- 최근 들어서 경기가 회복세를 보이고 있다. → '어느 시기에 이르러서'의 뜻
  近來景氣呈現恢復趨勢。→「어느 시기에 이르러서（到達某時機）」的意思
- 이 소설은 장장 십 년에 걸쳐서 완성되었다. → 시간 또는 공간의 범위
  這部小說歷經長達十年完成。→ 時間或空間的範圍
- 좀처럼 의견이 좁혀지지 않았기 때문에 회의가 밤 열 시가 지나서 끝났다. → 시간의 경과
  意見一直不能拉近，因此會議超過晚上十點才結束。→ 時間的經過

④ 抱歉或感謝的理由（打招呼）

> **以「-어서 미안하다／죄송하다／고맙다」形態可以表達對對方感到抱歉、感謝的理由。**

- 약속 시간에 늦어서 미안해. 抱歉遲到了。
- 기한 내에 일을 끝내지 못해서 죄송합니다. 抱歉沒在期限內完成工作。
- 행사에 초대해 주셔서 감사합니다. 感謝邀請來參加盛會。

⑤ 慣用表達

- 以「-에 대해서」、「-에 따라서」、「-에 의해서」、「-에 비해서」、「-으로 인해서」、「-와 더불어」、「-을 향해서」、「예를 들어서」、「나아가서」、「-에 관해서」、「-과 관련해서」、「-을 비롯해서」、「-에 반해서」、「-으로 미루어서」等的慣用表達。主要在正式文章中做論述連結用。

– 아 / 어야

	形態
ㅏ, ㅗ	-아야
ㅏ, ㅗ 以外	-어야
하다	-여야(하여야/해야)

· 라야：如果是接「이다」、「아니다」之後，也可用「-라야」。

예문 고등학생이라야 할인을 받을 수 있어요. 高中生才能得到優惠。

그 아르바이트는 여자가 아니라야 된대. 那個打工不是女生才可以。

1 必備條件

表示前者是後者的必備條件。

- 내일 비가 안 와야 소풍을 갈 텐데요. 明天不下雨才去郊遊。
- 아버지, 담배도 끊고 운동도 하셔야 건강하게 오래오래 사시죠.
  爸爸，要戒菸、運動才能健康久活啊。
- 표정이 밝아야 상대방에게 좋은 인상을 줄 수 있다.
  表情要開朗才能給對方好印象。
- 가 : 영화 표가 이미 매진되었네. 電影票已經賣光了。
  나 : 주말이잖아. 미리 예매했어야 영화를 볼 수가 있지.
  周末嘛，要先預約才能看到電影。

文法訊息

- **先語末語尾限制**：和前用言結合時，不介入「-겠-」。
  예문 규현아, 숙제를 (끝냈어야/*끝내겠어야) 텔레비전을 볼 수 있어.
  圭賢，作業要做完才能看電視。

- **後子句限制**：後子句主要用陳述句、疑問句，不用建議句、命令句。
  예문 *내일 비가 안 와야 소풍을 갑시다.
  明天要不下雨才去郊遊吧。

- **助詞結合訊息**：為了強調意義而和補助詞「만」結合即為「어야만」。

예문 네가 앉아야만 뒷사람이 영화를 볼 수가 있어.

你要坐下後面的人才能看到電影。

음식을 가리지 않고 골고루 먹어야만 건강하다.

要不挑食、均衡吃才會健康。

談話訊息

- 在非正式場合的口語中，使用「-어야지」也很自然。

  예문 내일 비가 안 (와야지/와야) 소풍을 갈 수가 있어.

  明天不下雨才可去郊遊。

  콩나물은 뚜껑을 덮고 (삶아야지/삶아야) 비린내가 안 나요.

  豆芽菜要蓋蓋子煮過才不會有腥味。

相關表達

- **-으면**

  (1) 「-으면」表示單純的條件或根據，而「-어야」只能用於表示後事實成立必要的條件。

  예문 만 19세가 되(면/어야) 투표를 할 수 있다. 滿19歲可以／才可以投票。

  나는 많이 울(면/*어야) 눈이 퉁퉁 부어. 我大哭的話會眼睛腫。

  밀가루 음식을 먹(으면/*어야) 소화가 잘 안 된다.

  吃麵粉類食物消化會不太好。

- **-어야지**

  (1) 和「-어야」意義差異不大，可以替換使用。

  예문 옷은 입어 (봐야지/봐야) 어울리는지 알 수 있어.

  衣服要穿過才知道合不合適。

  (2) 但「-어야」可以用於書面語和口語中，「-어야지」則常用於口語中。

---

[2] **無用**

表示前所假設的事項沒有任何影響，或沒有用處。

- 아들 키워 봐야 결혼하면 소용없다.

  再怎麼養兒子，他結婚了的話就沒用了。／就不理父母了。

- 그렇게 떼써야 장난감은 사 주지 않을 거야. 再怎麼拗也不會買玩具給你的。

- 네가 아무리 슬퍼야 나만큼 슬프겠어? 你再怎麼難過，會有我難過嗎？

- 가 : 얼마나 걸릴 것 같은가? 大概要花多久？

  나 : 아무리 길어야 일주일이 넘지 않을 겁니다. 再怎麼久，也不會超過一周。

文法訊息

- **先語末語尾限制**：和前用言結合時，不介入「-었-」、「-겠-」。

  예문 *아무리 (길었어야/길겠어야) 일주일이 넘지 않을 겁니다.

  再怎麼久，也不會超過一周。

- **後子句限制**：後子句主要用陳述句、疑問句，不用建議句、命令句。

  예문 *아무리 길어야 일주일만 (고생하십시오/고생합시다).

  再怎麼久，也只要受苦一周。

搭配訊息

- 用作「아무리／그렇게 -어야」，強調前所假設的事項沒有任何用處。

  예문 아무리 불러 봐야 아무도 오지 않아. 怎麼叫也沒人來。

  네가 아무리 애써 봐야 안 되는 일이다.

  （那是）你再怎麼費心也辦不成的事。

相關表達

- **-어도**

  (1) 和「-어야」意義差異不大，可以替換使用。

  예문 아무리 불러 (봐도/봐야) 아무도 오지 않아.

  再怎麼叫也沒人來。

  네가 아무리 (슬퍼도/슬퍼야) 나만큼 슬프겠어?

  你再怎麼難過，會有我難過嗎？

- **-어 봤자**

  (1) 和「-어야」意義差異不大，可以替換使用。不過「-어 봤자」有更強調的感覺。

  예문 그렇게 (떼써 봤자/떼써야) 장난감은 사 주지 않을 거야.

  你再怎麼拗也不會買玩具給你的。

  네가 아무리 (똑똑해 봤자/똑똑해도) 나한테는 안 돼.

  你再怎麼聰明，對我來說還是不行。

– 아 / 어야지

形態訊息

	形態
ㅏ, ㅗ	-아야지
ㅏ, ㅗ 以外	-어야지
하다	-여야지(하여야지/해야지)

1 必備條件

表示前內容是後內容的必備條件。

- 옷은 입어 봐야지 어울리는지 알 수 있어. 衣服要穿了才知道合不合適。
- 주말에는 예매해야지 영화를 볼 수가 있어요. 周末要先預購才看得到電影。
- 표정이 밝아야지 상대방에게 좋은 인상을 줄 수가 있단다.
  表情要開朗才能給對方好印象。
- 오늘 비가 안 왔어야지 빨래를 했을 텐데요.
  今天應該不要下雨,不然我就洗衣服了。
- 가 : 아빠, 당근은 먹기 싫어요. 爸爸,我不想吃紅蘿蔔。
- 나 : 음식을 골고루 먹어야지 건강하지. 飲食要均衡才會健康啊。

文法訊息

- **先語末語尾限制**:和前言結合時,不介入「–겠–」結合。
  예문 *날이 개겠어야지 빨래를 널 수 있다. 天氣要放晴才能晾衣服。

- **後子句限制**:後子句主要用陳述句、疑問句,不用建議句、命令句。
  예문 *옷을 입어 봐야지 어울리는지 봅시다. 衣服要穿了才知道合不合適。

- **助詞結合訊息**:為強調意義,和補助詞「만」結合而寫「어야지만」。
  예문 주말에는 예매해야지만 영화를 볼 수 있어요.
  周末要先預購才能看到電影。
  사람은 오래 겪어 봐야지만 알 수 있어. 人要相處夠久才能認識。

談話訊息

- 主要用於口語中。

  예문 우유를 많이 마셔야지 키가 쑥쑥 크지. 要喝很多牛奶才會快速長高。
  엄마 말을 잘 들어야지 산타 할아버지가 선물을 주신대.
  要好好聽媽媽的話，聖誕老公公才會給禮物。

- 在正式場合中，使用「-어야」較自然。

相關表達

- -어야

  (1) 和「-어야지」意義差異不大，可以替換使用。

  예문 군대를 (다녀와야/다녀와야지) 진짜 남자지! 當過兵才是真正的男人！

  (2) 不過「-어야」可以用於書面語和口語中，「-어야지」則常用於口語中。

- 았 / 었더라면

連結語尾

形態訊息

	形態
ㅏ, ㅗ	-았더라면
ㅏ, ㅗ 以外	-었더라면
하다	-였더라면 (하였더라면/했더라면)

1 相反假設過去事實

表示做和過去事實相反的假設。常用於表示對過去事實的後悔或惋惜。

- 민우가 화를 내지 않고 조금만 참았더라면 좋았을 텐데.
  若是閔宇不發火，稍微忍忍的話就好了。
- 그가 잘못을 솔직하게 인정하고 사과했더라면 이렇게 비난받지는 않았을 것이다. 如果他坦承錯誤、好好道歉的話，就不會被這樣指責了。
- 차가 막혔더라면 늦을 뻔했다. 要是塞車的話，就差點遲到了。
- 가 : 기차가 출발해 버렸네. 火車已經出發了呢。
  나 : 그러게. 조금만 더 서둘렀더라면 탈 수 있었을 텐데.

250

是啊，要是再快一點的話，就能搭上了。

- **後子句限制：後子句主要用陳述句、疑問句，不用建議句、命令句。**

  예문 *조금만 참았더라면 더 좋읍시다. 要是再忍一下就更好吧。

Tip 表示過去事實相反假設，因此和表示過去的「–았–」結合，用作「–았더라면」。

  - *차가 막히더라면 늦을 뻔했다. *要是塞車的話，就差點遲到。

- **-았으면**

  (1)「–았으면」可以用在實際狀況的假設或不存在狀況的假設，而「–았더라면」只能用在和過去實際狀況相反的假設。

  예문 민우가 화를 내지 않고 조금만 참(았으면/았더라면) 좋았을 텐데.

  要是閔宇不發火，稍微忍忍的話就好了。

  예문 가 : 오늘 모임이 취소되었대. 聽說今天的聚會取消了。

  나 : 정말? 현정이가 벌써 (출발했으면/*출발했더라면) 큰일인데.

  真的？要是賢靜已經出發了就不妙了。

- **-았다면**

  (1)「–았다면」可以用在實際狀況的假設或不存在狀況的假設，而「–았더라면」只能用在和過去實際狀況相反的假設。

  예문 네가 도와주지 않(았다면/았더라면) 그 일을 해낼 수 없었을 거야.

  要是你沒有幫我的話，那件事就無法做好。

  예문 가 : 지수가 그 이야기를 들(었다면/*었더라면) 큰일인데.

  要是智秀聽到那件事就不好了。

  나 : 걱정하지 마. 아마 모를 거야. 別擔心，應該不知道的。

– 았 / 었으면

形態訊息

	形態
ㅏ, ㅗ	-았으면
ㅏ, ㅗ 以外	-었으면
하다	-였으면(하였으면/했으면)

1 希望、期盼

主要和「좋겠다、하다、싶다」等一起使用，以表示希望、期待變成那樣。

- 내일은 날씨가 좋았으면 좋겠어요. 希望明天天氣會好。
- 여유가 생기면 운전을 배웠으면 싶어. 有空閒的話，我想學開車。
- 가족 모두가 아프지 말고 건강했으면 좋겠다. 我希望家人都別不舒服、健康。
- 가 : 이번 연휴에 뭘 할 거예요? 這次連假要做什麼？
  나 : 이번 연휴에는 집에서 푹 쉬었으면 해요. 我希望這次連假在家好好休息。

Tip 雖然用作「–었으면」，但也可以表示非過去，而是對現實、未來的希望。
  - 올해는 좋은 일만 생겼으면 좋겠다. 希望今年只有好事發生。
  - 우리 싸우지 말고 사이좋게 지냈으면 해. 希望我們別吵架，好好相處。

文法訊息

- **後子句限制**：「–았으면」後主要接「좋다」、「싶다」、「하다」等敘述語。主要用於陳述句、疑問句，不用建議句、命令句。
  예문 *우리 서로에게 조금 더 솔직해졌으면 합시다.
  我們彼此稍微再坦率一點吧。

談話訊息

- 以句尾含糊或省略後內容方式表達。
  예문 올해는 좋은 일만 생겼으면. (좋겠어요)
  希望今年只有好事發生。
  가족 모두가 아프지 말고 건강했으면. (해요)
  （希望）家人都別不舒服、健康。

내일은 좀 쉬었으면. (싶어요)

（我想）明天想稍微休息一下。

- (으) 나

連結語尾

形態訊息

	形態
尾音 ○	-으나
尾音 ×	-나

1 對立的事實

連結兩相對立的事實。

- 그 나라는 물건 값은 싸나 교통비가 비싸다.
  該國的物價便宜，但交通費貴。
- 홍수의 피해가 심각하나 열심히 복구하고 있는 중이다.
  水災雖嚴重，但正努力復原中。
- 부모님께서 저희의 결혼을 처음에는 반대하셨으나 나중에는 허락하고 축복해
  주셨습니다. 父母一開始反對我們結婚，但後來允許並祝福了。
- 한국 축구 대표 팀은 먼저 한 골을 넣었으나 후반전에 역전을 당하고 말았다.
  韓國足球代表隊先進了一球，但後半場被逆轉。

談話訊息

- 主要用於書面語中。
- 在演說、報告、報導、學術文章等正式場合中經常使用。
  예문 많은 의학자가 이 병의 치료제를 개발하기 위해 힘써 왔으나 아직 개발되
  지 않고 있다.
  許多醫學專家致力於開發治療這個病的藥劑，但還未開發出來。

相關表達

- **-지만**
  (1) 和「-으나」意義差異不大，可以替換使用。

예문 많은 의학자가 이 병의 치료제를 개발하기 위해 힘써 왔(으나/지만) 아직 개발되지 않고 있다.

　　許多醫學專家致力於開發這個病的療藥，但還未開發出來。

(2) 不過，「-으나」書面性更強。

- -는데

　(1) 和「-으나」意義差異不大，可以替換使用。

예문 작년에는 지원자가 많지 않았(으나/는데) 올해는 경쟁률이 무척 높다.

　　去年的應徵者不多，今年的競爭率非常高。

　(2) 不過「-으나」比「-는데」書面性更強。

　(3) 表示對立性事實的連結語尾，若以書面性和正式性為基準排列時：「-는데 ＜-지만＜-으나」。也就是說，在三個表達中，「-는데」的口語性最強、正式性最低，「-으나」的書面性最強，主要用於正式場合中。

2　其他用法

① 不管什麼情況，皆和後事實或狀況一樣。

以「-으나 -으나」形態表示不管是什麼情況下，後事實或狀況都一樣。

- 미우나 고우나 그 사람은 제 남편이에요. 不管美醜，那個人都是我先生。
- 하나 마나 한 소리를 왜 해? 為什麼一下說做一下說不做？
- 걔는 있으나 마나 별 도움이 안 돼. 有沒有他都沒什麼幫助。
- 좋으나 싫으나 같이 일하게 됐으니 열심히 해 봅시다.
  不管喜不喜歡，一起工作就努力做吧。

② 同樣

和「어디、어느、무엇」一起使用，表示不管什麼情況都一樣。

- 크리스마스에는 어디를 가나 붐벼요. 聖誕節不管去哪都很擁擠。
- 요즘 속이 안 좋아서 무엇을 먹으나 다 소화가 안 돼요.
  最近胃不好，不管吃什麼都不太消化。
- 중심가는 어느 도시를 가나 다 비슷해요.
  主要街道不管去哪個都市都差不多。

- (으) 니까

形態訊息

	形態
尾音 ○	-으니까
尾音 ×	-니까

縮寫 -(으)니

1 理由、判斷的根據

表示前內容是後內容的理由或判斷的根據。

- 엄마가 예쁘니까 아이도 예쁠 거예요. 媽媽漂亮，孩子也會漂亮的。
- 지금은 시간이 없으니까 내일 설명해 줄게. 現在沒有時間，明天跟你說明。
- 퇴근 시간이어서 차가 막히니까 조금 늦게 출발할까요?
  下班時間塞車，要不要晚點出發？
- 가 : 여기는 도서관이니까 통화는 작게 해 주세요.
  這裡是圖書館，請小聲講電話。
  나 : 네. 죄송합니다! 是，不好意思。

文法訊息

- **助詞結合訊息**：可以「-으니까는」、「-으니깐」形態表強調意義。
  예문 길이 미끄러우(니까/니까는/니깐) 넘어지지 않게 조심해.
    路滑，小心不要跌倒了。

談話訊息

- 主要用於口語中。
  예문 시간 없으니까 빨리 말해. 沒時間了，快說。

- 在書面語或正式場合中常用「-으니」。
  예문 모두 모이셨으니 회의를 시작하도록 하겠습니다.
    大家都到了，我們就開始開會。

- （以倒裝或省略，像終結語尾一樣使用）可以表示理由或判斷根據。

  예문 너무 실망하지 마세요. 기회는 또 있으니까요. 別太失望，還有機會呢。

  예문 가 : 왜 아무 말도 안 해? 為什麼什麼話都不說？

  　　나 : 피곤하니까. 因為我累了。

相關表達

- **-어서**

  (1) 「-어서」和前用言結合時，不介入「-었-」、「-겠-」，而「-으니까」則沒有這個限制。

  예문 *열심히 공부했어서 좋은 결과가 있었다.

  　　努力念書了，而有好的結果。

  　　열심히 공부했으니까 좋은 결과가 있을 거야.

  　　努力念書了，會有好結果的。

  (2) 「-어서」之後不用命令、建議句，而「-으니까」則無比限制。

  예문 날씨가 추워서 집에 (*있자/*있어라). 天氣冷，待在家吧。

  　　날씨가 추우니까 집에 (있자/있어라). 天氣冷，待在家吧。

  (3) 「미안하다、죄송하다、고맙다、반갑다」等打招呼或表示自己感情、狀況理由時用「-어서」，若用「-으니까」，則顯不自然。

  예문 이해해 주(어서/*니까) 고마워요. 感謝諒解。

  　　약속 시간에 늦(어서/*으니까) 미안합니다. 抱歉遲到。

  　　(바빠서/*바쁘니까) 어제 못 왔어요. 因為忙所以昨天沒來。

  (4) 「-어서」可以用於書面語和口語中，「-으니까」則常用於口語中。

- <u>-으므로</u>

  (1) 「-으므로」主要用在書面語等正式場合中，「-으니까」主要用於口語或非正式場合中。

  예문 시간이 얼마 남지 않았으므로 발표를 서둘러 마무리해 주시길 바랍니다.

  　　→ 격식적인 상황

  　　時間所剩不多，請發表盡快做個結論。→ 正式場合

  　　시간 없으니까 빨리 말해. → 비격식적인 상황

  　　沒有時間，快點說。→ 非正式場合

2 發現

表示以前面行為的結果而發現後事實。

- 주중에 가니까 사람이 별로 많지 않던데요.
  非假日／周間去發現人不多。
- 집에 돌아와 보니까 문이 열려 있고 아무도 없었다.
  回到家發現門開著、都沒人。
- 십 년 만에 고향에 가 보니까 많이 변해 있더라고요.
  睽違十年回到家鄉，發現變了很多。
- 가 : 어제 민우 씨를 만났죠? 어떤 사람이에요?
  昨天見到閔宇了吧？是怎樣的人？
  나 : 직접 만나 보니까 생각보다 좋은 사람이었어요.
  直接見過面，發現是比想像中好的人。

文法訊息

- **主語限制**：主要和第一人稱主語一起使用。

  예문 (내가/*네가) 민우 씨를 직접 만나 보니까 생각보다 좋은 사람이었어.

  （我）直接見到閔宇，發現是比想像中好的人。

- **前用言限制**：用於因為前事實或行為的結果而發現後方事實的情況，因此主要和動詞結合。

  예문 발을 담가 보니까 물이 너무 차가웠다.

  泡了腳，發現水太冷。

- **先語末語尾限制**：和前用言結合時，不介入「–시–」、「–었–」、「–겠–」。

  예문 *발을 담가 (보시니까/보았으니까/보겠으니까) 물이 너무 차가웠다.

  泡了腳，發現水太冷。

- **後子句限制**：後子句主要用陳述句、疑問句，不用建議句、命令句。

  예문 *서랍을 열어 보니까 편지를 (발견하자/발견해라).

  打開抽屜，去發現信吧。

- **否定形限制**：前子句若用表示否定的「안」、「못」，常會顯不自然。

  예문 ?서랍을 안 열어 보니까 편지가 안 들어 있었다. 沒打開抽屜，裡面沒信。

談話訊息

- 主要用於口語中。

  예문 백화점에 평일에 가니까 한가하고 좋더라.

  平日去百貨公司沒什麼人，很好。

相關表達

- -었더니

  (1) 和「-으니까」意義差異不大，可以替換使用。

  예문 어제 제가 학교에 가 (보니까/봤더니) 공사 중이더라고요.
  昨天去學校，看到在施工。

- (으) 되

連結語尾

形態訊息

	形態
尾音 ○	-으되
尾音 ×	-되

Tip 表示但書、條件的用法1，即使用言的語幹有尾音也不接「-으되」，
而接「-되」。

- 전화를 받되, 나가서 받으세요. 電話可接，但請出去接。

1 但書、條件

表示承認前內容，並附加與之相關的但書或條件。

- 자기의 생각을 적극적으로 표현하되 예의를 지켜야 한다.
  自己的想法可以積極發表，但要守禮儀。
- 주제는 자유롭게 선택하되 글에 자신의 생각이 드러나야 합니다.
  主題可以自由選，但文章要有自己的想法。
- 건강을 위해서 골고루 먹되 기름지거나 열량이 높은 음식은 줄이는 것이 좋다.
  為了健康要均衡飲食，但減少高油和高熱量食物較好。
- 가 : 서준아, 요즘 텔레비전을 너무 많이 보는구나. 텔레비전을 보되 정해진 시
  간에만 보도록 해.
  敘俊，最近看太多電視了。電視是可以看，但只在訂好的時間看。

  나 : 네, 알겠어요. 好，我知道了。

文法訊息

- **前用言限制**：主要和動詞結合，不和形容詞結合。

  예문 *오늘까지는 바쁘되 내일부터는 쉬세요. 到今天忙，明天開始請休息。

- **先語末語尾限制**：和前用言結合時，不介入「−었−」、「−겠−」。

  예문 *다이어트를 위해 점심은 양껏 (먹었되/먹겠되) 저녁에는 채소를 위주로 먹는다. 為了減肥中午盡量吃了，晚上主要吃蔬菜。

- **後子句訊息**：後子句常用提議、命令、建議。

談話訊息

- **主要用於書面語中。**

  예문 자식의 잘못을 바로잡되 미워하지는 말아야 한다.

  孩子的錯誤是要矯正，別怨恨。

- **用在口語時，常用於正式場合中。**

  예문 (학교에서 교장이 공식적인 규율을 말할 때) 자유롭게 생활하되 규칙은 지키도록 합시다. （在學校中校長正式說規矩時）可自由生活但要守規矩。

2 對立的事實

以連結對立的事實。

- 한편의 동화 같은 영화이되 담겨 있는 이야기는 어둡고 슬펐다.

  那是一部如同童話般的電影，但裡頭的故事又陰暗又悲傷。

- 마음은 있으되 시간이 없어서 행사에 참여하지 못했습니다.

  心是有，但沒時間，而沒能參加活動。

- 그는 한국인이되 한국에 돌아오지 못하고 있다.

  他是韓國人，但回不了韓國。

- 나의 어린 시절은 가난했으되 따스했던 기억으로 남아 있다.

  我的童年貧窮，但留下溫暖的回憶。

文法訊息

- **後子句限制**：主要用於陳述句。若是疑問句，主要用確認疑問句或反問。不用建議句、命令句。

  예문 ?마음은 있으되 시간이 없어서 못 왔어요?

  心是有但沒時間而沒來嗎？

  마음은 있으되 시간이 없어서 못 (온 거지요/온 거 아니에요)?

  心是有但沒時間而沒來的嗎？／的不是嗎？

- 主要用於書面語中。
  예문 그는 돈은 있으되 행복하지 않았다. 他錢是有的，但不幸福。

- 有古風的感覺。

－（으）라고

形態訊息

	形態
尾音 ○	-으라고
尾音 ×	-라고

1 目的、意圖

表示某行為的目的或意圖。

- 두 사람이 편하게 이야기하라고 자리를 비켜 줬어요.
  為了讓兩人好好說話而讓出了位置。
- 아이가 먹기 좋으라고 음식을 작게 잘랐다.
  為了讓孩子方便吃而把食物切小。
- 나무가 잘 자라라고 거름을 주었다.
  為了讓植物好好生長而加了肥料。
- 가 : 민우랑 무슨 일 있어? 사이가 어색해 보이는데……
  和閔宇有什麼事？看起來關係不太好……。
  나 : 나는 재미있으라고 한 소리인데 민우가 화를 내더라고.
  我為了好玩說的話，閔宇卻生氣了。

文法訊息

- **前用言限制**：主要和動詞結合。但也能和「재미있다」、「좋다」、「편하다」等部分形容詞結合。
  예문 *나는 예쁘라고 화장을 했다. 我為了漂亮而化妝。
  아내에게 여행 갈 때 편하라고 비즈니스 좌석 표를 사 줬어.
  為了讓妻子旅行時舒適而買了商務艙票。

- 先語末語尾限制：和前用言結合時，不介入「-었-」、「-겠-」。

  예문 *나무가 잘 자랐으라고 거름을 주었다. 為了讓植物好好生長，加了肥料。

談話訊息

- 在口語中也發音為「-으라구」。

  예문 기분 좋으라구 규현이한테 칭찬을 많이 해 줬어.

  為了讓心情好而一直稱讚圭賢。

-(으)러

連結語尾

形態訊息

	形態
尾音○	-으러
尾音✕	-러

1 移動的目的

表示去或來的動作目的。

- 점심을 먹으러 식당에 가요. 為了吃中餐而去餐廳。
- 한가하실 때 저희 집에 놀러 오세요. 有空時請來我家玩。
- 서준이는 요즘 영어를 배우러 학원에 다니고 있다.

  敍俊最近為了學英文而上補習班。
- 가：신혜야, 주말에 영화 보러 갈래?

  信惠，周末要不要去看電影？

  나：미안해. 이번 주말에는 약속이 있어. 다음 주에 보러 가자.

  抱歉，這個周末有約，下周去看吧。

文法訊息

- 主語限制：主要和表示有情物的主語一起使用。前後子句的主語應相同，後子句的主語通常省略。

  예문 연정이가 공부하러 (연정이가) 도서관에 간다. 妍靜為了唸書而去圖書館。

- 前用言限制：不和表示移動的動詞結合。
  > 예문 *나는 지금 부산에 가러 간다. 我現在去釜山。

- 先語末語尾限制：和前用言結合時，不介入「-었-」、「-겠-」。
  > 예문 *나는 영화를 (봤으러/보겠으러) 간다. 我看電影去。

- 否定形訊息：前子句若用表示否定的「안」、「못」，常會顯不自然。
  > 예문 *점심을 안 먹으러 간다. 不吃中餐而去。

- 後子句訊息：後子句的敘述語主要用「가다、오다、다니다、나가다、나오다、들어가다、들어오다」等移動動詞。
  > 예문 강희가 핸드폰을 가지러 집에 들어갔다. 姜熙要拿手機而進家裡。

相關表達

- -으려고

  (1)「-으려고」可以用來表示多樣行為的目的，而「-으러」主要用來表示移動目的。

  (2)「-으러」的後子句用「가다、오다、다니다」等移動動詞，而「-으려고」的後子句可以用各種各樣的動詞。
  > 예문 공부하(려고/러) 도서관에 갔다. 為了唸書去圖書館。
  > 선물하(려고/*러) 꽃을 샀다. 為了送禮物而買花。

  (3)「-으려고」不能用在命令、建議句，而「-으러」則沒有這個限制。
  > 예문 내일 등산하(*려고/러) 산에 가자. 明天去爬山吧。

- (으) 려고

形態訊息

	形態
尾音 ○	-으려고
尾音 ×	-려고

縮寫 -(으)려

1 意圖、目的

表示意欲做某行為的意圖或目的。

- 친구와 먹으려고 아이스크림을 샀어요. 要和朋友一起吃而買了冰淇淋。
- 서준이는 학교에 가려고 지하철을 탔다. 敘俊為了去學校而搭地鐵。
- 학교 근처로 이사를 하려고 집을 알아보고 있다.
  為了搬到學校附近而在看房子。
- 가 : 너 왜 안 먹어? 你為什麼不吃？
  나 : 이번에는 꼭 살을 빼려고 운동을 하는 중이야.
  這次一定要減肥，正在運動中。

文法訊息

- **主語限制**：主要和表示有情物的主語一起使用。前後子句的主語要相同，後子句的主語通常省略。
  예문 신혜는 원하는 회사에 취직하려고 (신혜는) 열심히 준비하고 있다.
  信惠為了進嚮往的公司工作，正在努力準備。

- **前用言限制**：主要和動詞結合。
  예문 *우리 언니는 예쁘려고 매일 열심히 꾸민다.
  我姐姐為了漂亮每天努力裝扮。

- **先語末語尾限制**：和前用言結合時，不介入「-었-」、「-겠-」。
  예문 *나는 어제 케이크를 샀으려고 빵집에 갔다.
  我昨天為了買了蛋糕去了麵包店。
  *내일 쇼핑을 하겠으려고 백화점에 갈 거예요.
  我將要購物而要去百貨公司。

- **否定形訊息**：前子句若用表示否定的「못」，常會顯不自然。
  - (예문) *나는 공부를 못 하려고 한다. 我想不能唸書。
- **後子句訊息**：主要用陳述句、疑問句，不用建議句、命令句。
  - (예문) *친구와 먹으려고 아이스크림을 사자. 想要和朋友吃而買冰淇淋吧。

(Tip) 常使用「–으려고 하다」、「–으려고 들다」等形態表示。
  - 이번 방학에는 유럽으로 배낭여행을 가려고 해요.
    這次放假想去歐洲背包旅行。
  - 너는 왜 자꾸 싸우려고 들어? 你為什麼總是想吵架？

談話訊息

- 主要用於口語中。
- 在口語中發音為「–을려고、–을려구、–을라고、–을라구」。
  - (예문) 내가 아이스크림을 (살려고/살려구/살라고/살라구) 가게에 갔거든.
    我為了買冰淇淋而去了店裡。

相關表達

- **-으러**
  - (1)「–으려고」可以用來表示各樣行為的目的，而「–으러」主要用來表示移動目的。
  - (2)「–으러」的後子句用「가다、오다、다니다」等移動動詞，而「–으려고」的後子句可以用各樣動詞。
    - (예문) 공부하(러/려고) 도서관에 갔다. 為了唸書去圖書館。
      선물하(*러/려고) 꽃을 샀다. 為了送禮物買花。
  - (3)「–으려고」不能用在命令、建議句，而「–으러」則沒有這個限制。
    - (예문) 내일 등산하(러/*려고) 산에 가자. 明天去爬山吧。

- **-고자**
  - (1)「–으려고」相對更常用於口語中，而「–고자」常用於書面語、演說、發表等正式場合中。

[2] 即將發生的動作

用作「–（으）려고 하다」，表示即將發生的動作或狀態變化。

- 비가 오려고 해요. 要下雨了。
- 꽃이 지려고 한다. 花要謝了。

- 하늘이 흐려지려고 해요. 天要陰了。
- 가 : 버스가 이제 출발하려고 한다. 어서 타렴. 公車快出發了，快上車。
  나 : 네, 아빠. 방학하면 또 올게요. 好，爸爸，放假我再來。

文法訊息

- **前用言限制**：主要和動詞結合。
  예문 *날씨가 추우려고 하네요. 天氣要冷了。
- **先語末語尾限制**：和前用言結合時，不介入「–었–」、「–겠–」。
  예문 *버스가 출발(했으려고/하겠으려고) 합니다. 公車即將出發。
- **後子句限制**：後子句主要用陳述句、疑問句，不用建議句、命令句。
  예문 *버스가 출발하려고 (합시다/하십시오). 公車即將出發吧。

–(으)려다가

連結語尾

形態訊息

	形態
尾音 ○	-으려다가
尾音 ×	-려다가

縮寫 -(으)려다

· –(으)려고 하다가 : 「–으려다가」可以視為「–으려고 하다가」的縮寫。

1 有意圖或目的的行為被中斷，或變為其他行為

表示有意圖或目的的行為被中斷，或變為其他行為。

- 너무 피곤해서 친구를 만나려다가 말았어요.
  太累了，本來要見朋友，後來沒見。
- 어머니께 옷을 사 드리려다가 그냥 용돈을 드렸어요.
  本來想買衣服給媽媽，後來直接給零用錢了。
- 서준이는 비가 올 것 같아서 산책을 가려다가 가지 않았다.
  敘俊本來要去散步，因為似乎要下雨而沒去。
- 가 : 밖에 차가 많이 막히던데 뭐 타고 왔어? 外面車很塞，你搭什麼來？

나 : 버스를 타려다가 약속 시간에 늦을 것 같아서 지하철을 탔어.

本來要搭公車，好像要遲到了，於是搭地鐵來。

文法訊息

- **主語限制**：前後子句的主語要相同，後子句的主語通常省略。

  예문 강희는 커피를 주문하려다가 (*신혜는) 주스를 주문했다.

  姜熙本來要叫咖啡，結果叫了果汁。

- **前用言訊息**：表示意圖的行為被中斷或改變，因此和表示行為的動詞結合。不和「이다」結合。

  예문 *꽃이 예쁘려다가 안 예쁘다. 花要美而不美了。

- **先語末語尾限制**：和前用言結合時，不介入「–었–」、「–겠–」。

  예문 *오늘 아침에 등산을 (갔으려다가/가겠으려다가) 비가 와서 가지 않았다.

  今天早上本來要去爬山，結果下雨而沒去。

- **後子句限制**：表示有做某行為的意圖，結果沒做，或做了其他行為，因此後子句主要用過去式。後子句主要用陳述句、疑問句，不用勸誘句、命令句。

  예문 *커피를 주문하려다가 주스를 주문해라. 本來要叫咖啡，叫果汁吧。

2 狀況、狀態實現，或在變化過程被中斷或改變

表示某狀況、狀態實現，或在變化過程中，該狀況被中斷或改變。

- 날이 개려다가 다시 흐려졌다. 天氣本來要放晴，又變陰了。
- 할아버지의 병세가 호전되려다가 최근에 다시 악화되었다.

  爺爺的病情本來將好轉，最近又再度惡化了。

- 슬픈 영화를 보는데 친구가 옆에서 말을 거는 바람에 눈물이 나오려다가 말았다.

  看了悲傷電影，因為朋友在旁邊說話，眼淚欲流又止了。

- 가 : 서울은 요즘 날씨가 어때요? 首爾最近天氣如何？

  나 : 날씨가 따뜻해지려다가 다시 추워졌어요. 天氣要回暖卻又變冷了。

文法訊息

- **主語限制**：前後子句的主語要相同，後子句的主語通常省略。表示無關乎意圖或目的，其狀態或狀況改變、被中斷，因此通常不太用第一人稱主語。

  예문 *내가 날씬해지려다가 다시 살이 쪘다. 我將要變瘦又變胖了。

- **前用言訊息**：用來表示無關乎話者意志而發生的事情，因此主要和「좋아지다、나빠지다、따뜻해지다、추워지다、호전하다、악화되다」等表示狀態變化的動詞結合。

- **先語末語尾限制**：和前用言結合時，不介入「-었-」、「-겠-」。

  예문 *할아버지의 병세가 (호전되었으려다가/호전되겠으려다가) 최근에 다시 악화되었다. 爺爺的病情好轉，最近又再度惡化。

- **後子句限制**：表示某狀態變化的過程中，該狀態被中斷或改變，因此後子句主要用過去時制。後子句主要用陳述句、疑問句，不用建議句、命令句。

  예문 *날씨가 따뜻해지려다가 다시 추워져라. 天氣變溫暖又變冷吧。

- (으) 려면

連結語尾

形態訊息

	形態
尾音 ○	-으려면
尾音 ×	-려면

· -(으)려고 하면：「-으려면」可以視為「-으려고 하면」的縮寫。

1 有意圖或想法的假設

用於假設意圖或想法。

- 명동에 가려면 다음 역에서 4호선으로 갈아타세요.
  要去明洞的話，請在下一站轉乘四號線。
- 마트까지 들렀다 오려면 서둘러야 해. 想去超市轉一下的話要趕快。
- 장학금을 받으려면 누구보다 열심히 공부해야 한다.
  想要拿到獎學金的話，要比任何人都努力念書。
- 오늘 중으로 끝내려면 점심 먹을 시간도 없다.
  想要今天內做好的話，會連吃中餐的時間也沒有。
- 가 : 부산 가는 버스표를 사려면 어디로 가야 해요?
  要買去釜山的巴士車票的話，要去哪裡買？
  나 : 쭉 가시면 오른쪽에 매표소가 있습니다. 直走右側有賣票處。

文法訊息

- **主語限制**：前後子句的主語要相同，後子句的主語通常省略。

예문 저는 오늘 중으로 끝내려면 (*그는) 점심 먹을 시간도 없어요.

我想要今天之內做好的話，會連吃中餐的時間也沒有。

- **前用言訊息**：主要和因意圖或意志而可行使之行為的動詞結合。因此不和與主體意志無關的認知動詞、表示結果狀態的動詞結合。

  예문 *더 모르려면 공부를 하지 마세요.

  想要更不知道，就別唸書。

  *국이 빨리 식으려면 냉장고에 잠깐 넣어 두세요.

  想要讓湯涼更快，就放進冰箱一下。

- **先語末語尾限制**：和前用言結合時，不介入「-었-」、「-겠-」。

  예문 *명동에 (갔으려면/가겠으려면) 다음 역에서 4호선으로 갈아타세요.

  要去明洞的話，請在下一站轉乘四號線。

- **否定形訊息**：前子句若用表示否定的「못」，常會顯不自然。

  예문 파티에 (안/*못) 가려면 집에서 공부나 해.

  不想去派對的話，就在家唸點書。

2 若某事要成立

表示假設未來將發生的事，並在其後提示要發生的必要條件或狀況。

- 밥이 다 되려면 조금 더 있어야 돼. 飯要熟透還要再等一下。
- 아빠가 퇴근하고 오시려면 8시가 넘어야 해. 爸爸下班回來要超過八點。
- 이번 일이 다 끝나려면 한 달은 더 걸리겠다. 這件事要完全結束，要再一個月。
- 가 : 3월인데도 날씨가 너무 추워요. 三月了，天氣太冷。

  나 : 따뜻해지려면 3월 중순은 지나야 돼요. 要變溫暖要到三月中以後。

文法訊息

- **前用言限制**：主要和動詞結合，不和形容詞、「이다」結合。

  예문 *날씬하려면 다이어트를 하면 됩니다. 想要苗條，減肥就可以了。

- **先語末語尾限制**：和前用言結合時，不介入「-었-」、「-겠-」。

  예문 밥이 다 (??됐으려면/*되겠으려면) 조금 더 있어야 돼.

  飯要熟透還要再一下下。

-(으)며

形態訊息

	形態
尾音 ○	-으며
尾音 ×	-며

1 羅列

表示兩個以上對等的事實無關乎時間順序羅列。

- 강이 맑으며 깊다. 河水清澈又深。
- 아버지는 회사원이시며 어머니는 선생님이십니다.
  爸爸是公司職員,媽媽是老師。
- 서준이는 적극적이며 활발한 성격의 소유자이다.
  敘俊是積極又有活潑性格的人。
- 많은 의학자가 이 병의 원인이 무엇이며 그 치료법은 무엇인지 연구하고 있습니다.
  許多醫學學者在研究這個病的原因、治療方法。

文法訊息

- 前後子句的內容變更,意義也不改變。
  예문 강이 맑으며 깊다. = 강이 깊으며 맑다. 河水清澈又深。＝河水深又清澈。

談話訊息

- 主要用於書面語中。
  예문 내일은 전국이 흐리고 비가 오겠으며 서울과 경기도는 늦은 밤에 그치겠다. 明天全國天氣陰且會降雨,首爾和京畿道深夜雨將停。

相關表達

- -고
  (1) 和「-으며」意義差異不大,可以替換使用。
  예문 오늘은 날씨가 (춥고/추우며) 바람이 불겠습니다.

今天天氣會冷又颱風。

그는 (시인이고/시인이며) 대학에서 강의를 하고 있는 교수입니다.

他既是詩人，也是在大學教課的教授。

(2) 不過，「-고」可以用於書面語和口語中，「-으며」則常用於書面語中。

2 同時發生

表示兩個以上的行為同時發生。

- 민우가 커피를 마시며 친구와 이야기를 하고 있었다.
  閔宇邊喝咖啡邊和朋友聊天。
- 어렸을 때 소리를 내며 음식을 먹으면 부모님이 혼을 내셨다.
  小時候發出聲音吃東西就會被父母罵。
- 여러분, 이 그림을 보며 이야기해 봅시다. 各位，請看這幅圖說說看。
- 가 : 여러분은 여가 시간에 보통 무엇을 하며 시간을 보내나요?
  各位休閒時通常做什麼？
  나 : 저는 보통 책을 읽거나 공원에서 산책을 합니다.
  我通常看書或到公園散步。

文法訊息

- **主語限制**：前後子句的主語要相同，後子句的主語通常省略。
  예문 민우가 노래를 부르며 (*현정이가) 춤을 추었다. 閔宇邊唱歌邊跳舞。
- **前用言限制**：表示前後動作同時發生，因此和動詞結合。
  예문 촛불을 끄며 소원을 빌었다. 吹蠟燭許了願。
- **先語末語尾限制**：和前用言結合時，不介入「-었-」、「-겠-」。
  예문 *민우가 커피를 마셨으며 친구와 이야기를 하고 있었다.
  閔宇邊喝了咖啡邊和朋友聊天。
  *내일 점심을 먹겠으며 다시 이야기해 봅시다. 明天要邊吃中餐邊討論吧。

談話訊息

- 主要用於書面語中。

相關表達

- -으면서

  (1) 和表示兩個以上行為同時發生的「-으면서」意義差異不大，可以替換使用。
  예문 한국에는 정월 대보름에 달을 보(면서/며) 소원을 비는 풍습이 있다.

在韓國有正月十五看著月亮許願的風俗習慣。

(2) 不過「-으며」主要用於書面語或正式場合中。

- (으) 면 連結語尾

形態訊息

	形態
尾音 ○	-으면
尾音 ×	-면

1 條件

表示後內容的條件。一般用於以明確事實為條件的情況。

- 봄이 오면 꽃이 핀다. 春來的話花就開。
- 오늘 바쁘시면 다음에 만나요. 今天忙的話,下次再見面吧。
- 채소를 다 썰었으면 프라이팬에 넣고 볶으세요.
  蔬菜都切好的話,請放入鍋中炒。
- 열심히 공부하면 원하는 대학에 합격할 수 있을까요?
  努力念書的話,能進入想要的大學嗎?
- 가 : 여보, 며칠 있으면 우리가 결혼한 지 딱 1년이 되네요.
  親愛的,再過幾天我們就結婚一年了。
  나 : 벌써 그렇게 됐어? 시간이 빠르네. 已經滿一年了?時間真快呢。

文法訊息

- **先語末語尾限制**:和前用言結合時,不和表示未來時制的「-겠-」結合。不過可以和表示可能性或能力的「-겠-」結合。
  예문 수업이 끝나(면/*겠으면) 집으로 곧장 오도록 해. → 미래시제의 '-겠-'
  下課後立刻回家。 → 未來時制的「-겠-」
  음식을 다 못 먹겠으면 남겨도 괜찮아요. → 가능성, 능력의 '-겠-'
  食物吃不完的話,剩下來也沒關係。 → 可能性、能力的「-겠-」

- 在口語中也發音為「-으믄」。

  예문 신촌역에 와서 전화하믄 내가 데리러 갈게.

  到新村站打個電話，我去接你。

相關表達

- -어야

  (1) 「-으면」表示單純的條件或根據，「-어야」只能表示為成立後事必要的條件。

  예문 만 19세가 되(어야/면) 투표를 할 수 있다. 滿19歲才可投票。

  나는 많이 울(*어야/면) 눈이 퉁퉁 부어. 我哭太久的話眼睛會腫。

  밀가루 음식을 먹(*어야/으면) 소화가 잘 안 된다.

  吃麵粉類食物的話會不順。

2 假設

用於假設不確定或未實現的事。

- 성공하면 가장 먼저 부모님께 집을 사 드리고 싶어요.

  成功的話，我希望最先買房子給父母。

- 하늘을 날면 어떤 기분일까? 在天上飛是怎樣的心情？

- 시간을 되돌릴 수 있으면 그렇게 하고 싶다. 時間可以倒轉的話，我想那麼做。

- 가 : 복권에 당첨이 되면 가장 먼저 뭘 할 거예요? 中彩券的話，最想先做什麼？

  나 : 멋진 자동차를 사고 싶어요. 想買帥氣的車。

文法訊息

- **先語末語尾限制**：和前用言結合時，不介入「-겠-」。不過如果和表示過去時制的「-었-」結合，則表示假設和過去已發生事情相反的內容，或假設和現在事實相反的狀況。

  예문 조금만 일찍 출발했으면 기차를 놓치지 않았을 텐데. → 과거와 반대되는 상황 가정

  稍微早一點出發的話，就不會錯過火車了。 → 過去相反狀況假設

  어머니가 살아 계셨으면 너를 자랑스러워 하셨을 거야. → 현재와 반대되는 상황 가정

  媽媽還在的話，會以你為榮的。 → 現在相反狀況假設

  성공하(면/*겠으면) 가장 먼저 부모님께 집을 사 드리고 싶어요.

  成功的話，想最先買房子給父母。

相關表達

- **-는다면**

    (1) 和「–으면」意義差異不大，可以替換使用。不過「–는다면」比「–으면」所假設的事情實現可能性低，或非事實的感覺更強。

    예문 (성공한다면/성공하면) 가장 먼저 부모님께 집을 사 드리고 싶어요.
    成功的話，想最先買房子給父母。

    시간을 되돌릴 수 (있다면/있으면) 그렇게 하고 싶다.
    時間可以倒轉的話，我想那麼做。

    민우 씨는 다시 (태어난다면/²태어나면) 여자로 태어나고 싶다고 해요.
    閔宇說再次出生的話，想當女生。

–（으）면서

連結語尾

形態訊息

	形態
尾音 ○	–으면서
尾音 ×	–면서

1 同時發生

表示前後的行為或狀態同時出現。

- 민우가 음악을 들으면서 춤을 추고 있어. 閔宇邊聽音樂邊跳舞。
- 차를 운전하면서 졸면 안 된다. 開車時打瞌睡不行。
- 이 과일은 값도 싸면서 맛도 정말 좋네요.
  這個水果價錢便宜，味道也真好。
- 가 : 현정 씨, 괜찮으시면 우리 식사하면서 이야기할까요?
  賢靜，可以的話我們要不要邊吃邊聊？
  나 : 좋아요. 뭘 먹을까요? 好，要吃什麼呢？

文法訊息

- **主語限制**：前後子句的主語要相同，後子句的主語通常省略。

예문 민우가 노래를 부르면서 (*현정이가) 춤을 추었다.

閔宇邊聽音樂邊跳舞。

- **前用言限制**：因表示前後內容同時發生，因此經常和動詞結合。不過，不會和「서다、앉다、감다、뜨다、떨어지다」等表瞬間動作的動詞結合。

  예문 *서준이는 서면서 친구와 이야기를 하고 있어요. 敘俊站著和朋友聊天。

  *그 애는 시험에 떨어지면서 펑펑 울었다. 那個孩子考試落榜嗚嗚地哭。

- **先語末語尾限制**：和前用言結合時，不介入「-었-」、「-겠-」。

  예문 *민우가 커피를 마셨으면서 친구와 이야기를 하고 있었다.

  閔宇邊喝了咖啡邊和朋友聊天。

  *내일 점심을 먹겠으면서 다시 이야기해 봅시다.

  明天要吃著中餐再聊吧！

相關表達

- **-으며**

  (1) 和「-으면서」意義差異不大，可以替換使用。

  예문 한국에는 정월 대보름에 달을 보(며/면서) 소원을 비는 풍습이 있습니다.

  韓國有在正月十五看月亮許願的風俗習慣。

  (2) 「-으며」主要用於書面語中。

2 相反的關係

表示兩個以上的行為彼此處於對立關係。

- 이 식당은 값도 비싸면서 음식 맛이 형편없어요.

  這間餐廳價錢貴，味道也不怎麼樣。

- 연정이는 똑똑하고 얼굴도 예쁘면서 왜 자신감이 없을까?

  妍靜聰明又漂亮，為什麼會沒自信呢？

- 그 아이는 창문을 깨트렸으면서 깨트리지 않았다고 선생님께 거짓말을 했다.

  那個孩子打破窗戶，還跟老師撒謊說沒有打破。

- 가 : 너는 다이어트를 한다고 하면서 쉬지 않고 음식을 먹는구나.

  你說要減肥，卻吃不停。

  나 : 이따가 운동하러 갈 거야. 等一下要去運動。

文法訊息

- **先語末語尾限制**：和前用言結合時，不介入「-겠-」。

  예문 *내일은 비가 오겠으면서 오늘은 날이 맑다. 明天會下雨，今天晴朗。

- **助詞結合訊息**：和「도」結合為「–으면서도」表示強調其意義。

  예문 강희는 알고 있(으면서/으면서도) 모르는 척했다. 姜熙知道還佯裝不知。

– (으) 므로

形態訊息

	形態
尾音 ○	-으므로
尾音 ×	-므로

1 理由、根據

表示前內容是後內容的理由或根據。

- 최선을 다했으므로 아쉬움은 없다. 已經盡力了，沒有遺憾。
- 내일은 비가 오겠으므로 외출하실 때 우산을 꼭 챙기시길 바랍니다.
  明天會下雨，外出時務必準備雨傘。
- 언어와 문화는 밀접한 관계에 있으므로 다른 나라의 언어를 배울 때는 그 나라
  의 문화에도 관심을 가져야 한다.
  語言和文化有密切的關係，因此學其他國家的語言時，也要關心該國的文化。
- 종합병원 응급실은 24시간 운영되므로 늦은 시간에도 이용이 가능하다.
  綜合醫院的急診24小時營運，因此深夜也能前往。
- 손발이 찬 사람은 겨울철에 동상에 걸리기 쉬우므로 항상 손발을 따뜻하게 하
  는 것이 좋습니다.
  手腳冰冷的人冬天容易凍傷，因此讓手腳溫暖較好。

談話訊息

- 主要用於書面語中。

  예문 세대 간에는 차이가 있으므로 대화를 통해 서로 이해하려는 노력이 필요
  하다. 世代間有所差異，需要透過對話努力了解彼此。

- 用於正式場合中。

  예문 (논문에서) 나이가 어릴수록 언어 습득 속도가 빠르므로 어릴 때 배우는

것이 좋다. （論文中）年紀愈小，語言習得速度愈快，因此小時候學較好。

(안내 방송에서) 공연 시작 20분 전이므로 입장해 주시기 바랍니다.

（指引廣播）公演再20分鐘即將開始，請入場。

相關表達

- **-어서**

  (1) 「–어서」和前用言結合時，不介入「–었–」、「–겠–」，而「–으므로」則沒有這個限制。

  [예문] 최선을 (*다했어서/다했으므로) 아쉬움은 없다. 已經盡力了，沒有遺憾。

  내일은 비가 (*오겠어서/오겠으므로) 외출하실 때 우산을 꼭 챙기시기 바랍니다. 明天會下雨，外出時務必準備雨傘。

  (2) 「–어서」不用於建議句、命令句，而「–으므로」則沒有這個限制。

  [예문] 모두가 어려운 때(*여서/이므로) 최선을 다하자.

  大家都是困難的時候，盡力做吧。

  토요일에 중요한 행사가 있(*어서/으므로) 모두 출근하세요.

  星期六有重要的活動，請大家都來上班。

  (3) 「–어서」可以用於書面語和口語中，「–으므로」則常用於書面語或正式場合中。

- **-으니까**

  (1) 「–으니까」主要用於口語和非正式場合中，「–으므로」則常用於書面語或正式場合中。

  [예문] 시간 없으니까 빨리 말해. 沒有時間了，快點說。

  시간이 얼마 남지 않았으므로 발표를 서둘러 마무리해 주시길 바랍니다.

  時間所剩不多，請發表盡快做個結論。

- **-기 때문에**

  (1) 在大部分的情況中，和「–으므로」意義差異不大，可以替換使用。

  [예문] 최선을 다했(기 때문에/으므로) 아쉬움은 없다. 已經盡力了，沒有遺憾。

  (2) 不過，「–기 때문에」和前用言結合時，不介入「–겠–」，而「–으므로」則沒有這個限制。

  [예문] 내일은 비가 오겠(*기 때문에/으므로) 외출하실 때 우산을 꼭 챙기시길 바라비다. 明天會下雨，外出時務必準備雨傘。

-은/는데

形態訊息

	形態	
	動詞	形容詞
尾音 ○	-는데	-은데
尾音 ×		-ㄴ데

1 提示狀況或背景

表示後方接續內容的背景或狀況。

- 주말에 영화를 봤는데 지루해서 잠이 들어 버렸어요.
  周末看了電影，因太無聊而睡著。
- 어머니 생신 선물을 사려고 하는데 어떤 선물이 좋을까요?
  我要買媽媽的生日禮物，什麼禮物好呢？
- 어제 고속도로에서 큰 교통사고가 났는데 많은 사람이 다쳤다.
  昨天高速公路發生重大車禍，很多人受傷。
- 가 : 여보, 잠깐 이야기 좀 해. 親愛的，稍微聊一下。
  나 : 오늘은 좀 피곤한데 내일 이야기하자. 今天有點累，明天再說吧。

文法訊息

- **後子句訊息：後子句主要為新訊息、經歷後發現的事實，或話者的感想。**

  예문 *어제 식당에 갔는데 밥을 먹었어. 昨天去餐廳吃了飯。

  어제 식당에 갔는데 유명한 가수를 봤어. → 신정보, 경험해서 발견한 사실
  昨天去餐廳看到有名的歌手。→ 新訊息、經驗發現的事實

  어제 학교 앞 식당에 갔었는데 예전보다 맛이 없어졌더라. → 신정보, 경험해서
  발견한 사실
  昨天去學校前面的餐廳，味道變得不如從前了 → 訊息、經驗發現的事實

  어제 여의도에 갔는데 벚꽃이 참 예쁘더라고요. → 감상
  昨天去汝夷島，櫻花真的很漂亮。→ 感想

- 主要用於口語中。

  예문 영화표가 생겼는데 같이 보러 갈래?

  有人送我電影票，要不要一起看？

- 常用在要求、提議、命令前，以說明狀況或背景時。

  예문 여보, 간장이 떨어졌는데 퇴근하는 길에 하나만 사다 줘요.

  親愛的，醬油沒了，下班回來的路上幫我買一瓶。

  내일 시험도 있는데 방에 가서 공부하렴. 明天有考試，快去房間讀書。

  예문 가 : 신혜 씨, 지금 점심 먹으러 가는데 같이 갈래요?

  信惠，我現在要去吃午餐，要不要一起去？

  나 : 그렇지 않아도 배가 고팠는데 같이 가요.

  你不說，我正肚子餓呢，一起去吧。

2 對立的事實

用於連接對立的兩個事實。

- 형은 키가 큰데 동생은 키가 작더라고요. 哥哥個子高，弟弟個子矮。
- 열심히 공부했는데 시험에 떨어졌어요. 努力讀書了，考試卻落榜了。
- 4월이 되었는데 아직도 날씨가 너무 춥다. 四月了，天氣還是很冷。
- 가 : 혹시 강희 보셨어요? 你有看到姜熙嗎？

  나 : 강희가 조금 전까지는 여기에 있었는데 안 보이네.

  姜熙不久前還在這裡，不見了。

談話訊息

- 主要用於口語中。

  예문 평일이라 백화점이 한가할 줄 알았는데 사람이 많네.

  因為是平日，以為百貨公司會沒人，結果人很多。

相關表達

- -지만

  (1) 和「-는데」意義差異不大，可以替換使用。

  예문 조금 전에 밥을 먹었(지만/는데) 또 배가 고프다.

  不久前吃了飯，現在肚子又餓了。

  (2) 不過「-지만」比「-는데」書面性更強。

- -으나

    (1) 和「−는데」意義差異不大，可以替換使用。

    예문 작년에는 지원자가 많지 않았(으나/는데) 올해는 경쟁률이 무척 높다.
    去年應徵者不多，今年競爭率很高。

    (2) 「−으나」的書面性非常強。「−으나」常用於書面語或演說、報告、發表等正式場合口語中。

    (3) 表示對立性事實的連結語尾，若依書面性和正式性為基準排列，則為：「−는데＜−지만＜−으나」。也就是說，在三個表達中，「−는데」的口語性最強、正式性最低，「−으나」的書面性最強，主要用於正式場合中。

終結語尾「-는데」

① 誘導反應

用於積極期待聽者反應時。

- 가 : 민수 씨, 오늘 정말 멋진데요? 閔秀，今天真的很帥？
  나 : 사실 오늘 소개팅이 있거든요. 其實我今天有相親。

- 가 : 엄마, 내가 설거지했는데. 媽媽，我洗了碗。
  나 : 그래. 잘했어. 수고했다. 好，做得好，辛苦了。

- 은 / 는지

形態訊息

	形態	
	動詞	形容詞
尾音 ○	-는지	-은지
尾音 ×		-ㄴ지

1　有疑問的狀況或事實

和「누구、어디、왜、무엇、어떻게」等一起使用，表示話者有疑問的狀況或事實。其後為推論或論議的對象。

- 혹시 저 분이 누구신지 아세요? 你知道那位是誰嗎?
- 이번에는 두 나라의 관계가 어떻게 변해 왔는지 살펴봅시다.
  現在來看看兩個國家的關係是如何演變的。
- 어떻게 그 일이 언론에 공개되었는지 도무지 이해할 수가 없다.
  實在無法理解那件事怎麼被公開到輿論上的。
- 가 : 민우의 기분이 왜 저렇게 안 좋은지 모르겠어.
  不清楚閔宇的心情為何那麼不好。
  나 : 얼마 전에 여자 친구랑 헤어졌대. 많이 힘든가 봐.
  聽說不久前和女朋友分手了，好像很難受的樣子。

文法訊息

- **先語末語尾限制**：和前用言結合時，不介入「–겠–」。
  예문 시험이 몇 시부터 (시작하는지/*시작하겠는지) 아세요?
  你知道考試幾點開始嗎?
- **後要素訊息**：「–는지」之後主要接「알다、모르다、깨닫다、이해하다」等認知動詞，或「검토하다、살펴보다、논의하다、알아보다」等推論、討論的動詞。
  예문 내가 얼마나 바보 같은 일을 했는지 뒤늦게 깨달았다.
  我很久以後才覺悟自己做了多麼笨的事。

Tip 以「–는지 –는지」形態，可以用來表示兩者中為何者的疑問，後為其推論或討論的對象。此時結合的用言為「있다、없다」、「오다、안오다」等意義上對立關係者。
- 맛이 있는지 없는지 내가 한번 먹어 볼게. 我來試試看味道。
- 채린이가 오늘 학교에 오는지 안 오는지 물어보렴.
  問問看彩林今天來不來學校。
- 집주인이 안에 있는지 없는지 문을 두드려 보자.
  敲門看看房子主人在不在家。
- 걔가 한 말이 진짜인지 가짜인지 내가 어떻게 알겠어?
  我怎麼知道他說的話是真是假?

談話訊息

- (「–는지」後內容省略，可如終結語尾般使用) 用於詢問對方有關外部狀況或他人訊息。
  예문 저 분이 누구신지요? → 저 분이 누구신지 아세요?
  那位是誰? → 你知道那位是誰嗎?
  채린 씨가 지금 어디에 있는지요? → 채린 씨가 지금 어디에 있는지 아세요?
  彩林現在在那裡? → 你知道彩林現在在哪裡嗎?

2 強調前述狀況

以「얼마나／어찌나 -는지 모르다」形態，強調其狀況如此。

- 우리 서준이가 얼마나 효자인지 몰라요. 不知道我們敘俊有多孝順。
- 이렇게 큰 상을 주셔서 얼마나 감사한지 모르겠습니다.
  頒給我這麼大的獎，實在非常感謝。
- 가을 하늘이 어찌나 높고 푸른지 모른다. 秋天的天空又高又藍。
- 가 : 여행은 재미있으셨어요? 旅行有趣嗎？
  나 : 여행 중에 여권을 잃어 버려서 얼마나 고생을 했는지 모르실 거예요.
  旅遊途中弄丟護照，吃了非常多苦頭。

文法訊息

- **先語末語尾限制**：和前用言結合時，不介入「-겠-」。
  예문 그곳에 가면 가을 하늘이 어찌나 (아름다운지/*아름답겠는지) 몰라요.
  到那裡去的話，秋天的天空非常非常的漂亮。
- **後要素訊息**：「-는지」後方主要接「알다」、「모르다」，使用陳述句。
  예문 *우리 서준이가 얼마나 효자인지 모릅시다.
  我們敘俊不知道有多孝順吧。

搭配訊息

- 和「얼마나、어찌나」一起使用以強調其意義。
  예문 신혜는 어찌나 마음이 곱고 예쁜지 몰라.
  信惠怎麼這麼心美人也美。

談話訊息

- （「-는지」後方內容省略，如終結語尾般使用）可以強調前方狀況。
  예문 물이 어찌나 맑고 깨끗한지! → 물이 어찌나 맑고 깨끗한지 몰라요.
  水非常清澈乾淨！ → 水不知道有多清澈乾淨。
  이렇게 큰 상을 주셔서 얼마나 감사한지요! → 이렇게 큰 상을 주셔서 얼마나 감사한지 모르겠습니다.
  頒給我這麼大的獎，真的很感謝！ → 頒給我這麼大的獎，不知道有多感謝。

3 理由、根據狀況

表示形成後內容根據或原因的狀況。

- 연정이가 바쁜지 며칠째 연락이 없네요. 妍靜好像在忙，好幾天沒聯絡了。
- 텔레비전이 고장이 났는지 갑자기 켜지지 않아.
  電視好像故障了，突然打不開。
- 동생이 잘못을 했는지 엄마에게 혼이 나고 있었다.
  弟弟好像犯錯了，換媽媽罵了。
- 가 : 김 대리가 안 좋은 일이 있는지 표정이 어둡더라고요.
  金代理好像有不好的事，表情不太好呢。
  나 : 네. 아버지가 편찮으시다고 들었어요. 是的，聽說他父親病了。

文法訊息

- **先語末語尾限制**：和前用言結合時，不介入「-겠-」。
  예문 ?비가 오겠는지 날이 흐리다. 好像即將下雨，天空陰暗。
- **後子句限制**：後子句主要用陳述句、疑問句，不用建議句、命令句。
  예문 *강희가 바쁜지 며칠째 연락하지 말자. 姜熙忙碌，好幾天不聯絡。

4 推測

以「-는지（도）모르다」形態，表示對前內容的推測。

- 두 사람이 몰래 연애를 하고 있는지도 몰라. 也許兩個人在秘密戀愛著。
- 일부러 나를 못 본 척했는지도 몰라요. 也許是故意裝作沒看見我。
- 벌써 그 소식을 들었는지도 모르겠다. 也許已經聽到那個消息。
- 가 : 이미 알고 있는지도 모르겠지만 김 대리가 다음 달에 결혼을 한대요.
  也許你已經知道，聽說金代理下個月要結婚了。
  나 : 그래요? 꼭 참석해야겠네요. 是喔？一定要參加。

文法訊息

- **先語末語尾限制**：和前用言結合時，不介入「-겠-」。
  예문 *날이 흐린 걸 보면 비가 오겠는지도 몰라.
  看天氣陰的樣子，也許要下雨了。
- **後要素訊息**：「-는지」後主要接「모르다」，使用陳述句。
  예문 *벌써 그 소식을 들었는지도 모릅시다. 讓我們也許已經知道那個消息吧。
- **助詞結合訊息**：和「도」結合為「-는지도」以強調其意義。

- -을지

  (1) 和「-는지」意義差異不大,可以替換使用。不過「-을지」比「-는지」有更茫然莫知推測的感覺。

  예문 일부러 나를 못 본 척했(을지/는지) 몰라요. 也許是故意裝作沒看見我。

5 擔心、憂慮

以「-는지 모르다」形態表示對某對象的擔心、憂慮。

- 남자 친구가 군대에서 잘 지내는지 모르겠어요.
  不知道男朋友在軍中過得好不好。
- 서준이가 밥이나 잘 먹고 다니는지 모르겠어. 不知道敘俊有沒有好好吃飯。
- 아프진 않은지 모르겠다. 不知道有沒有不舒服。
- 가 : 아드님이 유학을 갔다면서요? 聽說您兒子去留學了?

  나 : 네. 요즘 시험 때문에 많이 바쁘다고 하던데 밥이나 챙겨 먹었는지 모르겠네요. 是的,聽說他最近考試很忙,不知道有沒有好好吃飯。

文法訊息

- **先語末語尾限制**:和前用言結合時,不介入「-겠-」。
  예문 *아들이 혼자 있는데 밥이나 챙겨 먹겠는지 모르겠네요.
  兒子自己住,不知道有沒有好好吃飯。

- **後要素訊息**:「-는지」之後主要接「모르다」,使用陳述句。
  예문 *아프진 않은지 모릅시다. 讓我們不知道有沒有不舒服吧。

相關表達

- -을지

  (1) 表示對某狀況擔憂的「-는지」和「-을지」,意義特性相似。不過「-는지」有對現在狀況擔憂的感覺,而「-을지」則有對未來狀況或更茫然莫知狀況擔憂的感覺。

  예문 아들이 군대에서 잘 지내는지 모르겠어요. 不知道兒子在軍中過得好不好。
  아들이 다음 달에 군대에 가는데 잘 지낼지 모르겠어요.
  兒子下個月要入伍,不知道會不會過得好。
  저렇게 무리하다가 아프지나 않을지 몰라.
  那樣拼過頭,不知道有沒有不舒服。

① 鄭重詢問

使用於茫然詢問對方時。加上助詞「요」的「–는지요」，主要用在委婉、鄭重詢問時。

- 너도 알고 있었는지? 你也知道嗎？
- 내일 회의에 참석하실 수 있으신지요? 可以參加明天的會議嗎？

–은들

連結語尾

形態訊息

	形態
尾音 ○	–은들
尾音 ×	–ㄴ들

1 和假設、預想的結果不同

表示即使承認假設某情況，該結果也和預想不同。常用於前內容未達期待或不足時。

- 돈이 아무리 많은들 건강하지 않다면 무슨 소용이 있겠습니까?
  錢再怎麼多，不健康又有什麼用呢？
- 세월이 흘러간들 그 사람을 잊을 수는 없을 것이다.
  歲月再怎麼流逝，也不會忘記他的。
- 그 아이는 아무리 혼낸들 눈 하나 깜짝 안 한다.
  再怎麼懲罰那個孩子，他都不眨一下眼。
- 가 : 아무리 몸에 좋은 음식을 먹은들 운동을 안 하면 건강이 좋아지지 않아요.
  再怎麼吃補品，不運動的話，是不會健康起來的。
  나 : 네. 그런데 바빠서 운동할 시간이 나질 않아요. 是啊，但是忙碌沒空運動。

文法訊息

- **先語末語尾限制**：和前用言結合時，不介入「–었–」、「–겠–」。

예문 *내가 갔은들 그 일을 성공시키지 못했을 것이다.

就算我去了，那件事也不會成功的。

*그 아이는 아무리 혼내겠은들 눈 하나 깜짝 안 할 것이다.

再怎麼懲罰那個孩子，他都不眨一下眼。

- **後要素訊息**：後子句主要用陳述句、疑問句，不用建議句、命令句。

  예문 *세월이 흘러간들 그 사람을 잊지 말아라.

  歲月再怎麼流逝，也不要忘記他。

談話訊息

- 主要用於書面語中。
- 主要是年齡層較高的人使用。
- 有否定評價的意思，對尊長使用可能會失禮。

相關表達

- -을지라도

  (1)「-을지라도」和「-은들」相似，常用於假設和現實不同或發生可能性低的狀況。不過「-은들」可以表示前子句內容未達期待或不足的否定評價，這一點不同。

  예문 비록 세상이 모두 나를 믿지 않을지라도 너만 나를 믿어 주면 돼.

  就算這個世界都不相信我，只要你相信我就可以了。

  조금 일찍 출발한들 제 시간에 도착하기는 어려워.

  即使早一點出發，也很難準時抵達。

-을수록

連結語尾

形態訊息

	形態
尾音 ○	-을수록
尾音 ×	-ㄹ수록

1 比例

表示後內容和前內容程度按比例多或少。

- 한국어는 배울수록 어렵지만 재미도 있어요.
  韓文愈學愈難，但也有趣。
- 나이가 어릴수록 외국어를 더 잘 배운다면서요?
  聽說年紀愈小，外語學得愈好？
- 가까운 사이일수록 예의를 잘 지키도록 하렴.
  關係愈親近，愈要遵守禮儀。
- 설문 조사 결과에서 연령이 높을수록 등산을 좋아하는 것으로 나타났다.
  根據調查結果顯示，年齡愈高愈喜歡爬山。
- 가 : 여자 친구가 그렇게 좋아요? 那麼喜歡女朋友嗎？

  나 : 네. 만나면 만날수록 더 좋아져요. 是的，愈交往愈喜歡。

文法訊息

- **先語末語尾限制**：和前用言結合時，不介入「-었-」、「-겠-」。
  예문 *만나면 (만났을수록/만나겠을수록) 여자 친구가 더 좋아져요.
  愈交往愈喜歡女朋友。

Tip 以「-으면 -을수록」形態表示更為強調。
- 나이가 어리면 어릴수록 외국어를 더 잘 배운다고 한다.
  聽說年紀愈小，外語學得愈好。
- 한국어는 배우면 배울수록 어렵지만 재미도 있어요.
  韓文愈學愈難，但也有趣。

Tip 「갈수록」表「隨著時間過去，更加～」的意思，這是連結語尾轉為副詞的情況。
- 한국어 실력이 갈수록 좋아지고 있구나. 韓語實力愈來愈好啊。
- 과일 가격이 갈수록 비싸진다. 水果價格愈來愈貴。

-을지

形態訊息

	形態
尾音 ○	-을지
尾音 ×	-ㄹ지

1 茫然不解的詢問

表示話者有不解的疑問狀況或事實而為後接推論、判斷或討論的對象。

- 여자 친구에게 어떤 선물을 하면 좋을지 좀 알려 주세요.
  請告訴我送什麼禮物給女朋友好。
- 지금쯤 행사가 시작되었을 텐데, 몇 명이나 참석했을지 궁금하네요.
  現在活動應該開始了，很好奇有幾個人參加。
- 이번 프로젝트가 언제까지 마무리될지 내일 오전 중에 보고하세요.
  明天上午請報告這次專案什麼時候結案。
- 이번 경기에서 어느 팀이 이길지 알 수 없다. 無法得知這次比賽哪一隊會贏。
- 가 : 이번에 박 선수가 큰 부상을 당했다면서요? 聽說朴選手嚴重受傷？
  나 : 네. 부상이 심각해서 회복할 수 있을지 의문입니다.
  對，受傷嚴重，能不能恢復都是疑問。

文法訊息

- **先語末語尾限制**：和前用言結合時，不介入「–겠–」。
  예문 다음 대회에서는 누가 우승을 (할지/*하겠을지) 궁금하네요.
  很好奇下次比賽誰會獲勝。

- **後要素訊息**：「–을지」後主要接如「알다、모르다、깨닫다、이해하다」等認知動詞，或「검토하다、살펴보다、논의하다、알아보다」等有推論、討論意義的動詞。

Tip 以「–을지 –을지」形態用來表示兩者中為何者的疑問，後為其推論、討論的對象。此時的前用言意義上為相對立關係。
- 콘서트에 같이 갈지 말지 결정해서 알려 줘.
  要不要去演唱會，決定後告訴我。

- 시험에 붙었을지 떨어졌을지 전혀 모르겠다. 完全不知道考上與否。

搭配訊息

- 和「얼마나、어찌나」一起使用以表強調其意義。

  예문 가 : 우리 딸이 내일 연주회에서 얼마나 잘할지 기대하고 있어. 응원할게.

  期待我們家女兒在明天演奏會上表現得好，給你加油。

  나 : 열심히 할게요. 고마워요, 아빠. 我會努力的，謝謝爸爸。

談話訊息

- （以倒裝或省略，像終結語尾一樣使用）可以表示茫然莫知地疑問。

  예문 내 첫사랑은 어떻게 지내고 있을지. 我的初戀情人過得如何呢。

  (= 내 첫사랑은 어떻게 지내고 있을지 궁금하네.)

  （＝很想知道我的初戀情人過得如何。）

  예문 궁금하네. 내 첫사랑은 어떻게 지내고 있을지.

  很好奇呢，我的初戀情人過得如何。

- （在終結語尾位置以「-을지요」形態）表委婉詢問對方時。

  예문 여자 친구에게 어떤 선물을 하면 좋을지요? 要送什麼禮物給女朋友好呢？

  그 사람이 한국 음식을 좋아할지요? 他喜歡韓國料理嗎？

相關表達

- -는지

  (1) 表示話者持有疑問狀況或事實的「-을지」，和「-는지」有一樣的意義特性。不過「-는지」主要表示對現在狀況的疑問，「-을지」則有表示對未來狀況或更茫然狀況的疑問的感覺。

  예문 이번 경기에서 어떤 팀이 (*이기는지/이길지) 알 수가 없다. → 미래 상황에 대한 의문을 나타낼 때 '-을지'를 쓰는 것이 자연스러움.

  無法得知這次比賽哪一隊會贏。→ 表示對未來情況的疑問時，使用「-을지」較自然。

  어제 있었던 대회에서 누가 1등을 (했는지/했을지) 궁금하네요. → '-는지'에 비해 '-을지'가 더 막연한 상황에 대해 의문을 가지는 느낌이 있음.

  很想知道昨天的比賽誰第一名。→ 比起「-는지」，「-을지」更有對茫然狀況疑問的感覺。

以「–을지（도）　모르다」形態表示對前內容的推測。

- 금요일이라서 차가 막힐지 몰라요. 지하철을 타고 가는 게 어때요?
  今天是星期五也許會塞車，搭地鐵去如何？
- 저녁이 되면 추워질지 몰라. 따뜻하게 입고 나가렴.
  到了晚上也許會變冷，穿暖一點出去。
- 지금 자고 있을지도 모르니까 내일 전화해야겠다.
  也許在睡覺了，明天再打電話。
- 가 : 그 사람이 너의 말에 상처를 받았을지도 몰라.
  那個人也許會因為你的話受傷。
  나 : 그래? 내일 연락해서 사과해야겠다. 是嗎？明天該打電話道歉一下。

文法訊息

- **先語末語尾限制**：和前用言結合時，不介入「–겠–」。
  예문 *저녁이 되면 추워지겠을지도 몰라. 到了晚上也許會變冷。
- **後要素訊息**：「–을지」後主要接「모르다」使用陳述句。
  예문 *그 소식을 들었을지도 모릅시다. 也許已經聽到那個消息。
- **助詞結合訊息**：和補助詞「도」結合為「–을지도」，以強調其意義。

相關表達

- -는지
  (1) 和「–는지」意義差異不大，可以替換使用。不過「–을지」比「–는지」有更
      茫然推測的感覺。
  예문 일부러 나를 못 본 척했(는지도/을지도) 몰라요.
      也許是故意裝作沒看見我。

以「–을지　모르다」形態表示對某對象的擔心、憂慮。

- 유학 간 동생이 잘 지내고 있을지 모르겠어요.
  不知道去留學的妹妹過得好不好。
- 날씨가 갑자기 추워졌는데 아내가 옷을 따뜻하게 입고 나갔을지 걱정이네요.
  天氣突然變冷，不知道太太出去有沒有穿暖，很擔心。

- 아들이 밥은 잘 챙겨 먹고 다닐지 모르겠다. 不知道兒子有沒有好好吃飯。
- 가: 신혜가 저렇게 무리하다가 아프지나 않을지 몰라.

  信惠那樣硬撐，不知道有沒有不舒服。

  나: 그러게 말이에요. 저도 걱정이에요. 就是說啊，我也很擔心。

文法訊息

- **先語末語尾限制**：和前用言結合時，不介入「–겠–」。

  예문 *아들이 혼자 있는데 밥이나 챙겨 먹겠을지 모르겠네요.

  兒子自己住，不知道有沒有好好吃飯。
- **後要素訊息**：和補助詞「도」結合為「–을지도」以表強調其意義。

  예문 *아프진 않을지 모릅시다. 讓我們不知道有沒有不舒服吧。

相關表達

- -는지

  (1) 表示對某狀況擔心的「–을지」，和「–는지」的意義特性相似。不過「–는지」有對現在狀況擔憂的感覺，而「–을지」則有對未來狀況或更茫然狀況擔憂的感覺。

  예문 아들이 군대에서 잘 지내는지 모르겠어요.

  不知道兒子在軍中過得好不好。

  아들이 다음 달에 군대에 가는데 잘 지낼지 모르겠어요.

  兒子下個月要入伍，不知道會不會過得好。

  저렇게 무리하다가 아프지나 않을지 몰라.

  那樣子猛衝，會不會生出毛病。

-을지라도

形態訊息

	形態
尾音 ○	-을지라도
尾音 ×	-ㄹ지라도

1 違背期待

表示雖然假設或承認前內容，但和後內容沒有關係或不予影響。常用於假設和現實不同，或發生可能性極低的極端狀況。

- 때로는 불만이 있을지라도 참을 줄 알아야 해.
  儘管有時候有所不滿，還是要懂得忍耐。
- 비록 훈련이 괴롭고 힘들지라도 포기하지 않고 이겨낼 것이다.
  儘管訓練辛苦，不要放棄、能克服的。
- 세상이 그대를 속일지라도 슬퍼하거나 노여워하지 마라.
  即使世界欺騙你，也別傷心或生氣。
- 그는 긴장은 했을지라도 겁을 내지는 않았다.
  他雖緊張，但不害怕。

文法訊息

- **先語末語尾限制**：和前用言結合時，不介入「-겠-」。
  예문 *죽음이 우리 사이를 갈라놓겠을지라도 사랑하는 마음은 변함없을 거예요. 儘管死亡會分開我們，相愛的心還是不會改變的。

談話訊息

- 主要用於書面語中。

相關表達

- -어도

  (1) 「-을지라도」有更強調其意義，就難以實現狀況假設的感覺。

  예문 하연이는 많이 먹(어도/*을지라도) 살이 찌지 않는다. 夏延吃多也不變胖。

죽음이 우리 사이를 갈라놓을지라도 사랑하는 마음은 변함이 없을 것이다. 儘管死亡會分開我們，相愛的心還是不會改變的。

(2) 「-어도」可以用於書面語和口語中，而「-을지라도」則常用於書面語。

- -더라도

  (1) 「-을지라도」更強調其意義，有就非現實狀況假設的感覺。

  예문 많이 (바쁘더라도/⁺바쁠지라도) 운동은 매일 하고 있어요.
  儘管忙碌，還是每天運動。

  죽음이 우리 사이를 갈라놓을지라도 사랑하는 마음은 변함이 없을 것이다.
  儘管死亡會分開我們，相愛的心還是不會改變。

  (2) 「-을지라도」主要用於書面語中。

-음에도

連結語尾

形態訊息

	形態
尾音 ○	-음에도
尾音 ✕	-ㅁ에도

1 相反的事實

表示因前內容而致期待事項不發生，或發生與期待相反的事。

- 그는 실력이 뛰어남에도 게으른 탓에 성공하지 못했다. 他實力傑出，但因為懶惰而無法成功。
- 그녀는 어린 나이임에도 뛰어난 실력을 갖추고 있다. 她年紀輕，但有出眾的實力。
- 여러 번 주의를 주었음에도 철수는 같은 실수를 반복했다. 提醒了幾次，但哲秀仍犯同樣的錯誤。
- 많은 우여곡절이 있었음에도 불구하고 그들은 신제품 개발에 성공했다. 儘管一波三折，他們開發新產品上還是成功了。

- 가 : 행사 준비는 잘 되어 갑니까? 活動準備順利嗎？

  나 : 행사가 내일 시작됨에도 불구하고 아직 준비가 완벽하지 못해서 걱정입니다. 活動明天就要開始，但準備還沒齊全完美，很是擔心。

Tip 和表示「不相關」之意的動詞「불구하다」一起使用，以「 名詞 –음에도 불구하고」形態表更強調之意。名詞以「 名詞 ＋불구하고」形態使用。

- 부모님이 반대하셨음에도 불구하고 철수는 유학을 떠났다.
  儘管父母反對，哲秀還是去留學了。
- 부모님의 반대에도 불구하고 철수는 유학을 떠났다.
  儘管父母的反對，哲秀還是去留學了。
- 그녀는 어린 나이임에도 불구하고 뛰어난 실력을 갖추고 있다.
  她年紀輕，但有出眾的實力。
- 그녀는 어린 나이에도 불구하고 뛰어난 실력을 갖추고 있다.
  她年紀雖輕，但有出眾的實力。

文法訊息

- **後子句限制**：後子句主要用陳述句、疑問句，不用建議句、命令句。
  예문 심한 감기 몸살에 걸렸음에도 불구하고 회사에 출근(했다./했니?/*하자./*해라.) 儘管感冒身體很不舒服，還是去公司上班。

談話訊息

- 主要用於書面語中。
  예문 한국 대표팀은 최선을 다했음에도 불구하고 패배하고 말았다.
  儘管韓國代表隊盡了全力，還是輸了。

相關表達

- -는데

  (1) 和「–는데」意義差異不大，可以替換使用。不過「–음에도」更強調和前內容對立，後接和期待相反的事實。

  예문 벌써 4월(인데/임에도) 아직 날씨가 춥다. 已經四月了，天氣還是很冷。

  (2) 「–음에도」比「–는데」書面性更強。

– 자

連結語尾

形態訊息

- 用言的語幹後方加「–자」。

1 接連發生

表示前行為發生後，接著發生後行為。

- 까마귀 날자 배 떨어진다. 烏鴉一飛梨子就掉落。
- 집을 나서자 비가 오기 시작했다. 一出家門就開始下雨。
- 문이 열리자 민수가 서 있는 것이 보였다. 一開門就看到民秀站著。
- 가 : 호랑이도 제 말하면 온다고, 제가 강 선생님 이야기를 하자 강 선생님이 나타나셔서 깜짝 놀랐습니다.

  說曹操曹操到，我一說到姜老師，姜老師就出現了，嚇了一跳。

  나 : 하하하. 그러셨어요? 哈哈哈，是嗎？

文法訊息

- **前用言限制**：主要和動詞結合，不和形容詞、「이다」結合。
- **先語末語尾限制**：和前用言結合時，不介入「–었–」、「–겠–」結合。

  예문 *저녁이 되었자 비가 오기 시작했다. 一到晚上就開始下雨。

- **後子句限制**：後子句主要用現在時制、過去時制，因此不用建議句、命令句。

  예문 *수업이 끝나자 화장실에 (갈 거예요/갑시다/가십시오).

  一下課就去廁所。

談話訊息

- 主要用於書面語中。

2 原因、動機

表示前內容是後內容的原因或動機。

- 여름이 되자 아이스크림의 판매가 증가했습니다.

到夏天來，冰淇淋的銷售就增加。

- 내가 그 말을 하자 엄마께서 불같이 화를 내셨다. 我一說那話，媽媽就發火。
- 모든 것을 포기하자 마음이 편해졌다. 一拋棄一切，心情就舒坦了。
- 가 : 박 기자, 오늘 정부의 대책 발표가 있었는데요.

  朴記者，今天有政府的對策發表。

  나 : 네. 그러나 정부의 대책이 발표되자 국민의 비난이 쏟아졌습니다.

  是的，不過政府的對策一發表，國民的責難就傾洩而出。

文法訊息

- **前用言限制**：主要和動詞結合，不和形容詞、「이다」結合。

  예문 *그 애가 예쁘자 인기가 많아졌다. 她一漂亮，人氣就升高。

- **先語末語尾限制**：和前用言結合時，不介入「-었-」、「-겠-」。

  예문 *아이는 선물을 (받았자/받겠자) 뛸 듯이 기뻐했다.

  孩子收到禮物，如跳起來般高興。

- **後子句限制**：後子句主要用現在時制、過去時制，因此不用建議句、命令句。

  예문 *학교가 끝나자 곧바로 집에 (들어올게요/들어오겠습니다/들어와라).

  學校一下課就要立刻回家。

談話訊息

- 主要用於書面語中。

  예문 전염병이 번지자 사람들이 마스크를 쓰고 다녔다.

  傳染病一擴散，人人都戴起口罩。

相關表達

- **-자마자**

  (1) 前行為和後行為幾乎沒有時間差異時，使用「–자마자」更自然。若兩個行為無關乎時間，前行為是原因或動機，而接著做後續行為時，使用「–자」更為自然。

  예문 집에 돌아오(자마자/*자) 손을 씻었다. 一回家就洗手。

  수업이 끝나(*자마자/자) 잠시 후에 선생님이 교실을 나가셨다.

  下課過一下後老師離開教室。

  아기가 나를 보자마자 울기 시작했다. → 아기가 나를 보았고 곧바로 울기 시작했다.

  孩子一看到我就開始哭。 → 孩子看到我，立刻開始哭。

  아기가 나를 보자 울기 시작했다. → 아기가 나를 보았고 (나 때문에) 울기 시작했다.

  孩子一看到我就開始哭。 → 孩子看到我，（因為我）立刻開始哭。

  초인종을 누르자마자 집주인이 나왔다. → 초인종을 눌렀고 곧바로 집주인이 나왔다.

一按門鈴主人就出來。→ 按了門鈴，主人立刻出來。

초인종을 누르자 집주인이 나왔다. → 초인종을 눌렀기 때문에 집주인이 나왔다.

一按門鈴主人就出來。→ 因為按門鈴，所以主人出來。

정부가 대책을 발표하자마자 비난이 쏟아졌다. → 정부가 대책을 발표했고 곧바로 비난이 쏟아졌다.

政府一發表對策，責難就蜂湧而來。→ 政府發表對策，立刻湧來指責。

정부가 대책을 발표하자 비난이 쏟아졌다. → 정부가 대책을 발표했고 대책 때문에 비난이 쏟아졌다.

政府一發表對策，責難就因而蜂湧而來。→ 政府發表對策，因為對策而湧來指責。

(2)「–자」後不能用命令、建議句，而「–자마자」則沒有這個限制。

예문 학교가 끝나(자마자/*자) 집으로 돌아와라. 學校一下課就回家吧。

여름 방학이 시작하(자마자/*자) 여행을 가자.

一開始放暑假，我們就去旅行吧。

〔3〕 同時有資格或特徵

表示同時擁有兩個以上的資格或特徵。

- 그는 시인이자 교수이다. 他是詩人兼教授。
- 그것은 어른들의 책임이자 의무입니다. 那是大人的責任也是義務。
- 이것은 저의 생각이자 제 부모님의 뜻이기도 합니다.
  這是我的想法，也是我父母的意思。
- 가 : 처음이자 마지막으로 부탁 하나만 할게요.
  這是第一次，也是最後一次的拜託。
  나 : 무슨 일인데요? 말씀해 보세요. 什麼事？請說。

文法訊息

- **主語限制**：前子句和後子句的主語要相同，後子句的主語通常省略。
  예문 그 선수는 세계 기록 보유자이자 (*저 분은) 지난 대회의 우승자입니다.
  那位選手是世界紀錄保持人，也是前次比賽的優勝者。

- **前用言限制**：和「이다」結合。
  예문 한 남자의 아내이자 두 아이의 엄마로서 최선을 다하고 있다.
  身為一個男人的妻子和兩個孩子的媽媽，我全力以赴中。

- **先語末語尾限制**：和前用言結合時，不介入「–었–」、「–겠–」。
  예문 *그는 천재적인 피아노 (연주가였자/연주가이겠자) 작곡가이시다.
  他是天才鋼琴演奏家，也是作曲家。

296

參考訊息

① -자 하니 (까)

- 以「보자 하니 (까)」、「듣자 하니 (까)」形態表示以看到、聽到的為根據說明。
- 듣자 하니까 이번에 큰 아들이 결혼을 한다면서?
  如所聽聞，這次大兒子要結婚？
- 보자 하니 오늘 내로 끝내기는 틀린 것 같다
  如所見，今天似乎不會結束。

② -자 -자 하니 (까)

- 以「보자 보자 하니 (까)」、「듣자 듣자 하니 (까)」形態表示某狀況再也無法忍受放任不管。
- 듣자 듣자 하니까 그걸 말이라고 해? 真聽不下去了，那像話嗎？
- 보자 보자 하니까 정말 너무하네. 真看不下去了，那實在太過分了。
- 너 정말 보자 보자 하니까 못하는 짓이 없다!
  看來你真的沒有什麼事情做不出來的。

– 자마자

形態訊息

- 用言的語幹後加「–자마자」。

---

1 立刻

表示前行為發生後，立刻發生接下來的行為。

- 한국에 도착하자마자 연락해 주세요. 一抵達韓國就請跟我聯絡。
- 수업이 끝나자마자 저녁 먹으러 가자. 一下課就去吃晚餐吧。
- 집을 나오자마자 비가 내리기 시작했다. 一出家門就開始下雨。
- 서준이는 대학을 졸업하자마자 취직했다. 敘俊大學一畢業，就開始工作。
- 가 : 언제부터 그 사람을 좋아하게 됐어요? 什麼時候開始喜歡那個人？
  나 : 그녀를 보자마자 첫눈에 반했습니다. 一見她就愛上了。

文法訊息

- **前用言限制**：主要和動詞結合，不和形容詞、「이다」結合。
  > 예문 *그 애는 예쁘자마자 인기가 많아졌다. 她一漂亮人氣就變高。

- **先語末語尾限制**：和前用言結合時，不介入「-었-」、「-겠-」。
  > 예문 서준이는 대학을 졸업(하자마자/*했자마자) 취직했다.
  >
  > 敘俊大學一畢業，就開始工作。
  >
  > 우리는 결혼을 (하자마자/*하겠자마자) 아이를 가질 계획이에요.
  >
  > 我們計畫一結婚就生小孩。

- **否定形訊息**：前子句若用否定詞「안」、「못」，常會顯不自然。
  > 예문 *동생이 밥을 안 먹자마자 엄마가 혼을 내셨어요.
  >
  > 弟弟一不吃飯，媽媽就生氣了。
  >
  > ?시험을 못 보자마자 속상해서 눈물이 나왔어요.
  >
  > 一沒辦法考試就難過流淚。

相關表達

- **-자**

  (1) 前行為和後行為幾乎沒有時間差異時，使用「-자마자」更自然。若兩個行為無關乎時間，前行為是原因或動機，而接著做接下來的行為時，使用「-자」更為自然。

  > 예문 집에 돌아오(*자/자마자) 손을 씻었다. 一回家就洗手。
  >
  > 수업이 끝나(자/*자마자) 잠시 후에 선생님이 교실을 나가셨다.
  >
  > 下課過一下後老師離開教室。
  >
  > 아기가 나를 보자마자 울기 시작했다. → 아기가 나를 보았고 곧바로 울기 시작했다.
  >
  > 孩子一看到我就開始哭。→ 孩子看到我，立刻開始哭。
  >
  > 아기가 나를 보자 울기 시작했다. → 아기가 나를 보았고 (나 때문에) 울기 시작했다.
  >
  > 孩子一看到我就開始哭。→ 孩子看到我，（因為我）立刻開始哭。
  >
  > 초인종을 누르자마자 집주인이 나왔다. → 초인종을 눌렀고 곧바로 집주인이 나왔다.
  >
  > 一按門鈴主人就出來。→ 按了門鈴，主人立刻出來。
  >
  > 초인종을 누르자 집주인이 나왔다. → 초인종을 눌렀기 때문에 집주인이 나왔다.
  >
  > 一按門鈴主人因而出來。→ 因為按門鈴，所以主人出來。
  >
  > 정부가 대책을 발표하자마자 비난이 쏟아졌다. → 정부가 대책을 발표했고 곧바로 비난이 쏟아졌다.
  >
  > 政府一發表對策，責難就蜂湧而來。→ 政府發表對策，立刻湧來指責。
  >
  > 정부가 대책을 발표하자 비난이 쏟아졌다. → 정부가 대책을 발표했고 대책 때문에 비난이 쏟아졌다.
  >
  > 政府一發表對策，責難就蜂湧而來。→ 政府發表對策，因為對策而湧來指責。

(2)「–자」後不能用命令、建議句，而「–자마자」則沒有這個限制。

예문 학교가 끝나(*자/자마자) 집으로 돌아와라.

學校一下課就回家。

여름 방학이 시작하(*자/자마자) 여행을 가자.

一開始放暑假，我們就去旅行吧。

- -는 대로

(1)「–는 대로」表示前行為發生，其狀態持續中，發生相關的後行為；而「–자마자」則指前行為發生的瞬間，因此也可以用於偶然的狀況。

예문 한국에 도착하(는 대로/자마자) 연락할게요. 一抵達韓國就跟你連絡。

학교가 끝나(는 대로/자마자) 집으로 돌아와라. 學校一下課就回家。

집을 나오(*는 대로/자마자) 비가 내리기 시작했다. 一出家門就開始下雨。

(2)「–는 대로」的後子句連接未來內容較自然。

예문 일어나(*는 대로/자마자) 운동하러 나갔다. 一起床就出去運動。

일어나(는 대로/자마자) 운동하러 갈 거예요. 一起來就要去運動。

(3)「–는 대로」後接表示預定、計畫內容以外的陳述句，常會顯不自然。「–자마자」後可以接陳述、疑問、命令、建議句。

예문 일어나(*는 대로/자마자) 물을 마십니다. 一起來就喝水。

한국에 도착하(는 대로/자마자) 연락할게요. 一抵達韓國就跟你連絡。

– 자면

連結語尾

形態訊息

· 用言的語幹後加「–자면」。

1 假設意圖或想法

表示假設意圖或想法。

- 좋은 성적을 유지하자면 예습과 복습을 하는 것이 중요하다.

想要維持好成績，預習和複習很重要。

- 이사를 하자면 챙겨야 할 것들이 한두 가지가 아니다.

想要搬家的話，要收拾的不是一兩樣。

- 저 집을 사자면 돈이 얼마나 있어야 할까? 想買那房子，需要多少錢？
- 가 : 수현아, 왜 화가 났어? 秀賢，為什麼生氣？

  나 : 말 안 하고 참자면 그냥 넘어갈 수도 있지만 그냥 솔직히 이야기할게.

  不說出來忍著的話，也許就過去了，但我老實說。

文法訊息

- **前用言限制**：主要和動詞結合，不和形容詞、「이다」結合。

  예문 *더 예쁘자면 화장을 하면 된다. 要更漂亮的話，化妝就可以了。
- **先語末語尾限制**：和前用言結合時，不介入「–었–」、「–겠–」。

  예문 *나쁘게 (보았자면/보겠자면) 그는 두 얼굴의 사나이였다.

  負面來看，他是雙面男子。
- **否定形訊息**：前子句若用表示否定的「못」，常會顯不自然。

  예문 집을 (안/*못) 사자면 굳이 돈을 모을 필요가 없지.

  如果不買房子，沒有一定要存錢。
- **後子句限制**：後子句主要用陳述句、疑問句，不用建議句、命令句。

  예문 *큰 집으로 이사를 하자면 돈을 더 모읍시다.

  要搬到大房子的話，再存點錢吧。

談話訊息

- **主要用於書面語中。**

  예문 기존의 논의를 간단하게 정리하자면 다음과 같다.

  目前的討論簡單整理如下。
- **在論述文章、發表、演說等場合中，常用「말하자면、예를 들자면、요약하자면、 덧붙이자면」等慣用表達。**

  예문 말하자면 소설보다 수필에 더 가까운 셈이다.

  換言之就是比小說更接近隨筆。

- 지만

形態訊息

· 用言的語幹後加「-지만」。

縮寫 -지마는

1 對立的事實

用於連接兩個對立的事實。

· 어머니는 노래를 잘 부르시지만 저는 음치예요.

媽媽很會唱歌,但我五音不全。

· 오전에는 날씨가 매우 흐렸지만 오후에는 날이 개었다.

上午天氣陰,不過下午放晴了。

· 신혜에게 전화를 했지만 받지 않아서 문자 메시지를 보내 두었다.

給信惠打了電話但她沒接,所以傳了訊息。

· 가 : 연정 씨, 어디 아파요? 얼굴이 안 좋아요.

妍靜,哪裡不舒服?臉色看起來不好。

나 : 감기에 걸렸어요. 약을 먹었지만 감기가 좀처럼 낫지 않네요.

感冒了,吃了藥但感冒沒快好。

相關表達

· -는데

(1) 和「-지만」意義差異不大,可以替換使用。

예문 조금 전에 밥을 먹었(는데/지만) 또 배가 고프다.

不久前吃了飯,肚子卻又餓了。

(2) 不過「-지만」比「-는데」書面性更強。

· -으나

(1) 和「-지만」意義差異不大,可以替換使用。

예문 많은 의학자가 이 병의 치료제를 개발하기 위해 힘써 왔(으나/지만) 아직 개발되지 않고 있다.

許多醫學專家致力於開發這個病的治療藥物,但還未開發出來。

(2)「–으나」的書面性非常強，主要用於正式場合中。

(3) 表示對立性事實的連結語尾，若以書面性和正式性為基準排列，則為：「–는데＜–지만＜–으나」。也就是說，在三個表達中，「–는데」的口語性最強、正式性最低，「–으나」的書面性最強，主要用於正式場合中。

2 附言

用於補充說明事實或條件。

- 채린이는 얼굴도 예쁘지만 마음이 정말 예뻐요. 彩林臉蛋漂亮，心地也美。
- 태훈이는 공부도 잘하지만 운동에도 소질이 있더라고.
  泰勳會讀書，也擅長運動。
- 제주도는 경치도 아름다웠지만 음식이 정말 맛있었어요.
  濟州島風景漂亮，食物也好吃。
- 당근은 맛도 좋지만 눈에 매우 좋은 채소이다.
  紅蘿蔔味道好，是對眼睛好的蔬菜。
- 가 : 현정 씨, 회사 앞에 식당이 새로 생겼던데요. 가 봤어요?
  賢靜，公司前面有家新開的餐廳，去過了嗎？
  나 : 네. 그런데 그 식당은 맛도 없지만 직원들이 너무 불친절하더라고요.
  有，不過那家餐廳菜不好吃，職員太不親切了。

3 其他用法

① 提示前提性質事實

用於正式開始提示要說的話之前，先說明前提性質事實時。

- 믿기 어렵겠지만 그 사람이 범인이었어.
  雖然很難相信，但他是個犯人。
- 지난번에도 말씀드렸지만 이번 주 금요일까지 관련된 서류를 모두 제출해 주세요.
  上次也說過了，這周五前請繳交全部相關資料。
- 다른 제품과 비교해 보시면 아시겠지만 품질이나 가격 면에서 저희 제품이 가장 우수합니다.
  和其他產品比較就可知道，品質和價格上都是我們產品最優秀。

② 要求諒解

- 和「미안하다、실례하다」等一起使用，用於向對方拜託或恭謹要求諒解時。

- 미안하지만 자리 좀 비켜 줄래? 抱歉能讓出位置一下嗎?
- 가 : 이현정 씨 좀 바꿔 주세요. 請幫我轉接李賢靜。

  나 : 실례지만 누구시라고 전해 드릴까요? 抱歉，請問要轉達您是哪位?
- 이왕 이렇게 된 거 수고스럽겠지만 한 번만 더 도와주세요.

  既然如此，請您再費心幫我一次。

3

終結語尾

③ 終結語尾

❀ 結構 ❀

標題項目訊息

▶ **標題項目以下列方式為代表標示。**

- 提示媒介母音：'-(으)세요'
- 先提示和陽性母音結合的語尾：'-아/어요'
- 先提示和形容詞結合的語尾：'-은/는가'
- 形態複雜的情況，以接動詞的形態作為代表：'-는다고(요)'
- 結合補助詞「요」時以（ ）標示：'-을게(요)'

了解終結語尾

▶ **提示結合用言的各種形態**

- 終結語尾依所接用言語幹末音節是否有尾音、用言語幹末的母音種類、詞性來標示不同的形態。若所接詞是名詞時，以〔名詞〕標示；同時記述縮寫、簡寫訊息。若標記方式和實際使用不同，以 Tip 標示。

▶ **提供豐富的前用言、先語末語尾文法訊息等**

- 所謂終結語尾的文法訊息是指稱為「語尾」的終結語尾特性，即和終結語尾結合的前用言、先語末語尾等，皆盡可能豐富標示。

▶ **提示是否能和補助詞「요」結合的情況**

- 終結語尾不同於其他領域，主要以是否能和補助詞「요」結合為其特徵。

▶ **提示各種聽者、話者訊息**

- 終結語尾主要依說明、提問、命令、建議等敘法來行使句子結束之功能，並包含話者和聽者之間的關係、話者的態度，因此會比其他領域更詳細敘述話者和聽者的年紀、社會地位、親疏關係等使用情況。

▶ **提示尊謙訊息**

- 終結語尾在文法意義之外，會因使用的狀況脈絡不同，可能會有傷及聽者顏面或導致產生不愉快的感覺，因此尊謙性的脈絡知識為必備。本書在「談話訊息」部分詳細提供學習者應注意避免毀壞尊謙語言特性之事項。

▶ **提示細部溝通功能訊息**

- 終結語尾依狀況脈絡不同而有各種不同的意見溝通功能，因此本書不僅提供使用法，也記述細部的溝通功能。意見溝通功能包含終結語尾的隱含意思、使用意義、言語行為的說明等。

▶ **提示音調、語調訊息**

- 標示出終結語尾的揚抑、語調。

- 거 / 너라

形態訊息

- 用言的語幹後方加「-거라」。
- 若和「오다」結合,加上「-너라」。

예문 이리 오너라. 來這裡吧。

1 命令

用於命令時。

- 가 : 할머니께 인사하고 가거라. 去和奶奶問好再去。
  나 : 네, 어머니. 好,媽媽。
- 가 : 이제 방에 들어가거라. 現在回房間去。
  나 : 네, 알겠습니다. 쉬세요. 好,我知道了,請休息。
- 가 : 내일 아침 일찍 출발할 거니까 늦어도 6시에는 일어나거라.
  明天早上要早點出發,最晚六點要起來。
  나 : 네, 안녕히 주무세요. 好,晚安。
- 가 : 이것도 좀 먹거라. 這個也吃了。
  나 : 네, 감사합니다. 好,謝謝。
- 가 : 오늘 점심시간 후에 오너라. 今天午餐時間後來。
  나 : 네, 알겠습니다. 그때 뵙겠습니다. 好,我知道了,那時見。
- 가 : 꼭 노크하고 들어오너라. 先敲門再進來。
  나 : 네, 명심하겠습니다. 好,我會記住。

文法訊息

- **主語限制**:因為表示命令,所以通常和第二人稱主語一起用,或不用主語。
- **前用言限制**:「-거라」主要和「가다」或以「가다」結束的合成動詞結合;而「-너라」和「오다」或以「오다」結束的合成動詞結合。不過也有和其他動詞結合的情況,但不和形容詞、「이다」結合。
  예문 *더 예쁘거라. 更美吧。
- **先語末語尾訊息**:難以和「-시-」、「-었-」、「-겠-」結合。
  예문 맛있게 (*드시거라/*먹었거라/*먹겠거라). 好好享用。

談話訊息

- 主要用於口語中。
- 用於上位者對下位者以權威指示或命令時。
- 不用於對同等地位的人。
- 稍有古風感覺。

-거든（요）

終結語尾

形態訊息

- 用言的語幹後加「-거든（요）」。

1 告知對方不知道的內容

用於告知認為對方不知道的內容時。

- 요즘 내가 아침마다 수영하거든. 그런데 내가 오늘 아침에 수영복을 안 가져온 거야. 最近我每天早上游泳，但我今天早上沒帶泳衣來。
- 나 어제 길에서 선생님을 만났거든. 그런데 선생님은 나를 못 알아보셨어.
  我昨天在路上遇到老師，但老師沒認出我。
- 나는 겨울이 되면 원래 살이 잘 찌거든. 그래서 걱정이야.
  我冬天本來就很會變胖，很擔心。
- 가 : 채린아, 너 이번에 달리기 대회에 나가 볼래?
  彩林，你這次要不要參加跑步比賽？
  나 : 네가 잘 모르겠지만 내가 달리기를 정말 못하거든.
  你可能不知道，我真的很不會跑步。
- 가 : 고기를 많이 샀네? 買了很多肉呢?
  나 : 응, 우리 가족은 고기를 많이 좋아하거든. 嗯，我家人很喜歡肉。

文法訊息

- **先語末語尾訊息**：可以和「-시-」、「-었-」結合，不和「-겠-」結合。
  예문 *내일 비가 오겠거든. 明天應該會下雨。

- 主要用於口語中。
- 主要用於非正式場合中。在正式場合時，比起「–거든（요）」，有使用「–습니다」的傾向。

Tip 「–거든（요）」用於好像向聽者告知他不知道的事情一般。若要說關於聽者已經知道的事情使用「–잖아（요）」。

- 우산 가져가세요. 오늘 일기 예보에서 비가 온다고 했거든요.

  請帶雨傘，因為今天氣象預報說會下雨。

語調訊息

- 句尾稍微上揚。

擴張

- **說明理由或根據**：也可以用於說明前面提到的話、狀況之理由或根據，此時的句尾有下降的傾向。

  예문 선크림 꼭 바르세요. 오늘 햇빛이 정말 강하거든요.

  一定要擦防曬乳液。因為今天的陽光真的很強。

  나는 이 향수만 써. 냄새가 정말 좋거든.

  我只擦這個味道，香味真的很棒。

  예문 가 : 이번에는 왜 머리 염색 안 했어? 這次怎麼頭髮沒染色？

  나 : 머릿결이 좀 많이 상했거든. 그래서 염색 안 했어.

  因為髮質有點受傷，所以沒有染。

  예문 가 : 너 오늘은 저녁 밥 잘 먹네. 你今天晚上很能吃呢。

  나 : 네, 엄마, 오늘 점심을 굶었거든요.

  是的，媽媽。因為我今天中午餓肚子。

  예문 가 : 너희 집은 왜 오늘 하루 종일 청소해?

  你們家為什麼今天整天都在打掃？

  나 : 내일 중요한 손님이 오시거든요. 是因為明天有重要的客人來。

- **炫耀**：也用於炫耀，此時的句尾較長。

  예문 가 : 어머나, 규현이가 정말 잘생겼네요. 哎呀，圭賢長得真帥。

  나 : 그렇죠? 규현이가 남편을 닮은 것 같아요. 남편도 젊었을 때 좀 멋있었거든요. 是吧，圭賢應該是長得像老公，年輕時的老公也很帥。

- **斷然拒絕**：可以用來表示斷然拒絕，此時的句尾較短。

  예문 가 : 연정아, 이제부터 정말 너한테 잘할게. 나를 믿어 줘.

  妍靜，現在開始真的會對你好，相信我。

  나 : 됐거든. 우린 이미 끝났어. 夠了，我們已經結束了。

相關表達

- -잖아 (요)

   (1)「-잖아 (요)」和「-거든 (요)」一樣，可以用來說明前面曾提過的話、狀況之理由或根據，不過只在談到聽者已經知道的事情時，才能使用「-잖아 (요)」。而在說明假設聽者不知道的內容時，使用「-거든 (요)」。

   [예문] 가 : 채린아, 우리 다이어트도 할 겸 아침에 운동할까?

   彩林，我們要不要順便減肥，早上來運動？

   나 : 나는 못 해. 나 아침에 영어 학원 다니잖아.

   我不行，我早上要去英文補習班你知道的。

   → 아침에 영어 학원을 다니고 있다는 사실을 청자가이미 알고 있었으며 환기해 줌.

   → 聽者已經知道早上要去英文補習班的事實，再次提醒。

   나 : 나는 못 해. 나 아침에 영어 학원 다니거든.

   我不行，我早上要去英文補習班。

   → 아침에 영어 학원을 다니고 있다는 사실을 청자가 모르고 있었으며 새로이 알려 줌.

   → 聽者不知道早上要去英文補習班，告知新事實。

- 게 (요)

終結語尾

形態訊息

- 用言的語幹後加「-게 (요)」。

1 詢問對方的意圖

用於詢問對方的意圖。

- 가 : 이렇게 꾸물대다가 너 이거 언제 다 하게?
  你這樣慢吞吞，什麼時候能做完？
  나 : 이번 주말에 시간이 있으니까 다 할 수 있어요.
  這個周末有時間，可以全部做完。
- 가 : 세뱃돈 받은 거 어디에 쓰게? 나한테 밥 좀 사.
  壓歲錢要用在哪裡？請我吃飯。
  나 : 무슨 소리야. 나 이거 다 저금할 거야. 說什麼啊，我全都要存起來。
- 가 : 오늘도 학교에 가게? 今天也去學校？

나 : 네, 시험 공부 때문에 가려고요. 對，因為準備考試，所以要去。
- 가 : 어머니, 정말 오늘 하루 종일 **굶으시게요**? 媽媽，你真的要餓肚子一天？
  나 : 어, 병원에서 검사 받으려면 굶어야 한대.
  嗯，（他們說）要到醫院檢查的話要空腹。

文法訊息

- **先語末語尾限制**：可以和「–시–」結合，不和「–었–」、「–겠–」結合。
  예문 너 이거 언제 다 (*했게/*하겠게)？ 你這個什麼時候做完？

談話訊息

- 主要用於口語中。
- 主要用於非正式場合中。在正式場合時傾向用「–습니다」。

2 反諷並反駁

用反諷語氣的疑問以反駁前所言內容。表示若前句子條件滿足，則後句子的內容為當然，不過實際狀況並非如此。

- 가 : 내가 그렇게 예뻤으면 영화배우가 **됐게**? 我那麼漂亮的話，會當電影演員？
  나 : 흠, 맞아. 솔직히 말하면 네 외모가 그 정도는 아니지.
  嗯，是啊，老實說，你的外表也沒到那個程度。
- 가 : 와! 너 정말 똑똑하다. 천재야. 哇！你真聰明，天才！
  나 : 날 비행기 태우지 마. 내가 천재면 지금 이러고 **있게**?
  別捧我了，我是天才的話，現在會這樣？
- 가 : 연정아, 너 이 문제 풀 수 있니? 妍靜，你會解這個問題嗎？
  나 : 당연하죠. 제가 이런 문제도 못 풀면 **바보게요**?
  當然了，我這問題也解不開，是笨蛋嗎？
- 가 : 신혜야, 너 노래 정말 잘 부른다. 다시 봤어.
  信惠，你唱歌唱的真好，刮目相看了。
  나 : 내가 노래 못 불렀으면 가수를 어떻게 **했게**? 我不會唱歌，怎麼當歌手？

文法訊息

- **先語末語尾限制**：可以和「–시–」、「–었–」結合，不和「–겠–」結合。
  예문 *그렇게 따지면 네가 1등을 하겠게? 那樣算的話，你會是第一名？

談話訊息

- 主要用於口語中。

- 主要用於非正式場合中。在正式場合中即使要傳達一樣的意思，會用「–습니까」，但沒有反問的意思。

  예문 (비격식적인 상황에서) 내가 돈이 있었으면 그 스포츠카를 벌써 샀게요?
  （非正式場合中）我有錢的話，早就買那賽車了？

  (격식적인 상황에서) 제가 돈이 있었으면 그 스포츠카를 왜 안 샀겠습니까? （正式場合中）我有錢的話，會不買那賽車嗎？

3 引導猜測

用於引導對方猜測。

- 지금 몇 시게? 現在幾點？
- 나 무슨 전공이게? 我主修什麼？
- 나 오늘 화장했게, 안 했게? 我今天化妝了？沒化妝？
- 나 어렸을 때 별명이 뭐였게? 我小時候的綽號是什麼？
- 아저씨, 우리 할머니 보신 적 있으시죠? 우리 할머니 연세가 어떻게 되시게요?
  叔叔，您有看過我奶奶吧？我奶奶年紀多大？

文法訊息

- **先語末語尾限制**：可以和「–시–」、「–었–」結合，不和「–겠–」結合。
  예문 *내일 비가 오겠게, 안 오겠게? 今天會下雨？不下雨？

談話訊息

- 主要用於口語中。
- 主要用於非正式場合中。在正式場合時使用「–을 것 같습니까？」、「–는지 압니까？」等表達，可傳達類似的意思。
  예문 저 어렸을 때 별명이 무엇일 것 같습니까? 我小時候的綽號是什麼？
  저 어렸을 때 별명이 뭐였는지 아십니까?
  您知道我小時候的綽號是什麼嗎？

–고 (요)

終結語尾

形態訊息

- 用言的語幹後加「–고（요）」。

1 委婉命令

用於委婉命令對方時。

- 이쪽으로 오시고요. 請到這裡來。
- 이거 가져가시고요. 這個請帶走。
- 내일은 일찍 오시고요. 明天請早來。
- 가 : 이 주사 아픈가요? 這打針會痛嗎?

  나 : 조금 아플 거예요. 소매 걷으시고요. 會有點痛,請捲起袖子。

文法訊息

- **主語限制**:主要和第二人稱主語一起用,或沒有主語。
- **前用言限制**:主要和動詞結合,不和形容詞、「이다」結合。

  예문 *내일은 예쁘고요. 明天要漂亮。

- **先語末語尾訊息**:可以和「–시–」結合,不和「–었–」、「–겠–」結合。

  예문 *이거 먹(었/겠)고. 吃這個。

談話訊息

- 主要用於口語中。
- 主要用於非正式場合中。在正式場合時,使用「–으십시오」比「–고요」更自然。

  예문 (격식적인 상황에서) 이쪽으로 오십시오. (正式場合中) 請到這邊。

- 使用「–고요」比「–으세요」、「–으십시오」、「–어」、「–어라」等命令形終結語尾更沒武斷的感覺,可減低聽者抗拒或負擔。
- 在口語中也會發音成「–구(요)」。

  예문 신발은 벗으시구요. 脫鞋了啊。

2 (用於陳述句) 附加說明

在對方說過的話或自己說的話予以補充說明時。

- 어? 너 여기에 웬일로 왔니? 멀리 간다고 해 놓고.

  喔?你怎麼在這裡?說了要去遠的地方。

- 여보세요? 어디에 있었어요? 전화도 안 받고요. 걱정했잖아요.

  喂?你在哪裡?電話也不接,很擔心啊。

- 가 : 서준이는 참 괜찮은 학생인 것 같아요 敍俊好像真的是不錯的學生。

  나 : 맞아요. 그리고 공부도 잘하고요. 對,書也唸得好。

- 가 : 오늘 본 영화는 전반적으로 잘 만들어졌다는 생각이 들었어.
  我感覺今天看的電影整體來說拍得很好。
  나 : 맞아, 연기도 좋고. 是啊，演得也好。
- 가 : 이번이 석사 마지막 학기예요. 這是碩士的最後一學期。
  나 : 그럼 이번에 졸업하는 거니? 那這學期會畢業嗎？
  가 : 그건 아니고요. 이번에 논문을 써요. 不，現在寫論文。

文法訊息

- **先語末語尾訊息**：可以和「–시–」、「–었–」、「–겠–」結合。

談話訊息

- 主要用於口語中。
- 主要用於非正式場合中。在正式場合時，「–고」之後的話省略並不自然。另一方面，在正式場合中可以使用如「–고 말입니다」的補充說明。
  예문 부장님은 정말 발표를 잘하시는 것 같습니다. 영어도 잘하시고 말입니다.
  部長真的很擅長發表，英文也說得很好。
- 在口語中也會發音為「–구（요）」。
  예문 너 어디에 있었어? 전화도 안 받구. 你在哪裡？電話也不接。

3　（疑問）反駁

用於以疑問句形式反駁對方的話時。省略「–고」之後的特定部分而詢問，這用法反而更有強調省略內容的效果。

- 네가 공주라면 나는 왕자고? 你是公主的話，那我是王子囉？
- 흥, 내가 그런 말 같지도 않은 말에 속을 줄 알고?
  哼，你以為我會被那樣不像話的話騙了？
- 내일 너까지 모임에 안 오면 나 혼자 어떻게 하고?
  明天連你也不來聚會的話，我一個人怎麼辦？
- 내가 만든 음식 다시는 안 먹겠다고 할 때는 언제고?
  說不再吃我做的食物是什麼時候的事了？（不是才說不再吃我做的食物嗎？）
- 가 : 이번에 우리 가족 여행은 울릉도다. 這次我們家族旅行去鬱陵島。
  나 : 제주도가 아니고요? 不是說是濟州島嗎？

文法訊息

- **先語末語尾訊息**：可以和「–시–」、「–었–」、「–겠–」結合。

- 主要用於口語中。
- 主要用於非正式場合中。在正式場合中反駁對方的情況不自然。
- 在口語中也發音為「–구（요）」。
  예문 밥은 먹었구? 吃飯了？

4 （用於疑問句）問候

用於和熟識的人問候、打招呼時。

- 가 : 부모님은 잘 계시고? 父母好嗎？
  나 : 네, 잘 계세요. 嗯，很好。
- 가 : 그래, 요즘 하는 일은 잘 되고? 好，今天做的事順利？
  나 : 네, 요즘 잘 되고 있어요. 是的，最近很順利。
- 가 : 여자 친구하고는 잘 지내고? 和女朋友過得好嗎？
  나 : 아니요, 헤어진 지 꽤 됐어요. 不，分手很久了。
- 가 : 점심은 먹었고? 午餐吃了？
  나 : 응, 당연히 먹었지. 嗯，當然吃了。
- 가 : 아버지, 저녁은 드셨고요? 爸爸，晚餐吃了？
  나 : 응, 오늘은 점심을 많이 먹었더니 배불러서 그냥 안 먹었다.
  嗯，今天中午吃很多，肚子飽，就不吃了。

文法訊息

- **前用言訊息**：主要和「잘 지내다」、「밥을 먹다」、「안녕하다」等問候常用表達結合。
- **先語末語尾訊息**：可以和「–시–」、「–었–」結合，不和「–겠–」結合。
  예문 *애들은 잘 있겠고? 孩子們好嗎？

談話訊息

- 主要用於口語中。
- 主要用於非正式場合中。在正式場合主要用「–습니까」打招呼。
- 通常不對第一次見面的人使用，而對熟識的人使用。
- 使用「–고（요）」打招呼，有連結和對方上次對話的感覺，因此即使是對許久不見的人打招呼也可以用「–고（요）」，有助於減少對話參與者間的不自然感覺。
  예문 요즘 회사 일은 안 바쁘고? 今天公司不忙？
- 在口語中也發音為「–구（요）」。
  예문 밥은 먹었구? 吃飯了？

– 기

形態訊息

- 用言的語幹後加「–기」。

② 一般化講述

用於將未發生的某狀況一般化、抽象化談話時，因此主要用在計畫、決心、約定、指示說明時。

- 오늘 저녁에 세탁소에 들러서 코트 맡기기. 今天晚上去洗衣店託洗大衣。
- 새해부터는 열심히 다이어트 하기. 從新年開始努力減肥。
- 이번 주 토요일까지 선물 준비해 오기. 這周六前準備好禮物來。
- 도서관에서 음식물 먹지 않기. 不要在圖書館吃東西。
- 가 : 우리 스터디 모임에 사람들이 자꾸 지각해서 분위기가 안 좋은 것 같아.

  我們讀書會大家總是遲到，氣氛似乎不是很好。

  나 : 맞아! 그런 것 같아. 그럼 이제부터 늦게 오는 사람 벌금 내기.

  對啊！好像是那樣。那從現在開始，遲到的人交罰款。

文法訊息

- **主語訊息**：無關乎人稱，主要和表現人的主語一起用，也經常省略主語。

  예문 (화자 자신에게) 오늘 고향에 소포 부치기.

  （話者對自己說）今天寄東西到家鄉。

  교실에서 떠들지 말기. 別在教室吵鬧。

- **前用言限制**：主要和動詞結合，不和形容詞、「이다」結合。

  예문 *머리가 좋기. 頭腦好。

- **先語末語尾訊息**：不和「–시–」、「–었–」、「–겠–」結合。

  예문 제시간에 (*도착하시/*도착했/*도착하겠)기. 準時抵達。

談話訊息

- 表示計畫或決心時用於備忘筆記中，或表示指示的情況用於標語、公告等文字中。
- 可以用於沒有具體聽者時，因此不用表示尊待法等話階，主要用於話者對自己

說，或上位者對下位者說時。

* 因為可以將狀況一般化說明，所以常用於俗語中。

   예문 칼로 물 베기. 如刀割水。

   하늘의 별 따기. 比登天還難。

   누워서 떡 먹기. 躺著吃糕。

   남의 말 하기는 식은 죽 먹기. 談論別人是非如喝涼水（容易）。

相關訊息

* -음

  (1)「–기」主要用於將非實際發生的事情一般化呈現時；而「–음」用於具體說明某事實。因此同樣的內容用「–기」時「說明計畫」的功能顯著，用「–음」則「報告」的功能顯著。

   예문 도서관에 책 반납하기. → 할 일을 말함, 계획 말하기

   去圖書館還書。→ 指已做的事情、說計畫

   도서관에 책 반납함. → 한 일을 말함, 보고하기

   圖書館已還書。→ 指已做的事情、報告

  (2)「–기」不和「–시–」、「–었–」、「–겠–」一起使用；「–음」則可以和這種先語末語尾一起使用。另外「–기」不和形容詞、「이다」一起用；「–음」則可以。

* -을 것

  (1)「–기」和「–을 것」都是指還未發生的狀況，不過只有「–을 것」有指示某人做某事的功能。同樣的狀況使用「–기」則有「約定」的意思。

   예문 내일 회의에 제시간에 오기. → 약속

   明天會議準時前來。→ 約定

   내일 회의에 제시간에 올 것. → 지시

   明天會議準時到。→ 指示

- 기는 (요)

終結語尾

形態訊息

* 用言的語幹後加「–기는（요）」。

縮寫 –긴(요)

1 謙遜說話

用於謙虛回應對方的稱讚。

- 가 : 강희 씨, 오늘 정말 예쁘네요. 姜熙，今天真漂亮。

  나 : 예쁘기는요. 오늘 화장을 해서 그래요.

  哪裡漂亮，那是因為今天化妝了。

- 가 : 연정 씨, 요리를 정말 잘하시네요. 妍靜，你料理做得真好。

  나 : 잘하기는요. 아직 멀었어요. 哪裡好，還差得遠。

- 가 : 현정아, 너 정말 부지런하구나. 賢靜，你真勤勞。

  나 : 부지런하기는. 오늘만 일찍 일어나서 운동한 거야.

  哪裡勤勞，只有今天早起運動。

- 가 : (어렸을 때의 비디오를 보면서) 신혜 씨, 어렸을 때에도 춤을 잘 췄군요.

  （看著小時候的影片）信惠，小時候也很會跳舞啊。

  나 : 춤을 잘 췄기는요. 그냥 가수들 춤을 보고 따라했을 뿐이에요.

  哪裡會跳舞，只是看著歌手的舞跟著跳而已。

文法訊息

- **前用言限制**：主要和形容詞結合。動詞的情況，若伴隨表程度或狀態如何的副詞時，也可以一起使用。

  예문 *밥을 먹기는요. 吃飯。

  밥을 복스럽게 먹기는요. 有福氣地吃飯。

- **先語末語尾訊息**：可以和「–었–」結合，不和「–시–」、「–겠–」結合。

  예문 가 : 채린 씨, 공부를 참 잘하시네요. 비결이 뭐예요?

  彩林，你書唸得真好，祕訣是什麼？

  나 : ?공부를 잘하시기는요. 그저 열심히 하는 거죠.

  哪裡念得好，只是努力唸而已。

  나 : 공부를 잘하기는요. 그저 열심히 하는 거죠.

  哪裡念得好，只是努力唸而已。

談話訊息

- 主要用於口語中。
- 主要用於非正式場合中。

2 輕微反駁

用於輕微反駁對方的話時。

- 가 : 너, 프랑스어 못하지? 你不會法語吧?

  나 : 어머, 내가 프랑스어를 못하기는. 나 프랑스어 전공했어.

  哎呀,我怎麼不會法語,我主修法語。

- 가 : 엄마, 아빠는 책을 별로 안 읽으시는 것 같아요. 媽媽,爸爸好像不太看書。

  나 : 어머, 아빠가 책을 안 읽으시기는. 네가 몰라서 그래. 너 자고 매일 밤마다
  독서 삼매경이셔.

  哎呀,爸爸怎麼不太看書,那是你不知道,你睡著後每晚都讀到忘我。

- 가 : 너 어제 학교에 안 갔지? 你昨天沒去學校吧?

  나 : 나? 내가 학교에 안 갔기는. 어제 밤늦게까지 공부하다가 왔는데.

  我?我哪裡沒去學校,昨天讀到很晚才回來。

文法訊息

- **先語末語尾訊息**:可以和「–시–」結合,不和「–었–」、「–겠–」結合。

  예문 가 : 신혜야, 연정이가 일본어는 못하겠지? 信惠,妍靜不會日語嗎?

  나 : *연정이가 일본어를 못하겠기는. 일본어 아주 잘해.

  妍靜哪裡不會日語,日語很厲害。

談話訊息

- 主要用於口語中。
- 主要用於非正式場合中。

– 나

形態訊息

· 用言的語幹後加「–나」。

1 詢問下位者

用於詢問下位者時。

- 자네 언제쯤 집에 오나? 你什麼時候回家?

- 자네 할머니께서는 보통 몇 시에 집에 들어오시나? 你奶奶通常幾點回家？
- 자네, 언제 이 차를 샀나? 你什麼時候買了這輛車？
- 자네, 우리 딸과 언제 결혼하겠나? 你什麼時候和我女兒結婚？

文法訊息

- **前用言訊息**：主要和動詞結合。
- **先語末語尾訊息**：可以和「–시–」、「–었–」、「–겠–」結合。

談話訊息

- 主要用於口語中。
- 通常用於男性話者間，尤其常用於丈人對女婿、職場年紀大的上司對年紀小的下屬詢問時。

相關表達

- –는 / 은가

  (1)「–는／은가」也用於向下位者詢問時，意義和「–나」同。

  (2) 不過，「–나」主要和動詞結合。「–는／은가」依所接詞類而用不同形態，即形容詞後接「–은가」，動詞後接「–는가」。

2 自言自語以疑問形式表現

用於對某內容懷有疑問而如同自言自語般談論時。也可用在實際自言自語時。

- 가 : 요즘 강희가 점점 더 예뻐지네. 무슨 좋은 일 있나?
  最近姜熙漸漸變更漂亮了，有什麼好事嗎？
- 나 : 글쎄, 나도 잘 모르겠지만 아마 요즘 남자 친구가 생겨서 그럴걸.
  不知道，我也不太清楚，也許是最近有了男朋友。
- 가 : 이렇게 늦게 출발하면 우리가 제시간에 도착할 수 있겠나?
  這麼晚出發，我們能準時抵達嗎？
  나 : 빨리 운전해서 가면 도착할 수 있을 거니까 걱정 마.
  開快點的話可以到，別擔心。
- (혼잣말) 내가 언제 그 일을 한다고 했나?
  （自言自語）我什麼時候說做了那件事？
  (혼잣말) 할머니가 어디에 과자를 숨겨 놓으셨나?
  （自言自語）奶奶把餅乾藏在哪裡？

文法訊息

- **前用言訊息**：主要和動詞、「있다」、「없다」結合。和形容詞、「이다」結合不自然。

  예문 ?강 선생님이 요즘도 많이 바쁘시나? 姜老師今天也很忙？

  강 선생님이 요즘도 많이 바쁘신가? 姜老師今天也很忙？

- **先語末語尾訊息**：可以和「-시-」、「-었-」、「-겠-」結合。

談話訊息

- 主要用於口語中。

Tip 也以「-나 싶다／보다／하다」形態表示話者的想法或推測。

- 그 사람이 언제 나한테 고백하나 싶어. 他可能會向我告白。

- 지금까지 동생한테 연락이 없는 걸 보니 아직 도착하지 않았나 봐요.
  目前為止還沒有接到妹妹的聯繫，大概還沒抵達吧。

- 나는 정말 네가 다치면 어쩌나 했어. 你受傷我真的不知道怎麼辦。

- 나요

終結語尾

形態訊息

- 用言的語幹後加「-나요」。

1 溫和詢問

用於向對方溫和詢問時。

- 우리 언제 부산에 **가나요?** 我們什麼時候去釜山？

- 저기요, 혹시 여기에서 가장 가까운 지하철역이 어디에 **있나요?**
  先生／小姐，離這裡最近的地鐵站在哪裡？

- 한 달에 책을 몇 권 **읽나요?** 一個月讀幾本書？

- 몇 시에 공연이 시작하는지 **아시나요?** 您知道公演幾點開始嗎？

- 벌써 식사를 **하셨나요?** 已經用餐了嗎？

- 가 : 교통 카드는 어디에서 **충전하나요?** 交通卡在哪裡加值？

  나 : 가까운 편의점에서 충전할 수 있어요. 可以到鄰近的便利商店加值。

文法訊息

- **前用言訊息**：主要和動詞、「있다」、「없다」結合。和形容詞、「이다」結合不自然。

  예문 ?요즘 많이 바쁘시나요? 最近很忙嗎？

  요즘 많이 바쁘신가요? 最近很忙嗎？

- **先語末語尾訊息**：可以和「–시–」、「–었–」、「–겠–」結合。

  Tip 針對未來狀況詢問時，以「–을 것이다」和「–은가요」的結合，即「–을 건가요」之形態使用。

  - 연정 씨는 언제쯤 이사하실 건가요? 妍靜大概什麼時候搬家？

談話訊息

- 主要用於口語中。
- 用於對初次見面的話者謙恭、溫和說話時。
- 溫和的語氣，帶有女性的感覺。

相關表達

- -은가요

  (1) 「–은가요」也用於向對方溫和詢問時，意思和「–나요」一樣。

  (2) 但是「–나요」主要和動詞、「있다」、「없다」結合，而「–은가요」只能用於「있다」、「없다」以外的形容詞。

  예문 이 모자 예쁜가요? 這帽子漂亮嗎？

  이 모자 저한테 어울리나요? 這帽子適合我嗎？

– 냐

終結語尾

形態訊息

- 用言的語幹後加「–냐」。

1 提問

用於向對方提問時。

- 가 : 연정아, 자냐? 賢靜，睡了？

나 : 아니, 왜? 沒，怎麼了？
- 가 : 어디 가냐? 去哪裡？
  나 : 응, 배고파서 편의점 좀 가려고. 嗯，肚子餓，去一下便利商店。
- 가 : 그 여자 실제로 보니까 어때? 예쁘냐? 那個女生實際看起來怎樣？漂亮嗎？
  나 : 어, 진짜 예쁘더라. 嗯，真的漂亮。
- 가 : 어제 왜 수업에 **빠졌냐**? 昨天為什麼沒上課？
  나 : 몸이 좀 안 좋았다. 身體不太好。
- 가 : 어디 아프냐? 哪裡不舒服？
  나 : 아니, 괜찮은데? 沒，沒事啊？
- 가 : 할머니 어디에 계시냐? 奶奶在哪裡？
  나 : 부엌에 계실걸? 應該在廚房？
- 가 : 너 내 생일 잊어버렸지? 你忘了我的生日嗎？
  나 : 내가 네 생일을 잊어버렸겠냐? 我會忘記你的生日嗎？

文法訊息

- **先語末語尾訊息**：可以和「–시–」、「–었–」、「–겠–」結合。

談話訊息

- 主要用於口語中。
- 主要用於非正式場合中。
- 只能對下位者或年紀相同者使用。
- 但只限可用於十分親近的關係。
- 帶有不溫和的感覺，年紀小、年輕男性話者經常使用。
- 儘管是如同家人般親近的關係，對年紀大者使用則不自然。
  예문 (한 살 어린 동생이 형에게) 밥 먹었냐? → 어색함.
  （小一歲的弟弟對哥哥說）吃飯了嗎？→ 不自然。
  (한 살 많은 형이 동생에게) 밥 먹었냐? → 자연스러움.
  （大一歲的哥哥對弟弟說）吃飯了嗎？→ 自然。

參考訊息

- 可以「–느냐에 달려 있다」的形態用於內包子句。
  예문 제 진로는 이번 시험에 합격하느냐에 달려 있어요.
  我的前途就看這次考試是否合格。

相關表達

- -니

(1) 「-냐」和「-니」都是下待話階，都用於詢問時。不過「-냐」有更下待的感覺，主要用於男性話者間。「-니」比「-냐」有更溫和、女性的感覺。

예문 (언니가 동생에게) 우산은 챙겼니? （姐姐對妹妹）雨傘帶了嗎？

(형이 동생에게) 우산은 챙겼냐? （哥哥對弟弟）雨傘帶了嗎？

(2) 「-냐」和「-니」都可以對同年紀的朋友使用，不過有更親密感覺的表達是「-냐」。朋友間關係十分親近時，不論男女都喜用「-냐」。

예문 (친한 친구끼리) 이거 예쁘다. 어디서 샀냐？
（熟識的朋友們）這個漂亮，哪裡買的？

나도 좋은 볼펜 좀 써 보자. 나 빌려주면 어디 덧나냐?
我也用一下好的原子筆，借我哪裡不好？

- 냐고 (요)

終結語尾

形態訊息

· 用言的語幹後方加「-냐고 (요)」。

Tip 原本「- 냐고 (요)」有如下的異形態，不過近來不管前用言為何，有都接「- 냐고 (요)」的趨勢。

	形態	
	動詞	形容詞
尾音 ○	-느냐고(요)	-으냐고(요)
尾音 ✕		-냐고(요)

1 （用於疑問句）確認提問

用於為了確認對方的提問而詢問時。

· 가 : 여행은 어땠어요? 재미있었어요? 旅行如何？有趣嗎？

나 : 네? 지금 시끄러워서 잘 안 들리네요. 여행이 재미있었냐고요?
嗯？現在太吵聽不太到。你問我旅行有趣嗎？

· 가 : 요즘 현정이랑 만나? 最近和賢靜交往嗎？

나 : 어? 잘 안 들려. 요즘 현정이랑 만나냐고?
喔？聽不太到。你問我最近和賢靜交往嗎？

· 가 : 우리 언제 시험이지? 我們什麼時候考試？

나 : 뭐라고? 언제 시험이냐고? 你說什麼？你在問什麼時候考試？

- 가 : 넌 이 중에서 어떤 걸 살 거야? 這之中你要買哪個？

  나 : 어? 잘 안 들려. 아, 이 중에서 어떤 걸 살 거냐고?

  喔？聽不太到。啊，你問我這之中要買哪個嗎？

文法訊息

- **先語末語尾訊息**：可以和「-시-」、「-었-」、「-겠-」結合。

談話訊息

- 主要用於口語中。
- 主要用於非正式場合中。
- 在正式場合、聽者是上位者時，為確認聽者的提問而詢問時，可以用「다시 한 번 말씀해 주시겠습니까?」等要求。

  예문 가 : 김 대리, 언제까지 이 보고서를 끝낼 수 있나?

  金代理，什麼時候可以交這份報告？

  나 : 아, 다시 한 번 말씀해 주시겠습니까? 啊，可以麻煩再說一次嗎？

  가 : 언제까지 이 보고서를 끝낼 수 있나? 什麼時候可以交這份報告？

- 陳述句的「-냐고（요）」可以對十分親近的上位者使用，不過也可能會有沒禮貌的感覺，因此可以用「-냐고 하신 거예요?」、「-냐고 하셨어요?」等來詢問。

  예문 선배 : 신혜야, 이번 행사에 몇 명이 참여해? 信惠，這次活動幾個人參加？

  후배 : 아, 이번 행사에 몇 명이 참여하냐고요?

  啊，你問這次活動幾個人參加？

  아, 지금 이번 행사에 몇 명이 참여하냐고 하신 거예요?

  啊，您是在問現在這次活動幾個人參加嗎？

- 在口語中也發音為「-냐구（요）」。

  예문 생일이 언제냐구요? 生日是什麼時候？

參考訊息

- 可以用於間接引用句的內包子句。

  예문 신혜가 내일은 학교에 나올 거냐고 했어요. 信惠問明天是否會來學校。

  강희가 나한테 어렸을 때 발레를 배웠냐고 물어봤어요.

  姜熙問我小時候有沒有學過芭蕾。

2 （用於陳述句）強調疑問

用於重複自己的提問並強調時。

- 가 : 차 좀 드시겠어요? 喝點茶嗎？

  나 : 네? 嗯？

  가 : 차 좀 드시겠냐고요. 我問您要不要喝點茶。

- 가 : 몇 시 비행기야? 幾點的飛機？

  나 : 뭐라고? 잘 안 들려. 什麼？聽不太到。

  가 : 몇 시 비행기냐고. 我問幾點的飛機。

- 지금 너 어디야? 어디냐고. 你現在在哪裡？問你在哪裡。

- 아침 식사는 하셨어요? 식사 하셨냐고요. 早餐吃過了嗎？問您吃過了嗎。

文法訊息

- **先語末語尾訊息**：可以和「-시-」、「-었-」、「-겠-」結合。

談話訊息

- 主要用於口語中。
- 主要用於非正式場合中。
- 在正式場合聽者為上位者，**要向聽者重複自己的提問時，不用「-냐고요」**，而將自己的提問再說一遍。

  예문 가 : 부장님, 커피 좀 드시겠습니까? 部長，要喝點咖啡嗎？

  나 : 잠깐만요. 뭐라고요? 稍等一下，你說什麼？

  가 : 커피 좀 드시겠습니까? 要喝點咖啡嗎？

- 陳述句的「-냐고（요）」可以對十分親近的上位者使用，不過也可能會有沒禮貌的感覺，因此可以用「-냐고 했어요?」等詢問。

  예문 손　자 : 할머니, 몇 시에 집에 들어오실 거예요?

  孫子：奶奶，您幾點回家？

  할머니 : 뭐라구? 奶奶：你說什麼？

  손　자 : 몇 시에 집에 들어오실 거냐고요. → 다소 무례하게 들림.

  孫子：我問您幾點回家。→ 聽起來稍微無禮。

  몇 시에 집에 들어오실 거냐고 했어요. → 상대적으로 공손하게 들림.

  我問您幾點回家。→ 聽起來相對有禮貌。

  예문 후배 : 선배, 오늘 뒷풀이는 어디서 해요? 後輩：前輩，今天慶功宴在哪裡？

  선배 : 나 지금 잘 안 들려. 뭐라고 했어? 前輩：我現在聽不到，你說什麼？

  후배 : 오늘 뒷풀이 장소는 어디냐고요. → 다소 무례하

  後輩：我問今天慶功宴在哪裡。→ 聽起來稍微無禮。

  오늘 뒷풀이 장소는 어디냐고 했어요. → 상대적으로 공손하게 들림.

  我問今天功宴宴在哪裡。→ 聽起來相對有禮貌。

- 可以透過重複詢問，強調自己的提問。

예문 너 지금 뭐라고 했어? 내 동생한테 뭐라고 했냐고.

你現在在說什麼？我問你在跟我妹妹說什麼？

擴張

- 指責：可以用於上位者對下位者指責時。

  예문 어머니 : 너 지금 몇 시야? 몇 시냐고. → 아들이 귀가 시간을 안 지켰을 때

  　媽媽 : 現在幾點了？我問你幾點。→ 兒子未遵守回家時間時。

  아　들 : 네, 어머니, 얼른 들어갈게요. 죄송해요.

  　兒子 : 好，媽媽，我盡快回去，對不起。

3 （用於疑問句）表達驚訝

用於對於他人提問表示當然或意外等感覺或訝異。

- 가 : 너 나 좋아해? 你喜歡我嗎？

  나 : 뭐? 내가 너를 좋아하냐고? 什麼？你問我喜歡你嗎？
- 가 : 너 숙제 다 했어? 안 했어? 你作業都寫了嗎？沒寫？

  나 : 네? 숙제했냐고요? 어, 그게……. 嗯？你問寫作業了嗎？喔，那個……。
- 가 : 어렸을 때 너 공부 잘했지? 小時候功課很好吧？

  나 : 뭐라고? 내가 공부를 잘했냐고? 어, 그게 말이지.

  什麼？問我小時候功課好不好？喔，那個嘛。
- 가 : 너 배우 이민호 좋아해? 진짜야? 你喜歡演員李敏鎬？真的嗎？

  나 : 진짜냐고? 당연하지. 어떻게 그걸 물어볼 수가 있어?

  你問我真的嗎？當然了，怎麼能問這個？

文法訊息

- **先語末語尾訊息**：可以和「-시-」、「-었-」、「-겠-」結合。

談話訊息

- 主要用於口語中。
- 主要用於非正式場合中。
- 在正式場合中，不對上位者使用。
- 表達驚訝的「-냐고요」向親近的上位者使用無妨。

  예문 상사 : 자네, 어제 왜 보고서를 제출하지 않았나?

  　上司 : 為什麼昨天沒交報告？

  부하 직원 : 네? 왜 보고서를 제출하지 않았냐고요? → 무례하게 들릴 수 있음.

  　下屬職員 : 嗯？你問我為什麼沒交報告？→ 聽起來稍微無禮。

예문 어머니 : 네가 동생 과자 먹었지? 媽媽：你吃了弟弟的餅乾？
아　들 : 네? 제가 먹었냐고요? 兒子：嗯？你問我吃了弟弟的餅乾？

- 用於話者認為答案是確實、當然的問題，或是問題太唐突而想說怎麼會那樣子問時。

예문 가 : 시험에 떨어지고 기분이 어땠어? 考試落榜，心情如何？
나 : 시험에 떨어지고 기분이 어땠냐고? 당연히 속상했지.
你問我考試落榜，心情如何？當然很難過啊！

예문 가 : 너 왜 하늘이 파란지 알아? 你知道天空為什麼是藍的嗎？
나 : 어? 뭐라고? 왜 하늘이 파라냐고? 갑자기 당황스럽네.
啊？你說什麼？你怎麼會問為什麼天空是藍的？這麼唐突！

- 這裡所表現的，可以視為不是對前提問「內容」的疑問，而是對「提問」語言行為本身的疑問。也就是聚焦於對方的談話做出的反應所顯現出的溝通功能。

擴張

- 拖時間：對於棘手或想不出回答的提問，為爭取回答時間可用「–냐고（요）」。

예문 가 : 혹시 규현 씨 전화번호 알아요? 규현 씨 전화번호가 뭐예요?
你知道圭賢的電話號碼嗎？圭賢的電話是多少？
나 : 규현 씨 전화번호가 뭐냐고요? 글쎄요. 그게 좀 곤란한데요.
你問圭賢的電話號碼嗎？那個嘛，有點抱歉（不能給）。

예문 가 : 할머니 생신이 언제인지 기억나니? 你記得奶奶的生日嗎？
나 : 할머니 생신이 언제냐고? 음, 글쎄. 생각이 잘 안 나는데…….
你問奶奶的生日嗎？嗯，這個嘛，想不太起來了……。

4 （用於疑問句）否定

用於對他人提問內容提出反對內容時。

- 가 : 너 내 과자 먹었지? 你吃了我的餅乾吧？
  나 : 뭐? 내가 먹었냐고? 말도 안 돼! 什麼？問我吃了嗎？太不像話了！

- 가 : 오늘은 잠을 좀 푹 잘 수 있죠? 今天可以好好睡覺吧？
  나 : 푹 잘 수 있냐고요? 잠은 무슨……. 내일까지 보고서를 내야 해서 밤을 새워야 해요. 你問可以好好睡嗎？睡什麼覺，明天要交報告，晚上要趕工呢。

- 가 : 요즘 이 과자 정말 맛있지 않아요? 你不覺得最近這個餅乾好吃嗎？
  나 : 네? 이 과자가 맛있냐고요? 전 이 과자는 너무 달아서 싫던데요.
  嗯？你問我這餅乾好吃嗎？我覺得這餅乾太甜，不喜歡。

文法訊息

· **先語末語尾訊息**：可以和「–시–」、「–었–」、「–겠–」結合。

談話訊息

· 主要用於口語中。
· 主要用於非正式場合中。
· 如果聽者是上位者，表達反對意見聽起來多少有些不禮貌，因此不太使用，不過若是如同父母般的親近關係，要表達反對意見時可以使用。

> 예문 아버지 : 규현아, 너 방 청소한 거 맞냐? 왜 이렇게 방이 더럽니.
>
> 爸爸：圭賢，房間你打掃的吧？對不對？為什麼房間這麼髒。
>
> 아　들 : 네? 청소한 거냐고요? 얼마나 깨끗이 청소한 거라고요.
>
> 兒子：啊？問我打掃的嗎？打掃得多麼乾淨啊。

語調訊息

· 以稍微不愉快的語氣說。

- 냐니（요）

形態訊息

· 用言的語幹後加「–냐니（요）」。

> Tip 原本「–냐니（요）」有如下方的異形態，不過近來有不管前用言為何，都接「–냐니（요）」的趨勢。

	形態	
	動詞	形容詞
尾音 ○	-느냐니(요)	-으냐니(요)
尾音 ×		-냐니(요)

1 表驚訝

對於他人的提問表示其答案是當然或意外等的感覺、訝異。

· 가 : 연정아, 너 짜장면 먹을래, 짬뽕 먹을래?
　妍靜，你要吃炸醬麵，還是辣海鮮麵？

나 : 뭘 먹겠냐니? 당연히 짜장면이지. 내가 이 집에 오면 항상 짜장면만 먹는
거 몰라? 問要吃什麼？當然是炸醬麵啊，你不知道我來這家店都吃炸醬麵嗎？

- 가 : 엄마, 어디 가세요? 媽媽，你要去哪裡？

  나 : 어디 가냐니? 내가 쓰레기 들고 있는 거 보이지? 지금 쓰레기 버리러 가는
  거야. 你問要去哪？看到我提著垃圾吧？現在要去丟垃圾。

- 가 : 저 사람이 이름이 뭐지? 那個人的名字是什麼？

  나 : 저 사람이 이름이 뭐냐니? 요즘 드라마에 나오는 송중기잖아!
  你問那個人的名字是什麼？最近在電視劇出現的宋仲基啊！

- 가 : 채린아, 숙제 다 했니? 彩林，作業都做完了嗎？

  나 : 엄마, 제가 숙제를 다 했냐니요? 끝낸지가 언젠데요.
  媽媽，你問作業都做完了嗎？多久前早就寫完了。

文法訊息

- **先語末語尾訊息**：可以和「-시-」、「-었-」、「-겠-」結合。

談話訊息

- 主要用於口語中。
- 主要用於非正式場合中。
- 在正式場合中，聽者若是上位者則不使用。因「-냐니요」用於積極表露感情，
  因此聽起來會感覺無禮、不順耳。

  예문 상사 : 자네, 어제 왜 보고서를 제출하지 않았나?

  　　上司：為什麼昨天沒交報告？

  　　부하 직원 : 네? 왜 보고서를 제출하지 않았냐니요? → 무례하게 들림.

  　　下屬職員：嗯？你問我為什麼沒交報告？→ 聽起來稍微不禮貌。

- 在非正式場合中，對親近的上位者，如父母和孩子之間，則可以使用。

  예문 가 : (어머니가 다 큰 아들에게) 넌 아빠가 좋아, 엄마가 좋아?

  　　（媽媽對長大的兒子）你喜歡爸爸？喜歡媽媽？

  　　나 : 누가 좋으냐니요? 지금 제가 몇 살인데 그런 걸 물어보세요?

  　　你問喜歡誰嗎？我現在幾歲了，還問這個？

- 用於話者所提問題其答案是確實且當然的，或是問題太唐突而想表達怎會問那
  樣的問題時。

  예문 가 : 너 왜 해가 서쪽에서 뜨는지 알아? 你知道太陽為什麼從西邊升起嗎？

  　　나 : 어? 뭐라고? 왜 해가 서쪽에서 뜨는지 아냐니? 너 왜 그래? 뭐 잘못 먹
  었어?

  　　嗯？你說什麼？你問太陽為什麼從西邊升起嗎？你怎麼了？吃錯了什麼嗎？

- 這裡所表現的，不是對提問「內容」的疑問，而是對「提問」語言行為本身的

疑問。也就是聚焦於向對方的話做出反應所呈現的溝通功能。

語調訊息

- 「–냐니（요）」強調其前用言，「–냐니（요）」結尾語調通常稍微下降。雖然句尾加了問號，但通常句尾不上揚。

2 否定

用於對他人的提問內容提出相反內容時。

- 가 : 네가 내 아이스크림 먹었냐? 你吃了我的冰淇淋嗎？

  나 : 뭐? 내가 네 아이스크림을 먹었냐니? 나는 보지도 못했거든?

  什麼？你問我吃了你的冰淇淋嗎？我連看都沒看到。
- 가 : 내일 등산을 갈 수 있겠죠? 明天可以去爬山吧？

  나 : 뭐라고요? 등산을 갈 수 있겠냐니요? 눈이 너무 많이 와서 내일 갈 수 없어요. 你說什麼？問我能不能去爬山？雪下太多不能去。
- 가 : 이번에 마라톤 대회에 나갈 거지요? 這次馬拉松比賽會去吧？

  나 : 이번에 마라톤 대회에 나가냐니? 지금 무릎이 아파서 운동도 못하고 있어.

  你問我會去這次馬拉松比賽嗎？最近膝蓋很痛，連運動都沒辦法。

文法訊息

- **先語末語尾訊息**：可以和「–시–」、「–었–」、「–겠–」結合。

談話訊息

- 主要用於口語中。
- 主要用於非正式場合中。
- 在正式場合中不使用。「–냐니요」用於積極表露感情，因此聽起來不順耳。

  例文 상사 : 자네, 주말에 좀 나와서 내 발표 준비 좀 도와줄 수 있겠나?

  上司：你周末可以來幫我準備發表嗎？

  부하 직원 : 네? 주말에 발표 준비 좀 도와줄 수 있겠냐니요? 출장이 있는데요. (무례하게 들림.)

  下屬職員：嗯？你問周末可以來幫忙準備一下發表嗎？我要出差。→ 聽起來稍微不禮貌。
- 在非正式場合中對親近的上位者，如父母和孩子之間，可以使用。

  例文 어머니 : 네가 동생 과자 먹었지? 媽媽：你吃了弟弟的餅乾吧？

  아 들 : 네? 제가 먹었냐니요? 아까 동생이 먹는 거 보셨잖아요.

  兒子：嗯？您問我是不是吃了弟弟的餅乾？您剛剛看到弟弟吃了不是嗎。

– 냐니까 (요)

形態訊息

· 用言的語幹後加「–냐니까 (요)」。

Tip 原本「–냐니까 (요)」有如下的異形態，不過近來有不管前用言為何，都接「–냐니까 (요)」的趨勢。

	形態	
	動詞	形容詞
尾音 ○	–느냐니까(요)	–으냐니까(요)
尾音 ×		–냐니까(요)

1 催促回答

對方對自己的詢問沒有反應，或其回應不對題時，表示催促回答而再次詢問。

· 가 : 채린아, 숙제 다 했어? 彩林，作業都做了嗎？

　 나 : 엄마, 저 지금 책 읽고 있어요. 媽媽，我現在在讀書。

　 가 : 숙제 다 했냐니까? 我問作業都做了嗎？

· 가 : 어제 소개팅 어땠어? 한 번 더 만나 볼 마음 있어?

　 昨天相親如何？有再見面的意思嗎？

　 나 : 아, 소개해 줘서 정말 고마워요. 정말 착한 사람이더라고요.

　 啊，真的很感謝介紹給我，他真的是很善良的人。

　 가 : 그래서, 한 번 더 만나 볼 마음이 있냐니까?

　 所以，我問你有沒有再見面的意思？

· 가 : 저 그 뮤지컬 보려고 하는데 재미있어요? 我想去看那部音樂劇，好看嗎？

　 나 : 여기에 엄청 잘생긴 배우가 나와. 這裡有很帥的演員。

　 가 : 아니, 저는 배우에는 관심이 없고요. 내용이 볼 만하냐니까요?

　 不，我對演員沒興趣，我問內容值得看嗎？

文法訊息

· **先語末語尾訊息**：可以和「–시–」、「–었–」、「–겠–」結合。

談話訊息

- 主要用於口語中。
- 主要用於非正式場合中。
- 在正式場合中不使用。「–냐니까요」因用於積極表露感情，故聽起來可能會不禮貌。不過在非正式場合中，對親近的上位者，如父母和子女之間則可以使用。
- 在口語中，若想更強調意思，「–냐니까」可以加助詞「은／는」為「–냐니까는」，也可以發音為「–느냐니깐」。「–냐니까요」也可以發音為「–냐니깐요」。
- 也可以用於指責般的催促回答。

– 냐면서 (요)

終結語尾

形態訊息

· 用言的語幹後加「–냐면서（요）」。

Tip 原本「–냐면서（요）」有如下的異形態，不過近來有不管前用言為何都接「–냐면서（요）」的趨勢。

	形態	
	動詞	形容詞
尾音 ○	–느냐면서(요)	–으냐면서(요)
尾音 ✕		–냐면서(요)

1 引用對方的詢問，說明自己行為的背景

用於引用對方的詢問，用以說明自己行為的根據或背景。通常用於向對方的詢問表露反感時。

- 가 : 왜 갑자기 가방을 싸요? 怎麼突然收包包？

  나 : 언제 집에 가냐면서요. 그래서 집에 이제 가려고요.

  你不是問我什麼時候回家嗎，現在要回家了。

  가 : 왜요. 좀 더 놀다 가세요. 為什麼，多玩一下再走。

- 가 : 너 밥을 먹다 말고 어디로 가는 거야? 你飯吃一半要去哪裡？

  나 : 언제 살 뺄 거냐면서. 你不是問我什麼時候要減肥嗎。

  가 : 그래서, 지금 내가 그 말 했다고 삐친 거야? 所以，現在因為我說的話生氣了？

文法訊息

- **先語末語尾訊息**：可以和「–시–」、「–었–」、「–겠–」結合。

談話訊息

- 主要用於口語中。
- 主要用於非正式場合中。
- 在正式場合中不太使用。因「–냐면서요」用於積極表露感情，故聽起來可能會不禮貌、不順耳。不過在非正式場合中，對親近的上位者，如父母和子女之間可以使用。
- 主要用於向對方先前的發話，這裡是用於對其提問表露反感的態度。

語調訊息

- 並非要求事項的詢問，因此語調不上揚。

– 내（요）

終結語尾

形態訊息

- 用言的語幹後加「–내（요）」。
- 냐고 해（요）：「–내（요）」可以視為「–냐고 해（요）」的縮寫。

예문 채린이가 너 아픈 건 (괜찮냐고 해/괜찮내).
彩林問你身體不舒服還好嗎。

Tip 原本「–내（요）」有如下的異形態，不過近來有不管前用言為何，都接「–내（요）」的趨勢。

	形態	
	動詞	形容詞
尾音 ○	–느내(요)	–으내(요)
尾音 ✕		–내(요)

1 （用於陳述句）傳達聽到的提問

用於向聽者傳達聽到的詢問。

- 가 : 연정이가 그러는데 오늘 너 시간 있내. 妍靜問說你今天有空嗎？

나 : 오늘 나는 수업이 많아서 시간이 없는데. 我今天課很多，沒時間呢。

- 가 : 채린이가 우리보고 오늘 파티가 있는데 같이 갈 거내.

  彩林說今天有派對，問我們要不要一起去。

  나 : 정말? 무슨 파티래? 真的？她說是什麼派對？

- 가 : 선생님, 강 선생님께서 몇 시에 회의에 갈 수 있으시내요.

  老師，姜老師問幾點可以去開會。

  나 : 아, 회의 시간에 맞게 갈 수 있다고 전해 주세요.

  啊，請幫我轉達可以在會議時間準時過去。

- 가 : 엄마가 형보고 어제 몇 시에 집에 들어왔내. 媽媽問哥哥昨天幾點回家。

  나 : 나? 어제 집에 일찍 들어왔는데 왜 물으시지?

  我？昨天很早回來，為什麼問呢？

- 가 : 내 친구가 궁금해하던데 네가 이번에 산 자전거 좋으내.

  我朋友很好奇，在問說你這次買的腳踏車好嗎？

  나 : 응, 나는 아주 만족해. 잘 산 것 같아. 嗯，我很滿意，感覺買對了。

文法訊息

- **先語末語尾訊息**：可以和「–시–」、「–었–」、「–겠–」結合。

談話訊息

- 主要用於口語中。
- 主要用於非正式場合中。
- 在正式場合中有以「–냐고 하다／묻다」表示的傾向。尤其在正式場合中，話者傳話，因原話者對話者而言是上位者而要注意禮儀時，常用這種形態。

  例文 부장님께서 이번에 어떤 팀이 발표를 하냐고 물으셨습니다.

  父母詢問這次什麼組要發表。

2 （用於疑問句）詢問聽到的問話內容

用於向聽者詢問聽到的問話內容。

- 가 : 신혜가 뭐래? 오늘 너 시간 있내? 信惠說什麼？問你今天有沒有時間嗎？

  나 : 응, 나한테 무슨 부탁이 있나 봐. 嗯，好像有什麼事要拜託我。

- 가 : 나 아까 잘 못 들었어. 강희가 뭐래? 파티에 같이 갈 거내?

  我剛剛聽錯了。姜熙說什麼？是不是在問要不要一起去派對？

  나 : 아니, 파티가 몇 시내. 不，是問派對幾點。

- 가 : 채린아, 아빠가 뭐라고 하셨니? 뭘 먹고 싶으내?

  彩林，爸爸說什麼？是在問想吃什麼嗎？

나 : 네, 아빠가 뭘 먹고 싶냐고 하셨어요. 對，爸爸問想吃什麼。

- 가 : 연정이가 너한테 뭐라고 한 거야? 지금 내가 무슨 책을 읽내?

  妍靜跟你說什麼？是不是在問我現在看什麼書？

  나 : 응, 그래서 내가 너 지금 소설책 읽는다고 했어.

  嗯，所以我回答說你現在在看小說。

- 가 : 서준이가 뭐라고 했어? 내 여동생 예쁘내?

  敍俊說什麼？是不是問我妹妹漂亮嗎？

  나 : 어, 걔가 그렇게 물어보더라. 嗯，他是那麼問的。

文法訊息

- **先語末語尾訊息**：可以和「–시–」、「–었–」、「–겠–」結合。

談話訊息

- 主要用於口語中。
- 主要用於非正式場合中。
- 在正式場合中有使用「–냐고 하다／묻다」形態的傾向。尤其在正式場合中，話者傳話，因原話者對話者而言是上位者而要注意禮儀時，常用這種形態。

  예문 부장님께서 이번에 어떤 팀이 발표를 하냐고 하셨습니까?

  父母問這次什麼組要發表。

– 네 (요)

終結語尾

形態訊息

- 用言的語幹後方加「–네 (요)」。

1 陳述新知的事實

話者溫和陳述親身經歷而新得知的事實。

- 오늘 학교에 사람이 정말 많네요. 今天學校人真多。
- 이 집 음식이 정말 맛있네. 這間店的料理真的很好吃。
- 사람들이 여기에서 조깅을 많이 하네. 很多人在這裡跑步呢。
- 가 : 벌써 가을이 왔네요. 秋天已經來了呢。

나 : 네. 요즘 날씨가 꽤 선선해졌더라고요. 是啊，最近天氣變得很涼爽。

- 가 : 연정 씨 집이 꽤 **머네요**. 妍靜家很遠呢。

  나 : 네, 그래서 출근할 때 힘들어요. 對啊，早上上班很辛苦。

文法訊息

- **主語限制**：主要和第二人稱、第三人稱主語一起使用，但若是用於陳述新發現的自我樣貌或感情時，也可以和第一人稱主語一起使用。

  예문 (어렸을때 찍힌 비디오 영상을 보면서) 제가 어렸을 때에는 춤을 꽤 잘 췄네요. （看著小時候拍的影片）我小時候跳舞跳得很好呢。

- **先語末語尾訊息**：可以和「-시-」、「-었-」、「-겠-」結合。

搭配訊息

- 因為用於表示首次遭遇某新事項而有驚訝之感，所以「앗」、「어어」、「어머」等感嘆詞一起使用更顯示自然。

  예문 앗, 깜빡하고 지갑을 안 가져왔네. 啊，我忘記帶皮包來了。

  어머, 여기에도 이렇게 예쁜 카페가 있었네.

  哎呀，這裡有這麼一家漂亮的咖啡店啊。

談話訊息

- 主要用於口語中。
- 主要用於非正式場合中。
- 在對話中使用時，有女性的感覺。

擴張

- **稱讚**：常用於稱讚時。

  예문 가 : 한국어를 정말 잘하시네요. 韓語說得可真好。

  나 : 아니에요, 아직 잘하려면 멀었어요. 不，想說得好還差的遠呢。

  예문 가 : 부인이 정말 미인이네요. 夫人真是美女。

  나 : 감사합니다. 謝謝。

相關表達

- 「-군(요)」、「-구나」

  (1) 「-네(요)」和「-군(요)」、「-구나」都是用在對新得知事情表示感嘆，不過在剛得知新訊息時使用「-네(요)」，對新訊息經某程度思考後用「-군(요)」、「-구나」。

  예문 나 요즘 목이 아프네. 我最近喉嚨不舒服。

  ?나 요즘 목이 아프구나. 我最近喉嚨不舒服。

→ 화자 자신이 아픈 것은 충분한 사유를 거치지 않아도 바로 알 수 있으므로 '-네'가 적절하다.

→ 話者本身對於不舒服是不經充分思考也可以馬上知道，所以用「–네」是妥當的。

예문 ?너 요즘 목이 아프네. 你最近喉嚨不舒服啊。

너 요즘 목이 아프구나. 你最近喉嚨不舒服啊。

→ 발화자는 상대방이 아픈 것을 바로 알 수 없다. 경험 등을 통하여 추론하여 생각하는 과정을 겪은 후에 알 수 있다.

→ 發話者無法直接得知對方不舒服，要透過經驗、推論等過程才知道。

예문 ?아, 네가 수지 동생이네. 啊，你是秀智的妹妹啊。

아, 네가 수지 동생이구나. 啊，你是秀智的妹妹啊。

→ 어떤 사람이 수지의 동생인지 판단하기 위해서는 여러 뒷받침 정보를 바탕으로 추론하는 과정이 선행되어야 한다.

→ 為判斷誰是秀智的妹妹，要先有各種佐證訊息為基礎推論的過程才行。

(2) 「–네（요）」多用在主動說話時，「–군（요）」、「–구나」多用在回應別人的話時。

예문 가 : 오늘 날씨가 참 좋네요. 今天天氣真好。

나 : 네, 오늘 놀러 가기 딱 좋은 날씨죠. 是啊，正是適合出去玩的天氣。

예문 가 : 나는 비 오는 날이면 항상 막걸리에 파전이 생각나.

我雨天時就會想起馬格利酒配煎餅。

나 : 그렇구나. 나는 별 생각은 안 나던데. 是喔，我沒什麼特別的感覺。

- 는 / 은가

形態訊息

	形態	
	動詞	形容詞
尾音 ○	-는가	-은가
尾音 ×		-ㄴ가

1 提起一般的問題

用於提起一般的問題。

• 우리는 죽으면 어디로 가는가? 我們死後會去哪裡？

338

- 어느 나라가 가장 살기 좋은가? 哪個國家最富裕？
- 어떻게 해서 지금과 같은 상황이 일어났는가? 現在的狀況是如何產生的呢？
- 그러면 이 문제를 어떻게 해결할 수 있겠는가? 那麼這個問題該如何解決呢？
- 과연 우리 회사 사장님이 회사를 살릴 수 있으신가?
  我們公司老闆到底能不能挽救公司？

文法訊息

- **先語末語尾訊息**：和「-시-」、「-었-」、「-겠-」等先語末語尾結合是自然的。

談話訊息

- 主要用於口語中。
- 主要用在報紙、論文等正式書面語中。使用於以不特定多數的讀者為對象寫作文章時。
- 在日記等自白性文章中也可以使用。

Tip 以「-는/은 가 싶다/보다/하다」形態可以表示話者的想法或推測。

- 오늘 일요일인데 학교에 왜 이렇게 사람이 많은가 싶었다.
  我在想今天是星期天，為什麼學校這麼多人。

- 는 / 은걸 (요)

終結語尾

形態訊息

	形態	
	動詞	形容詞
尾音 ○	-는걸(요)	-은걸(요)
尾音 ×		-ㄴ걸(요)

1 陳述新得知的事實

用於強調陳述新得知的事實時。

- **가**: 이 음식 좀 드셔 보세요. 우리 연정이가 만든 거예요.
  吃吃看這個料理，是妍靜做的。

나 : 연정이가 정말 요리를 잘하는걸요. 妍靜真會做菜啊。

- 가 : 오늘 날씨가 정말 좋은걸. 今天天氣真好。

  나 : 그럼 우리 어디 놀러 갈까? 那麼我們要不要出去玩？

- 가 : 이 배 정말 시원한걸. 한번 먹어 봐. 這個梨子很爽口，吃吃看。

  나 : 음, 정말 맛있다. 嗯，真的好吃。

- 가 : 저 도서관 좀 다녀올게요. 我去一下圖書館。

  나 : 그래? 우리 채린이가 요즘 공부를 정말 열심히 하는걸.

  是嗎？我們彩林最近真的很努力念書。

文法訊息

- **先語末語尾訊息**：可以和「–시–」、「–었–」、「–겠–」、「–더–」、「–었더–」結合。

  예문 어머니께서 정말 미인이신걸요. → '-시-'와 결합 가능

  伯母真是美人。→ 可以和「–시–」結合

  눈이 정말 많이 왔는걸요. → '-었-'과 결합 가능

  真的下很多雪。→ 可以和「–었–」結合

  내일 비가 많이 오겠는걸요. → '-겠-'과 결합 가능

  明天會下大雨。→ 可以和「–겠–」結合

  아버지께서 춤을 정말 잘 추시던걸요. → '-더-'와 결합 가능

  伯父真的很會跳舞。→ 可以和「–더–」結合

  지수가 정말 일찍 일어났던걸요. → '-었더-'와 결합 가능

  智秀真的很早起。→ 可以和「–었더–」結合

談話訊息

- 主要用於非正式、一般場合中。
- 聽者是上位者時用「–는걸요」，不是則用「–는걸」。
- 在正式場合中不對上位者使用。在正式場合時「–는걸요」以「–습니다」取代。
- 在稍非正式場合中，可以對上位者用「–는걸요」，不過更常以「–네요」取代使用。

Tip 在韓國人的實際對話中，使用「–는걸（요）」常會顯不自然。「–는걸（요）」常用於戲劇、話劇等演出場合中。

2 反駁

也用於輕微反駁對方的話時。

- 가 : 이 과자 정말 맛있지 않아? 你不覺得這餅乾真的好吃嗎？

나 : 글쎄, 내 입맛에는 **별로인걸**. 這個嘛，不太合我的口味呢。

- 가 : 오늘까지 과제를 다 끝낼 수 있겠니? 到今天作業可以全部完成嗎？

  나 : 글쎄, 오늘 일을 다 끝내기는 **무리겠는걸요**.

  嗯，今天要全部完成似乎不可能。

- 가 : 새로 생긴 식당 음식 맛이 괜찮죠? 新餐廳的料理還不錯吧？

  나 : 음, 저는 별로 맛있지 **않은걸요**. 嗯，我覺得不太好吃。

- 가 : 오늘이 연정이 생일 아니야? 今天不是妍靜的生日嗎？

  나 : 아니, 연정이 생일은 **내일인걸**. 不，妍靜的生日是明天呢。

文法訊息

- **先語末語尾訊息：可以和「–시–」、「–었–」、「–겠–」、「–더–」、「–었더–」結合。**

  예문 아버지께서는 지금 골프를 치러 가시는걸요. → '-시-'와 결합 가능

  爸爸現在去打高爾夫球了吧。→ 可以和「–시–」結合

  저는 어렸을 때에는 우유를 안 먹었는걸요. → '-었-'과 결합 가능

  我小時候不喝牛奶呢。→ 可以和「–었–」結合

  저에게는 별로 맛이 없던걸요. → '-더-'와 결합 가능

  對我來說不太好吃。→ 可以和「–더–」結合

  아버지는 별로 좋아하지 않았던걸요. → '-었더-'와 결합 가능

  爸爸不太喜歡的。→ 可以和「–었더–」結合

談話訊息

- 主要用於非正式、一般場合中。
- 聽者是上位者時用「–는걸요」，不是則用「–는걸」。
- 在正式場合中，不對上位者使用。在正式場合時，「–는걸요」以「–습니다」取代使用。
- 在稍非正式場合中，可以對上位者用「–는걸요」，不過更常以「–는데요」取代使用。

  Tip 在韓國人的實際對話中，使用「–는걸（요）」常會顯不自然。「–는걸（요）」常用於戲劇、話劇等演出場合中。

-는 / 은데 (요)

形態訊息

	形態	
	動詞	形容詞
尾音 ○	-는데(요)	-ㄴ데(요)
尾音 ×		-은데(요)

1 誘導反應

用於積極期待聽者的反應時。

- 가 : 규현 씨, 오늘 정말 멋진데요? 圭賢，今天真帥？
  나 : 사실 오늘 소개팅이 있거든요. 其實今天有相親約會。
- 가 : 여보, 오늘 날씨 정말 좋은데요? 親愛的，今天天氣真好？
  나 : 어, 그러네? 우리 드라이브나 갈까요? 哦，是呢？我們要不要去兜風？
- 가 : 그런 거 요즘 아무도 안 입는데. 那個最近大家都不穿。
  나 : 그럼, 이 옷은 사지 말까? 那別買這件衣服？
- 가 : 아빠가 나한테 사 주신 건데. 爸爸送我的。
  나 : 알았어. 이건 안 쓸게. 知道了，我不用這個。
- 가 : 이거 누구한테 줄 꽃인데? 這是要送誰的花？
  나 : 비밀인데. 是秘密。

文法訊息

- **先語末語尾訊息**：可以和「–시–」、「–었–」、「–겠–」結合。

談話訊息

- 主要用於口語中。
- 常用於非正式場合，聽者和話者能密切溝通的場合時。
- 在正式場合中對上位者使用「–는데요」有稍不遜之感，因此不使用，而使用「–습니다」。
- 有誘導聽者的話或行為等反應的功能。
  例文 가 : 오늘까지 숙제 내야 하는데. 그래서 컴퓨터 필요한데.

今天前要交作業，需要電腦。

나 : 알았다. 내가 자리 비켜줄게. 知道了，我讓出位子。

예문 가 : 엄마, 제가 설거지했는데요. 媽媽，我洗好碗了。

나 : 그래. 잘했어. 수고했다. 용돈 줄게. 喔，很好，辛苦了，給你零用錢。

相關表達

- **-어요**

(1) 使用「–는데（요）」的情形，若替換成「–어요」，在傳達意思上都沒有太大差異，不過「–는데（요）」更積極誘導對方的反應。

예문 오늘 날씨가 정말 좋아요. 今天天氣真好。

예문 가 : 오늘 날씨가 정말 좋은데요?→ 상대방의 반응을 더 적극적으로 유도함.
今天天氣真好呢？→ 更積極誘導對方的反應。

나 : 어, 그러네? 우리 드라이브나 갈까요?
哦，是呢？我們要不要去兜風？

- 는구나

形態訊息

	形態	
	動詞	形容詞
尾音 ○	-는구나	-구나
尾音 ×		

1 陳述新得知的事實

用於陳述經由推論而新悟得的事實時。

- (상대가 허겁지겁 먹는 모습을 보고) 배가 많이 고팠구나. 많이 먹어라.
（看著對方狼吞虎嚥的樣子）你餓扁了啊，多吃點。

- 가 : 서준 씨는 어렸을 때부터 바이올린을 배웠대요. 聽說敘俊從小學小提琴。

나 : 아, 그래서 서준이가 바이올린을 잘하는구나.
哦，難怪敘俊小提琴拉得很好。

- 가 : 제가 이번 주말에 일이 있어서 회사에 나가야 돼요.

我這周末有事，要去一下公司。

나 : 그러니? 그럼, 다음 주 평일에 만날 수밖에 없겠구나.

是喔？那就只能下周平日見了。

- 가 : 요즘 일이 너무 많아서 잠 잘 시간도 부족해요.

  最近事情很多，連睡覺的時間都不夠。

  나 : 정말 많이 **힘들겠구나.** 真辛苦啊。

- 가 : 비행기가 연착돼서 공항에서 10시간 기다렸어요.

  飛機延遲，在機場等了十個小時。

  나 : 고생을 정말 많이 **했구나.** 真的辛苦你了。

文法訊息

- **主語限制**：主要和第二人稱、第三人稱主語一起使用，但若是用於陳述新發現的自我樣貌或感情時，也可以和第一人稱主語一起使用。

  예문 (깜빡하고 내복을 안 입은 것을 깨닫고) 아, 그래서 내가 아까 그렇게 추위를 탔구나. （想起忘記穿內衣時）啊，難怪我剛剛那麼冷。

搭配訊息

- 由於是用於話者對經由推論所得知的事實感到驚訝而陳述，因此自然可和「아」等感嘆詞一起使用。

  예문 가 : 어제 휴대 전화를 잃어버렸어요. 昨天弄丟手機。

  나 : 아, 그래서 어제부터 연락이 안 됐구나.

  啊，難怪從昨天就連絡不上你啊。

談話訊息

- 主要用於口語中。
- 主要用於非正式、一般場合中。
- 對上位者用「-군요」，對年紀相近的聽者或下位者用「-군」。
- 也可以用於陳述沒有任何推論，單純的事實時。

  예문 오늘은 좀 힘들구나. 다음에 하자. 今天有點累，下次做吧。

  이 과일은 좀 신선해 보이는구나. 이걸로 사자.

  這水果看起來新鮮，買這個吧。

相關表達

- -네 (요)

  (1)「-는구나」和「-네（요）」都是用在對新得知的事實表示感嘆。可是對新訊息經一定程度思考過程而敘述時用「-는구나」。陳述剛獲知新訊息時用「-네（요）」。

예문 ?나 요즘 목이 아프구나.

我最近喉嚨不舒服。

나 요즘 목이 아프네요.

我最近喉嚨不舒服。

→ 화자 자신이 아픈 것은 충분한 사유를 거치지 않아도 바로 알 수 있으므로 '-네'가 적절하다.

→ 話者對於自己不舒服是不必經過充分思考就可以直接知道的，因此用「-네」是洽當的。

예문 너 요즘 목이 아프구나.

你最近喉嚨不舒服啊。

?너 요즘 목이 아프네.

你最近喉嚨不舒服啊。

→ 발화자는 상대방이 아픈 것을 바로 알 수 없다. 경험 등을 통하여 추론하여 생각하는 과정을 겪은 후에 알 수 있다.

→ 發話者無法直接得知對方不舒服，須透過經驗、推論思考的過程才能知道。

예문 아, 네가 수지 동생이구나.

啊，你是秀智的妹妹啊。

?아, 네가 수지 동생이네.

啊，你是秀智的妹妹啊。

→ 어떤 사람이 수지의 동생인지 판단하기 위해서는 여러 뒷받침 정보를 바탕으로 추론하는 과정이 선행되어야 한다. 따라서 이 경우에는 '-는구나'가 더 자연스럽다.

→ 為判斷誰是秀智的妹妹，要先有各種佐證訊息推論，因此用「-구나」較自然。

(2) 「-네（요）」多用在主動說話時，「-는구나」多用在回應別人的話時。

예문 가 : 오늘 날씨가 참 좋네요. 今天天氣真好。

나 : 네, 오늘 놀러 가기 딱 좋은 날씨죠.

是啊，今天正是適合出去玩的天氣。

예문 가 : 나는 비 오는 날이면 항상 막걸리에 파전이 생각나.

我雨天時就會想起馬格利酒配煎餅。

나 : 그렇구나. 나는 별생각은 안 나던데. 是喔，我沒什麼特別的感覺。

- -는군요

(1) 和「-는구나」意義差異不大，可以替換使用，不過使用的脈絡上有所差異。「-는구나」主要對下位者使用；「-는군요」主要對上位者或要禮貌對待者使用。另外，「-는구나」主要用在一般對話中；「-는군요」主要用在正式場合中。

예문 가 : 어머니가 참 미인이시군요! → 공식적인 상황에서

令堂真是美人！→ 正式場合中

나 : 네, 감사합니다. 嗯，謝謝。

예문 가 : 어머니가 미인이시구나! → 일상적인 대화 상황에서 친구 또는 아랫사람에게

　　媽媽真是美人！→ 一般對話中，對朋友或下位者

나 : 하하. 감사합니다. 哈哈，謝謝。

-는군(요)

終結語尾

形態訊息

	形態	
	動詞	形容詞
尾音 ○	-는군(요)	-군(요)
尾音 ×		

1 陳述新得知的事實

用於陳述經推論而新悟得的事實時。

- 가 : (연예인을 인터뷰하는 상황에서) 저는 어렸을 때부터 춤에 관심이 많았어요. （藝人訪談時）我從小就對跳舞很感興趣。

　나 : 아, 그래서 이렇게 춤을 잘 추게 됐군요. 啊，所以跳舞跳得這麼好啊。

- 가 : (부동산 전문가가 방송에서) 올해 서울 시내 아파트 값이 내려갈 전망입니다. （不動產專家在廣播中）今年首爾市區公寓房價預期會下降。

　나 : 올해에 집을 장만하는 사람들이 많겠군요. 今年要購屋的人會很多囉。

- 가 : (서울의 한 행사장에서) 저는 제주도에서 온 이서준입니다. （首爾的活動現場）我是從濟州島來的李敘俊。

　나 : 와, 멀리 사시는군요. 哇，住得好遠。

- 가 : (작가 인터뷰에서) 두 달 동안 이 작품을 만들기 위해 밤낮없이 일했어요. （作家訪談）兩個月期間為了這個作品沒日沒夜地工作。

　나 : 정말 고생을 많이 했군요. 真的很辛苦呢！

文法訊息

- **主語限制**：主要和第二人稱、第三人稱主語一起使用，但若是用於陳述新發現的自我樣貌或感情時，也可以和第一人稱主語一起使用。

`예문` (친구가 바다에서 구해 준 것을 뒤늦게 알고) 아, 이 친구 덕분에 제가 살
아남았군요.

（很晚才曉得朋友從海裡救了自己這件事）啊，我托這朋友之福活下來了。

搭配訊息

- 因為是用於驚訝似地陳述經由推論而悟得的事實，因此可以自然和「아」等感
嘆詞一起使用。

    `예문` 가 : 어제 휴대 전화를 잃어버렸어요. 昨天弄丟了手機。

    나 : 아, 그래서 어제부터 연락이 안 됐군요.

    啊，怪不得從昨天就連絡不上啊。

談話訊息

- 口語中主要用在討論、訪談、活動等正式場合中。
- 也可以用於教師給學生回饋時。

    `예문` 마리 씨는 배운 어휘를 잘 활용하는군요. 瑪莉很會運用學過的詞彙呢。

- 在私下的場合中和對方面對面談話時，使用「-는군요」顯得不自然。
- 在私下的場合中，聽者是下位者或年紀相同者時，使用「-는군나」。
- 去掉「요」的「-는군」，也可以用於自言自語時。

    `예문` 음식이 입에 안 맞을까 걱정이군. 擔心食物合不合口味。

    서준이는 운동도 잘하고 공부도 잘하는군. 敍俊很會運動，也很會讀書。

相關表達

- -는구나

    (1) 和「-는군요」意義差異不大，可以替換使用，不過使用的脈絡有所差異。
    「-는군요」主要和上位者或要禮貌對待的對象使用，「-는구나」主要和下位
    者使用。另外，「-는군요」主要用在正式場合中，「-는구나」主要用在一般
    對話中。

    `예문` 가 : 어머니가 미인이시구나! → 일상적인 대화 상황에서 친구 또는 아랫사람에게

    媽媽真是美人！→ 一般對話中，對朋友或下位者

    나 : 하하. 감사합니다. 哈哈，謝謝。

    `예문` 가 : 어머니가 참 미인이시군요! → 공식적인 상황에서

    媽媽真是美人！→ 正式場合中

    나 : 네, 감사합니다. 嗯，謝謝。

- -네 (요)

    (1)「-는군 (요)」和「-네 (요)」都是用在對新得知的事情表感嘆，不過對
    新訊息經一定程度思考過程時用「-는군 (요)」，在剛得知新訊息即反應時

使用「－네（요）」。

예문 [?]제가 요즘 목이 아프군요. 我最近喉嚨不舒服。

제가 요즘 목이 아프네요. 我最近喉嚨不舒服。

→ 화자 자신이 아픈 것은 충분한 사유를 거치지 않아도 바로 알 수 있으므로 '-네'가 적절하다.

→ 話者對於自己不舒服是不必經過充分思考就可以知道的，因此用「－네」是洽當的。

예문 네가 요즘 목이 아프군. 你最近喉嚨不舒服啊。

[?]네가 요즘 목이 아프네. 你最近喉嚨不舒服啊。

→ 발화자는 상대방이 아픈 것을 바로 알 수 없다. 경험 등을 통하여 추론하여 생각하는 과정을 겪은 후에 알 수 있다.

→ 發話者無法直接得知對方不舒服，而要以經驗、推論、思考等過程才知道。

예문 아, 네가 신혜 동생이군. 啊，你是信惠的妹妹啊。

[?]아, 네가 신혜 동생이네. 啊，你是信惠的妹妹啊。

→ 어떤 사람이 신혜의 동생인지 판단하기 위해서는 여러 뒷받침 정보를 바탕으로 추론하는 과정이 선행되어야 한다. 따라서 이 경우에는 '-군(요)'이 더 자연스럽다.

→ 為判斷誰是信惠的妹妹，要先有各種佐證訊息推論過程，因此用「－군（요）」較自然。

(2) 「－네（요）」多用在主動說話時，「－군（요）」或「－구나」多用在回應別人的話時。

예문 가 : 오늘 날씨가 참 좋네요. 今天天氣真好。

나 : 네, 오늘 놀러 가기 딱 좋은 날씨죠. 是啊，今天正是適合出去玩的天氣。

예문 가 : 저는 비 오는 날이면 항상 막걸리에 파전이 생각나요.

我雨天時就會想起馬格利酒配煎餅。

나 : 그렇군요. 저는 삼겹살이 생각나요. 是喔，我想起三層肉。

－는다

終結語尾

形態訊息

	形態	
	動詞	形容詞
尾音 ○	-는다	-다
尾音 ×	-ㄴ다	

1 （寫作時）陳述

用於陳述狀況時。

- 요즘 야구장에 여성 팬들이 많다고 한다. 聽說最近棒球場有很多女性粉絲。
- 올해 백화점의 매출이 줄었다. 今年百貨公司銷售下降。
- 오늘의 발표에 아쉬움이 남는다. 今天的發表留下遺憾。
- 홍대에는 사람들이 항상 많다. 弘大一直很多人。
- 앞으로 이러한 문제점이 개선되면 좋겠다. 要是未來能改善這樣的問題就好了。

文法訊息

- **先語末語尾限制**：可以和「–시–」、「–었–」、「–겠–」結合。

談話訊息

- 用於不特定讀者，故可用於日記的獨白陳述文章中。
- 也可以用於以不特定多數為對象的報紙、書籍等文章中。

2 （口語時）陳述

用於陳述狀況時。

- 가 : 어제 아빠가 컴퓨터 사 줬다. 昨天爸爸買電腦給我。
  나 : 아, 왜 누나한테만 사 주셨지? 나도 필요한데…….
  哦，為什麼只買給姐姐？我也需要啊。
- 가 : 아빠, 몇 시쯤 집에 들어오세요? 爸爸，幾點回家？
  나 : 글쎄, 오늘은 일 끝나면 10시쯤 되겠다.
  這個嘛，今天工作要結束的話大概十點左右了。
- 가 : 얘, 늦겠다. 서둘러. 孩子，要遲到了，快點。
  나 : 네, 이제 옷만 입으면 돼요. 好，現在只要再穿衣服就好了。
- 가 : 이거 예쁘다. 너한테 잘 어울리겠어. 這個漂亮，會很適合你。
  나 : 그래? 그럼 이걸로 사야겠다. 是嗎，那要買這個。
- 가 : 너희 어머니 정말 미인이시다. 你媽媽真是美人。
  나 : 그렇지? 내가 엄마를 닮았어야 했는데. 是吧？我應該要像媽媽的。
- 가 : 차가 너무 막힌다. 車子太塞了。
  나 : 응, 안 되겠다. 우리 돌아가자. 嗯，不行，我們回去吧。

文法訊息

- **先語末語尾限制**：可以和「–시–」、「–었–」、「–겠–」結合。

談話訊息

- 主要用於口語中。
- 主要用於非正式場合中。
- 只能用於聽者為下位者或同等地位的人時。對上位者陳述時，依情況而使用「–어요」或「–습니다」。

擴張

- **炫耀**：可以用於炫耀，此時句尾稍微上揚。

  예문 가：나 내일 제주도로 여행 간다. 我明天去濟州島旅行。

  　　나：정말? 진짜 좋겠다. 真的？真好。

- **陳述當前感情與意見**：可以用於陳述當前感情與意見。

  예문 가：와, 이거 정말 맛있다. 哇，這個真好吃。

  　　나：응, 정말 이거 꿀맛이다. 嗯，這個真的是甜美的味道。

- 는다고 (요)

終結語尾

形態訊息

	形態		
	動詞	形容詞	名詞
尾音 ○	-는다고(요)	-다고(요)	-이라고(요)
尾音 ×	-ㄴ다고(요)		-라고(요)

1 （用於陳述句）重述

用於重複自己說過的話，用於必須重述已經傳達給對方的訊息時。

- 가：나 이번 방학에 고향에 돌아가. 我這次放假要回家鄉。

  나：뭐라고? 내일 고향에 돌아가? 什麼？明天回家鄉？

  가：아니, 이번 방학에 돌아간다고. 不是，我是說這次放假回去。

- 가 : 할머니 제가 신혜 친구, 서준예요. 奶奶，我是信惠的朋友敘俊。

  나 : 그래, 이름이 뭐라고? 好，叫什麼名字？

  가 : 서준이요, 서준이라고요. 敘俊，我叫敘俊。

- 가 : 여보세요? 여기 서울 아파트 11동 902호인데요. 양념 치킨 두 마리 갖다 주세요. 喂？這裡是首爾公寓11棟902號，請幫我送兩隻洋釀炸雞。

  나 : 네, 치킨 몇 마리 주문하시겠습니까? 好，您要訂幾隻炸雞？

  가 : 두 마리요. 兩隻。

  나 : 네? 손님, 잘 안 들리는데요. 嗯？客人，聽不太清楚。

  가 : 두 마리요. 두 마리 주문한다고요. 兩隻，我訂兩隻。

- 가 : 어머니, 현정이 왔어요. 媽媽，賢靜來了。

  나 : 뭐라고? 什麼？

  가 : 현정이가 왔다고요. 我說賢靜來了。

文法訊息

- **先語末語尾限制**：可以和「–시–」、「–었–」、「–겠–」結合。

談話訊息

- 主要用於口語中。
- 主要用於非正式場合中。
- 陳述句的「–는다고（요）」可以用於十分親近的上位者，不過即使是親近的上位者，聽起來也有可能心情不好，故使用時要多注意。
- 在正式場合、聽者是上位者時，若要再次傳達自己的話時，不用「–는다고요」而是重複說自己說過的話較自然。

  예문 가 : 부장님, 다음 주 수요일까지 이 보고서를 끝내도록 하겠습니다.

  部長，下周三前我會完成這份報告。

  나 : 네? 언제까지요? 嗯？什麼時候？

  가 : 다음 수 수요일까지 끝내겠습니다. 下周三前我會完成。

- 在口語中也發音為「–는다구（요）」。

  예문 할머니, 제가 서준이라구요. 奶奶，我是敘俊。

2 （用於陳述句）強調

用於向對方強調說明時。

- 난 너를 정말 좋아해. 정말, 사랑한다고. 我真的喜歡你，真的，愛你。
- 나도 이제 어른이라고. 간섭하지 마. 我現在也是大人了，別干涉。
- 가 : 애야, 콩도 많이 먹어야지. 孩子，豆子也要多吃。

나 : 저는 콩 싫어요. 콩 **싫다고요**. 我不喜歡豆子，討厭豆子。
- 가 : 저녁 먹을래? 要不要吃晚餐？
  나 : 난 지금 밥 생각이 없어. 배 안 **고프다고**. 我現在不想吃飯，肚子不餓。
- 가 : 숙제 다 했어? 作業都做完了嗎？
  나 : 아니, 아직 다 못 **했다고**. 不，還沒做完。
- 가 : 난 새우 알레르기가 있어. 我對蝦子過敏。
  나 : 그럼 우리 해산물 파스타 시킬까? 那我們要不要點海鮮義大利麵？
  가 : 나 새우 못 **먹는다고**. 我說了不能吃蝦子。

文法訊息

- **先語末語尾限制**：可以和「–시–」、「–었–」、「–겠–」結合。

談話訊息

- 主要用於口語中。
- 主要用於非正式場合中。
- 陳述句的「–는다고（요）」可以用於十分親近的上位者，不過即使是親近的上位者，聽起來也有可能心情不好，故使用時要多注意。
  예문 엄마 : 청소 안 하니? 媽媽：沒打掃嗎？
  　　 딸　 : 이따 제가 청소할 거라고요. 女兒：就說等一下會打掃。
  　　 엄마 : 너, 엄마한테 그 말투가 뭐니? 媽媽：你對媽媽說話用那什麼語氣？
  예문 엄마 : 공부 안 하니? 媽媽：不念書嗎？
  　　 아들 : 이제 공부할 거라고요. 兒子：就說現在要念書了。
  　　 엄마 : 뭐라고? 너 태도가 그게 뭐니? 媽媽：什麼？你那什麼態度？
- 在正式場合、聽者是上位者時，若使用「–는다고요」來強調，聽起來可能不太禮貌，因此不太使用。此時可以將「–는다고요」替換成「꼭」、「반드시」等詞彙來表達。
  예문 가 : 마지막으로 하고 싶은 말씀이 있으면 하십시오.
  　　 最後，如果還有想說的話請說。
  　　 나 : 저를 뽑아 주신다면 반드시 이 회사에 필요한 인재가 되도록 노력하겠습니다. 若雇用我，我一定會努力成為這間公司需要的人才。
- 在口語中也發音為「–는다구（요）」。
  예문 저는 야채를 잘 못 먹는다구요. 我不太吃蔬菜。

擴張

- **炫耀**：也可以和「얼마나」一起使用，用於向他人炫耀時。
  예문 우리 수지가 얼마나 노래를 잘한다고요. 한번 들어 보세요.

我們家秀智歌唱得多好啊，請聽聽看吧。

우리 어머니가 얼마나 음식을 잘 만드신다고요. 한번 먹어 보면 깜짝 놀랄 걸요. 我媽媽料理手藝多好呀，只要吃過一次一定會大吃一驚。

3 （用於疑問句）確認

用於為確認對方的話而詢問時。

- 가 : 여보세요? 저 수지인데요. 喂？我是秀智。
  나 : 누구라고요? 지금 엘리베이터 안이라 소리가 잘 안 들려요.
  你說是誰？我現在在電梯裡，聽不太到。
  가 : 수지요. 秀智。
- 가 : 저 8월에 미국으로 떠나요. 我八月去美國。
  나 : 언제 **떠난다고**? 什麼時候離開？
  가 : 8월에 떠난다고요. 八月離開。
- 가 : 이번에 여행 가서 번지 점프도 했어. 這次去旅行也玩高空彈跳。
  나 : 뭘 **했다고**? 做了什麼？
  가 : 번지 점프 했다고. 我說玩了高空彈跳。
- 가 : 녹차 한 잔 마실래? 要不要喝杯綠茶？
  나 : 뭐라고? 你說什麼？
  다 : 녹차 한 잔 마실 거냐고 물었어. 我問你要不要喝杯綠茶。

文法訊息

- **先語末語尾限制**：可以和「–시–」、「–었–」、「–겠–」結合。

談話訊息

- 主要用於口語中。
- 主要用於非正式場合中。
- 在正式場合、聽者是上位者時，為確認訊息而詢問時，若使用「–는다고（요）」，聽起來有可能不太禮貌，因此可以用「네？다시 한 번 말씀해 주시겠습니까？」等表達要求訊息。
- 確認訊息的「–는다고（요）」若太常使用，可能會妨礙溝通，使用時要多加留意。
- 用於為確認訊息而詢問時，因此後方會有相應的回答。
- 可以用於要確認句子的整體內容，或句子內的細節內容時。
- 在口語中也發音為「–는다구（요）」。
  예문 몇 시에 퇴근한다구요? 你說幾點下班？

Tip 也可以利用對方話中含意，來確認訊息。

- 가 : 요즘 만나는 사람 어때? 最近交往的人如何？
  나 : 그냥 착한 것 같아. 就好像很善良。
  가 : 마음에 안 든다고? （你的意思是）不滿意嗎？

語調訊息

- 將「–는다고（요）」以有力的音調發音。

4 （用於疑問句）表示驚訝

用於表示對他人的話感到驚訝。

- 가 : 저 여자 친구와 헤어졌어요. 我和女朋友分手了。
  나 : 정말요? 헤어졌다고요? 真的？分手了？
- 가 : 어머니, 저 드디어 시험에 합격했어요. 媽媽，我考試終於考上了。
  나 : 뭐라고? 시험에 합격했다고? 정말 장하구나!
  什麼？考試考上了？真厲害啊！
- 가 : 나 어제 그 잘생긴 배우 있잖아. 김수현 봤어.
  我昨天看到了，那個很帥的演員，金秀賢。
  나 : 네가 김수현을 봤다고? 진짜? 정말 부럽다. 你看到金秀賢？真的？真羨慕。

文法訊息

- **先語末語尾限制**：可以和「–시–」、「–었–」、「–겠–」結合。

談話訊息

- 主要用於口語中。
- 主要用於非正式場合中。
- 表示驚訝的「–는다고（요）」和親近的上位者使用顯得自然。
- 因為用於表示驚訝，所以未必一定要要求回答。
- 比起「–는다고（요）」本身，發音要更強調結合的敘述語部分或句子內容。
- 表驚訝的「–는다고（요）」比起確認訊息，更置焦於對方說話內容反應的溝通功能，因此主要直接引用對方的話，或替換成相同意思的其他表達。
  예문 가 : 이번 휴가 때 제주도 가기로 했어. 這次休假我決定去濟州島。
  　　　나 : 제주도에 가기로 했다고? 진짜 좋겠다. 決定去濟州島？真好。
  예문 가 : 내가 어렸을 때 우리 집에는 돈이 많았어. 지금은 사정이 안 좋지만.
  　　　我小時候家裡很有錢，雖然現在狀況不太好。
  　　　나 : 그래요? 부자였다고요? 是喔？以前是有錢人？

- 在口語中也發音為「-는다구（요）」。
  예문 우리 호식이가 드디어 시험에 합격했다구? 我們鎬植終於考試合格了？

語調訊息

- 比起「-는다고（요）」本身，發音要更強調結合的用言部分或句子內容。

5 （用於疑問句）表達反對意見

用於對他人的話表示反對意見時。

- 가：아버지, 어머니, 저는 올해에 이 사람과 결혼하겠습니다.
  爸爸，媽媽，我今年要和這個人結婚。
  나：뭐라고? 대학교 졸업도 안 했는데 결혼하겠다고?
  什麼？大學都還沒畢業，要結婚？
- 가：내가 보기에 우리 반에서 서준이가 제일 잘생긴 것 같아.
  就我來看，我們班似乎敘俊長得最帥。
  나：서준이가 제일 잘생겼다고? 글쎄……. 敘俊長得最帥？這個嘛……。

文法訊息

- **先語末語尾限制**：可以和「-시-」、「-었-」、「-겠-」結合。

談話訊息

- 主要用於口語中。
- 主要用於非正式場合中。
- 如果聽者是上位者時，表達反對意見聽起來多少有些不禮貌，因此不太使用，
  不過若是如同父母般的親近關係，要表達反對意見時可以使用。
  예문 아버지：올해는 가족 여행을 가지 않기로 하자.
  爸爸：今年就決定不去家族旅行了。
  아 들：우리 이번에 가지 않는다고요? 안 돼요! 이번 여행을 얼마나 기다
  렸는데요. 兒子：我們這次不去？不行！我多期待這次旅行。
- 在口語中也發音為「-는다구（요）」。
  예문 저 사람이 노래를 제일 잘한다구? 那個人歌唱得最好？

語調訊息

- 以生氣的語調發音。

用於轉換話題時。

- 가 : 안녕? 오랜만이다. 너 취직은 잘 됐어? 你好，好久不見。你找工作順利嗎？

  나 : 응, 나 이제 취직한 지 몇 달 됐어. 嗯，我現在已經上班幾個月了。

  가 : 정말 축하해. 일 때문에 바쁘겠구나. 참, 너 결혼했다고?

  真的很恭喜，工作應該很辛苦吧。對了，聽說你結婚了？

- 가 : 주말 잘 보냈어? 周末過得好嗎？

  나 : 응, 오랜만에 영화도 보고 재미있었어.

  嗯，看了很久才看這麼一次的電影，很有趣。

  가 : 그랬구나. 맞다, 너 내일 부산에 간다고?

  是喔，對了，你不是說明天去釜山嗎？

- 가 : 채린아, 엄마가 김치 보냈다. 밥 잘 챙겨 먹고 그래라.

  彩林，媽媽寄了泡菜，好好吃飯啊。

  나 : 네, 고마워요. 요즘 잘 챙겨 먹어요. 걱정 마세요. 참, 그런데 아빠가 언제
    출장 가신다고요?

    好，謝謝。最近有好好吃，別擔心。對了，爸爸什麼時候去出差？

- 가 : 부장님, 설 연휴 잘 보내셨어요? 部長，新年假期過得好嗎？

  나 : 그래, 간만에 가족들도 만나고 낚시도 하고 왔어.

  嗯，見了好久不見的家人，也去釣魚。

  가 : 그러셨군요. 좋으셨겠어요. 맞다, 그런데 부장님, 다음 주 회의에 사장님도
    참석하신다고요? 這樣啊，真好。對了，部長，下周會議老闆說也會參加嗎？

  나 : 그래, 그러니까 이번에 회의 준비 더 잘 해야 돼.

  是啊，所以這次會議更要好好準備。

文法訊息

- **先語末語尾限制**：可以和「–시–」、「–었–」、「–겠–」結合。

搭配訊息

- 主要和「아」、「참」、「맞다」等表示突然想起的談話標誌一起使用。

談話訊息

- 主要用於口語中。
- 主要用於非正式場合中。
- 在正式場合中不太使用，一般也不和不熟的上位者使用。可以和關係親近的上位者使用。

- 以先前話者和聽者曾經共知的知識為出發。
- 在口語中也發音為「-는다구（요）」。

- 는다니（요）

形態訊息

	形態		
	動詞	形容詞	名詞
尾音 ○	-는다니(요)	-다니(요)	-이라니(요)
尾音 ×	-ㄴ다니(요)		-라니(요)

1 表達聽到而驚訝

用於對聽到的內容表示驚訝。

- 가 : 이제 너는 재시험을 볼 기회가 없대. 聽說你沒有再重考的機會。
  나 : 어떡하지. 이제 더 이상 기회가 없다니……. 怎麼辦，再也沒機會了。
- 가 : 이번에 배우 김수영이 군대를 간대. 聽說金秀勇演員這次要去當兵了。
  나 : 네? 김수영이 군대를 간다니요. 믿을 수 없어요.
  嗯？金秀勇去當兵，不敢相信。
- 가 : 네 옆집 사람이 글쎄 이번에 도둑질을 했대.
  聽說隔壁家的人這次偷了東西。
  나 : 뭐라고? 그 착하게 생긴 분이 도둑이라니.
  什麼？那位看起來很善良的人是小偷。
- 가 : 규현아, 형이 네 아이스크림 다 먹어 버렸다.
  圭賢，哥哥把你的冰淇淋都吃了。
  나 : 네? 형이 다 먹었다니요. 아, 정말 짜증나요! 什麼？哥哥都吃了。啊，真煩！

文法訊息

- **先語末語尾訊息**：可以和「-시-」、「-었-」、「-겠-」結合。

談話訊息

- 主要用於口語中。

- 主要用於非正式場合中。
- 在正式場合、聽者是上位者時不使用。因「-는다니（요）」積極表現出話者的感情，所以在須謙恭禮貌的場合時不使用。

2 （以「-는다니」形態的疑問句）詢問聽到的內容

用於詢問對方聽到的內容。

- 가 : 강희는 스파게티 싫다니? 姜熙說不喜歡義大利麵？

  나 : 네. 밀가루 음식을 별로 안 좋아한대요. 對，他說不太喜歡麵類食物。
- 가 : 서준이는 왜 그 사람을 안 만난다니? 敘俊為什麼說不和那個人交往？

  나 : 자기 취향이 아니래요. 他說不是自己的菜。
- 가 : 규현이는 왜 책을 안 읽는다니? 圭賢為什麼說不讀書？

  나 : 재미없대요. 他說很無聊。
- 가 : 이모한테 전화해 봤어? 이모가 언제 출발했다니?

  給阿姨打電話了嗎？阿姨說什麼時候出發？

  나 : 10분 전에 출발하셨대요. 她說十分鐘前出發了。

文法訊息

- **助詞結合訊息**：不和補助詞「요」結合。

  예문 *강희는 스파게티가 싫다니요? 姜熙說不喜歡義大利麵？

  Tip 可以還原為原形態「-는다고 하니」使用。
  - 연정이는 언제 (출발한다니/출발한다고 하니)? 妍靜說什麼時候出發？

談話訊息

- 主要用於非正式場合中。
- 在正式場合、聽者是上位者時不使用。不過可以用「-는다고 하셨습니까？」等表達直接詢問。

3 （以「-는다니」形態的疑問句）諷刺

用於諷刺某狀況。

- 연정이는 뭐 하냐? 지금 공부라도 한다니? 妍靜在幹嘛？現在好歹也唸個書？
- 그래서 그 사람이 나한테 뭐 보태 준 거 있다니? 所以他說會給我一些補償囉？
- 자기는 뭐 그럼 그렇게 잘났다니? 那你有什麼厲害？
- 채린이는 이번 휴가 때 유럽이라도 갈 거라니? 彩林說這次休假會去個歐洲？
- 가 : 강희는 다이어트를 해서 밥을 안 먹는대요. 姜熙說在減肥不吃飯。

나 : 무슨 미스코리아 대회에라도 나간다니?
難道是要去參加什麼韓國小姐選拔大會嗎？

文法訊息

- **主語限制**：主要和第三人稱主語一起用。
- **助詞結合訊息**：不和補助詞「요」結合。

  例文 *강희는 유럽이라도 갈 거라니요? 姜熙要去歐洲？

談話訊息

- 主要用於口語中。
- 主要用於非正式場合中。
- 在正式場合、聽者是上位者時不使用。因「–는다니」積極表現出話者的感情，所以在須謙恭禮貌的場合時不使用。

語調訊息

- 最後音節「니」要以有力的語調發音。末端語調上揚。

- 는다니까 (요)

終結語尾

形態訊息

	形態		
	動詞	形容詞	名詞
尾音 ○	-는다니까(요)	-다니까(요)	명 이라니까(요)
尾音 ✕	-ㄴ다니까(요)		명 라니까(요)

1 強調表達

用於強調要說的內容。

- 가 : 너 그렇게 짧은 치마 입고 가면 어떡하니? 오늘 날씨 정말 춥다니까!
  你怎麼能穿那麼短的裙子去？今天天氣真的很冷！
  나 : 괜찮아요. 저는 하나도 안 추워요. 沒關係，我一點也不冷。
- 가 : 정말 밥 안 먹고 출근할 거예요? 제가 밥 다 차려 놨다니까요!
  真的不吃飯就要上班？我飯都做好了！

나 : 미안해요. 오늘 배가 좀 아파서 입맛이 좀 없어요.
抱歉，今天肚子有點不舒服，沒什麼胃口。

- 가 : 역시 우리 아빠는 대단하시다니까요! 果然我爸爸很厲害！
  나 : 어이쿠, 우리 딸. 칭찬 고마워. 哎呀，我的女兒，謝謝稱讚。

文法訊息

- **先語末語尾訊息**：可以和「–시–」、「–었–」、「–겠–」結合。

談話訊息

- 主要用於口語中。
- 主要用於非正式場合中。
- 在正式場合不使用。因「–는다니까요」係用於積極表露感情，故使用有不自然之感。
- 在非正式場合中對親近的上位者，如父母和子女之間可以使用。
- 在口語中想強調意思時，「–는다니까」加補助詞「은／는」，可發音為「–는다니까는」或「–는다니깐」。「–는다니까요」可發音為「–는다니깐요」。
  예문 엄마는 요리를 정말 잘하신다니깐요! 媽媽真的很會做菜。

2 表現反駁態度

用於以反駁的態度回應他人的談話時。

- 가 : 너 언제 약 먹을래? 你什麼時候要吃藥？
  나 : 걱정하지 마세요. 제가 이따 알아서 먹는다니까요!
  別擔心，我等一下自己會吃！
- 가 : 저랑 차나 한잔해요. 和我喝杯茶吧。
  나 : 글쎄, 저는 시간이 없다니까요! 嗯，我沒時間！
- 가 : 이번 휴가 때 같이 번지 점프 하러 갈까요?
  這次放假要不要一起去高空彈跳？
  나 : 아니요, 싫어요. 저는 번지 점프 무섭다니까요!
  不，不要，我怕高空彈跳！

文法訊息

- **先語末語尾訊息**：可以和「–시–」、「–었–」、「–겠–」結合。

談話訊息

- 主要用於口語中。
- 主要用於非正式場合中。

- 在正式場合不使用。因「–는다니까（요）」係用於積極表露感情，故若使用有不自然之感。
- 在非正式場合中對親近的上位者，如父母和子女之間可以使用。
- 在口語中想強調意思時，「–는다니까」加補助詞「은／는」，可發音為「–는다니까는」或「–는다니깐」。「–는다니까요」可發音為「–는다니깐요」。
  [예문] 저는 하기 싫다니깐요! 我不想做！

– 는다면서 （요）

形態訊息

	形態		
	動詞	形容詞	名詞
尾音 ○	-는다면서(요)	-다면서(요)	명 이라면서(요)
尾音 ×	-ㄴ다면서(요)		명 라면서(요)

1 （用於疑問句）確認聽說的內容

用於為確認而詢問聽說的內容。

- 가 : 현정아, 언니가 그렇게 미인이라면서? 妍靜，聽說你姐姐是大美女？
  나 : 어, 맞아. 우리 언니 미인 대회에도 나갔었어.
  嗯，對啊，我姊姊參加過美女大會。
- 가 : 이번에 결혼한다면서요? 축하드려요. 聽說這次要結婚？恭喜。
  나 : 무슨 소리예요. 저 남자 친구도 없어요. 說什麼，我連男朋友都沒有。
- 가 : 어제 소개팅 하셨다면서요? 어땠어요? 聽說昨天去相親聯誼了？怎麼樣？
  나 : 누구한테 들었어요? 제가 비밀로 해 달라고 했는데…….
  聽朋友說的嗎？我說要保密的……。

文法訊息

- **先語末語尾訊息：**可以和「–시–」、「–었–」、「–겠–」結合。

談話訊息

- 主要用於口語中。

- 主要用於非正式場合中。
- 在正式場合、聽者是上位者時不使用。因「–는다면서요」積極表露出話者的感情，因此在要表示禮貌的場合時不太使用。不過在非正式場合中，可以對親近的上位者使用。
- 除了要確認經由他人聽說的內容，也可用於確認自己已知的內容。
- 在口語中，「–는다면서」也可簡略為「–는다며」。

  예문 너 내일부터 방학이라며? 你明天放假？

語調訊息

- 要求訊息的詢問，末端語調上揚。

2 引用聽說的內容開啟話題

引用聽說的內容為話題背景或根據等以開啟話題。

- 가 : 이번에 미국 가신다면서요? 언제 가세요? 聽說這次要去美國？什麼時候去？

  나 : 네, 다음 달에 가게 됐어요. 對，（安排）下個月去。
- 가 : 너희 집 부자라면서. 너 왜 그렇게 아르바이트를 많이 해?

  聽說你們家富有，你為什麼一直打工？

  나 : 아니에요. 그건 소문일 뿐이에요. 저희 집 가난해요.

  不，那只是謠言，我們家很窮。
- 가 : 규현이는 말도 잘 듣는다면서요. 뭘 그렇게 규현이 걱정을 해요.

  聽說圭賢很聽話，怎麼那麼擔心圭賢。

  나 : 밖에서만 그렇게 보일 뿐이지 집에서는 얼마나 말을 안 듣는지 몰라요.

  那只是在外面看起來如此，在家很不聽話。
- 가 : 강희가 키도 크고 예쁘다면서요. 미인 대회에 한번 나가 보라고 해 보세요.

  聽說姜熙高挑又漂亮。請她去參加美女大會看看。

  나 : 네, 그렇게 하고 싶은데 애가 수줍음을 타서요.

  嗯，我也想那麼做，但她會害羞。

文法訊息

- **先語末語尾訊息**：可以和「–시–」、「–었–」、「–겠–」結合。

談話訊息

- 主要用於非正式場合中。
- 在正式場合、聽者是上位者時不使用。因「–는다면서요」積極表露出話者的感情，故在要表示禮貌的場合時不使用。不過在非正式場合中，可以對親近的上

位者使用。

- 除了要確認經由他人聽說的內容，也可以用於確認自己已知的內容。
- 在口語中，「–는다면서」也可簡略為「–는다며」。

  예문 네 동생이 가수라며. 聽說你妹妹是歌手。

語調訊息

- 非要求訊息的詢問，末端語調下降。

– 는다지 (요)

終結語尾

形態訊息

	形態		
	動詞	形容詞	名詞
尾音 ○	-는다지(요)	-다지(요)	명 이라지(요)
尾音 ×	-ㄴ다지(요)		명 라지(요)

1 （用於疑問句）開啟話題

用於已經確信或熟知的內容，彷彿為確認而詢問，並開啟話題。

- 가 : 채린 씨 어머니가 그렇게 미인이시라지요? 聽說彩林的媽媽是大美人？
  나 : 네, 지난번에 길에서 뵌 적이 있었는데 정말 깜짝 놀랐었어요.
  是啊，上次在路上見過，真的嚇了一跳。
- 가 : 어제 선생님이 아프셨다지요? 聽說昨天老師不舒服？
  나 : 네, 오늘은 괜찮아지셨는지 모르겠네요. 對啊，今天不知道好點了沒。
- 사람들이 요즘 특히 다이어트에 관심이 많다지요? 오늘은 특별 게스트를 모시고 효과적인 다이어트 방법에 대해 들어보겠습니다.
  大家最近很關心減肥吧？今天邀請了特別來賓，要來聽聽有效的減肥方式。

文法訊息

- **先語末語尾訊息**：可以和「–시–」、「–었–」、「–겠–」結合。

- 主要用於口語中。
- 主要用於非正式場合中。
- 在口語中,「-는다지요」也可簡略為「-는다죠」。
- 「-는다지요」是話者針對已知內容,或有確信的內容詢問時使用,因此比起為確認訊息而詢問,更可說是希望和對方共享話題。
- 在針對新話題回應時也可以使用。

  例文 가 : 요즘 이 식당에 그렇게 손님들이 많대요. 聽說這家餐廳最近很多客人。

  나 : 맞아요. 요즘 이 식당이 그렇게 인기가 많다지요?

  是啊,最近這家餐廳頗受歡迎?

相關表達

- -는다면서 (요)

  (1) 「-는다면서 (요)」和「-는다지 (요)」都可以用來確認聽到的內容。不過「-는다면서 (요)」和第二人稱主語一起使用也不會不自然,但「-는다지 (요)」若和第二人稱主語一起使用會顯不自然,和第三人稱主語一起使用較自然。

  例文 연정아, 너 다음 달에 결혼한다면서? → 자연스러움.

  妍靜,聽說妳下個月結婚? → 自然。

  연정아, 너 다음 달에 결혼한다지? → 어색함.

  妍靜,聽說妳下個月結婚吧? → 不自然。

  연정아, 채린이가 다음달에 결혼한다지? → 자연스러움.

  妍靜,聽說彩林下個月結婚? → 自然。

- 는단다

終結語尾

形態訊息

	形態		
	動詞	形容詞	名詞
尾音 ○	-는단다	-단다	名 이란다
尾音 ×	-ㄴ단다		名 란다

1 傳達聽到的內容

用於傳達從他人那聽到，或從媒體聽到的內容。

- 가 : 현정이가 뭐래요? 오늘도 병원 안 가겠대요?

  賢靜說什麼？她說今天也不去醫院？

  나 : 응, 자기는 건강해서 아파도 금방 나을 거란다.

  嗯，她說自己健康，不舒服也馬上就會好。

- 가 : 채린이가 오늘은 웬일로 등산을 간다고 했지요? 彩林今天怎麼會去爬山？

  나 : 이제부터 자기도 건강을 챙기겠단다. 說從今天開始自己也要顧健康。

- 가 : 내일도 비가 올까요? 明天也會下雨嗎？

  나 : 응, 일기 예보 보니까 내일도 비가 온단다.

  嗯，看天氣預報說明天也會下雨。

文法訊息

- **主語限制**：主要用於陳述經由媒體或他人得知的內容，因此和第三人稱主語一起使用。

  예문 가 : 채린이가 오늘은 웬일로 등산을 간다고 했지요?

  彩林今天怎麼會去爬山？

  나 : 이제부터 (*나/*너)도 건강을 챙기겠단다. 現在開始要保持健康。

- **先語末語尾訊息**：可以和「-시-」、「-었-」、「-겠-」結合。

談話訊息

- 主要用於口語中。
- 主要用於非正式場合中。
- 主要和下位者、年紀相同者使用。用在彼此關係親近時較為自然。
- 在正式場合、聽者是上位者時不使用。
- 在正式場合中，傳達從他人那聽到或從媒體聽到的內容時，使用「-는다고 합니다」的形態，和聽者親近時可以使用「-는답니다」。
- 口語中常以「-는단다」、「-는댄다」的形態使用。

  예문 서준이가 이제부터 자기도 열심히 공부한댄다.

  敘俊說從現在開始自己也要用功讀書。

擴張

- **挖苦嘲諷**：也可以用於挖苦嘲諷時。

  예문 얘, 너희 아빠는 어렸을 때 인기가 엄청 많으셨댄다. 난 못 믿겠지만……

  孩子，你爸爸說他小時候非常有名氣，雖然我不相信……

2 告知對方不知道的內容

用於告知認為對方不知道的內容。

- 가 : 채린아, 아빠가 젊었을 때에는 지금보다 생활이 더 어려웠단다.
  彩林，爸爸小時候比現在還要生活困苦。
  나 : 그래요? 그때 집안 형편은 어땠는데요? 是嗎？那時候家裡狀況怎麼樣？
- 가 : 이 꽃 이름이 물망초란다. 這花的名稱是勿忘草。
  나 : 아, 그래요? 처음 알았어요. 정말 예쁘게 생겼네요.
  啊，是喔？第一次聽到，真的長得很漂亮。

文法訊息

- **先語末語尾訊息**：可以和「–시–」、「–었–」結合，不和「–겠–」結合。
  예문 *내일 비가 오겠단다. 明天會下雨。

  Tip 可以復原為「–는다고 하다」的形態。

談話訊息

- 主要用於口語中。
- 主要用於非正式場合中。
- 主要對下位者使用。彼此關係親近時使用較自然。
- 對親近的上位者說時，可以用「–는답니다」。

3 親切陳述

用於親切地向對方傳達內容時。

- 가 : 선생님, 요즘 어떻게 지내세요? 老師，最近過得怎麼樣？
  나 : 요즘도 계속 바쁘단다. 너는 어떻게 지내고 있니? 最近也忙，你過得如何？
- 가 : 나는 아직도 제주도에 살면서 한 번도 한라산에 못 가 봤단다.
  我目前為止住在濟州島，卻都還沒去過漢拏山。
  나 : 아, 그러세요? 꼭 가 보세요. 경치가 정말 아름다워요.
  啊，是喔？一定要去走走，風景真的很漂亮。

文法訊息

- **先語末語尾訊息**：可以和「–시–」、「–었–」結合，不和「–겠–」結合。
  예문 *내일 오후쯤 거기에 도착하겠단다. 明天下午左右會抵達那裡。

  Tip 可以復原為「–는다고 하다」的形態。

談話訊息

- 主要用於口語中。
- 主要用於非正式場合中。
- 主要對下位者使用。彼此關係親近時使用較自然。
- 對親近的上位者說時，可以用「-는답니다」。

- 는답니다

終結語尾

	形態		
	動詞	形容詞	名詞
尾音 ○	-는답니다	-답니다	명 이랍니다
尾音 ×	-ㄴ답니다		명 랍니다

Tip 「-는답니다」的疑問形態是「-는답니까」。

- 가 : 서준이가 뭐라고 합니까? 그래서 내일 모임에 온답니까?
  敘俊說什麼？（說）明天會來聚會嗎？

  나 : 네, 내일 온답니다. 是的，他說明天會來。

Tip 傳達陳述句的內容時，使用「-는답니다」；傳達命令句的內容時，使用「-(으)랍니다」；傳達提議內容時，使用「-잡니다」。

- 강 선생님이 채린이한테 오랍니다. → 명령 전달
  姜老師要叫彩林來。

- 김 대리가 내일 회식을 하잡니다. → 제안 전달
  金代理提議說明天來個公司聚餐。

1 傳達聽到的內容

用於傳達從他人那聽到，或從媒體得知的內容。

- 가 : 김 대리, 박민수 씨가 왜 아직도 출근을 안 하고 있는지 압니까?
  金代理，朴敏秀為什麼還沒有上班你知道嗎？

  나 : 네, 출근하는 길에 차가 고장이 나서 지금 급하게 수리하러 간답니다.
  是的，他說上班的路上車子故障，現在急著去修理。

- 가 : 현정 씨가 내일 회의에 왜 참석하지 못하는지 아세요?

  你知道賢靜說為什麼沒辦法參加明天的會議嗎？

  나 : 네, 현정 씨는 내일 출장을 가야 해서 회의에 참석 못하겠답니다.

  知道，賢靜說明天要出差，所以沒辦法參加會議。

- 가 : 내일도 비가 올까요? 明天也會下雨嗎？

  나 : 네, 일기 예보 보니까 내일도 비가 온답니다. 看天氣預報，說明天會下雨。

文法訊息

- **主語限制**：主要用於陳述經由媒體或他人得知的內容，因此和第三人稱主語一起使用。

  예문 가 : 채린 씨가 내일 회의에 왜 참석하지 못하는지 아세요?

  你知道為什麼彩林明天不能參加會議嗎？

  나 : 네, (*저는/*당신은) 내일 출장을 가야 해서 회의에 참석 못하겠답니다. 知道，她說因為明天要出差，所以不能參加會議。

- **先語末語尾訊息**：可以和「–시–」、「–었–」、「–겠–」結合。

談話訊息

- 主要用於口語中。
- 主要用於正式場合中。
- 用於和上位者說話，當彼此關係親近時使用較為自然。
- 和下位者說話時，可以用「–는답니다」。
- 在正式場合中，和關係不親近的上位者說話時，可以復原為「–는다고 합니다」的形態。

2 告知對方不知道的內容

用於告知自認為對方不知道的內容。

- 가 : 부장님, 요즘은 이 가수의 춤이 유행이랍니다.

  部長，聽說最近這位歌手的舞蹈很流行。

  나 : 그래? 요즘 텔레비전을 안 보니까 통 모르겠네.

  是嗎？最近不太看電視，完全不知道。

- 가 : 파운데이션에 크림을 섞어 바르면 피부가 아주 촉촉하게 된답니다.

  粉底液加乳液混合塗抹，皮膚會變得很濕潤。

  나 : 그래요? 요즘 환절기라 피부가 거칠거칠한데 한번 해 봐야겠어요.

  是嗎？最近因換季皮膚乾燥，應該試一次看看。

文法訊息

- **先語末語尾訊息**：可以和「-시-」、「-었-」結合，不和「-겠-」結合。

  예문 *내일 비가 오겠답니다. 明天會下雨。

談話訊息

- 主要用於口語中。
- 主要用於正式場合中。
- 不只用於口語，有口語特徵的書面語也可以使用。尤其在商品使用感想或部落格等以不特定多數為對象時，可以如同在說話般親切地陳述寫作。使用上有不受聽話者親疏關係限制的傾向。
- 對於有社會距離的人，想要以親切的態度說話時可以使用。

3 親切地說

用於親切地向對方傳達內容時。

- 가 : 우리 집 가족들은 모두 건강하답니다. 我們家人都很健康。

  나 : 다행이네요. 모두들 보고 싶어요. 太好了，很想大家。

- 요즘 집 앞의 정원에 꽃들이 예쁘게 피었답니다.

  最近家前面的庭院花開得很漂亮。

文法訊息

- **先語末語尾訊息**：可以和「-시-」、「-었-」結合，不太和「-겠-」結合。

  예문 *저는 내일 오후쯤 거기에 도착하겠답니다. 明天下午左右會抵達那裡。

談話訊息

- 主要用於口語中。
- 主要用於正式場合中。
- 主要對年紀相同者或上位者使用，或也可以用於對不特定多數對象親切說話時。

- 는대 (요)

形態訊息

	形態		
	動詞	形容詞	名詞
尾音 ○	-는대(요)	-대(요)	명 이래(요)
尾音 ×	-ㄴ대(요)		명 래(요)

· -는다고 해 (요)：「-는대 (요)」可以視為「-는다고 해 (요)」的縮寫
  形態。

예문 이번에 할아버지께서 중국으로 여행 (가신다고 해요/가신대요).
   爺爺說這次要去中國旅行。

1 （用於陳述句）傳達由他人聽聞的內容

用於傳達從他人那聽到的話時。

· 가 : 규현이가 아직 3살밖에 안 됐는데 책을 많이 읽는대.
   圭賢只有三歲，但聽說看了很多書了。
  나 : 그래? 나중에 정말 똑똑해지겠다. 是喔？以後真的會變聰明。

· 가 : 채린이가 강아지를 키운대. 聽說彩林養小狗。
  나 : 아, 그렇구나. 그래서 강아지에 대해 잘 알고 있구나.
   哦，原來如此，難怪很了解小狗。

· 가 : 요즘은 조금 헐렁한 청바지가 인기가 있대.
   聽說最近寬鬆的牛仔褲很受歡迎。
  나 : 그래? 그럼 나도 헐렁한 청바지를 좀 사 볼까?
   是喔？那我也買一下寬鬆的牛仔褲？

· 가 : 할머니가 이번에는 밭에 감자를 심으신대요. 聽說奶奶這次在田裡種馬鈴薯。
  나 : 그럼 내가 좀 도와 드려야겠구나. 那我要幫一下忙。

· 가 : 우리 엄마는 젊었을 때 인기가 정말 많았대. 聽說我媽媽年輕時很有名氣。
  나 : 너희 엄마는 지금도 미인이시니까 예전에도 인기가 많았을 것 같아.
   你媽媽現在也是美女，我想以前應該很有名氣。

· 가 : 현정이가 내일 사진기를 가져 오겠대. 賢靜說明天會帶照相機來。
  나 : 그래? 다행이다. 是喔？太好了。

- 가 : 신혜가 내일 점심 때 우리 집에 올 거래요. 信惠說明天中午要來我們家。

  나 : 그래요? 그럼 제가 집을 좀 청소해 놓아야겠어요.

  是嗎?那我得把家裡整理一下。

- 가 : 서준 씨의 누나가 간호사래요. 敘俊的姐姐據說是護士。

  나 : 그래요? 무슨 병원에서 일하는지 알아요?

  是嗎?你知道在哪間醫院工作嗎?

文法訊息

- **先語末語尾訊息**：可以和「–시–」、「–었–」、「–겠–」結合。

談話訊息

- 主要用於口語中。
- 主要用於非正式場合中。
- 在正式場合中，可以以「–는다고 하다／말하다／말씀하다」的形態使用。尤其在正式場合中，要傳達的話的主體對話者而言是上位者、須保持禮貌時，使用這種形態。

  예문 (주체 : 부장 > 화자 : 과장) 부장님께서 이번에는 우리 팀이 발표 자료를 만들어야 한다고 말씀하셨습니다.

  （主角：部長＞話者：課長）部長說這次我們組要準備發表資料。

- 可以用於告知別人時。主要是小孩子使用，語調先上揚再下降。此時不能視為「–는다고 해（요）」的縮寫。

  예문 엄마, 누나가 나 몰래 내 과자 먹었대요.

  媽媽，姐姐她偷偷把我的餅乾吃掉了。

  아빠, 형이 나랑 같이 놀러 안 간대. 형 친구들이랑만 놀러 간대.

  爸爸，哥哥說不和我一起玩，只和哥哥朋友們一起玩。

相關表達

- -데

  (1) 「–데」和「–더라」意義相同，用於傳達話者親自經歷而得知的事實，「–대」用於傳達他人說話的內容。

  예문 가 : 그 집 팥빙수가 진짜 맛있대. → 들은 내용 전달

  聽說那間店的紅豆冰真的很好吃。→ 傳達聽到的內容

  나 : 맞아. 나도 먹어 봤는데 정말 맛있더라.

  對啊，我也吃過，真的很好吃。

  예문 가 : 어제 내가 먹었던 팥빙수 진짜 맛있데. → 자신이 경험한 바를 전달

  昨天我吃的紅豆冰真的很好吃。→ 傳達自己經歷的內容。

나 : 진짜? 나도 한번 먹어 봐야겠다.
真的？我也要吃吃看。

2 （用於疑問句）詢問所聽聞的內容

用於詢問聽者所聽到的內容。

- 가 : 서준이가 뭐라고 했어? 내일 파티에 온대?
  敘俊說什麼？說明天會來派對嗎？
  나 : 아니, 내일 일이 있대. 不，他說明天有事。
- 가 : 채린이가 뭐래? 나랑 밥 먹기 싫대? 彩林說什麼？說不想和我吃飯嗎？
  나 : 아니, 아까 수업 전에 밥 먹어서 안 먹을 거래.
  不是，他說因為剛剛上課前吃了飯，所以不吃。
- 가 : 규현이도 숙제 안 했대? 圭賢也說沒做作業？
  나 : 응, 어제 많이 아파서 숙제를 못 했대.
  嗯，他說因為昨天很不舒服，所以沒做作業。
- 가 : 할머니가 이번에는 어떤 걸 심으신대요? 奶奶說這次要種什麼？
  나 : 이번에 콩이랑 고추를 심으실 거래. 說這次要種豆子和辣椒。
- 가 : 그래서, 서준이가 연정이한테 언제 청혼할 거래?
  所以，敘俊說什麼時候要跟妍靜求婚？
  나 : 몰라, 아직 계획 중인가 봐. 不知道，可能還在計畫中。
- 가 : 강희가 뭐라고 했어? 이번에 밥 사겠대? 姜熙說什麼？說這次要請客嗎？
  나 : 응, 장학금 받아서 기분 좋으니까 이번에 자기가 밥 사겠대.
  嗯，他說因為拿到獎學金心情很好，所以這次要請客。
- 가 : 이번 노래 대회 1등 상품은 뭐래? 이번에도 사전이래?
  這次歌唱大賽第一名的獎品是什麼？這次是也是字典嗎？
  나 : 아니, 이번에는 노트북이래. 이번에 연습 열심히 해서 꼭 1등 해야지.
  不，聽說這次是筆記型電腦，這次要努力練習，一定要拿到第一名。
- 가 : 어떤 영화가 제일 재미있대? 他說怎樣的電影最有趣？
  나 : 내 친구가 그러는데 이 영화가 제일 괜찮대. 我朋友說這部電影最好。

文法訊息

- **先語末語尾訊息**：可以和「–시–」、「–었–」、「–겠–」結合。

談話訊息

- 主要用於口語中。

- 主要用於非正式場合中。
- 在正式場合中以「-는다고 하다／말하다／말씀하다」的形態以表謙恭。尤其在正式場合中，要傳達的話的主體對話者而言是上位者、須保持禮貌時，使用這種形態。

    예문 부장님께서 이번에 우리 팀이 발표 자료를 만들어야 한다고 말씀하셨습니까? 部長說這次我們組要準備發表資料？

擴張

- 強烈反駁：可以用於強烈反駁時。此時並非一定要要求回答，可以和「누가」、「언제」等一起使用。另外，此時不能視為「-는다고 해（요）？」的縮寫形態。

    예문 내가 언제 그런 걸 하겠대? 我什麼時候說要做那個？
    누가 이 어려운 것을 할 거래? 나 안 해. 誰要做這件困難的事？我不做。
    누가 언제 너랑 같이 논대? 난 싫어.
    誰什麼時候說要和你一起玩？我不要。

-니
終結語尾

形態訊息

- 用言的語幹後加「-니」。

1 提問

用於向對方詢問時。

- 가 : 현정아, 자니? 賢靜，睡了嗎？
  나 : 아니, 왜? 還沒，怎麼了？
- 가 : 어디에 가니? 去哪裡？
  나 : 응, 지금 슈퍼에 잠깐 들르려고. 嗯，現在去一下超市。
- 가 : 내일 신혜랑 영화 볼 거니? 明天要和信惠看電影嗎？
  나 : 아니요, 내일은 시간이 없대요. 不，她說明天沒時間。
- 가 : 어제는 왜 수업에 **빠졌니**? 昨天為什麼沒上課？
  나 : 배가 좀 아파서요. 因為肚子有點痛。
- 가 : 어디 아프니? 哪裡不舒服？

나 : 아니요, 괜찮아요. 不，沒關係。

- 가 : 할머니가 어디에 계시니? 奶奶在哪裡？

  나 : 할머니 지금 부엌에 계세요. 奶奶現在在廚房。

- 가 : 너 내 생일 잊어버렸지? 你忘記我的生日了嗎？

  나 : 내가 네 생일을 잊어버렸겠니? 我會忘記你的生日嗎？

文法訊息

- **先語末語尾訊息**：可以和「–시–」、「–었–」、「–겠–」結合。

談話訊息

- 主要用於口語中。
- 主要用於非正式場合中。
- 只能對下位者或年紀相同者使用。
- 只能用於非常親近的關係。
- 帶有溫和、女性的感覺，女性話者經常使用。
- 因為是對下位者說的話，因此即使關係親近、年紀或地位相似，使用上要注意，因為使用「–니」聽起來會有聽者比話者還要下位的感覺。
- 此外，即便是如同家人般的親近關係，對年紀大的人使用不自然。

  예문 (한 살 어린 동생이 언니에게) 밥 먹었니?→ 어색함.

  （小一歲的妹妹對姊姊）吃飯了嗎？→ 不自然。

  (한 살 많은 언니가 동생에게) 밥 먹었니?→ 자연스러움.

  （大一歲的姊姊對妹妹）吃飯了嗎？→ 自然。

相關表達

- **-냐**

  (1) 「–냐」和「–니」都是下待話階的話，用於詢問。「–냐」稍有較粗魯的感覺，主要用於男性話者間。「–니」比「–냐」更有溫和、女性的感覺。

  예문 (언니가 동생에게) 우산은 챙겼니?→ 자연스러움.

  （姊姊對妹妹）雨傘帶了嗎？→ 自然。

  (형이 동생에게) 우산은 챙겼냐?→ 자연스러움.

  （哥哥對弟弟）雨傘帶了嗎？→ 自然。

  (2) 「–냐」和「–니」都可以對同年紀的朋友使用，不過「–냐」更有親近的感覺。朋友間十分熟悉時，不論男女，都經常用「–냐」。

  예문 (친한 친구끼리) 이거 예쁘다. 어디서 샀냐?

  （熟識的朋友間）這個好漂亮，哪裡買的？

–더군(요)

形態訊息

· 用言的語幹後加「–더군(요)」。

1 傳達過去新得知的事實

用於傳達過去某時間點新悟知的事實或新想法給聽者。

· 가 : 어제 크림 스파게티를 처음 먹었는데 생각보다 느끼하지 않더군요.
  昨天第一次吃奶油義大利麵，沒想像油膩。
  나 : 그래요? 난 서준 씨가 정말 느끼해 할 줄 알았는데요!
  是喔？我以為敘俊你會覺得很油膩呢！

· 가 : 지난달에 오랜만에 고향에 갔더니 많이 변했더군요.
  上個月回到久沒回去的家鄉，真的變了很多。
  나 : 그렇죠? 이제 옛날 모습은 아예 없어진 것 같아요.
  是吧？如今從前的模樣似乎消失殆盡了。

· 가 : 요즘 날씨가 따뜻해서 그런지 꽃이 많이 피더군.
  也許是因為最近天氣溫暖，花開了很多。
  나 : 그래? 꽃구경 좀 하러 가야겠네. 是喔？應該去賞花。

· 가 : 아까 백화점에 가 보니까 요즘 세일이라서 지금 구두를 사는 것도 괜찮겠더군
  요. 剛剛去百貨公司，最近在打折，似乎現在買鞋子不錯。
  나 : 그래요? 그럼 같이 가 볼까요? 是嗎？那要不要一起去？

· 가 : 지난주에 규현이랑 클럽에 갔는데 규현이가 춤을 아주 잘 추더군요. 깜짝
  놀랐어요. 上週和圭賢去夜店，圭賢很會跳舞呢，嚇了一跳。
  나 : 그래요? 상상이 잘 안 돼요. 是喔？無法想像。

文法訊息

· **主語限制**：主要和第二人稱、第三人稱主語一起使用，但若是用於陳述新發現
  的自我樣貌或感情時，也可以和第一人稱主語一起使用
  예문 (꿈에서 보니) 내가 하늘 위를 날더군. （在夢中）我在天上飛。

· **前用言限制**：和表示感情的形容詞結合時，要和第一人稱主語一起使用。表示
  第二人稱、第三人稱主語的感情時，感情形容詞要加「–어하다」。

예문 어제 (저는) 동생의 합격 소식을 듣고 정말 기쁘더군요. (1인칭 주어)

昨天（我）聽到妹妹上榜的消息，真的很高興。（第一人稱主語）

어제 채린이가 동생의 합격 소식을 듣고 정말 기뻐하더군요. (3인칭 주어) 昨天彩林聽到妹妹合格的消息，真的很高興。（第三人稱主語）

- **先語末語尾訊息：**可以和「-시-」、「-었-」、「-겠-」結合。

談話訊息

- 主要用於口語中。
- 主要用於非正式場合中。
- 「-더군（요）」在實際談話狀況不常使用，「-던데（요）」、「-더라고（요）」等更常使用。

- 더라

形態訊息

- 用言的語幹後加「-더라」。

1 傳達過去新得知的事實

用於傳達過去某時間點新悟知的事實或新想法給聽者。

- 가 : 어제 새로 생긴 카페에 갔는데 정말 커피가 맛있더라.

  昨天去了新開的咖啡店，咖啡真的很好喝。

  나 : 그래? 한번 가 봐야겠네. 是喔？應該去看看。

- 가 : 오랜만에 초등학교 동창회에 갔는데 친구들이 하나도 안 변했더라.

  去了許久才辦一次的國小同學會，朋友們一點都沒變。

  나 : 정말? 나 못 가서 아쉽다. 보러 가고 싶다.

  真的？我沒辦法去好可惜，想去看看。

- 가 : 지난주에 눈앞에서 영화배우 이지수를 직접 봤는데 진짜 예쁘더라.

  上週就在我眼前看到電影演員李智秀，真的很漂亮。

  나 : 맞아, 나도 직접 봤는데 정말 예뻤어. 對啊，我也親眼看到了，真的很漂亮。

- 가 : 영화 예고편을 봤는데 재미있겠더라. 看了電影預告片，大概會很有趣。

  나 : 그래? 그럼 내일 영화 보러 가 볼까? 是喔？那明天要不要去看電影？

- 가 : 어제 노래방에 연정이랑 같이 갔는데 노래 진짜 잘 부르더라. 깜짝 놀랐어.
昨天和妍靜一起去KTV，真的很會唱歌，嚇了一跳。
나 : 그래? 난 전혀 몰랐네. 나도 듣고 싶다. 是喔？我完全不知道，我也想聽。

文法訊息

- **主語限制**：主要和第二人稱、第三人稱主語一起使用，但若是用於陳述新發現的自我樣貌或感情時，也可以和第一人稱主語一起使用
  예문 (꿈에서 보니) 내가 하늘 위를 날더군요. （在夢中）我在天上飛。

- **前用言限制**：和表示感情的形容詞結合時，要和第一人稱主語一起使用。表示第二人稱、第三人稱主語的感情時，感情形容詞要加「-어하다」。
  예문 어제 (나는) 동생의 합격 소식을 듣고 정말 기쁘더라. → 1인칭 주어
  昨天（我）聽到妹妹合格的消息，真的很高興。（第一人稱主語）
  어제 채린이가 동생의 합격 소식을 듣고 정말 기뻐하더라. → 3인칭 주어
  昨天彩林聽到妹妹合格的消息，她真的很高興。（第三人稱主語）

- **先語末語尾訊息**：可以和「-시-」、「-었-」、「-겠-」結合。

- **助詞結合訊息**：不太和補助詞「요」結合。
  예문 *그 초콜릿 좀 많이 달더라요. 那巧克力非常甜。

談話訊息

- 主要用於口語中。
- 主要用於非正式場合中。
- 聽者是尊待對象時不使用。

擴張

- **確認事實**：「-더라」的末端語調稍微上揚，用以確認某事實。
  예문 너 어제 학교에 안 가고 놀이공원에 갔더라?
  你昨天沒去學校，去遊樂園？

2 搜尋過去的記憶

用於想不起來過去親自經歷所得知的事實而想要搜尋記憶時。

- 가 : 어제 먹었던 파스타 이름이 뭐더라? 昨天吃的義大利麵叫什麼來著？
  나 : 잘 좀 생각해 봐. 나도 그거 먹고 싶어. 好好想一下，我也想吃那個。
- 가 : 서준 씨 아버지가 어떻게 생기셨더라? 敘俊爸爸是長得怎麼樣的呢？
  나 : 키 좀 크시고 마른 체격이셨어. 個子有點高，身材瘦瘦的。

- 가 : 누가 어제 발표를 **했더라**? 昨天是誰發表的呢？

  나 : 음, 나도 기억이 잘 안 나네. 嗯，我也想不起來了。

- (혼잣말) 음, 규현이가 어디에 **살더라**. （自言自語）嗯，圭賢是住哪裡呢？

- (혼잣말) 내가 몇 시에 집에 **도착했더라**. （自言自語）我是幾點到家的呢？

文法訊息

- **主語訊息**：因用於想不起來而試著回憶，故使用第一人稱主語也很自然使用。

  예문 내가 선생님께 뭐라고 이메일을 썼더라? 我給老師的郵件是寫什麼呢？

- **先語末語尾訊息**：可以和「–시–」、「–었–」結合，不和「–겠–」結合。

  예문 *내가 오늘 할 일이 뭐겠더라? 我今天要做的事是什麼？

- **助詞結合訊息**：不和補助詞「요」結合。

  예문 *그 초콜릿 가격이 얼마더라요? 那巧克力的價格是多少？

搭配訊息

- 主要和「언제」、「어디」、「무엇」、「어떻게」、「누구」等疑問詞一起使用。

談話訊息

- 主要用於口語中。
- 主要用於非正式場合中。
- 聽者是尊待對象時不使用。

語調訊息

- 要求聽者反應時，「–더라」的末端通常語調會稍微上揚，自言自語時語調上揚或下降都無妨。

  예문 가 : 내가 몇 시 비행기를 예약했더라? 我是預約幾點的飛機？

  　　나 : 너 오전 8시 비행기 예약했잖아. 你預約了早上八點的飛機啊。

  예문 내가 몇 시 비행기를 예약했더라. 我是預約幾點的飛機啊。

- 더라고 (요)

形態訊息

- 用言的語幹後加「–더라고 (요)」。

1 傳達過去新得知的事實

用於傳達過去某時間點新悟知的事實或新想法予聽者。

- 가 : 저는 집 앞 식당에 자주 가요. 음식이 **괜찮더라고요.**
  我常常去我家前面的餐廳，食物還不錯。
  나 : 그래요? 나도 한번 가 봐야겠어요. 是喔？那我也要去吃吃看。
- 가 : 어제 현정이네 집에 갔다면서? 어땠어? 聽說昨天去了賢靜家？怎麼樣？
  나 : 응, 집이 아기자기하고 예뻤어. 현정이네 어머니가 잘 꾸며 놓으셨더라고.
  嗯，家裡很雅致漂亮，是賢靜媽媽佈置的。
  가 : 그래? 궁금하다. 是喔？真好奇。
- 가 : 백화점에 갔다면서 왜 하나도 안 샀어?
  不是說要去百貨公司，為什麼都沒買？
  나 : 응, 물건이 너무 **비싸더라고.** 嗯，東西太貴了。
- 가 : 너 그 영화 벌써 예매했어? 你已經預購了那部電影？
  나 : 응, 친구한테 줄거리를 들었는데 진짜 재미있겠더라고.
  嗯，聽朋友說內容概要，真的很有趣。
- 가 : 신혜가 음식을 정말 잘 하더라고요. 깜짝 놀랐어요.
  信惠真的很會做菜，嚇了一跳。
  나 : 맞아요. 저도 깜짝 놀랐어요. 對啊，我也嚇了一跳。

文法訊息

- **主語限制**：主要和第二人稱、第三人稱主語一起使用，但若是用於陳述新發現的自我樣貌或感情時，也可以和第一人稱主語一起使用
  예문 (꿈에서 보니) 내가 하늘 위를 날더라고요. （在夢中）我在天上飛。
- **前用言限制**：和表示感情的形容詞結合時，要和第一人稱主語一起使用。表示第二人稱、第三人稱主語的感情時，感情形容詞要加「–어하다」。
  예문 어제 (나는) 동생의 합격 소식을 듣고 정말 기쁘더라고. (1인칭 주어)

昨天（我）聽到妹妹合格的消息，真的很高興。（第一人稱主語）

어제 채린이가 동생의 합격 소식을 듣고 정말 기뻐하더라고. (3인칭 주어) 昨天彩林聽到妹妹合格的消息，（她）真的很高興。（第三人稱主語）

- **先語末語尾訊息**：可以和「–시–」、「–었–」、「–겠–」結合。

談話訊息

- 主要用於口語中。
- 主要用於非正式場合中。
- 在口語中也發音為「–더라구（요）」。
  例文 신발이 정말 싸더라구. 鞋子真的很便宜。

語調訊息

- 「–더라고（요）」用於以先前發話或行為為根據時，通常用下降的語調。
  例文 가 : 너 왜 그 초콜릿 안 먹어? 你為什麼不吃那巧克力。
  　　　나 : 이 초콜릿이 좀 많이 달더라고요. 這巧克力非常甜。

- 「–더라고（요）」在為誘導聽者反應而說時，末端語調上揚。
  例文 가 : 이 초콜릿 좀 많이 달더라고요? 這巧克力很甜嗎？
  　　　나 : 그래? 난 괜찮던데. 會嗎？我覺得可以。

– 던가（요）

終結語尾

形態訊息

- 用言的語幹後加「–던가（요）」。

1 喚起注意

（用疑問句）用於邊回憶邊喚起聽者的注意時。

- 가 : 가만 있어 봐. 오늘이 어머님 생신이던가요? 我想想，今天是媽媽的生日嗎？
  나 : 그런가? 아, 아니에요. 다음 달이에요. 是嗎？啊，不是，是下個月。
- 가 : 혹시 우리가 몇 시에 만나기로 했던가요? 我們是約好幾點見面的呢？
  나 : 한 시쯤 만나기로 했지. 我們是約一點見面的。

- 가 : 참, 어제 점심 때 메뉴가 무엇이던가요? 對了，昨天中午的菜單是什麼來著？

  나 : 음, 아마 김치찌개였을 거예요. 嗯，大概是泡菜鍋。

文法訊息

- **前用言限制**：和表示感嘆的形容詞結合時，要和第一人稱主語一起使用。表示第二人稱、第三人稱主語的感情時，感情形容詞要加「-어하다」。

  예문 어제 (나는) 동생의 합격 소식을 듣고 정말로 기쁘던가? → 1인칭 주어

  昨天（我）聽到妹妹合格的消息，有很高興嗎？（第一人稱主語）

  어제 채린이가 동생의 합격 소식을 듣고 정말 기뻐하던가? → 3인칭 주어

  昨天彩林聽到妹妹合格的消息，很高興嗎？（第三人稱主語）

- **先語末語尾訊息**：可以和「-시-」、「-었-」、「-겠-」結合。

談話訊息

- 主要用於口語中。
- 主要用於非正式場合中。

擴張

- **自言自語**：有誘導對方反應的功能，也可以用於自言自語。當誘導對方的反應時，語末端上揚；自言自語時，可以配合各種語調。

  예문 맞다! 내가 가스 밸브를 잠갔던가. 對了！我有沒有關好瓦斯（閥）呢。

2 詢問聽者的記憶

（疑問句）用於詢問聽者的回憶時。

- 가 : 영화는 어땠나? 재미있던가? 電影如何？有趣嗎？

  나 : 네, 정말 오래간만에 재미있는 영화를 본 것 같습니다.

  嗯，真的好像很久沒看過有趣的電影了。

- 가 : 불꽃 축제에 사람들이 많이 왔던가? 煙火節很多人來嗎？

  나 : 말도 마세요. 너무 사람들이 많이 와서 정신이 하나도 없었어요.

  別說了，人太多亂糟糟的。

- 가 : 여행은 잘 다녀왔나? 음식은 입에 잘 맞던가? 旅行順利嗎？食物合胃口嗎？

  나 : 네, 처음 간 것치고는 음식이 입에 잘 맞았습니다.

  嗯，以第一次去來說，食物算合口味。

- 가 : 신혜를 직접 보니 어떻던가? 親眼見了信惠，感覺怎麼樣？

  나 : 친절하고 예의가 바르던데요. 親切而且有禮貌。

- 가 : 참, 연정이가 중국어를 할 줄 알던가? 對了，妍靜會說中文嗎？
  나 : 네, 중국어를 꽤 잘하더라고요. 會，中文說得可好呢。

文法訊息

- **先語末語尾訊息**：可以和「−시−」、「−었−」、「−겠−」結合。

談話訊息

- 主要用於口語中。
- 「−던가」可以用於教授和學生、丈人或丈母娘對女婿等上位者對下位者說話的場合。

3 （以「−던가」）強調。

用於強調自己所說的內容時。

- 어제 먹었던 아이스크림, 아! 얼마나 맛있던가. 昨天吃的冰淇淋，啊！真好吃。
- 아, 내가 얼마나 이곳에 오고 싶었던가. 啊，我真想來這地方。
- 어머니는 얼마나 음식을 잘하셨던가. 媽媽真會料理啊。
- 그 경치는 얼마나 아름답던가. 那風景真美啊。

文法訊息

- **前用言限制**：和表示感情的形容詞結合時，要和第一人稱主語一起使用。表示第二人稱、第三人稱主語的感情時，感情形容詞要加「−어하다」。
  예문 어제 (나는) 동생의 합격 소식을 듣고 얼마나 기쁘던가. → 1인칭 주어
  昨天（我）聽到妹妹合格的消息，真的很高興。（第一人稱主語）
  어제 채린이가 동생의 합격 소식을 듣고 얼마나 기뻐하던가. → 3인칭 주어
  昨天彩林聽到妹妹合格的消息，真的很高興。（第三人稱主語）
- **先語末語尾訊息**：可以和「−시−」、「−었−」結合，不和「−겠−」結合。
  예문 *아! 내년에는 가뭄이 얼마나 심하겠던가. 啊！明年乾旱會多嚴重呢。

搭配訊息

- 通常和「얼마나」等副詞語一起使用。

談話訊息

- 主要用於書面語中。
- 不要求回答。
- 因為不設想聽者，所以不以「−던가요」的形態使用，只用「−던가」。

- 던데 (요)

形態訊息

- 用言的語幹後加「–던데（요）」。

1 以根據說明意見

用於為表述自己的意見而以過去新悟得的事情或新的想法為根據說明時。

- 가 : 이번 어머니 생신 모임을 어디에서 하는 게 좋을까요?

  這次媽媽的生日聚會辦在哪裡好呢？

  나 : 여기 새로 생긴 레스토랑 어때요? 거기 괜찮던데요.

  這邊新開的餐廳怎麼樣？那裡不錯。

- 가 : 강희는 어떤 사람이야? 좀 재미없는 사람이라면서?

  姜熙是怎樣的人呢？聽說是無趣的人？

  나 : 어? 그렇지 않아. 지난번에 만났을 때 말도 잘하고 재미있던데.

  喔？並非如此，上次見面覺得很會說話又有趣。

- 가 : 오늘 날씨도 좋은데 연정 씨한테 어디 놀러 가자고 할까요?

  今天天氣好，要不要找妍靜去哪裡玩？

  나 : 글쎄요. 다음에 연락하는 게 어때요? 요즘 연정 씨가 시험 기간이라 바쁘던
  데요. 這個嘛，下次聯繫如何？最近妍靜在考試期忙著呢。

文法訊息

- **主語限制**：主要和第二人稱、第三人稱主語一起使用，但若是用於陳述新發現的自我樣貌或感情時，也可以和第一人稱主語一起使用。

  예문 (꿈에서 보니) 내가 하늘 위를 날던데. （在夢中）我在天上飛。

- **前用言限制**：和表示感情的形容詞結合時，要和第一人稱主語一起使用。表示第二人稱、第三人稱主語的感情時，感情形容詞要加「–어하다」。

  예문 어제 저는 동생의 합격 소식을 듣고 정말 기쁘던데요. → 1인칭 주어

  昨天我聽到妹妹合格的消息，真的很高興。→ 第一人稱主語

  어제 채린이가 동생의 합격 소식을 듣고 정말 기뻐하던데요. → 3인칭 주어

  昨天彩林聽到妹妹合格的消息，她真的很高興。→ 第三人稱主語

- 主要用於口語中。
- 主要用於非正式場合中。

語調訊息

- 通常末端語調下降。

2 誘導對方反應

用於以過去新悟得的事或新想法為根據，誘導對方反應時。

- 가：날씨가 참 좋던데? 天氣真的很好？

  나：그래서? 너 외출하고 싶구나? 所以？你想出去啊？

  가：응, 사실 몸이 근질근질해. 嗯，其實身體癢癢的。

- 가：이 영화 진짜 재미있겠던데? 這部電影真的有趣？

  나：그래? 이번 주말에 이 영화나 볼까?

  是喔？這個周末看要不要去看這部電影？

  가：좋아! 好啊！

- 가：강희가 음식을 정말 잘하던데요? 姜熙真的很會做菜？

  나：그래요? 그럼 이번 생일 파티 때 강희한테 음식을 준비하라고 할까요?

  是嗎？那這次生日派對要不要請姜熙準備食物？

- 가：나 집 앞에 있는 신발 가게에서 이거 샀어요. 我在家前面的鞋店買了這個。

  나：아, 거기! 거기 정말 물건이 싸고 좋던데?

  啊，那裡！那裡真的東西便宜又好吧？

  가：그렇지? 앞으로 거기 단골이 될 것 같아.

  是吧？以後大概會變成那裡的常客。

文法訊息

- **主語限制**：主要和第二人稱、第三人稱主語一起使用，但若是用於陳述新發現的自我樣貌或感情時，也可以和第一人稱主語一起使用。

  例文 (꿈에서 보니) 내가 하늘 위를 날던데요? （在夢中）我在天上飛。

- **前用言限制**：和表示感情的形容詞結合時，要和第一人稱主語一起使用。表示第二人稱、第三人稱主語的感情時，感情形容詞要加「-어하다」。

  例文 어제 저는 동생의 합격 소식을 듣고 정말 기쁘던데요? → 1인칭 주어

  昨天我聽到妹妹合格的消息，真的很高興嗎？→ 第一人稱主語

  어제 채린이가 동생의 합격 소식을 듣고 정말 기뻐하던데요? → 3인칭 주어

昨天彩林聽到妹妹合格的消息，真的很高興嗎？→ 第三人稱主語

- **先語末語尾訊息**：可以和「–시–」、「–었–」、「–겠–」結合。

談話訊息

- 主要用於口語中。
- 主要用於非正式場合中。

語調訊息

- 此情況通常期待對方反應，因此末端語調上揚。

– 습니까

形態訊息

	形態
尾音 ○	–습니까
尾音 ×	–ㅂ니까

- 名詞 입니까：如果是接於「名詞」後，則接「입니까」。

예문 학생입니까? 是學生嗎？

아는 사이입니까? 是認識的關係嗎？

1 詢問

用於正式場合，話者向聽者詢問時。

- 요즘 많이 바쁘십니까? 您最近忙嗎？
- 손님, 예약은 하셨습니까? 客人，您預約了嗎？
- 몇 시에 회의를 시작합니까? 幾點開始會議？
- 요즘 여러분이 걱정하고 있는 것은 무엇입니까? 最近各位擔心的是什麼呢？
- 앞으로 우리의 미래는 어떻겠습니까? 往後我們的未來如何呢？

文法訊息

- **先語末語尾訊息**：可以和「–시–」、「–었–」、「–겠–」結合。

談話訊息

- 主要用於口語中。
- 主要用於正式場合中。
- 用於聽者是尊待對象時。大多數聽者是不特定話階的對象時經常使用。
- 如果主語是要尊待的對象則加「–시–」。

  예문 어머니는 요즘 많이 바쁘십니까? 媽媽最近很忙嗎？

- 用於第一次見面，或如客人等須以禮相待的對象。
- 男性比女性更常使用，因為男性更常接觸軍隊、職場等正式場合。
- 因為是正式、有禮貌的表達，所以若和親近的人使用有產生距離感的效果。

– 습니다

終結語尾

形態訊息

	形態
尾音 ○	-습니다
尾音 ×	-ㅂ니다

- 名詞 입니다：如果是接於「名詞」後，則接「입니다」。

  예문 저는 학생입니다. 我是學生。

  이 사람은 제 친구입니다. 這個人是我朋友。

1 說明告知

用於正式場合，話者向聽者謙恭地說明、告知某狀況時。

- 보통 1시에 점심을 먹습니다. 通常一點吃午餐。
- 저는 아침마다 클래식 음악을 듣습니다. 我每天早上聽古典音樂。
- 오늘 수업은 여기서 마치겠습니다. 今天的課上到這裡。
- 가 : 오전에 옆 사무실에서 **회의합니다**. 早上在旁邊辦公室開會。

  나 : 네, 제가 회의 준비를 해 **놓겠습니다**. 好，我會先做好會議的準備。
- 가 : 김 대리 지금 어디에 있는지 아나? 你知道金代理現在在哪裡？

  나 : 잠깐 화장실에 **갔습니다**. 暫時去了洗手間。

文法訊息

- **先語末語尾訊息**：可以和「–시–」、「–었–」、「–겠–」結合。

談話訊息

- 主要用於口語中。
- 主要用於正式場合中。
- 用於聽者是尊待對象時。
- 用於第一次見面，或如客人等須要以禮相待的對象時。
- 男性比女性更常使用，因為男性更常接觸軍隊、職場等正式場合。
- 因為是正式、有禮貌的表達，所以若和親近的人使用會產生距離感。

相關表達

- -어요

  (1) 和「–습니다」一樣可以用於陳述或說明，但比較有不正式、柔性的感覺。「–어요」主要用於一般場合中。

  예문 요즘은 사람들이 일찍 퇴근합니다. → 격식적인 상황

  近來大家很早下班。→ 正式場合

  요즘은 사람들이 일찍 퇴근해요. → 일상적인 상황

  近來大家很早下班。→ 一般場合

– 아 / 어

形態訊息

語幹母音	形態	有無尾音	範例
ㅏ/ㅗ	-아	尾音 ○	안다 : 안- + -아 → 안아
			좋다 : 좋- + -아 → 좋아
		尾音 ×	가다 : 가- + -아 → (가아) → 가
			보다 : 보- + -아 → 보아 → 봐
ㅏ, ㅗ 以外	-어	尾音 ○	먹다 : 먹- + -어 → 먹어
		尾音 ×	서다 : 서- + -어 → (서어) →서
			쉬다 : 쉬- + -어 → 쉬어
			마시다 : 마시- + -어 → (마시어) → 마셔
			주다 : 주- + -어 → 주어 → 줘
			보내다 : 보내- + -어 → 보내
하다	-여	–	하다 : 하- + -여 → (하여) → 해

· 名詞 야：如果其前是「名詞」或形容詞「아니다」，則接「–야」。

예문 내 이름은 장채린이야. 我的名字是張彩林。

이건 아니야. 不是這個。

1 說明告知

用於非正式場合，說明、告知某狀況時。

- 보통 나는 저녁 6시에 밥 먹어. 通常我晚上六點吃飯。
- 요즘 난 한국어 공부해. 最近我在學韓語。
- 우리 언니는 스트레스 받을 때 음악을 들어. 我姊姊有壓力時聽音樂。
- 동생은 축구 하러 갔어. 弟弟去踢足球。
- 오빠는 대학교 4학년이야. 哥哥是大學四年級。
- 우리 선생님이 이번에 결혼하셔. 我們老師這次結婚。
- 이러다가 정말 엄마한테 혼나겠어. 再這樣真的會被媽媽罵。

文法訊息

- 先語末語尾訊息：可以和「-시-」、「-었-」、「-겠-」結合。

談話訊息

- 主要用於口語中。
- 主要用於非正式、一般場合中。
- 用於聽者和話者同等，或聽者比話者下位時。
- 如果主語是須尊待的對象則加「-시-」。

  예문 어머니는 요즘 많이 바쁘셔. 媽媽最近很忙。

  아버지는 지금 텔레비전을 보고 계셔. 爸爸現在在看電視。

相關表達

- -습니다

  (1) 和「-어／아」一樣可以用於陳述或說明時，但較正式、有生硬的感覺。「-습니다」主要用於正式場合。

  예문 (뉴스에서) 오늘 정부가 새로운 부동산 대책을 발표했습니다.

  （新聞中）今天政府發布新的不動產對策。

  (친구에게) 나 오늘 강 선생님 수업에서 발표했어.

  （朋友間）我今天在姜老師的課上發表。

- -어 / 아요

  (1) 和「-어／아」一樣可以用於陳述或說明時，用於不論聽者是上位或下位者都須尊待的狀況時。

  예문 (동료에게) 김 대리는 밥 먹으러 갔어요.

  （對同事）金代理去吃飯了。

  (친구에게) 채린이는 밥 먹으러 갔어.

  （對朋友）彩林去吃飯了。

✎2 詢問

用於非正式場合，針對某狀況詢問時。

- 이름이 뭐야? 名字叫什麼？
- 어제 어디에서 공부했어? 昨天在哪裡讀書？
- 내일 눈이 와? 明天下雪？
- 어떤 색이 예뻐? 哪個顏色漂亮？

- 언제쯤 강 선생님 오셔? 姜老師什麼時候來？
- 이 식당은 양이 좀 적은데 **괜찮겠어?** 這家餐廳（食物）量有點少，沒關係嗎？

文法訊息

- **先語末語尾訊息**：可以和「−시−」、「−었−」、「−겠−」結合。

談話訊息

- 主要用於口語中。
- 主要用於非正式、一般場合中。
- 用於聽者和話者同等，或聽者比話者下位時。
- 如果主語是須尊待的對象則加「−시−」。

  예문 어머니는 요즘 많이 바쁘세요? 媽媽最近很忙嗎？
  할머니는 지금 무엇을 하고 계세요? 奶奶現在在做什麼？

語調訊息

- 末端語調上揚。

相關表達

- **-습니까**
  (1) 和「−어／아」一樣可以用於陳述或說明時，但比較正式、有生硬的感覺。「−습니까」是主要用於正式場合的表達。

  예문 (뉴스에서) 정부의 새로운 부동산 정책에 대한 국민들의 반응이 어떻습니까? （新聞中）針對政府發布新的不動產對策，國民的反應如何？
  (친구에게) 내일 뭐 해? （朋友間）明天要幹嘛？

- **-어요**
  (1) 和「−어／아」一樣可以用於詢問，用於不論聽者是上位或下位者都須尊待的狀況時。

  예문 (동료에게) 김 대리님, 서류를 어디에 두셨어요?
  （對同事）金代理，文件放在哪裡？
  (친구에게) 현정아, 가방 어디에 놨어? （對朋友）賢靜，包包放哪裡？

2 命令

用於非正式場合，要求聽者做某行為時。

- 서준아, 내일은 일찍 와. 敘俊，明天早點來。

- 채린아, 우산 가져가. 彩林，帶雨傘去。
- 연정아, 이 책을 읽어. 妍靜，讀這本書。
- 현정아, 이쪽으로 와. 賢靜，來這裡。

文法訊息

- **主語限制**：主要和第二人稱主語一起用，或沒有主語。

  예문 (서준아,) 내일은 일찍 와. （敍俊），明天早點來。

- **前用言限制**：主要和動詞結合，有時候可以和「침착하다」、「행복하다」、「건강하다」等部分形容詞結合。

  예문 *(명령의 의미로) 강희야, 예뻐. （命令之意）姜熙，要漂亮。

  예문 늘 (침착해/행복해/건강해). 經常（心平氣和、幸福、健康）。

- **先語末語尾訊息**：不和「-시-」、「-었-」、「-겠-」結合。

  예문 (명령의 의미로) 연정아, 이 책을 (*읽으셔/*읽었어/*읽겠어).
  （命令之意）妍靜，讀這本書。

談話訊息

- 主要用於口語中。
- 主要用於非正式、一般場合中。
- 用於聽者和話者同等，或聽者比話者下位時。

相關表達

- -으십시오

  (1) 和「-어」一樣可以用於命令，但比較正式、有生硬的感覺。「-으십시오」是主要用於正式場合的表達。

  예문 (시험에서) 글을 읽고 맞는 답을 고르십시오.
  （在試卷）閱讀文章，選擇正確的答案。
  (친구에게) 연정아, 뭐 먹을지 빨리 골라.
  （對朋友）賢靜，快選要吃什麼。

- -어요

  (1) 和「-어」一樣可以用於命令，用於不論聽者是上位或下位者，都須尊待的狀況時。

  예문 (부하 직원에게) 김 대리, 내일 아침 일찍 회의가 있으니까 8시까지 와요.
  （對部下職員）金代理，明天一早有會議，八點前來。
  (친구에게) 강희야, 스터디가 두 시부터니까 늦지 말고 와.
  （對朋友）姜熙，讀書會兩點開始，別遲到。

用於非正式場合，向聽者提議一起做某事時。

- 우리 밥 같이 먹어. 我們一起吃飯。
- 우리 콘서트에 같이 가. 我們一起去演唱會。
- 이 의자 좀 같이 들어. 這張椅子一起抬。
- 가 : 우리 이제 아침마다 운동해. 我們之後早上一起運動吧。
  나 : 좋아, 내일부터 하자. 好，明天開始吧。

文法訊息

- **主語限制**：主要和第一人稱複數主語一起用。
- **前用言限制**：主要和動詞結合。
  예문 *(청유의 의미로) 우리 예뻐. （勸誘之意）我們漂亮。
- **先語末語尾訊息**：不和「–시–」、「–었–」、「–겠–」結合。
  예문 (청유의 의미로) 연정아, 우리 이 책을 (*읽으셔/*읽었어/*읽겠어).
  （命令之意）妍靜，我們讀這本書。

搭配訊息

- 常和副詞「같이」、「함께」一起使用。
  예문 우리 숙제 좀 같이 해. 我們一起做作業吧。

談話訊息

- 主要用於口語中。
- 主要用於非正式、一般場合中。
- 用於聽者和話者同等，或聽者比話者下位時。

相關表達

- -읍시다
  (1) 和「–어」一樣可以用於建議，但比較正式、有生硬的感覺。「–읍시다」是主要用於正式場合的表達。
  예문 (동료에게) 벌써 점심시간이네요. 밥 먹으러 갑시다.
  （對同事）已經午餐時間了，吃飯去吧。
  (친구에게) 신혜야, 밥 먹으러 가자. （對朋友）信惠，吃飯去吧。

- -자
  (1) 和「–어」一樣可以用於建議，用於聽者為非尊待對象時。「-자」建議的功

能更確實。

> 예문 (친구에게) 현정아, 내일 만(나/나자). （對朋友）賢靜，明天見面吧。

- 아 / 어라

形態訊息

	形態
ㅏ, ㅗ	-아라
ㅏ, ㅗ 以外	-어라
하다	-여라(하여라/해라)

1 命令

用於命令時。

- 가 : 규현아, 아침은 꼭 챙겨 먹어라. 圭賢，早餐一定要吃。
  나 : 네, 알겠어요. 어머니, 걱정 마세요. 好，我知道，媽媽別擔心。
- 가 : 야, 거짓말하지 마라. 喂，別撒謊。
  나 : 정말 저 거짓말 안 했는데요. 我真的沒說謊。
- 가 : 책 좀 읽어라. 讀點書吧。
  나 : 네, 이번 방학 때부터 열심히 읽을 거예요. 好，這次放假開始會好好讀。
- 가 : 내일 아침 일찍 출근해야 되니까 일찍 자라.
  明天早上要提早上班，早點睡吧。
  나 : 네, 어머니. 안 그래도 지금 자려고 했어요. 好，媽媽，您不說我也正要睡。

文法訊息

- **主語限制**：主要和第二人稱主語一起用，或沒有主語。
  > 예문 (서준아,) 내일은 일찍 와. （敘俊），明天早點來。

- **前用言限制**：主要和動詞結合，有時候可以和「침착하다」、「행복하다」、「건강하다」等部分形容詞結合。
  > 예문 *(명령의 의미로) 강희야, 예뻐라. （命令之意）姜熙，給我漂亮。
  > 늘 (침착해라/행복해라/건강해라). 經常（心平氣和、幸福、健康）。

- **先語末語尾訊息**：不和「–시–」、「–었–」、「–겠–」結合。

  예문 (명령의 의미로) 연정아, 이 책을 (*읽으셔라/*읽었어라/*읽겠어라).

  （命令之意）妍靜，讀這本書。

- **否定形訊息**：可和「말다」否定形結合，但和「안」否定形、「못」否定形結合則不自然。

  예문 과식을 (*안/*못) 해라. 別吃太多。

談話訊息

- 主要用於口語中。
- 用於對下位者說話時。

相關表達

- **-어 / 아**

  (1) 兩個形態都是用於對下位者命令。不過，「–어」可以對上位且親近者使用，「–어라」即使是親近的關係，對上位者使用會有沒禮貌的感覺。

  예문 (동생이 형에게) 형, 오늘 일찍 집에 들어와. → 자연스러움.

  （弟弟對哥哥）哥哥，今天早點回家。→ 自然

  (동생이 형에게) 형, 오늘 일찍 집에 들어와라. → 무례한 느낌

  （弟弟對哥哥）哥哥，今天早點回家。→ 沒禮貌的感覺

- **-거 / 너라**

  (1) 兩個形態都是用於對下位者命令時。不過，「–거라」在年輕人的一代不太使用。（「–너라」用於前動詞是「오다」時）

  예문 (할아버지가 손자에게) 서준아, 오늘 일찍 들어오(거라/너라). → 자연스러움.

  （爺爺對孫子）敘俊，今天早點回來。→ 自然

  (대학생 형이 동생에게) 서준아, 오늘 일찍 들어오(거라/너라). → 어색한 느낌

  （大學生哥哥對弟弟）敘俊，今天早點回來。→ 不自然的感覺

2 表述希望事項

用於表述希望事項。

- 이번에는 우리 팀이 제발 좀 **이겨라.** 拜託我們隊這次贏。
- 내 뱃살아 좀 **빠져라.** 希望我的肚子贅肉減一下。
- **예뻐져라.** 希望變漂亮。
- 다시 만날 때까지 **건강해라.** 直到下次見面前要健康。
- 에잇, 가다가 그냥 **넘어져라.** 希望你走一走就跌倒。

- 빨리 끝나라. 希望快點結束。

文法訊息

- **先語末語尾訊息**：不和「-시-」、「-었-」、「-겠-」結合。
  예문 제발 나한테 상을 (²주셔라/*주었어라/*주겠어라). 拜託給我獎項。

談話訊息

- 主要用於口語中。
- 用於對下位者說話時。
- 也可以用於並無特定聽者的獨白場面。

相關表達

- **-어 / 아**
  (1) 兩個形態都是用於對下位者命令時。不過,「-어」可以對上位但為親近者使用,「-어라」即使是親近的關係,對上位者使用會有沒禮貌的感覺。
  예문 (동생이 언니에게) 언니, 결혼해서도 행복해. → 자연스러움.
  （妹妹對姊姊）姊姊,希望你結了婚也要幸福。→ 自然
  (동생이 언니에게) 언니, 결혼해서도 행복해라. → 무례한 느낌
  （妹妹對姊姊）姊姊,希望你結了婚也要幸福。→ 沒禮貌的感覺

3 即刻表達感情和感覺

用於即刻表達自己的感情或感覺時。

- 아이, 귀여워라. 孩子,好可愛啊!
- 아, 예뻐라. 啊,漂亮啊!
- 아, 시원해라. 啊,好涼爽!
- 아, 좋아라. 啊,真好!
- 아, 행복해라. 啊,真幸福!

文法訊息

- **前用言訊息**：主要和形容詞結合,和動詞、「이다」結合不自然。
  예문 (감탄의 의미로) *많이도 먹어라. （感嘆之意）多吃點。
- **先語末語尾訊息**：不和「-시-」、「-었-」、「-겠-」結合。
  예문 (감탄의 의미로) 날씨도 (*맑으셔라/*맑았어라/*맑겠어라).
  （感嘆之意）天氣晴朗。

- 主要用於口語中。
- 用於對下位者說話時。
  예문 (아기를 보며) 아, 귀여워라. （看著孩子）啊，真可愛。

- 也可以用於不特定對象的獨白場面。
  예문 (혼잣말로) 아, 외로워라. （自言自語）啊，真孤單。

- 아 / 어야지 (요)

終結語尾

形態訊息

	形態
ㅏ, ㅗ	-아야지(요)
ㅏ, ㅗ 以外	-어야지(요)
하다	-여야지(요)(하여야지(요)/해야지(요))

1 陳述意志

用於陳述自己的意志或決心時。

- 가 : 나 저 옷 꼭 사야지. 我一定要買那件衣服。
  나 : 응, 저거 너한테 정말 잘 어울렸어. 嗯，那個真的很適合你。
- 가 : 이제부터 매일 30분씩 운동해야지. 現在開始每天要運動30分鐘。
  나 : 나도 같이 하자. 我也一起吧。
- 가 : 올해는 저도 책 좀 읽어야지요. 今年我也要讀點書。
  나 : 네, 저도 요즘 책을 너무 안 읽어서 책을 읽어야겠어요.
  嗯，我最近也太不讀書了，應該要讀一下。
- 가 : 이번 시합에서는 저 선수를 꼭 이겨야지요. 這次比賽一定要贏那位選手。
  나 : 네, 힘내세요! 응원할게요. 好，加油！我給你加油！

文法訊息

- **主語限制**：主要和第一人稱主語一起使用，不和第二人稱、第三人稱主語一起

使用。

- **前用言限制**：主要和動詞結合，不和形容詞、「이다」結合。
  예문 *나도 꼭 예뻐야지. 我也一定要漂亮。

- **先語末語尾訊息**：不和「-시-」、「-었-」、「-겠-」結合。
  예문 오늘은 꼭 일찍 (*주무셔야지/*잤어야지/*자겠어야지).
  今天開始一定要早點睡。

談話訊息

- 主要用於口語中。
- 主要用於非正式場合中。
- 在口語中也發音為「-어야죠」。

語調訊息

- 以「-아／어야지」的形態發音時，最後的「지」發稍微高的音。

2 建議

用於向對方建議時。

- 규현아, 이제 슬슬 준비하고 나가야지. 圭賢，現在要慢慢準備出去了。
- 지금 밖이 추운데 따뜻하게 입어야지. 現在外面會冷，要穿暖。
- 아버지, 이제부터 매일 30분씩 운동하셔야지요.
  爸爸，現在開始每天要運動30分鐘。
- 가 : 이제 집에 가 보셔야지요? 現在要回家了吧？
  나 : 네, 그게 좋겠네요. 對，該那麼做。

文法訊息

- **主語限制**：主要和第二人稱主語一起用，或沒有主語。
- **前用言限制**：主要和動詞結合。
  예문 *너도 꼭 예뻐야지. 我也一定要漂亮。

- **先語末語尾訊息**：可以和「-시-」結合，不和「-었-」、「-겠-」結合。
  예문 채린아, 오늘은 꼭 일찍 (*잤어야지/*자겠어야지).
  彩林，今天一定要早點睡。

談話訊息

- 主要用於口語中。

- 主要用於非正式場合中。
- 因為強烈表露出話者的感覺，因此若和不熟的上位者建議，使用「-어／아야지（요）」會有不自然或沒禮貌的感覺。
- 在口語中也發音為「-어／아야죠」。

擴張

- 祈禱：和「행복하다」、「건강하다」等部分形容詞結合，可以用於祈盼對方健康、幸福等。

  예문 가 : 할머니, 올해에도 건강하셔야지요. 奶奶，您今年也要健康。

  　　　나 : 오냐. 고맙다. 너도 건강해라. 哎呀，謝謝，你也要健康。

３ 視為當然的事

用於表示狀況為當然時。

- 그만큼 일을 했으면 쉬어야지. 做了那麼多事，應該要休息。
- 그런 몸매를 유지하려면 식단 관리를 해야지요.
  想要維持那樣的身材，應該控管飲食。
- 배우로 성공하려면 연기가 좋아야지. 想要以演員成功的話，演技要好。
- 합격하려면 시험 점수가 최소한 70점이어야지.
  想要及格的話，考試成績至少要70分。
- 가 : 저도 결혼하고 싶어요. 我也想結婚。

  나 : 결혼하려면 연애도 해 봐야지. 想結婚的話，戀愛也要談談啊。

文法訊息

- **先語末語尾訊息**：可以和「-시-」結合，不和「-었-」、「-겠-」結合。

  예문 그만큼 일을 했으면 당연히 (쉬셔야지요/*쉬겠어야지요).

  　　　做了那麼多事，當然要休息。

談話訊息

- 主要用於口語中。
- 主要用於非正式場合中。
- 在口語中也發音為「-어야죠」。
- 在正式場合中，對上位者或多數人說明某狀況為當然時，使用「-어야　합니다」較自然。

  예문 합격하려면 시험 점수가 최소한 70점 이상이어야 합니다.

  　　　若想要及格，考試成績至少要70分以上。

  　　　건강해지려면 꾸준히 운동해야 합니다. 如果想要變健康，要持續運動。

4 強調無法那麼做

用於強調當然該那麼做，但事實無法時。

- 아프기 전에 밥을 잘 챙겨 **먹었어야지**. 在生病之前要好好吃飯的啊。
- 배우로 성공하려면 연기가 **좋았어야지**.
  想要以演員成功的話，演技要好才行啊。
- 나도 참고 싶었는데 웬만큼 잔소리를 해 **대야지**.
  我也想忍著，但總該給他嘮叨一下。
- 저도 결혼하고 싶은데 할 사람이 **있어야지요**.
  我也想結婚，但也要有人要結婚的啊。
- 가 : 서준 씨가 집에서 만든 김밥을 먹고 싶다고 했었는데.
  敘俊說過想吃家裡做的紫菜飯捲⋯。

  나 : 헤어지기 전에 잘 해 **줬어야지**. 이제 와서 생각해 봤자 뭐해.
  （那麼）分手前應該對他好一點啊，現在想有什麼用。

文法訊息

- **先語末語尾訊息**：可以和「-시-」、「-었-」結合，不太和「-겠-」結合。
  예문 그만큼 일을 했으면 당연히 (쉬셨어야지요/*쉬겠어야지요).
  做了那麼多事，當然要休息。

談話訊息

- 主要用於口語中。
- 主要用於非正式場合中。
- 根據文境而有「怨嘆」、「藉口」、「感嘆」的意思。為「怨嘆」之意時，主語是第二人稱或第三人稱；為「藉口」、「慨嘆」之意時，主語通常是第一人稱。
  예문 아프기 전에 밥을 잘 챙겨 먹었어야지. → 책망
  在生病之前要好好吃飯的啊。→ 怨嘆
  배우로 성공하려면 연기가 좋았어야지. → 책망
  想要以演員成功的話，演技要好才行啊。→ 怨嘆
  나도 참고 싶었는데 웬만큼 잔소리를 해 대야지. → 핑계
  我也想忍著，但總要給他嘮叨一下啊。→ 藉口
  저도 결혼하고 싶은데 할 사람이 있어야지요. → 한탄
  我也想結婚，但要有人想結婚的啊。→ 慨嘆
- 在口語中也發音為「-어야죠」。

- 아 / 어요

終結語尾

形態訊息

語幹母音	形態	有無尾音	範例
ㅏ/ㅗ	-아요	尾音 ○	안다 : 안- + -아요 → 안아요
			좋다 : 좋- + -아요 → 좋아요
		尾音 ×	가다 : 가- + -아요 → (가아요) → 가요
			보다 : 보- + -아요 → 보아요 → 봐요
ㅏ, ㅗ 以外	-어요	尾音 ○	먹다 : 먹- + -어요 → 먹어요
		尾音 ×	서다 : 서- + -어요 → (서어요) →서요
			쉬다 : 쉬- + -어요 → 쉬어요
			마시다 : 마시- + -어요 → (마시어요) → 마셔요
			주다 : 주- + -어요 → 주어요 → 줘요
			보내다 : 보내- + -어요 → 보내요
하다	-여요	-	하다 : 하- + -여요 → (하여요) → 해요

- 名詞 이에요 / 예요 : 如果所接詞是名詞，依尾音有無接上「이에요」或「예요」。

예문 저는 한국 사람이에요. 我是韓國人。

이 사람은 우리 언니예요. 這個人是我姊姊。

1 說明告知

用於非正式場合，說明、告知某狀況時。

- 보통 저녁 6시에 밥을 먹어요. 通常我晚上六點吃飯。
- 요즘 저는 한국어를 공부해요. 最近我在學韓語。
- 저는 스트레스 받을 때 음악을 들어요. 我有壓力時會聽音樂。
- 가 : 동생은 어디에 갔어요? 弟弟去哪裡了？

  나 : 동생은 축구를 하러 갔어요. 弟弟去踢足球了。
- 가 : 오빠는 몇 학년이니? 哥哥幾年級？

  나 : 오빠는 대학교 4학년이에요. 哥哥大學四年級。

文法訊息

- **先語末語尾訊息**：可以和「–시–」、「–었–」、「–겠–」結合。

談話訊息

- 主要用於口語中。
- 主要用於非正式場合中。
- 主要對上位者使用。
- 年紀相近或社會地位相仿，在第一次見面或還不熟，但想要稍微尊待時也可以使用。

相關表達

- -습니다

  (1) 和「–어요」一樣可以用於說明，但較有正式、生硬的感覺。「–습니다」主要用於正式場合中。

  例文 요즘은 사람들이 일찍 퇴근해요. → 일상적인 상황

  近來人們很早下班。→ 一般場合

  요즘은 사람들이 일찍 퇴근합니다. → 격식적인 상황

  近來人們很早下班。→ 正式場合

2 提問

用於非正式場合，針對某狀況詢問時。

- 가 : 어제 어디에서 공부했어요? 昨天在哪裡念書？

  나 : 카페에서 공부했어요. 在咖啡店念書。

- 가 : 내일 눈이 와요? 明天會下雪嗎？

  나 : 네, 눈이 올 거예요. 일기 예보에서 들었어요.

  會，會下雪，聽天氣預報說了。

- 가 : 어떤 색 가방이 예뻐요? 什麼顏色的包包漂亮？

  나 : 저는 파란색 가방이 제일 예쁜 것 같아요. 我覺得藍色的包包最漂亮。

- 가 : 형제가 어떻게 되세요? 有多少兄弟姊妹呢？

  나 : 남동생이 한 명 있어요. 我有一個弟弟。

文法訊息

- **先語末語尾訊息**：可以和「–시–」、「–었–」、「–겠–」結合。

談話訊息

- 主要用於口語中。
- 主要用於非正式場合中。
- 主要對上位者使用。
- 年紀相近或社會地位相仿，在第一次見面或還不熟，但想要稍微尊待時也可以使用。

相關表達

- -습니까

    (1) 和「-어요」一樣可以用於說明，但較有正式、生硬的感覺。「-습니다」主要用於正式場合中。

    〔예문〕요즘은 사람들이 일찍 퇴근해요? → 일상적인 상황

    近來人們很早下班嗎？→ 一般場合

    요즘은 사람들이 일찍 퇴근합니까? → 격식적인 상황

    近來人們很早下班嗎？→ 正式場合

2 命令

用於非正式場合，要求聽者做某行動時。

- 내일은 일찍 와요. 明天早點來。
- 우산을 가져가요. 帶雨傘去。
- 이 책을 읽어요. 讀這本書。
- 이쪽으로 와요. 來這裡。

文法訊息

- **主語限制**：表示命令，因此主要和第二人稱主語一起用，或沒有主語。

    〔예문〕(명령의 의미로) ?현정이는 내일 일찍 와요.

    （命令的意思）賢靜明天早點來。

    (명령의 의미로) 당신은 내일 일찍 와요. （命令的意思）你明天早點來。

- **前用言限制**：主要和動詞結合，有時候可以和「침착하다」、「행복하다」、「건강하다」等部分形容詞結合。

    〔예문〕연정아, 그곳에서도 아프지 말고 건강해. 妍靜，在那裡要健康，別生病。

- **先語末語尾訊息**：可以和「-시-」結合，不介入「-었-」、「-겠-」。

    〔예문〕쓰레기 버리지 (마세요/*말았어요/*말겠어요). 別丟垃圾。

〔Tip〕表達命令的「-어요」常和先語末語尾「-시-」結合，以「-(으)세요」形

態使用。「－（으）세요」請參考P418。

談話訊息

- 主要用於口語中。
- 主要用於非正式場合中。
- 主要對上位者使用。
- 年紀相近或社會地位相仿，在第一次見面或還不熟，但想要稍微尊待時也可以使用。

相關表達

- -으십시오
  (1) 和「－어요」一樣可以用於命令，但較有正式、生硬的感覺。「－으십시오」是主要用於正式場合的表達。

  예문 오늘은 일찍 집에 가십시오. → 격식적인 상황
  　　今天早點回家去吧。→ 正式場合
  　　오늘은 일찍 집에 가요. → 일상적인 상황
  　　今天早點回家。→ 一般場合

3 建議

用於非正式場合，向聽者提議一起做某事時。

- 같이 먹어요. 一起吃吧。
- 콘서트에 같이 가요. 一起去演唱會吧。
- 우리 이제 아침마다 운동해요. 我們現在開始每天早上運動吧。
- 가 : 의자를 옮기려고 하는데 좀 무겁네요. 我想搬椅子，但有點重。
  나 : 같이 들어요. 一起搬吧。

文法訊息

- **主語限制**：主要和第一人稱複數主語一起用。
  예문 우리 오늘은 집에 일찍 들어가요. 我們今天早點回家吧。

- **前用言限制**：主要和動詞結合。有時候可以和「침착하다」、「행복하다」、「건강하다」等部分形容詞結合。
  예문 우리 (침착해요/*멋있어요). 我們冷靜一下。

- **先語末語尾訊息**：不和「－시－」、「－었－」、「－겠－」結合。
  예문 우리 같이 (*가세요/*갔어요/*가겠어요). 我們一起去吧。

- 常和副詞「같이」、「함께」一起使用。
  > 예문 우리 숙제 좀 같이 해요. 我們一起做作業。
  > 이거 함께 읽어 봐요. 這個一起讀讀看。

談話訊息

- 主要用於口語中。
- 主要用於非正式場合中。
- 主要對上位者使用。
- 年紀相近或社會地位相仿，在第一次見面或還不熟，但想要稍微尊待時也可以使用。

相關表達

- -읍시다

  (1) 和「-어요」一樣可以用於建議，但較有正式、生硬的感覺。「-읍시다」是主要用於正式場合的表達。

  > 예문 오늘은 우리 일찍 퇴근합시다. → 격식적인 상황
  > 我們今天早點下班吧。→ 正式場合
  > 오늘은 우리 일찍 퇴근해요. → 일상적인 상황
  > 我們今天早點下班吧。→ 一般場合

- -자

  (1) 和「-어요」一樣可以用於建議，不過用於聽者非須尊敬的對象時。

  > 예문 오늘은 우리 일찍 집에 가자 → 청자가 높임의 대상 아님.
  > 我們今天早點回家吧。→ 聽者非要尊待的對象
  > 오늘은 우리 일찍 집에 가요. → 청자가 높임의 대상임.
  > 我們今天早點回家吧。→ 一聽者為要尊待的對象

(으)라

形態訊息

	形態
尾音 ○	-으라
尾音 ×	-라

1 命令

用於命令時。

- 나를 따르라. 跟著我。
- 이상한 낌새가 있으면 즉각 보고하라. 有不尋常的話立刻報告。
- 기대하시라. 짜잔! 敬請期待！

文法訊息

- **主語限制**：因為表示命令，所以通常和第二人稱主語一起用，或沒有主語。
- **前用言限制**：主要和動詞結合，不和形容詞、「이다」結合。
  예문 *예쁘시라. 你漂亮吧。

- **先語末語尾訊息**：可以和「-시-」結合，不和「-었-」、「-겠-」結合。
  예문 *기대했으라 期待吧。
  　　 *기대하겠으라 應該期待吧。

談話訊息

- 主要用於報紙等正式文章或海報、廣告文案等。
  예문 (신문 기사에서) 한국의 우승을 기대하라.
  　　 （新聞報導）期待韓國的優勝。
  　　 (영화 포스터에서) 마음이 약한 자는 절대 보지 마라. 올해 최고의 공포 영화! （電影海報中）心靈脆弱者絕對別看，今年最佳的恐怖電影！

- 另一方面，在軍隊等有位階秩序的場合中，可以用於對下位者命令。
  예문 (군대에서) 문제 발생 시 즉각 보고하라.
  　　 （在軍隊）發生問題時立刻報告。
  　　 用於生硬的語氣，一般來說男性較常使用。

- 稍微帶有古風的語氣。

  예문 고개를 들라. 抬起頭來

- -어라

  (1)「-어라」用於對下位者或熟識的朋友直接命令時。

  예문 (시험에서의 지시문) 글을 읽고 알맞은 답을 고르라.
  （考試的指示句）閱讀文章後，選擇正確的答案。

  (친구에게) 규현아, 내가 빌려 준 책 내일 가져 와라. 알았지?
  （對朋友）圭賢，我借你的書明天帶來，知道嗎？

2 祈禱

用於表示祈禱內容時。

- 우리나라여, 영원하라. 我們國家，永恆吧／願你萬壽無疆。
- 그대 앞날에 행운이 있으라. 祝你好運。

文法訊息

- **先語末語尾訊息：**可以和「-시-」結合，不和「-었-」、「-겠-」結合。
  예문 그대 늘 (건강하시라/*건강했으라/*건강하겠으라). 他要一直健康。

談話訊息

- 主要用於以不特定的多數為對象說話時。
- 有男性的感覺。

-(으)라고(요)

終結語尾

形態訊息

	形態
尾音 ○	-으라고(요)
尾音 ×	-라고(요)

（用於疑問句）確認命令

用於為向對方確認命令、要求而詢問時。

- 가 : 문 좀 닫아 주세요. 請幫忙關一下門。

  나 : 어, 잘 못 들었는데 문 좀 닫아 **달라고요**? 喔？沒聽清楚，您是要我關門嗎？

  가 : 네, 문 좀 닫아 주세요. 對，請幫忙關一下門。

- 가 : 연정이랑 한번 만나 봐. 예쁘고 착해. 去和妍靜見一下面，她漂亮又善良。

  나 : 누구? 누구랑 **만나라고**? 誰？你是叫我和誰見面？

  가 : 우리 반 연정이 있잖아. 연정이랑 만나 보라고.

  我們班的妍靜啊，我說和妍靜見個面。

- 가 : 여기에 전화번호와 이메일 주소를 써 주세요.

  請在這裡寫電話號碼和電子郵件。

  나 : 아, 여기에 **쓰라고요**? 啊，要寫在這裡嗎？

  가 : 네, 여기에 써 주세요. 對，請寫在這裡。

- 가 : 냄비에 물을 반만 부으세요. 請在鍋子裡倒一半的水。

  나 : 냄비에 물을 얼마 정도 **부으라고요**? 你說在鍋子裡要倒多少的水？

  가 : 반 정도 부어 주세요. 請倒一半左右。

文法訊息

- **前用言訊息**：主要和動詞結合，有時候可以和「침착하다」、「행복하다」、「건 강하다」等部分形容詞結合。

  〔예문〕 *저더러 예쁘라고요? 要我漂亮？

  　　　지금 이 상황에서 저더러 침착하라고요? 現在這個狀況下要我冷靜？

- **先語末語尾訊息**：可以和「–시–」結合，不和「–었–」、「–겠–」結合。

  〔예문〕 이번에는 형님이 (하시라고요/*했으라고요/*하겠으라고요)?

  　　　這次是哥哥說要做？

談話訊息

- 主要用於口語中。
- 主要用於非正式場合中。
- 在正式場合、聽者為上位者的情況，聽者為確認命令和要求而詢問時，可以使用「다시 한 번 말씀해 주시겠습니까？」等表達。

  〔예문〕 가 : 김 대리, 내일까지 제안서를 써 오도록 하세요.

  　　　金代理，明天前請完成提案書。

  　　　나 : 네? 다시 한 번 말씀해 주시겠습니까? 嗯？您可以再說一遍嗎？

가 : 내일까지 제안서를 써 오도록 하세요. 明天前請完成提案書。

- 陳述句的「-(으)라고(요)」可以向關係非常親近的上位者使用，不過可能稍有沒禮貌的感覺，因此也可以用「-으라고 하신 거예요」、「-으라고 하셨어요?」等表達。

  예문 선배 : 강희야, 이번 동아리 행사 참석 인원 좀 조사해 봐.
  前輩 : 姜熙，請調查一下這次參加社團活動的人數。
  후배 : 아, 이번 동아리 행사 참석 인원 조사하라고요?
  後輩 : 啊，您說要調查這次參加社團活動的人數嗎？
  　아, 이번 동아리 행사 참석 인원 조사하라고 하신 거예요?
  　啊，您是說要調查這次參加社團活動的人數嗎？
  　아, 이번 동아리 행사 참석 인원 조사하라고 하셨어요?
  　啊，您是說要調查這次參加社團活動的人數嗎？

- 未必一定是針對對方的要求和命令而向對方確認、詢問，也可以為了向一起聽到要求和命令的其他人確認而詢問。

  예문 가 : (교사가 학생에게) 여러분, 숙제는 책 10쪽까지 읽어 오는 거예요.
  （老師對學生）各位，作業是讀到書本第十頁。
  나 : (같은 교실 친구에게) 10쪽까지 읽어 오라고?
  （對同一教室的朋友）老師是說要讀到第十頁嗎？

- 因為用於確認對聽者的要求和命令，因此聽者給予相應的的回答。

- 在口語中也發音為「-라구(요)」、「-으라구(요)」。

參考訊息

- 可以用於間接引用句的內包子句。

  예문 규현이가 내일은 학교에 꼭 나오라고 했어요. 圭賢說明天一定要來學校。
  연정이가 나한테 발레를 배워 보라고 했어요. 妍靜叫我去學芭蕾舞。

2 強調命令

用於以強調的語氣表示命令或要求時。

- 청소 좀 해요. 청소 좀 하라고요. 打掃一下，我說打掃一下。
- 너 지금 몇 시야? 집에 좀 일찍 들어오라고. 現在幾點了？早點回家來。
- 밥 좀 적당히 드시라고요. 飯要適當吃就好。
- 앞을 똑바로 보고 다니라고. 好好看著前面走。
- 좀 조용히 하라고요. 安靜一點。

文法訊息

- **前用言訊息**：主要和動詞結合，不和形容詞、「이다」結合。
  [예문] *좀 예쁘시라고요. 漂亮點。

- **先語末語尾訊息**：可以和「-시-」結合，不和「-었-」、「-겠-」結合。
  [예문] 빨리 좀 (드시라고요/*먹었으라고요/*먹겠으라고요). 快點吃。

談話訊息

- 主要用於口語中。
- 主要用於非正式場合中。
- 可以透過重複詢問強調自己的命令和要求。
- 在正式場合、聽者是上位者時，向聽者命令可能稍微沒禮貌，因此若不是非常親近的關係就不使用。
- 表示強烈命令的「-냐고（요）」可以向關係非常親近的上位者使用，不過使用這個表達時，有對對方表示有所不滿的感覺，或讓人感覺沒禮貌，因此使用時要小心。

3 （用於疑問句）表示抗拒

用於針對對方的要求和命令表示拒絕、不滿時。

- 가 : 손님, 좀 더 기다려 주시겠어요? 客人，可以再稍等一下嗎？
  나 : 지금 한 시간이나 기다렸는데 더 기다리라고요?
  等一個小時了，還要叫我再等？

- 가 : 나 이번 숙제 좀 대신 해 줄 수 있어? 我這次的作業可以幫我做嗎？
  나 : 뭐라고? 대신 해 달라고? 지금 내 코가 석 자야.
  什麼？幫你做？我都自顧不暇了。

- 가 : 나 만 원만 빌려 줘. 借我一萬就好。
  나 : 뭐? 또 돈을 빌려 달라고? 너무한 거 아니야?
  什麼？又要借錢？不會太過分嗎？

- 가 : 좀 자리 좀 비켜 주세요. 請讓開一下。
  나 : 네? 지금 비키라고요? 제가 일하고 있는 거 안 보이세요?
  什麼？現在要讓？沒看到我正在工作嗎？

文法訊息

- **前用言訊息**：主要和動詞結合，不和形容詞、「이다」結合。
  [예문] *좀 예쁘라고? 要漂亮點？

- **先語末語尾訊息**：不和「-시-」、「-었-」、「-겠-」結合。

예문 네가 남긴 걸 나더러 (*드시라고/*먹었으라고/*먹겠으라고)?
你留下的要我吃？

談話訊息

- 主要用於口語中。
- 主要用於非正式場合中。
- 在正式場合、聽者是上位者時不使用。只用於話者和聽者的關係十分親近時。
- 表示抗拒的「–으라고（요）」可以對關係十分親近的上位者使用。不過可能會感覺稍微沒禮貌，因此使用時要注意。

語調訊息

- 以稍微生氣的語調說。

- (으) 라니 (요)   終結語尾

形態訊息

	形態
尾音 ○	-으라니(요)
尾音 ×	-라니(요)

1 表達抗拒

用於針對對方的要求和命令表示拒絕、不滿時。

- 가 : 채린아, 아무리 속상하더라도 이번에만 좀 참아.
  彩林，不管多難過，這次稍微忍一下吧。
  나 : 또 참으라니요. 언제까지 제가 참아야 하는데요.
  又叫我忍耐，我要忍耐到什麼時候。
- 가 : 손님, 죄송합니다. 조금만 더 기다려 주셔야 합니다.
  客人，抱歉，還要再等待一下。
  나 : 아니, 지금 몇 시간째 기다리고 있는데 더 기다리라니요.
  不是，現在等了第N個鐘頭了，又叫我（們）等？

410

- 가 : 여보, 오늘 아침에 시간이 없어서 식사 준비를 못했어요. 과일이라도 드세요. 親愛的，今天早上沒有時間，來不及準備早餐，吃點水果吧。
  - 나 : 뭐라고? 나보고 아침을 굶으라니요? 什麼？要我早上餓肚子？

文法訊息

- **前用言限制**：用於複述命令的內容，因此主要和動詞結合。不過，有時候可以和「침착하다」、「행복하다」、「건강하다」、等部分形容詞結合。
  - 예문 *매끄러우라니요?/길라니요?/짧으라니요?
  - 你說滑？／你說長？／你說短？
  - 부지런하라니요?/행복하라니요?/침착하라니요?
  - 你要我勤勞？／你要我幸福？／你要我沉著？
- **先語末語尾訊息**：可以和「-시-」結合，不和「-었-」、「-겠-」結合。
  - 예문 지금 할머니께 만화책을 (읽으시라니요/*읽었으라니요/*읽겠으라니요)?
  - 現在要奶奶看漫畫？

談話訊息

- 主要用於口語中。
- 主要用於非正式場合中。
- 在正式場合不使用。因「-으라니요」用在積極表露感情，若使用會有無禮、不自然的感覺。
  - 예문 상사 : 자네, 내일까지 이거 정리해 와.
  - 上司：你明天前把這個整理好。
  - **부하 직원** : 네? 내일까지 이 많을 걸 정리하라니요? → 무례하게 들림.
  - 部下職員：嗯？明天前要我整理這麼多嗎？→ 聽起來沒禮貌。
- 在非正式場合中，對親近的上位者，如父母和子女之間可以使用。
  - 예문 어머니 : 내가 오기 전까지 설거지, 빨래 다 해 놔.
  - 媽媽：我來之前把碗和衣服洗好。
  - **아들** : 네? 엄마, 저 약속이 있는데 그때까지 다 해 놓으라니요?
  - 兒子：啊？媽媽，我有約，要我在那之前都做好嗎？
- 因為是話者認為太唐突的命令或要求事項，所以可以用來表達對該質問本身的驚訝和意外。

- (으) 라니까 (요)

形態訊息

	形態
尾音 ○	-으라니까(요)
尾音 ×	-라니까(요)

1 催促行動的命令

用於重述自己已經下達的命令，催促對方行動。

- 가 : 민수야, 오늘은 가족들이랑 저녁 먹을 테니까 적당히 놀고 일찍 들어와라.
  民秀，今天要和家人一起吃晚餐，別玩太晚，早點回家。
  나 : 오늘 노래 연습 있는 날이란 말이에요. 今天是要練習唱歌的日子。
  가 : 그래도 일찍 들어오라니까. 那也要早點回來。
- 가 : 문단속 잘하고 다녀라. 門要鎖好。
  나 : 네? 왜요? 무슨 일 있었어요? 嗯？怎麼了？有什麼事？
  가 : 아니, 그냥. 문단속 잘하라니까. 沒有，只是要你好好鎖門。

文法訊息

- **前用言限制**：用於再次表述命令時，因此主要和動詞結合。不和形容詞、「이다」結合。
  예문 *좁으라니까요/짧으라니까요. 就說窄了／就說短了。

- **先語末語尾訊息**：可以和「–시–」結合，不和「–었–」、「–겠–」結合。
  예문 아버지, 약 좀 잘 챙겨 (드시라니까요/*드셨으라니까요/*드시겠으라니까요). 爸爸，藥要好好吃。

談話訊息

- 主要用於口語中。
- 主要用於非正式場合中。
- 在正式場合不使用。因「–（으）라니까요」用在積極表露感情，因此若使用可能聽起來會無禮而顯得不自然。

- 在非正式場合中，對親近的上位者，如父母和子女之間可以使用。
- 想強調意思時，「-으라니까」可以加上補助詞「은/는」以發音為「-으라니깐」。「-으라니까요」可發音為「-으라니깐요」。

語調訊息

- 通常「으라니까」末端稍微上揚，稍微拉長。

2 責備

用於知悉對方現況後，針對該狀況責備。

- 가 : 요즘 왜 이렇게 계속 피곤하지? 最近怎麼一直這麼累？
  나 : 그러게 제가 뭐랬어요! 밥 좀 잘 먹고 잘 자라니까요.
  所以我就說，要好好吃飯好好睡覺。
- 가 : 담배를 피우니까 달리기할 때 힘든 것 같아.
  因為抽菸，所以跑步時好像很累。
  나 : 제발 담배 좀 끊으라니까요. 拜託戒一下菸。
- 가 : 아, 이러다가 학교에 늦겠다. 啊，再這樣下去要遲到了。
  나 : 그러게 내가 뭐랬어! 좀 일찍 자고 일찍 일어나라니까.
  所以我就說，要早睡早起。

文法訊息

- **前用言限制**：用於重述命令，因此主要和動詞結合。不和形容詞、「이다」結合。
  예문 *좁으라니까요/*짧으라니까요. 就說窄了／就說短了。
- **先語末語尾訊息**：可以和「-시-」結合，不和「-었-」、「-겠-」結合。
  예문 아버지, 담배 좀 (끊으시라니까요/*끊었으라니까요/*끊겠으라니까요).
  爸爸，藥要好好吃。

談話訊息

- 主要用於口語中。
- 主要用於非正式場合中。
- 在正式場合不使用。因「-으라니까요」用在積極表露感情，因此若使用可能聽起來沒禮貌，顯得不自然。在非正式場合中，對親近的上位者，如父母和子女之間可以使用。
- 想強調意思時，「-으라니까」可以加上補助詞「은/는」以發音為「-으라니깐」。「-으라니까요」可發音為「-으라니깐요」。

- 末端稍微下降。

擴張

- **表達委屈或生氣**：（語末上揚、有力地說）可以用於針對對方的指責表示委屈或發火時。

  例文 가：민수야, 아까 패스할 때 상대를 보고 패스했어야지.

  敏秀，剛剛傳球時要先看對方再傳啊。

  나：아빠, 그럼 아빠가 한번 해 보시라니까요？ 爸爸，那爸爸做看看？

- (으) 라면서 (요)

終結語尾

形態訊息

	形態
尾音 ○	-으라면서(요)
尾音 ×	-라면서(요)

1 引用對方的命令，揭示自己行動的背景

用於引用對方的命令，以揭示自己行動或發話的根據、背景。通常用於對對方的命令表露反感時。

- 가：왜 연락이 없어？ 怎麼沒聯絡？

  나：왜 연락이 없냐고？ 네가 이제 연락하지 말라면서.

  你問怎麼沒聯絡？明明是你說今後不要聯絡的啊。

  가：아니, 내 말은 그게 아니라……. 不，我說的不是那個意思……。

- 가：왜 갑자기 먹다 말아？ 怎麼突然不吃了？

  나：나보고 살 빼라면서. 是你要我減肥的啊。

  가：그래서, 지금 내가 그 말 했다고 삐친 거야？

  所以你現在是因為我的話生氣了嗎？

文法訊息

- **前用言限制**：用於再次說明命令時，因此主要和動詞結合。
  > 예문 *좁으라면서/짧으라면서. 就說窄了／就說短了。

- **先語末語尾訊息**：不和「-시-」、「-았-」、「-겠-」結合。
  > 예문 네가 언제는 나더러 걱정하지 (?마시라면서/*말았으라면서/*말겠으라면서). 你什麼時候跟我說不用擔心的？

談話訊息

- 主要用於口語中。
- 主要用於非正式場合中。
- 在正式場合不太使用。因「-으라면서요」用在積極表露感情，因此若使用可能聽起來沒禮貌而顯得不自然。
- 在非正式場合中，對親近的上位者，如父母和子女之間可以使用。
- 也可以用於針對對方先前的發話，也就是對於對方的命令，表示話者的反感。

語調訊息

- 並非要求訊息的詢問，因此語調不上揚。

-(으)래(요)

終結語尾

形態訊息

	形態
尾音 ○	-으래(요)
尾音 ×	-래(요)

- (으)라고 해(요)：「-(으)래(요)」可以視為「-는라고 해(요)」的縮寫。
  > 예문 엄마가 지금 설거지를 (하라고 해요/하래요). 媽媽要我現在洗碗。

1 向他人傳達命令

用於傳達他人下達的命令。

- 가 : 연정아, 언니가 너도 설거지 좀 하래. 妍靜，姐姐要你也洗一下碗。

나 : 알겠어요. 知道了。

- 가 : 이번에 병원에 가니까 의사 선생님이 뭐라고 하셨니?
  這次去醫院醫生說什麼?
  나 : 약만 먹으면 나으니까 약을 잘 챙겨 먹으래요.
  說吃藥就會好了,要好好吃藥。

- 가 : 교수님이 언제까지 보고서 내라고 하셨어? 教授說什麼時候要交報告?
  나 : 이번 주 금요일까지 내래. 說這周五要交。

- 가 : 아버지, 옆집 아저씨가 저기에 주차하시래요.
  爸爸,隔壁叔叔說要在那裡停車。
  나 : 그래. 그럼 저기에 주차해야겠다. 好,那要在那停。

- 가 : 채린아, 엄마가 아까 너보고 청소 좀 해 놓으래.
  彩林,媽媽剛說要你打掃一下。
  나 : 언니, 나 오늘 바쁘단 말이야. 언니가 좀 해 주면 안 돼?
  姐姐,我今天很忙,姐姐可以幫我一下嗎?

文法訊息

- **先語末語尾訊息**:可以和「-시-」結合,不和「-었-」、「-겠-」結合。
  예문 약을 잘 챙겨 먹(*었/*겠)으래. 說要好好吃藥。

談話訊息

- 主要用於口語中。
- 主要用於非正式場合中。
- 如果說話的主體是比話者和聽者還上位的人,可以用「-으라셨어요」。
  예문 (주체 : 할아버지 > 청자 : 아버지 > 화자 : 아들)
  (主體:爺爺>聽者:爸爸>話者:兒子)
  아버지, 할아버지께서 아버지 안방으로 좀 오라셨어요.
  爸爸,爺爺要爸爸去房間一下。

- 如果說話的主體是比話者上位、比聽者下位的人,可以用「-으시래요」。
  예문 (청자 : 할아버지 > 주체 : 어머니 > 화자 : 아들)
  (聽者:爺爺>主體:媽媽>話者:兒子)
  할아버지, 어머니가 거실에 나오셔서 과일 드시래요.
  爺爺,媽媽說到客廳來吃點水果。

- 正式場合中,傾向使用「-으라고 하다/말하다/말씀하다」等的形態。尤其傳話主體是比話者上位、要遵守禮貌時,常用這種形態。
  예문 부장님께서 이번에는 우리 팀이 발표 자료를 만들라고 말씀하셨습니다.
  部長說這次要我們組準備發表資料。

- 口語中，傳達過去命令的內容時，也用「하랬어요」。
  예문 엄마가 아까 설거지를 (하라고 했어요/하랬어요). 媽媽剛才說去洗碗。

2 （用於疑問）詢問他人聽到的命令內容

用於詢問聽者聽到的命令內容。

- 가 : 선생님이 이거 언제까지 제출하래? 老師說這個什麼時候要交？
  나 : 나도 못 들었어. 이따 수지한테 물어보자.
  我也沒聽到，等一下問問秀智吧。
- 가 : 서준이가 너한테도 선물을 사 오래? 敍俊也要你買禮物來？
  나 : 어, 내일 자기 생일이라고 꼭 선물 사 오래.
  恩，他說明天是他的生日，叫我一定要買禮物來。
- 가 : 언니, 아빠가 책 어디까지 읽으래? 姐姐，爸爸說書要讀到哪？
  나 : 여기부터 15쪽까지 책 읽으래. 說要從這裡讀到15頁。
- 가 : 주방장이 이번에 나한테 무슨 음식을 만들래? 主廚這次要我做什麼料理？
  나 : 어, 이번에는 크림 스파게티를 만들어 보래.
  恩，這次說要你做做看奶油義大利麵。

文法訊息

- **先語末語尾訊息**：可以和「–시–」結合，不和「–었–」、「–겠–」結合。
  예문 약을 잘 챙겨 먹(*었/*겠)으래? 說要好好吃藥？

談話訊息

- 主要用於口語中。
- 主要用於非正式場合中。
- 正式場合中，傾向使用「–으라고 하다/말하다/말씀하다」等的形態。尤其傳話主體對話者而言是上位者、要遵守禮貌時，常用這種形態。
  예문 부장님께서 이번에 우리 팀이 발표 자료를 만들라고 하셨어요?
  部長說這次要我們組準備發表資料。

擴張

- **強烈抗拒或提出疑問**：可以用於針對先前狀況、他人的行動表示強烈抗拒或提出疑問。此時並非一定要要求回答，可以和「누가」、「언제」等一起使用。這時無法視為「–（으）라고 해（요）？」的縮寫形態。
  예문 가 : 아, 어제 밤새워 부엌 정리했더니 너무 피곤하다.
  啊，昨天連夜整理廚房，太累了。

나 : 누가 너보고 그런 걸 하래? 誰要你那麼做的？

예문 가 : 엄마, 너무 배고파요. 媽媽，肚子好餓。

나 : 그러게, 누가 널더러 아침 굶으래? 是啊，誰要你早上餓肚子？

예문 가 : 엄마, 누나가 아직도 안 일어났어요. 媽媽，姊姊還沒起來。

나 : 아이고, 누가 자기더러 그렇게 늦게까지 공부하래?

哎呀，誰叫他讀書到那麼晚？

– (으) 세요

形態訊息

	形態
尾音 ○	-으세요
尾音 ×	-세요

1 命令

用於恭謹地命令或建議時。

- 밥 먹기 전에 손을 씻고 오세요. 請吃飯前一定要洗手。
- 내일까지 숙제를 꼭 가져오세요. 明天一定要帶作業來。
- 여기요. 주문 좀 받아 주세요. 小姐／先生。這裡要點餐。
- 여러분, 10쪽을 읽으세요. 各位，請讀第10頁。
- 지금 에어컨을 켰으니까 문을 열지 마세요. 現在開了空調，請別開門。
- 오늘 햇볕이 강하니까 선크림 꼭 바르세요. 今天陽光強，一定要抹防曬乳液。

文法訊息

- **主語限制**：主要和第二人稱主語一起用，或沒有主語。
- **前用言限制**：主要和動詞或「침착하다」、「행복하다」、「건강하다」等部分形容詞結合。

  예문 *예쁘세요. 請漂亮。

  (침착하세요/행복하세요/건강하세요). 請沉著／幸福／健康。

- **先語末語尾訊息**：形態已經包含「–시–」，因此不和「–시–」結合。也不和

「－었－」、「－겠－」結合。

例文 문제를 잘 (*들었으세요/*듣겠으세요). 請仔細聽問題。

- **否定形訊息**：可以和「말다」否定形結合，但「안」否定形和「못」否定形結合不自然。

  例文 여기에 주차하지 (*않으세요/*못하세요). 請別在此停車。

談話訊息

- 主要用於口語中。
- 主要用於非正式場合中，不過也可以在正式場合中溫和使用。
- 即使聽者比話者年紀或地位低，以多數為對象時可以使用。

  例文 (유치원 선생님이 어린이 학생들에게) 여러분, 공책에 이름을 쓰세요.

  （幼稚園老師對小朋友們）各位，請在筆記本上寫上名字。

- 通常對上位者不使用「－으세요」，因為對上位者命令不自然，不過可以用「－어 주실 수 있으세요？」、「－을 수 있을까요？」等要求表達，禮貌地要求。

  例文 (학생이 교수님에게) 교수님, 관련 자료를 보내세요. → 무례하게 들림.

  （學生對教授）教授，請寄相關資料。→ 聽起來沒禮貌

  교수님, 관련 자료를 보내주실 수 있으세요?

  教授，可以寄相關資料嗎？

  → 공손하게 들림.

  → 聽起來禮貌

  교수님, 관련 자료를 받아 볼 수 있을까요?

  教授，我可以收取相關資料嗎？

  → 공손하게 들림.

  → 聽起來禮貌

- 「－으세요」也可以以「－으셔요」或「－으시어요」形態使用。不過「－으셔요」、「－으시어요」比起正式場合，更常用於親近的上位者，或用於年紀、地位相同，但不親近的聽者。

擴張

- 也會如同下列慣用方式使用。

  例文 맛있게 드세요. 請享用。

  안녕히 주무세요. 晚安。

  안녕히 계세요. 請留步。

  새해 복 많이 받으세요. 新年快樂。

  올 한 해도 건강하세요. 今年一年也祝您健康。

-(으)십시오

形態訊息

	形態
尾音 ○	-으십시오
尾音 ×	-십시오

1 命令

用於正式場合鄭重地命令或建議時。

- 손님, 이쪽으로 오십시오. 客人，請往這邊來。
- 여러분, 출연자가 나오면 박수를 쳐 주십시오. 各位，演出者出場時請鼓掌。
- 문제를 잘 들으십시오. 請仔細聽問題。
- 여기에 주차하지 마십시오. 請別在這停車。

文法訊息

- **主語限制**：主要和第二人稱主語一起用，或沒有主語。
  [예문] *제가 주차하십시오. 我停車。

- **前用言限制**：主要和動詞或「침착하다」、「행복하다」、「건강하다」等部分形容詞結合。
  [예문] *예쁘십시오. 請漂亮。
  늘 (침착하십시오/행복하십시오/건강하십시오).
  要一直沉穩、幸福、健康。

- **先語末語尾訊息**：形態已經包含「-시-」，因此不和「-시-」結合。也不和「-었-」、「-겠-」結合。
  [예문] 문제를 잘 (*들었으십시오/*듣겠으십시오). 請仔細聽問題。

- **否定形訊息**：可以和「말다」否定形結合，但「안」否定形和「못」否定形結合不自然。
  [예문] 여기에 주차하지 (*않으십시오/*못하십시오). 請別在此停車。

談話訊息

- 主要用於口語中。

- 主要用於正式場合，以多數人為對象命令時。如：在正式場合以多數為對象鄭重談話，或在考試等正式場合中，命令不特定對象時。

  예문 (발표회장에서) 여러분, 식사 장소로 이동해 주십시오.

  （發表場合）各位，請移駕到用餐地點。

  (시험지의 지시문에서) 잘 듣고 물음에 답하십시오.

  （考試的指示文字）請仔細聽並回答問題。

- 通常對上位者不使用「-으십시오」，因為對上位者命令本身不自然，不過可以用「-어 주실 수 있으세요？」等邀請方式來恭謹要求。

  예문 (학생이 선생님에게) 선생님, 신청서를 주십시오. → 어색함.

  （學生對老師）老師，請給我申請表。→ 不自然

  선생님, 신청서 한 장 더 주실 수 있으세요?

  老師，可以再給我一張申請表嗎？

  → 자연스러움.

  → 自然

- 「-으십시오」用於正式場合，因此和「나」、「너」等主語具有對等關係，若與以下位者為對象的人稱代名詞主語搭配不自然。

- 可以用於初次見面，或如客人等須以禮相待的對象。

擴張

- 也會如同下列慣用方式使用。

  예문 맛있게 드십시오. 請享用。

  안녕히 주무십시오. 晚安。

  안녕히 계십시오. 請留步。

  새해 복 많이 받으십시오. 新年快樂。

  올 한 해도 건강하십시오. 今年一年也請健康。

- 은가요

終結語尾

形態訊息

	形態
尾音 ○	-은가요
尾音 ×	-ㄴ가요

1 委婉詢問

用於委婉詢問對方時。

- 어떤 차가 성능이 더 좋은가요? 哪種車的性能更好？
- 그 바지는 얼마나 긴가요? 那條褲子多長？
- 새로 산 옷은 예쁜가요? 마음에 드나요? 新買的衣服漂亮嗎？滿意嗎？
- 내일 언제쯤 오실 건가요? 明天大概什麼時候來？
- 가 : 지금 좀 추우신가요? 문을 닫아 드릴까요? 現在會冷嗎？要關門嗎？
  나 : 네, 감사합니다. 好，謝謝。

文法訊息

- **前用言訊息**：主要和形容詞、「이다」結合。和動詞、「있다」、「없다」結合不自然。

  [예문] *몇 시쯤 출근한가요? 幾點上班？

  　　　몇 시쯤 출근하나요? 幾點上班？

- **先語末語尾訊息**：可以和「–시–」結合，不和「–었–」、「–겠–」結合。

  [예문] 그때는 (*바빴는가요/*바쁘겠는가요)? 那時候很忙？

[Tip] 「–을 것이다」和「–은가요」可以結合為「–을 건가요」的形態。

　　- 연정 씨는 언제쯤 이사하실 건가요? 妍靜大概什麼時候搬家？

談話訊息

- 主要用於口語中。
- 主要用於非正式場合中。
- 有口氣緩和、女性的感覺。

相關表達

- **-나요**

  (1) 「–나요」也用於向對方委婉詢問時，意義和「–은가요」一樣。

  (2) 「–나요」主要和動詞、「있다」、「없다」結合，「–은가요」只能用於「있다」、「없다」以外的形容詞。

  [예문] 이 모자 예쁜가요? 這帽子漂亮嗎？

  　　　이 모자 저한테 어울리나요? 這帽子適合我嗎？

-을 것

形態訊息

	形態
尾音 ○	-을것
尾音 ×	-ㄹ것

1 指示

用於指示行動時。

- 내일까지 50쪽 읽을 것. 明天讀到50頁。
- 주말에 방 청소할 것. 周末打掃房間。
- 매일 9시까지 교실에 올 것. 每天九點前到教室。
- 이곳에 음식물 쓰레기를 버리지 말 것. 這裡請別丟食物垃圾。

文法訊息

- **主語訊息**：無關乎人稱，主要和人稱代名詞的主語一起使用。不過主語經常省略。

  例文 (화자 자신에게) 오늘까지 보고서 끝낼 것.

  （對話者自己）今天要完成報告。

  학생들은 여기에서 식사할 것. 學生們在這裡用餐。

- **前用言限制**：主要和動詞結合，不和形容詞、「이다」結合。

  例文 *내일은 더 예쁠 것. 明天應該更美。

- **先語末語尾訊息**：不和先語末語尾「-시-」、「-었-」、「-겠-」結合。

  例文 제시간에 (*도착하실/*도착했을/*도착하겠을) 것. 準時抵達。

談話訊息

- 主要用於書面語中。
- 用於便條、公告等的文字中。
- 用於不指定具體聽者的狀況。因此不用尊待語的話階，主要用於上位者指示下位者的情況。

Tip 為說得更委婉，可以使用「–기 바람」去指示。

- 제시간에 도착하기 바람. 希望準時抵達。

- 이곳에 보고서를 제출하기 바람. 請在此交報告。

相關表達

- -기

  (1)「–을 것」和「–기」都是指還未發生的狀況，不過，只有「–을 것」有指使他人做某事的功能。同樣的狀況使用「–기」，則其「約束」意義更凸顯。

  예문 내일 회의에 제시간에 올 것. → 지시하기

  明天會議準時前來。→ 指示

  내일 회의에 제시간에 오기. → 약속하기

  明天會議準時來。→ 約束

- -음

  (1)「–을 것」指所有還沒發生的狀況；「–음」指已經發生的具體狀況。只有「–을 것」有指示他人做某事的功能，同樣的狀況用「–음」則其「報告」的功能凸顯。

  예문 회의 자료 준비함. → 보고하기

  會議資料準備完畢。→ 報告

  회의 자료 준비할 것. → 지시하기

  準備會議資料。→ 指示

  (2)「–을 것」不能和「–시–」、「–었–」、「–겠–」一起使用；「–음」則可以和這種先語末語尾一起使用。另外，「–을 것」不能和形容詞、「이다」一起用；「–음」則可以。

–을걸

終結語尾

形態訊息

	形態
尾音 ○	-을걸
尾音 ×	-ㄹ걸

1 後悔

用於表示對自己的行為後悔時。

- 열심히 공부할걸. 早知道就努力用功。
- 지금 배고픈데 아까 많이 먹을걸. 現在肚子餓，早知道剛剛就多吃點。
- 좋아한다고 용기 내서 고백해 볼걸. 早知道就鼓起勇氣告白。
- 담배를 끊을걸. 早知道就戒菸。

文法訊息

- **主語限制**：主要和第一人稱單數主語一起使用。
  [예문] *그 사람이 강희를 좋아한다고 말할걸. 他該說喜歡姜熙的。

- **前用言訊息**：主要和動詞結合，不和形容詞、「이다」結合。
  [예문] *나도 좀 더 귀여울걸. 我應該更可愛點。

- **先語末語尾訊息**：不和「-시-」、「-었-」、「-겠-」結合。
  [예문] (후회의 의미로) 열심히 (*공부하실걸/*공부했을걸/*공부하겠을걸).
  （後悔之意）早該好好念書。

- **否定形訊息**：可以和「말다」否定形結合，但與「안」否定形和「못」否定形結合則不自然。
  [예문] 디저트를 먹지 말걸. 早知道就別吃點心。
  디저트를 (ʔ안/*못) 먹을걸. 早知道就別吃點心。

- **助詞結合限制**：和助詞「요」結合不自然。
  [예문] *나도 오디션에 나갈걸요. 早知道我也去試鏡。

搭配訊息

- 「-을걸」後可以接「그랬다」。
  [예문] 나도 오디션에 나갈걸 (그랬다/그랬어/그랬네). 要是我也去試鏡就好了。

談話訊息

- 主要用於口語中。
- 用於自言自語的狀況，和第一人稱單數結合自然，和補助詞「요」結合則不自然。
- 「-을걸」可以替換成「-을 것을」。

語調訊息

- 後半部語調稍微下降。

- **表示抱歉或可惜**：也可以用於向對方表示抱歉或可惜的狀況，用於自言自語時，此時與第一人稱以外的主語結合也很自然。

  예문 날씨 추운데 괜히 너를 밖에 데리고 나온 것 같네. 너는 그냥 집에 있을걸.
  天氣很冷，真是白帶你出來，你應該待在家的。

-을걸 (요)

終結語尾

形態訊息

	形態
尾音 ○	-을걸(요)
尾音 ×	-ㄹ걸(요)

1 推測

用於對某狀況表推測時。以經驗或客觀事實為根據而做「确信的」的推測。

- 연정이는 아마 피자를 안 먹을걸. 妍靜大概不吃披薩。
- 아마 지금 샤워하고 있을걸요. 現在可能在洗澡。
- 그 사람은 이미 결혼했을걸. 那個人大概已經結婚了。
- 가 : 우리 저 카페에서 공부하는 게 어때요? 我們到那間咖啡店念書怎麼樣？
  나 : 글쎄요. 저 카페는 공부하기에 좀 시끄러울걸요.
  嗯，那間咖啡店要念書可能有點太吵。
- 가 : 우리 지난번에 갔던 그 식당에서 파티 하는 게 어때요?
  我們到上次去過的那間餐廳辦派對怎麼樣？
  나 : 이제 더 이상 그 식당은 영업을 하지 않을걸요.
  那間餐廳大概不會再營業了。

文法訊息

- **主語限制**：用於對現在狀況推測時，不和第一人稱主語一起使用。用於對過去或未來狀況的推測時，則可以和第一人稱主語一起使用。

예문 *내가 지금 식사하고 있을걸. → 현재 상황에 대한 추측

我現在應該在吃飯。→ 現在狀況推測

내가 그때 이겼을걸. → 과거 상황에 대한 추측

我那時應該贏了。→ 過去狀況推測

내가 다음 시합에서 이기겠는걸. → 미래 상황에 대한 추측

我下次比賽應該會贏。→ 未來狀況推測

- **先語末語尾訊息**：可以和「-시-」、「-었-」結合，不和「-겠-」結合。

예문 3시쯤이면 할머니께서 (도착하실걸요/도착하셨을걸요/*도착하시겠을걸요). 三點左右奶奶會抵達。

- **否定形訊息**：可以和「안」否定形、「못」否定形結合，但和「말다」否定形結合則不自然。

예문 아직 (안/못) 시작했을걸요. 應該還沒開始。

*아직 시작하지 말걸요. 應該還沒開始。

談話訊息

- 主要用於口語中。
- 聽者向須尊待對象用「-을걸요」，非如此用「-을걸」。
- 去掉「요」的「-을걸」可以替換成「-을 거야」，「-을걸요」可替換成「-을 거예요」、「-을 겁니다」。

예문 지금은 아마 은행 문이 닫혔을 거야. 現在銀行門大概關了。

지금은 아마 은행문이 닫혔을 거예요. 現在銀行門大概關了。

지금은 아마 은행 문이 닫혔을 겁니다. 現在銀行門大概關了。

語調訊息

- 後面部分語調稍微上揚。

擴張

- 輕微反駁：也可以用於聽者已知的事實，或有違期待而輕微反駁時。

예문 가 : 이 영화 재미있을 것 같은데 이거 보자.

這部電影似乎很有趣，看這部吧。

나 : 글쎄, 별로 재미없을걸. 평점이 낮던데.

這個嘛，我想不太有趣，評分很低。

예문 가 : 이 케이크 현정 씨가 만든 거 맞아요? 這個蛋糕是賢靜做的，對嗎？

나 : 아니요. 그거 연정 씨가 만들었을걸. 不，那個應該是妍靜做的。

- 을게 (요)

形態訊息

	形態
尾音 ○	-을게(요)
尾音 ×	-ㄹ게(요)

1 承諾

用於和對方約定時。

- 제가 설거지를 해 놓을게요. 我來洗碗。
- 내일 너한테 빌린 책 가져올게. 我明天會帶你借我的書來。
- 모르는 부분이 있으면 말해. 알려 줄게. 有不知道的部分請說,我會告訴你。
- 가 : 그동안 바빠서 제가 강희 씨에게 잘 못했죠? 이제부터 잘해 줄게요.
  這段時間很忙,對姜熙你很不好吧?現在開始會對你好。
  나 : 아니에요. 그동안 서준 씨가 저에게 얼마나 잘해 줬는데요.
  哪有,這段時間敘俊你對我很好。
- 가 : 다음 주 토요일이 네 생일이지? 그때 내가 미역국 끓여 줄게.
  下周六是你生日吧?到時候我煮昆布湯給你吃。
  나 : 감사합니다. 謝謝。

文法訊息

- **主語限制**:主要和第一人稱主語一起使用,不和第二人稱、第三人稱主語一起使用。
  예문 (*네가/*현정이가) 밥을 살게. 請你吃飯。

- **前用言限制**:主要和動詞結合,不和形容詞、「이다」結合。
  예문 *오늘 친절할게. 我今天親切點。

- **先語末語尾訊息**:不和「-시-」、「-었-」、「-겠-」結合。
  예문 내가 오늘은 밥을 (*사실게/*샀을게/*사겠을게). 我今天請吃飯。

談話訊息

- 主要用於口語中。
- 主要用於非正式場合中。
- 主要用於話者和聽者關係非常親近的情況。
- 在正式場合、對上位者說話時，不會用「-을게（요）」而用「-겠습니다」、「-도록 하겠습니다」。

> **예문** 다음부터는 조심할게요. → 비격식적인 상황에서 공손하게 말하는 경우
>
> 我下次會小心。→ 在非正式場合中有禮貌地說
>
> 다음부터는 조심하겠습니다. → 격식적인 상황에서 공손하게 말하는 경우
>
> 我下次會小心。→ 在正式場合中有禮貌地說
>
> 다음부터는 조심하도록 하겠습니다. → 격식적인 상황에서 공손하게 말하는 경우
>
> 我下次會小心。→ 在正式場合中有禮貌地說

- 只能用於認為承諾內容對聽者有幫助的情況。

> **예문** 나중에라도 돈을 갚을게. 以後哪一天會還錢的。
>
> *나중에라도 돈을 갚지 않을게.

> **Tip** 年紀大的人對年紀小的人說話時，常將「-을게」改用「-으마」。
>
> - 네 생일에 그 인형을 사 주마. 你生日時會買那個娃娃送你。

擴張

- **回應忠告、建議、要求**：可以用於回應忠告、建議、要求。

> **예문** 가 : 짠 음식을 너무 자주 드시지 마세요. 別太常吃鹹的食物。
>
> 나 : 네, 이제부터 조심할게요. 好，現在開始我會小心。

> **예문** 가 : 오늘 약속에 왜 이렇게 늦었어요? 今天約會怎麼會遲到？
>
> 나 : 미안해요. 다음부터 일찍 올게요. 抱歉，下次開始我會早點來。

> **예문** 가 : 연정아, 혹시 카메라 있어? 다음 주에 필요한데 카메라가 없네.
>
> 妍靜，你有相機嗎？我下周需要，但沒有相機。
>
> 나 : 그래? 그럼 내가 빌려줄게. 是喔？那我借你。

2 告知自己的意志

用於告知對方自己的意志時。

- 이만 줄일게. （信件）就此擱筆／打住。
- 여기 남은 음식은 내가 먹을게. 這裡剩下的食物我來吃。
- 제가 이 부분을 읽을게요. 我來讀這部分。
- 가 : 메뉴 정했어요? 餐點決定好了嗎？

나：네, 저는 비빔밥을 주문할게요. 嗯，我要點拌飯。

- 가：지금 버스 온다. 이제 전화 끊을게. 現在公車來了，我掛電話了。

  나：그래, 그럼 나중에 다시 통화하자. 好，那麼下次再通話。

文法訊息

- **主語限制**：主要和第一人稱主語一起使用，不和第二人稱、第三人稱主語一起使用。

  예문 *네가 여기에 앉을게. 你坐這裡。

- **前用言限制**：主要和動詞結合，不和形容詞、「이다」結合。

  예문 *내일 예쁠게요. 明天會漂亮。

- **先語末語尾訊息**：不和「-시-」、「-었-」、「-겠-」結合。

  예문 나는 여기에 (*앉으실게/*앉았을게/*앉겠을게). 我坐這裡。

談話訊息

- 主要用於口語中。
- 主要用於非正式場合中。
- 主要用於話者和聽者關係非常親近的情況。
- 在正式場合、對上位者說話不用「-을게（요）」，而用「-겠습니다」、「-도록하겠습니다」。

  예문 제가 발표할게요. → 비격식적인 상황에서 공손하게 말하는 경우

  　　我來發表。→ 在非正式場合中謙恭地說

  　　제가 발표하겠습니다. → 격식적인 상황에서 공손하게 말하는 경우

  　　我來發表。→ 在正式場合中謙恭地說

  　　제가 발표하도록 하겠습니다. → 격식적인 상황에서 공손하게 말하는 경우

  　　我來發表。→ 在正式場合中謙恭地說

- 主要在口語中使用，用於委婉表達話者的意志。

相關表達

- -을 거예요

  (1) 「-을 거예요」可以用於不考慮聽者的情況；而「-을게（요）」只能用於考慮聽者的情況。

  예문 오늘 일찍 퇴근할 거예요. → 청자를 고려하지 않으면서 자신의 의지를 얘기할 때

  　　今天會早點下班。→ 不考慮聽者，說明自己的意志時

  　　오늘 일찍 퇴근할게요. → 청자를 고려하면서 자신의 의지를 얘기할 때

  　　今天會早點下班。→ 考慮聽者，說明自己的意志時

(2) 「-을 거예요」用於表示發話時間點之前已經想好的未來事情；而「-을게（요）」則是對發話時間點當時想到的未來事情說明。

예문 가 : 현정 씨, 이번 주말에 뭐 할 거예요? 계획이 있어요?

賢靜，這個周末要做什麼？有計畫嗎？

나 : 네, 저는 그날 어머니 생신이라서 케이크를 만들 거예요.

有，那天是媽媽生日，我要做蛋糕。

→ 자연스러움. 발화 당시에 생각한 미래의 일이 아니라 이전에 세워둔 계획이므로

→ 自然。並非發話當時想到的未來事情，而是之前就有的計畫。

네, 저는 그날 어머니 생신이라서 케이크를 만들게요. → 어색함.

有，那天是媽媽生日，我來做蛋糕。→ 不自然。

- **-을래（요）**

(1) 「-을래（요）」用於不考慮聽者的情況而表示話者的一般意志；「-을게（요）」只能用於考慮到聽者的情況。

예문 엄마, 오늘은 제가 알아서 공부할래요. → 청자를 고려하지 않고 말하는 상황

媽媽，今天我願意自己念書。→ 不考慮聽者的情況

엄마, 오늘은 제가 알아서 공부할게요. → 청자를 고려하여 말하는 상황

媽媽，今天我自己念書。→ 考慮聽者的情況

(2) 「-을래（요）」和「-을게（요）」都可以和第一人稱主語一起使用，表示意志。前用言為動詞時自然，先語末語尾為「-었-」、「-겠-」、「-더-」則不自然。兩者的文法訊息相似，但意義和談話層面有所差異。

(3) 針對要求做回覆時，使用「-을게（요）」比用「-을래（요）」更為自然。

예문 가 : 제가 오늘 연필을 안 가져왔는데 연필 좀 빌려 주실 수 있으세요?

我今天沒帶筆，可以借我一下嗎？

나 : 제가 빌려 드릴게요. → 자연스러움.

我借你。→ 自然。

제가 빌려 드릴래요. → 어색함.

我願意借你。→ 不自然。

– 을까

形態訊息

	形態
尾音 ○	-을까
尾音 ×	-ㄹ까

1 提起一般問題

用於提起一般問題時。

- 앞으로의 미래는 어떻게 펼쳐질까? 未來會如何發展？
- 이 문제의 해결 방법은 무엇일까? 這個問題的解決辦法是什麼？
- 우주는 어떻게 해서 만들어지게 되었을까? 宇宙是如何形成的呢？
- 우리나라에서 어느 회사가 가장 일하기 좋을까?
  我們國家哪間公司最適合工作？

文法訊息

- **先語末語尾訊息**：和「–시–」、「–었–」、「–겠–」等先語末語尾結合不自然。

談話訊息

- 主要用於書面語中。
- 主要用於報紙、論文等正式書面語中。用於以不特定多數讀者為對象寫作文章時。

2 自言自語表示疑問

用於對不確定的事情持懷疑，有如自言自語般說話時。也可以用於實際自言自語的狀況。

- 가 : 내일 파티에 누가 올까? 明天派對誰會來？
  나 : 글쎄, 아마 현정이랑 신혜는 올 것 같은데. 不知道，大概賢靜和信惠會來。

- 가 : 이렇게 늦게 출발하면 우리가 제시간에 도착할 수 있을까?

  這麼晚出發，我們可以準時抵達嗎？

  나 : 빨리 운전해서 가면 도착할 수 있을 거니까 걱정 마.

  開快一點可以抵達，別擔心。

- (혼잣말) 내 마음을 어떻게 전하는 게 좋을까?

  （自言自語）我的心意要如何傳達才好呢？

- (혼잣말) 할머니가 어디에 떡을 숨겨 놓으셨을까?

  （自言自語）奶奶把糕餅藏在哪裡呢？

文法訊息

- **先語末語尾訊息**：不和先語末語尾「–겠–」結合。

  예문 *내일 배우 이민수를 만나면 얼마나 좋겠을까?

  要是明天見到演員李敏秀該有多好。

談話訊息

- 主要用於口語中。

  Tip 「–을까 싶다」形態可以表示話者的想法或推測。

  - 그 사람이 과연 나한테 고백할까 싶어. 我覺得他好像真要向我告白。

– 을까 (요)

終結語尾

形態訊息

	形態
尾音 ○	-을까(요)
尾音 ×	-ㄹ까(요)

1 推測、詢問

用於推測並向對方詢問時。

- 가 : 내일 날씨가 어떨까요? 明天天氣會如何？

  나 : 구름이 많이 낀 걸 보니까 비가 오겠는데요. 看多雲的樣子，好像會下雨。

- 가 : 드라마에서 여자가 왜 남자를 **떠났을까요?** 劇中女生為什麼離開男生？
  나 : 음, 여자에게 다른 남자가 생긴 게 아닐까요? 嗯，女生有其他男生不是嗎？
- 가 : 이번 경기에서 누가 **우승할까요?** 這次比賽誰會贏呢？
  나 : 글쎄요. 예측하기 정말 어렵네요. 這個嘛，真的很難預測。
- 가 : 정말로 제가 노래 대회에서 잘할 수 **있을까요?**
  我真的可以在唱歌比賽中表現好嗎？
  나 : 지금까지 열심히 노래 연습을 해 왔잖아요. 잘할 수 있을 거예요.
  目前為止都努力練習了，可以唱得好的。
- 가 : 내일 명동에 사람이 **많을까요?** 明天明洞人會多嗎？
  나 : 내일은 추석이잖아요. 사람들이 고향에 내려가서 별로 붐비지 않을 거예요. 明天是中秋節，大家都回家鄉了，應該不會很多人。
- 가 : 저 사람은 **학생일까요?** 那個人是學生嗎？
  나 : 책가방을 메고 가는 걸 보니까 학생일 것 같네요.
  看他揹書包走路的樣子，好像是學生。

文法訊息

- **先語末語尾限制**：可以和「-시-」、「-었-」結合，不和「-겠-」結合。
  [예문] 누가 (이기실까요/이겼을까요/*이기겠을까요)? 誰會贏呢？

談話訊息

- 主要用於口語中。
- 用於話者對自認為聽者不知道的事實，以「一起來想想」的態度詢問。因此聽起來減少聽者的負擔，是委婉的詢問。

2　提議

用於向對方提議時。

- 가 : 우리 오늘은 카페에서 **공부할까요?** 我們今天要不要去咖啡店念書？
  나 : 글쎄요, 카페는 좀 시끄러우니까 도서관에서 공부합시다.
  嗯，咖啡店有點吵，去圖書館念書吧。
- 가 : 선생님 댁에 같이 **갈까요?** 要不要一起去老師家？
  나 : 네, 좋아요. 같이 가면 더 좋을 것 같아요. 好，一起去好像會更好。
- 가 : 오늘 저녁에는 피자 **먹을까요?** 今天晚餐要不要吃披薩？
  나 : 피자 말고 설렁탕 어때요? 점심 때 피자를 먹었거든요.
  不要披薩，雪濃湯怎麼樣？因為中午吃披薩了。

- 가 : 같이 신나는 음악을 들을까요? 要不要一起聽開心的音樂？

  나 : 좋아요. 무슨 노래 있어요? 好，有什麼音樂？

文法訊息

- **主語限制**：用於提議一起行動，因此和第一人稱複數主語一起使用。

  예문 (우리/*규현이가/*네가) 같이 신나는 음악을 들을까요?

  要不要聽愉快的音樂？

- **前用言限制**：主要和動詞結合，不和形容詞、「이다」結合。

  예문 *우리 예쁠까요? 我們要不要漂亮？

- **先語末語尾限制**：可以和「–시–」結合，不和「–었–」、「–겠–」結合。

  예문 (제안의 의미로) 채린 씨, 같이 뭘 (드실까요/*먹었을까요/*먹겠을까요)?

  （提案之意）彩林，一起吃什麼？

談話訊息

- 主要用於口語中。
- 不對上位者使用。

相關表達

- -을래 (요)

  (1) 「–을래（요）」也可以用於表示提議的情況，不過「–을래（요）」更著重於對方的意志與意向。

  예문 채린아, 우리가 먼저 발표할까? → 상대방에게 먼저 발표할 것을 제안함.

  彩林，要不要我們先發表？→ 向對方提議先發表。

  채린아, 우리가 먼저 발표할래?

  彩林，我們要不要先發表？

  → 상대방에게 먼저 발표할 것을 제안하는 의미이나, 결정권이 상대방에게 있는 느낌이 있음.

  → 雖是向對方提議先發表之意，但決定權在對方的感覺。

  (2) 以「–을까（요）」提議時，主語是第一人稱複數（我們）；以「–을래（요）」提議時，主語是第二人稱（聽者）。因此，使用「–을까（요）」的話，主體是說者和聽者，強調建議之意；使用「–을래（요）」的話，置焦於聽者的意向，強調提議的意義。

3 詢問意向

用於詢問對方的意向時。

- 가 : 내가 커피 사 갈까? 要不要我買咖啡去？

나 : 아니, 안 사도 돼. 아까 마셨어. 不，不買也可以，我剛剛喝了。

- 가 : 영화 뭐 볼까요? 要看什麼電影？

　　나 : 액션 영화는 어때요? 動作片如何？

- 가 : 오늘은 어떤 책을 같이 읽을까요? 今天要一起看什麼書？

　　나 : 요즘 한국의 역사에 관심이 많아요. 역사에 관련된 책을 같이 읽으면 어때요? 我最近對韓國歷史很感興趣，一起看歷史相關的書怎麼樣？

- 가 : 몇 시에 운동할까요? 要幾點運動呢？

　　나 : 아침 7시에 만나서 같이 조깅합시다. 早上七點見面，一起跑步吧。

文法訊息

- **主語限制**：主要和第一人稱主語一起使用。

　　[예문] 우리 무슨 선물을 살까? 我們要買什麼禮物？

　　　　　내가 식사를 준비할까? 要不要我來準備餐點？

　　　　　내가 설거지할까? 要不要我來洗碗？

- **前用言限制**：主要和動詞結合，不和形容詞、「이다」結合。

　　[예문] *오늘 멋있을까요? 今天帥嗎？

- **先語末語尾限制**：不和「–시–」、「–었–」、「–겠–」結合。

　　[예문] (의향 묻기의 의미로) 내가 커피 사 (*가실까/*갔을까/*가겠을까)? （詢問意向之意）要不要我買咖啡去？

談話訊息

- 主要用於口語中。

相關表達

- –을래 (요)

　(1) 「–을래（요）」也可以用於表示提議的情況，但「–을래（요）」置焦於對方的意志與意向。

　(2) 以「–을까（요）」詢問意向時，主語是第一人稱單數或複數（我們），以「–을래（요）」詢問意向時主語是第二人稱（聽者）。

　　[예문] 현정 씨, 피곤해 보이는데 내일 좀 쉴래요?

　　　　　賢靜，你看起來很累，你明天要不要休息？

　　　　　→ 상대방이 피곤해 보여서 상대방에게 쉴 의향이 있는지를 물어봄.

　　　　　→ 因為對方看起來很累，所以詢問有沒有要休息的意向。

　　　　　?현정 씨, 피곤해 보이는데 내일 좀 쉴까요?

　　　　　賢靜，你看起來很累，要不要明天休息？

→ '-을까(요)'는 상대방 단독으로 어떤 행동을 할 의향이 있는지를 물을 때 쓰면 어색함.

→ 用「-을까（요）」詢問對方有沒有單獨做某行動的意向並不自然。

-을래（요）

形態訊息

	形態
尾音 ○	-을래(요)
尾音 ×	-ㄹ래(요)

1 意向

用於表達自己的意向，或詢問對方的意向時。

- 나는 오늘 짜장면 먹을래. 我天要吃炸醬麵。
- 이번 방학에는 바이올린을 배워 볼래. 這次放假要學學小提琴。
- 오늘은 좀 피곤해서 집에 있을래. 今天有點累，我要待在家。
- 가 : 네가 이쪽으로 올래? 你要來這邊嗎？
  나 : 아니, 여기가 더 시원해. 여기에 앉을래. 不，這裡更涼，我要坐這。
- 가 : 어떤 음악을 들으실래요? 你要聽哪種音樂？
  나 : 오늘은 신나는 음악을 듣고 싶네요. 我今天想聽開心的音樂。

文法訊息

- **主語訊息**：陳述句主要和第一人稱主語一起使用，疑問句主要和第二人稱主語一起使用。

  예문 이번에는 내가 밥을 살래. → 평서문, 1인칭 주어

  這次我請你吃飯。→ 陳述句、第一人稱主語

  너 나랑 사귈래? → 의문문, 2인칭 주어

  你要和我交往嗎？→ 疑問句、第二人稱主語

- **前用言限制**：主要和動詞結合，不和形容詞、「이다」結合。

  예문 *오늘은 좀 예쁠래요. 今天漂亮點。

- **先語末語尾限制**：陳述句不和「-시-」、「-었-」、「-겠-」結合。疑問句可以

和「-시-」結合，不和「-었-」、「-겠-」結合。

> 예문 이 옷은 제가 (*입으실래요/*입었을래요/*입겠을래요). 這衣服我要穿。
>
> 이 옷 입어 (보실래요/*봤을래요/*보겠을래요)? 要穿穿這衣服嗎？

談話訊息

- 主要用於口語中。
- 主要用於非正式場合中
- 「-을래요」雖然是一般尊待話階，但不對上位者使用，用於下位者或聽者和話者年紀相同時。
- 聽者比話者年紀大或地位高時，用起來會不自然，不過若話者和聽者關係親近則顯自然。

> 예문 엄마, 오늘은 그 불편한 옷 말고 이 편한 옷 입을래요. → 자연스러움.
>
> 媽媽，我今天不要穿那拘束的衣服，穿這件輕便的衣服。→ 自然。

- 在正式場合、聽者是上位者時，要說明自己的意向不用「-을래요」，而用「-겠습니다」。詢問對方的意向時，不用「-을래요」而用「-으시겠습니까」較自然。

> 예문 (회사에서 사원이 부장에게) 마케팅 쪽 일은 제가 맡을래요. → 어색함.
>
> （在公司，職員對部長）行銷的工作我來負責。→ 不自然。
>
> 마케팅 쪽 일은 제가 맡겠습니다.
>
> 行銷的工作我來負責。
>
> → 자연스러움.
>
> → 自然。

> 예문 (회사에서 사원이 부장에게) 부장님, 어떤 음료로 하시겠습니까?
>
> （在公司，職員對部長）部長，您要哪種飲料？
>
> → 자연스러움.
>
> → 自然。

- 「-어 줄래（요）？」、「-어 주실래요？」等表達可以用來要求。通常用於上位者邀請下位者較自然。

> 예문 서준아, 접시 좀 갖다 줄래? 敘俊，要不要幫忙拿一下盤子？
>
> 규현 씨, 저 펜 좀 빌려 주실래요? 圭賢，可以借我一下筆嗎？

擴張

- **拜託或委婉命令**：可以用於拜託或委婉命令時。

> 예문 이것보다 더 큰 것으로 보여 주실래요? 要不要讓我看比這個更大的？

- **威脅**：也可以用於威脅時。

> 예문 너 죽을래? 你想死嗎？

相關表達

・ -을까（요）?

(1) 「–을까（요）?」也可以用於詢問對方的意向，不過「–을래（요）」更置焦於對方的意志與意向。

(2) 以「–을래（요）」詢問意向時，主語是第二人稱（聽者），以「–을까（요）」詢問意向時，主語是第一人稱單數複數。

> **예문** ?현정 씨, 피곤해 보이는데 내일 좀 쉴까요?
>
> 賢靜，你看起來很累，明天要不要休息？
>
> → '–을까(요)'는 상대방 단독으로 어떤 행동을 할 의향이 있는지를 물을 때 쓰면 어색함.
>
> → 以「–을까（요）」詢問對方有沒有單獨做某行為的意向並不自然。
>
> 현정 씨, 피곤해 보이는데 내일 좀 쉴래요?
>
> 賢靜，你看起來很累，明天要不要休息？
>
> → 상대방이 피곤해 보여서 상대방에게 쉴 의향이 있는지를 물어봄.
>
> → 因為對方看起來很累，所以詢問有沒有要休息的意向。

・ -을게（요）?

(1) 和「–을래（요）」一樣，「–을게（요）」可以用來表示自己的意向或意志，兩者都用於陳述發話當下自己的意向與意圖。

(2) 「–을게（요）」和「–을래（요）」的差異在於是否有考量聽者。考慮聽者時，也就是說明對聽者有用的內容時，使用「–을게（요）」，若與之無關時則用「–을래（요）」。因此「–을게（요）」可以用於回答對方要求的事項，「–을래（요）」則無法用於回答對方要求的事項。

> **예문** 가 : 갑자기 급한 일이 생겼는데요. 제 아이를 잠깐만 돌봐 주실 수 있으세요? 我突然有急事，可以幫忙照顧我的孩子一下嗎？
>
> 나 : 그럼요, 제가 돌볼게요. → 자연스러움.
>
> 當然，我幫你照顧。→ 自然。
>
> 그럼요, 제가 돌볼래요. → 어색함.
>
> 當然，我幫你照顧。→ 不自然。

▶2 （疑問句）提議

用於向對方提議一起做某事時。

・ 저기요, 시간 괜찮으시면 차나 한잔하실래요?
那個，有時間的話，要不要喝杯茶？

・ 신혜야, 나 오늘 용돈 받았는데 같이 백화점에 쇼핑하러 갈래?

信惠，我今天拿到零用錢，要不要一起去百貨公司逛街？

- 가 : 현정 씨, 오늘 날씨가 좋은데 같이 산책하실래요?

  賢靜，今天天氣很好，要不要一起去散步？

  나 : 네, 좋아요. 好啊。

- 가 : 강희야, 이번 주말에 영화 볼래? 姜熙，這個周末要不要去看電影？

  나 : 미안해. 주말에 발표 준비 때문에 시간이 없어.

  抱歉，周末要準備發表，沒有時間。

文法訊息

- **主語限制**：主要和第二人稱主語一起使用，不和第一人稱單數主語一起用。

  예문 *내가 지금 운동하러 갈래? 我現在要去運動嗎？

- **前用言限制**：主要和動詞結合，不和形容詞、「이다」結合。

  예문 *오늘은 좀 바쁠래? 今天要不要忙碌？

- **先語末語尾限制**：可以和「-시-」結合，不太和「-었-」、「-겠-」結合。

  예문 이쪽에 (앉으실래요/*앉았을래요/*앉겠을래요)? 要不要坐這邊？

談話訊息

- 主要用於口語中。
- 主要用於非正式場合中。
- 「-을래요」雖然是一般尊待話階，但不太對上位者使用，用於下位者或聽者和話者年紀相同時。
- 聽者比話者年紀大或地位高時，用起來會不自然，不過若話者和聽者關係親近，則顯自然。

  예문 선배, 우리 차나 한잔할래요? → 자연스러움.

  學長，我們要不要喝杯茶？ → 自然。

- 在正式場合、聽者是上位者時，**要表示提議時以「-겠습니까」代「-을래요」較自然。**

  예문 (회사에서 사원이 부장에게) 부장님, 오늘 식사 같이 하실래요?

  （在公司，職員對部長）部長，今天要不要一起用餐？

  → 친하지 않은 경우 어색함.

  → 若不親近則不自然。

  부장님, 오늘 식사 같이 하시겠습니까?

  部長，今天要不要一起用餐？

  → 자연스러움.

  → 自然。

- -을까 (요) ?

  (1) 用於提議時，「–을래（要）」和「–을까（要）」都可以使用。「–을래（要）」比「–을까（要）」更置焦於對方意向的提議表達，因此若用「–을래（要）」提議，對方會有自己意向受到重視的感覺。另一方面，使用「–을까（要）」更強調提議的行動主體是「我們」。

  예문 채린아, 우리가 먼저 발표할까? → 상대방에게 먼저 발표할 것을 제안함.

  彩林，我們要不要先發表？→ 向對方提議先發表。

  채린아, 우리가 먼저 발표할래?

  彩林，我們要不要先發表？

  → 상대방에게 먼저 발표할 것을 제안하는 의미이나, 결정권이 상대방에게 있는 느낌이 있음.

  → 向對方提議先發表之意，決定權在對方的意思。

  (2) 因為聚焦於對方的行動與意向，所以用「–지 않을래？」可以提議，以「–지 않을까？」則無法提議。

  예문 연정아, 우리 내일 영화 보러 가지 않을래? → 자연스러움.

  妍靜，我們明天要不要去看電影？→ 自然。

  ?연정아, 우리 내일 영화 보러 가지 않을까? → 부자연스러움.

  妍靜，我們明天要不要去看電影？→ 不自然。

–음

終結語尾

形態訊息

	形態
尾音 ○	-음
尾音 ×	-ㅁ

---

1 告知具體事實

用於有效地告知、紀錄具體事實或訊息時。常用於報告事實時。

- 11시쯤 강 선생님께 전화가 옴. 11點左右姜老師來電。
- 주말에 부모님이 서울에 오심. 周末父母來首爾。

- 여행 일정이 **바뀌었음**. 旅遊行程改變了。
- 내일 아침 10시에 회의가 **있겠음**. 明天早上十點有會議。

文法訊息

- **主語訊息**：主語經常省略。

  [예문] 보고서 제출 완료함. 報告交件完成。

- **先語末語尾訊息**：可以和「–시–」、「–었–」、「–겠–」結合。

談話訊息

- 主要用於書面語中。
- 主要用於便條或報告等文章中。
- 用於沒有具體指定聽者的狀況，因此不用待遇法的話階，主要用於話者對自己說，或上位者對下位者說的情況。

相關表達

- -기

  (1) 「–음」用於具體說明實際發生的事情；「–기」主要用於將並非實際發生的狀況一般化時。因此「–음」常用於報告；「–기」常用來說明計畫。

     [예문] 도서관에 책 반납함. → 한 일을 말함, 보고하기

     已圖書館還書。→ 說明已做的事情、報告

     도서관에 책 반납하기. → 할 일을 말함, 계획 말하기

     將去圖書館還書。→ 說明要做的事情、計畫

  (2) 「–음」可以和「–시–」、「–었–」、「–겠–」一起使用；「–기」則無法和這些先語末語尾一起使用。另外，「–음」可以和形容詞、「이다」一起用；「–기」則不可。

- -을 것

  (1) 「–음」指已經發生的具體狀況，「–을 것」指所有還沒發生的狀況。指示他人做某事時，只能用「–을 것」，同樣的狀況如果使用「–음」，凸顯「報告」的功能。

     [예문] 회의 자료 준비함. → 보고하기

     準備會議資料完畢。→ 報告

     회의 자료 준비할 것. → 지시하기

     應準備會議資料。→ 指示

– 읍시다

形態訊息

	形態
尾音 ○	-읍시다
尾音 ×	-ㅂ시다

1 建議

用於要求一起做某行為時。

- 내일부터 같이 **공부합시다**. 明天開始一起讀書吧。
- 물을 아껴 **씁시다**. 節約用水吧。
- 길거리에 쓰레기를 버리지 **맙시다**. 別在路上丟垃圾。
- 가 : 여러분, 이번 방학 때 이 책을 같이 **읽읍시다**.
  各位，這次放假一起讀這本書吧。
  나 : 네, 좋아요. 같이 읽어요. 好，一起讀。
- 가 : 식사 후에 어디에 갈까요? 用完餐要去哪裡呢？
  나 : 공원에 **갑시다**. 去公園吧。

文法訊息

- **主語限制：主要和第一人稱主語一起使用。**
  예문 *당신 여기에서 잠깐 쉽시다. 你在這裡稍微休息一下吧。

- **前用言限制：主要和動詞或「침착하다」、「행복하다」、「건강하다」等部分形容詞結合。**
  예문 우리 (침착합시다/건강합시다/*멋있습시다).
  我們鎮定吧／我們健健康康的吧／我們一起帥吧。

- **先語末語尾限制：可以和「-시-」結合，不和「-었-」、「-겠-」結合。**
  예문 우리 이제 차 마시러 카페에 (가십시다/*갔읍시다/*가겠읍시다).
  我們去咖啡店喝茶吧。

- 常和副詞「같이」、「함께」一起使用。

- 主要用於正式場合中。公共廣播或公共場合中的活動、標語經常使用。
- 聽者為須尊待對象時,使用「-읍시다」。
- 聽者年紀比話者大,或為上位者時,不能使用。這個形態不對上位者使用。
- 有年紀的話者經常使用「-으십시다」。
- 建議上位者一起做某事時,不用「-읍시다」,用「-으시겠어요?」、「-으시겠습니까?」、「-어 주시겠어요?」、「-어 주시겠습니까?」、「-으시지요」、「-어 주시지요」等表達。

- **對要求、邀請表同意、承諾**:也用於對對方的提議、邀請或要求表同意或承諾。

  예문 가 : 우리 오늘 저녁 메뉴로 불고기집에 가는 게 어떻습니까?
  我們今天晚餐就到烤肉店怎麼樣?
  나 : 좋아요. 그럽시다. 好,就這麼辦。

- -어요

  (1) 和「-읍시다」一樣表示建議,不過「-어요」用於非正式狀況或非正式場合中。

  예문 이번에 학교의 교육 과정을 바꿉시다. → 공식적인 자리
  這次來改變學校的教育課程吧。→ 正式場合
  이번에 학교의 교육 과정을 바꿔요. → 비공식적인 자리
  這次來改變學校的教育課程。→ 非正式場合

- -자

  (1) 和「-읍시다」一樣表建議,不過「-자」用於非正式場合,通常對朋友或下位者使用。

  예문 우리 치킨 시켜 먹읍시다. → 격식적
  我們點炸雞吃吧。→ 格式體
  우리 치킨 시켜 먹자. → 비격식적, 친구나 아랫사람에게 사용
  我們點炸雞吃吧。→ 非格式體,對朋友或下位者使用

2 要求和命令

用於要求或命令某行動時。

- 좀 지나갑시다. 讓我過去／借過。
- 저 좀 내립시다. 讓我下去。
- 여러분, 숙제 좀 빨리 합시다. 各位，快點做作業。
- 쓰레기 좀 버리지 맙시다. 別丟垃圾。

文法訊息

- **主語限制**：因為表示命令或要求，所以通常和第二人稱主語一起用，或沒有主語。間接表示聽者的協助時，也會和第一人稱主語一起使用。

  예문 저 좀 지나갑시다. → 1인칭 주어, 청자에게 협조해 줄 것을 간접적으로 전달함.

  讓我過去吧。→ 第一人稱主語，間接表示要聽者協助。

- **前用言限制**：主要和動詞結合，不過也可以和「침착하다」、「행복하다」、「건강하다」等部分形容詞結合。

  예문 여러분, (침착합시다/건강합시다/*멋있습시다). 各位要冷靜、健康。

- **先語末語尾限制**：可以和「–시–」結合，不和「–었–」、「–겠–」結合。

  예문 숙제 좀 빨리 (하십시다/*했읍시다/*하겠읍시다). 作業快點做吧。

談話訊息

- 主要用於口語中。
- 主要用於正式場合中。
- 用於聽者須尊待的對象時。
- 聽者年紀比話者大或為上位者時不使用。這個形態不太對上位者使用。

3 假設

用於針對某狀況假設時。

- 선물을 준 셈 칩시다. 當作給了禮物。
- 복권에 당첨되었다고 합시다. 當作中了樂透。
- 가 : 여자 친구랑 헤어져서 너무 힘들어요. 和女朋友分手好難過。

  나 : 좋은 경험을 한 거라고 생각합시다. 就當作一次好的經驗吧。

文法訊息

- **主語限制**：主要和第一人稱複數主語一起使用。

예문 (우리) 복권에 당첨되었다고 가정해 봅시다.
（我們）假裝中樂透了吧。

- **前用言限制**：主要和動詞「가정하다」、「하다」、「치다」結合。
- **先語末語尾限制**：可以和「–시–」結合，不和「–었–」、「–겠–」結合。
  예문 오늘은 제가 경기에서 졌다고 (치십시다/*쳤읍시다/*치겠읍시다).
  今天就當我比賽輸了。

談話訊息

- 主要用於口語中。
- 主要用於正式場合中。
- 用於聽者為尊待對象時。
- 但如果聽者年紀比話者大，或是是上位者的情況時，不使用。此形態不對上位者使用。

– 자

終結語尾

形態訊息

用言的語幹後加「–자」。

1 建議

·用於邀約一起做某行為時。

- 우리 이따가 수영하자. 我們等一下游泳吧。
- 방학 때 책 같이 읽자. 放假一起讀書吧。
- 우리 헤어지지 말자. 我們別分離吧。
- 가 : 우리 내일 뭐 할까? 我們明天要做什麼？
  나 : 영화 어때? 오랜만에 재미있는 영화 보자.
  看電影怎麼樣？久違來看個有趣的電影吧。

文法訊息

- **主語限制**：主要和第一人稱複數主語一起使用。
  예문 *나는 이따가 수영하자. 我等一下游泳吧。

- **前用言限制**：主要和動詞結合，也可以和「침착하다」、「행복하다」、「건강하다」等部分形容詞結合。

  예문 우리 (침착하자/행복하자/*예쁘자). 我們冷靜、幸福吧。

- **先語末語尾限制**：不和「-시-」、「-었-」、「-겠-」結合。

  예문 오랜만에 영화를 (*보시자/*봤자/*보겠자). 來看個好久沒看的電影吧。

- **助詞結合訊息**：不和補助詞「요」結合。

  예문 *우리 차 마시러 가자요. 我們去喝茶吧。

搭配訊息

- 經常和助詞「같이」、「함께」一起使用。

談話訊息

- 主要用於口語中。
- 主要用於上位者對下位者或對關係親密、年紀相仿的人建議時。

擴張

- 也可以對對方的邀請或要求表承諾。

  예문 가 : 아빠, 저 컴퓨터 새로 사 주시면 안 돼요?

  爸爸，可以買新電腦給我嗎？

  나 : 그래, 그렇게 하자. 好啊，就那麼辦吧。

相關表達

- **-읍시다**

  (1) 和「-자」一樣可以用於表建議，不過「-읍시다」用於正式狀況或正式場合中，主要對上位者使用。

  예문 이번에 학교의 교육 과정을 바꾸자. → 비공식적 자리, 아랫사람 또는 동료에게

  這次來改變學校的教育課程吧。→ 非正式場合，對上位者或同事

  이번에 학교의 교육 과정을 바꿉시다. → 공식적인 자리, 주로 윗사람에게

  這次來改變學校的教育課程吧。→ 正式場合，主要對上位者

2 要求

用於要求某行動時。

- 이럴 때 덕 좀 보자. 這種時候寬容一下吧。
- 연정아, 잠깐 나 좀 보자. 妍靜，來找我一下。

- 좀 조용히 하자. 安靜一點。
- 가 : 나도 좀 먹자. 我也要吃／也讓我吃。

  나 : 안 돼. 나도 못 먹었어. 不行，我也沒吃。

- **主語限制**：因為表示命令或要求，所以通常和第二人稱主語一起用，或沒有主
  語。間接表示請聽者協助時，也和第一人稱主語一起使用。

  예문 나 좀 지나가자. → 1인칭 주어, 청자에게 협조해 줄 것을 간접적으로 전달함.

  讓我過一下吧／借過。→ 第一人稱主語，間接表示請聽者協助。

- **前用言限制**：主要和動詞結合，不過也可以和「침착하다」、「행복하다」、「건
  강하다」等部分形容詞結合。

  예문 앞으로는 좀 (침착하자/행복하자/건강하자/*멋있자).

  以後請冷靜、幸福、健康吧。

- **先語末語尾限制**：不和「–시–」、「–었–」、「–겠–」結合。

  예문 나도 좀 (*하시자/*했자/*하겠자). 我也做一下吧。

- **助詞結合訊息**：不和補助詞「요」結合。

  예문 *나 좀 보자요. 見我一下吧。

- 主要用於口語中。
- 主要用於上位者對下位者或用於對關係親密、年紀相仿的人表建議。

3 假設

- 선물을 준 셈 치자. 就當作給了禮物。
- 복권에 당첨되었다고 하자. 就當作中了樂透。
- 가 : 운동을 했는데 몸무게가 똑같아! 做了運動，但體重一樣！
- 나 : 근육이 생긴 거라고 치자. 就當作長了肌肉吧！

- **主語限制**：主要和第一人稱複數主語一起使用。

  예문 우리가 지금 달에 있다고 치자. 就當作我們現在在月球吧。

- **前用言限制**：主要和動詞「가정하다」、「하다」、「치다」結合。
- **先語末語尾訊息**：不和「–시–」、「–었–」、「–겠–」結合。

예문 우리가 지금 달에 있다고 (*치시자/*쳤자/*치겠자). 就當作我們現在在月球吧。

談話訊息

- 主要用於口語中。
- 主要用於上位者對下位者或用於對關係親密、年紀相仿的人表建議。

– 자고 (요)

終結語尾

形態訊息

- 用言的語幹後加「–자고 (요)」。

1 再次說明、重述提議

用於重述自己的建議或提議時。用於必須再次表述已經向對方傳達之訊息的狀況。

- 가 : 우리 한 시간 후에 나가자. 我們一小時後出去吧。

  나 : 뭐라고? 잘 안 들려. 你說什麼？聽不太到。

  가 : 한 시간 후에 나가자고. 我說一小時後出去吧。
- 가 : 오늘 저녁으로 된장찌개 어때요? 今天晚餐吃大醬湯如何？

  나 : 어떤 메뉴요? 什麼餐點？

  가 : 된장찌개 먹자고요. 我說吃大醬湯。
- 가 : 여기 자리가 좀 시끄럽네요. 다른 테이블로 옮길까요?

  這裡座位有點吵，要不要換到別桌？

  나 : 네? 뭐라고 하셨어요? 嗯？你說什麼？

  가 : 다른 자리로 옮기자고요. 我說換到別桌去吧。

文法訊息

- **前用言訊息**：主要和動詞結合，不過也可以和「침착하다」、「행복하다」、「건강하다」等部分形容詞結合。

  예문 *좀 바쁘자고. 請漂亮點。

  좀 침착하자고. 請冷靜點。

- **先語末語尾訊息**：不和「–시–」、「–었–」、「–겠–」結合。
  예문 된장찌개 (*드시자고/*먹었자고/*먹겠자고). 吃大醬湯。

談話訊息

- 主要用於口語中。
- 主要用於非正式場合中。
- 在正式場合、聽者是上位者，要對聽者再次傳達自己所說的話時，不用「–자고요」，而是重複說自己說過的話。
  예문 가 : 부장님, 월요일 말고 수요일로 회의 시간을 잡는 것이 어떻습니까?
  部長，開會時間不要星期一，星期三如何？
  나 : 네? 방금 뭐라고 하셨지요? 이메일 쓰느라 잘 못 들었네요.
  嗯？你剛剛說什麼？我在寫郵件沒聽清楚。
  가 : 아, 회의 시간을 수요일로 하는 것이 어떻습니까?
  啊，開會時間訂在星期三如何？
- 陳述句的「–자고（요）」只能對關係非常親近的上位者使用，但即使是關係非常親近的上位者，聽起來也可能稍微讓人不悅，要多注意。
- 在口語中也發音為「–자구（요）」。
  예문 우리 내일 영화 보러 가자구요. 我說明天一起去看電影。

參考訊息

- 可以用於間接引用句的內包子句。
  예문 현정이가 내일 일찍 학교에 오자고 해요. 賢靜說明天要早點來學校。
  채린이가 발레를 배우자고 했어요. 彩林說要我們一起學芭蕾舞。

2 強調提議

用於向對方強調並建議或提議時。

- 우리 이번 가족 여행을 제주도로 가요. 제주도에 정말 가고 싶어요. 가자고요.
  我們這次家族旅行去濟州島，真想去濟州島，去吧。
- 우리 좀 만나요. 만나서 얘기하자고요. 我們見個面，見面聊一下吧。
- 나 치킨이 정말 먹고 싶어. 치킨 좀 같이 먹자고.
  我真想吃炸雞，一起吃炸雞吧。
- 우리도 옆집처럼 강아지 키워요. 강아지 키우자고요.
  我們也像隔壁家一樣養小狗，養狗吧。

文法訊息

- **前用言訊息**：主要和動詞結合，不過也可以和「침착하다」、「행복하다」、「건강하다」等部分形容詞結合。

  예문 *좀 바쁘자고. 忙點。

  좀 침착하자고. 冷靜點。

- **先語末語尾訊息**：不和「-시-」、「-었-」、「-겠-」結合。

  예문 치킨 좀 (*드시자고/*먹었자고/*먹겠자고). 吃點炸雞。

談話訊息

- 主要用於口語中。
- 主要用於非正式場合中。
- 在正式場合、聽者是上位者，要強調時若用「-자고요」可能聽起來沒有禮貌，此時可以用「꼭」、「-으면 좋겠습니다」、「-으면 어떻습니까？」等表達強調自己的提議或建議。

  예문 (부하 직원이 상사에게) 우리 사무실에도 정수기를 설치했으면 좋겠습니다. （部下職員對上司）要是我們辦公室也有飲水機就好了。

  이번 회식 메뉴는 삼겹살로 하면 어떻습니까?

  這次公司聚會餐點選五花肉如何？

- 陳述句的「-자고（요）」只能對關係非常親近的上位者使用，不過即使是關係非常親近的上位者，聽起來也可能稍微讓人不悅，要多注意。

  예문 엄마 : 우리 이번에 어느 식당에 갈까? 媽媽：我們這次去哪家餐廳呢？

  딸 : 피자 먹고 싶어요. 우리 피자 좀 먹자고요.

  女兒：我想吃披薩，我們吃披薩。

  엄마 : 너, 엄마한테 그 말투가 뭐니? 媽媽：你對媽媽說話是什麼口氣？

▶3 （用於疑問句）確認提議

用於為確認對方的建議或提議的內容而詢問時。

- 가 : 이번 8월에 부산에 가서 우리 바다에 가는 게 어때?

  八月去釜山海邊怎麼樣？

  나 : 잘 안 들려. 언제 부산에 가자고? 聽不太到，你說什麼時候去釜山？

  가 : 8월에 가자고. 我說八月去。

- 가 : 이번에 텔레비전 좋은 걸로 바꿉시다. 這次換好的電視吧。

  나 : 뭘 바꾸자고요? 你說要換什麼？

  가 : 텔레비전요. 電視。

- 가 : 이번 현정이 생일에 선물을 같이 준비하자.

  這次一起準備賢靜的生日禮物吧。

나 : 누구 생일 선물 준비하자고? 你說要準備誰的生日禮物？

가 : 현정이 생일 선물. 賢靜的生日禮物。

文法訊息

- **前用言訊息**：主要和動詞結合，不過也可以和「침착하다」、「행복하다」、「건 강하다」等部分形容詞結合。

  예문 *좀 바쁘자고? 忙點？

  좀 침착하자고? 冷靜點？

- **先語末語尾訊息**：不和「–시–」、「–었–」、「–겠–」結合。

  예문 생일 선물을 (*준비하시자고/*준비했자고/*준비하겠자고)?

  說要準備生日禮物？

搭配訊息

- 因為用於為確認訊息而提問的狀況，所以和「누구、무엇、어떻게、왜、언제、어 디」等疑問詞一起使用。

  예문 누구랑 같이 가자고? 說要和誰一起去？

談話訊息

- 主要用於口語中。
- 主要用於非正式場合中。
- 在正式場合、聽者是上位者，為確認訊息而詢問時，若用「–자고요」聽起來可 能沒有禮貌，可以用「–다시 한 번 말씀해 주시겠습니까？」來要求訊息。
- 用於為確認訊息而詢問，因此後應跟隨相應回答。

Tip 也可以引用對方話中的涵義來確認訊息。

- 가 : 아, 정말 힘들다. 더 이상 여기에 못 있겠어.

  啊，真累人，這裡再也待不下去了。

  나 : 집에 가자고? 你要回家？

---

4 （用於疑問句）表示驚訝

用於表示對他人的建議或提議感到其為當然或意外。

- 가 : 우리 오늘 저녁은 맛있는 걸로 먹자. 我們今天晚上吃好吃的吧。

  나 : 맛있는 걸로 먹자고? 당연하지. 그걸 말이라고 하냐.

  吃好吃的？當然了，還用說嗎。

- 가 : 우리 결혼하자. 我們結婚吧。

나 : 뭐, 뭐라고? 이렇게 갑자기? 결혼하자고? 什…什麼？這麼突然？你說結婚？

- 가 : 우리 명동에서 신촌까지 걸어가자. 我們從明洞走到新村吧。

  나 : 뭐? 걸어가자고? 나 지금 당황했다. 什麼？你說要用走的？我嚇到了。

文法訊息

- **前用言訊息**：主要和動詞結合，不過也可以和「침착하다」、「행복하다」、「건강하다」等部分形容詞結合。

  [예문] *좀 바쁘자고? 忙點？

  좀 침착하자고? 冷靜點？

- **先語末語尾訊息**：不和「-시-」、「-었-」、「-겠-」結合。

  [예문] 차 같이(*드시자고/*마셨자고/*마시겠자고)? 一起喝茶？

談話訊息

- 主要用於口語中。
- 主要用於非正式場合中。
- 對親近的上位者使用為自然。

  [예문] 할머니 : 우리 노래방에 갈까? 奶奶：我們要不要去 KTV？

  손자 : 노래방에 가자고요? 할머니, 노래방도 가세요?

  孫子：去 KTV？奶奶也去 KTV 嗎？

- 用於表達驚訝，未必要回答。
- 驚訝的「-자고요」比起要確認內容訊息，更置焦於針對對方說話內容之反應的溝通功能。

5 （用於疑問句）表示抗拒

用於對他人建議或提議內容表示反對意見。

- 가 : 우리 설렁탕 먹자. 我們吃雪濃湯吧。

  나 : 이렇게 더운 날 그 뜨거운 걸 먹자고? 별로 내키지 않는데……

  這麼熱的天氣要吃熱的？不太想呢……。

- 가 : 오늘 같이 야근할까? 今天要不要一起加班？

  나 : 뭐? 야근하자고? 나는 오늘 별로 일이 없어.

  什麼？你說一起加班？我今天沒什麼事呢。

- 가 : 이번에 새로 개봉한 공포 영화 어때? 같이 보자.

  這次新上映的恐怖電影怎麼樣？一起看吧。

  나 : 뭐? 그걸 같이 보자고? 내가 공포 영화 싫어하는 거 알잖아.

什麼？你說一起看那個？你知道我不喜歡恐怖電影啊。

文法訊息

- **前用言訊息**：主要和動詞結合，不過也可以和「침착하다」、「행복하다」、「건강하다」等部分形容詞結合。
  > 예문 *좀 바쁘자고? 忙點？
  > 좀 침착하자고? 冷靜點？

- **先語末語尾訊息**：不和「–시–」、「–었–」、「–겠–」結合。
  > 예문 이 더운 날 뜨거운 된장찌개 (*드시자고/*먹었자고/*먹겠자고)?
  > 這麼熱的天氣要吃熱的大醬湯？

談話訊息

- 主要用於口語中。
- 主要用於非正式場合中。
- 聽者是上位者時，表達反對意見可能聽起來不禮貌，因此不使用。不過若是如同父母般的親近關係，則可以用來表示反對意見。
  > 예문 아버지 : 올해는 가족 여행으로 부산에 가자.
  > 爸爸：今年家族旅行去釜山吧。
  > 아들 : 네? 이번에 부산에 가자고요? 저는 부산에 많이 가 봤단 말이에요.
  > 兒子：嗯？這次去釜山？我去過釜山很多次了。

語調訊息

- 以稍微生氣的語氣說。

– 자니 (요)

終結語尾

形態訊息

- 用言的語幹後加「–자니 (요)」。

1 表示抗拒

用於對他人建議或提議內容表示反對意見時。

- 가 : 오늘 점심 메뉴로 된장찌개 어때? 今天中午吃大醬湯怎麼樣？

  나 : 뭐? 또 된장찌개를 먹자니. 어제도 먹었잖아! 오늘은 콩국수 어때?

  什麼？又要吃大醬湯喔？昨天不是也吃了嗎！今天黃豆麵怎麼樣？

- 가 : 우리 헤어지자. 我們分手吧。

  나 : 뭐? 헤어지자니. 우리가 어떻게 만났는데!

  什麼？你說要分手？我們怎麼交往的！

- 가 : 이번 가족 여행은 자전거 타고 서울에서 부산까지 가는 게 어떻겠니?

  這次家族旅行從首爾騎腳踏車到釜山怎麼樣？

  나 : 네? 자전거로 그 거리를 여행하자니요? 말도 안 돼요.

  什麼？騎腳踏車旅行那個距離？太不像話了。

- 가 : 오늘 같이 한강에서 조깅 할래요? 今天一起去漢江跑步怎麼樣？

  나 : 네? 조깅하자니요? 지금 비가 많이 오는데요.

  嗯？你說要跑步？現在雨下很大呢。

文法訊息

- **前用言限制**：因為用於再次說明建議的內容，所以主要和動詞結合，不過也可以和「침착하다」、「행복하다」、「건강하다」等部分形容詞結合。

  예문 *매끄럽자니요?/길자니요?/짧자니요?

  要我（們）滑嗎？／要我（們）長嗎？／要我（們）短嗎？

  부지런하자니요?/행복하자니요?/침착하자니요?

  要我們勤快嗎？／要我們一起幸福嗎？／要我們沉著嗎？

- **先語末語尾訊息**：不和「-시-」、「-었-」、「-겠-」結合。

  예문 우리 (*헤어지시자니/*헤어졌자니/*헤어지겠자니)?

  要我們不分手嗎／要我們分手了嗎／要我們將分手嗎？

談話訊息

- 主要用於口語中。
- 主要用於非正式場合中。
- 在正式場合不使用。因「-자니요」用於積極表露感情，因此若使用會顯不自然。
- 在非正式場合中，對親近的上位者，如父母和子女之間則可以使用。

– 자니까 (요)

形態訊息

- 用言的語幹後加「–자니까 (요)」。

1　強調、提議

用於再次提起自己先前提議的內容，催促對方行使該行動。用於強調並提議時。

- 가：연정아, 쉬는 시간에 우리 뭐 좀 먹을까? 妍靜，休息時間我們吃點什麼嗎？

  나：나 별로 배 안 고픈데? 我肚子不太餓呢？

  가：글쎄, 그래도 뭐 좀 먹자니까. 嗯，那也吃點什麼吧。

- 가：어머니, 우리도 좀 더 큰 텔레비전으로 사요.

  媽媽，我們也買大一點的電視。

  나：지금 있는 것도 충분히 좋은데? 現在的就很好了？

  가：그래도 더 큰 걸로 사자니까요. 即使那樣子，還是買大一點的吧。

文法訊息

- **前用言限制**：因為用於再次提起建議的內容，所以主要和動詞結合。不和形容詞、「이다」結合。

  예문 *좁자니까요/짧자니까요. 我建議窄吧／我建議短吧。

- **先語末語尾訊息**：不和「–시–」、「–었–」、「–겠–」結合。

  예문 뭐 좀 (먹자니까/*드시자니까/*먹었자니까/*먹겠자니까).

  　　稍微吃點東西。

談話訊息

- 主要用於口語中。
- 主要用於非正式場合中。
- 在正式場合不使用。「–자니까요」用在積極表露感情，因此若使用會有無禮、不自然之感。在非正式場合中，對親近的上位者，如父母和子女之間則可以使用。
- 在口語中想要更強調意思時，可以在「–자니까」後方加上補助詞「은/는」，可發音為「–자니까는」或「–자니깐」。「–자니까요」可發音為「–자니깐요」。

例文 시원한 것 좀 마시자니깐(요). 我剛提議說喝點爽口的東西吧。

2 責備

用於觀看了解對方狀況後，針對該狀況責備。

- 가 : 요즘 왜 이렇게 계속 피곤하지? 最近怎麼一直這麼疲憊？
  나 : 그러니까 어제 일찍 집에 들어가자니까요. 所以我昨天就說要早點回家。
- 가 : 아, 아까 남은 김밥이라도 먹을걸. 지금 너무 배고프다.
  啊，剛剛應該把剩下的飯捲吃了，現在好餓。
  나 : 그러게 내가 뭐랬어! 편의점에서 라면이라도 사 먹자니까.
  是啊，我是怎麼說的！在便利商店買個泡麵吃也好。

文法訊息

- **前用言限制**：主要和動詞結合。不和形容詞、「이다」結合。
  例文 *좁자니까요/짧자니까요. 讓我們窄吧／讓我們短吧。
- **先語末語尾訊息**：不和「–시–」、「–었–」、「–겠–」結合。
  例文 그러게 내가 (서두르자니까/*서두르시자니까/*서둘렀자니까/*서두르겠
  자니까). 我說了要趕快。

談話訊息

- 主要用於非正式場合中。
- 在正式場合、聽者是上位者時不使用。因「–자니까요」用在積極表露感情，若
  使用會有無禮、不自然之感。在非正式場合中，對親近的上位者，如父母和子
  女之間則可以使用。
- 在口語中想要更強調意思時，可以在「–자니까」後加上補助詞「은/는」，可發
  音為「–자니까는」或「–자니깐」。「–자니까요」可發音為「–자니깐요」。
  例文 그러게 아까 김밥이라도 사자니깐(요). 是啊，剛剛我說買個飯捲也好。

– 자면서 (요)

終結語尾

形態訊息

- 用言的語幹後加「–자면서 (요)」。

1 引用對方建議的內容，以之來表明自己行動的背景

用於引用對方建議或提議的內容，表示自己發話或行動的根據、背景。

- 가 : 오늘 웬일로 집에 일찍 왔니? 今天怎麼這麼早回家？

  나 : 어머니, 오늘 같이 외식하자면서요. 그래서 일찍 퇴근했어요.

  媽媽說今天要一起出去吃，所以提早下班。

- 가 : 벌써 가려고? 已經要走了嗎？

  나 : 응, 네가 오늘은 집에 일찍 가자면서. 嗯，你不是說今天要早點回家嗎。

  가 : 내가 그랬나? 그래. 나도 얼른 짐 챙길게.

  我有說嗎？好，那我也快點收拾行李。

文法訊息

- **前用言限制**：因為用於重述建議內容，所以主要和動詞結合。

  예문 *좁자면서/짧자면서. 你不是說窄／短嗎。

- **先語末語尾訊息**：不和「-시-」、「-었-」、「-겠-」結合。

  예문 네가 오늘은 집에 일찍 (?가시자면서/*갔자면서/*가겠자면서).

  你不是說今天要早點回家嗎。

談話訊息

- 主要用於口語中。
- 主要用於非正式場合中。
- 在正式場合、聽者是上位者時不使用。因「-자면서요」用在積極表露感情，因此若使用會有無禮、不自然之感。
- 在非正式場合中，對親近的上位者，如父母和子女之間可以使用。

語調訊息

- 並非要求訊息的提問，因此語調不上揚。

擴張

- **表露反感**：也可以用於對對方先前的發話、對方建議或提議的內容表示話者反感的態度。

  예문 가 : 너 왜 그동안 연락이 없었어? 你這段時間為什麼沒有連絡？

  나 : 우리 당분간 자기 일에만 집중하자면서. 그래서 연락 안 했는데?

  你不是說我們暫時專心各自忙自己的事情嗎，所以就沒連絡了？

  가 : 너 내가 그렇게 얘기해서 삐쳤구나? 你因為我那麼說而生氣啊？

- 잖아 (요)

形態訊息

· 用言的語幹後加「-잖아 (요)」。

Tip 「-잖아 (요)」的「-잖」可以和「-아/어요」的語尾結合而為「-잖습니까?」、「-잖니」、「-잖고」、「-잖나」、「-잖냐」。

---

1 確認

用於確認對方已知的事實。

· 내가 지금 시험 준비를 하고 있잖아. 그래서 말인데 책 좀 빌려 줄 수 있어?
  我現在在準備考試嘛,可以借我書嗎?

· 우리 집에 손님이 오시잖아요. 그러니까 과일 같은 게 필요하지 않을까요?
  我們家有客人,會需要水果之類的嗎?

· 내년에 우리 아빠 **환갑이잖아**. 어떤 선물이 좋을까?
  明年我爸爸花甲之年,要送什麼禮物呢?

· 가 : 현정이가 성격이 좋아서 인기가 **많잖아**. 賢靜個性好很受青睞。
  나 : 맞아. 현정이가 성격도 좋고 예뻐서 인기가 많아.
  對啊,賢靜個性好又漂亮,很受青睞。

文法訊息

· **先語末語尾限制**:可以和「-시-」、「-었-」結合,不和「-겠-」結合。
  예문 엄마가 오늘 (돌아오시잖아요/돌아오셨잖아요/*돌아오시겠잖아요).
  媽媽今天要回來嘛。

談話訊息

· 主要用於口語中。
· 主要用於非正式、一般場合中。
· 因為內容為話者和聽者所共知,所以要在訊息充分共知的狀態下使用。
· 如果話者和聽者未共知息息、在不怎麼親密的狀態下使用,聽起來可能會有些許無禮的感覺。
· 另一方面,也可以藉由確認已經共知的訊息,來營造親密感、歸屬感。

- 有時候也用於喚起和聽者共知的知識來開始一個話題。
  > 예문 요즘 이 노래가 유행이잖아. 이 노래를 연습해 보면 어때?
  > 最近這首歌很流行,練習這首怎麼樣?

語調訊息

- 語尾上揚。

擴張

- **要求同意**:可以用於要求同意時。
  > 예문 아시다시피 이 집 커피가 맛있잖아요. 如您所知,這家咖啡味道不錯。

2 告知

用於告知認為對方應已知道的內容時。尤其用於表示自己談話的根據或
理由。

- 가 : 규현 씨 생일에 우리 뭐 사 줄까요? 圭賢生日我們要買什麼?
  나 : 책을 사 줄까요? 규현 씨는 책을 많이 읽잖아요. 買書好嗎?圭賢看很多書。
- 가 : 커피를 또 마셔요? 아까 마셨잖아요. 又喝咖啡?剛剛不是喝了嗎。
  나 : 너무 졸려서요. 因為太睏了。
- 가 : 우리 피자 시킬까? 강희가 피자 좋아하잖아.
  我們要點披薩嗎?姜熙喜歡披薩。
  나 : 글쎄, 오늘은 다른 걸 먹자. 속이 좀 안 좋네.
  嗯,今天吃別的吧,肚子有點不舒服。
- 가 : 우리 오늘 같이 도서관에 갈래? 我們今天要不要一起去圖書館?
  나 : 오늘 일요일이잖아. 주말에는 좀 쉬자. 今天是星期天啊,周末休息一下吧。

文法訊息

- **先語末語尾限制**:可以和「-시-」、「-었-」結合,不和「-겠-」結合。
  > 예문 커피를 (드시잖아요/드셨잖아요/*드시겠잖아요) 你不是喝咖啡嗎。

談話訊息

- 主要用於口語中。
- 主要用於非正式、一般場合中。
- 可以用於話者使聽者想起已知的事實作為自己談話的根據。
- 表話者想將已知的訊息和聽者共享的意志,並有使對方感覺到在談話參與者之
  間有親密感、歸屬感的意圖。

- 相反地，因為話者認為聽者應該知道該內容，所以在不那麼親密的狀態下使用，聽起來可能會有些許不禮貌的感覺。

- 末端下降。

擴張

- **導入話題**：可以用於導入話題時。
  例文 내가 어제 콘서트에 갔잖아. 我昨天不是去了演唱會嗎。

- **責怪、表露不滿**：可以用於責怪、表露不滿。此時語調不上升，而要持續表示強烈的樣子。
  例文 왜 이렇게 늦게 들어왔어요? 아이들이 엄마를 많이 찾았잖아요.
  怎麼這麼晚回來？孩子們一直找媽媽。
  例文 가 : 오늘 왜 이렇게 늦었어요? 今天怎麼這麼晚？
  나 : 피곤한데 왜 그래요? 오늘 나 야근이었잖아요.
  很累，為什麼這樣？我今天晚班啊。

- **責備**：也可以用於責備時。
  例文 애는 그것도 모르니? 답은 3번이잖아. 那個也不知道？答案是三啊。
  너는 그 옷이랑 가방이 어울린다고 생각해? 전혀 다른 분위기잖아.
  你覺得那衣服和包包搭配？那是完全不同的氛圍啊。
  例文 가 : 엄마, 저도 책 사 주세요. 媽媽，買書給我。
  나 : 애, 너는 책을 읽지도 않잖아. 你不是都不讀書的嗎。

- **強調**：也可以用於強調時。
  例文 저 수학 문제는 잘 풀 수 있어요. 제가 수학과 출신이잖아요.
  我很會解數學題，我是數學系畢業的。

- **表示悟得事實**：（自言自語的情況）也可以用於悟知事實時。
  例文 아, 맞다! 지금 할아버지가 산에 계시잖아.
  啊，對了！現在爺爺在山上嘛。

相關表達

- **-거든(요)**

  (1) 「-거든（요）」和「-잖아（요）」一樣，可以用來說明前所提內容或狀況的理由或根據，不過談論假設聽者不知道的內容時，使用「-거든（요）」；談論聽者已經知道的事情時，使用「-잖아（요）」。
  例文 가 : 채린아, 우리 다이어트도 할 겸 아침에 운동할까?
  彩林，我們要不要順便減肥，早上來運動？

나 : 나는 못 해. 나 아침에 영어 학원 다니거든.

我不行，我早上要去英文補習班。

> → 아침에 영어 학원을 다니고 있다는 사실을 청자가 모르고 있었으며 새로이 알려 줌.

> → 聽者不知道早上要去英文補習班，告知新事實。

나 : 나는 못 해. 나 아침에 영어 학원 다니잖아.

我不行，我早上要去英文補習班。

> → 아침에 영어 학원을 다니고 있다는 사실을 청자가 이미 알고 있었으며 환기해 줌.

> → 聽者已經知道早上要去英文補習班，提醒他。

- 재 (요)

形態訊息

- 用言的語幹後加「-재 (요)」。
- -자고 해 (요) :「-재 (요)」可以視為「-자고 해 (요)」的縮寫。

예문 연정이가 같이 영화 (보자고 해/보재). 妍靜說要一起看電影。

1 傳達提議給他人

用於傳達他人的提議時。

- 가 : 연정아, 언니가 우리 같이 한강에 놀러 가재.

  妍靜，姊姊提議說一起去漢江玩。

  나 : 좋죠! 우리 도시락 싸 가요. 好啊！我們帶盒飯去。

- 가 : 서준이가 이따가 같이 산책하재요. 敍俊建議說等一下一起去散步。

  나 : 그래? 나 아직 숙제가 좀 남아서 좀 어려울 것 같은데.

  是嗎？我還有一點作業，可能有點困難。

- 가 : 신혜가 뭐라고 했어? 信惠說什麼？

  나 : 이번에 축제하는 데에 같이 참여하재. 她提議說一起參加這次的慶典活動。

- 가 : 이번 독서 동아리 모임에서 '유배지에서 보낸 편지'를 같이 읽재.

  這次讀書社團聚會說要一起讀「放逐地寄出的信」。

  나 : 그래? 그럼 나 그 책 빌리러 가야겠다.

  是喔？那我要去借那本書。

文法訊息

* **前用言限制**：主要和動詞結合，不和形容詞、「이다」結合。
  예문 *채린이가 우리 귀엽재요. 彩林說我們一起可愛吧。
* **先語末語尾訊息**：不和「-시-」、「-었-」、「-겠-」等先語末語尾結合。
  예문 내일 소풍 (*가시/*갔/*가겠)재요. 明天去郊遊吧。

談話訊息

* 主要用於口語中。
* 主要用於非正式場合中。
* 正式場合中，傾向使用「-자고 하다/말하다/말씀하다」等的形態。尤其傳話主體（原話者）對話者而言是上位者而要注意禮儀時，常用這種形態。
  예문 부장님께서 이번에는 우리 팀이 발표 자료를 만들자고 하셨습니다.
  部長說這次要我們組準備發表資料。

2 （疑問句）詢問聽到的提議內容

用於詢問聽者聽到的提議內容。

* 가 : 아까 채린이가 신혜 생일 선물 언제 사재?
  剛剛彩林說信惠的生日禮物什麼時候要去買？
  나 : 어, 금요일 저녁에 같이 사러 가재. 喔，他說星期五晚上一起去買。
* 가 : 강희가 어떤 케이크를 만들재? 姜熙建議說要做什麼蛋糕？
  나 : 어, 규현이가 치즈 케이크를 좋아한다고 치즈 케이크를 같이 만들재.
  嗯，他說圭賢喜歡起司蛋糕，要一起做起司蛋糕。
* 가 : 연정아, 아까 채린이가 어디에서 만나재?
  妍靜，剛剛彩林提議說要在哪裡見面？
  나 : 학교 앞 카페에서 보재. 他說在學校前面的咖啡店見面。
  가 : 언니, 서준이가 라디오 듣재? 姊姊，敘俊說他要聽廣播嗎？
  나 : 어, 자기가 아는 사람이 라디오에 나온다고 라디오 듣재.
  嗯，他說認識的人會在廣播中出現，所以說要聽收音機。
* 가 : 현정아, 언니가 쇼핑하재? 賢靜，姊姊說要逛街？
  나 : 응, 나 시간 없는데 자꾸 언니가 같이 쇼핑하재.
  嗯，我沒時間，但姊姊一直說要一起逛街。

文法訊息

* **前用言限制**：主要和動詞結合，不和形容詞、「이다」結合。

例文 *현정이가 우리 귀엽재요? 賢靜說我們一起可愛？

- **先語末語尾訊息**：不和「–시–」、「–었–」、「–겠–」等先語末語尾結合。
  例文 내일 소풍 (*가시/*갔/*가겠)재요? 明天一起去郊遊？

談話訊息

- 主要用於口語中。
- 主要用於非正式場合中。
- 正式場合中，傾向使用「–자고 하다/말하다/말씀하다」等的形態。尤其傳話主體（原話者）對話者而言是上位者而要注意禮儀時，常用這種形態。
  例文 부장님께서 이번에 우리 부서가 발표하자고 하셨습니까?
  部長說這次要我們組準備發表資料。

擴張

- **對對方的提議表示強烈不滿**：也可以用於對對方的提議表示強烈不滿時。此時並非一定要要求回答，也非聽完提議後即時針對內容確認，而是用於有些許時間差的場合。也就是可以用於聽完提議並根據提議行動後，對之提起該不滿。此時常和「누가」、「언제」等一起使用。另外，雖然是疑問句，但句尾可上揚也可以不上揚。可以視為「–자고 해（요）？」的縮寫表達。
  例文 가 : 아, 정말 이사하는 건 힘든 것 같아. 啊，搬家好像真的很累。
  나 : 그러니까! 누가 이사하재? 就是說啊！是誰說要搬家的？
  例文 가 : 현정아, 우리 너무 힘들지 않냐? 賢靜，我們不會太辛苦嗎？
  나 : 그러니까! 누가 아침부터 등산하재? 就是說啊！是誰說一早要爬山的？
  例文 가 : 이 영화 좀 재미없다. 그치? 這電影真無趣，對吧？
  나 : 야, 내가 언제 이거 보재? 이거 네가 보자고 했다.
  喂，我什麼時候說要看？這是你說要看的。

– 지 （요）
終結語尾

形態訊息

- 用言的語幹後加「–지（요）」。

1 （陳述句）告知有確信的內容

用於談論帶有確信的內容時。

- 가 : 친구들이 내 결혼식에 많이 올까? 朋友們都會來我的結婚典禮嗎？
  나 : 네 결혼식에 친구들 당연히 많이 오지. 걱정 마.
  你的結婚典禮朋友們當然都會來的，別擔心。
- 가 : 우리 반에서 누가 가장 춤을 잘 추었더라. 我們班誰最會跳舞呢？
  나 : 현정이가 제일 춤을 잘 추지. 賢靜最會跳。
- 가 : 잘 지내세요. 우리가 또 언제 만날 날이 있을까요?
  請保重，我們什麼時候會再見？
  나 : 살다 보면 언젠가 만날 날이 있겠지요. 總有一天會再見的。
- 가 : 엄마, 아빠 처음 만났을 때 어땠어요? 媽媽，和爸爸第一次見面如何？
  나 : 엄청 촌스러웠지. 지금은 정말 많이 발전한 거야.
  很土，現在真的變好很多了。
- 가 : 요즘 왜 이렇게 피곤한지 모르겠네요. 最近不知道為什麼這麼累。
  나 : 매일 그렇게 늦게 자니까 당연히 피곤하지요. 每天都那麼晚睡，當然會累。

文法訊息

- **先語末語尾限制**：可以和「–시–」、「–었–」、「–겠–」結合。

談話訊息

- 主要用於非正式場合中。
- 口語中常將「–지요」發音為「–죠」。
  예문 여행이라면 당연히 좋죠. 旅行當然好啊。

2 （疑問句）確認

用於為確認某內容而詢問時。

- 가 : 우리 수업 몇 시에 끝나지? 我們上課到幾點？
  나 : 7시에 끝나잖아. 七點下課啊。
- 가 : 참, 오늘 우리 약속이 있었지? 對了，我們今天有約吧？
  나 : 응, 이따 학교 앞에서 봐. 嗯，等一下在學校前面見面。
- 가 : 지금 비 오지요? 現在下雨吧？
  나 : 네, 비가 많이 오니까 우산 꼭 가져가세요. 嗯，雨下很大，一定要帶傘。
- 가 : 저 사람 이름이 뭐지요? 那個人叫什麼名字來著？
  나 : 서준이잖아요. 잊어버렸어요? 叫敘俊啊，忘記了嗎？
- 가 : 너 요즘 많이 힘들지? 你最近很辛苦吧？
  나 : 어, 매일 야근을 해서 죽을 지경이야. 嗯，每天加班快死了。

- 가 : 내일도 숙제 있겠지? 明天也有作業吧?

  나 : 당연하지. 그 선생님은 숙제를 안 내 주신 적이 없어.

  當然了，那個老師從來沒有不出作業的。

文法訊息

- **先語末語尾限制**：可以和「-시-」、「-었-」、「-겠-」結合。

談話訊息

- 主要用於口語中。
- 主要用於非正式場合中。
- 口語中常將「-지요」發音為「-죠」。

  예문 저 사람이 뭐죠? 那個人是誰?

擴張

- **要求同意**：可以用於要求同意時。

  예문 가 : 나 잘못 없지. 맞지? 我沒做錯，對吧?

  나 : 그래 넌 잘못 없어. 是啊，你沒錯。

3 以強烈的感覺命令

用於帶有確信向聽者命令做某行動時。

- 이쪽으로 오시지요. 請往這邊來。
- 이번 출장은 김 대리가 다녀오지. 這次出差金代理去。
- 이 부분은 신혜가 읽지. 這個部分信惠來讀。
- 조용히 좀 하시지요. 安靜一點。
- 가 : 여보, 당신이 돈 좀 내지. 親愛的，你付一下錢。

  나 : 알겠어요. 당신 친구들이니까 오늘 저녁은 내가 살게.

  知道了，因為是你的朋友，晚餐我來請客吧。

文法訊息

- **主語限制**：主要和第二人稱主語一起用，或沒有主語。
- **前用言限制**：主要和動詞或「침착하다」、「행복하다」、「건강하다」等部分形容詞結合。

  예문 (명령의 의미로) *예쁘시지요. （命令之意）漂亮吧。

  늘 (침착하시지요/행복하시지요/건강하시지요).

  要經常冷靜、幸福、健康。

- **先語末語尾訊息**：可以和「–시–」結合，不和「–었–」、「–겠–」結合。
  예문 (명령의 의미로) 그럼 전화를 (주시지요/*주었지요/*주겠지요).
  （命令之意）那請打電話給我。

談話訊息

- 主要用於口語中。
- 主要用於非正式場合中。
- 口語中常將「–지요」發音為「–죠」。
  예문 일을 좀 빨리 하시죠 快點做事吧。

擴張

- **挪揄**：可以用於挪揄時。
  예문 그럼 어디 네가 한번 해 보시지. 那麼你就做看看吧。
  어디 한번 덤벼 보시지. 你敢！那你撲過來看看吧。

- **建議**：可以用於建議時。
  예문 이 메뉴로 하시지요. 맛있습니다. 就點這個餐吧，味道不錯的。

4 強烈提議

用於帶有確信向聽者提議做某行動時。

- 우리 밥이나 먹으러 가지. 我們去吃點飯吧。
- 오늘 저녁에 한잔하지. 내가 쏠게. 今天晚餐喝一杯吧，我請客。
- 이따가 같이 자전거 타지. 等一下一起騎腳踏車吧。
- 나랑 이 소설 같이 읽지. 和我一起讀這本小說吧。
- 가 : 강희야, 언니 책 좀 같이 나르지. 姜熙，跟姊姊一起搬書吧。
  나 : 네 언니, 금방 갈게요. 好，姊姊，我馬上去。

文法訊息

- **主語限制**：主要和第一人稱複數主語一起用。
- **前用言限制**：主要和動詞結合。
- **先語末語尾訊息**：可以和「–시–」結合，不和「–었–」、「–겠–」結合。
  예문 (청유의 의미로) 우리 같이 (산책하시지요/*산책했지요/*산책하겠지요).
  （建議之意）我們一起散步吧。

談話訊息

- 主要用於非正式場合中。

- 不對上位者使用。
- 口語中常將「–지요」發音為「–죠」。
  예문 내일 점심 식사 같이 하죠. 明天一起吃中餐吧。

5 強烈表達不滿

用於對事情非如願達成表示強烈不滿時。

- 이럴 거면 우리 시작도 하지 말지. 這樣的話，我們乾脆不要開始。
- 가 : 내 아이스크림도 남겨 놓지. 至少留下我的冰淇淋吧。

  나 : 미안해. 내가 다 먹어 버렸어. 抱歉，我都吃掉了。
- 가 : 나도 데려가지. 也帶我去吧。

  나 : 미안해. 깜빡하고 너를 못 챙겼어. 抱歉，一時忘記沒照顧到你。

文法訊息

- **先語末語尾訊息**：和「–시–」以外的先語末語尾結合不自然。

談話訊息

- 主要用於非正式場合中。
- 在正式場合中不對上位者使用。
- 口語中常將「–지요」發音為「–죠」。
  예문 나도 여행에 데려가죠. 왜 안 데려가셨어요.
      也帶我去旅行吧，怎麼不帶我去。

– 지그래 (요)

終結語尾

形態訊息

- 用言的語幹後加「–지그래（요）」。

1 建議

用於建議時。

- 이거 맛있는데 더 먹지그래요. 這個很好吃，多吃點。

468

- 고민이 있으면 얘기해 보지그래요. 有煩惱的話就說說。
- 너무 졸리면 조금 자고 하지그래. 很睏的話就睡一下。
- 가 : 나 요즘 너무 스트레스를 많이 받아. 我最近壓力很大。
  나 : 스트레스 받을 때에는 이 음악을 듣지그래. 有壓力時，可以聽聽這音樂。

文法訊息

- **主語限制**：主要和第二人稱主語一起用。
  例文 *내가 이것 좀 해 보지그래. 我應該試試這個。

- **前用言限制**：主要和動詞結合，不和形容詞、「이다」結合。
  例文 *너 좀 더 예쁘지그래. 你應該更漂亮點。

- **先語末語尾限制**：可以和「-시-」結合，不和「-었-」、「-겠-」結合。
  例文 고민이 있으면 얘기해 (보시지그래요/*봤지그래요/*보겠지그래요).
  如果有煩惱，可以說說。

談話訊息

- 主要用於口語中。
- 主要用於熟識的關係。

語調訊息

- 後方語調上揚。

擴張

- **委婉提供意見**：可以用於委婉提供意見／建言時。
  例文 너 너무 놀기만 하는데 책 좀 읽지그래.
  你太過顧著玩，書也稍微念一下。
  날씨가 많이 더운데 좀 시원하게 입고 가지그래.
  天氣很熱，可以稍微穿涼爽一點。

依存語結構：
連結表達

4 依存語結構：連結表達

❀ 結構 ❀

標題項目訊息

▶ **標題依下列原則標示。**
- 以所接用言有尾音的形態標示：'-은 끝에'
- 所有可能結合的冠形詞形語尾皆標示：'-은/는/을 만큼'

依存語結構（連結表達簡明扼要說明）

▶ **標示結合用言的異形態**
- 依存語（連結表達）依用言語幹是否有尾音、詞性、時制來標示各種形態訊息。有別於其他領域，這裡直接標示時制的異形態是較特別的地方。

▶ **提示是否能接「이다」**
- 依存語結構（連結表達）雖是擔任連結功能的文法項目，但若核心語和「이다」可一起使用，作為終結表達的則一併標示其相應的終結形態。

▶ **提示前子句和後子句相關的文法訊息**
- 依存語結構（連結表達）和連結語尾一樣，行使連結前子句和後子句的功能。本章和其他領域不同，提示前子句和後子句之間的相關文法訊息。詳細說明前後子句的主語和目的語之一致訊息、前後子句的時制和否定形訊息以及後子句的句子類型限制等。

▶ **提示與之結合的用言屬性訊息**
- 依存語結構（連結表達）因與之結合的用言（或事態）屬性不同而有不同限制，故本章於結合用言訊息提示更詳細的內容。

▶ **提示簡單的話者、聽者訊息**
- 依存語結構（連結表達）較終結語尾不受話者與聽者的限制，故僅於需要話者、聽者訊息的情況才會略微提及。

▶ **提示使用談話訊息**
- 依存語結構（連結表達）比聽者、話者訊息更有口語／書面語、正式體／非正式體等諸多限制，故會對之更有詳細介紹及談話訊息。

▶ **提示是否可與連結語尾替換**
- 依存語結構（連結表達）有著將句子前後子句連結的功能，經常可與相似意義、功能的連結語尾交替使用。因此在相關表達部分提示可與標題項目交換使用的類似意義、功能之連結語尾訊息。

-고 나서

形態訊息

· 用言的語幹後加「-고 나서」。

1 時間順序

表示前內容和後內容按時間順序循序發生。

· 나는 보통 샤워를 하고 나서 아침을 먹는다. 我通常沖澡後吃早餐。

· 아기를 낳고 나서 어머니를 존경하게 됐습니다. 生孩子後變得尊敬媽媽了。

· 우선 급한 일을 다 끝내고 나서 같이 커피나 마시자.
  做完緊急的事後一起喝咖啡吧。

· 가 : 졸업하고 나서 무엇을 할 생각인가요? 畢業後想做什麼？
  나 : 취직 준비를 하려고 합니다. 想找工作。

文法訊息

· 前用言限制：主要和動詞結合，不和形容詞、「이다」結合。
  예문 *우리 아기는 예쁘고 나서 똑똑하다. 我們孩子漂亮之後聰明。

· 先語末語尾限制：和前用言結合時，不和「-었-」、「-겠-」結合。
  예문 *나는 보통 샤워를 (했고/하겠고) 나서 아침을 먹는다.
  我通常沖澡後吃早餐。

談話訊息

· 主要用於口語或非正式的書面語中。

相關表達

· -고서

  (1) 「-고서」可以表示前行為狀態持續中發生後行為，而「-고 나서」則表示前
  行為狀態結束後，才發生後行為。

  예문 장군은 3천 명의 군사를 (거느리고서/*거느리고 나서) 전투 현장에 나왔
  다. 將軍帶領三千官兵到戰鬥現場。
  마이크를 (들고서/*들고 나서) 이야기를 했다. 拿著麥克風說話。

  (2) 「-고서」前方內容可以使用否定形，「-고 나서」則無法。

예문 손을 안 (씻고서/*씻고 나서) 식사를 하면 안 됩니다. 沒洗手不能用餐。

– 고 보니

形態訊息

· 用言的語幹後加「–고 보니」。

1 做完前動作後新悟知後事實

· 用於表示做完前動作後新領悟到後事實。

· 한국어 공부를 시작하고 보니 그렇게 재미있을 수가 없어요.
  開始學韓語後，發現太有趣了。
· 내가 엄마가 되고 보니 부모님의 은혜가 얼마나 큰지 알겠다.
  我當了媽媽後，了解到父母恩惠如何偉大。
· 선생님 말씀을 듣고 보니 제가 잘못한 것 같네요.
  聽了老師的話之後，似乎是我錯了。
· 가 : 지나고 보니 모든 순간이 다 소중했던 것 같습니다.
  時光過去，發現每一刻似乎都很珍貴。
  나 : 그래서 매순간 최선을 다해 살아야 해요. 所以每一刻都要盡力。

文法訊息

· 主語限制：主要和表示人的主語一起使用。前子句和後子句的主語要相同，後子句的主語通常省略。
  예문 *네가 엄마가 되고 보니 신혜가 부모님의 은혜를 깨달았다. → 주어 불일치 불가능
  你當了媽媽後，信惠了解到父母之恩的偉大。 → 主語不可不一致
  네가 엄마가 되고 보니 부모님의 은혜를 알겠지? → 후행절 주어 생략 가능
  你當了媽媽後，了解到父母恩惠的偉大了吧？ → 後子句的主語可以省略

· 前用言限制：主要和動詞結合，不和形容詞、「이다」結合。
  예문 *제가 예쁘고 보니 세상이 다르게 보여요. 我漂亮後，世界變得不一樣。

· 先語末語尾限制：和前用言結合時，不和「–았–」、「–겠–」結合。
  예문 *선생님 말씀을 (들었고/듣겠고) 보니 제가 잘못한 것 같네요.

聽了老師的話以後，好像是我做錯。

- 後子句限制：後子句主要用陳述句、疑問句，不用建議句、命令句。
  예문 *네가 밥을 먹고 보니 후식을 (먹자/먹어라). 你吃飯後吃點心吧。

談話訊息

- 在口語中可寫為「-고 보니까」、「-고 봤더니」，意思相同。
  예문 한국어 공부를 시작하고 보니까 그렇게 재미있을 수가 없어요.
  開始學韓語後，發現太有趣了。
  한국어 공부를 시작하고 봤더니 그렇게 재미있을 수가 없어요.
  開始學韓語後，發現太有趣了。

- 고 해서

形態訊息

· 用言的語幹後加「고 해서」。

1 各項理由之一

用於羅列各項理由，或表示各項理由之一。

- 그 가수는 노래도 잘하고 해서 인기가 아주 많아요.
  因為那位歌手也很會唱歌，所以很受歡迎。
- 요즘에는 서로 바쁘고 해서 연락을 통 못하고 지냈다.
  最近彼此忙碌，完全沒有連絡。
- 비도 오고 날도 춥고 해서 등산 계획을 취소했다.
  因為下雨，天氣又冷，所以取消了爬山計畫。
- 가 : 어제 왜 전화했어요? 昨天為什麼打電話來？
  나 : 외롭기도 하고 잠도 안 오고 해서 전화했어요.
  因為孤單又睡不著，所以打了電話。

文法訊息

- 前用言限制：主要和動詞、形容詞結合。
- 先語末語尾限制：和前用言結合時，不和「-었-」結合。

> **예문** *비도 왔고 해서 등산 계획을 취소했다.
> 因為也下雨過，所以取消爬山計畫。
> 비도 오겠고 해서 등산 계획을 취소했다.
> 因為也會下雨，所以取消爬山計畫。

- 後子句限制：後子句主要用陳述句、疑問句，不用建議句、命令句。
  > **예문** *비도 오고 날도 춥고 해서 등산 계획을 취소합시다.
  > 下雨天氣又冷，取消爬山計畫吧。

談話訊息

- 主要用於口語中。
- 主要用於非正式場合。
- 可以用於話者不想詳談理由，或想弱化之時。
  > **예문** 가 : 강희 씨, 왜 이렇게 전화를 안 받아요? 姜熙，怎麼不接電話呢？
  > 나 : 미안해요. 너무 바쁘고 해서 전화를 못 받았어요.
  > 抱歉，太忙了沒能接電話。
  > → 강희 씨는 사실 상대방이 불편해서 일부러 전화를 받지 않았지만, 그 이유를 명시적으로 말해
  > 주는 것이 부담스러워서 다른 핑계를 대고 있다.
  > →姜熙是因為與對方心有芥蒂而故意不接電話，但不想明白說出其理由，因此找其他
  > 藉口唐塞。

相關表達

- -고 하니까
  (1) 後子句主要接命令句或建議句。
  > **예문** 비도 오고 날도 춥고 하니까 등산 계획을 취소합시다.
  > 又下雨天氣又冷，取消爬山計畫吧。

– 기 때문에

形態訊息

- 用言的語幹後加「–기 때문에」。

- 名詞 ＋기 때문에：主要接陳述形名詞或人物名詞。

  예문 요즘 시험 때문에 바빠요. 最近因為考試很忙。

  남자 친구 때문에 한국어 시험을 잘 못 봤어요.
  因為男朋友的緣故而沒考好韓語考試。

- –기 때문이다：「때문」後也可加「이다」。

  Tip 「名詞＋때문에」和「名詞＋이기 때문에」很容易搞混，要多注意。

  예문 저는 (강아지 때문에/^{??}강아지이기 때문에) 행복해요.

  我因為小狗而感覺幸福。

  내일이 동생 생일(이기 때문에/*때문에) 선물을 샀어요.

  因為明天是妹妹生日，所以買了禮物。

1 理由或原因

表示某事的理由或原因。

- 한국의 여름은 덥기 때문에 반팔이 필요합니다.
  因為韓國的夏天熱，所以需要短袖。
- 저는 의사가 되고 싶기 때문에 의학 대학에 가려고 해요.
  因為我想當醫生，所以想進醫大。
- 날씨가 좋지 않았기 때문에 비행기 운항이 지연되었다.
  因為天氣不好，所以班機延遲。
- 작년에는 가뭄이 들었기 때문에 농사일이 특히 힘들었지요.
  因為去年乾旱，所以農耕特別辛苦。
- 가 : 연정 씨, 많이 피곤해 보여요. 妍靜，你看起來很累。
  나 : 시험 때문에 한동안 잠을 못 잤어요. 因為考試，有一陣子沒睡好。

中心語

- 때문 : 原因、因為。

- 先語末語尾限制：和前用言結合時，不和「–겠–」結合。

  예문 비가 (왔기/오기/*오겠기) 때문에 창문을 닫아 주시면 감사하겠습니다.
  因為下雨，請幫忙關窗戶，感謝。

談話訊息

- 在口語中也簡略為「–기 땜에」。

  예문 요새는 공기가 나쁘기 땜에 감기에 잘 걸려요.
  因為最近空氣不好，所以很容易感冒。
  어차피 늦었기 땜에 그냥 티켓을 취소하는 게 나을 것 같아요.
  反正都會遲到，不如直接取消票比較好。

相關表達

- -어서

  (1) 和「–기 때문에」意義差異不大，可以替換使用。

  예문 눈이 많이 (와서/왔기 때문에) 길이 미끄럽다. 因為下大雪，所以路滑。

  (2) 不過「–기 때문에」比「–어서」書面性更強。

  예문 가 : 서준아, 안 씻니? 敘俊，還沒洗澡嗎？
  　　나 : 오늘은 피곤해서 그냥 자려고요. 今天很累，想直接睡。

  예문 경기가 회복되고 있기 때문에 내년에는 경제 성장률이 올해보다 높을 것
  으로 예상된다. 因為景氣恢復，所以預期明年經濟成長率會比今年更高。

- -으니까

  (1) 和「–기 때문에」意義差異不大，經常可以替換使用。

  예문 지금은 시간이 없(으니까/기 때문에) 내일 설명해 드리겠습니다.
  現在沒有時間，明天給您說明。

  (2) 「–으니까」後子句的句子類型沒有限制。「–기 때문에」則不能用於命令
  句、建議句。

  예문 차가 막히(니까/*기 때문에) 지하철을 탑시다.
  路上塞車，搭地鐵吧。
  날씨가 (추우니까/*춥기 때문에) 따뜻하게 입어라.
  天氣冷，穿暖一點。

  (3) 「–기 때문에」比「–으니까」書面性更強。

  예문 오늘은 차가 막히니까 지하철 타고 갈래.
  因為今天塞車，所以我要搭地鐵。

경기가 회복되고 있기 때문에 내년에는 경제 성장률이 올해보다 높을 것으로 예상된다. 因為景氣恢復，所以預期明年經濟成長率會比今年更高。

- -는 탓에

(1) 「-는 탓에」用於強調產生否定結果的責任所在。

예문 요즘 많이 (바쁜 탓에/바쁘기 때문에) 아이하고 많이 놀아 주지 못했다.
因為最近太忙，所以沒辦法常常和孩子玩。
곧 어머니 생신(*인 탓에/이기 때문에) 선물을 사러 백화점에 가는 중이다. 因為媽媽的生日即將到來，所以正要去百貨公司買禮物。

- 기에 / (으) 니 망정이지

形態訊息

- -기에 망정이지：無關乎尾音有無，於用言的語幹後加「-기에/(으) 니 망정이지」。

- -으니 망정이지：

	形態
尾音 ○	-으니 망정이지
尾音 ×	-니 망정이지

Tip 兩形態意義相同，可以寫成「-기에 망정이지」，也可寫成「-(으) 니 망정이지」。

1 幸好

用於表示幸虧如此。

- 일찍 출발했기에 망정이지 차가 막혀서 늦을 뻔했네.
幸好提早出發，不然塞車差點遲到。

- 오늘 날씨 엄청 춥네! 옷을 따뜻하게 입었으니 망정이지.
今天天氣真冷！幸好衣服穿得暖。

- 안전벨트를 했기에 망정이지 안 그랬으면 크게 다쳤을 거예요.
幸好有用安全帶，不然可能會嚴重受傷。

- 가 : 시험 결과가 좋으니 망정이지 아니었으면 정말 우울했을 거야.
幸好考試結果好，不然真的會很憂鬱。

나 : 그러게 말이야. 그동안 시험 공부하느라 수고 많았어.
就是啊，這段時間因為準備考試非常辛苦。

中心語

- 망정 : 不錯或極佳之事。

文法訊息

- 助詞結合訊息：「망정」後接敘述格助詞「이다」。
- 先語末語尾訊息：和動詞結合時，主要和「-었-」結合。
  (예문) 옷을 따뜻하게 (입었으니 망정이지/?입으니 망정이지). 幸好衣服穿得暖。
- 時制限制：主要用於現在時制或過去時制，不用未來時制。
  (예문) *시험 결과가 좋으니 (망정이지/망정이었지/*망정일 거야).
  幸好考試結果好。
- 句子類型限制：主要用陳述句，不用疑問句、命令句、建議句。
  (예문) *시험 결과가 좋으니 (망정이지?/망정이어라./망정이자.)
  幸好考試結果好。

搭配訊息

- 表不錯或很棒之事的「망정」，表示話者認為某行為結果或狀態還好是那樣，
  因此後方常接「안 그랬으면、아니었으면、아니면」等假設相反狀況的話。

談話訊息

- 主要用於口語中。
- 主要用於非正式場合中。

-기 전 (에)

依存語結構：
連結表達

形態訊息

- 用言的語幹後加「-기 전 (에)」。
- 名詞 + 전 (에)：主要接陳述形名詞。
  (예문) 식사 전에 손을 씻어야지요. 用餐之前要洗手。

1 某事之前

用於表示某狀況之前的時間。

- 시험을 보기 전에 꼭 연습 문제를 풀어 보세요. 考試前一定要做練習題。
- 물에 들어가기 전에는 꼭 준비 운동을 해야 한다. 下水前一定要做暖身運動。
- 한국에 오기 전 미국에서 언어학을 공부했다. 來韓國前在美國學了語言學。
- 가 : 한국 사람들은 식사를 하기 전에 애피타이저를 먹나요?
  韓國人用餐前會吃甜點嗎？
  나 : 아니요. 식사를 마치고 후식을 먹는 편이에요. 不會，通常用餐後吃甜點。

中心語

- 전 : 以前、過去某時刻。

文法訊息

- 前用言限制：主要和動詞結合，不過也可以和「늦다」、「바쁘다」、「아프다」等部分形容詞結合。
  예문 더 늦기 전에 준비를 서두르세요. 在更晚之前請盡快準備。
  더 아프기 전에 병원에 가 봐. 在更不舒服之前去醫院看看。

- 先語末語尾限制：和前用言結合時，不和「-었-」、「-겠-」結合。
  예문 *한국에 (왔기/오겠기) 전에 무슨 일을 하셨어요?
  來韓國之前在做什麼工作？

其他用法

① 角色的優先順序

用於強調後所示角色比前角色更優先。

- 나는 아내이기 전에 여자예요. 比起作為妻子，我更是個女人。
- 강 선생님은 지도교수이시기 전에 나의 절친한 언니다.
  姜老師比起是指導教授，更是我極為親近的姐姐。
- 가 : 김 대통령께서는 이번 유괴 사건에 대해 어떻게 생각하십니까?
  金總統您對這次誘拐事件怎麼想？
- 나 : 저는 국가의 대통령이기 전에 한 아이의 엄마입니다. 몹시 유감스럽습니다.
  我身為國家總統，更是一位孩子的母親，我深感遺憾。

– 는 길에

形態訊息

- 用言語幹後加「–는 길에」。
- –던 길에：為了表示未完成的狀態，可以用「–던」。
- –는 길이다：「길」後方可加「이다」。

1 移動途中

表示移動的途中。

- 학교 오는 길에 커피 좀 사다 줘. 來學校的路上幫我買咖啡。
- 집에 가는 길에 슈퍼마켓에 잠깐 들러야 해. 回家的路上必須要去一下超市。
- 늦게 퇴근하던 길에 우연히 부장님을 만났어. 晚下班回家的路上偶然遇到部長。
- 가 : 어디쯤이에요? 오는 길에 책 한 권만 사다 주세요.

  到哪裡了？來的路上請幫我買本書。

  나 : 네, 그럼 잠깐 서점에 들를게요. 好，那我順道去一下書店。

文法訊息

- 主語訊息：主要和表示人的主語一起使用。前子句和後子句的主語要相同，後子句的主語通常省略。

  예문 나는 집에 가는 길에 (나는) 슈퍼마켓에 잠깐 들러야 해.

  我回家的路上必須順道去一下超市。

- 前用言限制：主要和「가다」、「오다」等移動動詞，或和「출근하다」、「퇴근하다」等有移動意義的動詞一起使用。

  예문 *밥을 먹는 길에 옆자리의 여자와 눈이 마주쳤다.

  吃飯途中和鄰座的女生對上眼。

- 先語末語尾限制：和前用言結合時，不和「–었–」、「–겠–」結合。

  예문 (오는/*왔는/*오겠는) 길에 책 한 권만 사다 줘. 來的路上買本書給我。

- 否定形訊息：前子句若用表示否定的表達，可能會顯不自然。

  예문 집에 (오는/*안 오는/*오지 않는) 길에 슈퍼마켓에서 간장 좀 사다 줘.

  回家的路上去超市買醬油給我。

- -는 도중에

    (1) 「-는 도중에」和「가다、오다」等移動動詞結合,表示「去或來的途中」之意時,和「-는 길에」差異不大,可以替換使用。

    예문 학교에 가(는 도중에/는 길에) 우연히 어릴 적 친구를 만났다.

    去學校的路上偶然遇到小時候的朋友。

    (2) 「-는 도중에」和「가다、오다」等移動動詞以外的動詞結合時,無法和「-는 길에」替換使用。

    예문 회의를 하고 있(는 도중에/*는 길에) 전화벨이 울렸다.

    會議途中電話響了。

- 는 날엔

依存語結構:連結表達

形態訊息

- 用言語幹後加「-는 날엔」。
- -는 날에는 : 「-는 날엔」的「엔」是「에는」的縮寫。

1 假設、警告

用於假設發生某情形,並警告後方的事情或告知危險。

- 또 약속을 어기는 날엔 헤어질 거예요. 再違約就分手。
- 한 번 더 지각하는 날엔 감점하겠습니다. 再遲到就扣分。
- 이대로 계속 야식을 먹는 날엔 옷이 다 작아질 거야.
  再這樣吃消夜,衣服都會變小的。
- 가 : 여보, 이제 정말 술 안 마실게. 약속해.
  親愛的,我真的不喝酒了,和你約定。
  나 : 또 술 마시고 집에 안 들어오는 날엔 정말 끝이에요.
  再喝酒不回家的那一天,你就真的完蛋了。

中心語

- 날 : 情形

- 前用言限制：主要和動詞結合，不和形容詞、「이다」結合。

  예문 *계속해서 더운 날엔 열대 기후가 되겠어. 再持續炎熱會變成熱帶氣候了。

- 先語末語尾限制：和前用言結合時，不和「-었-」、「-겠-」結合。

  예문 *한 번 더 (지각했는/지각하겠는) 날엔 감점하겠습니다.

  再遲到就要扣分。

- 後子句限制：後子句主要使用未來時制，不用過去時制。

  예문 *한 번 더 지각하는 날엔 감점했습니다. 再遲到的日子扣分了。

談話訊息

- 主要用於口語中。

相關表達

- -는다면

  (1) 表示假設的「-는다면」可以和「-는 날엔」替換，不過「-는 날엔」更具警告
  的意思。

  예문 계속해서 야식을 먹(는다면/는 날엔) 비만이 될지도 몰라.

  再繼續吃消夜，也許會變胖。

  도로가 막히지 않(는다면/*는 날엔) 다섯 시간 정도 걸립니다.

  如果路上不塞車，大概要五個小時。

- 는 동안 (에)

依存語結構：
連結表達

形態訊息

- 用言的語幹後加「-는 동안 (에)」。
- 名詞 +동안 (에)：名詞加上「동안」，主要用「방학、연휴、하루」等表
  示期間或時間的名詞。

1 時間的持續

用於表示某行為或狀態持續的時間。

- 한국에 사는 동안 여행을 많이 해 보세요. 在韓國生活期間，多去旅行。
- 강희는 대학원에 다니는 동안 우수한 논문을 많이 썼다.

  姜熙念研究所期間寫了很多優秀論文。
- 나는 한국어를 배우는 동안에 많은 한국 친구를 사귀었다.

  我學韓語的期間，交了很多韓國朋友。
- 가 : 지용아, 방학에 뭐 할 거야? 志龍，放假要做什麼？

  나 : 쉬는 동안 피아노를 좀 배워 보려고. 休息期間想學一下鋼琴。

文法訊息

- 前用言限制：主要和動詞結合，不過不和表示瞬間動作的動詞結合。不和形容詞、「이다」結合。

  예문 *내가 시험에 떨어지는 동안 그는 집에 있었다.

  我考試落榜的期間他在家。

  → 순간적 동작을 나타내는 동사와 결합 불가

  → 不能和表示瞬間動作的動詞結合

  *내가 힘든 동안에 부모님께서 큰 격려를 해 주셨다. → 형용사와 결합 불가

  在我困難的期間，父母給我很大的鼓勵。→ 不和形容詞結合

- 先語末語尾限制：和前用言結合時，不介入「-었-」、「-겠-」。

  예문 *한국에 (살았는/살겠는) 동안 여행을 많이 해 보세요. 住在韓國的期間多去旅行。

- 助詞結合訊息：根據意義不同，可以和「는、도、만、야」等結合。

  예문 저는 한국에 사는 동안에는 한국어만 쓸 거예요.

  我住在韓國的期間只要用韓語。

  저는 한국에 사는 동안에도 한국 친구를 못 사귀었어요.

  我住在韓國的期間也沒交到韓國朋友。

  저는 한국에 사는 동안에만 한국어를 공부했어요.

  我只有住在韓國的期間學韓語。

  제가 한국에 사는 동안에야 한국어를 쓸 기회가 있겠지요.

  我只有住在韓國的期間才有機會用韓文。

相關表達

- -은/는 사이 (에)

  (1) 「-는 동안」表示某行為或狀況持續的時間，而「-은/는 사이（에）」表示某行為或狀況發生途中的短暫時間。

  예문 아이가 자(는 사이에/는 동안에) 설거지를 했다. 在孩子睡覺時洗碗。

잠깐 방심하(는 사이에/^{??}는 동안에) 차 사고가 났다.

稍微分心就出了車禍。

눈 깜짝하(는 사이에/^{??}는 동안에) 아이가 없어졌어요!

轉眼間孩子就不見了！

– 는 바람에

形態訊息

- 用言的語幹後加「–는 바람에」。

1 否定的原因或理由

用於表示前狀況是後內容的否定原因或理由。

- 늦잠을 자는 바람에 학교에 늦었습니다. 因為睡過頭上學遲到了。
- 깜박 잠이 드는 바람에 화장을 못 지웠어요.
  因為不知不覺間睡著了，所以沒能卸妝。
- 배탈이 나는 바람에 하루 종일 굶었어요. 因為拉肚子，所以一整天餓肚子。
- 가 : 현정 씨, 오늘 기분이 안 좋아 보여요. 賢靜，你今天看起來心情不好。
  나 : 아침에 남편과 싸우는 바람에 하루 종일 우울해요.
  早上和老公吵了一架，因而一整天都悶悶不樂。

中心語

- 바람 : 氣勢、契機

文法訊息

- 前用言限制：主要和動詞結合，不和形容詞、「이다」結合。
  예문 [?]날씨가 너무 추운 바람에 여행을 취소했어요.
  因為天氣太冷，所以取消旅行。

- 先語末語尾限制：和前用言結合時，不介入「–었–」、「–겠–」。
  예문 *배탈이 (났는/나겠는) 바람에 하루 종일 굶었어요.
  因為拉肚子，所以一整天餓肚子。

- 後子句限制：後子句主要表示過去的時間，所以不用未來時制。另外，也不用

在命令句、建議句。

> 예문 *감기에 걸리는 바람에 집에서 쉴 거예요. 因為感冒，所以要在家休息。
>
> *감기에 걸리는 바람에 집에서 쉬십시오. 因為感冒，所以請在家休息。

談話訊息

- 主要用於口語中。
- 主要用於發生意料之外的負面結果，而要說明該原因時。

> 예문 오늘 버스를 놓치는 바람에 학교에 늦었다.
>
> 今天因為錯過公車以致上學遲到了。

相關表達

- -은/는 탓에

  (1) 「–은/는 탓에」用於強調否定結果的責任。

  > 예문 현정이가 넘어지는 바람에 앞에 있던 친구도 넘어졌다.
  >
  > 因為賢靜跌倒，所以前面的朋友也跌倒。
  >
  > → 부정적 원인인 현정이가 '넘어지다'를 강조
  >
  > → 強調否定原因—賢靜「跌倒」
  >
  > 현정이가 넘어진 탓에 앞에 있던 친구도 넘어졌다.
  >
  > 因為賢靜跌倒之故，導致在前面的朋友也跌倒。
  >
  > → '현정이'의 책임을 강조
  >
  > → 強調「賢靜」的責任

  (2) 「–은/는 탓에」可以用冠形詞形語尾「–은/는」；但「–는 바람에」只和「–는」一起用。

  > 예문 안전벨트를 (하지 않은 탓에/*하지 않은 바람에) 머리를 크게 다쳤다.
  >
  > 因為沒繫安全帶的緣故，以致頭部嚴重受傷。

- -는 통에

  (1) 「–는 통에」用於強調否定狀況或局面。

  > 예문 옆에서 떠드는 바람에 영화에 집중할 수 없었다. → 부정적 원인 강조
  >
  > 因為旁邊在吵而無法專心看電影。→ 強調否定原因
  >
  > 옆에서 떠드는 통에 영화에 집중할 수 없었다.
  >
  > 因為旁邊在吵以致無法專心看電影。
  >
  > → 부정적 원인이 되는 상황 및 판국을 묘사
  >
  > → 描述形成否定原因的狀況

  (2) 「–는 통에」可以「名詞＋통에」的形態使用；而「–는 바람에」則不能和名詞一起使用。

예문 전쟁 (통에/*바람에) 아들을 잃어버렸다. 在戰爭混亂中失去兒子。

- -느라고

  (1) 「–느라고」表示做前行為過程中造成後狀況，「–는 바람에」表示前方狀況的結果造成了後狀況，意思上有所差異。因此，「–느라고」表示前內容和後內容在相同時間內發生，而「–는 바람에」的前後內容時間有差異。

  예문 아침에 남편하고 (*싸우느라고/싸우는 바람에) 하루 종일 우울해요.
  早上和老公吵了一架，因而一整天都悶悶不樂。

  (2) 「–느라고」前後子句主語要相同，或是話題要相同，而「–는 바람에」則沒有這個限制。

  예문 사람들이 나를 밀치고 (*가느라고/가는 바람에) 내가 넘어졌다.
  因為大家推了我，所以我跌倒了。

– 는 중 (에)

形態訊息

- 用言語幹後加「–는 중 (에)」。
- –던 중 (에)：為表示未完成的狀態，可以使用「–던」。
  예문 학교에 가던 중 지갑을 잃어 버렸다. 去學校途中弄丟錢包。
- –는 중이다：「중」後加「이다」。
  名詞 ＋중 (에)：接表示時間、期間的名詞。
  예문 식사 중에 돌아다니면 안 된다. 用餐時不能走來走去。

2 時間的持續

用於表示某行為或狀態持續的時間。

- 회의하는 중에 남편에게 급한 전화가 걸려 왔다.
  會議途中老公打了緊急電話來。
- 급하게 뛰던 중 버스에 서류 가방을 두고 온 사실을 깨달았다.
  緊急跑來的途中，發現把公事包忘在公車上。
- 마침 선생님이 어제 주신 초콜릿을 먹는 중이었어요.
  正好在吃老師昨天給的巧克力。

- 가 : 지용아, 공부하는 중에 미안한데, 나랑 커피 한 잔 할래?

  志龍，抱歉打擾念書，可以跟我喝杯咖啡嗎？

  나 : 미안해. 공부 중에 나갈 수 없어. 抱歉，念書中不能出去。

文法訊息

- 前用言限制：主要和有時間幅度的動詞結合，不和「도착하다」、「죽다」、「（시험에）떨어지다」等表示瞬間的動詞結合。一般來說，不太和形容詞結合，不過有時候可以和「바쁘다」、「아프다」等能表示持續區間狀態的形容詞結合。

  예문 ?나는 산 정상에 도달하는 중에 성취감을 느꼈다.

  我在到達山頂的途中感到成就感。

  나는 아픈 중에도 수업을 빼먹지 않았다. → '아프다'와 결합한 경우

  我在疼痛中也沒有缺課。→ 和「아프다」結合的情形

- 先語末語尾限制：和前用言結合時，不介入「–었–」、「–겠–」。

  예문 *(회의했는/회의하겠는) 중에 급한 전화가 걸려 왔다.

  會議中來了緊急電話。

談話訊息

- 「–는 중（에）」強調某主體處在某動作進行的狀態中而帶來各種狀況的發話效果。如下例針對對方的要求，強調某人正處在某狀況下，以作為拒絕的理由。

  예문 가 : 강 선생님과 통화할 수 있을까요? 可以和姜老師通話嗎？

  나 : 지금 선생님이 학생과 상담하는 중이라서 전화를 받으실 수 없습니다.

  老師現在在和學生面談，無法接電話。

相關表達

- -고 있다

  (1) 在大部分的情況中，和「–는 중이다」意義差異不大，可以替換使用。不過，「–는 중이다」的時間幅度比「–고 있다」小，意義上會有些許差異。

  예문 김 선생은 요즘 어학당에서 한국어를 가르치고 있어요.

  金老師最近在語學堂教韓語。

  김 선생은 지금 어학당에서 한국어를 가르치는 중이에요.

  金老師現在正在語學堂教韓語。

  (2) 「–는 중에」表示現在進行中的動作和狀態，而「–고 있다」表示動作結果持續或長時間持續的狀態。

  예문 강희는 연희동에 (*사는 중이에요/살고 있어요). 姜熙住在延熙洞。

－는 통에

形態訊息

- 用言語幹後加「–는 통에」。
- 名詞 ＋통에：主要和「전쟁」、「난리」等部分名詞結合。

1 否定狀況的原因或根據

用於表示出現某否定結果的原因或根據。

- 집주인이 하도 난리를 치는 통에 이사를 못 했어요.
  因為房東在發飆而搬不了家。
- 옆에서 떠드는 통에 영화에 집중할 수가 없었어요.
  因為旁邊在吵鬧，所以無法專心看電影。
- 옆집 아이가 밤새도록 우는 통에 잠을 못 잤어요.
  因為隔壁家孩子哭了整晚而沒能睡好。
- 가 : 왜 지하철을 놓쳤어요? 為什麼錯過地鐵？
  나 : 사람들이 하도 왔다 갔다 하는 통에 정신이 없었어요.
  因為人們走來走去而心情亂糟糟。

中心語

- 통：環境、局面

文法訊息

- 前用言限制：主要和動詞結合，不和形容詞、「이다」結合。不過，像「시끌벅적하다」、「정신이 없다」等描述狀況、局面的形容詞為例外可以一起使用。另外，「죽다」、「（목적지에）닿다」、「（시험에）떨어지다」等表示一次性、瞬間抵達的動詞則不能一起使用。

  예문 *그 아이는 가난한 통에 대학 등록금을 못 냈다.
  那個孩子因為貧窮而繳不出大學註冊費。
  시끌벅적한 통에 딸아이를 잃어 버렸다. → 형용사가 쓰인 경우
  在荒亂中弄丟了小女孩。 → 用形容詞的狀況
  산꼭대기에 늦게 도착하(는 바람에/*는 통에) 해가 뜨는 것을 볼 수 없었

다. 因為太晚抵達山頂而看不到日出。

- 先語末語尾限制：和前用言結合時，不介入「－었－」、「－겠－」。

  예문 *차가 막혔는 통에 늦었습니다. 因為塞車而遲到。

- 否定形訊息：前用言不和「안」否定形結合。

  예문 *내가 돈을 많이 (*안/못) 버는 통에 우리 집은 가난하다.

  因為我沒有賺很多錢，所以我們家窮。

- 後子句限制：後子句主要用陳述句、疑問句，不用建議句、命令句。

  예문 *옆집 아이가 밤 새우는 통에 잠을 청해 봅시다.

  因為隔壁家孩子整晚不睡，所以努力入睡吧。

談話訊息

- 主要用於口語中。
- 用於話者要表示因某原因而形成的狀態未被整頓或精神糟亂以顯出其的意圖。

相關表達

- -는 바람에

  (1) 否定的原因：「－는 바람에」表示否定的原因；而「－는 통에」表示否定的局面或狀況。

  예문 친구가 떠드는 통에 잠을 못 잤다. → 잠을 못 잔 상황 묘사

  在朋友吵鬧中而睡不了覺。→ 描述睡不了覺的狀況

  친구가 떠드는 바람에 잠을 못 잤다. → 잠을 못 잔 원인 강조

  因為朋友吵鬧而睡不了覺。→ 強調睡不了覺的原因

  (2) 「－는 바람에」可以和各種屬性的動詞結合；而「－는 통에」是描述局面、狀況之故，不和有一次性或瞬間抵達的屬性動詞結合。

  예문 시험에서 떨어지(는 바람에/*는 통에) 대학교에 가지 못 했다.

  因為考試落榜而進不了大學。

- -은/는 탓에

  (1) 否定結果的責任：「－은/는 탓에」表示否定結果的責任所在。

  예문 사람들이 왔다 갔다 한 통에 지갑을 잃어버렸다. → 어수선한 상황 강조

  在人們來來去去混亂中而弄丟了錢包。→ 強調雜亂的狀況

  사람들이 왔다 갔다 한 탓에 지갑을 잃어버렸다. → '사람들'의 잘못 강조

  因人們來來去去的緣故而弄丟了錢包。→ 強調「人們」的錯誤

  (2) 「－는 통에」常和冠形詞形語尾「－는」一起使用，而「－은/는 탓에」則「－은/는」皆可使用。

밖에서 떠드는 통에 선생님 목소리가 잘 들리지 않았다.
因為外面吵雜之故而聽不太到老師的聲音。
밖에서 (떠든/떠드는) 탓에 선생님 목소리가 잘 들리지 않았다.
都怪外面吵雜，聽不太到老師的聲音。

– 는 한이 있더라도

依存語結構：
連結表達

形態訊息

· 用言的語幹後加「–는 한이 있더라도」。

1 應承受的狀況

用於表示為了後狀況而要承受的狀況。

· 꼴찌를 하는 한이 있더라도 도전해 보고 싶어요.
  即使會敬陪末座，我也想挑戰看看。
· 원망을 듣는 한이 있더라도 조언을 해 주고 싶구나.
  即使會招怨我也想提出建言啊。
· 실패하는 한이 있더라도 시도해 봐. 儘管會有失敗之憾也試看看。
· 가 : 엄마, 오늘도 학교까지 데려다 주시면 안 돼요?
  媽媽，今天也可以帶我到學校嗎？
  나 : 길을 잃어버리는 한이 있더라도 혼자 가보렴.
  即使會迷路你也要自己去。

中心語

· 한 : 極限

文法訊息

· 前用言限制：主要和動詞結合，不和形容詞、「이다」結合。
  예문 *건강에 나쁜 한이 있더라도 다이어트를 할 거예요.
  即使對健康有不好之憾，我也要減肥。
· 先語末語尾限制：和前用言結合時，不介入「–었–」、「–겠–」。
  예문 *꼴찌를 (했는/하겠는) 한이 있더라도 도전해 보겠습니다.

即使有倒數第一的可能，我也要挑戰看看。

- 後子句限制：後子句主要表示未來的事件，因此不用過去時制。

  例文 *실패하는 한이 있더라도 시도했습니다. 即使可能失敗，還是嘗試了。

相關表達

- -어도

  (1) 和「–는 한이 있더라도」意義差異不大，可以替換使用。不過「–어도」表示違背期待；「–는 한이 있더라도」表示即使要克服前面的狀況，也要實現後方內容的意志。

  例文 오늘은 밤을 새(도/는 한이 있더라도) 일을 모두 끝냅시다.
  即使今天要趕夜工，也要把工作都結束了。
  신혜는 많이 먹(어도/*는 한이 있더라도) 살이 찌지 않아요.
  信惠即使多吃也不會胖。

- -더라도

  (1) 和「–는 한이 있더라도」意義差異不大，可以替換使用。不過「–더라도」表示違背期待；「–는 한이 있더라도」表示即使要克服前面的狀況，也要實現後內容的意志。

  例文 죽음이 우리를 갈라놓(더라도/는 한이 있더라도) 너를 영원히 사랑할 거야. 即使死亡會分開我們，我還是永遠愛你。
  그가 무슨 말을 하(더라도/*는 한이 있더라도) 사람들은 믿지 않는다.
  不管他說什麼，人們都不相信。

- -을지라도

  (1) 「–을지라도」表示違背期待；「–는 한이 있더라도」表示即使要克服前面的狀況，也要實現後方內容的意志。

  例文 비록 굶어죽(을지라도/는 한이 있더라도) 남에게 손 벌리지는 않을 겁니다. 即使可能餓死，我也不會向別人伸手。
  정도의 차이는 있(을지라도/*는 한이 있더라도) 대체적으로는 비슷한 결과이다. 即使有程度差異，大抵上是相似的結果。

- 는다 뿐이지

形態訊息

	形態	
	動詞	形容詞
尾音 ○	-는다 뿐이지	-다 뿐이지
尾音 ×	-ㄴ다 뿐이지	

1 僅只如此

用於表示僅只如此而非更多。

- 그 사람과는 같은 학교에 **다닌다 뿐이지** 서로 대화해 본 적도 없어요.
  我和那個人只是念同一所學校而已，沒有講過話。
- 오늘은 바람이 **분다 뿐이지** 많이 춥지는 않아요.
  今天只是颳風而已，不會很冷。
- 그 사람은 일찍 **결혼했다 뿐이지** 아직 아기는 없어요.
  那個人只是早結婚而已，還沒有孩子。
- 신혜는 말투가 좀 **퉁명스럽다 뿐이지** 나쁜 사람은 아니다.
  信惠只是口氣不好而已，並不是壞人。
- 가 : 현정아, 많이 아파? 賢靜，很不舒服嗎？
  나 : 괜찮아. 조금 **기침한다 뿐이지** 크게 아프지는 않아.
  不會，只是有點咳嗽而已，不會很不舒服。

中心語

- 뿐 : 只有、僅是而已

文法訊息

- 主語限制：前後子句的主語應相同。
  예문 (그 사람은) 입만 **살았다 뿐이지** (그 사람은) 잘하는 일은 별로 없어요.
  （那個人）只剩下一張嘴巴而已，（那個人）擅長的事卻沒有。
  → 주어가 같음.
  → 主語相同。

494

(그 일은) 시간이 좀 부족하다 뿐이지 (그 일은) 어려운 일은 아니에요.

（那件事）只是時間稍微不夠而已，（那件事）不是困難的事。

→ 화제가 같음.

→ 話題相同。

- 先語末語尾限制：和前用言結合時，不介入「–겠–」。

  예문 *날씨가 흐리겠다 뿐이지 비는 안 올 거예요.

  天氣只是陰天而已，不會下雨的。

- 後子句限制：後子句主要用陳述句、疑問句，不用建議句、命令句。

  예문 *말투가 퉁명스럽다 뿐이지 좋은 사람이 됩시다.

  只是口氣不好，做好人吧。

談話訊息

- 主要用於口語中。

– 는다는 것이

依存語結構：
連結表達

形態訊息

	形態
尾音 ○	–는다는 것이
尾音 ×	–ㄴ다는 것이

Tip –는다는 게：「–는다는 것이」的「것이」可以縮寫為「게」。

1　與話者意圖相異

用於表示出現與話者意圖相異的結果。

- 한 시간만 잔다는 것이 아침까지 자 버렸어요.
  只睡一個小時，結果卻睡到早上。
- 에어컨을 켠다는 것이 실수로 히터를 틀었어요.
  開冷氣結果卻不小心開了暖氣。
- 돕는다는 것이 오히려 폐를 끼치고 말았습니다. 幫忙結果反而造成困擾。
- '멋있다'고 말한다는 것이 '맛있다'고 말하고 말았어요.
  要說「帥氣」結果說成「美味」。

- 가 : 여보세요. 지금 수업 중입니다. 喂？現在在上課。

  나 : 어머! 선생님 죄송해요. 엄마에게 전화한다는 것이 선생님께 전화를 했네요. 哎呀！老師抱歉，要打給媽媽結果打給老師了。

中心語

- 것：抽象的事情、現象、事物

文法訊息

- 主語限制：主要和表示人的主語一起使用。前子句和後子句的主語要相同，後子句的主語通常省略。

  [예문] (내가) 설거지를 한다는 것이 (내가/*네가/*소현이가) 접시를 깨버렸구나. （我）洗碗（我）打破碟子。

- 前用言限制：主要和動詞結合，不和形容詞、「이다」結合。

  [예문] *커피가 따뜻하다는 것이 너무 뜨겁게 되었다. 咖啡溫熱，卻變成太燙了。

- 否定形限制：因為前子句表示話者的意圖，所以不能用表示否定功能的「못」否定形。

  [예문] 김 선생, 미안해요. 늦은 시간에 전화를 (안/*못) 한다는 것이 너무 급해서 어쩔 수 없이 했어요. 金老師，抱歉，這麼晚沒打電話是因為太匆忙。

- 先語末語尾限制：和前用言結合時，不介入「-었-」。

  [예문] 에어컨을 (킨다는/켜겠다는/*켰다는) 것이 실수로 히터를 틀었다. 開冷氣不小心開到暖氣。

- 後子句限制：後子句主要表示過去的時間，因此不用於命令句、建議句。

  [예문] 잡초를 뽑는다는 것이 그만 보리를 (뽑았어요/*뽑아요/*뽑을 거예요). 拔雜草不小心拔到大麥。

  조언을 한다는 것이 그만 마음을 상하게 (했구나./했니?/*해라./*하자.) 給建言卻傷了感情啊。

談話訊息

- 主要用於口語中。

- 는다는 점에서

形態訊息

	形態	
	動詞	形容詞
尾音 ○	-는다는 점에서	-다는 점에서
尾音 ×	-ㄴ다는 점에서	

1 各屬性中的一個理由

用於表示各屬性中的一個理由或原因。

- 외국인 친구들을 사귈 수 있다는 점에서 유학 생활의 장점을 찾을 수 있다.
  從能交外國朋友這一點可以找到留學生活的長處。
- 학교를 3년이나 일찍 졸업했다는 점에서 그 사람의 실력을 짐작할 수 있다.
  從他提早三年畢業這點，可以猜測出他的實力。
- 이번 말하기 대회의 열기가 특히 뜨겁다는 점에서 학생들의 변화를 느낄 수 있다. 從這次會話比賽特別熱烈來看，能感受到學生的變化。
- 가 : 이번 토론에 대해 어떻게 생각하십니까? 您對這次討論想法如何？
  나 : 다양한 사람들의 의견을 듣는다는 점에서 의미가 있을 것 같습니다.
  可以聽到大家意見這一點是很有意義的。

中心語

- 점 : 各屬性中的一部分或要素、地點

文法訊息

- **先語末語尾限制：和前用言結合時，不介入「–겠–」。**
  [예문] 어려움을 스스로 (극복했다는/*극복하겠다는) 점에서 그의 정신력을 높이 평가하고 싶다.
  由他獨自克服困難這點，我想對他的精神給予高度的評價。

- **後子句限制：後子句主要用陳述句、疑問句，不用建議句、命令句。**
  [예문] *성적이 대학 입시에 있어 중요하다는 점에서 열심히 공부해라.
  成績在大學入學很重要，由這點看就努力念書吧。

談話訊息

- 主要用於正式場合。
- 使用「-는다는 점에서」有更加客觀的感覺。

- 다 못해서

依存語結構：
連結表達

形態訊息

· 用言的語幹後加「-다 못해서」。

縮寫 -다 못해

1 行為不能持續

用於表示某行動到了不能持續的狀態。

- 후배의 무례한 행동을 참다 못해 결국 화를 냈다.
  忍受不了學弟的無禮行為而生了氣。
- 그 노래는 너무 시끄러워서 듣다 못해 라디오를 꺼 버렸어요.
  因為那音樂太吵聽不下去，所以關了收音機。
- 그 선수는 무리한 훈련을 견디다 못해 쓰러지고 말았습니다.
  那位選手忍受不了劇烈的訓練而暈倒。
- 가 : 왜 김 대리 일까지 자네가 하고 있나? 為什麼連金代理的事都是你在做？
  나 : 김 대리 일 처리가 너무 느려요. 보다 못해서 제가 대신 맡았어요.
  金代理處理事情太慢，因為看不下去，所以我來做。

文法訊息

- 主語限制：前子句和後子句的主語要相同，後子句的主語通常省略。
  예문 *나는 후배의 무례한 행동을 참다 못해 그가 화를 냈다.
  我無法忍受後輩的無禮行為而對他生了氣。
- 前用言限制：主要和「참다」、「견디다」等動詞或「듣다」、「보다」等知覺動詞結合。
- 先語末語尾限制：和前用言結合時，不介入「-었-」、「-겠-」。
  예문 *오래 (살았다/살겠다) 보니 너한테 선물을 다 받네.

활 久了，竟收到你的禮物呢。

- 否定形限制：前子句不用表否定的「안」、「못」。
  예문 *나는 후배의 무례한 행동을 (안/못) 참다 못해 병에 걸릴 지경이다.
  我無法忍受學弟的無禮行為，快要生病了。

- 後子句限制：後子句主要用陳述句、疑問句，不用建議句、命令句。
  예문 *그 노래는 너무 시끄러워서 듣다 못해 라디오를 꺼 버립시다.
  那音樂太吵，我聽不下去，把收音機關掉吧。

談話訊息

- 主要用於口語或非正式場合中。

極限狀態

表示某狀態到達極限。

- 날씨가 덥다 못해 숨까지 턱턱 막힌다. 天氣太熱，連呼吸都不順暢。
- 아기의 살결이 희다 못해 투명해 보일 정도네요. 孩子的皮膚白到仿佛透明。
- 음악 소리가 어찌나 큰지, 시끄럽다 못해 귀가 먹먹하다.
  音樂聲音太大，吵到耳朵快聽不到。
- 가 : 규현이는 참 착하지? 圭賢真的很善良吧？
  나 : 착하다 못해 바보 같을 지경이야. 太善良了，到了笨蛋的地步。

文法訊息

- 前用言限制：主要和形容詞結合，不和動詞結合。不過，若有表示動詞狀態的副詞，則可和動詞結合。
  예문 *그는 밥을 먹다 못해 토할 지경까지 먹었다.
  그는 밥을 많이 먹다 못해 토할 지경까지 먹었다.
  他吃不了太多飯，吃到要吐了。

- 先語末語尾限制：和前用言結合時，不介入「-었-」、「-겠-」。
  예문 *날씨가 (더웠다/덥겠다) 못해 숨이 턱턱 막혀요. 天氣太熱到呼吸不順暢.

- 否定形限制：前子句不太用表否定的「안」、「못」。
  예문 *날씨가 (안/못) 덥다 못해 추울 지경이다. 天氣不太熱，到了冷的地步。

- 後子句限制：後子句主要用陳述句、疑問句，不用建議句、命令句。
  예문 *우리는 착하다 못해 바보 같읍시다. 我們善良，就像笨蛋一樣吧。

Tip 和「어찌나〜-ㄴ지」意思相同，可以替換使用。為提高強調效果，也可以和「어찌나〜-ㄴ지」同時使用。

- 날씨가 어찌나 더운지 숨까지 턱턱 막힌다. 天氣太熱，連氣都不順暢。
- 날씨가 어찌나 더운지, 덥다 못해 숨까지 턱턱 막힌다.
  天氣太熱，熱到連氣都不順暢。

談話訊息

- 主要用於口語或非正式場合中。

– 아 / 어 봤자

形態訊息

	形態
ㅏ, ㅗ	-아 봤자
ㅏ, ㅗ 以外	-어 봤자
하다	해 봤자

1 沒用處

表示某行動不管如何嘗試也無效。

- 지금 출발해 봤자 제 시간에 도착하기는 힘들다.
  即使現在出發，也很難準時抵達。
- 네가 아무리 애써 봤자 별 수 없을 걸. 你再怎麼煞費苦心也不會有神通效果的。
- 우리가 아무리 이야기해 봤자 그는 자기가 하고 싶은 대로 할 것이다.
  我們再怎麼講，他都會做自己想做的。
- 가 : 엄마, 저 장난감 사 주세요! 媽媽，買那個玩具給我！
  나 : 계속 그렇게 떼써 봤자 소용없어. 안 돼. 再怎麼耍賴都沒用，不行。

文法訊息

- 前用言限制：主要和動詞結合。
- 先語末語尾限制：和前用言結合時，不介入「-었-」、「-겠-」。
  예문 *우리가 아무리 (이야기했어/이야기하겠어) 봤자 소용없어.
    我們怎麼說都沒用。
- 後子句限制：後子句主要用陳述句、疑問句，不用建議句、命令句。

例文 *아이가 그렇게 떼써 봤자 장난감을 사 주지 말자.

孩子再怎麼吵都別買玩具。

搭配訊息

* 副詞語搭配訊息：以「아무리/그렇게 –어 봤자」的形態，更加強調意義。

例文 그렇게 치워 봤자 아이 때문에 또 금방 더러워질 텐데 그냥 놔 둬.

就算那樣子清掃，不久也會因孩子的關係馬上變髒，就別掃了。

談話訊息

* 主要用於口語中。
* 因為表現出話者對某行為或嘗試不能帶來期待結果的否定認知，因此行為主體要比話者的職位、年齡低或相似。

例文 학생: ?선생님, 그렇게 열심히 가르치셔 봤자 학생들은 열심히 공부하지 않아요. 學生：老師，再怎麼努力教，學生都不會努力用功的。

相關表達

* -어도

  (1) 表現話者對某行動、嘗試不能帶來期待結果的否定認知時，可和「–어 봤자」替換使用。

  例文 우리가 지수에게 아무리 이야기를 (해도/해 봤자) 지수는 우리의 말을 안 믿을 거예요. 我們再怎麼對智秀說，智秀也不會相信我們的話的。

  例文 (실패해도/*실패해 봤자) 포기하지 마. 即使失敗也別放棄。

  (2) 「–어도」可以用於書面語和口語中，而「–어 봤자」則常用於口語中。

* -어야

  (1) 和「–어 봤자」意義差異不大，可以替換使用。不過「–어 봤자」更有強調的感覺。

  例文 그런 애들은 아무리 (야단쳐야/야단쳐 봤자) 눈도 깜짝 않는 걸.

  那樣的孩子再怎麼罵，也都不會眨一下眼。

  이렇게 서로 (싸워야/싸워 봤자) 무슨 소용이 있을까.

  這樣互相吵架有什麼用。

  네가 아무리 (노력해야/노력해 봤자) 별 수 없을걸.

  我再怎麼努力都沒有用。

2 程度彰顯

表示假設或承認前內容，但該程度彰顯。

- 걔가 아무리 똑똑해 봤자 나한테는 안 될걸. 他再怎麼聰明都比不過我。
- 아저씨는 길어 봤자 6개월 정도밖에 못 사신다고 해요.
  聽說叔叔再怎麼長也活不過六個月。
- 며느리와 시어머니 사이가 좋아 봤자 엄마와 딸의 관계 같지는 않지요.
  媳婦和婆婆關係再怎麼好，也不如媽媽和女兒。
- 가 : 내일 회의에 몇 명이나 올 것 같아요? 明天的會議大概會有幾個人來？
  나 : 참석자가 많아 봤자 열 명 정도일 것 같은데요.
  參加者再多，大概就十名左右。

文法訊息

- 前用言限制：主要和形容詞的基本型結合。和動詞結合時，常和表示程度的副詞語一起使用。
  예문 평범한 대학원생이 아무리 예뻐 봤자 연예인만 하겠어?
  平凡的研究生再怎麼漂亮，會比得上藝人嗎？
  평범한 대학원생이 춤을 (ʼ춰/잘 춰) 봤자 연예인만 하겠어?
  平凡的研究生再怎麼會跳舞，會比得上藝人嗎？
- 先語末語尾限制：和前用言結合時，不介入「–었–」、「–겠–」。
  예문 *걔가 아무리 (똑똑했어/똑똑하겠어) 봤자 나한테는 안 될걸.
  他再怎麼聰明，都比不上我。
- 後子句限制：後子句主要用陳述句、疑問句，不用建議句、命令句。
  예문 *동생이 아무리 예뻐 봤자 언니한테는 못 미쳐라.
  妹妹再怎麼漂亮，也比不上姐姐。

搭配訊息

- 副詞語搭配訊息：以「아무리/그렇게 –어 봤자」的形態表更強調意思。
  예문 밖에서 사 먹는 음식이 아무리 맛있어 봤자 엄마가 해 주신 음식만 못하지요. 外面的食物再怎麼好吃，都比不上媽媽做的菜。

談話訊息

- 主要用於口語中。
  예문 조카가 아무리 예뻐 봤자 자기 자식만큼 예쁘진 않아요.
  姪子再怎麼可愛，也比不上自己的孩子漂亮。

相關表達

- -어도

  (1) 若表示承認某事實，但其程度不彰顯時，和「–어 봤자」意義差別不大，可以替換使用。不過「–어 봤자」更有強調的感覺。

예문 아저씨는 (길어도/길어 봤자) 6개월 정도밖에 못 사신다고 해요.
聽說叔叔再怎麼長也活不過六個月。

개가 아무리 (똑똑해도/똑똑해 봤자) 나한테는 안 될걸.
他再怎麼聰明都比不過我。

(2) 「–어도」可以用於書面語和口語中，而「–어 봤자」則常用於口語中。

- -어야

(1) 和「–어 봤자」意義差異不大，可以替換使用。不過「–어 봤자」更有強調的感覺。

예문 아저씨는 (길어야/길어 봤자) 6개월 정도밖에 못 사신다고 해요.
聽說叔叔再怎麼長也活不過六個月。

– 은 끝에

依存語結構：
連結表達

形態訊息

	形態
尾音 ○	-은 끝에
尾音 ×	-ㄴ 끝에

· –던 끝에：為表示從以前即反覆或持續出現的事情，可以用「–던」。

예문 망설이던 끝에 연락해 봤어요. 猶豫之後嘗試聯絡。

우리는 만남과 헤어짐을 반복하던 끝에 드디어 결혼하기로 했다.
我們反覆交往、分手之後，終於決定結婚。

· 名詞 ＋끝에：主要用「전쟁」、「고민」、「고생」等有費力、辛苦過程之意的名詞。

예문 고생 끝에 낙이 있다. 苦盡甘來。

1 前事的結果

表示前事的結果或達成某事、目的。

- 고생한 끝에 결국 졸업했어요. 辛苦過後終於畢業。
- 오랫동안 고민한 끝에 결국 답을 찾아냈어요. 長久思考後，終於找出答案。

4. 依存語結構：連結表達 503

- 오랫동안 다툰 끝에 그 부부는 결국 이혼하기로 결정했다.
  長久爭吵後，那對夫妻終於決定離婚。
- 수개월 동안 연구에 몰두한 끝에 드디어 신제품 개발에 성공했다.
  埋頭研究多個月後，終於成功開發新產品。
- 가：선생님, 드디어 책이 나왔어요. 老師，終於出書了。

  나：그래, 여러 번 수정한 끝에 이제야 완성됐구나.

  是啊，修改多次後，終於完成了。

中心語

- 끝：期間的結束

文法訊息

- 主語限制：主要和表示人的主語一起使用。

  예문 *날씨가 건조한 끝에 감기에 걸렸다. 天氣乾燥，得了感冒。
- 前用言限制：主要和有時間幅度的動詞一起使用，不和形容詞、「이다」或「(버스에) 타다」、「죽다」等表示一次性、瞬間動作的動詞一起使用。

  예문 *버스에 탄 끝에 손잡이를 잡고 섰다. 搭公車抓把手站著。
- 先語末語尾限制：和前用言結合時，不介入「–었–」、「–겠–」。

  예문 *열심히 (공부했는/공부하겠는) 끝에 마침내 시험에 합격했어요.

  努力用功後，終於考試合格。
- 否定形訊息：前子句若用表示否定的表達，常會顯不自然。

  예문 *열심히 공부하지 않은 끝에 시험에 떨어지고 말았다.

  沒有努力用功，終究考試落榜。
- 後子句限制：後子句主要表示過去的事件，因此不用建議句、命令句。

  예문 *열심히 공부한 끝에 정답을 (찾을 거예요/찾읍시다/찾으십시오).

  努力唸書找出答案。

談話訊息

- 表示經過費力、痛苦的過程而終於克服的狀況。

  예문 오랜 기간 동안 연구한 끝에 획기적인 발견을 할 수 있었다.

  歷經長時間的研究而可以得到劃時代的發現。

- 은 나머지

形態訊息

	形態
尾音 ○	-은 나머지
尾音 ×	-ㄴ 나머지

· 「-았／었던 나머지」：為強調話者經歷的過去狀況，可以將「-은」替換成「-았/었던」。

예문 너무나 힘들었던 나머지 주저앉고 말았다. 太過辛苦，導致停擺。

1 程度超過導致

用於表示前事情的程度超過，導致另一事件的意外展開。

· 너무 긴장한 나머지 실수를 해 버렸어요. 太過緊張導致失誤。
· 오늘 너무 아픈 나머지 학교에도 못 갔어요. 今天太不舒服而沒能去學校。
· 어제 너무 많이 먹은 나머지 배탈이 나 버렸어요. 昨天吃太多而拉肚子。
· 요즘 지나치게 바쁜 나머지 엄마 생일도 잊어버렸다.
  最近太忙而忘記媽媽生日。
· 가 : 남자 친구한테 헤어지자고 말했어? 跟男朋友說要分手了嗎？
  나 : 아니, 너무 화가 난 나머지 그냥 아무 말도 못 했어.
  不，太生氣了，什麼話也沒能說。

文法訊息

· 前用言限制：主要和形容詞結合，若是動詞和表示程度或狀態的副詞一起，則可以使用。另外，可以和有被動之意的部分動詞一起使用。
  예문 *밥을 먹은 나머지 체하고 말았다. → 동사와 결합한 경우
  吃飯吃到消化不良。→ 和動詞結合的情況
  밥을 빨리 먹은 나머지 체하고 말았다. → 부사를 동반한 동사와 결합한 경우
  吃飯吃太快導致消化不良。→ 和伴隨副詞的動詞結合的情況
  나는 큰 상처를 받은 나머지 우울증에 걸렸다.
  我嚴重受傷導致得到憂鬱症。
  → 피동의 의미를 갖는 동사와 결합한 경우

→ 和有被動意義的動詞結合的情況

- 先語末語尾限制：和前用言結合時，不介入「-었-」、「-겠-」。
  예문 *교실이 너무 (추웠는/춥겠는) 나머지 감기에 걸렸어요. 教室太冷，以致於感冒。

- 後子句限制：後子句主要為過去的事件，因此不用建議句、命令句。
  예문 *너무 바쁜 나머지 어머니 생신을 (잊읍시다/잊으십시오).
  太過忙碌，以致於請忘記媽媽的生日。

談話訊息

- 主要用於書面語中。
- 表示某狀況太超過，而發生超出預期的事件。
  예문 요즘 너무 바쁜 나머지 끼니를 챙기는 것도 잊고 산다.
  最近太過忙碌，以致於忘記按時吃飯。
  오래 만나던 애인과의 이별이 너무 슬픈 나머지 일이 손에 잡히지 않는다.
  和交往已久的戀人分開太難過，導致工作不順手。

相關表達

- -어서
  (1) 表示「原因、理由」的「-어서」可以和「-는 나머지」替換使用。不過，
  「-는 나머지」只用於導致意料之外的結果。
  예문 현정이는 너무 (집중해서/집중한 나머지) 친구가 부르는 것도 몰랐다.
  賢靜太專心，以致於不知道朋友呼喊。
  열심히 (공부해서/*공부한 나머지) 훌륭한 학자가 되었다.
  努力唸書成為優秀的學者。

-은 다음 (에)

依存語結構：
連結表達

形態訊息

	形態
尾音 ○	-은 다음(에)
尾音 ×	-ㄴ 다음(에)

1 行為的時間順序

表示做某行為後經一段時間再接續其他行為。

- 우선 밥을 먹은 다음에 영화 보자. 先吃飯再看電影吧。
- 손을 씻은 다음에 식사를 해야 한다. 應洗手過後才用餐。
- 친구 생일 선물을 산 다음에 집에 갈 거예요. 買完朋友的生日禮物後要回家。
- 수영을 할 때는 준비 운동을 한 다음에 물에 들어가야 된다.
  游泳時要先暖身才進到水裡。
- 가: 요즘 잠이 잘 안 와요. 最近睡不太著。
  나: 그럼, 샤워를 한 다음에 따뜻한 우유를 한 잔 드셔 보세요.
  那麼，請試試洗澡後喝杯熱牛奶。

中心語

- 다음：之後

文法訊息

- 前用言限制：主要和動詞結合，不和形容詞、「이다」結合。
  예문 *많이 바쁜 다음에 휴가를 갔다. 忙碌之後休假。
- 先語末語尾限制：和前用言結合時，不介入「-었-」、「-겠-」。
  예문 *손을 (씻었는/씻겠는) 다음에 식사를 하세요. 洗過手之後用餐。
- 助詞結合訊息：和補助詞「야」結合，可以表示強調必要條件。
  예문 *다 잃은 다음에야 작은 것의 소중함을 깨달았다.
  失去一切之後，才感受到微小的珍貴。

談話訊息

- 在口語中可發音為「-은 담에」。
  예문 여보, 설거지 한 담에 주변 정리도 해 주세요.
  親愛的，洗碗後也請整理一下附近。

相關表達

- -고
  (1) 和「-은 다음에」意義差異不大，可以替換使用。不過「-고」前行為的結果
  可以持續，「-은 다음에」無關乎事情是否持續，更強調順序。
  예문 옷을 갈아입(고/은 다음에) 식사 준비를 했다. 換衣服後準備做飯。
  일단 일을 먼저 (끝내고/끝낸 다음에) 밥 먹으러 갑시다.

我們且先把事情做好後再去吃飯吧。

앞치마를 입고 요리를 했다. → 앞치마를 입은 상태가 지속

穿著圍裙料理。→ 持續穿著圍裙的狀態

앞치마를 입은 다음에 요리를 했다.

穿圍裙後料理。

→ 두 행위의 순서를 강조(요리를 하고 앞치마를 입은 것이 아님.)

→ 強調兩個行為的順序（並非先料理再穿圍裙）

- **-고서**

  (1) 和「-은 다음에」意義差異不大，可以替換使用。不過「-은 다음에」更強調事情的順序。「-고서」可以表示前事情是後事情的條件、方法、手段，「-은 다음에」則強調順序。

  예문 서준아, 숙제 먼저 (끝내고서/끝낸 다음에) 놀도록 해.

  敘俊，先做完作業再玩。

  현정이의 이야기를 다 (듣고서/들은 다음에) 내가 하고 싶은 이야기를 했어요. 賢靜的話聽完後，我說了我想說的話。

  예문 우선 그 남자를 만나고서 사귈지 말지 결정해.

  先和那個男生見面，再決定要不要交往。

  → 앞의 일이 후행하는 일의 방법 또는 조건이 될 수 있음.

  → 前事是後事的方法或條件

  우선 그 남자를 만난 다음에 사귈지 말지 결정해. → 순서 자체를 강조

  先和那個男生見面，再決定要不要交往。→ 強調順序

  (2) 「-고서」可以表示對立關係。

  예문 신희는 그 소문을 (알고서/*안 다음에) 모른다고 했다.

  申熙知道那個傳聞卻說不知道。

- **-고 나서**

  (1) 和「-은 다음에」意義差異不大，可以替換使用。不過「-고 나서」強調前行為結束；「-은 다음에」強調兩個行為的順序。

  예문 서준아, 숙제 먼저 (끝내고 나서/끝낸 다음에) 놀도록 해.

  敘俊，先做完作業再玩。

  현정이의 이야기를 듣고 나서 내가 하고 싶은 이야기를 했어요.

  聽完賢靜的話後，我說了我想說的話。

  → 현정이가 이야기를 다 하고 그 행위가 끝남을 강조

  → 強調賢靜都說完話、其行為結束

  현정이의 이야기를 들은 다음에 내가 하고 싶은 이야기를 했어요.

聽完賢靜的話後，我說了我想說的話。

→ 현정이 선행하고 내가 후행하는 순서 자체를 강조

→ 強調賢靜先、我後的順序

• -은 뒤에

(1) 和「–은 다음에」意義差異不大，可以替換使用。不過「–은 뒤에」強調後事件；「–은 다음에」則強調兩個事件的順序。

예문 나는 채린이의 전화를 끊은 뒤에 연정이에게 전화를 걸었다.

我掛了彩林的電話後，打電話給妍靜。

→ 후행하는 사건이 발생한 시점을 강조

→ 強調後事件發生的時間點

나는 채린이의 전화를 끊은 다음에 연정이에게 전화를 걸었다.

我掛了彩林的電話後，打電話給妍靜。

→ 선행하는 사건과 후행하는 사건의 순서 자체를 강조

→ 強調前事件和後事件的順序本身

• -은 후에

(1) 和「–은 다음에」意義差異不大，可以替換使用。不過「–은 후에」強調後事件；「–은 다음에」強調兩個事件的順序。

예문 현정이는 남자 친구와 헤어진 후에 머리를 짧게 잘랐다.

賢靜和男朋友分手後把頭髮剪短。

→ 후행하는 행위의 시점이 더 나중임을 강조

→ 強調後方行為的時間點更晚

현정이는 남자 친구와 헤어진 다음에 머리를 짧게 잘랐다.

賢靜和男朋友分手後把頭髮剪短。

→ 두 사건의 순서를 강조(머리를 자르고 헤어진 것이 아님.)

→ 強調兩個行為的順序（並非先剪頭髮再分手）

(2) 「–은 후에」比「–은 다음에」更具書面性。

예문 새로운 부동산 정책이 발표된 후에 논란이 계속되고 있다.

發表新不動產政策後，爭議持續著。

-은 채 (로)

形態訊息

	形態
尾音 ○	-은 채(로)
尾音 ×	-ㄴ 채(로)

1 行為或狀態持續

用於表示某行為或狀態持續。

- 옷을 입은 채로 수영장에 들어가면 안 됩니다. 不能穿著衣服進入游泳池。
- 눈을 뜬 채 잠을 자는 사람도 있군요. 原來有人張著眼睛睡覺啊。
- 칫솔을 입에 문 채로 돌아다니지 마세요. 牙刷別含在嘴裡到處走動。
- 가: 오늘 무슨 일 있어? 피부가 안 좋아 보여. 今天有什麼事？皮膚看起來不好。
  나: 어제 화장을 지우지 못한 채로 잠들었더니 피부가 상한 것 같아.
  昨天沒能卸妝就睡著，結果好像傷了皮膚。

文法訊息

- **主語限制**：前子句和後子句的主語要相同，後子句的主語通常省略。
  예문 신혜가 입에 음식물을 넣은 채로 (신혜가/*채 린이가) 말했다.
  信惠嘴巴放著食物說話。
- **前用言限制**：主要和動詞結合，不和形容詞、「이다」結合。另外主要和「（눈을）감다/뜨다」、「젖다」等表示行為結束的動詞一起使用，「（소리가）들리다」、「뛰다」、「흐르다」、「머무르다」等沒有結束點，或強調持續性的動詞則不使用。
  예문 *이렇게 예쁜 채로 돌아다니면 위험해. → 형용사가 쓰일 수 없음.
  這麼漂亮持續在外面很危險。→ 不能用形容詞。
  예문 *문을 두드린 채로 오래 기다리지 마세요. → 끝점이 없는 동사와 쓰일 수 없음.
  敲著門別等太久。→ 不能和沒有結束點的動詞一起用。
  예문 *같은 지역에 오래 머무른 채로 지내는 건 지루합니다.
  在同個地區停留太久很無聊。
  → 지속성이 강조되는 동사와 쓰일 수 없음.

→ 不能和強調持續性的動詞一起用。

- 先語末語尾限制：和前用言結合時，不介入「-았-」、「-겠-」。

  예문 *그 사람은 눈을 (떴는/뜨겠는) 채로 잠을 잔다. 他張著眼睡覺。

- 後子句限制：後子句主要用陳述句、疑問句，不用建議句、命令句。

  예문 *화장을 지운 채로 주무세요. 請卸妝後睡覺。

相關表達

- -고

  (1) 「-고」可以表示前行為持續，也可以單純表示兩個行為的先後關係；而「-은 채로」則無法表示行為的先後關係。也就是說，一定要以前行為的結果持續到後內容。

  예문 어제는 너무 피곤해서 화장을 (한 채로/하고) 잠이 들었어요.

  昨天太累，沒卸妝就睡著了。

  세수를 하고 (로션을 바르고) 잠이 들었어요.

  洗臉、擦乳液後睡著了。

  → 단순한 선후관계. 두 사건 사이에 다른 사건이 개입할 수 있음.

  → 單純先後關係，兩個事件間可以介入其他事件

  세수를 한 채로 잠이 들었어요. → 세수를 하고 난 그 직후의 결과 상태가 잠이 드는 행위까지 지속됨. (로션을 바르거나 기타 첨가되는 내용이 없음.)

  洗臉後就睡著了。→ 洗臉後的狀態持續到睡著（沒有擦乳液或添加其他內容）

- -(으)며

  (1) 「-(으)며」表前行為的結果不存在也無妨；而「-은 채로」表示做某行為後該結果持續。因此「-(으)며」可以和各種屬性的動詞結合；「-은 채로」不和沒有結束點的動詞、強調持續性的動詞、表示反覆動作的動詞結合。

  예문 한 곳에 오래 (머무르며/*머무른 채로) 지내는 건 지루해요.

  在一個地方長久停留很無聊。

  → 끝점 없이 지속성이 강조되는 동사

  → 沒有結束點、強調持續性的動詞

  입김으로 뜨거운 국물을 (불며/*부는 채로) 식을 때까지 기다리세요.

  用口吹燙的湯，等到涼。

  → 반복적인 동작을 나타내는 동사

  → 表示反覆動作的動詞

-은 후 (에)

形態訊息

	形態
尾音 ○	-은 후(에)
尾音 ×	-ㄴ 후(에)

- 名詞 ＋후（에）：主要接敘述性名詞。

  예문 수업 후에 친구를 만났어요. 下課後見了朋友。

1 某事發生之後

用於表示某狀況結束。此時後內容時間上要比前內容還要晚。

- 한국에서는 어른이 먼저 수저를 드신 후에 식사를 시작해야 해요.
  在韓國要等大人先動筷子後才能開始用餐。
- 너는 내가 이미 청소를 다 한 후에 도착했구나. 你在我都打掃完後才到啊。
- 말하기 시험을 본 후 쓰기 시험을 봤다. 口試後考寫作。
- 홍일이는 항상 밥을 먹은 후에 산책을 간다. 弘一經常飯後去散步。
- 가 : 강훈아, 밥은 먹었어? 姜勳，吃飯了嗎？
  나 : 아니, 수업 후에 자장면 시켜 먹으려고. 같이 먹을래?
  不，下課後我想叫炸醬麵吃，要一起吃嗎？

中心語

- 후：後、稍後

文法訊息

- 前用言限制：主要和動詞結合，不和形容詞、「이다」結合。
  예문 *많이 바쁜 후에 휴가를 갔다. 極度忙碌後去休假。
- 先語末語尾限制：和前用言結合時，不介入「–었–」、「–겠–」。
  예문 *나는 밥을 (먹었는/먹겠는) 후에 산책을 간다. 我吃飯後去散步。
- 助詞結合訊息：和補助詞「야」結合，可以表示強調必要條件。
  예문 다 잃은 후에야 작은 것의 소중함을 깨달을 수 있다.

512

失去一切之後，才感受到微小的珍貴。

相關表達

- **-고**

  (1) 可以和「–은 후에」替換使用。不過「–은 후에」更強調在前事情結束後的意義。

  > 예문 앞치마를 입고 식사 준비를 했다. → 앞치마를 입은 상태가 지속됨을 나타내기도 함.
  >
  > 穿著圍裙準備餐點。→表示穿著圍裙的狀態
  >
  > 앞치마를 입은 후에 식사 준비를 했다.
  >
  > → 앞치마를 착복하는 행위가 끝나고, 그 이후에 식사 준비를 하는 행위가 이루어짐을 나타냄.
  >
  > 穿圍裙後準備餐點。→表示穿圍裙的行為結束後，開始做準備餐點的行為

- **-고서**

  (1) 可以和「–은 후에」替換使用。不過「–고서」可以表示前行為持續到後內容，或為條件、方法；而「–은 후에」強調前行為結束後才有後行為。

  > 예문 아버지의 손을 잡고서 공원을 산책했다. → 앞의 행위 지속(산책하는 동안 손을 계속 잡고 있음.)
  >
  > 牽著爸爸的手在公園散步。→ 前行為持續（散步時持續牽著手）
  >
  > 아버지의 손을 잡은 후에 공원을 산책했다.
  >
  > → 손을 잡는 행위가 있고 그 다음에 공원을 산책했음을 나타냄.(산책하는 동안 손을 잡고 있지 않을 수도 있음.)
  >
  > 牽爸爸的手後在公園散步。→ 表示有牽手的行為，接著散步（散步時有可能沒有牽著手）

  (2) 「–고서」也表示對立關係。

  > 예문 강희는 어머니의 마음을 다 (알고서/*안 후에) 모르는 척 했다.
  >
  > 姜熙知道媽媽的心意卻佯裝不知。

- **-고 나서**

  (1) 和「–은 후에」意義差異不大，可以替換使用。有強調前事情結束後做後事的意義。

  > 예문 남자 친구와 영화를 (보고 나서/본 후에) 밥을 먹으러 갔다. 和男朋友看電影後去吃飯。

- **-은 뒤에**

  (1) 和「–은 후에」意義差異不大，可以替換使用。

  > 예문 제일 친한 친구가 이사를 (간 뒤에/간 후에) 줄곧 친한 친구가 없었다.

最要好的朋友搬家後就一直沒有要好的朋友。

- -은 다음에

  (1) 和「-은 후에」意義差異不大，可以替換使用。但「-은 다음에」更強調順序。

  예문 언니가 결혼을 한 후에 우리 집은 썰렁해졌다.
  姐姐結婚後我們家變得很空蕩。
  언니가 결혼을 한 다음에 남동생이 결혼을 했다. → 차례를 강조
  姐姐結婚後弟弟結婚。→ 強調順序

  (2)「-은 후에」比「-은 다음에」更具書面性。

  예문 새로운 부동산 정책이 발표된 후 논란이 계속되고 있다.
  發表新不動產政策後，持續一陣混亂。

- 은 / 는 가운데

形態訊息

	動詞		形容詞
	過去	現在	
尾音 ○	-은 가운데	-는 가운데	-은 가운데
尾音 ×	-ㄴ 가운데		-ㄴ 가운데

1 提示狀況或背景

用於提示某行為或事件的狀況或背景。

- 오늘은 전국이 맑은 가운데 일교차가 클 전망이다.
  今天全國預估天氣晴朗，日夜溫差大。
- 많은 사람들이 지켜보는 가운데 패션쇼가 시작되었다.
  在眾人矚目之下，時尚秀開始了。
- 주민들이 모두 참석한 가운데 찬반 투표를 실시하였습니다.
  全體居民都參加的情況下，開始實施投票。
- 저희 부모님께서는 어려운 가운데에도 저를 키워 주셨어요.
  我父母即使在艱困中也養育了我。

- 가 : 바쁘신 가운데 참석해 주셔서 감사합니다. 感謝百忙之中撥冗蒞臨。
  나 : 별말씀을요. 別客氣。

文法訊息

- 前用言限制：主要和動詞結合，不和形容詞、「이다」結合。不過有時候可以和「바쁘다」等部分形容詞結合。

  예문 *현정이는 예쁜 가운데 남학생들에게 인기가 많았다.
  賢靜漂亮，很受男學生們歡迎。
  바쁘신 가운데 이렇게 참석해 주셔서 감사합니다.
  感謝百忙之中撥冗蒞臨。

- 先語末語尾限制：和前用言結合時，不介入「-었-」、「-겠-」。

  예문 *학생들이 모두 (모였는/모이겠는) 가운데 학생 회의가 시작되었다.
  學生都聚集中，學生會議開始了。

- 後子句限制：後子句主要用陳述句、疑問句，不用建議句、命令句。

  예문 *불이 난 가운데 빨리 대피하십시오.
  失火之中，快躲避。

談話訊息

- 主要用於書面語中。
- 主要用於正式場合。

-은 / 는 김에

依存語結構：
連結表達

形態訊息

	形態	
	過去	現在
尾音 ○	-은 김에	-는 김에
尾音 ×	-ㄴ 김에	

· -던 김에：為強調還未完成的狀態，可以用「-던」。

예문 하던 김에 끝까지 해. 既然做了就做到最後。

用於表示做前面事情的同時，以該事為機會或契機做未預期的其他事情。

- 샤워하는 김에 욕실 청소도 같이 했어요. 趁著洗澡順便刷洗浴室。
- 서울에 가는 김에 남산 타워를 구경하고 올까 해요.
  我想趁著去首爾順便去參觀南山塔。
- 언니, 이왕 여기까지 온 김에 식사나 하고 가요.
  姐姐，既然來到這裡，吃個飯再走吧。
- 가 : 신혜야, 나 이번 학기는 휴학하려고. 信惠，我這學期要休學。
  나 : 그래? 그럼 휴학한 김에 여행이라도 다녀오지 그래?
  是喔？那麼趁著休學，何不順便去旅行？

中心語

- 김 : 機會、契機

文法訊息

- 主語限制：主要和表示人的主語一起使用。前子句和後子句的主語要相同，後子句的主語通常省略。
  예문 *비가 오는 김에 좀 더 머물다 가세요. 下雨了，多留一下再走。
- 前用言限制：主要和動詞結合，不和形容詞、「이다」結合。
  예문 *소현이는 예쁜 김에 키도 크다. 素賢趁著漂亮，個子又高。
- 先語末語尾限制：和前用言結合時，不介入「-었-」、「-겠-」。
  예문 (청소하시는/*청소했는/*청소하겠는) 김에 여기도 해 주세요.
  既然打掃了，這裡也順便一下。

Tip 前事未完成時用「-는 김에」，完成時用「-은 김에」。

  - 지용 씨, 백화점에 가는 김에 우산 좀 사다 주세요.
    志龍，趁著去百貨公司，請順便幫我買一下雨傘。
    → 지용 씨는 아직 백화점에 가지 않음.
    → 志龍還沒去百貨公司
  - 지용 씨, 백화점에 간 김에 김치 좀 사다 주세요. → 지용 씨는 이미 백화점에 감.
    志龍，趁你去百貨公司，請順便幫我買一下雨傘。→ 志龍已經去了百貨公司

搭配訊息

- 可以和「이왕」等副詞一起使用。

예문 이왕 한국에 다녀오는 김에 서울 말고 다른 도시도 가 보고 싶어.

　　 既然到了韓國，除了首爾，也想順便去其他都市看看。

談話訊息

- 主要用於口語中。

- 依狀況不同，可有各種不同的效果。舉例而言，用於拜託的場合時，有告知拜託之事負擔小的效果。

　　예문 이왕 도서관에 가는 김에 이 책 좀 반납해 줄래요?

　　 既然要去圖書館，可以順便幫我還這本書嗎？

- 此外，用在說服對方的狀況下，說明要求對方做某事的理由時，有說明做該事能帶來利益的效果。

　　예문 여기까지 온 김에, 힘들어도 정상까지 올라가 보자.

　　 既然到了這裡，雖累也爬到最上面看看吧。

　　 복습을 하는 김에 숙제까지 하면 시간을 절약할 수 있다.

　　 複習時順便做作業，可以節省時間。

相關表達

- –는 길에

(1) 表示「去或來的途中、過程」。

　　예문 퇴근하고 집에 가는 길에 슈퍼마켓에 잠깐 들렀다.

　　 下班回家的路上去一下超市。

(2) 常和表示移動之意的動詞一起使用。

　　예문 빨래 하(*는 길에/는 김에) 세탁기 청소까지 하세요.

　　 洗衣服時請順便清理洗衣機。

　　 밖에 나가(는 길에/는 김에) 지우개 좀 사다 주세요.

　　 出去的路上幫我買橡皮擦。

(3) 「–은／는 김에」可以表示完成的事和未完成的事；而「–는 길에」只能表示進行中的事，因而只加「–는」。

　　예문 강희 씨, 한국에 가는 김에 김치 좀 사다 주세요.

　　 姜熙，你要去韓國順便幫我買泡菜。

　　 → 강희 씨는 아직 한국에 가지 않음.

　　 → 姜熙還沒去韓國。

　　 강희 씨, 한국에 간 김에 김치 좀 사다 주세요. → 강희 씨는 이미 한국에 감.

　　 姜熙，你到了韓國就順便幫我買泡菜吧。→ 姜熙已經到韓國。

　　 *강희 씨, 한국에 간 길에 김치 좀 사다 주세요.

　　 姜熙，去韓國的路上順便幫我買泡菜。

-은/는 대로

形態訊息

	動詞		形容詞
	過去	現在	
尾音 ○	-은 대로	-는 대로	-은 대로
尾音 ×	-ㄴ 대로		-ㄴ 대로

- -던 대로：在用法一中，為表示自以往規律反覆做的事情，可以加上「-던」。

  예문 늘 하던 대로 해. 如以往般做。/照老方法做。

- -았/었던 대로：在用法一中，為強調過去的狀況，可以將「-은」替換成「-았/었던」。

  예문 지금까지 해 왔던 대로 열심히 하면 될 거야.

  如同至今所做，認真做就可以了。

  Tip 用法二和用法三只以「-는 대로」形態使用。

1 維持原狀態或原方法

表示依照前狀態、模樣、方法做後行為。

- 자, 지금부터 제가 하는 대로 따라해 보세요. 好，現在開始請跟著我做。
- 현정이에 대해서 알고 있는 대로 다 말해 봐.
  有關賢靜，照你所知的都說說。
- 의사 선생님께 들은 대로 솔직히 말해 주세요. 請老實說從醫生那邊聽到的。
- 그냥 배운 대로 하자는 생각으로 시험을 봤습니다.
  我只是按照就所學去寫的信念去應考。
- 글을 쓸 때는 자신이 느낀 대로 솔직히 쓰는 것이 좋다.
  寫文章時，以自己的感覺如實寫較好。
- 가：인생에서 돈이 정말 중요한 것 같아. 人生中錢好像真的很重要。

  나：글쎄, 돈은 많으면 많은 대로 적으면 적은 대로 그냥 살아지는 게 아닐
      까? 嗯，有錢照有錢的方式，沒錢照沒錢的方式去生活，不是嗎？

中心語

- 대로：如同某狀態

文法訊息

- 先語末語尾限制：和前用言結合時，不介入「–었–」、「–겠–」。
  예문 *평소에 (갔는/가겠는) 대로 점심쯤 갈 것 같아.
      如同平時，大概中午左右會去。

- 否定形訊息：前子句若用否定表達，可能會不自然。
  예문 *선생님이 (안/못) 하는 대로 따라하세요.
      請跟著老師不做的做。

- 助詞結合訊息：根據意思也可以和補助詞「도」、「만」結合。
  예문 선생님께서 가르쳐 주신 대로만 했습니다. 我只照著老師教的做。
      선생님께서 알려 주신 대로도 못 하는데 더 어려운 걸 어떻게 하겠어요?
      老師告知的都做不了，更難的要怎麼做？

2 前方事情之後立刻

表示前動作發生後即時。

- 공항에 도착하는 대로 연락 주세요. 到機場請即刻聯絡。
- 오늘은 수업이 끝나는 대로 집에 가야 한다. 今天一下課就要回家。
- 지금은 기억이 안 나요. 생각나는 대로 알려 드릴게요.
  現在想不起來，想到就告訴你。
- 미국에서 일자리를 찾는 대로 이민을 갈 생각이다.
  我計劃在美國一找到工作就移民。
- 가：연정아, 돈 언제 줄 거야? 妍靜，什麼時候給錢？
  나：미안. 이번 달 월급 받는 대로 바로 갚을게.
  抱歉，這個月拿到薪水馬上還你。

中心語

- 대로：立刻、即時

文法訊息

- 前用言限制：主要和動詞結合，不和形容詞、「이다」結合。
- 先語末語尾限制：和前用言結合時，不介入「–었–」、「–겠–」。
  예문 *집에 (도착했는/도착하겠는) 대로 연락해 주세요. 一到家就請聯繫。

- 否定形訊息：前子句若用否定表達，可能會不自然。

  예문 *해가 (밝지 않는/안 밝는/밝지 못하는/못 밝는) 대로 떠나도록 하지요.
  天未亮時就離開吧。

- 後子句限制：後子句主要表示未來的事件，因此不用過去時制，主要用建議、命令、約定、提議等表達。

  예문 *집에 도착하는 대로 이메일을 확인했다. 到家就確認電子郵件。

相關表達

- **–자마자**

  (1)「–는 대로」表示前面的行為發生，繼續維持著該狀態中，發生了相關的後行為；而「–자마자」是指前行為發生的瞬間，所以可以用於偶然的狀況。

  예문 한국에 도착하(자마자/는 대로) 연락할게요. 一抵達韓國我就會跟你連絡。
  학교가 끝나(자마자/는 대로) 집으로 돌아와라. 學校一下課就回家來。
  집을 나오(자마자/*는 대로) 비가 내리기 시작했다. 一出家門就開始下雨。

  (2)「–는 대로」的後子句不能用過去時制，而接未來要發生的事情較自然。

  예문 일어나(자마자/*는 대로) 운동하러 나갔다. 一起床就出去運動。
  일어나(자마자/는 대로) 운동하러 갈 거예요. 一起床就會出去運動。

  (3)「–는 대로」之後若是預期或計畫之外內容的陳述句，會顯不自然；「–자마자」後方則可以用陳述句、疑問句、命令句、建議句。

  예문 일어나(자마자/*는 대로) 물을 마십니다. 一起床就喝水。
  한국에 도착하(자마자/는 대로) 연락할게요. 一抵達韓國我就會跟你連絡。

相關表達

- **–는 길에**

  (1) 表示某事發生的所有時間或情況。「–는 대로」表示所有機會；「–을 때마다」表示所有時間。不過「–을 때마다」的各自時間間隔可能很大；而「–는 대로」則用於各動作的間隔十分小、反覆發生的情形。

  예문 (틈나는 대로/틈날 때마다) 연락을 자주 하세요. （有空的時候）請常聯繫。
  전쟁이 일어날 때마다 많은 사람이 죽었다. 每當發生戰爭就有很多人死去。
  → 전쟁이 일어나고 다음 전쟁이 일어날 때까지 긴 시간적 공백이 있을 수 있음.
  → 戰爭發生到下次戰爭可以間隔長久的時間。
  ?전쟁이 일어나는 대로 많은 사람이 죽었다. 一發生戰爭就很多人死去。
  → 전투가 연달아 발생하는 의미일 때만 어색하지 않게 쓰일 수 있음.
  → 只有用於戰爭接連發生時才不會不自然。
  강희는 (만날 때마다/*만나는 대로) 즐거워 보인다.
  每次看到姜熙，都看起來很開心。

每次發生前行動的機會

表示發生前行動的所有機會

- 아기가 달라는 대로 사탕을 줬어요. 孩子一要求就給糖。
- 요즘 강희는 닥치는 대로 일을 하고 있어요. 最近姜熙一有工作機會就去做。
- 바쁘시겠지만 틈나는 대로 메일 좀 확인해 주세요.
  或許你在忙，但請有空就收信。
- 기회가 생기는 대로 한국의 여기저기를 여행할 예정이다.
  一有機會我就要到韓國四處旅行。
- 가 : 어제 왜 그렇게 취했던 거야? 昨天為什麼那麼醉？
  나 : 부장님께서 주시는 대로 다 마셨거든. 因為部長一倒酒我就都喝了。

中心語

- 대로 : 全部

文法訊息

- 前用言限制：主要和動詞結合，不和形容詞、「이다」結合。尤其只和表示連續反覆發生動作之動詞結合。
  예문 그 군인은 총을 쏘는 대로 백발백중이구나!
  那位軍人射擊百發百中！
  → 반복적으로 연이어 일어나는 동작을 나타내는 동사 '총을 쏘다'
  → 反覆發生動作之動詞「射擊」
  *그 군인은 외국인을 만나는 대로 자꾸 말을 걸었다.
  那位軍人見到外國人總是去搭話。

- 先語末語尾限制：和前用言結合時，不介入「-었-」、「-겠-」。
  예문 *(틈났는/틈나겠는) 대로 변경 사항을 점검해 주세요.
  若有時間，請檢查變更事項。

- 否定形訊息：前子句若用否定表達，可能會不自然。
  예문 *바쁘시겠지만 틈이 (안/못) 나는 대로 연락을 확인해 주세요.
  您或許在忙，但請抽空查看是否有來電。

相關表達

- -을 때마다
  (1) 表示所有機會。「-은／는 대로」僅用於表示短時間內反覆發生的情形；
     「-을 때마다」用於大部分以一定時間間隔反覆的情形。

예문 희정이는 총을 (쏠 때마다/쏘는 대로) 득점을 했다. 熙正每次射擊都得分。
나는 희정이를 (만날 때마다/*만나는 대로) 카페에 간다.
我每次和熙正見面都去咖啡店。

- 은 / 는 대신 (에)

形態訊息

	動詞		形容詞
	過去	現在	
尾音 ○	-은 대신(에)	-는 대신(에)	-은 대신(에)
尾音 ×	-ㄴ 대신(에)		-ㄴ 대신(에)

· 았／었던 대신 (에)：為強調話者經歷的過去狀況，可以將「-은」替換成「-았／었던」。

예문 그 당시에는 돈이 없었던 대신에 시간은 많았어요.
當時沒錢但很多時間。

· 名詞 ＋대신 (에)：用法一前後子句的敘述語相同時，可以「 名詞 ＋대신 (에)」的形態使用。

예문 커피 대신에 물 주세요. 不要咖啡，請給我水。

Tip 用法一主要使用「-는 대신 (에)」的形態。

1 代替

用於表示不做前行動，而以其他行動代替。

· 배부른데 영화를 보는 대신에 운동을 하는 게 어때?
現在肚子飽，去運動代替看電影怎麼樣？

· 앞으로 주말에 자는 대신 아이들과 놀아 주기로 했어요.
決定以後周末要和孩子們玩以代替睡覺。

· 엄마, 밤이니까 커피를 마시는 대신 차를 드시는 건 어떨까요?
媽媽，晚了，我們喝茶代替喝咖啡怎麼樣？

· 이번 지진으로 많은 사람들이 여행을 가는 대신 봉사활동을 떠났다.
由於這次地震，很多人去當志工以代替旅行。

· 가 : 채린이 생일 선물 샀어? 彩林的生日禮物買了嗎？

나 : 아니. 이번에는 선물을 주는 대신 요리를 해 주려고.
不，這次我想做菜來代替送禮物。

文法訊息

- 主語限制：前子句和後子句的主語或話題應相同。
  예문 (저는) 술을 먹는 대신에 (저는) 커피 마시는 걸 좋아해요. → 주어가 같음.
  （我）喜歡喝咖啡以代替（我）喝酒。→ 主語相同。
  (데이트를 할 때) 나는 활동적인 일을 좋아하는 대신에 남자 친구는 조용한 곳에 있기를 좋아한다. → 화제가 같음.
  （約會時）我喜歡熱鬧的地方，但男友喜歡安靜的地方。→ 話題相同。

- 前用言限制：因表示替代行動，因此主要和動詞結合，不和形容詞、「이다」結合。
  예문 *우리 예쁜 대신 착한 건 어때? 我們不要漂亮，善良點如何？

相關表達

- –지 말고
  (1)「–는 대신에」表示建議或命令對方不要做某行動，改以其他行為時，意義上和「–지 말고」差異不大，可以替換使用。
  예문 돈이 없으면 선물을 사(지 말고/는 대신에) 편지를 써보세요.
  沒錢的話，別買禮物，寫信吧。
  선물을 사(*지 말고/는 대신에) 편지를 썼다. 以寫信取代買禮物。

2 前否定事情的補償

表示雖然有否定的一面，但以其他事補償。

- 주말까지 일하는 대신에 월급을 많이 받아요. 工作到周末，但相對的薪水很多。
- 우리 학교는 먼 대신 무료 셔틀 버스가 있어요.
  我們學校遠，相對的有免費接駁車。
- 강 선생님 수업은 숙제가 많은 대신 배우는 것이 많아요.
  姜老師的課作業多，相對的學到很多。
- 부모님과 함께 살면 자유가 없는 대신에 생활비를 절약할 수 있다.
  和父母一起住沒有自由，但相對的可以節省生活費。
- 가 : 장거리 연애가 힘들지 않아요? 遠距離戀愛不累嗎？
  나 : 자주 못 만나는 대신에 전화를 자주 하니까 괜찮아요.
  沒辦法常常見面，相對的經常通話，所以還好。

文法訊息

- 前用言限制：主要表示替代動作，因此主要和動詞結合，不和形容詞、「이다」結合。
- 先語末語尾限制：和前用言結合時，不介入「-었-」、「-겠-」。

  예문 *일찍 (퇴근했는/퇴근하겠는) 대신에 변경 사항을 점검해 주세요.

  提早下班，但請檢查變更事項。

搭配訊息

- 이라도

  (1) 次善：常和有補償意義的「-는 대신에」一起使用。

  예문 배가 고프면 (밥 먹는 대신에) 김밥이라도 먹으렴.

  肚子餓的話，不如吃個飯捲（取代吃飯）。

其他用法

① 優點和缺點

用於表示和前肯定事情相對的，也有否定的一面。

- 우리 언니는 똑똑한 대신 사교성이 부족하다. 我姊姊聰明但社交較弱。

- 가 : 사회인이 되면 돈을 잘 벌 수 있겠죠? 成為社會人士後就能好好賺錢吧？

  나 : 응. 근데 돈을 많이 벌 수 있는 대신에 정말 바빠.
  嗯，但賺很多錢相對的真的很忙。

-은 / 는 덕분에

形態訊息

	動詞		形容詞
	過去	現在	
尾音 ○	-은 덕분에	-는 덕분에	-은 덕분에
尾音 ×	-ㄴ 덕분에		-ㄴ 덕분에

· 名詞 ＋덕분에：主要接「선생님」等表示人的名詞。此時「名詞」也可以省略。

예문 교수님 덕분에 대학생활을 잘 마치게 되었습니다.
托教授的福，大學生活才能順利結束。
(여러분) 덕분에 아주 의미 있는 시간이었습니다.
托各位的福氣我度過很有意義的時間。

· -은 / 는 덕분이다：「덕분」後方也可以加「이다」。

1 因為某恩惠或協助

用於表示因為某恩惠或協助而能有好結果。

· 많은 분들께서 도와주신 덕분에 무사히 일을 끝냈습니다.
托很多人士協助之福，才能平安無事完成工作。
· 이번 학기는 장학금을 받은 덕분에 학비 걱정 없이 공부를 했어요.
幸好這學期有獎學金，才能不擔憂學費上學。
· 친구가 해외에서 결혼을 하는 덕분에 다음 달에 해외여행을 가요.
托朋友在國外結婚的福，我下個月要去國外旅行。
· 다행히 올겨울은 날씨가 따뜻한 덕분에 감기에 별로 안 걸렸어요.
好在今年冬天溫暖，才沒什麼感冒。
· 가 : 그동안 논문 쓰느라 수고했다. 這段時間寫論文辛苦你了。
  나 : 선생님께서 부족한 저를 지도해 주신 덕분에 쓸 수 있었습니다. 감사합니
     다. 托老師不嫌棄指導之福，才得以完成論文，真是感謝！

中心語

· 덕분 : 恩惠、協助

文法訊息

- 主語限制：主要和表示人的主語一起使用，不過為強調恩惠或協助，也可以用非人的主語。

  예문 다행히 날씨가 맑은 덕분에 예정대로 행사가 진행되었다.

  托天氣晴朗之福，活動得以如期進行。

- 先語末語尾限制：和前用言結合時，不介入「–었–」、「–겠–」。

  예문 도움을 *(주셨는/주시겠는) 덕분에 일을 잘 마쳤습니다.

  托您協助之福才能順利完成工作。

- 後子句限制：後子句主要表示過去事件，因此不用於建議、命令句。

  예문 *선생님께서 잘 가르쳐 주신 덕분에 시험에 (합격하겠습니다/합격합시다). 託老師您教導之福，考試合格吧。

談話訊息

- 主要用於口語中。

- 用於對某結果發生的原因表示感謝之意時。

  예문 한국 친구들이 도와준 덕분에 이사를 쉽게 할 수 있었어요.

  因為韓國朋友們幫助我，所以才能輕鬆搬家。

相關表達

- –어서

  (1) 表示理由或原因。但「–는 덕분에」有強調肯定事情的原因、恩惠或幫助等之意。

  예문 강 선생님께서 지도를 해 주셔서 논문을 쓰고 졸업하게 되었습니다.

  托姜老師指導之福，我才得以完成論文畢業。

  → 원인이나 이유 강조

  → 強調原因或理由

  강 선생님께서 지도를 해 주신 덕분에 논문을 쓰고 졸업하게 되었습니다.

  托姜老師指導的福氣，我才得以完成論文畢業。

  → '강 선생님'의 은혜 강조

  → 強調「姜老師」的恩惠

  비가 안 와서 무사히 행사를 치를 수 있었다. → 원인이나 이유 강조

  因為沒下雨，活動才能順利進行。→ 強調原因或理由

  비가 안 온 덕분에 무사히 행사를 치를 수 있었다. → '비'의 도움 강조

  托沒下雨的福氣，活動才能順利進行。→ 強調「雨」的幫助

비가 (와서/*오는 덕분에) 아쉽게도 소풍이 취소되었다.

托下雨之福，很可惜地郊遊取消了。

→ 긍정적이지 않은 결과

→ 不肯定的結果

- **–기 때문에**

  (1) 表示理由或原因。不過「–는 덕분에」有強調肯定事情的原因、恩惠或協助等之意。

  예문 비가 안 왔기 때문에 무사히 행사를 치를 수 있었다. → 원인이나 이유 강조

  因為沒下雨，活動才能順利進行。→ 強調原因或理由

  비가 안 온 덕분에 무사히 행사를 치를 수 있었다. → '비'의 도움 강조

  托沒下雨的福氣，活動才能順利進行。→ 強調「雨」的幫助

  비가 (오기 때문에/*오는 덕분에) 아쉽게도 소풍이 취소되었다.

  因為下雨，很可惜地郊遊取消了。

  → 긍정적이지 않은 결과

  → 不肯定的結果

- **–은 / 는 탓에**

  (1) 「–는 탓에」強調肯定事項發生的原因或責任。「–는 덕분에」則有強調肯定事情的原因、恩惠或協助等之意。

  예문 버스를 (놓친 탓에/*놓친 덕분에) 중요한 회의에 늦었다.

  因為錯過公車，重要的會議遲到。

– 은 / 는 데다가

形態訊息

	動詞		形容詞
	過去	現在	
尾音 ○	-은 데다가	-는 데다가	-은 데다가
尾音 ×	-ㄴ 데다가		-ㄴ 데다가

縮寫 –은/는 데다

1 相關事項增添

用於表示現在的狀態或事實之相關事項的增添。

- 날씨도 추워진 데다가 비도 오니 옷을 따뜻하게 입으세요.
  天氣變冷又下雨，衣服要穿暖。
- 나는 요새 과로를 한 데다가 감기까지 걸려서 많이 아프다.
  我最近過勞又感冒，很不舒服。
- 요즘 할 일이 많은 데다가 시험까지 다가와서 힘들어요.
  最近事情多，又快要考試，很辛苦。
- 우리 집 강아지는 밥을 많이 먹는 데다가 운동을 싫어해서 자꾸 살이 찐다.
  我們家小狗飯吃得多，但不喜歡運動，所以一直長肉。
- 가 : 이따 같이 영화 보러 못 갈 것 같아. 아직 일도 안 끝난 데다가 두통도 심하
  네. 等一下好像沒辦法一起去看電影，工作還沒結束，而且頭很痛。
- 나 : 어쩔 수 없지, 뭐. 얼른 마치고 집에 가서 쉬어.
  那也沒辦法，快點結束回家休息吧。

中心語

- 데 : 情形

文法訊息

- 目的語訊息：前子句和後子句的目的語常和「도」、「까지」、「조차」等結合。
  예문 밥도 잔뜩 먹은 데다가 후식까지 많이 먹었어요.
  飯吃很多，餐後點心也吃很多。
- 先語末語尾限制：和前用言結合時，不介入「-었-」、「-겠-」。
  예문 *날씨도 (추워졌는/추워지겠는) 데다가 비까지 오네요. 天氣冷，還下雨。
- 後子句限制：後子句主要使用陳述句、疑問句，不用建議句、命令句。
  예문 *밥도 먹은 데다가 후식도 먹읍시다. 吃了飯也吃餐後點心吧。

Tip 如果前子句和後子句的意義相反，常會顯不自然。
  *강희는 똑똑한 데다가(집중력도 좋다/*집중력도 없다).
  姜熙聰明，集中力也好。

談話訊息

- 主要用於口語中。

相關表達

- –더니

(1) 表示相關狀況添加的「–더니」可和「–는 데다가」替換使用。

〔예문〕연정이는 얼굴도 예(쁘더니/쁜 데다가) 마음씨까지 곱다.
妍靜長得漂亮，心地也善良。

(2) 「–더니」不和第一人稱主語一起使用。

〔예문〕나는 얼굴도 예(*쁘더니/쁜 데다가) 공부도 잘한다.
我漂亮，也很會念書。
아들이 사춘기가 되어서 반항을 하(더니/는 데다가) 가출까지 하려고 했
다. 兒子到了青春期不只反抗，還想逃家。

- –을 뿐만 아니라

(1) 表示前事上添加後事，和「–는 데다가」意義差異不大，可以替換使用。

〔예문〕거기는 (멀 뿐만 아니라/먼 데다가) 교통도 복잡해요.
那裡不只遠，交通也複雜。

(2) 可以「 名詞 ＋뿐만 아니라」形態使用；而「–는 데다가」不能和 名詞 一起使
用。

〔예문〕이번에 아빠가 (새 자동차뿐만 아니라/*자동차 데다가) 아파트도 사셨어
요. 這次爸爸不只買新車，還買了公寓。

– 은 / 는 마당에

形態訊息

	動詞		形容詞
	過去	現在	
尾音 ○	-은 마당에	-는 마당에	-은 마당에
尾音 ×	-ㄴ 마당에		-ㄴ 마당에

1 狀況或處境

用於表示實現某事的狀況或處境。

- 건강을 잃은 마당에 돈이 다 무슨 소용인가? 失去了健康，錢還有什麼用？
- 당장 생활비도 부족한 마당에 사치품을 살 돈은 더욱 없었다.
  當下生活費都不夠的窘境下，更沒有買奢侈品的錢了。
- 급한 마당에 체면까지 생각할 여유가 없었어요.
  在急迫的局面下，沒有心思顧及面子了。
- 함께 늙어가는 마당에 어려운 일은 솔직하게 이야기하세요.
  我們既然是要一起活到老的處境，有困難的事要坦白的說。
- 가 : 남자친구랑 헤어져서 너무 슬퍼요. 和男朋友分手了很難過。
  나 : 이미 헤어진 마당에 미련을 버려. 既然已經到分手的地步，就別再牽掛。

中心語

- 마당 : 局面、狀況

文法訊息

- 前用言訊息：主要表示否定狀況，因此和否定意義的用言結合。肯定意義的用言可以與否定形的形態一起使用。
  예문 시험에 (떨어진/*합격한/합격 못한) 마당에 여행 갈 기분이 아니야.
  考試落榜，沒有準備旅行的心情。
- 先語末語尾限制：和前用言結合時，不介入「－었－」。
  예문 *시험에 떨어졌는 마당에 밥이 넘어가니?
  考試落榜的情況下，還吃飯得下？

談話訊息

- 主要用於口語中。
- 主要用於話者對某狀況持否定態度時。
  예문 시험에 떨어진 마당에 책이 눈에 들어올 리가 없었다.
  在落榜的情況下，哪有讀得下書的道理。

相關表達

- －는데
  (1) 提示後內容背景或狀況的「－는데」有時可以和「－는 마당에」替換，不過「－는 마당에」強調某事實現的狀況或處境，後內容則為無法實現、無用或利用該機會之意。
  예문 바빠서 잠 잘 시간도 (없는데/없는 마당에) 여행을 어떻게 가요?
  忙得睡覺時間也沒有，怎麼去旅行？
  건강을 (잃었는데/잃은 마당에) 돈이 다 무슨 소용이야?

到了失去健康的地步，錢還有什麼用？

주말에 영화를 (봤는데/*본 마당에) 지루해서 잠이 들어 버렸다.

周末看了電影，太無聊就睡著了。

어제 고속도로에서 큰 교통사고가 (났는데/*난 마당에) 많은 사람들이 다 쳤다. 昨天高速公路有大車禍發生，很多人受傷。

- 은 / 는 반면 (에)

依存語結構：連結表達

形態訊息

	動詞		形容詞
	過去	現在	
尾音 ○	-은 반면(에)	-는 반면(에)	-은 반면(에)
尾音 ×	-ㄴ 반면(에)		-ㄴ 반면(에)

· -았／었던 반면（에）：為強調話者經歷的過去狀況，可以將「-은」替換成「-았／었던」。

1 相反的事實

用於表示前方內容和後方內容為相反之事實。

- 소현이는 공부를 잘하는 반면에 운동은 잘 못한다.
  素賢很會念書，但不會運動。
- 그 공원은 입장료가 싼 반면에 볼거리가 적어요.
  那個公園入場費便宜，不過沒什麼可以看。
- 그 회사는 월급을 많이 주는 반면에 주말에도 출근을 해야 해요.
  那間公司薪水豐厚，不過周末也要上班。
- 신희는 어릴 때는 소극적이었던 반면,지금은 적극적인 사람이 되었다.
  申熙小時候很消極，不過現在成了積極的人。
- 가 : 선생님, 이 교재로 공부하면 어때요? 老師，用這個教材學如何？
  나 : 그 교재는 그림이 많은 반면에 설명이 부족해요.
  那個教材圖片很多，但說明不足。

中心語

- 반면：反對、另一方面

文法訊息

- 先語末語尾限制：和前用言結合時，不介入「–었–」、「–겠–」。

  `예문` *소현이는 공부를 (잘했는/잘하겠는) 반면에 운동은 못해요.
  素賢很會念書，但運動不行。

- 後子句限制：主要用陳述句，若是疑問句主要以確認疑問句使用。不可用建議句、命令句。

  `예문` *형은 운동을 잘하는 반면에 동생은 운동을 (못해라/못하자).
  哥哥很會運動，但弟弟不會運動。

  → 명령문, 청유문으로 쓰이지 않음

  → 不用建議句、命令句

  형은 운동을 잘하는 반면에 동생은 운동을 (*못해요/못하지 않아요)?
  哥哥很會運動，但弟弟會不會運動？

  → 확인의문문으로 자연스럽게 쓸 수 있음

  → 可以自然地使用確認疑問句

談話訊息

- 主要用於正式場合中。
- 使用「–은／는 반면에」，可有客觀態度的感覺。
- 在書面語中通常省略「에」。

相關表達

- –는데

  (1) 在大部分的情況中和「–는 반면에」意義差異不大，可以替換使用。

  `예문` 나는 매운 음식은 좋아하(는데/는 반면에) 단 음식은 별로 좋아하지 않는다. 我喜歡辣的食物，但不太喜歡甜食。

  (2)「–는 반면에」比起「–는데」書面性更強。

- –지만

  (1) 在大部分的情況中和「–는 반면에」意義差異不大，可以替換使用。

  `예문` 나는 매운 음식은 좋아하(지만/는 반면에) 단 음식은 별로 좋아하지 않는다. 我喜歡辣的食物，但不太喜歡甜食。

  (2)「–는 반면에」比「–지만」書面性更強。

- –으나

  (1) 在大部分的情況中和「–는 반면에」意義差異不大,可以替換使用。

  [예문] 재무팀에는 지원자가 많지 않(으나/은 반면에) 인사팀은 경쟁률이 무척 높다. 財務組應徵者不多,而人事組的競爭率很高。

其他用法

① 接續

「반면에」、「반면」在句子最前面,可作為接續功能的談話標誌。

- 북한산은 매우 높고 길이 복잡하다. 반면, 안산은 가볍게 산책하기 좋다.
  北漢山非常高而且路複雜,相對的鞍山則適合輕鬆散步。

– 은 / 는 양

依存語結構:
連結表達

形態訊息

	動詞		形容詞
	過去	現在	
尾音 ○	–은 양	–는 양	–은 양
尾音 ×	–ㄴ 양		–ㄴ 양

1 假裝

表示雖然實際上並非如此,但裝得就像那個樣子。

- 그 사람은 겉으로는 너를 좋아하는 양 대하지만 속으로는 너를 질투하고 있어.
  他表面上喜歡你,其實內心在忌妒你。
- 그 소문에 대해 모르는 양 한번 물어보면 어떨까요?
  關於那個傳聞,我們假裝不知道問問看如何?
- 괜찮은 양 웃고 있지만 자식을 잃은 그 속이 어떻겠니.
  雖然沒關係地笑著,但失去孩子的心情會是怎樣?
- 가 : 두 살 된 딸이 말을 잘한다면서요? 聽說兩歲的女兒很會說話?
  나 : 네, 요즘 말이 늘더니 어른인 양 흉내 내는 모습이 아주 귀여워요.

對，最近話變多，模仿大人的樣子很可愛。

中心語

- 양 : 假裝

文法訊息

- 主語限制：前子句和後子句的主語要相同，後子句的主語通常省略。

  예문 연정이는 괜찮은 양 (연정이는) 억지로 웃었다.

  妍靜假裝沒事勉強地笑。

- 先語末語尾限制：和前用言結合時，不介入「–었–」、「–겠–」。

  예문 *채린이는 괜찮았는 양 웃었다. 彩林裝沒事的樣子笑著。

  *고백하겠는 양 했지만 커피만 마시다 헤어졌어요.

  裝要告白，但只喝了咖啡就離開。

相關表達

- –는 것처럼

  (1) 在大部分的情況中，意義和「–는 양」差異不大，可以替換使用。

  예문 그 소문에 대해 모르(는 것처럼/는 양) 한번 물어보면 어떨까요?

  我們假裝不知道那個傳聞，去問問看如何？

– 은 / 는 이상

依存語結構：
連結表達

形態訊息

	動詞	
	過去	現在
尾音 ○	-은 이상	-는 이상
尾音 ×	-ㄴ 이상	

1 已經決定或確定的狀況或條件

表示某事已經決定或確定的狀況，因此後方內容為必須要做某事，或某狀況為當然之內容。

- 이번에 시험을 보는 이상 합격을 위해 열심히 공부를 하겠다.
  既然決定要考這次的考試，我為了上榜要努力用功。
- 이 동아리에 가입하는 이상 개인적인 시간은 포기를 해야 한다.
  既然加入這個社團，就應放棄個人時間。
- 한국에 사는 이상 한국 문화에 익숙해질 수밖에 없다.
  既然住在韓國，就必然會熟悉韓國文化。
- 당신이 그 일을 맡은 이상 최선을 다하세요.
  既然你負責那個工作，就要盡力做。
- 가 : 휴, 직장을 그만 뒀더니 생활이 쪼들리네요. 呼，辭職後生活很窘困呢。
  나 : 네가 선택한 이상 책임을 져야지. 불평만 한다고 달라지는 건 없어.
  你既然選擇了就要負責，不會因抱怨而有改變。

中心語

- 이상：狀況、結果

文法訊息

- 先語末語尾限制：和前用言結合時，不介入「–었–」、「–겠–」。

  예문 *네가 (선택했는/선택하겠는) 이상 책임을 져야지.
  你既然選擇了就要負責。

- 後子句限制：後子句通常不用過去時制。

  예문 *이미 결혼을 한 이상 서로 배려하며 행복하게 살았다.
  既然結婚了，就互相照顧、幸福生活了。

相關表達

- –는 한

  (1) 表示前內容為後內容前提或條件的「–는 한」，經常可以替換成「–는 이상」。

  예문 네가 이 학교에 다니는 (한/이상) 정해진 규칙을 따라야 한다.
  既然念這所學校，就要遵守既訂規則。

-은/는/을 듯이

形態訊息

	動詞			形容詞
	過去	現在	未來	
尾音 ○	-은 듯이	-는 듯이	-을 듯이	-은 듯이
尾音 ✕	-ㄴ 듯이		-ㄹ 듯이	-ㄴ 듯이

縮寫 -은/는/을 듯

・-았／었던 듯이：話者為強調經歷的過去狀況，「-은」可替換成「-았/었던」。

예문 그 사람은 마치 그런 일이 없었던 듯이 행동했다.
　　　他就像沒有那件事般行動。

1　比較猜測或推測

表示和某狀況相比而猜測或推測其類似於某狀況。

- 신혜는 자기가 부자인 듯 돈을 펑펑 쓴다.
  信惠彷彿自己是有錢人，花錢如流水。
- 채린이는 마치 다 알아듣는 듯이 고개를 끄덕였다. 彩林彷彿全聽得懂般點頭。
- 비가 올 듯이 하늘이 흐리네요. 彷彿要下雨天空灰暗。
- 연정이는 피곤한 듯이 하품을 했다. 妍靜好像累了在打呵欠。
- 가 : 현정아, 왜 아기를 계속 안고 있어? 賢靜，為什麼一直抱著孩子？
  나 : 아기가 깰 듯이 자꾸 움직여서. 孩子像要醒來般一直動。

中心語

- 듯이 : 如同

文法訊息

- 主語限制：前子句和後子句的主語要相同，後子句的主語通常省略。
  예문 연정이가 졸린 듯 (*강희가) 눈을 비볐다. → 주어가 같아야 함.
  　　　妍靜好像睏了的樣子（*姜熙）揉揉眼睛。→ 主語要相同。
  　　　(날씨가) 비가 올 듯이 (날씨가) 흐렸다. → 화제가 같아야 함.
  　　　（天氣）像要下雨，（天氣）陰暗。→ 話題要相同。

搭配訊息

- 和「마치」等副詞語一起使用。

  예문 동생은 자신이 마치 십대인 듯이 하고 다닌다.

  妹妹彷彿自己是十幾歲的人行動著。

相關表達

- -듯이

  (1) 「-듯이」表示和前內容類似，而「-은/는/을 듯이」表示猜測某狀況和前狀況類似。

  예문 사람마다 생김새가 다르듯이 성격도 각기 다르다.

  如同每個人的長相不同，個性也各自不同。

- 은 / 는 / 을 만큼

形態訊息

	動詞			形容詞
	過去	現在	未來	
尾音 ○	-은 듯이	-는 듯이	-을 듯이	-은 듯이
尾音 ×	-ㄴ 듯이		-ㄹ 듯이	-ㄴ 듯이

- -았/었던 만큼：話者為強調經歷的過去狀況，「-은」可替換成「-았/었던」。

  예문 노력했던 만큼 좋은 결과가 있을 거야. 付出努力就會有對應的好結果。

1 相似的程度或數量

表示和前內容相似的程度或數量。

- 먹을 만큼만 덜어 가세요. 能吃多少拿多少。
- 너의 짜증에 그동안 참을 만큼 참았어. 對你的煩燥過去我已經忍無可忍了。
- 나는 가사를 전부 다 외울 만큼 그 노래를 좋아한다.

  我喜歡那首歌到了記住全部歌詞的地步。
- 요새는 잘 시간도 없을 만큼 너무 바쁘다.

  最近到了都沒有時間睡覺的地步忙得很。

- 주는 만큼 받고 싶은 마음이 드는 건 어쩔 수 없네.
  有給多少就想得到多少的心態是無可奈何的。
- 가 : 강희야, 나 정말 힘들어. 姜熙，我真的很累。
  나 : 아픈 만큼 성숙해진다는 말도 있잖아. 같이 이겨내 보자.
  人家說多痛就會多成熟，一起加油吧。

中心語

- 만큼 : 數量、程度

文法訊息

- 主語限制：前子句和後子句的主語要相同，後子句的主語通常省略。
  예문 우리 딸은 1등을 도맡을 만큼 (우리 딸은/*우리 아들은) 공부를 잘해요.
  我們家女兒是能拿第一名的程度，很會念書。
- 前用言限制：主要和表示程度性的用言結合，因此不和表示瞬間完成狀態的動詞結合。
  예문 *지하철이 도착할 만큼 도착했어요. 地鐵已抵達的程度。
  *그 사람은 이미 죽을 만큼 죽었습니다. 那個人已經是死的程度。
- 先語末語尾限制：和前用言結合時，不介入「-겠-」。
  예문 *먹겠을 만큼만 덜어 가세요. 請拿能吃的分量。

相關表達

- -만큼
  (1)「만큼」也用於名詞後，作表程度或限度的助詞。
  예문 수박만큼 복숭아도 맛있어요. 如同西瓜般水蜜桃也好吃。
  연정이는 천사만큼 착하다. 妍靜如天使般善良。

1 理由或根據

表示前內容為理由或根據。

- 선생님께서 아껴 주신 만큼 최선을 다하겠습니다. 我會努力不辜負老師的疼愛。
- 저는 아직은 나이가 어린 만큼 사회 경험이 더 필요할 것 같아요.
  我年紀還小，更需社會經驗。
- 지난번에 도와주신 만큼 이번에는 제가 도움을 드릴게요.
  你上次幫助我，這次我會幫你。
- 가 : 민수 씨, 왜 이렇게 연락을 자주 해요? 敏秀，為什麼這麼常連絡？

나 : 이제 막 사귀기 시작한 만큼 더 알아가고 싶어서요.
因為現在剛交往，想要更加了解。

中心語

* 原因、理由

談話訊息

* 主要用於正式場合中。

文法訊息

* 先語末語尾限制：和前用言結合時，不介入「–었–」、「–겠–」。
  [예문] 저를 (아껴 주신/아껴 주셨던/*아껴 주셨는) 만큼 최선을 다하겠습니다.
  我會如同您愛護我般的盡力。

相關表達

* –으니까
  (1) 在大部分的情況中，和「–는 만큼」意義差異不大，可以替換使用。
  [예문] 엄마가 예(쁘니까/쁜 만큼) 아이도 예쁠 거예요.
  媽媽漂亮，孩子也會漂亮。

– 은 / 는가 하면

依存語結構：
連結表達

形態訊息

	動詞	
	過去	現在
尾音 〇	-는가 하면	-은가 하면
尾音 ×		-ㄴ가 하면

2　相反的事實

表示有某行為或狀態，並有與之不同的行為或態度。前後內容主要為相對或對比之內容。

- 어떤 사람은 한국 음식을 좋아하는가 하면 싫어하는 사람도 있다.
  有的人喜歡韓國料理，也有人討厭。
- 어떤 날은 아침을 먹는가 하면 어떤 날은 굶기도 한다.
  有時候吃早餐，有時候餓肚子。
- 연휴에는 고향에 가는 사람이 있는가 하면 여행을 가는 사람도 있지요.
  連假有的人回家鄉，有的人去旅行。
- 가: 요즘 그곳 날씨는 어때요? 最近那裡天氣如何？
- 나: 어떨 때는 너무 더운가 하면 어떨 때는 너무 춥기도 해요.
  有時候很熱，有時候很冷。

文法訊息

- 先語末語尾限制：和前用言結合時，不介入「–겠–」。
  예문 *언제는 시험을 잘 보겠는가 하면 다른 때는 시험을 못 보기도 해요.
  有些時候考試考得好，其他時候也會考不好。
- 後子句限制：後子句主要用陳述句。使用疑問句時通常和「–지요?」、「–잖아요?」等結合而為確認疑問句。不用命令句、建議句。
  예문 어떤 날은 아침을 먹는가 하면 어떤 날은 굶기도 하지요?
  有時候吃早餐，有時候也餓肚子吧？
  *어떤 날은 아침을 먹는가 하면 어떤 날은 굶기도 하십시오.
  讓我們有時候吃早餐，有時候也餓肚子吧！

– 을 것까지는 없겠지만

依存語結構：
連結表達

形態訊息

	形態
尾音 ○	-을 것까지는 없겠지만
尾音 ×	-ㄹ 것까지는 없겠지만

1 雖然沒有該程度

表示雖然不到前內容的程度或水準，但不完全否定之。

- 취직을 서두를 것까지는 없겠지만, 미리 준비를 해 두면 좋아요.

雖然還不到要就業那麼急迫，但提早準備比較好。

- 매일 공부를 해야 할 것까지는 없겠지만, 그래도 꾸준히 해야지요.

  雖然不用天天念書，但要持續。
- 일부러 화를 낼 것까지는 없겠지만, 자기 생각을 말할 필요는 있다.

  雖然不用特意生氣，但有必要說出自己的想法。
- 모두와 친할 것까지는 없겠지만 그래도 알아두면 다 도움이 될 거예요.

  雖然不用和大家都很熟，但認識起來會有幫助的。
- 가 : 떨어져서 실망했지요? 落榜很失望吧？

  나 : 실망이라고 할 것까지는 없지만, 그래도 기분이 좋지는 않네요.

  雖還不至於失望，但心情不好（總是會有的）。

中心語

- 것 : 需要或程度

文法訊息

- **主語限制**：前子句和後子句的主語要相同。

  예문 (내가) 밥을 굶을 것까지는 없겠지만 (내가) 양을 줄여야겠어. → 주어가 같음.

  （我）雖然沒有到餓肚子的地步，但減少份量（總是要的）。→ 主語相同。

  내가 꼭 1등을 할 것까지는 없겠지만 내 성적이 좋으면 더 좋겠지.

  我雖然沒有要到第一名的必要，但我成績好的話更好。

  → 화제가 같음.

  → 話題相同。

- **前用言限制**：主要和動詞結合，不過形容詞也可以和「–어야 하다 / 되다」結合。

  예문 날씨가 꼭 좋아야 할 것까지는 없겠지만 적어도 비는 안 왔으면 좋겠어.

  雖然沒有一定要天氣好，但至少不要下雨就好。

- **先語末語尾限制**：和前用言結合時，不介入「–었–」、「–겠–」結合。

  예문 굳이 윗사람에게 (보고할/*보고했을/*보고하겠을) 것까지는 없겠지만 일부러 숨기면 어떡해!

  雖然沒有一定要向上級報告，但怎麼能刻意隱瞞！

搭配訊息

- 常和「그렇게、이렇게」等表示程度的副詞語一起使用。

  예문 그렇게 노력할 것까지는 없겠지만 나는 정말 최선을 다했어.

  雖然沒有到那麼努力，但我真的盡力了。

- 常和「굳이、일부러」等表示意志、義務的副詞語一起使用。

  예문 굳이 일등을 할 것까지는 없겠지만 일등을 목표로 공부한다면 더 남는 게 있지 않겠어?

  雖然沒有一定要得第一名，但以第一名為目標念書的話，不就會賺得更多？

談話訊息

- 主要用於口語中。

– 을 게 아니라

依存語結構：連結表達

形態訊息

	形態
尾音 ○	-을 게 아니라
尾音 ×	-ㄹ 게 아니라

- –을 것이 아니라：「–을 게 아니라」的「게」為「것이」的縮寫形態。

1 建議他事

用於表示建議不要做前面的事，做後面的事。

- 그냥 참을 게 아니라 아프면 병원에 가 봐.
  別忍耐，不舒服的話就去醫院看看。
- 귀찮은데 요리를 할 게 아니라 그냥 시켜 먹자.
  有點懶，別做料理，直接叫外送吧。
- 영양제만 먹을 게 아니라 운동을 좀 해 보면 어때?
  別只顧吃營養劑，運動一下如何？
- 유학 가서 공부만 할 게 아니라 친구들도 좀 사귀고 해야지.
  去留學別只顧著唸書，也要交點朋友。
- 화가 날 때는 감정적으로 대응할 게 아니라 냉정히 생각할 필요가 있다.
  生氣時別情緒性對立，而要冷靜思考。
- 가 : 서준이가 많이 늦네? 벌써 12시가 넘었어.
  敘俊太遲了，已經超過十二點了。

  나 : 무작정 기다릴 게 아니라 한번 전화해 보는 건 어때?

別無止鏡的等，打通電話如何？

中心語

- 것：抽象的事情

文法訊息

- 主語限制：主要和表示人的主語一起使用。前子句和後子句的主語要相同，後子句的主語通常省略。

  예문 환자는 아프면 무작정 참을 게 아니라 (*의사는) 병원에 가 보는 게 좋다. 患者不舒服不必無條件忍耐，去醫院看看比較好。

- 前用言限制：主要和動詞結合，不和形容詞、「이다」結合。

  예문 *더울 게 아니라 추우면 좋겠다. 不是熱，冷比較好。

- 先語末語尾限制：和前用言結合時，不介入「-었-」、「-겠-」。

  예문 *요리를 (했을/하겠을) 게 아니라 그냥 시켜 먹자.

  別做菜，叫外送吃吧。

- 後子句限制：後子句主要表示未來事件，因此不用過去時制，主要用提議、計畫、命令、建議等內容。

  예문 *요리를 할 게 아니라 그냥 시켜 먹었다.

  別做菜，直接叫外送吃吧。

談話訊息

- 主要用於口語中。
- 主要用於非正式場合中。

– 을 겸

形態訊息

	形態
尾音 ○	-을 겸
尾音 ×	-ㄹ 겸

- –을 겸 해서：「겸」後可以加「해서」。
- 名詞 ＋겸：表示擁有兩種用途或資格。

> 예문 이곳은 주방 겸 거실로 쓰고 있다. 這裡當廚房兼客廳。
>
> 아침 겸 점심을 먹었다. 吃了早餐兼午餐。
>
> 그는 작곡가 겸 가수로 활동 중이다. 他以作曲家兼歌手的身分活動。

1 各目的中之一

表示有兩個以上的目的並做了後方的行動。

- 점심도 먹을 겸 잠시 쉴 겸 밖에 나갔어요. 去吃午餐順便休息而出門了。
- 운동도 할 겸 돈도 아낄 겸 해서 학교에 걸어 왔어요.
  運動也順便省錢，於是走路來學校。
- 한국 역사 공부도 할 겸 박물관에 가 보는 건 어때요?
  順便學韓國歷史，我們去博物館如何？
- 그냥 한국어 공부도 할 겸 해서 아르바이트하고 있어.
  我只是想順便學韓語而打工。
- 가：여기까지 웬일이야? 到這裡有什麼事？
  나：네 얼굴도 볼 겸, 빌린 책도 줄 겸 왔어. 我來看你順便還書。

中心語

- 겸：同時一併。

文法訊息

- 主語限制：主要和表示人的主語一起使用。前子句和後子句的主語要相同，後子句的主語通常省略。
- 예문 나는 친구도 만날 겸 (나는/*너는) 학교에 갔다.

我想順便見朋友而到學校去。

- 目的語訊息：目的語後常和補助詞「도」結合。

  예문 저녁도 먹을 겸, 아예 회의 장소를 식당으로 잡는 건 어때요?

  我們順便吃晚飯，乾脆把會議地點訂在餐廳如何？

- 前用言限制：主要和動詞結合，不和形容詞、「이다」結合。

  예문 *자외선도 차단할 겸 예쁠 겸 화장을 했어요.

  為阻隔紫外線順便變漂亮而代妝了。

- 先語末語尾限制：和前用言結合時，不介入「–었–」、「–겠–」。

  예문 *점심도 (먹었을/먹겠을) 겸 잠시 밖에 나갔다.

  順便吃了午餐而暫時外出了。

- 否定形訊息：因為是反映話者的意圖，因此前子句若用「못」否定形會顯不自然。

  예문 그 사람을 (안/*못) 만날 겸 다른 길로 돌아 왔어.

  我不想見到他而繞其他的路回來。

談話訊息

- 主要用於口語中。
- 依狀況不同有各種效果。例如用來提議時可以列舉可能達成的各種不同目的以增加說服力。

  예문 오늘 날씨도 좋은데 우리 예쁜 사진도 찍을 겸 운동도 할 겸 공원에 같이 갈래? 今天天氣好，我們要不要一起去公園，順便拍漂亮照片又運動？

- 을 때

形態訊息

	形態
尾音 ○	-을 때
尾音 ×	-ㄹ 때

- **-던 때**：在用法一中，若是表示自以往規律反覆或持續做的事情，可以用「-던」，會有回憶遙遠以前的事情述說的感覺。

  예문 학교에 다니던 때가 그립네요. 真懷念求學的時代。

- **-았／었던 때**：話者為強調經歷過的過去狀況，可以用「-았／었던」，會有回憶遙遠以前的事情述說的感覺。

  예문 그때는 지금처럼 빵이 흔하지 않았던 때였다.
  當時是不如現在麵包不多的時代。

- **名詞** ＋때：主要為「방학」、「휴가」等表示時間的部分名詞。

1 時間、情況

主要用於表示某行為或狀況發生的期間、時機，或事情的發生經過。

- 여보, 퇴근할 때 콩나물 좀 사다 주세요. 親愛的，下班時幫我買豆芽菜。
- 연정이는 학생일 때 결혼을 했다. 妍靜在學生時代時結婚。
- 나는 어렸을 때 키가 작았다. 我小時候個子矮。
- 눈이 아플 때 손으로 비비지 마세요. 眼睛不舒服時別用手揉。
- 비가 왔을 때 우산이 없어서 비를 다 맞고 말았다. 下雨時沒有雨傘，淋了雨。
- 몸이 아팠을 때 네 보살핌이 큰 힘이 되었어.
  身體不舒服時，你的照顧是無比的力量。
- 가：연정 언니, 학교에 올 때 커피 한 잔만 사다 줄 수 있어?
  妍靜姊姊，來學校時可以幫我買杯咖啡嗎？
  나：그래, 3시쯤 갈 거야. 그때 가서 연락할게. 好，我三點左右過去，到了連絡。

文法訊息

- 先語末語尾限制：和前用言結合時，不介入「-겠-」。

例文 *여보, 퇴근하겠을 때 콩나물 좀 사다 주세요.
親愛的，下班時買一下豆芽菜。

相關表達

- **–을 적에**

(1) 有時候可以和「–을 때」替換使用，不過「–을 적에」更有古風的感覺，主要用於表示過去。「–을 때에」可以省略補助詞「에」；但「–을 적에」則幾乎以和副詞格助詞「에」結合的形態使用。

例文 할머니: 내가 학교 다닐 (적에는/때에는) 외국인 친구가 별로 없었단다.
奶奶：我上學時沒什麼外國朋友。

- **–을 경우에**

(1) 表示某行為或狀況發生。「（–았 / 었）을 경우에」也表假設或條件之意。大部分的情況，「–을 때에」和「–을 적에」可以替換使用，不過「–을 적에」的「에」幾乎不省略，也不用來表示未來事實、假設和條件。

例文 이번 시험에서 불합격할 (때/경우/*적에) 학교를 그만둬야 할지도 몰라.
這次考試不合格，也許要退學也不一定。

– 을 때마다

形態訊息

	形態
尾音 ○	-을 때마다
尾音 ×	-ㄹ 때마다

---

1 所有的時間狀態

表示某行為或狀況發生的時間或狀況全部。

- 강희는 만날 때마다 바빠 보여. 每次看到姜熙，她看起來都很忙。
- 소현이는 시험을 볼 때마다 긴장을 많이 하는 것 같다.
  素賢每次考試好像都很緊張。
- 나는 여행을 할 때마다 그 곳에서 가장 유명한 식당에 가 본다.

我每次旅行時，都會去那裡最有名的餐廳。

- 가 : 기침이 **나올 때마다** 이 약을 드세요. 咳嗽時請服用這個藥。

  나 : 네, 알겠습니다. 好，我知道。

文法訊息

- 前用言限制：主要和動詞結合。若是形容詞，則只有在有一定間隔反覆的狀態才能結合，因此不和表示永久狀態的形容詞結合。

  예문 나는 날씨가 좋을 때마다 그 사람이 떠오른다.

  我天氣好時，都會想起那個人。

  → 반복 가능한 상태를 나타내는 형용사

  → 表反覆狀態的形容詞

  *나는 키가 작을 때마다 우유를 많이 마셨다.

  我個子小時喝很多牛奶。

  → 반복 불가능한 상태를 나타내는 형용사

  → 表不可反覆狀態的形容詞

- 先語末語尾限制：和前用言結合時，不介入「-겠-」。

  예문 내가 (힘들/힘들었을) 때마다 아내가 위로해 주었다.

  每當我累的時候，太太都安慰我。

  *스트레스를 받겠을 때마다 먹는 것으로 풀지 마세요.

  有壓力時，別都藉吃發洩。

相關表達

- –은 / 는 대로

  (1) 表示所有機會。「–을 때마다」表示大部分每隔一段間隔就會反覆的情形；而「–은／는 대로」僅表示短時間反覆發生的情形。

  예문 나는 화가 (날 때마다/*나는 대로) 등산을 간다.

  我生氣時就去爬山。

  경훈이는 공을 (찰 때마다/차는 대로) 득점을 했다. 京勳一踢球都得分。

– 을 바에

形態訊息

	形態
尾音 ○	-을 바에
尾音 ×	-ㄹ 바에

1 次善

用來表示雖然不是最佳，但前內容不及期待，因此選擇後者。

- 거기로 신혼여행을 갈 바에야 안 가는 게 낫겠어요.
  與其去那裡蜜月旅行，不如不去還比較好。
- 어차피 그 일을 끝낼 수 없을 바에야 시작하지 않을래요.
  反正做不完那個工作，那我就不要開始。
- 이렇게 외롭게 지낼 바에는 고향에 돌아가는 게 좋겠다.
  與其如此孤獨生活，不如回家鄉去。
- 그렇게 아프면 집에서 고생할 바에야 입원이라도 하지그래요?
  那麼不舒服的話，比起在家受苦，不如去住院？
- 가 : 신희야, 미안해, 30분 정도 늦을 것 같아. 申熙，抱歉，我大概晚30分鐘。
  나 : 그렇게 자꾸 늦을 바에는 차라리 약속을 늦게 잡아.
  總是在遲到，不如約定時間抓晚一點。

中心語

- 바 : 狀況

文法訊息

- 先語末語尾限制：和前用言結合時，不介入「-겠-」。
  예문 *거기로 신혼여행을 가겠을 바에야 안 가는 게 나아요.
  與其去那蜜月旅行，不如不去。
- 後子句限制：後子句主要表示未來事件，因此不用過去時制，主要用計畫、約定、提議、建議、命令等內容。
  예문 *거기로 신혼여행을 갈 바에야 집에 있었어요.

與其去那蜜月旅行，不如待在家。

* 助詞結合訊息：可以替換補助詞「야」、「는」，意義無太大差異。若省略補助詞，常會顯不自然。

  예문 ?거기로 신혼여행을 갈 바에 안 가는 게 나아요.
  與其去那蜜月旅行，不如不去。

談話訊息

* 主要用於口語中。
* 用於話者對某狀況抱持否定態度時。

  예문 고백하고 거절당할 바에야 그냥 말하지 않고 가만히 있는 것이 나을 것 같다. 與其告白被拒絕，不如乾脆都不說，靜靜的不吭聲會更好。

– 을 뿐만 아니라

形態訊息

	形態
尾音 ○	-을 뿐만 아니라
尾音 ×	-ㄹ 뿐만 아니라

1 不只前事情，連後事情也如此

表示不只前事情，連後事情也如此。

* 이 컴퓨터는 무거울 뿐만 아니라 고장도 잦다. 這台電腦不只重，也常故障。
* 한국은 경치가 좋을 뿐만 아니라 맛있는 음식이 많아서 여행하기에 좋아요.
  韓國不只風景美，也很多好吃的東西，很適合旅行。
* 지용 씨는 얼굴이 잘생겼을 뿐만 아니라 성격도 자상해요.
  志龍不只長得帥，個性也很溫和。
* 가 : 김홍일 고객님, 왜 환불하려고 하십니까? 金弘日顧客，您為什麼要退款？
  나 : 이 컴퓨터는 무거울 뿐만 아니라 디자인도 마음에 들지 않아요.
  這台電腦不只重，設計我也不滿意。

中心語

- 뿐：只有、只是

文法訊息

- 主語限制：前子句和後子句的主語或話題要相同。
  - [예문] 현정이는 예쁠 뿐만 아니라 (현정이는/*채린이는) 착하다. → 주어 일치

    賢靜不只漂亮，（賢靜）還很善良。→ 主語一致

    현정이가 예쁠 뿐만 아니라 그 동생도 예쁘다. → 화제 일치

    不只賢靜漂亮，她妹妹也很漂亮。→ 話題一致

- 先語末語尾限制：和前用言結合時，不介入「–겠–」。
  - [예문] *내일은 비가 오겠을 뿐만 아니라 안개도 낄 예정입니다.

    明天不只會下雨，還會起霧。

- 後子句限制：後子句主要用陳述句，不用建議句、命令句。
  - [예문] *숙제를 열심히 할 뿐만 아니라 좋은 성적을 받으세요.

    不只要努力做作業，還請拿到好成績。

相關表達

- –을 뿐더러

  (1) 在大部分的情況中和「–을 뿐만 아니라」意義差異不大，可以替換使用。
  - [예문] 강희는 착할 (뿐만 아니라/뿐더러) 성실하다. 姜熙不只善良，還很認真。

- –은 / 는 데다가

  (1) 在大部分的情況中和「–을 뿐만 아니라」意義差異不大，可以替換使用。
  - [예문] 강희는 (착할 뿐만 아니라/착한 데다가) 성실하다.

    姜熙不只善良，還很實在。

– 을 양

形態訊息

	動詞
	未來
尾音 ○	-을 양
尾音 ×	-ㄹ 양

用於表示裝出好像有意圖、意向的樣子而行動。

- 남편은 자고 있는 아기를 깨우지 않을 양 조심스럽게 방문을 닫았다.
  丈夫好像是不要吵醒在睡覺的孩子而小心翼翼地關上房門。
- 너는 마치 살인범이라도 용서할 양 너그럽게 말하는구나?
  你就像要原諒殺人犯般寬容地說啊？
- 이번에 한국어 능력 시험을 볼 양이면 한국 소설책도 많이 읽어야 합니다.
  如果這次想考韓語能力檢定的話就要多讀韓國小說。
- 석훈이는 아내의 공부를 방해하지 않을 양으로 텔레비전 소리를 줄였다.
  碩勛好像要避免妨礙太太念書而降低電視音量。
- 가 : 신희야, 어제 그 남자가 드디어 고백했니?
  申熙，昨天那個男生終於告白了嗎？
  나 : 아니요, 고백할 양 하다가 결국 또 커피만 마시고 헤어졌어요.
  不，看起來好像要告白，結果卻只喝了咖啡就分開了。

中心語

- 양 : 意圖、意向

文法訊息

- 主語限制：前子句和後子句的主語要相同，後子句的主語通常省略。
  예문 연정이는 살인범이라도 용서할 양 (연정이는) 너그럽게 말했어요.
  妍靜好像是殺人犯也能原諒似的寬容地說。

- 前用言限制：主要和動詞結合，不和形容詞、「이다」結合。
  예문 *나는 세상에서 제일 예쁠 양 열심히 화장을 했다.
  我彷彿是世界上最美的人用心化妝了。

- 先語末語尾限制：和前用言結合時，不介入「-었-」、「-겠-」。
  예문 *채린이는 전국의 상을 모두 (받았을/받겠을) 양 열심히 대회에 나갔다.
  彩林彷彿要得到全國所有的獎項似的用心參賽了。

相關表達

- -을 것처럼
  (1) 和「-을 양」意義差異不大，可以替換使用。
  예문 그 커플은 당장이라도 (결혼할 것처럼/결혼할 양) 붙어 다녔다.
  那對情侶就像馬上要結婚似的貼身而行。

- 을 정도로

形態訊息

	形態
尾音 ○	-을 정도로
尾音 ×	-ㄹ 정도로

1 譬喻某事將發生的程度

用於表示某行為或狀態將發生程度之水準。

- 눈이 따가울 정도로 바람이 심하게 분다. 風強烈颳著到眼睛都要刺痛的地步。
- 수돗물이라도 마시고 싶을 정도로 목이 말라요. 口渴到連自來水都想喝。
- 그 영화는 꿈에 나올 정도로 무섭다. 那部電影恐怖到會出現在夢中。
- 소현이는 지하철 안에서 코를 골았을 정도로 많이 피곤했다.
  素賢累到要在地鐵上打呼。
- 아버지는 프로 선수로 데뷔 할 정도로 골프를 좋아하신다.
  爸爸喜歡高爾夫球到快要當上專業選手。
- 가 : 은주야 이게 우리 얼마 만이야! 恩朱，我們多久沒見了！
  나 : 정말 얼굴 까먹을 정도로 오랜만이다, 얘. 真的久到要忘記你長什麼樣子了。

中心語

- 정도 : 水準、限度

文法訊息

- 先語末語尾訊息：和前用言結合時，若用「-었-」表示該事態為已經發生之事
  實。相反的若和前用言的基本形結合，則不包含該事態是否實際發生之事實的
  訊息。
  예문 어머니는 동생이 잠에서 깼을 정도로 나를 큰 소리로 혼내셨다.
    → 선행절이 사실을 나타냄.
    媽媽大聲罵我，到叫醒了妹妹的程度。→ 表示前子句為事實。
  어머니는 동생이 잠에서 깰 정도로 나를 큰 소리로 혼내셨다.
  媽媽大聲罵我，到能叫醒妹妹的程度。

→ 선행절이 사실일 수도, 비유일 수도 있음.

→ 前子句可能是事實，也可能是比喻。

相關表達

- –을 만큼

  (1) 和「–을 정도로」意義差異不大，可以替換使用。

  예문 눈이 따가울 (만큼/정도로) 햇빛이 강했다. 陽光強到刺眼。

– 을 테니까

依存語結構：連結表達

形態訊息

	形態
尾音 ○	–을 테니까
尾音 ✕	–ㄹ 테니까

縮寫 –을 테니

1 抱持確信猜測的根據

用於表示為說明後內容而有確信猜測的根據。

- 먼 길 오느라 많이 힘들었을 테니 푹 쉬세요. 遠道前來一定很累，請多休息。
- 그 사람은 분명 늦을 테니까 우리 먼저 시작합시다.
  他顯然會遲到，我們先開始吧。
- 한강대교가 막힐 테니까 다른 길로 돌아가지요?
  漢江大橋必會塞車，走其他路吧！
- 가 : 왜 빨래를 한꺼번에 많이 하는 거야? 為什麼一次洗那麼多衣服？
  나 : 내일 비가 오면 말릴 수 없을 테니 미리 해 두는 거야.
  因為明天下雨乾不了，所以先洗。

中心語

- 터 : 根基、理由

文法訊息

- 先語末語尾限制：和前用言結合時，不介入「-겠-」。
  예문 *그 사람은 분명 늦겠을 테니까 우리 먼저 시작합시다.
  他勢必會遲到，我們先開始吧。

談話訊息

- 主要用於口語中。
- 用於持有強烈確信而推測、說明其根據時。

1 意志

表示話者的意志。

- 앞으로 늦지 않을 테니까 믿어 주세요. 以後不會遲到了，請相信我。
- 이번 프로젝트는 꼭 제가 참여할 테니 맡겨만 주세요.
  這次專案我一定要參與，請交給我。
- 남자 친구한테 시킬 테니까 너는 그냥 쉬어. 我會叫男朋友做，你休息吧。
- 가: 엄마, 이번 주말에 여행을 가신다고요? 媽媽，妳說這個周末要去旅行嗎？
  나: 반찬 만들어 두고 갈 테니까 챙겨 먹어. 我會先做好菜，你記得吃飯。

中心語

- 터: 根基、理由

文法訊息

- 前用言限制：主要和動詞結合。
  예문 내가 (*예쁠/잘 할) 테니까 믿어 주세요. 我會做得很好，請相信我。
- 先語末語尾限制：和前用言結合時，不介入「-겠-」。
  예문 *그 사람은 분명 늦겠을 테니까 우리 먼저 시작합시다.
  他勢必會遲到，我們先開始吧。

談話訊息

- 主要用於口語中。

– 을 테지만

形態訊息

	形態
尾音 ○	-을 테지만
尾音 ×	-ㄹ 테지만

1 推測並提示後內容之相對狀況

提示在有確信下推測的內容。此時後內容為前內容有違期待的狀況。

- 먼 길 오느라 많이 힘들었을 테지만 일단 일부터 시작합시다.
  你遠道前來必定很累，我們且先開始工作吧。
- 그 사람은 분명 늦을 테지만 조금 더 기다려 봅시다.
  那個人分明會遲到，但稍微等一下吧。
- 한강대교가 막힐 테지만 그래도 한번 가 봅시다.
  漢江大橋勢必會塞車，但還是走看看吧。
- 가 : 강희야, 왜 벌써 다음 주 숙제를 하고 있어?
  姜熙，怎麼現在就在做下周的作業了？
  나 : 그때가 되면 다시 할 테지만 미리 예습해 보고 싶어서 그래.
  到時候還會再做，但我想先預習。

中心語

- 터 : 根基、理由

文法訊息

- 先語末語尾限制：和前用言結合時，不介入「-겠-」。
  例文 *그 사람은 분명 늦겠을 테지만 조금 더 기다려 봅시다.
  那個人顯然會遲到，但我們再等一下吧。

談話訊息

- 主要用於口語中。
- 用於持有強烈確信而做推測時。

- 을 텐데

形態訊息

	形態
尾音 〇	-을 텐데
尾音 ✕	-ㄹ 텐데

1 持有確信提示推測狀況

用於為提及後內容而表示帶著確信推測的狀況時。

- 많이 힘들 텐데 조금 쉬었다 해요. 你一定會很累，休息一下再做吧。
- 그 사람은 분명 늦을 텐데 우리 먼저 시작합시다.
  他顯然會遲到，我們先開始吧。
- 이 일을 이번 주 안에 끝내야 할 텐데 걱정이에요.
  這件事這周內要結束，很擔心。
- 꽤 배가 고팠을 텐데 잘 참았네요? 肚子一定會餓，你真能忍嗎？
- 가 : 강희야, 오늘 영화 보러 갈래? 姜熙，今天要不要去看電影？
  나 : 나는 안 될 것 같아. 신희도 쉬는 날일 텐데 한번 연락해 봐.
  我好像不行，申熙好像在放假中，你連絡看看。

中心語

- 터 : 根基

文法訊息

- 先語末語尾限制：和前用言結合時，不介入「-겠-」。
  예문 *그 일을 내일까지 끝내야 하겠을 텐데 걱정이에요.
  那件事明天要完成，真擔心。

談話訊息

- 主要用於口語中。
- 用於持有強烈確信而推測並提示內容時。

5

依存語結構：
終結表達

5 依存語結構：終結表達

❀ 結構 ❀

標題項目訊息

▶ 標題項目依以下原則標示。

- 和冠形形語尾結合時：'-은/는/을 것 같다'
- 形態複雜時，以接動詞的形態為代表形標示：'-는단 말이다'
- 在中心語反覆的結構中，只標示特定冠形形語尾：'-는 둥 마는 둥하다'
- 意義相近可替換的語尾或表達以「／」併列：'-기/게 마련이다'
- 考量中心語的意義承認多重標題項目：'-은/는/을 참이다'，'-던 참이다/차이다'
- 可省略的助詞以（）標示：'-기(가) 십상이다'

依存語結構（終結表達）易讀易解

▶ 提示與用言結合時的異形態

- 終結表達包含冠形詞形語尾，不只是尾音有無，根據時制、詞性不同，都會呈現不同的形態。終結表達的形態訊息和語尾不同，形態訊息包含時制為一特色。

▶ 提示連結形態的用法訊息

- 依存語結構（終結表達）雖為終結表達，但也可和助詞結合為而連結表達，因此提示相關的連結形態。

▶ 提示可以結合的各種多樣信息

- 依存語結構（終結表達）位於前用言的語幹和語末語尾之間，前後都可以和先語末語尾結合，故可結合的形態多元為其特徵，因此本意提示豐富的結合要素訊息。另外，依存語結構（終結表達）不同於主要單獨做連結功能的連結表達，依存語結構（終結表達）有時候必須和語末語尾結合。本終結表達的文法訊息為提供可結合的語末語尾訊息，故提示其分布與使用訊息為其特徵。

▶ 提示多樣的情態訊息

- 依存語結構（終結表達）包含話者對命題的態度，那表示多樣的情態功能。依存語結構（終結表達）和其他領域不同，它是藉各樣文法表達來表現話者的微妙態度，是故本章充分呈現其意義訊息，同時也詳述談話訊息因情態不同而產生的談話限制和特徵。

▶ 標示種類限制訊息

- 依存語結構（終結表達）依類型不同，有更偏好或要迴避的狀況，因此本章盡力呈現此類的類型限制訊息。

– 게 되다

形態訊息

· 用言的語幹後加「–게 되다」。

1 變化

用於表示無關乎意志或希望而達到此般狀況。

· 그 가게는 손님이 없어서 문을 닫게 되었다. 那家店因為沒有客人而關門。
· 집에서 학교까지 너무 멀어서 학교 근처로 이사를 가게 되었다.
  因為家裡離學校太遠，而搬到學校附近。
· 어릴 적 친구의 소식을 우연히 듣게 되었습니다. 偶然聽到小時候朋友的消息。
· 어릴 때 나쁜 습관을 고치지 않으면 나이가 들수록 고치기 어렵게 된다.
  小時候的壞習慣不改掉的話，年紀愈大愈難改。
· 가 : 내가 급한 일이 생겨서 내일 모임에 참석하지 못하게 되었어. 정말 미안해.
  我有急事沒辦法參加明天的聚會，真的很抱歉。
  나 : 정말? 오랜만에 네 얼굴 보려고 오는 친구들이 많은데.
  真的？想要見久未謀面的你而來的朋友很多呢！

文法訊息

· 前用言限制：主要和動詞結合，不過有些情況可以和「바쁘다」、「어렵다」等
  部分形容詞結合。
  예문 가구를 더 들여 놓았더니 방이 (좁아졌다/*좁게 되었다).
  放了更多家具到房間，房間就變小了。
  새로운 일을 시작하고 나서부터 전보다 더 바쁘게 되었다.
  開始新工作後，變得比以前更忙碌了。

· 先語末語尾限制：和前用言結合時，不介入「–었–」、「–겠–」。
  예문 *그 가게는 손님이 없어서 문을 (닫았게/닫겠게) 되었다.
  那家店因為沒有客人而關門。

· 句子類型限制：主要用於陳述句、疑問句，不用於建議句、命令句。
  예문 *외국으로 이사를 가게 되어라. 變得搬到國外去吧。

- 和第一人稱主語一起使用時，表示無關乎自己的意志而達成，因此可以作為謙遜的表達。

接尾被動

> 在部分動詞接被動接尾詞可以表示被動的意思。不過「-게 되다」可以和許多動詞自由結合，和被動接尾詞形成的被動有意義上的差異。

예문 친구의 결혼식에서 헤어진 남자 친구를 다시 보게 되었다.
在朋友的結婚典禮上再見到分手的前男友。

멀리서 손을 흔드는 어머니의 모습이 보였다.　看到在遠方揮手的媽媽。

어릴 적 친구의 소식을 우연히 듣게 되었다.　偶然聽到小時候朋友的消息。

어디에선가 음악 소리가 들린다.　音樂不知由何處傳來。

- 게 하다

形態訊息

· 用言的語幹後加「-게 하다」。

---

1 使動

表示指使他人做某事，或使事物形成某狀態。

- 엄마는 아이가 밥을 끝까지 다 먹게 했다. 媽媽叫孩子吃飯都吃完。
- 저는 주말마다 남편에게 청소를 하게 해요. 我每個周末都叫老公打掃。
- 아내가 차를 험하게 몰아서 차가 고장나게 했다.
  太太粗魯駕車，因此車子故障。
- 여보, 이제 우리 규현이도 컸으니까 혼자서 자게 합시다.
  親愛的，我們圭賢也大了，讓他自己睡吧。
- 교수님은 학생들이 스스로 논문 주제를 찾아오게 하실 거예요.
  教授會要學生自己找論文題目。

- 가 : 네가 웬일로 텔레비전을 안 보니? 你怎麼不看電視？

  나 : 형이 시끄럽다고 텔레비전을 못 보게 했어요. 哥哥說吵，不讓我看電視。

Tip 「하다」可以替換成「만들다」、「시키다」。
- 엄마는 아이가 밥을 먹게 만들었다. 媽媽叫孩子吃飯。
- 교수님은 학생들이 스스로 논문 주제를 찾아오게 시키셨다.
  教授讓學生自己找論文主題。

文法訊息

- 助詞結合訊息：「–게」和「하다」之間可以加入補助詞「는」、「도」、「만」、「까지」等。

  예문 저는 주말마다 남편에게 청소를 하게도 하고, 빨래를 하게까지 해요.
  我每個周末都叫老公打掃、甚至洗衣服。

- 前用言限制：主要和動詞結合，不過可以和有狀態變化之意的形容詞結合。

  예문 엄마는 아이가 밥을 먹게 했다. → 동사와 결합 가능

  媽媽讓孩子自己吃飯。→ 可以和動詞結合。

  *엄마는 아이가 예쁘게 했다. → 형용사와 결합 어려움.

  媽媽讓孩子漂亮。→ 不和形容詞結合。

  엄마는 국을 데워서 따뜻하게 하셨다. → 상태 변화 의미의 형용사와 결합 가능

  媽媽把湯燙熱。→ 可以和有狀態變化意義的形容詞結合。

- 先語末語尾限制：和前用言結合時，不介入「–었–」、「–겠–」。

  예문 *엄마는 아이가 밥을 혼자서 다 (먹었게/먹겠게) 했다.

  媽媽讓孩子自己吃完飯。

Tip 與「–게 하다」結合之動詞行為主體，助詞「–에게」有些情況可以替換成「–이／가」、「–을／를」。
- 엄마는 아이(에게/가/를) 밥을 먹게 했다. 媽媽叫孩子吃飯。

相關表達

- –도록 하다

  (1) 主要用在書面語或正式場合中。

  예문 정부는 기업들이 공해 물질을 줄이도록 했다. 政府要企業減少公害物質。

  (2) 可以用於對聽者命令，或話者表示自己的意志或決心時。

  예문 여러분, 운동장으로 모이도록 하세요. → 명령

  各位，請到運動場集合。→ 命令

  곧 답변 드리도록 하겠습니다. → 의지, 다짐

  馬上回覆您。→ 意志、保證

接尾使動

和使動接尾詞結合的動詞有頗多限制，不過「−게 하다」前可自由使用許多動詞。動詞皆可接使動接尾詞和「−게 하다」形成使動，兩者間意義有所差異。一般而言，接尾詞的使動是直接使動，「−게 하다」的使動則是間接使動。

예문 엄마가 아이에게 젖을 먹였다. 媽媽餵孩子奶。

아이가 밥을 안 먹고 장난만 치자, 엄마가 아이를 혼내서 밥을 먹게 했다.
孩子不吃飯在玩玩具，媽媽生氣叫孩子吃飯。

---

2 允許

表示允許或同意他人的行動。

- 자취를 하고 싶었지만 부모님이 혼자 자취하게 하지 않으셨어요.
  雖然想要自己開伙，但父母不讓我自己開伙。
- 우리 엄마는 하루에 한 시간만 컴퓨터 게임을 하게 하셔.
  我媽媽讓我一天只玩一小時電腦遊戲。
- 우리 기숙사에서는 학생들이 외박하게 하지 않습니다.
  我們宿舍不讓學生外宿。
- 가 : 아이에게 사탕 줘도 돼? 可以給孩子糖果嗎？
  나 : 응, 하루에 한 개 정도는 먹게 하고 있어. 嗯，每天讓孩子吃一個左右。

Tip 「하다」也可以替換成「두다」或「허락하다」。

- 엄마는 내가 한 시간만 컴퓨터 게임을 하게 허락한다.
  媽媽只允許我玩一個小時電腦遊戲。
- 주말이니까 남편이 낮잠을 자게 두었다. 因為是周末，所以讓丈夫睡午覺。

文法訊息

- 助詞結合訊息：「−게」和「하다」之間可以加入補助詞「는」、「도」、「만」、「까지」等。
  예문 주말이니까 남편이 낮잠을 자게는 해 주었다.
  因為是周末，所以讓先生睡午覺。

- 前用言限制：主要和動詞結合。
  예문 ?나는 동생을 귀엽게 했다. 我讓妹妹可愛。

- 先語末語尾限制：和前用言結合時，不介入「−았−」、「−겠−」。

예문 *그 우리 기숙사는 학생들이 (외박했게/외박하겠게) 하지 않습니다.
　　我們宿舍不讓學生外宿。

Tip 「–게 하다」的動詞主角「–에게」有些情況可以替換成「–이／가」、「–을／를」。

• 엄마는 (내가/나를/나에게) 한 시간만 컴퓨터 게임을 하게 한다.
　　媽媽只讓我玩一小時電腦遊戲。

相關表達

• –도록 하다

(1) 主要用在書面語或正式場合中。

예문 저희 병원에서는 환자들이 허가 없이 외출하도록 하지 않습니다.
　　我們醫院不讓患者未經許可外出。

(2) 可以用於對聽者命令，或話者表示自己的意志或決心時。

예문 내일 아침 8시까지 운동장으로 모이도록 하세요. → 명령
　　明天早上八點前請到運動場集合。→ 命令
　　곧 답변 드리도록 하겠습니다. → 의지, 다짐
　　馬上回覆您。→ 意志、保證

– 고 말다

依存語結構：
終結表達

形態訊息

• 用言的語幹後加「–고 말다」。

1 惋惜

用於表示某事要是不發生就好，但終究發生了，話者對該事發生感到惋惜。

• 선수들은 피나는 노력에도 불구하고 금메달 획득에는 실패하고 말았다.
　　選手們付出血汗努力，結果沒有得到金牌。

• 김 선생은 불의의 사고로 일찍 세상을 떠나고 말았습니다.
　　金老師因為意外事故而早早就離開世界。

- 늦잠을 자는 바람에 중요한 행사에 지각하고 말았어요.

  因為睡過頭，所以在重要活動遲到。
- 가 : 필기시험은 통과했는데 면접에서 떨어지고 말았어.

  通過了筆試，結果面試落榜。

  나 : 다음에 기회가 또 있을 거야. 힘내. 下次還有機會，加油。

文法訊息

- 助詞結合訊息：「고」和「말다」間加上「야」，可以更強調意思。

  [예문] 김 선생은 불의의 사고로 일찍 세상을 떠나고야 말았습니다.

  金老師因意外事故而早早就離開世界。
- 前用言限制：主要和動詞結合，不和形容詞、「이다」結合。

  [예문] *아기가 엄마를 닮아서 못생기고 말았어요.

  孩子像媽媽，終於長得不好看。
- 先語末語尾限制：和前用言結合時不介入「-었-」、「-겠-」。

  [예문] *늦잠을 자는 바람에 중요한 행사에 (지각했고/지각하겠고) 말았어요.

  因為睡過頭，所以重要的活動遲到。
- 時制訊息：主要和「-었-」結合，用過去形。不過，若要將未來的事件表現為既定事實時，可以用未來形。

  [예문] 나도 언젠가는 세상을 떠나고 말겠지. → 변할 수 없는 사건을 표현할 때

  我總有一天會離開世界。→表現不能變更的事件

  김 선생은 불의의 사고로 일찍 세상을 떠나고 말 겁니다.

  金老師會因為意外事故而早早離開世界。

  → 점쟁이가 미래를 예언할 때

  →占卜者預言未來時
- 句子類型限制：主要用陳述句、疑問句，不用於建議句、命令句。

  [예문] *중요한 행사에 지각하고 맙시다. 我們在重要的活動遲到吧。

相關表達

- -어 버리다

  (1) 表示可惜或後悔時，大部分的情況「-어 버리다」和「-고 말다」可以替換使用。

  [예문] 차가 막히는 바람에 기차를 (놓쳐 버렸어/놓치고 말았어). → 아쉬움

  因為塞車，所以錯過火車。→ 惋惜

  살을 빼야 하는데 못 참고 (먹어 버렸다/먹고 말았다). → 후회

  應該要減肥，但忍不住吃了。→ 後悔

(2) 要表示負擔減輕、輕鬆的感情時，使用「-어 버리다」較自然。

例文 오히려 포기를 (해 버리니/²하고 마니) 마음이 편해요.
放棄了反而心情更輕鬆。

그동안 하고 싶었는데 못 했던 이야기를 (해 버리니까/²하고 마니까) 시원해
요. 說了過去想說但沒說的故事，感覺真舒坦。

2 意志

話者表示要實現不容易的事的意志。

- 올해는 꼭 시험에 통과하고 말겠다고 다짐했다. 下定決心今年一定要通過考試。
- 이번 올림픽에서 반드시 금메달을 따고 말겠습니다.
  這次奧林匹克一定要奪取金牌。
- 금연에 성공해서 건강을 되찾고 말 거예요. 要成功禁菸找回健康。
- 가 : 요즘 아르바이트를 열심히 하네. 你最近很認真打工呢。
  나 : 응. 열심히 돈을 모아서 내년에는 꼭 유럽으로 배낭여행을 가고 말 거야.
  嗯，努力賺錢，明年一定要去歐洲自助旅行。

文法訊息

- 助詞結合訊息：「고」和「말다」間可加上「야」，以表更強調意思。
  例文 올해는 꼭 시험에 통과하고야 말겠다. 今年一定要通過考試。

- 前用言限制：主要和動詞結合，不和形容詞、「이다」結合。
  例文 *올해는 꼭 예쁘고 말겠다. 今年一定要漂亮。

- 先語末語尾限制：和前用言結合時，不介入「-었-」、「-겠-」。
  例文 *꼭 시험에 (통과했고/통과하겠고) 말 거예요. 一定要通過考試。

- 時制訊息：主要和「-겠-」、「-을 것이다」結合，用未來形。不和過去時制
  「-었-」結合。
  例文 금연에 성공해서 건강을 되찾고 (말 것이다/말겠다/²²말았다).
  決心成功禁菸，找回健康。

- 句子類型限制：主要用於陳述句、疑問句，不用建議句、命令句。
  例文 *올해는 꼭 시험에 통과하고 말아라. 今年一定要通過考試。

相關表達

- -어 버리다
  (1) 「-어 버리다」用於假設該狀態（無關乎事實）只要話者下定決心就不難達
      成目標。

예문 가 : 이번에는 장학금을 못 받을 것 같아. 1등만 장학금을 준다네.

這次大概拿不到獎學金了，聽說只給第一名獎學金。

나 : 정말? 되게 까다롭네. 까짓 거, 그냥 1등 해 버려.

真的？真刁，那乾脆就拿第一名。

– 고 싶다

依存語結構：
終結表達

形態訊息

· 用言的語幹後加「–고 싶다」。

1 希望

用於表示希望做那件事，或希望變成那樣。

· 나는 세계 모든 나라에 다 가 보고 싶다. 我想要去全世界所有國家。

· 우리 팥빙수 먹으러 갈래? 날씨가 더워서 시원한 거 먹고 싶네.

我們要不要去吃紅豆冰？天氣熱想吃點涼的。

· 이번 방학에는 운전면허를 따고 싶어서 운전 학원에 등록했어요.

因為這次放假想要拿到駕照，所以在駕訓班報名了。

· 가 : 우리 점심에 뭐 먹을까? 먹고 싶은 거 있어?

我們午餐要吃什麼？有想吃的嗎？

나 : 글쎄. 학교 앞에 새로 생긴 식당에 가고 싶은데. 너는 어때?

嗯，我想去學校前面新開的餐廳，你呢？

文法訊息

· 助詞結合訊息：「고」和「싶다」之間可以加入補助詞「는」、「도」、「만」、「까지」等。

예문 여행을 가고(는/도/만) 싶다. 想去旅行。

· 主語限制：主要和表示有情物的主語一起使用，和第三人稱主語結合常顯得不自然。

예문 *오후에 날씨가 좋고 싶다. 下午想要天氣好。

*부모님이 아프시지 말고 건강하고 싶다. 想要父母不生病、健康。

· 前用言限制：主要和動詞結合，不和形容詞結合。可以和「이다」結合，用作

568

慣用表達。

[예문] 나는 당신에게 좋은 남편이고 싶어. 我想做你的好丈夫。

• **先語末語尾限制**：和前用言結合時，不介入「–었–」、「–겠–」。

[예문] *나는 세계 모든 나라에 다 가 (봤고/보겠고) 싶다.

我想要去全世界所有國家。

• **句子類型限制**：主要用於陳述句、疑問句，不用建議句、命令句。

[예문] *학교 앞 새로 생긴 식당에 가고 싶자. 想去學校前面的新餐廳。

[Tip] 第三人稱有情物主語用「–고 싶어하다」。

• 규현이가 엄마를 많이 보고 싶어해. 圭賢很想媽媽。

• 여보, 서준이가 젤리를 먹고 싶어해요. 좀 사다 줄래요?

親愛的，敘俊想吃果凍，可以買一點嗎？

相關表達

• **–었으면 좋겠다／하다／싶다**

(1) 「–었으면 좋겠다／하다／싶다」表示希望那樣，和「–고 싶다」意思差異不大，可以替換使用。

[예문] 가 : 이번 연휴에 뭘 할 거예요? 這次連假要做什麼？

나 : 이번 연휴에는 집에서 푹 쉬(었으면 해요/고 싶어요).

這次連假想在家裡好好休息就好了。

(2) 「–었으면 좋겠다／하다／싶다」沒有主語限制，「–고 싶다」則不然。

[예문] 여유가 생기면 운전을 (배웠으면 싶어/배우고 싶어).

有空的話想學開車。

오후에 날씨가 (좋았으면 싶다/*좋고 싶다).

希望下午天氣好。

→ '–고 싶다'는 무정물 주어나 2, 3인칭 주어와 결합하면 어색한 경우가 많음.

→ 「–고 싶다」接無情物主語或第二、三人稱主語會不自然。

– 고 있다

形態訊息

・用言的語幹後加「–고 있다」。

1　進行

表示某行為持續進行。

- 연정이는 늦는다니까 우리 먼저 회의를 하고 있자.
  妍靜說會晚到，要我們先開始開會吧。
- 혜진이는 상대방이 말하고 있을 때 불쑥 끼어드는 버릇이 있다.
  惠珍有在對方說話時插話的習慣。
- 너는 아직도 밥을 먹고 있니? 정말 천천히 먹는구나. 你還在吃飯？吃得真慢。
- 가 : 현정이 출국이 언제더라? 賢靜什麼時候出國？
  나 : 현정이 오늘 아침에 출국했어. 지금쯤 미국에 가고 있겠다.
  賢靜今天早上出國了，現在應該在去美國的路上。

文法訊息

- 助詞結合訊息：「고」和「있다」之間可以加入補助詞「는」、「만」等。
  예문 나는 머릿속으로는 딴 생각을 하면서 수업을 듣고(는/만) 있었다.
  　　我腦中邊想著其他的事情，邊聽課。
- 前用言限制：主要和動詞結合，不和形容詞、「이다」結合。
  예문 *나는 요즘 계속 바쁘고 있다. 我最近持續在忙。
- 先語末語尾限制：和前用言結合時，不介入「-었-」、「-겠-」。
  예문 *네가 전화했을 때 (잤고/자겠고) 있었어. 你打電話時在睡覺。

Tip 主語是須尊待對象時，「-고 있다」要改為「-고 계시다」。
- 할머니께서 주무시고 계시니까 조용히 해. 奶奶在睡覺，安靜點。

相關表達

- –는 중이다
  (1) 大部分的情況和「-고 있다」差異不大，可以替換使用，不過相較於「-고 있다」，所指的時間幅度較短，意義上有可能有差異。
  예문 김 선생은 요즘 어학당에서 한국어를 가르치고 있어요.
  　　金老師最近在語學堂教韓語。
  　　김 선생은 지금 어학당에서 한국어를 가르치는 중이에요.
  　　金老師現正在語學堂教韓語。

2　狀態持續

表示某行動的結果或狀態持續。

- 흰색 원피스를 입고 있는 사람이 채린이야. 穿著白色連衣裙的人是彩林。
- 무거운 가방을 들고 있어서 팔이 아파요. 因為提重的包包，所以手痛。
- 나는 집중해서 생각을 하느라고 눈을 감고 있었다.
  我為專注思考而閉著眼睛。
- 가 : 너 오늘 되게 키가 커 보이네? 你今天看起來特別高？
  나 : 굽이 높은 구두를 신고 있어서 그런가 봐. 大概是我穿了高跟鞋的緣故吧。

文法訊息

- 主語限制：主要和表示人的主語一起使用。
- 助詞結合訊息：「고」和「있다」之間可以加入補助詞「는」、「만」等。
  예문 나는 굽이 높은 구두를 신고는 있었지만 여전히 남들보다 키가 작았다.
  我雖然穿著高跟鞋，但還是比其他人矮。
- 前用言限制：主要和「입다」、「신다」、「쓰다」、「걸치다」等穿著動詞或「감다」、「들다」、「메다」、「쥐다」等表示身體動作的特定動詞結合。
- 先語末語尾限制：和前用言結合時，不介入「-었-」、「-겠-」。
  예문 *나는 눈을 (감았고/감겠고) 있다. 我閉著眼。

Tip 主語是須尊待的對象時，「-고 있다」要改為「-고 계시다」。
  - 흰색 원피스를 입고 계신 분이 강 선생님이셔.
    穿著白色連衣裙的是姜老師。

相關表達

- -어 있다
  (1) 主要和被動形動詞、姿勢動詞結合，表示狀態持續。
  예문 책상 위에 꽃병이 놓여 있다. 書桌上放著花瓶。
    많은 사람들이 자리가 없어서 서 있었다. 很多人因為沒有位子而站著。

  (2) 和「가다」、「오다」等移動動詞結合時，「-고 있다」表示進行的意思，而「-어 있다」表示完成狀態的持續。
  예문 신혜는 버스를 타고 학교에 가고 있어요. → 신혜는 지금 버스에 있음.
    信惠正搭著公車去學校。→ 信惠現在在公車上。
    신혜는 학교에 가 있어요. → 신혜는 지금 학교에 있음.
    信惠到學校。→ 信惠現在在學校。

– 고자 하다

形態訊息

· 用言的語幹後加「–고자 하다」。

1 意圖

表示意圖那樣做，或希望那樣。

· 우리 두 사람은 이제 부부가 되고자 한다. 我們兩個人想結為夫妻。

· 최고의 교사들에게 배우고자 하면 우리 학교로 오십시오.
  如果想要和最好的老師學，請到我們學校來。

· 이후의 일정을 안내해 드리고자 합니다. 我來帶您接下來的行程。

· 무슨 말씀을 하고자 하십니까? 您要說什麼？

· 가 : 우리 회사에 들어오면 어떤 사원이 되고 싶습니까?
  如果進我們公司，想做怎樣的職員？

  나 : 저는 가장 성실히 일하는 사원이 되고자 합니다.
  我要做最認真工作的員工。

文法訊息

· 主語限制：主要和表示人的主語一起使用。

· 前用言限制：主要和動詞結合，不和形容詞、「이다」結合。
  例文 *저는 이제 예쁘고자 합니다. 我現在想要漂亮。

· 先語末語尾限制：和前用言結合時，不介入「–었–」、「–겠–」。
  例文 *이후의 일정을 안내해 (드렸고자/드리겠고자) 합니다.
  我來帶之後的行程。

· 句子類型限制：主要用於陳述句、疑問句，不用於建議句、命令句。
  例文 *이후의 일정을 안내해 드리고자 합시다. 我來帶之後的行程吧。

談話訊息

· 常用於論文寫作、正式發表、導覽等正式場合中。

相關表達

- **–으려고 하다**

  (1) 主要用於口語或非正式場合中。

  예문 가 : 방학에 뭐 할 거야? 放假要做什麼？

  　　나 : 모아 둔 돈으로 배낭여행을 가려고 해. 我想用存下來的錢去自助旅行。

– 곤 하다

形態訊息

· 用言的語幹後加「–곤 하다」。

縮寫 -고는 하다

예문 「–곤 하다」分寫為「–고는 하다」反而不自然。

1　反覆

表示一樣的行動或狀況反覆。

- 남편은 주말이면 매번 늦잠을 자곤 한다. 丈夫周末都會晚起。
- 예전에는 일기를 곧잘 쓰곤 했지만 요새는 통 쓰지를 않는다.
  以前常寫日記，不過現在完全不寫了。
- 여기가 어렸을 적 친구들과 함께 놀곤 하던 놀이터예요.
  這裡是小時候常和朋友們一起玩的遊樂園。
- 우리 동네는 툭하면 안개가 끼곤 한다. 我們區動輒起霧。
- 가 : 현정이랑 왜 싸웠어? 為什麼和賢靜吵架？
- 나 : 약속 시간에 매번 늦곤 해서 조금 다퉜어. 因為每次都遲到，所以吵了一下。

文法訊息

- 前用言限制：主要和有時間幅度的動詞結合。不和形容詞結合，即使是動詞，
  「좋아하다」等對象性動詞、「죽다」等瞬間一次性動詞都不能結合。

  예문 *내 동생은 어렸을 때도 예쁘곤 했다. 我妹妹小時候反覆漂亮。

  　　*나는 어렸을 때 K-POP 가수를 좋아하곤 했다.

  　　我小時候反覆喜歡K-POP 歌手。

*나는 늘 죽곤 했다. 我常常反覆死掉。

- **先語末語尾限制**：和前用言結合時，不介入「–었–」、「–겠–」。

  예문 *우리 동네는 툭하면 안개가 (꼈곤/끼겠곤) 한다.

  我們社區常常起霧。

- **句子類型限制**：主要用於陳述句、疑問句，不用於建議句、命令句。

  예문 *주말에는 늦잠을 자곤 하자. 周末常常晚起吧。

相關表達

- **–기（가）일쑤이다**

  (1) 表示某行為或狀況經常發生，話者因此而生否定感情，因此主要用於否定事態。

  예문 현정이는 약속 시간에 늦기 일쑤이다. 賢靜常常遲到。

  그 아이는 거짓말로 둘러대기 일쑤야. 那個孩子常常撒謊唐塞。

– 기（가） 십상이다

依存語結構：
終結表達

形態訊息

· 用言的語幹後加「–기（가）십상이다」。

1 可能性高

表示容易形成某狀況，或可能性高。

- 장마철에는 언제라도 비가 오기 십상이니까 우산을 잘 챙겨라.
  雨季很容易下雨，要記得帶傘。
- 이렇게 미끄러운 길에서는 넘어지기 십상이겠어요.
  在這樣濕滑的路上跌倒是十之八九的事。
- 조심해서 운전하지 않으면 사고 나기가 십상입니다.
  如果不小心開車，出車禍是十之八九的事。
- 가：너, 그렇게 공부를 안 하다가는 낙제하기 십상일 거야.
  你那樣不念書，十之八九會留級。

  나：앞으로 열심히 하면 되지 뭘 그래. 以後努力就好，幹嘛那樣。

中心語

- 십상：絕對正確的

文法訊息

- 助詞結合訊息：「십상」後主要接敘述格助詞「이다」。
- 主語限制：因為表示可能性的推測，所以用第一人稱主語會有不自然的情況。
  예문 ??나는 지금쯤 밥을 먹고 있기 십상이다. 我現在很可能在吃飯。
- 前用言限制：主要和動詞結合，不和形容詞、「이다」結合。不過有些情況可以和「바쁘다」、「아프다」等部分形容詞結合。
  예문 *화장을 잘 해 놓으면 예쁘기 십상이지요. 好好化妝十之八九會很漂亮。
  *나는 늘 꼴찌이기 십상이었다. 我一直都是敬陪末座。
  연말이 되면 바쁘기 십상이니까 미리 미리 끝내 놓읍시다.
  到年底總會很忙，我們提早結束吧。
- 先語末語尾限制：和前用言結合時，不介入「-었-」、「-겠-」。
  예문 *장마철에는 비가 (왔기/오겠기) 십상입니다. 雨季十之八九會下雨。
- 句子類型限制：主要用於陳述句，疑問句時主要和「-지요？」、「-잖아요？」等結合以表確認疑問。命令句、建議句不能使用。
  예문 장마철에는 비가 오기 (십상이지요/*십상이에요)?
  雨季十之八九會下雨吧？
  *장마철에는 비가 오기 십상입시다. 雨季十之八九會下雨。

搭配訊息

- 「-으면~-기 십상이다」中的「-기 십상이다」表示前子句內容為條件。中心語「십상」為「絕對正確的」之意，表示在某條件下形成該狀況是必然的。
  예문 눈이 오면 차가 막히기 십상이다. 下雪十之八九會塞車。

談話訊息

- 主要用於口語中。
- 主要用於非正式場合中。
- 主要用在針對將會有不好事情發生的可能性給予警告，或要求注意。因而有話者都已知道的感覺，不宜對上位者使用。
  예문 ?선생님, 눈이 오면 차가 막혀서 늦기 십상이에요.
  老師，下雪會塞車，會遲到是十之八九的事情。

相關表達

- -기（가）쉽다

(1) 相較於「–기（가）십상이다」，警告的意義較弱。

예문 유리그릇은 깨지기 쉽다. 玻璃器皿容易碎。

그런 옷을 입고 학교에 갔다가는 놀림거리가 되기 십상이야.
穿那樣的衣服去學校十之八九會被嘲笑。

- –기（가）어렵다

    (1) 和「–기（가）십상이다」、「–기（가）쉽다」相反，表示形成某狀況是困難的，或可能性低。

    예문 이 금속은 깨지기 어렵다. 這個金屬很難碎。

- –은／는 수가 있다

    (1) 主要和第二人稱主語一起使用。

    예문 너 그러다 미끄러지는 수가 있으니까 조심해.
    你那樣可能會滑倒，小心。
    이런 빙판길에서는 미끄러지기가 십상이니까 조심합시다.
    這種冰雪路十之八九會滑倒，要小心。

    (2) 「바쁘다」等部分形容詞不能使用。

    예문 연말에는 (*바쁘는 수가 있어요/바쁘기 십상이에요).
    年末很忙是十之八九的事。

- –기（가）일쑤이다

    (1) 主要是話者表示對某事反覆發生的負面認知。

    예문 나는 눈만 내리면 미끄러지기 일쑤야. 그래서 정말 짜증나.
    一下雪我就常滑倒，所以真的很煩。
    이런 눈길에서는 미끄러지기 십상이야. 그러니까 조심해.
    這種雪路滑倒十之八九，所以要小心。

– 기（가）일쑤이다

依存語結構：終結表達

形態訊息

- 用言的語幹後加「–기（가）일쑤이다」。

表示反覆做或發生的事情。

- 저 학생은 툭하면 지각하기가 일쑤더라. 那學生經常動輒遲到。
- 채린이는 건망증이 심해서 물건을 잃어버리기 일쑤이다.
  彩林很健忘，常常忘記東西。
- 너는 아기 때 눈만 뜨면 울기가 일쑤였단다. 你小時候常一睜開眼就哭。
- 가 : 신혜는 또 전화를 안 받네. 信惠又不接電話了。
  나 : 걔는 전화를 안 받기가 일쑤야. 他經常不接電話。

中心語

- 일쑤 : 經常那樣的事

文法訊息

- 助詞結合訊息：「일쑤」後主要接敘述格助詞「이다」。
- 前用言限制：主要和動詞結合，不和形容詞、「이다」結合。不過有些情況可以和「바쁘다」、「아프다」等部分形容詞結合。
  예문 *그 나무는 키가 작기 일쑤이다. 那棵樹經常矮。
  　　 나는 환절기만 되면 감기에 걸려서 아프기 일쑤이다.
  　　 我在換季的時期很容易感冒生病。
- 先語末語尾限制：和前用言結合時，不介入「–았–」、「–겠–」。
  예문 *그는 툭하면 (지각했기/지각하겠기) 일쑤이다. 他經常遲到。
- 句子類型限制：主要用於陳述句，疑問句時主要和「–지요？」、「–잖아요？」等結合以表確認疑問。命令句、建議句不能使用。
  예문 걔는 전화를 안 받기가 (일쑤지요/*일쑤예요)? 他常不接電話吧？
  　　 *우리 전화를 안 받기 일쑤입시다. 我們經常不接電話。

搭配訊息

- 話者對某事反覆發生表示負面認知，因此為強調該事過度發生，可加「툭하면」等副詞語，以「툭하면~–기가 일쑤이다」形態表達。

談話訊息

- 主要用於口語中。
- 主要用於非正式場合中。
- 常用於表示不滿的話中。

相關表達

- –기（가）십상이다

  (1) 表示在某條件下，前所指的事正確而自然。

  예문 이런 눈길에서는 미끄러지기 십상이야. 그러니까 조심해.
  在這種雪路滑倒是十之八九的事，因此小心點。
  나는 눈만 내리면 미끄러지기 일쑤야. 그래서 정말 짜증나.
  一下雪我就常滑倒，所以真的很煩。

– 기（가）짝이 없다

依存語結構：
終結表達

形態訊息

- 用言的語幹後加「–기（가）짝이 없다」。

1 非常嚴重

用於強調狀態或屬性程度非常嚴重。

- 들려오는 노랫소리가 실로 구슬프기 짝이 없었다. 傳來的歌聲實在是悲愴無雙。
- 아이들이 노는 걸 보니 유치하기 짝이 없더라. 看孩子們玩的，實在是幼稚無比。
- 신혜는 불쾌하기 짝이 없다는 얼굴 표정을 하고 있었다.
  信惠一臉很不爽的表情。
- 가: 그 사람은 매일 집에 틀어박혀서 게임만 한대요.
  聽說他整天宅在家裡玩遊戲。
  나: 정말 한심하기 짝이 없군요. 真是令人心寒無出其右。

中心語

- 짝：樣貌或模樣

文法訊息

- 助詞結合訊息：「짝」後方的助詞「이」不能省略。
  예문 *정말 한심하기 짝 없군요. 真是心寒到不行。

- 前用言限制：主要和否定意義的形容詞結合，不和動詞結合。

예문 ?공기가 상쾌하기 짝이 없군요. → 긍정적인 의미로 쓰기 어려움.
空氣十分清爽沒得比。→ 不用肯定的意思。

*현정이는 밥을 먹기 짝이 없어요. → 동사와 결합하기 어려움.
賢靜吃飯沒得比。→ 不和動詞結合。

- 先語末語尾限制：和前用言結合時，不介入「–었–」、「–겠–」。
  예문 *노랫소리가 (구슬펐기/구슬프겠기) 짝이 없다. 歌聲惆悵沒得比。

- 句子類型限制：主要用於陳述句，疑問句時主要和「–지요？」、「–잖아요？」等結合以表確認疑問。命令句、建議句不能使用。
  예문 노랫소리가 구슬프기 짝이 (없지요/*없어요)? 歌聲悲傷惆悵沒得比吧？
  *노랫소리가 구슬프기 짝이 없읍시다. 歌聲悲傷不能比吧。

搭配訊息

- 主要用於強調話者對負面狀態或屬性程度嚴重的認知，因此口語中常和「정말」、書面語中常和「실로」等表示強調之意的副詞一起使用。

談話訊息

- 常用於表示不滿的話中。

– 기 나름이다

依存語結構：
終結表達

形態訊息

· **-기 나름이다**：用言的語幹後加「–기 나름이다」。

Tip –을 나름이다：「–기」可以「–을」替換而為「–을 나름이다」。不過較常使用「–기 나름이다」。

1 依行動而其結果有異

表示根據所做的行動而結果不同。

- 생각하기 나름이겠지만 너 정도면 행복한 삶이잖아?
  雖然各有各的想法，但你那程度是幸福的人生吧？
- 이 개념은 학자마다 정의하기 나름이라서 여러 가지 뜻으로 쓰인다.
  這個概念各學者有各的定義，但它有各種意思在使用著。

- 세상 모든 일은 마음먹기 나름이지요. 世界上所有的事情都取決於自己的決心。
- 가 : 내가 좋은 논문을 쓸 수 있을까? 我可以寫出好論文嗎?

  나 : 네가 노력하기 나름이지, 뭐. 열심히 해 봐.

  那要看你的努力囉,努力試試看。

文法訊息

- 助詞結合訊息:「나름」後主要接敘述格助詞「이다」。
- 前用言限制:主要和動詞結合,不和形容詞、「이다」結合。

  예문 *인기는 예쁘기 나름이지. 人氣取決於漂亮。
- 先語末語尾限制:和前用言結合時,不介入「–었–」、「–겠–」。

  예문 *모든 일은 (마음먹었기/마음먹겠기) 나름이에요.

  所有的事情都取決於決心。
- 句子類型限制:主要用於陳述句,而疑問句時主要和「–지요?」、「–잖아요?」等結合以表確認疑問。命令句、建議句不能使用。

  예문 남자든 여자든 외모는 꾸미기 (나름이지요/*나름입니까)?

  不管男生女生,外貌都靠修飾吧?

  *우리가 노력하기 나름이자. 取決於我們的努力。

談話訊息

- 主要用於非正式場合中。
- 在專業性、學術性、正式性的場合中不太使用。

– 기는 하다

依存語結構:終結表達

形態訊息

· 用言的語幹後加「–기는 하다」。

縮寫 –긴 하다

1 限定

表僅就指定事態談論,而對相關的其他事態表示反對或保留意見。

- 이 옷은 예쁘기는 한데 너무 비싸요. 這件衣服漂亮是漂亮，但太貴了。
- 아기가 있으면 참 좋은데 그만큼 힘들기는 하지요.
  有孩子真好，可是會有相應的辛勞吧。
- 아내가 해 준 음식이라 먹기는 했지만 너무 맛이 없었어요.
  因為是太太做的料理，所以吃是吃了，但真的很不好吃。
- 가 : 상대가 너무 강한 팀이라서 시합을 하나 마나 질 거예요.
  因為對方是很強的隊，所以比賽不管怎樣都會輸的。
  나 : 그래도 결과는 모르는 거니까 최선을 다해 보기는 하자.
  儘管那樣，結果還是未知數，盡全力去比賽吧。
- 가 : 이번 명절에는 시댁과 친정을 둘 다 가려고 해.
  這次節日婆家和娘家都要去。
  나 : 좋은 생각이네. 근데 좀 피곤하기는 하겠다. 很好的點子，但會累一些。
- 가 : 연정이랑 친한 사이야? 和妍靜熟識嗎？
  나 : 아니, 몇 번 만나기는 했어. 不，只見過幾次。

Tip 「하다」的位置也可以替換成和「-기는」結合的相同用言。
- 이 옷은 예쁘기는 예쁜데 너무 비싸요. 這衣服漂亮是漂亮，但太貴了。
- 아내가 해 준 음식이라 먹기는 먹었지만 너무 맛이 없었어요.
  因為是太太做的料理，所以吃是吃了，但真的很不好吃。

文法訊息

- 先語末語尾限制：和前用言結合時，不介入「-었-」、「-겠-」。
  예문 *그를 몇 번 (만났기는/만나겠기는) 하다. 見過他幾次。

談話訊息

- 主要用於口語或非正式場合中。
- 在口語中也可以縮短音節為「-긴 하다」。

- 기로 하다

依存語結構：終結表達

形態訊息

・用言的語幹後加「-기로 하다」。

1 約定

表示決定做某事或約定。

- 올해부터는 열심히 운동하기로 했다. 我決心今年開始要努力運動。
- 여기에서 친구를 만나기로 해서 기다리는 중이에요.
  我和朋友約在這裡見面,正在等待他。
- 내년에는 같이 휴가를 떠나기로 하자. 明年放假一起出去吧。
- 두 번 다시는 거짓말하지 않기로 해. 不會再撒第二次謊。
- 가 : 강희 씨, 우리 언제까지나 서로 아껴주기로 해요.
  姜熙,我們要一直珍惜彼此。
  나 : 네, 약속할게요. 好,我答應你。

Tip 「하다」位置也可以替換成「결심하다」、「약속하다」。

- 올해부터는 열심히 운동하기로 결심 했다. 今年開始下定決心要努力運動。
- 내년에는 같이 휴가를 떠나기로 약속하자. 約好明年放假一起出去吧。

文法訊息

- 前用言限制:主要和動詞結合,不和形容詞、「이다」結合。
  예문 *올해부터는 예쁘기로 했다. 今年開始要漂亮。
- 先語末語尾限制:和前用言結合時,不介入「–었–」、「–겠–」。
  예문 *같이 (만났기로/만나겠기로) 했어요. 打算一起見面。

– 기 / 게 마련이다

依存語結構:
終結表達

形態訊息

- 用言的語幹後加「–기/게 마련이다」。
  Tip 「–기 마련이다」、「–게 마련이다」都可以使用,意思差異不大。

1 當然

用於表示某事為當然、自然的道理。

- 날씨가 궂으면 기분이 우울해지기 마련이지요. 天氣不好,心情必然會憂鬱。

- 겨울이 가면 봄이 오게 마련이다. 冬天過去，春天自然會來。
- 시간이 지나면 자연히 해결되기 마련이니까 너무 고민하지 마.
  時間過去就會自然解決，別太擔心。
- 가 : 요즘 주름이 너무 많아져서 우울해. 最近皺紋增加很多，好憂鬱。
  나 : 괜찮아요. 누구나 나이가 들면 주름이 늘게 마련이잖아요.
  沒關係，任何人上了年紀皺紋自然都會增加的。

文法訊息

- 助詞結合訊息：「마련」後主要接敘述格助詞「이다」。
- 先語末語尾限制：和前用言結合時，不介入「–었–」、「–겠–」。
  예문 *겨울이 가면 봄이 (왔기/오겠기) 마련이다. 冬天過去，春天自然會來。
- 時制限制：主要用現在時制，不用過去時制或未來時制。
  예문 *나이가 들면 주름이 늘게 (마련일 거예요/마련이었어요).
  上了年紀皺紋自然都會增加。
- 句子類型限制：主要用於陳述句，疑問句時主要和「–지요？」、「–잖아요？」
  等結合以表確認疑問。命令句、建議句不能使用。
  예문 나이가 들면 주름이 늘게 (마련이지요/*마련입니까)?
  上了年紀皺紋自然都會增加吧？
  *나이가 들면 주름이 늘게 마련입시다. 上了年紀皺紋自然都會增加吧。

搭配訊息

- 主要表示話者對某事認為是自然道理，常用於提到一般原理時。因此不和表示
  特定時間點的「어제」、「내일」等時間副詞一起使用。
  예문 *나이가 들면 내일 주름이 늘게 마련이다.
  上了年紀，明天皺紋當然會增加。

談話訊息

- 主要用於非正式場合中。
- 因為是表示話者對某命題視為當然的認知，所以對上位者使用有失謙恭，因為
  聽起來有下位者告知上位者當然道理的感覺之故。
- 對上位者說話時，使用假設對方也知道內容的確認終結語尾為宜。
  예문 나이가 들면 주름이 늘게 마련이잖아요.
  上了年紀，皺紋自然會增加的嘛。

相關表達

- –은／는 법이다

(1) 和「-기/게 마련이다」意義差異不大,可以替換使用。

예문 살다 보면 누구나 한 번쯤 실수하(는 법이다/기 마련이다).
　　人活著都會失誤一兩次。

- -기 (가) 일쑤이다
  (1) 主要表示話者對某事反覆發生的負面認知。

  예문 나는 궂은 날씨가 싫어. 날씨가 궂으면 우울해지기 일쑤거든.
  　　我不喜歡壞天氣,因為天氣不好很容易憂鬱。
  　　날씨가 궂으면 누구나 우울해지기 마련이야. 天氣不好任何人都會憂鬱。

  (2) 也可以使用過去時制。

  예문 예전에는 날씨가 궂으면 우울해지기 일쑤였다.
  　　以前天氣不好就很容易憂鬱。

- -기 (가) 십상이다
  (1) 表示在某條件下,前面所指的狀況容易發生,不過並不認為那樣是理所當然。

  예문 겨울이 가면 봄이 (*오기 십상이다/오기 마련이다).
  　　冬天過去,春天自然會來。

- 기만 하다

依存語結構:
終結表達

형태訊息

- 用言的語幹後加「-기만 하다」。

1 僅只

表示僅止於談論的事態。

- 우리 둘은 아무 말 없이 먹기만 했다.
  我們兩個什麼話也沒說,只是一直吃。
- 그 애는 똑똑하기만 하지 인성이나 품행은 형편없어요.
  那個孩子聰明,但是德行不好。
- 어렸을 때 우리 부모님은 싸우기만 하셨지. 小時候父母們老是吵架。

- 가 : 여보, 시댁에 처음 가는 거라 긴장돼요. 가서 뭘 해야 되죠?

  親愛的，第一次去婆家有點緊張。過去要做什麼？

  나 : 당신은 가기만 하면 돼요. 나머지는 내가 다 할게요.

  你只要去就可以了，剩下的我來做。

文法訊息

- 前用言訊息：主要和動詞、形容詞結合。不過，和〈 名詞 ＋하다〉組成的動詞結合時，常用〈 名詞 ＋만＋하다〉形態。

  예문 현정이는 수험생이 되더니 밤낮으로 공부만 한다.

  賢靜要應考後，整天只讀書。

- 先語末語尾限制：和前用言結合時，不介入「–었–」、「–겠–」。

  예문 *그는 아무 말 없이 (먹었기만/먹겠기만) 한다.

  他什麼話都沒說，只是一直吃。

- 句子類型限制：前用言為形容詞時，主要用於陳述句、疑問句，不用於建議句、命令句。不過，若表示希望或願望之意時，即使前用言是形容詞，也可以用建議句、命令句。

  예문 그저 건강하기만 해라. 健康就好。

2 反對意見

用於表示反對對方意見而提出自己意見時。

- 가 : 저 아기 참 못생겼다. 那個孩子長得真不好看。

  나 : 무슨 말을 그렇게 해? 예쁘기만 하네. 怎麼說那種話？很漂亮啊。

- 가 : 이 영화 진짜 재미없지? 這電影真的很無聊吧？

- 나 : 아니. 나는 재미있기만 하던데? 不會，我覺得有趣啊？

- 가 : 무슨 날씨가 이렇담? 추워 죽겠네. 天氣怎麼這樣？冷死了。

- 나 : 왜? 날씨가 좋기만 하구먼. 什麼？天氣不錯啊。

文法訊息

- 前用言限制：主要和形容詞結合，不和動詞結合。不過，如果有表示動詞狀態的副詞一起，則可以和動詞結合。

  예문 가 : 앞 차가 왜 이렇게 안 가지? 前面的車為什麼不走？

  나 : *가기만 하는구먼. 在走呢。

  나' : 잘 가기만 하는구먼. 走得好好的呢。

- 先語末語尾限制：和前用言結合時，不介入「–었–」、「–겠–」。

예문 *그는 아무 말 없이 (먹었기만/먹겠기만) 한다.
他什麼話都沒說，只是一直吃。

- 時制限制：主要用現在時制和過去時制，不和表示未來時制的「-겠-」、「-을 것이다」結合。
  예문 *나는 (재미있었기만/재미있겠기만) 한데? 我覺得有趣啊？

- 句子類型限制：主要用於陳述句、疑問句，不用於建議句、命令句。

- 分布、活用訊息：主要和終結語尾結合，尤其常和「-네（요）」、「-는데（요）」、「-는구먼」結合。

談話訊息

- 主要用於口語中。

- 나 / 은가 보다

依存語結構：
終結表達

形態訊息

	形態	
	動詞	形容詞
尾音 ○	-나 보다	-은가 보다
尾音 ×		-ㄴ가 보다

Tip 動詞可以加「-는가」，形容詞可以加「-나」，不過並不普遍。

1 推測

表示認知某事，並以其做客觀推測。

- 신혜가 전화를 안 받는 걸 보니 자나 보다. 看信惠沒接電話，大概是在睡覺。
- 서준 씨가 아침부터 웃는 걸 보니 기분이 좋은가 봐요.
  看敘俊從早上就在笑，心情大概很好。
- 저 두 사람은 친한가 봐요. 항상 둘이 같이 다니네요.
  他倆大概感情很好吧，經常在一起。
- 두 사람이 말도 안 하는 걸 보니 싸웠나 봐. 看兩個人都不講話，好像是吵架了。
- 하늘에 구름이 많은 걸 보니까 비가 올 건가 봐요. 看天空雲多，好像會下雨。

- 가 : 신혜 씨가 인사도 안 하고 나가네요. 信惠沒打招呼就出去了呢。
  나 : 그래요? 급한 일이 **있나 봐요**. 是喔？可能有急事吧。

文法訊息

- 助詞限制：因為是表示推測，所以和第一人稱主語一起使用會不自然。不過，如果是話者自己客觀說自己不知道的事情時，則可以用第一人稱主語。

  예문 *저는 밥을 먹나 봐요. 我可能吃飯。

  나 아무래도 그 사람을 사랑하나 봐. 계속 그 사람 생각만 나.
  我可能是愛上他了，一直想到他。

- 先語末語尾限制：「-나 보다」和前用言結合時，可以和「-었-」結合。不過「-은가 보다」和前用言結合時，不太和「-었-」結合。兩者都不和「-겠-」結合，表示未來的推測時，用「-을 건가 보다」。

  예문 땅이 젖은 걸 보니 비가 (왔나/?왔는가) 봐요.
  看地是濕的，大概下過雨了。
  하늘에 구름이 많은 걸 보니 비가 (*오겠나/올 건가) 봐요.
  看天空雲很多，好像會下雨。

- 時制限制：主要用現在時制，不用過去時制、未來時制。

  예문 *수지가 아까 대답을 못하는 걸 보니 몰랐나 봤어요.
  看秀智剛剛沒回答，好像是不知道。
  *민수가 비행기 표를 사는 걸 보니 고향에 갈 건가 보겠어요.
  敏秀買飛機票，好像是要回家鄉。

- 句子類型限制：主要用於陳述句，疑問句時主要和「-지요？」、「-네요？」等結合以表確認疑問。命令句、建議句不能使用。

  예문 강희가 계속 기침을 하는 걸 보니 감기에 걸렸나 (보지요?/보네요?/*봅니까?) 姜熙一直咳嗽，大概是感冒了吧？

- 分布、活用訊息：在前子句和後子句連結的位置，主要和連結語尾「-는데」結合。此外，句子的結尾也常和終結語尾「-아／어요」、「-ㄴ데요」、「-네（요）」、「-군요（／구나）」、「-지（요）」等結合。

搭配訊息

- 和表示推測根據的「-（으）ㄴ／는 걸 보니（까）」一起使用。因為表示客觀推測，所以和主觀的「내가 생각하기에」不適合。

談話訊息

- 比起書面語，更常用於口語中。

相關表達

- **–은／는／을 모양이다**

  (1) 在大部分的情況中，和「–나／은가 보다」意義差異不大，可以替換使用。

  예문 사람들이 줄을 서 있는 것을 보니 이 식당 음식이 (맛있는 모양이에요/맛있나 봐요). 看大家在排隊，這家餐廳好像很好吃的樣子。

  (2) 「–나／은가 보다」主要用現在時制，「–은／는／을 모양이다」則沒有這個限制。

  예문 그 지역에 태풍 피해가 (큰 모양이었어요/*큰가 봤어요).
  那個地區的颱風災害好像很大。

  (3) 「–나 보다」在連結語尾中，主要和「–는데」結合，「–는 모양이다」可以和各種連結語尾結合。

  예문 아기가 잠이 들 모양이어서 조용히 방을 나왔다.
  因為孩子看起來睡著了，所以就安靜地出了房間。

- **–은／는／을 것 같다**

  (1) 可以用在無根據的推測。

  예문 오늘은 왠지 좋은 일이 있을 것 같다. 今天不知怎麼地好像會有好事。

  (2) 「–는 것 같다」表示主觀的推測，「–나 보다」表示客觀的推測，因此在有客觀根據的狀況中，使用「–나 보다」更自然。

  예문 가 : 신혜가 전국 달리기 대회에 나간대요. 聽說信惠去參加全國賽跑。
  나 : 우와, 신혜는 달리기를 진짜 (??잘하는 것 같아요/잘하나 봐요).
  哇，信惠好像很會跑。

  예문 제 생각에는 한국 사람들은 김치를 정말 (좋아하는 것 같아요/*좋아하나 봐요). 我覺得韓國人真的很喜歡泡菜。

  (3) 「–는 것 같다」用於委婉表示話者意見；「–나 보다」則沒有這種用法。

  예문 가 : 이 옷 어때요? 這件衣服怎麼樣？
  나 : 수지 씨에게 잘 어울리(는 것 같아요/*나 봐요).
  看起來真的很適合秀智。

- **–은／는／을 듯싶다／듯하다**

  (1) 表示主觀推測。

  예문 이건 그냥 내 느낌인데, 다음 주쯤 인사이동이 있을 듯싶다.
  這只是我的感覺，下周左右可能有人事異動。

  (2) 「–은／는／을 듯」常用於報紙標題。

  예문 전국 추위 풀릴 듯. 好像全國會回暖。

- –겠–

  (1) 表示聽了對方的話後，立刻做出推測。

  예문 가 : 어제 이사를 했어요. 昨天搬家了。

  　　나 : 힘들었겠어요. 那很累吧。

- –을것이다 2

  (1)「–（으）ㄹ 것이다」和第二人稱、第三人稱主語一起使用時，也有推測的意思。這個表達可以說是話者對某事的確信程度高。主要用於讓對方安心的場合。

  예문 가 : 시험에서 떨어지면 어떡하지요?! 考試落榜要怎麼辦？

  　　나 : 걱정하지 마세요. 괜찮을 거예요. 別擔心，會好的。

- 나 / 은가 싶다

依存語結構：終結表達

形態訊息

	形態	
	動詞	形容詞
尾音 ○	-나 싶다	-은가 싶다
尾音 ×		-ㄴ가 싶다

Tip 動詞可以加「–는가」，形容詞可以加「–나」，不過並不普遍。

1 疑惑

表示話者對某事的疑惑。

- 집에 밥이 있나 싶다. 我想家裡會有飯嗎？
- 연정이가 내 생일을 기억하나 싶어. 我猜想顏靜會記得我的生日嗎。
- 이 문법과 저 문법이 무엇이 다른가 싶어요.
  我在想這個文法和那個文法哪個地方不一樣。
- 처음 유학을 왔을 때, 잘 적응할 수 있으려나 싶었다.
  第一次來留學時，我在想能不能適應。
- 겸손이야말로 세상을 사는 데 필요한 덕목이 아닌가 싶다.
  我認為謙遜是活在世界上需要的道德。

- 가 : 학교 앞에 <대박 식당>에 가 봤어요?

  去過學校前面的大瓢餐廳嗎?

  나 : 네. 얼마나 맛있나 싶어 가 봤는데, 별로였어요.

  有,想說有多好吃,結果還好。

Tip 不能表達他人的想法。

- *민수는 내가 바쁜가 싶었어요. 敏秀覺得我在忙。
- 나는 민수가 바쁜가 싶었어요. 我覺得敏秀在忙。

文法訊息

- 主語限制:因為是表示推測,所以不和第一人稱主語一起使用。不過,如果是話者自己客觀說自己不知道的事情時,則可以用第一人稱主語。

  예문 *저는 밥을 먹나 싶어요. 我在想我吃飯嗎。

  나 아무래도 그 사람을 사랑하나 싶어. 계속 그 사람 생각만 나.

  我想可能是愛上他了,一直想到他。

- 先語末語尾限制:「-나 싶다」和前用言結合時,可以和「-었-」結合。不過「-은가 싶다」和前用言結合時,不和「-었-」結合。兩者都不和「-겠-」結合,表示未來的推測時,用「-을 건가 싶다」。

  예문 하늘에 구름이 많은 걸 보니 비가 (왔나/올 건가/²왔는가/*오겠나) 싶어요.

  天空雲很多,我想會下雨。

- 時制限制:主要用現在時制和過去時制,表示推測時,可以和「-겠-」一起用。

  예문 이 문법과 저 문법이 뭐가 다른가 싶겠지만 알고 보면 어렵지 않아.

  我猜想這個文法和那個文法哪裡不一樣,可是了解之後並不難。

- 句子類型限制:主要用於陳述句、疑問句,不用於建議句、命令句。

  예문 *수지가 우리 생일을 기억하나 싶자. 我猜想秀智會記得我們生日吧。

談話訊息

- 主要用於口語中。
- 表示對內容稍有疑惑的態度,可以用於自言自語。

相關表達

- -나/은가 하다

  (1)「-나 하다」主要用過去時制,表示話者過去有那樣的疑問。

  예문 수지가 밥을 안 먹길래 다이어트하나 했는데, 위가 아파서 그랬군요.

  我猜秀智不吃飯是要減肥,但原來是因為胃不舒服。

話者表示對某事感到後悔或擔心。

- 활발하던 애가 요즘 나가지도 않고 왜 저러나 싶어요.
  以前活潑的孩子最近都不出去，我擔心為什麼那樣。
- 시계를 잘 차고 다니지도 않는데 괜히 샀나 싶어요.
  手錶都不配戴出門，我後悔隨興買手錶。
- 술을 마시고 실수한 다음 날에는 내가 정말 왜 그랬나 싶다.
  喝酒後失誤的隔天，我後悔到底為什麼要那樣。
- 걱정하시는 어머니를 보니 아프다는 말을 괜히 했나 싶었어요.
  看媽媽擔心的樣子，後悔冒然說不舒服。
- 어제 여자 친구에게 너무 했나 싶어서 문자를 보냈는데 답이 없네요.
  後悔昨天對女朋友太過分，傳了簡訊沒有回覆。
- 동생의 어리둥절해하는 표정을 보니 내 말을 정말 이해했나 싶었다.
  看妹妹愣愣的表情，擔心她沒有聽懂我的話。
- 할아버지가 조금 우울하신가 싶어서 같이 산책을 하자고 했어요.
  擔心爺爺有些鬱悶，於是提議一起散步。
- 오늘따라 날씨가 왜 이렇게 우중충한가 싶다. 今天天氣為什麼這麼陰沉。
- 가 : 의사 선생님이 두통은 지난 번 수술이랑은 관계없대. 그냥 스트레스래.
  醫生說頭痛和之前的手術沒有關係，只是壓力而已。

  나 : 다행이다. 수술이 잘못 됐나 싶어서 걱정했었어.
  太好了，我擔心手術有什麼問題。

Tip 無法表達他人的後悔或擔心。

- *민수는 내가 괜히 질문했나 싶었다. 敏秀覺得我白問了。
- 나는 민수에게 괜히 질문했나 싶었다. 我後悔冒然向敏秀問了。

文法訊息

- 主語限制：主要和表示人的主語一起使用。
- 先語末語尾限制：因為是對已做的行為表示後悔，所以「-나 싶다」和動詞結合時，主要用「-었-」。
- 時制限制：主要用現在時制和過去時制，表示未來的推測時，可以和「-겠-」結合。

  예문 그때쯤이면 내가 너무했나 싶겠지요. 我後悔那時我太過分了。

- 句子類型限制：主要用於陳述句、疑問句，不用於建議句、命令句。

예문 *시계를 괜히 샀나 싶자. 我們冒然買了手錶吧。

談話訊息

- 主要用於口語中。
- 表現出對內容有些許懷疑態度。

相關表達

- –나／은가 하다
  (1) 「–나 하다」主要用過去時制，表示話者過去有那樣的疑問，但沒有後悔或擔心的意思。
  예문 너무 머리가 아파. 어제 술을 괜히 마셨나 (*했어/싶어).
  頭好痛，後悔昨天猛喝酒。

– 나 / 은가 하다

依存語結構：
終結表達

形態訊息

	形態	
	動詞	形容詞
尾音 ○	–나 하다	–은가 하다
尾音 ✕		–ㄴ가 하다

Tip 動詞可以加「–는가」，形容詞可以加「–나」，不過並不普遍。

1 不確定的推測

以「–나 했다」形態表示話者對某事的主觀、不確定推測或好奇。

- 가 : 선생님, 죄송해요. 고향에서 친구가 와서 어제 결석했어요.
  老師，抱歉，因為家鄉朋友來，所以昨天缺席。
  나 : 안 그래도 결석했길래 몸이 아픈가 했어요.
  你不說我還以為缺席是因為身體不舒服呢。
- 가 : 다음 달에 신혜 씨가 아들 돌잔치를 한대요. 聽說下個月信惠的兒子滿月。
  나 : 돌잔치요? 하도 어려 보여서 학생인가 했는데 결혼했군요.
  滿月嗎？看起來很年輕，還以為是學生，原來結婚了。

- 가 : 서준이 왔니? 是敘俊來了嗎?

  나 : 할머니, 집에 계셨어요? 집이 조용해서 아무도 없나 했어요.

  奶奶，您在家？家裡很安靜，我還以為沒人呢。

- 가 : 서준 씨, 저 제시카예요. 잘 지냈어요? 敘俊，我是潔西卡，過得還好嗎?

  나 : 오래간만이에요. 연락이 없어서 벌써 고향에 돌아갔나 했어요.

  好久不見，沒聯絡還以為你回家鄉了。

- 화장을 해서 밖에 나갈 건가 했더니, 안 나가고 방에서 뭐 해?

  我以為你化了妝要出去，結果不出去在房間裡做什麼?

Tip 無法表達他人的想法。

  - *민수는 내가 아픈가 했다. 敏秀覺得我可能不舒服。
  - 나는 민수가 아픈가 했다. 我覺得敏秀可能不舒服。

文法訊息

- 主語限制：主要和表示人的主語一起使用。

- 先語末語尾限制：「–나 하다」和前用言結合時，可以和「–었–」結合。不過「–은가 하다」和前用言結合時，不太和「–었–」結合。兩者都不和「–겠–」結合，表示未來的推測時，用「–을 건가 하다」。

  예문 땅이 젖은 걸 보니 비가 (왔나/[?]왔는가) 봐요. 看地是濕的，好像是下過雨。

  하늘에 구름이 많은 걸 보니 비가 (*오겠나/올 건가) 봐요.

  看天空很多雲，好像會下雨。

- 時制限制：主要用現在時制和過去時制，表示推測時，可以和「–겠–」一起用。

  예문 그때쯤이면 아마 친구들은 나에게 무슨 일이 있나 하겠지.

  我想那時候朋友們大概會認為我有什麼事。

- 句子類型限制：主要用於陳述句、疑問句，不用建議句、命令句。

  예문 *수지가 우리 생일을 기억하나 하자. 秀智我們記得我們生日吧。

談話訊息

- 表示話者對內容的不確定態度。

相關表達

- –겠거니 하다

  (1) 表示話者對某事實的猜測和信念。

  예문 가 : 왜 유통기한이 지난 우유를 먹었어? 為什麼喝了過期的牛奶?

  나 : 냉장고에 있었으니까 (괜찮겠거니 하고/*괜찮은가 하고) 마셨지.

  因為覺得放在冰箱裡會沒關係。

- –나／은가 싶다

(1) 話者像自言自語般表示疑惑。

예문 내가 과연 이 일을 잘 해낼 수 있나 (싶다/*했다). 我想我能做好這件事嗎？

– 는 게 좋겠다

依存語結構：
終結表達

形態訊息

- 用言的語幹後加「–는 게 좋겠다」。

1 建議、提議

向對方建議或提議做某行動。

- 가 : 날이 저물고 있으니까 이제 그만 산에서 내려가는 게 좋겠어요.

天要暗了，現在下山去會好些。

나 : 그럽시다. 就那麼辦吧。

- 가 : 오후에 비가 온다니까 우산을 챙겨서 나가는 게 좋겠다.

聽說下午會下雨，帶著雨傘比較好。

나 : 알겠어요. 我知道了。

- 가 : 너 취한 거 같아. 이제 그만 마시는 게 좋겠네.

你好像醉了，現在別再喝比較好。

나 : 아니야. 한 잔만 더 마시자. 不，就再喝這一杯。

文法訊息

- 助詞結合訊息：「게」由「거」和格助詞「이」結合而成，「게」和「좋겠다」間不能加其他助詞。
- 主語限制：主要和第二人稱或第一人稱主語一起使用。
- 前用言限制：主要和動詞結合，不和形容詞、「이다」結合。

예문 *이제 예쁘는 게 좋겠다. 現在要是漂亮就好了。

- 先語末語尾限制：和前用言結合時，不介入「–었–」、「–겠–」。

예문 *이제 그만 (마셨는/마시겠는) 게 좋겠다. 現在別再喝比較好。

- 句子類型限制：主要用於陳述句、疑問句，不用建議句、命令句。

예문 *이제 그만 마시는 게 좋겠읍시다. 現在別再喝比較好吧。

談話訊息

- 主要用敘述自己想法的方式，向聽者間接提議做某行動。

-는단 말이다

形態訊息

	形態	
	動詞	形容詞
尾音 ○	-는단 말이다	-단 말이다
尾音 ×	-ㄴ단 말이다	

1 反問

不太相信對方的話，或對對方的話感到驚訝而反問。

- 가 : 내일 최고 기온이 30도래요. 聽說明天最高溫有30度。
  나 : 정말요? 아직 여름도 안 됐는데 그렇게 덥단 말입니까?
  真的？都還沒夏天，會那麼熱嗎？
- 가 : 현정이는 이번 학기에도 장학금을 받는다더라고요.
  聽說賢靜這學期也拿獎學金。
  나 : 이번에도 장학금을 놓치지 않았단 말이에요? 정말 대단하네요!
  你是說這次也沒錯過獎學金嗎？真是厲害！
- 가 : 여보, 밥 한 그릇 더 줄 수 있어요? 親愛的，可以再給我一碗飯嗎？
  나 : 또요? 두 그릇이나 먹었으면서 한 그릇을 또 먹겠단 말이에요?
  又要？已經吃了兩碗，還要吃一碗嗎？
- 가 : 규현이는 벌써 말을 잘한대요. 圭賢已經很會講話了呢。
  나 : 아직 두 돌도 안 된 아기가 말을 잘한단 말이에요? 에이, 거짓말 같아요.
  你是說還不到兩歲的孩子很會說話？應該是假的吧。

文法訊息

- 助詞結合訊息：「말」後只能接敘述格助詞「이다」。

- 句子類型限制：主要用於疑問句。
- 分布、活用訊息：只能和部分疑問形語尾結合，主要以「–는단 말입니까？」、「–는단 말이에요？」、「–는단 말이야？」等形態使用。

談話訊息

- 主要用於口語中。
- 在正式場合中不對上位者使用，而使用「–는단 말씀입니까？」為宜。

    예문 (회사에서 회의하는 상황에 사원이 부장에게) 이번에 저희 부서의 실적이 많이 올랐단 말씀입니까?

    （公司會議中員工對部長）您是說這次我們部門的業績提升很多嗎？

2 辯解、抗議

說明對方未知的情況，表示辯解或抗議之意。

- 가 : 너는 무슨 밥을 그렇게 많이 먹니? 你怎麼吃那麼多飯？

    나 : 오늘 아침부터 굶어서 배고프단 말이야!

    今天從早上就餓肚子，肚子很餓啊！
- 가 : 연정아, 너 숙제도 안 하고 게임만 하고 있는 거야?

    妍靜，你不寫作業只玩遊戲嗎？

    나 : 엄마, 오늘은 숙제 없단 말이에요! 媽媽，今天沒有作業啊！
- 가 : 당신은 왜 하루 종일 잠만 자요? 你為什麼整天只睡覺？

    나 : 그냥 좀 놔 둬요. 몸이 안 좋단 말이에요. 別管我，是身體不太舒服啊。
- 가 : 너 그렇게 부모 속만 썩일 거면 차라리 집을 나가라!

    你要那樣傷父母的心，乾脆離開家裡。

    나 : 아버지, 정말 너무하십니다. 저도 좋은 아들이 되고 싶었단 말입니다!

    爸爸，真是太過分了，我也想做好兒子啊！

文法訊息

- 助詞結合訊息：「말」後只能接敘述格助詞「이다」。
- 句子類型限制：主要用於陳述句。
- 分布、活用訊息：只能和部分敘述型語尾結合，主要以「–는단 말입니다」、「–는단 말이에요」、「–는단 말이야」等形態使用。

談話訊息

- 主要用於口語中。
- 主要用於非正式場合。在正式場合中不對上位者使用。
- 主要對親近的人使用。因為是直接抗辯，所以不能對不太熟識的人使用。

-는 둥 마는 둥 하다

形態訊息

	形態		
	過去	現在	未來
尾音 ○	-은 둥 만 둥 하다	-는 둥 마는 둥 하다	-을 둥 말 둥 하다
尾音 ×	-ㄴ 둥 만 둥 하다		-ㄹ 둥 말 둥 하다

1 似做非做

表示某事好像做了，又好像沒做。

- 나는 입맛이 없어서 밥을 먹는 둥 마는 둥 했다. 我沒胃口，飯像是吃又沒吃。
- 채린이가 나를 본 둥 만 둥 하면서 인사를 안 하더라.
  彩林似有若無看到我，沒打招呼。
- 앞 차가 천천히 가면서 차선을 바꿀 둥 말 둥 하고 있어요.
  前面的車慢慢走，彷彿要換車道，又好像不換。
- 가 : 야! 너 왜 내 말을 듣는 둥 마는 둥 해? 喂！你為什麼愛聽不聽我的話？
  나 : 어? 미안해. 음악을 듣느라고 잘 못 들었네. 喔？抱歉，我在聽音樂沒聽到。

文法訊息

- 助詞結合訊息：「둥」和「하다」間通常不能加助詞，不過要強調時可以加格助詞「을」修飾。
  예문 나는 입맛이 없어서 밥을 먹는 둥 마는 둥을 했다.
  我沒胃口，飯像是吃又沒吃。

- 前用言限制：主要和動詞結合，不和形容詞、「이다」結合。
  예문 *그 가수는 예쁜 둥 만 둥 했다. 那位歌手彷彿漂亮。

- 先語末語尾限制：和前用言結合時，不介入「-었-」、「-겠-」。
  예문 *나는 밥을 먹었는 둥 말았는 둥 했다. 我像是吃又沒吃。
  *앞 차가 차선을 바꾸겠을 둥 말겠을 둥 한다.
  前面的車彷彿要換車道，又好像不換。

- 主要用於口語中。
- 主要用於非正式場合。

– 는 수가 있다

依存語結構：
終結表達

形態訊息

· 用言的語幹後加「–는 수가 있다」。

1　警告有可能性

告知並警告未來有發生不利的可能性。

- 너, 계속 그렇게 놀다가는 낙제하는 수가 있어.
  你再繼續那樣玩，有可能會留級。
- 그렇게 험하게 운전하면 사고 나는 수가 있으니까 조심하세요.
  那樣危險駕駛，可能會出車禍，請小心。
- 서두르지 않으면 지각하는 수가 있겠다. 不快點的話可能會遲到。
- 가 : 그렇게 술을 많이 마시다가는 취해서 집에도 못 가는 수가 있어.
  喝那麼多，醉了可能回不了家。

  나 : 걱정 마. 나는 아무리 마셔도 안 취하니까. 別擔心，我怎麼喝都不會醉。

文法訊息

- 助詞結合訊息：「수」後面的助詞「가」不能省略。
  예문 *너, 계속 그렇게 놀다가는 낙제하는 수 있어.
  　　你再繼續那樣玩，有可能會留級。
- 主語訊息：常用於警告或提醒注意的狀況，因此和第一人稱主語一起使用可能
  會不自然。
  예문 *내가 계속 이렇게 놀다가는 낙제하는 수가 있어.
  　　我再繼續那樣玩，有可能會留級。
- 前用言限制：主要和動詞結合，不和形容詞、「이다」結合。
  예문 *그렇게 계속 놀다가는 더 바쁘는 수가 있어.

再繼續那樣玩，有可能會更忙。

- 先語末語尾限制：和前用言結合時，不介入「–었–」、「–겠–」。
  > 예문 *서두르지 않으면 (지각했는/지각하겠는) 수가 있다.
  > 不快點的話可能會遲到。

- 時制限制：主要用現在時制和未來時制，不用過去時制。
  > 예문 ?그렇게 계속 놀다가는 파산하는 수가 있었다.
  > 再繼續那樣玩，有可能會破產。

- 句子類型限制：主要用陳述句，不用疑問句、命令句、建議句。
  > 예문 계속 이렇게 놀다가는 낙제하는 수가 (??있습니까?/*있읍시다./*있으십시오.)
  > 再繼續那樣玩，有可能會留級。

談話訊息

- 主要用於口語中。
- 主要用於非正式場合。
- 因為是警告的表現，所以不對上位者使用。
  > 예문 ?아버님, 그렇게 계속 놀다가는 파산하시는 수가 있으세요.
  > 爸爸，再繼續那樣玩，有可能會破產。

相關表達

- –을 수도 있다
  (1) 可以和第一人稱、第三人稱主語一起使用。
  > 예문 내가 계속 이렇게 놀다가는 낙제할 수도 있겠지.
  > 我再繼續那樣玩，有可能會留級。

  (2) 可以和形容詞、「이다」結合。
  > 예문 지금 너무 무리하면 내일 아플 수도 있으니까 조심하세요.
  > 現在太硬撐的話，明天可能會生病，請小心。

  (3) 沒有時制限制。
  > 예문 그렇게 계속 놀다가는 파산할 수도 있었다.
  > 再繼續那樣玩，有可能會破產。

2 提示替代方案

因某事發展不如意而提示替代方案。

- 일단 해 보세요. 정 어려우면 선생님께 여쭤 보는 수가 있잖아요.

且先做做看，如果真的有困難，可以問問看老師。

- 만일 정전이 되면 보조 전력을 사용하는 수가 있습니다.
  如果停電，可以使用備用電源。
- 유학 시절, 식당 음식에 질릴 때는 집에서 요리해 먹는 수가 있었다.
  留學時期吃膩餐廳時，可以在家自己料理。
- 가 : 주말이라 차가 막히면 어떡하지요? 周末塞車的話怎麼辦？
  나 : 차가 막히면 지하철을 타는 수가 있으니까 걱정 마세요.
  塞車的話可以搭地鐵，別擔心。

文法訊息

- 助詞結合訊息：「수」後面可以加助詞「가」或「도」，意義沒有差異。此時「가」或「도」都不能省略。
  예문 정 어려우면 선생님께 여쭤 보는 수도 있잖아요.
  如果真的有困難，可以問問看老師。
  *정 어려우면 선생님께 여쭤 보는 수 있잖아요.
  如果真的有困難，可以問問看老師。
- 前用言限制：主要和動詞結合，不和形容詞、「이다」結合。
- 先語末語尾限制：和前用言結合時，不介入「-었-」、「-겠-」。
  예문 *정전이 되면 보조 전력을 (사용했는/사용하겠는) 수가 있다.
  如果停電，可以使用備用電源。
- 時制限制：主要用現在時制和過去時制，不用於未來時制。
  예문 ?식당 음식이 질릴 때는 집에서 요리해 먹는 수가 있겠다.
  吃膩餐廳時，可以在家自己料理。
- 句子類型限制：主要用於陳述句，不用於疑問句、命令句、建議句。
  예문 *정 어려우면 선생님께 여쭤 보는 수가 있어요?
  如果真的有困難，可以問問看老師嗎？

談話訊息

- 主要用於口語中。
- 主要用於非正式場合。

相關表達

- -는／을 수도 있다
  (1) 用於不只一個替代方案，亦可用於有多個選擇時。
  예문 버스를 타는 수도 있고 지하철을 타는 수도 있는데 어떻게 갈래요?
  可以搭公車，也可以搭地鐵，要怎麼去呢？

(2) 不只「–는」，也可以和「–을」結合。

예문 차가 막히면 지하철을 탈 수도 있으니까 걱정 마세요.
塞車的話可以搭地鐵，別擔心。

(3) 「수」後方的助詞「도」一般不省略，但也可以省略。

예문 차가 막히면 지하철을 탈 수 있으니까 걱정 마세요.
塞車的話可以搭地鐵，別擔心。

(4) 沒有時制限制。

예문 식당 음식이 질릴 때는 집에서 요리해 먹을 수도 있겠다.
吃膩餐廳時，可以在家自己料理。

(5) 可以用疑問句。

예문 앞문이 잠겼으면 뒷문으로 들어갈 수도 있어요?
前門關起來的話，可以從後門進去嗎？

- –아／어도 되다
  (1) 和第二人稱主語一起使用時，為允許的意思。

  예문 일단 강희한테 시켜 보고, 강희가 정 못하면 나중에 네가 도와주는 수가 있어.
  先叫姜熙做看看，如果姜熙做不來，之後你也可以幫他。
  → 대안
  → 替代方案
  일단 강희한테 시켜 보고, 강희가 정 못하면 나중에 네가 도와줘도 돼.
  先叫姜熙做看看，如果姜熙做不來，之後你也可以幫他。
  → 허락
  → 允許

– 다가 보다

依存語結構：
終結表達

形態訊息

· 用言的語幹後加「–다가 보다」。

縮寫 –다 보다

1 意圖之外

表示做前面行為的過程中，察覺後事實，或形成後述狀態。

- 열심히 일하다 보니까 어느새 해가 져 있었다. 認真工作，不知不覺天就黑了。
- 나는 책을 많이 읽다 보니 어휘력이 좋아졌다.
  我讀了很多書後，語彙能力變好了。
- 오래 살다가 보니 너한테 선물을 다 받아 보네.
  活著活著各色各樣的禮物都會從你那裡得到。
- 공부를 열심히 하다 보면 성적은 자연히 오를 거야. 認真念書成績自然會提升。
- 아기를 키우다 보면 부모님께 저절로 감사한 마음이 들 거예요.
  養著孩子就會對父母自然生出感謝之心。
- 가 : 너는 어떻게 한국어를 그렇게 잘하게 됐어? 你韓語怎麼會說得那麼好？
  나 : 한국 음악을 좋아해서 많이 듣다 보니까 한국어를 잘하게 됐어요.
  因為喜歡韓國音樂，聽多了韓語就變好了。

文法訊息

- 主語限制：前子句主要和表示人的主語一起使用。
- 前用言限制：主要和動詞結合。
  예문 *성실하다 보면 성적이 금방 오를 거야.
  努力的話，成績馬上就會提升。
  열심히 공부하다 보면 성적이 금방 오를 거야.
  認真念書的話，成績馬上就會提升。
- 先語末語尾限制：和前用言結合時，不介入「–었–」、「–겠–」。
  예문 *오래 (살았다가/살겠다가) 보니 너한테 선물을 다 받네.
  活著活著各色各樣的禮物都會從你那裡得到。
- 分布、活用限制：主要以「–다（가）보니（까）」、「–다（가）보면」形態使
  用，需要後子句。
- 句子類型限制：「–다（가）보니（까）」後子句主要用過去時制，「–다（가）
  보면」後子句主要為未來時制。後子句主要用於陳述句、疑問句，不用於建議
  句、命令句。
  예문 *한국 음악을 많이 듣다 (보니까/보면) 한국어를 잘하게 됩시다.
  多聽韓國音樂，韓語會說得好吧。

– 도록 하다

形態訊息

· 用言的語幹後加「–도록 하다」。

1 使動

表示使令某人做某事，或使事物形成某狀態。

- 이번 워크숍에 모든 직원을 참석하도록 하십시오.
  這次工作坊請讓所有員工都參加。
- 투자자로 하여금 투자를 망설이도록 하는 요인이 무엇인가?
  讓投資客猶豫投資的主要因素是什麼？
- 대규모 시위가 일어나 독재 정권이 무너지도록 했다.
  發生大規模示威，使獨裁政權垮台。
- 가 : 보고서를 금요일까지 제출하도록 하세요. 報告請在星期五前交。
  나 : 네, 알겠습니다. 好，我知道了。

Tip 「하다」也可以換成「만들다」或「시키다」。

- 이번 워크숍에 모든 직원이 참석하도록 만드십시오.
  這次工作坊請讓所有員工都參加。
- 이번 워크숍에 모든 직원이 참석하도록 시키십시오.
  這次工作坊請讓所有員工都參加。

文法訊息

- 助詞結合訊息：「도록」和「하다」之間可以加上補助詞「은」、「도」、「만」、「까지」等。
  예문 대규모 시위가 일어나 독재 정권이 무너지도록까지 했다.
  發生大規模示威，直到獨裁政權傾垮。

- 前用言限制：主要和動詞結合，不過可以和有表示狀態變化之意的形容詞結合。
  예문 엄마는 아이가 밥을 먹도록 했다. → 동사와 결합 가능함.
  媽媽叫孩子吃飯。→ 可以和動詞結合。
  ?엄마는 아이가 예쁘도록 했다. → 형용사와 결합 어려움.

媽媽讓孩子漂亮。→ 不和形容詞結合。

엄마는 국을 데워서 따뜻하도록 하셨다. → 상태 변화 의미의 형용사와 결합 가능함.

媽媽把湯加熱。→ 可以和表示狀態變化的形容詞結合。

- **先語末語尾限制**：和前用言結合時，不介入「–었–」、「–겠–」。

  예문 *대규모 시위가 일어나 독재정권이 (무너졌도록/무너지겠도록) 했다.

  發生大規模示威，直到獨裁政權垮台。

  Tip 和「–도록 하다」結合之動詞的行為主體，其助詞「–에게」可以替換成「–이／가」、「–을／를」。

  - 엄마는 아이(에게/가/를) 밥을 먹도록 했다. 媽媽叫孩子吃飯。

談話訊息

- 主要用於正式場合或書面語中。

相關表達

- **–게 하다**

  (1) 口語和非正式場合中也廣泛使用。

  예문 가 : 여보, 서준이 좀 내려오게 해요. 親愛的，請讓敘俊下來。

  나 : 왜요? 怎麼了？

  가 : 짐 좀 들게 하려고 해요. 要叫他幫忙提行李。

2 允許

表示同意或允許他人的行為。

- 그들이 서울에 있는 동안 우리 집에서 지내도록 했다.
  我讓他們在首爾期間到我家住。
- 학교에서는 일정 기간 동안 성적에 대한 이의 신청이 가능하도록 하고 있다.
  學校規定在一定期間內可以對成績提出異議。
- 당국은 동맹국 국민에 한해서 비자 없이 입국이 가능하도록 하였다.
  當局允許同盟國國民可以無簽證入國。

  Tip 「하다」也可以換成「두다」或「허락하다」。

  - 나는 그들이 우리 집에서 지내도록 두었다. 我讓他們可以留宿在我家。
  - 나는 그들이 우리 집에서 지내도록 허락했다. 我允許他們留宿我家。

文法訊息

- 助詞結合訊息：「도록」和「하다」之間可以加上補助詞「은」、「도」、

「만」、「까지」等。

> 예문 주말이니까 남편이 낮잠을 자도록은 해 주었다.
> 因為是周末，我讓丈夫可以晚起。

- 前用言限制：主要和動詞結合。

> 예문 ?나는 동생을 귀엽도록 했다. 我讓妹妹可愛。

- 先語末語尾限制：和前用言結合時，不介入「-었-」、「-겠-」。

> 예문 *그들을 우리 집에서 (머물었도록/머물겠도록) 했다. 讓他們在我家留宿。

> Tip 和「-도록 하다」結合之動詞的行為主體，其助詞「-에게」可以替換成「-이
> /가」、「-을/를」。

> - 나는 그들(이/을/에게) 우리 집에서 지내도록 했다. 我讓他們在我家留宿。

談話訊息

- 主要用於正式場合或書面語中。

相關表達

- -게 하다

(1) 口語和非正式場合中也廣泛使用。

> 예문 가 : 엄마, 규현이네 집에 놀러 가게 해 주세요. 媽媽，讓我去圭賢家玩。
> 나 : 숙제 먼저 끝내고 가렴. 寫完作業再去。

3 命令或建議

表示命令或建議聽者做某行動。

- 가 : 내일부터 늦지 말도록 하세요. 明天請別遲到。
  나 : 네, 알겠습니다. 好，我知道。
- 가 : 오늘은 이쯤에서 마무리하고 퇴근하도록 합시다.
  今天在這裡結束，下班吧。
  나 : 네, 부장님. 是的，部長。
- 가 : 약을 꼭 챙겨 먹도록 하세요. 藥請務必吃。
  나 : 네, 그럴게요. 고맙습니다. 好，我會的，謝謝。

文法訊息

- 主語限制：主要和第二人稱主語一起使用，或沒有主語。
- 前用言限制：主要和動詞結合，不和形容詞、「이다」結合。

> 예문 *내일부터는 더 예쁘도록 하세요. 明天開始務必請更漂亮。

- 先語末語尾限制：和前用言結合時，不介入「-었-」、「-겠-」。
  예문 *약을 꼭 챙겨 (먹었도록/먹겠도록) 하세요. 藥一定要吃。

- 句子類型限制：主要用命令句或建議句。

談話訊息

- 主要用於正式場合中。
- 軍隊中上級者對下級者命令或筆記時，「하다」也可以省略。
  예문 (군대에서) 훈련에 성실히 임하도록. 알았나?
    （軍隊中）訓練上要認真，知道嗎？
    (메모에서) 3시까지 끝내도록. （便條紙）請在三點結束。

4 保證、意志

說話者表示保證或意志。

- 내일부터 늦지 않도록 하겠습니다. 明天開始不會遲到。
- 오늘은 이쯤에서 마무리하도록 해야겠어요. 今天到這裡該做最後整理了。
- 앞으로는 안전하게 운전하도록 하겠습니다. 以後會安全開車。
- 가 : 우리 헤어지자. 힘들어서 더는 못 만나겠어.
  我們分手吧，我感覺很累，沒辦法再繼續了。
  나 : 내가 앞으로는 더 잘하도록 할게. 미안해. 抱歉，我以後會對你更好的。

文法訊息

- 主語限制：主要和第一人稱主語一起使用。
- 前用言限制：主要和動詞結合，不和形容詞、「이다」結合。
  예문 *내일부터는 더 예쁘도록 하겠습니다. 明天開始會做得更漂亮。
- 先語末語尾限制：和前用言結合時，不介入「-었-」、「-겠-」。
  예문 *내일부터 늦지 (않았도록/않겠도록) 하겠습니다. 明天開始不會遲到的。
- 時制限制：主要用未來時制，不用過去時制、現在時制。

談話訊息

- 主要用於正式場合中。

相關表達

- -을게（요）

(1) 口語和非正式場合中也廣泛使用。

예문 가 : 약속 시간에 매번 늦으면 어떻게 해? 約好的時間老是遲到，該怎麼辦？
　　　나 : 다음부터는 절대 늦지 않을게. 미안해. 以後一定不會遲到的，抱歉。

– 아 / 어 가다

依存語結構：
終結表達

形態訊息

	形態
ㅏ, ㅗ	-아 가다
ㅏ, ㅗ 以外	-어 가다
하다	해 가다

1 持續進行

表示行為或狀態往結束點持續進行。

- 팥빙수가 녹아 가니까 다 녹아 버리기 전에 얼른 먹어라.
  紅豆冰一直在融化，融完之前趕快吃吧。
- 날이 추워서인지 방이 빠르게 식어 가요. 可能是天氣冷的關係，房間很快涼掉。
- 채린이는 어려운 환경에서도 열심히 공부하며 실력을 쌓아 갔다.
  彩林在艱困環境中也努力念書，累積實力。
- 가 : (식당에서) 음식이 나오려면 아직 멀었나요?
  （餐廳中）上菜還要等很久嗎？
  나 : 아니에요. 거의 다 돼 가니까 조금만 기다리세요.
  不會，幾乎都好了，請再等一下。

文法訊息

- 前用言限制：主要和「녹다」、「식다」等表示該動作可以持續到終點狀態的動詞結合。若非此類動詞，則要加上可以表示結束完成狀態的副詞「다」、「거의」等。
  예문 *밥을 먹어 간다. → 밥을 다 먹어 간다.
  　　　在吃飯。→飯快全吃完了。
  　　　*청소를 해 간다. → 청소를 다 해 간다.

正在吃飯。→全部打掃完了。

- 先語末語尾限制：和前用言結合時，不介入「-었-」、「-겠-」。

  예문 *방이 빠르게 (식었어/식겠어) 갑니다. 房間快速地變冷。

相關表達

- -고 있다

  (1)「-고 있다」表示某行為的進行相，沒有開始點與結束點的訊息，因此可以和大部分的動詞結合。

  예문 *밥을 먹어 간다. 飯在吃下去。

  　　 밥을 먹고 있다. 正在吃飯。

- -어 오다

  (1)「-어 오다」表示隨著時間經過，狀態或行為進行，正向某個基準靠近而來。「-어 가다」表示狀態或行為進行，往著明確的時間點前進。要表示積極行為的結果，為達成目標或成就時，使用「-어 가다」較自然。

  예문 밥을 다 먹어 (*온다/간다). 吃完飯。

  　　 일을 거의 끝내 (*온다/간다). 工作幾乎結束了。

  　　 마감일이 다가 (온다/*간다). 截止日到來。

  　　 십 년 동안 친구로 지내 (왔다/*갔다). 結交十年的朋友。

[2] **偶爾重複該行動的模樣**

表示某行動偶爾重複，再做其他行動。

- 숨 좀 쉬어 가면서 말해라. 할 말이 그렇게도 많니?
  喘個氣再說，要說的話有那麼多嗎？
- 저는 아르바이트를 해 가면서 공부하느라 늘 바빠요.
  我邊打工邊念書，一直很忙。
- 가끔씩은 취미 생활도 해 가며 여유롭게 살고 싶어요.
  我希望偶爾從事點業餘生活，過悠悠然地生活。
- 주변을 살펴 가며 살아가는 모습은 얼마나 아름다운가.
  欣賞周遭而生活的樣子是多美啊！
- 가 : 나 이번 달에 절약하려고 커피 한 잔도 안 마셨어!
  我這個月要節省，一杯咖啡也沒喝！

  나 : 맙소사, 돈도 좀 써 가면서 살아야지. 너무 아끼기만 해도 안 돼.
  別說了，也要花點錢生活，太省也是不行的。

文法訊息

- 前用言限制：主要和動詞結合，不和形容詞、「이다」結合。
  예문 *이따금씩 예뻐 가면서 살고 싶다. 想要偶而漂亮活著。

- 先語末語尾限制：和前用言結合時，不介入「-었-」、「-겠-」。
  예문 *숨 좀 (쉬었어/쉬겠어) 가면서 말해라. 呼吸一下再說。

- 分布、活用訊息：主要以「-어 가며」、「-어 가면서」形態使用，須有後子句。

談話訊息

- 口語中主要用「-어 가면서」的形態，書面語中主要用「-어 가며」的形態。

-아 / 어 내다

依存語結構：終結表達

形態訊息

	形態
ㅏ, ㅗ	-아 내다
ㅏ, ㅗ 以外	-어 내다
하다	해 내다

1 終於實現

表示難以實現的事情經由努力、自己的力量終於實現。

- 아내는 열심히 노력한 끝에 마침내 학위를 받아 냈다.
  太太非常努力，最後終於獲得了學位。
- 우리 국민 모두의 힘을 모아 살기 좋은 나라를 만들어 냅시다.
  讓我們聚集我們國民的力量，創造富裕的國家吧。
- 우리 선수단은 온갖 어려움을 극복하고 금메달을 따 냈다.
  我們選手團克服所有困難，得到了金牌。
- 나는 끝까지 포기하지 않고 진실을 밝혀 낼 것이다.
  我到最後都不會放棄，會挖掘出真相的。
- 가 : 결국 부모님의 허락을 받아 내다니 정말 대단해요.
  結果終究得到父母的允許，真厲害。

나 : 제가 고집이 좀 센 편이에요. 我的固執算是厲害的。

文法訊息

- 主語訊息：主要和表示人的主語一起使用。

- 前用言限制：主要和動詞結合，不和形容詞、「이다」結合。

  예문 *올해는 꼭 예뻐 내겠다. 今年一定要變漂亮。

- 先語末語尾限制：和前用言結合時，不介入「-았-」、「-겠-」。

  예문 *나는 마침내 학위를 (받았어/받겠어) 냈다. 我終於得到了學位。

搭配訊息

- 因為表示努力過後得到的成就，所以適合加「마침내」、「결국」等副詞。

談話訊息

- 主要為話者認為難以實現，但經由不懈努力而達成的事，因此不用於不經努力而獲得的成果。

  예문 *나는 복권 당첨금을 받아 냈다. → 복권에 당첨되는 것은 노력과 관계 없으므로 어색함.
  我弄到樂透獎金了。→ 中樂透和努力無關，不自然。

- 和「받다」等動詞結合時，會表現出是在沒有資格下強求得到的感覺，故要小心用字。

  예문 나는 (선생님을 졸라서 억지로) 장학금을 받아 냈다.
  我（纏著老師硬生生的）弄到獎學金。
  ?나는 (열심히 공부해서) 장학금을 받아 냈다.
  我（努力用功）弄到獎學金。

相關表達

- -고 말다

  (1) 「-고 말다」為意志的表達，故主要和未來時制一起用，用過去時制會變成其他意思。

  예문 우리 선수단은 메달을 따고 말 것이다. → 메달을 따겠다는 강한 의지
  我們選手團終會得獎牌。→ 得獎牌的強烈意志
  우리 선수단은 동메달을 따고 말았다. → 동메달을 딴 일은 안타까운 일임.
  我們選手團得到銅牌。→ 得銅牌很可惜
  우리 선수단은 동메달을 따 냈다. → 동메달을 딴 일은 좋은 성과임.
  我們選手團獲得銅牌。→ 得銅牌為好成果

- -어 버리다

(1) 「–어 버리다」用於表示該事態（不管是不是事實）是一件彷彿只要話者下定決心，就不難達成的目標，以此心理態度談話時使用。

예문 우리 선수단은 이번에도 손쉽게 금메달을 따 버렸다.

我們選手團這次也輕鬆得到金牌。

→ 금메달을 딴 일은 쉬운 일임.

→ 得金牌簡單

우리 선수단은 어려운 적수를 물리치고 마침내 금메달을 따 냈다.

我們選手團打敗難纏的敵手，終於獲得金牌。

→ 금메달을 딴 일은 어려운 일임.

→ 得金牌困難

– 아 / 어 놓다

依存語結構：
終結表達

形態訊息

	形態
ㅏ, ㅗ	-아 놓다
ㅏ, ㅗ 以外	-어 놓다
하다	해 놓다

1 行為結果狀態維持

表示維持前內容的行動結果。

- 도서관에 있는 동안에는 휴대 전화를 꺼 놓으십시오.
  在圖書館期間，手機請關機。
- 해외에 가려면 사전에 비자 발급을 받아 놓아야 한다. 要出國要先拿到簽證。
- 누가 방을 이렇게 어질러 놓았어? 誰把房間弄這麼亂？
- 가 : 왜 빈집에 불을 켜 놓았니? 空房子為什麼開著燈？
  나 : 도둑이 들까 봐서 일부러 누가 있는 것처럼 한 거예요.
  因為怕小偷進去，故意裝做有人的樣子。

文法訊息

- 主語訊息：主要和表示有情物的主語一起使用。

- 前用言限制：主要和動詞結合。
  예문 *그 애는 참 예뻐 놓았다. 她真的做好漂亮放著。
- 先語末語尾限制：和前用言結合時，不介入「–었–」、「–겠–」。
  예문 *빈 집에 불을 (켰어/켜겠어) 놓았다. 在空房子裡開燈放著。

談話訊息

- 主要用於口語中。
- 主要用於將焦點放在行為結果維持的狀態而非行為本身，故用於表達話者認為必須提前作準備的事，或話者間接表達對某事情結果所造成之影響的感受。
  예문 학생증을 만들려고 사진을 미리 찍어 놓았어요. → 사전에 미리 준비해야 하는 일

  我要辦學生證，事先拍了照片放著。→ 事前要先準備的事

  누가 방을 이렇게 어질러 놓았어?

  誰把房間弄這麼亂？

  → 어떤 결과 상태에 대한 화자의 불편한 마음을 간접적으로 표현함.

  → 間接表示話者對結果狀態的不滿。

2 狀態持續

表示前狀態持續，前內容為後內容的原因或理由。

- 그 도시는 공기가 워낙 나빠 놓아서 외출하기도 겁난다.
  那個都市本來空氣就不好，都忌憚外出。
- 저는 원체 몸이 약해 놔서 때마다 보약을 지어 먹어요.
  我本來身體就不好，常常煮補藥吃。
- 배추 값이 그렇게 비싸 놓으니 장사가 잘 되겠어요?
  白菜價格那麼貴，生意好嗎？
- 가 : 딸이 6년 동안이나 반장을 했다고요? 반장 엄마는 많이 바쁘다던데.
  女兒當了六年的班長？聽說班長媽媽也很忙。
  나 : 네. 소현이가 6년 내내 반장이 돼 놓는 바람에 매년 학교에 가느라 좀 바빴어요. 對，素賢六年都當班長，每年去學校有點忙。

文法訊息

- 前用言限制：主要和形容詞結合。
- 分布活用限制：主要以「–어 놓아서」、「–어 놔서」形態使用，以表示後子句的理由。
- 句子類型限制：後子句主要用於陳述句、疑問句，不用於建議句、命令句。
  예문 *저는 원체 몸이 약해 놔서 때마다 보약을 지어 먹읍시다.
  我本來身體就不好，常常煮補藥吃吧。

談話訊息

- 主要用於口語中。
- 頻繁省略的口語中常以「-어 놔서」形態使用。
- 主要常用於有一定年紀的階層。

相關表達

- -어 두다

    (1) 在大部分的情況中，和「-아 놓다」意義差異不大，可以替換使用。不過「-어 두다」更有為做某事先準備的意義。

    예문 지갑은 가방 속에 넣(어 둬/어 놔). 皮包放到包包裡。

    밥 먹을 시간도 없이 아주 바쁠 것 같아서 아침을 든든히 먹어 두었다.
    好像會忙到都沒時間吃飯，所以早餐預先吃很飽。

    시험 기간이 얼마 남지 않았으니 미리미리 준비해 두도록 해.
    考試沒剩多少時間，要提前準備。

- 아 / 어 대다

依存語結構：終結表達

形態訊息

	形態
ㅏ, ㅗ	-아 대다
ㅏ, ㅗ 以外	-어 대다
하다	해 대다

1 過度反覆

表示某行動過度反覆，表露出話者對該行動有負面或不滿情緒。

- 아이가 엄마에게 장난감을 사 달라고 졸라 댔다. 孩子一直纏著媽媽買玩具。
- 서준이가 하루 종일 떠들어 대서 너무 시끄러워. 敘俊整天聒噪，很吵。
- 그들은 서로가 옳다고 우겨 댔다. 他們彼此堅持正確。
- 가 : 너는 다이어트를 한다면서 계속 먹어 대니? 你說要減肥，但卻一直吃？
  나 : 이것만 먹고 내일부터 할 거야. 先吃完這個，明天開始減肥。

文法訊息

- 前用言限制：主要和「조르다、떠들다、우기다、울다、손가락질하다」等表示負面語感，且能表示行為持續或反覆的動詞結合。不能和「도착하다」、「죽다」等一次性、瞬間意義的動詞結合。

  예문 ?그는 계속해서 늦게 도착해 댔다. 他一直遲到。

- 先語末語尾限制：和前用言結合時，不介入「–었–」、「–겠–」。

  예문 *아이가 (울었어/울겠어) 댔다. 孩子一直哭。

搭配訊息

- 副詞語搭配訊息：為強調反覆，常和「계속、하루　종일」等一起使用

  예문 아이가 간밤에 계속 울어 대서 한숨도 못 잤어요.

  　　　孩子晚上一直哭鬧，一刻也沒睡。

談話訊息

- 主要用於口語中。

相關表達

- –기（가）일쑤이다

  (1) 「–기（가）일쑤이다」表示某事常發生，「–어 대다」表示某行動反覆嚴重。

  예문 요즘 바빠서 끼니를 거르기 일쑤이다. → 끼니를 거르는 일이 자주 있음.

  　　　最近很忙，常常有一餐沒一餐。→ 誤餐的事常有。

  　　　아이가 밤새 울어 댔다. → 아이가 계속해서 울었음.

  　　　孩子整晚哭。→ 孩子一直哭。

– 아 / 어 두다

形態訊息

	形態
ㅏ, ㅗ	-아 두다
ㅏ, ㅗ 以外	-어 두다
하다	해 두다

1 行為結果維持

表示前行動結果狀態維持。

- 이 일은 제가 마무리할 테니 걱정 말고 맡겨 두세요.
  這件事我會收尾,別擔心,請交給我。
- 여기에 차를 잠시 세워 둬도 괜찮을까요? 這裡可以停一下車嗎?
- 주말에 시간이 없을 것 같아서 발표 준비를 미리 끝내 두었다.
  因為周末好像沒時間,所以先準備好發表。
- 가 : 어거 어디에다가 놓을까? 這要放在哪裡?
  나 : 책상 서랍 속에 넣어 둬. 放在書桌抽屜裡。

文法訊息

- 主語限制:主要和有情物的主語一起使用。
- 前用言限制:主要和動詞結合,不和形容詞、「이다」結合。
  예문 *우리 미리 바빠 두고 주말에는 푹 쉬자. 我們預先忙,周末好好休息吧。
- 先語末語尾限制:和前用言結合時,不介入「-었-」、「-겠-」。
  예문 *여기에 차를 잠시 (세웠어/세우겠어) 둡시다. 在這裡暫停一下車吧。

談話訊息

- 主要用於口語中。
- 用於表示話者先準備好未來事情的認知。
  예문 이따 오랫동안 운동하려면 미리 밥을 많이 먹어 둬.
  等一下要運動很久的話,先多吃點飯。
  → 미래의 일을 위해 미리 준비함.
  → 為了未來的事先準備。

相關表達

- -어 놓다
  (1) 在大部分的情況中,和「-어 두다」意義差異不大,可以替換使用。不過「-어 두다」更有為做某事先準備的意義。
  예문 지갑은 가방 속에 넣(어 놔/어 둬). 皮包放到包包裡。
  밥 먹을 시간도 없이 아주 바쁠 것 같아서 아침을 든든히 먹어 두었다.
  好像會忙到都沒時間吃飯,所以預先早餐吃很飽。
  시험 기간이 얼마 남지 않았으니 미리미리 준비해 두도록 해.
  考試沒剩多久,時間要提前準備好。

– 아 / 어 드리다

依存語結構：
終結表達

形態訊息

	形態
ㅏ, ㅗ	-아 드리다
ㅏ, ㅗ 以外	-어 드리다
하다	해 드리다

1 為上位者而行動

表示為上位者做某行動。

- 할아버지께 안마를 해 드렸다. 幫爺爺按摩。
- 짐이 무거워 보이는데 들어 드릴까요? 行李看起來很重，要不要幫你提？
- 어머니, 내년 생신에는 더 좋은 선물을 해 드릴게요.
  媽媽，明年生日給您更好的禮物。
- 가 : 스승의 날 선물로 뭐가 좋을까? 教師節禮物送什麼好？
  나 : 선생님께 꽃다발을 사 드리는 게 어때? 買束花給老師怎麼樣？

文法訊息

- 主語限制：主要和表示人的主語一起使用。
- 前用言限制：主要和動詞結合，不和形容詞、「이다」結合。
  예문 *나는 부모님을 위해 예뻐 드렸다. 我為了父母漂亮。
- 先語末語尾限制：和前用言結合時，不介入「-었-」、「-겠-」。
  예문 *할아버지께 안마를 (했어/하겠어) 드린다. 幫爺爺按摩。

相關表達

- –어 주다
  (1) 「–어 드리다」是「–어 주다」的尊待表達。若被幫助的對象比提供幫助的對象還下位時，不用「–어 드리다」而用「–어 주다」較自然。
  예문 동생에게 선물을 사 (*드렸다/주었다). 買禮物給妹妹。
  할머니께 선물을 사 (드렸다/*주었다). 買禮物給奶奶。

- 아 / 어 버리다

形態訊息

	形態
ㅏ, ㅗ	-아 버리다
ㅏ, ㅗ 以外	-어 버리다
하다	해 버리다

1 行為完全結束

表示行為完全結束而沒有任何餘留。因該結果話者減輕壓力，或留有惋惜之感。

- 동생이 피자를 다 먹어 버렸다. 弟弟把披薩都吃完了。
- 일을 다 끝내 버리고 나니 시원해요. 事情都做完了，感覺輕鬆。
- 차가 막히는 바람에 기차를 놓쳐 버렸어. 因為塞車，所以錯過了火車。
- 가 : 어제 친구들은 잘 만났어? 昨天見朋友順利嗎？

  나 : 아니. 조금 늦게 갔더니 다 가 버리고 없더라고.

  不，晚了一點去，都走光了。

文法訊息

- 前用言限制：主要和動詞結合，不和形容詞、「이다」結合。

  [예문] *요새는 너무 바빠 버렸다. 最近太忙了。

- 先語末語尾限制：和前用言結合時，不介入「-었-」、「-겠-」。

  [예문] *동생이 피자를 다 (먹었어/먹겠어) 버려요. 弟弟把披薩都吃完了。

談話訊息

- 基本上表示「結束」、「消失」等意思，根據句子脈絡不同，可以表示如下的各種意思。首先可以表示話者輕鬆感情。

  [예문] 밀렸던 빨래를 다 해 버리니 날아갈 듯 기분이 좋았다. → '시원함'

  把堆積的衣服都洗乾淨了，心情像要飛起來一樣好。→「輕鬆」

- 另外，也可以表示話者的可惜、遺憾、難過、後悔等感情。

  [예문] 영화가 아주 재미있었는데 너무 빨리 끝나 버려서 아쉬웠다. → '아쉬움'

電影很有趣，但太快結束，很可惜。→「可惜」

어제 산 휴대폰이 깨져 버려서 정말 짜증이 났다. → '아까움'

昨天買的手機摔壞，真煩。→「遺憾」

좀 더 참지 못하고 여자 친구에게 헤어지자고 말해 버린 것이 너무 후회가 된다. → '후회'

沒再忍一下就向女朋友說要分手，真是後悔。→「後悔」

相關表達

- –고 말다

(1) 表示可惜、後悔等意義時，大部分的情況下，「–고 말다」和「–어 버리다」可以替換使用。

예문 차가 막히는 바람에 기차를 (놓치고 말았어/놓쳐 버렸어). → '아쉬움'

因為塞車，所以錯過了火車。→「可惜」

살을 빼야 하는데 못 참고 (먹고 말았다/먹어 버렸다). → '후회'

應該要減肥，但忍不住吃了。→「後悔」

(2) 不過，要表示壓力減輕的輕鬆心情時，用「–어 버리다」較自然。

예문 오히려 포기를 (ˀ하고 마니/해 버리니) 마음이 편해요. → '시원함'

反而放棄了心情更好。→「輕鬆」

그동안 하고 싶었는데 못 했던 이야기를 (ˀ하고 마니까/해 버리니까) 시원해요. → '시원함'

說了以前很想說但沒說的話，感覺輕鬆。→「輕鬆」

– 아 / 어 보다

依存語結構：
終結表達

形態訊息

	形態
ㅏ, ㅗ	-아 보다
ㅏ, ㅗ 以外	-어 보다
하다	해 보다

1 試圖

表示嘗試做某行動。

- 손님, 마음에 드시면 입어 보세요. 客人，滿意的話請穿穿看。
- 어떤 맛인지 궁금해서 한번 먹어 보았다. 因為好奇是什麼味道，所以吃吃看。
- 좋은 사람 같던데 만나 보는 게 어때? 好像是不錯的人，見面看看怎麼樣？
- 가 : 이 문제 풀 수 있어? 한번 풀어 봐. 能解開這題嗎？解解看。
  나 : 아, 정말 어렵다. 전혀 모르겠어. 啊，真難。完全沒頭緒。

文法訊息

- 主語限制：主要和表示有情物的主語一起使用。
- 前用言限制：主要和動詞結合，不和形容詞、「이다」結合。
  예문 *일단 한번 귀여워 봅시다. 先可愛看看。
- 先語末語尾限制：和前用言結合時，不介入「-었-」、「-겠-」。
  예문 *좋은 사람 같던데 (만났어/만나겠어) 봐요.
  因為好像是不錯的人，所以見見看。

搭配訊息

- 表示以前曾經經歷某行動，因此常以「한번 -어 보다」形態表示。
  예문 내일 예약이 되는지 한번 확인해 봐. 確認看看明天能不能預約。

2 經驗

表示曾經經歷某行動。

- 어렸을 때 미국에 가 본 적이 있다. 小時候去過美國。
- 같은 일을 겪어 보지 않은 사람은 내 심정을 몰라.
  沒有經歷過一樣事情的人，不懂我的心情。
- 그 호텔에는 한 번도 안 묵어 봤는데 다들 좋다고 하더라고요.
  還沒去那間飯店住過，不過大家都說好。
- 가 : 저기 레스토랑이 새로 생겼네. 가 봤어? 那裡有新開的餐廳，去過嗎？
  나 : 나는 안 가 봤는데, 가 본 사람들이 다들 맛있다고 하더라. 우리 오늘 가 보
  자. 我還沒去過，不過去過的人都說好吃，我們今天去吧。

文法訊息

- 主語限制：主要和表示有情物的主語一起使用。
- 前用言限制：主要和動詞結合，不和形容詞、「이다」結合。

  예문 *예전에 한번 귀여워 봤어요. 以前可愛過。

- 先語末語尾限制：和前用言結合時，不太和「-었-」、「-겠-」結合。

  예문 *어렸을 때 미국에 (갔어/가겠어) 봤다. 小時候去過美國。

- 時態限制：因為表示以前做過的行為，所以主要用過去式。

  예문 새로 생긴 카페에 아직 안 가 봤어. → 경험

  還沒去過新開的咖啡店。→ 經驗

  우리 내일 가 보자. → 시도

  我們明天去吧。→ 試圖

- 아 / 어야 되다

依存語結構：
終結表達

形態訊息

	形態
ㅏ, ㅗ	-아야 되다
ㅏ, ㅗ 외	-어야 되다
하다	해야 되다

- -라야 되다：「이다／아니다」語幹也可以接「-라야 되다」。

예문 연세대학교 국문과 학생이라야 됩니다.

應是延世大學國文系學生才行。

1 義務或當為

表示一定有其必要或義務。

- 감기에 걸렸을 때는 약을 먹고 푹 쉬어야 된다. 感冒時要吃藥多休息。
- 금요일까지는 꼭 보고서를 제출해야 됩니다. 星期五前一定要交報告。
- 내일 새벽에 일어나려면 일찍 자야 돼. 明天清晨要起來的話，要早點睡。
- 가 : 이번 주 토요일에는 학원에 가야 돼서 못 만날 것 같아.

  這周六要去補習班，好像沒辦法見面。

나 : 그럼, 다음 주 토요일은 어때? 那下週六如何？

- 가 : 남자는 **씩씩해야 돼요**. 男生要勇敢。

  나 : 그건 고정관념이에요. 那是舊有的想法。

文法訊息

- 助詞結合訊息：也可以加補助詞「만」以強調意義。

  예문 금요일까지는 꼭 보고서를 제출하셔야만 됩니다.

  星期五前一定要交報告。

- 先語末語尾限制：和前用言結合時，不介入「–겠–」。

  예문 좋은 성적을 받고 싶었으면 공부를 열심히 했어야 돼.

  如果想要得到好成績，就該努力用功啊。

  *좋은 성적을 받고 싶으면 공부를 열심히 하겠어야 돼.

  如果想要得到好成績，就要努力用功。

- 句子類型限制：主要用於陳述句、疑問句，不用於建議句、命令句。

  예문 *결혼식에 1시까지 가야 (돼라/되자). 結婚典禮要一點前到。

談話訊息

- 主要用於口語中。

  예문 우리 아이가 내년까지 입으려면 옷이 좀 더 커야 돼.

  我們孩子衣服要穿到明年的話，要再大一點。

  우리 결혼식 날 날씨가 좋아야 되는데. 我們結婚典禮日子要好。

相關表達

- –어야 하다

  (1) 和「–어야 되다」意義差異不大，可以替換使用。

  예문 차가 고장이 나서 당분간은 대중교통을 이용(해야 해요/해야 돼요).

  因為車子故障，所以暫時要搭大眾交通。

  (2) 本來「되다」表示被動之意，而「하다」表主動之意，不過實際生活中不太
  會區分。

  (3) 口語中更常用「–어야 되다」，而「–어야 하다」廣泛用於口語和書面語中。

  예문 공공장소에서는 큰 소리로 떠드는 것을 삼가야 한다.

  在公共場所要避免大聲吵鬧。

  서준아, 밥 남기지 말고 다 먹어야 돼.

  敍俊，飯要全部吃完，不要剩下來。

– 아 / 어야 하다

形態訊息

	形態
ㅏ, ㅗ	-아야 하다
ㅏ, ㅗ 외	-어야 하다
하다	해야 하다

· **-라야 하다**：「이다／아니다」語幹也可以接「–라야 하다」。

예문 연세대학교 국문과 학생이라야 한다.
　　應該是延世大學國文系學生才行。

1 義務或當為

表示一定要做某行動，或有必要形成某狀態。

· 해외여행을 가려면 여권이 있어야 한다. 想要出國旅行的話，要有護照。

· 운전을 하고 싶으면 먼저 운전면허 시험에 합격해야 합니다.
　想要開車的話，要先通過駕照考試。

· 오늘 저는 야근이에요. 끝내야 할 일이 많거든요.
　今天我加班，因為有很多事要做完。

· 가 : 한국어를 잘하려면 어떻게 해야 해요? 想要說好韓語的話，該怎麼做？
　나 : 한국 친구들을 많이 사귀어서 많이 이야기해 보세요.
　交很多韓國朋友，多說。

· 가 : 한국에서 아나운서가 되려면 예뻐야 하는 것 같아요.
　想要在韓國當播音員，好像一定要漂亮。
　나 : 글쎄요. 저는 외모보다 실력이 중요하다고 봐요.
　這個嘛，我認為實力比外貌更重要。

文法訊息

· 助詞結合訊息：可以加上補助詞「만」，以強調意思。
　예문 하루라도 빨리 새 직장을 찾아야만 합니다. 要早一天找到新工作。

· 先語末語尾限制：和前用言結合時，不介入「–겠–」。

예문 좋은 성적을 받고 싶었으면 공부를 열심히 했어야 해.
想要得到好成績，就該努力用功讀書啊。
*좋은 성적을 받고 싶으면 공부를 열심히 하겠어야 해.
想要得到好成績，就要努力用功讀書。

- 句子類型限制：主要用於陳述句、疑問句，不用於建議句、命令句。
  예문 *일단 운전면허 시험에 합격해야 합시다. 要先通過駕照考試。

談話訊息

- 「하다」可以改為「되다」，其意義相同。「–어야 하다」比「–어야 되다」更常用於正式文章或資料中。

相關表達

- –어야 되다
  (1) 「–어야 하다」和「–어야 되다」意義差異不大，可以替換使用。
  예문 차가 고장이 나서 당분간은 대중교통을 이용(해야 돼요/해야 해요).
  因為車子故障，所以暫時要搭大眾交通。
  (2) 本來「되다」表被動之意，而「하다」表主動之意，不過實際生活中不太會區分。
  (3) 口語中常用「–어야 되다」，而「–어야 하다」廣泛用於口語和書面語中。
  예문 나 지금 친구한테 카메라 빌리러 가야 돼. 我現在要去和朋友借相機。
  정부는 하루빨리 대책을 발표해야 한다. 政府要儘速發表對策。

2 惋惜

（主要用過去形）表示一定要做某行動，或須為某狀態，但無法達成而惋惜。

- 이번에는 꼭 합격했어야 했는데 이번에도 시험에 떨어지고 말았다.
  這次一定要合格，但這次考試又落榜了。
- 집값이 떨어졌을 때 집을 사 두었어야 했어. 我該在房價跌時買房子的。
- 자네가 그 일을 제때 끝냈어야 했는데 그렇게 하지 못해서 회사 전체가 손해를 봤어. 你應該要準時做好那件事，但因沒做到，以致整個公司都遭殃。
- 가 : 아까 낮에 그렇게 많이 자지 말았어야 했어. 剛剛白天應該不要睡那麼多。
- 나 : 그러게 말이야. 너무 잠이 안 온다. 是啊，都睡不著。

文法訊息

- 主語訊息：和第一人稱主語一起使用時，表示後悔，和第二人稱主語一起使用時表指責之意。
- 先語末語尾限制：和前用言結合時，不介入「-었-」。
- 時制限制：因為表示對過去的事感到可惜，所以主要用過去時制。

> 예문 *그렇게 하루 종일 자지 말았어야 하겠어. 應該不要整天睡覺。

- 分布、活用訊息：在前子句和後子句連接的位置，主要以「-었어야 했는데」、「-었어야 했지만」、「-었어야 했으나」等形態使用，和表示轉折之意的連結語尾結合。
- 句子類型限制：主要用於陳述句、疑問句，不用於建議句、命令句。

> 예문 *그렇게 하루 종일 자지 말았어야 합시다. 不要整天睡覺。

談話訊息

- 主要用於口語和非正式書面語中。

- 아 / 어 오다

依存語結構：
終結表達

形態訊息

	形態
ㅏ, ㅗ	-아 오다
ㅏ, ㅗ 以外	-어 오다
하다	해 오다

1 持續進行

表示某行為或狀態持續或進行。

- 시험 기간이 가까워 오니까 도서관에서 자리를 찾기가 힘들다.
  考試時間逼近，圖書館裡很難找位子。
- 지금까지 잘 해 온 것처럼 앞으로도 잘 할 거라고 믿어.
  相信我就像現在一直做好，以後也會做得很好。
- 벌써 날이 밝아 오고 있다. 天逐漸亮了。
- 서울시는 노숙자들에게 무료 급식을 제공해 오고 있다.
  首爾市持續提供街友免費餐點。

- 강 선생님은 남몰래 어려운 이웃을 도와 오고 계십니다.
  姜老師一直以來在默默幫助週邊有困難的人。
- 가 : 저 분은 누구세요? 那位是誰?
  나 : 오랫동안 친하게 지내 온 이웃이에요. 一直很親密的鄰居。

文法訊息

- 前用言限制：主要和時間幅度大的動詞或「가깝다、밝다、어둡다」等可以表示狀態程度的形容詞結合。不和表示瞬間行為的動詞或「도착하다、가다、달성하다、끝내다」等表示目標或終點的動詞結合。

  예문 *하루 종일 일어서 왔다. 整天站起來。

  　　*우리의 목표를 달성해 오고 있으니까 힘냅시다!
  　　我們在達成目標，加油！

- 先語末語尾限制：和前用言結合時，不介入「-었-」、「-겠-」。

  예문 *날이 (밝았어/밝겠어) 옵니다. 天逐漸亮。

- 句子類型限制：主要用於陳述句、疑問句，不用於建議句、命令句。

  예문 *오랫동안 친하게 지내옵시다. 長久以來一直很熟識吧。

相關表達

- -어 가다
  (1) 「-어 오다」表示隨著時間經過，狀態或行為進行，往某個基準點接近；「-어 가다」表示狀態或行為進行，往明確的終點前進。若要表現積極行為的結果，為達成目標或成就時，使用「-어 가다」較自然。

  예문 밥을 다 (먹어 간다/*먹어 온다). 飯快吃完。

  　　일을 거의 (끝내 간다/*끝내 온다). 工作幾乎快結束。

  　　마감일이 (*다가 간다/다가 온다). 截止日將來到。

  　　십 년 동안 친구로 (*지내 갔다/지내 왔다). 結交十年的朋友。

2　對話者做某行為

表示某人對話者做某行為。

- 그 남자가 나에게 남자 친구가 있냐고 물어 왔어. 那個男生問我有沒有男朋友。
- 채린이가 십 년 만에 전화를 걸어 왔다. 彩林時隔十年打電話來。
- 서준 씨가 데이트 신청을 해 왔다. 敘俊向我要求約會。
- 가 : 강희야, 너는 왜 사람들에게 집 주소를 안 가르쳐 줘?
  姜熙，你為什麼不告訴其他人家裡地址？

나 : 자꾸 선물을 보내 와서 좀 피곤해. 조용히 지내고 싶어.
一直寄禮物來有點累，我想安靜生活。

文法訊息

- 主語訊息：主要和表示有情物的主語一起使用。

- 前用言限制：主要和動詞結合，不和形容詞、「이다」結合。

  예문 *그녀가 나에게 예뻐 왔다. 她一直對我漂亮。

- 先語末語尾限制：和前用言結合時，不介入「-었-」、「-겠-」。

  예문 *채린이가 전화를 (걸었어/걸겠어) 왔다. 彩林打電話來。

– 아 / 어 있다

依存語結構：
終結表達

形態訊息

	形態
ㅏ, ㅗ	-아 있다
ㅏ, ㅗ 以外	-어 있다
하다	해 있다

1 持續

表示某行為結束後其狀態繼續維持或持續。

- 내 동생은 지금 할머니 댁에 가 있다. 我妹妹現在去到奶奶家。
- 가방에 책이 많이 들어 있어서 너무 무거워. 包包有很多書，很重。
- 저기에 앉아 있는 분이 강 선생님이세요. 那裡坐著那位是姜老師。
- 가 : 수미가 아파서 지금 병원에 입원해 있대. 聽說秀美生病了，現在在住院。
  나 : 정말? 우리 내일 병문안 가자. 真的？我們明天去探病吧。

文法訊息

- 前用言限制：主要和不要求目的語的自動詞、被動詞結合。
  예문 텔레비전이 켜져 있다. 電視開著。
  벽에 그림이 걸려 있다. 牆上掛著畫。

*눈을 감아 있다. → 눈을 감고 있다.

眼睛閉著。→正閉著眼睛。

*안경을 써 있다. → 안경을 쓰고 있다.

戴著眼鏡。→正戴著眼鏡。

- 先語末語尾限制：和前用言結合時，不介入「–었–」、「–겠–」。

  예문 *텔레비전이 (켜졌어/켜지겠어) 있다. 電視開著。

相關表達

- –고 있다

  (1) 表示行為結果持續時，「–어 있다」只能用於不需目的語的動詞，而「–고 있다」則沒有此限制。

  예문 눈을 (감고 있다/*감아 있다). 眼睛閉著。

  　　 안경을 (쓰고 있다/*써 있다). 戴著眼鏡。

  (2) 「–고 있다」也可以表示行為正在進行。

  예문 내 동생은 지금 할머니 댁에 가 있다.

  　　 我妹妹現在去到奶奶家。

  　　 → 동생이 할머니 댁에 도착했고 할머니 댁에 머무르고 있음.

  　　 → 妹妹已經到奶奶家，留宿在奶奶家中。

  　　 내 동생은 지금 할머니 댁에 가고 있다. → 동생이 할머니 댁에 가는 중임.

  　　 我妹妹現在正過去奶奶家。→ 妹妹正前往奶奶家。

– 아 / 어 주다

形態訊息

	形態
ㅏ, ㅗ	-아 주다
ㅏ, ㅗ 以外	-어 주다
하다	해 주다

1 為他人行動

1

表示為了他人而行動。

- 오늘이 내 생일이라서 아내가 미역국을 끓여 주었다.
  因為今天是我的生日，所以太太煮海帶芽湯給我喝。
- 많은 분들이 난민 돕기 성금 모금에 참여해 주셨습니다.
  很多人參與幫助難民募款。
- 저는 외국인 친구들에게 한국어를 가르쳐 주고 있어요. 我在教外國朋友韓語。
- 학교 상담소에서는 무료로 학생들에게 고민 상담을 해 준다.
  學校諮商室免費為學生心事諮商。
- 가 : 실례지만, 길 좀 알려 주세요. 抱歉，請告訴我路。
  나 : 네, 어디를 찾으세요? 好，您要去哪裡？

文法訊息

- 主語訊息：要求幫助時，主要和第二人稱主語一起用，或沒有主語。提供幫助時，主要和第一人稱主語一起使用。
- 前用言限制：主要和動詞結合，不和形容詞、「이다」結合。
- 先語末語尾限制：和前用言結合時，不介入「–었–」、「–겠–」。
  예문 *아내가 미역국을 (끓였어/끓이겠어) 준다. 太太幫我煮海帶芽湯。
- 分布、活用訊息：要求幫助時主要用「–어 주세요」，提供幫助時主要用「–어 드릴게요」。
- 尤其常和「돕다」結合為「도와주다」一個單字。

相關表達

- –어 드리다
  (1) 「–어 드리다」是「–어 주다」的尊待表達。被幫助者比提供幫助者還上位時，不用「–어 주다」而用「–어 드리다」較自然。
  예문 할머니, 제가 짐을 들어 (드릴게요/*줄게요). 奶奶，我幫您提行李。
  제가 그 할머니의 짐을 들어 (드렸어요/*주었어요).
  我幫那位奶奶提行李。

– 아 / 어 죽다

形態訊息

	形態
ㅏ, ㅗ	-아 죽다
ㅏ, ㅗ 以外	-어 죽다
하다	해 죽다

1 極端

誇張表示某狀態程度達極點。

- 우리 아기가 너무 예뻐 죽겠어요. 我們孩子漂亮極了。
- 현정이는 공부하는 게 힘들어 죽을 지경이었다.
  賢靜念書念到很瘋狂。
- 조금만 쉬었다 가자. 다리 아파 죽을 것 같아. 休息一下再走吧,腳痠死了。
- 가 : 도대체 회의가 언제 끝나요? 심심해 죽겠어요.
  會議到底什麼時候結束?無聊極了。
  나 : 미안해요. 저도 답답해 죽겠어요. 抱歉,我也很悶。
- 가 : 여보, 밥 좀 줘요. 배고파 죽겠어요. 親愛的,給我飯,肚子餓極了。
  나 : 알았어요. 조금만 기다려요. 知道了,等一下。

文法訊息

- **主語訊息**：第二人稱主語主要用於疑問句。
  예문 *당신은 아기가 너무 예뻐 죽겠어요. 你疼愛嬰兒。
  당신은 아기가 너무 예뻐 죽겠어요? 你疼愛嬰兒嗎?
- **前用言限制**：主要和形容詞結合,不和動詞結合。
  예문 *공부를 해 죽겠다. 讀書極了。
- **先語末語尾限制**：和前用言結合時,不介入「–었–」、「–겠–」。
  예문 *공부하는 게 (힘들었어/힘들겠어) 죽을 지경이야. 念書辛苦到不行。
- **句子類型限制**：主要用於陳述句、疑問句,不用於建議句、命令句。
  예문 *우리 너무 배고파 죽읍시다. 我們一起太餓了吧。

- 分布、活用限制：主要和推測表達結合，以「–어 죽겠다」、「–어 죽을 것 같다」、「–어 죽을 지경이다」形態使用。

談話訊息

- 主要用於口語和非正式場合中。
- 因為會表現內心想法，謙遜性較低，有俗俚意味，正經嚴肅，不宜對上位者使用。

    예문 *아버님, 졸려 죽으시겠어요? 爸爸，您很累嗎？

– 아 / 어 치우다

依存語結構：
終結表達

形態訊息

	形態
ㅏ, ㅗ	-아 치우다
ㅏ, ㅗ 以外	-어 치우다
하다	해 치우다

1 迅速快捷

表示快速做完某行動。

- 채린이는 피자 한 판을 순식간에 다 먹어 치웠다. 彩林瞬間就吃完一盤披薩。
- 자꾸 날파리가 꼬이니까 남은 수박을 빨리 먹어 치워라.
  一直引來蒼蠅，快把剩下的西瓜吃掉。
- 나는 숙제를 건성건성 해 치우고 게임을 시작했다. 我草草完成作業開始玩遊戲。
- 김 사장은 비서가 조금만 마음에 안 들어도 쉽게 갈아 치워요.
  金社長稍微不滿意秘書就火速換掉。
- 가 : 여보, 설거지 좀 해 줄 수 있어요? 親愛的，可以幫忙洗一下碗嗎？
  나 : 그럼요. 이까짓 설거지쯤이야 금세 해 치울게요.
  當然，洗碗小事一樁馬上就做完。

文法訊息

- 主語限制：主要和表示有情物的主語一起使用。

- 前用言限制：主要和「먹다」、「하다」、「갈다」等部分動詞結合。

  예문 *등산 대장은 금세 험준한 산에 올라 치웠다.

  登山隊長一下子就爬上險峻的山。

  *규현이는 벌써 신발을 신어 치웠다. 圭賢已經火速穿上鞋子。

- 先語末語尾限制：和前用言結合時，不介入「-었-」、「-겠-」。

  예문 *남은 수박을 빨리 (먹었어/먹겠어) 치워요. 剩下的西瓜快點吃掉。

談話訊息

- 主要用於口語和非正式場合中。

- 因為會表現內心想法，謙遜性較低，有俗俚意味，正經嚴肅，不太對上位者使用。

  예문 *아버님, 얼른 먹어 치우세요. 爸爸，快點吃。

相關表達

- -어 버리다

  (1) 「-어 버리다」可以和大部分的動詞結合，而「-어 치우다」只能和部分動詞結合。

  예문 규현이는 그 정도 문제는 어렵지 않게 풀어 버렸다.

  圭賢那樣程度的問題輕鬆就解開了。

  *규현이는 그 정도 문제는 어렵지 않게 풀어 치웠다.

  圭賢那樣程度的問題輕鬆就解開。

- (으) 려고 들다

依存語結構：
終結表達

形態訊息

	形態
尾音 ○	-으려고 들다
尾音 ×	-려고 들다

縮寫 -(으)려 들다

1 積極的意圖

表示對某行動有積極的意圖，執意想做。

- 지수는 자꾸 내 비밀을 캐내려 들어서 지수를 만나면 불편해.
  智秀一直要挖我的秘密，因此我見了智秀就渾身不自在。
- 약속 시간에 늦게 생겼는데도 아내는 굳이 아침을 먹으려고 든다.
  約好的時間要晚了，太太還執意要吃早餐。
- 그 애는 주제도 모르고 다섯 살이나 많은 형을 힘으로 이기려 들었다.
  那個孩子不知天高地厚，想用力氣贏過大五歲的哥哥。
- 가 : 넌 왜 자꾸 나랑 싸우려고 들어? 내가 만만해?
  你為什麼一直想跟我吵架？我好欺負嗎？
  나 : 싸우자는 게 아니라 잘못된 건 짚고 넘어가자는 거야.
  不是要吵架，是要跟你弄清楚誰是誰非的。

文法訊息

- 主語限制：因為表示意圖，所以主要和表示有情物的主語一起使用。
- 前用言限制：主要和動詞結合，不和形容詞、「이다」結合。
  예문 *그 애는 충분히 날씬한데도 더 날씬하려 든다.
  他已經很瘦了，還想要更瘦。
- 先語末語尾限制：和前用言結合時，不介入「-었-」、「-겠-」。
  예문 *아내는 굳이 아침을 (먹었으려고/먹겠으려고) 든다. 太太執意要吃早餐。
- 句子類型限制：主要用於陳述句、疑問句，不用建議句、命令句。
  예문 *우리 굳이 아침을 먹으려고 들자. 我們務必吃早餐吧。

談話訊息

- 在口語中可以發音為「-을려구/을라고 들다」。

相關表達

- -으려고 하다
  (1) 「-으려고 들다」表示對並非一定要做的事，或即使是難事卻仍執意要做的積極意圖；而「-으려고 하다」沒有這種意思，是以中立的態度表現出其意圖。
     예문 마음먹고 하려고 들면 금방 끝낼 수 있어요.
        下定決心的話，馬上就能結束。
  (2) 「-으려고 들다」常用於表示話者對行為的負面認知；而「-으려고 하다」則不會反映出話者對行為的認知或評價。
     예문 우리는 내년에 결혼하려고 (해요/*들어요). 我們要明年結婚。
        너는 왜 항상 동생 것을 뺏으려고 드니? 你為什麼老是要搶妹妹的？
        그는 제가 말만 하면 싸우려고 들어요. 他只要我說話就想吵架。

- (으) 려고 하다

形態訊息

	形態
尾音 ○	-으려고 하다
尾音 ×	-려고 하다

縮寫 -(으)려 하다

1 意圖或意向

表示做某行為的意圖或意向。

- 내일부터는 운동 계획을 실천에 옮기려고 합니다.
  我從明天起要將運動計畫付諸實踐。
- 우리는 내년쯤 결혼하려고 해요. 我們明年左右要結婚。
- 오늘은 일찍 일어나려고 했는데 늦잠을 자 버렸다.
  今天想早點起來，但卻睡晚了。
- 가 : 방학 때 뭐 할 거야? 放假時要做什麼？
  나 : 외국어를 배워 보려고 하는데 뭘 배울지 고민 중이야.
  想學外語，但在考慮學什麼。

文法訊息

- 主語限制：因為表示意圖，所以主要和表示有情物的主語一起使用。
- 前用言限制：主要和動詞結合，不和形容詞、「이다」結合。
  예문 *내년에는 날씬하려고 해요. 明年想要瘦。
- 先語末語尾限制：和前用言結合時，不介入「-었-」、「-겠-」。
  예문 *외국어를 배워 (봤으려고/보겠으려고) 해요. 想學學外語。
- 句子類型限制：主要用於陳述句、疑問句，不用於建議句、命令句。
  예문 *내년에는 날씬하려고 합시다. 明年我們想要瘦吧。

談話訊息

- 在口語中可以發音為「-을려구 하다」。

- 書面語中也會省略「–고」，即「–으려 하다」。

相關表達

- –으려고 들다

  (1) 「–으려고 들다」表示對並非一定要做的事，或即使是難事卻仍執意要做的積極意圖；而「–으려고 하다」沒有這種意思，是以中立的態度表現其意圖。

  예문 마음먹고 하려고 들면 금방 끝낼 수 있어요.
  下定決心要做的話，馬上就能做好。

  (2) 「–으려고 들다」常用於表示話者對行為的負面認知，「–으려고 하다」則反映出話者對行為的認知或評價。

  예문 우리는 내년에 결혼하려고 (*들어요/해요). 我們要明年結婚。
  너는 왜 항상 동생 것을 뺏으려고 드니? 你為什麼老是要搶妹妹的？
  그는 제가 말만 하면 싸우려고 들어요. 他只要我說話就想吵架。

2 某事似乎即將發生或開始

話者認為某事似乎即將發生或開始。

- 먹구름이 잔뜩 낀 것이 곧 소나기가 쏟아지려고 하네요.
  烏雲密布，陣雨馬上要傾洩而下。
- 우리는 영화가 곧 시작하려고 할 때 딱 맞춰 영화관에 도착했다.
  我們在電影快開始時準時抵達電影院。
- 비행기가 곧 이륙하려고 한다. 飛機即將起飛。
- 가: 오빠, 곧 해가 지려고 하나 봐요. 하늘이 빨개요.
  哥哥，快日落了吧，天空很紅。
  나: 노을이 널 닮아 참 예쁘다. 해가 질 때까지 보다 가자.
  彩霞像你一樣美。看到夕陽全落下再走吧。

文法訊息

- 主語限制：主要和表示有情物的主語一起使用。
- 前用言限制：主要和動詞結合，不和形容詞、「이다」結合。
  예문 *날씨가 곧 추우려고 한다. 天氣即將變冷。
- 先語末語尾限制：和前用言結合時，不介入「–었–」、「–겠–」。
  예문 *비행기가 (이륙했으려고/이륙하겠으려고) 해요. 飛機要起飛。
- 句子類型限制：主要用於陳述句、疑問句，不用於建議句、命令句。
  예문 *소나기가 곧 쏟아지려고 합시다. 陣雨即將傾盆而下吧。

談話訊息

- 在口語中可以發音為「−을려구 / 을라구 하다」。
- 書面語中也可省略「−고」，即「−으려 하다」。

− (으) 면 되다

形態訊息

	形態
尾音 ○	-으면 되다
尾音 ×	-면 되다

1 充分

表示某條件若做某行為或形成某狀態，即沒問題或滿足。

- 시험을 통과하기 위해서는 70점만 넘으면 됩니다.
  要通過考試，只要超過 70 分就可以。
- 시험은 내년에 다시 보면 되잖아. 考試明年再考不就成了。
- 시금치는 끓는 물에 살짝만 데치면 된다. 波菜放到滾水中汆燙一下就可以了。
- 가 : 신혜야, 얘기 좀 할 수 있을까? 잠깐이면 돼.
  信惠，可以說一下話嗎？一下就好了。
  나 : 응. 금방 갈게. 嗯，我馬上去。

文法訊息

- 前用言限制：和前用言結合時，不介入「−겠−」。
  예문 70점만 넘었으면 돼요. 只要超過70分就可以了。
  　　　*시험은 내년에 보겠으면 되잖아. 考試明年考就可以了。

- 否定形訊息：以「−으면 안 되다」形態表示禁止或限制某行為。
  예문 이곳에 주차하면 안 돼요. 這裡不能停車。
  　　　박물관 안에서는 사진을 찍으면 안 됩니다. 博物館裡不能照相。

- 句子類型限制：主要用於陳述句、疑問句，不用於建議句、命令句。
  예문 *내일 한 시까지 가면 됩시다. 讓我們明天一點到就可以。

相關表達

- **–어도 되다／좋다／괜찮다／상관없다**

  (1) 「–으면 되다」表示滿足某基準或結果的條件，「–어도 되다」單純表示該行為或狀態允許、同意對方。

  예문 이곳에 주차(해도/하면) 됩니다. 這裡可以停車。

  내일 10시까지 (와도/오면) 된다. 明天十點來就可以了。

  (2) 「–으면 안 되다」表示「禁止」或「限制」某行為。

  예문 이곳에 주차하면 돼요. (문제 없음) ↔ 이곳에 주차하면 안 돼요. (금지)

  車停在這裡就可以了。（沒問題）↔ 不能在這裡停車。（禁止）

  소화가 잘되는 음식을 드시면 돼요. (문제 없음) ↔ 기름진 음식을 드시면 안 돼요. (금지)

  吃好消化的食物就可以了。（沒問題）↔ 不能吃油的食物。（禁止）

–(으)면 안 되다

依存語結構：
終結表達

形態訊息

	形態
尾音 ○	-으면 안 되다
尾音 ×	-면 안 되다

- **-라면 안 되다**：「이다／아니다」的語幹也可以接「–라면 안 되다」。

  예문 연세대학교 국문과 학생이 아니라면 안 돼요.

  不是延世大學國文系學生不行。

---

1 禁止、限制

表示禁止或限制某行動。

- 내일 아침에 중요한 회의가 있으니까 절대 지각하면 안 돼요.
  明天早上有重要的會議，絕對不能遲到。
- 운전 중에는 통화를 하면 안 됩니다. 開車中不能講電話。
- 비행기 내에서 담배를 피우면 안 된다. 飛機內不能抽菸。

- 가 : 내가 끓인 라면이지만, 맛이 너무 없다. 雖然是我煮的泡麵，但很不好吃。

  나 : 라면을 끓일 때 물이 너무 **많으면 안 돼**. 煮泡麵時水不可以太多。

文法訊息

- 先語末語尾限制：和前用言結合時，不介入「–었–」、「–겠–」。

  〔예문〕비행기에서 담배를 (피웠으면/피우겠으면) 안 된다. 飛機內不能抽菸。

- 句子類型限制：主要用於陳述句、疑問句。第一人稱主語若和疑問句一起用，表示徵求對方同意，第二人稱主語若和疑問句一起用，表示要求對方做某事。不用於建議句、命令句。

  〔예문〕오늘은 친구 집에 놀러 가면 안 돼. → 금지

  今天不可以去朋友家玩。→ 禁止

  오늘은 친구 집에 놀러 가면 안 돼요? → 허락을 구함.

  今天可以去朋友家玩嗎？→ 徵求同意

  지금은 바쁜데 다음에 전화 주시면 안 됩니까? → 요청

  我現在忙，要不要下次再給我電話？→ 要求

  빨래 좀 널어 주면 안 돼? → 요청

  要不要幫忙晾衣服？→ 要求

  *내일 늦으면 안 됩시다. 明天不可遲到。

相關表達

- **–어도 되다**

  (1) 用第一人稱疑問句時，「–으면 안 되다」比「–어도 되다」更有謙遜、誠懇拜託對方允許的感覺。

  〔예문〕친구 집에 놀러 가도 돼요? 今天可以去朋友家玩嗎？

  친구 집에 놀러 가면 안 돼요? 今天可以去朋友家玩嗎？

  일찍 집에 가도 돼요? 可以早點回家嗎？

  오늘만 일찍 집에 가면 안 돼요? 就只今天可以早點回家嗎？

- **–어서는 안 되다**

  (1) 可以替換成「–어서는 안 되다」，不過日常生活中更常使用「–으면 안 되다」。「–어서는 안 되다」有更強調禁止的感覺，因此主要用於向對方強力傳達或說服時、嚴正警告某事實時。

  〔예문〕비행기 내에서 담배를 피워서는 안 됩니다. 飛機內不可以抽菸。

  도서관에서 큰 소리로 떠들어서는 안 된다. 圖書館內不可以大聲喧嘩。

-은 / 는 감이 있다

形態訊息

	形態		
	動詞		形容詞
	過去	現在	
尾音 ○	-은 감이 있다	-는 감이 있다	-은 감이 있다
尾音 ×	-ㄴ 감이 있다		-ㄴ 감이 있다

1 對屬性委婉提出意見

委婉表示對狀態或屬性程度的意見。

- 아직 이른 감이 있지만 여행 준비를 하기 시작했다.
  雖然有點早的感覺，但開始做旅行準備了。
- 그 당시의 우리 팀의 실력은 우승을 하기에는 부족한 감이 있었다.
  當時我們隊的實力要優勝還有不足之感。
- 조금 늦은 감은 있지만 이제라도 저축을 시작하자.
  雖然有點晚的感覺，但現在開始存錢吧。
- 밥을 너무 빨리 먹는 감이 있다 싶더니 어김없이 체하고 말았다.
  我在想飯是不是吃太快，就消化不良了。
- 가 : 어제 본 영화는 어땠어요? 昨天看的電影怎麼樣？
  나 : 너무 길어서 지루한 감이 있더라고요. 太長了，有點無聊的感覺。

中心語

- 감 : 主觀的感覺

文法訊息

- 助詞結合訊息：「감」後方的助詞「이」省略會不自然。
  예문 ?이 영화는 너무 길어서 지루한 감 있지요.
    這部電影太長，有無聊的感覺。

- 前用言限制：主要和形容詞結合，不過可以和受屬性或狀態的副詞修飾的動詞
  結合。

예문 신혜는 밥을 허겁지겁 먹는 감이 있다. 信惠有狼吞虎嚥吃飯的感覺。

　　*신혜는 밥을 먹는 감이 있다. 信惠有吃飯的感覺。

- 先語末語尾限制：和前用言結合時，不介入「–었–」、「–겠–」。

  예문 *조금 늦었는 감은 있지만 이제라도 저축을 시작하자.

  雖然有點晚了的感覺，但現在開始存錢吧。

  *이 영화는 너무 길어서 지루하겠는 감이 있겠다.

  這部電影太長，會有無聊的感覺。

- 句子類型限制：主要用於陳述句、疑問句，不用於建議句、命令句。

談話訊息

- 主要用於口語中。
- 主要用於非正式場合中。
- 因為表示主觀感覺的「감」是中心語，因此主要用於委婉表示狀態或屬性程度如何的主觀意見。

相關表達

- –을 것 같다

  (1) 表示在沒有親自經歷的狀態所做的茫然猜測。

  예문 아직 보지는 않았지만 이 영화는 지루할 것 같다.

  雖然還沒看，但這部電影好像會很無聊。

  예문 이 영화를 봤는데 지루한 감이 있더라.

  看了這部電影，有無聊的感覺。

  (2) 可以和動詞、形容詞結合。

  예문 비가 올 것 같다. 好像會下雨。

  　　*비가 올 감이 있다. 好像會下雨。

–은/는/을 것 같다

形態訊息

	形態				
	動詞			形容詞	
	過去	現在	未來	現在	未來
尾音 ○	-은 것 같다	-는 것 같다	-을 것 같다	-은 것 같다	-을 것 같다
尾音 ×	-ㄴ 것 같다		-ㄹ 것 같다	-ㄴ 것 같다	-ㄹ 것 같다

· **-았/었던 것 같다** : 為表示話者親自經歷的過去狀況，可以將「–은」替換成「–았／었던」。

예문 이 가방은 가격이 비쌌던 것 같아요. → 직접 백화점에 가서 가격을 봤음.

이 가방은 이 가격이 비쌌던 것 같아요. → 직접 백화점에 가서 가격을 봤음.

這個包包的價格好像很貴。→ 直接去百貨公司看到價格。

· **-았/었을 것 같다** : 猜測過去完成的事情時，可以用「–았／었을」，此時的過去事情為話者未親自經歷的事。

예문 백화점에서 샀으면 비쌌을 것 같아요. → 직접 백화점에 가지 않음.

在百貨公司買的話，好像會很貴→ 沒有去百貨公司。

1 推測

表示推測。

- 아직 결과는 모르지만 시험을 잘 본 것 같다.
  雖然還不知道結果，但好像考得不錯。
- 그 사람은 서울에 사는 것 같아요. 那個人好像住在首爾。
- 내일 비가 올 것 같아서 등산 계획을 취소했어요.
  因為明天好像會下雨，所以取消了爬山計畫。
- 예전에는 두 사람이 친했던 것 같아. 以前兩位好像很要好。
- 신혜는 요즘 바쁜 것 같더라. 信惠最近好像很忙。
- 가 : 오늘은 날씨가 좋을 것 같지요? 今天天氣好像不錯吧？
  나 : 네, 모처럼 하늘이 맑네요. 對，天氣難得很晴朗。

文法訊息

- 助詞結合訊息：「것」後可接補助詞「은、도、만」。

  예문 그 사람 표정을 보니 화난 것은 같은데 이유를 모르겠네.

  看他的表情，好像是在生氣，不知道生什麼氣。

  다시 보니 두 사람이 잘 어울리는 것도 같아요.

  仔細看兩個人好像很般配。

  곧 좋은 소식이 들릴 것만 같다. 好消息好像馬上就要來到。

- 主語限制：因為用於表示推測，所以和第一人稱主語一起使用不自然。

  예문 ?나는 왠지 예쁠 것 같다. 我不知為何好像很漂亮。

- 先語末語尾限制：和前用言結合時，不介入「–겠–」。

  예문 *오늘은 날씨가 좋겠을 것 같다. 今天天氣好像很好。

- 時制限制：主要用於現在時制、過去時制，和表示未來時制的「–겠–」一起使用不自然。

  예문 그 두 사람은 다정한 사이인 것 (같았어요/*같겠어요).

  那兩個人好像是親密的關係。

- 句子類型限制：主要用於陳述句、疑問句，不用於建議句、命令句。

  예문 회의가 곧 끝날 것 (같습니다./같습니까?/*같읍시다./*같으십시오.)

  會議好像就快結束。

搭配訊息

- 主要用於沒有根據的茫然推測，或雖有根據，但為個人見解的推測，因此可以和副詞「왠지」一起使用。

  예문 왠지 반가운 손님이 올 것 같다. 不知怎麼地好像有佳賓要來。

談話訊息

- 主要用於口語中。
- 主要用於非正式場合。
- 在口語中主要發音為「–은／는／을 거 같다」。
- 因為是「推測」的意思，因此在重視正確性的專業、學術、正式性論題中不太使用。

相關表達

- –는 모양이다

  (1) 主要用於有根據的推測，不用於茫然的推測。

  예문 *왠지 그 사람은 서울에 사는 모양이다. 不知怎地他好像住在首爾。

(2) 和部分連結語尾結合不自然。

예문 ?내일 비가 올 모양이라서 등산 계획을 취소했어요.
因為明天好像會下雨，所以取消了爬山計畫。

(3) 形容詞過去形只能使用「-았／었던 모양이다」，不能使用「-았／었을 모양이
다」。

예문 *다리가 부러졌었다니, 엄청 아팠을 모양이네.
聽說腳骨折，好像非常痛的樣子。

- -는 게 틀림없다

(1) 用於幾乎是確實或斷定的推測。

예문 *왠지 그 사람은 서울에 사는 게 틀림없다. 不知怎地他住在首爾沒錯。

(2) 沒有時制限制。

예문 그 사람은 서울에 사는 게 틀림없었다. 他住在首爾沒錯。

- -을 것이다 2

(1) 表示強烈推測。

예문 *왠지 그 사람은 서울에 살 거예요. 不知怎地他好像住在首爾。

(2) 和部分終結語尾結合不自然，或意義會改變。

예문 ?그 사람은 서울에 살 거군요. 他好像住在首爾啊。

- -겠-

(1) 推測的程度強烈，不用於茫然推測。

예문 *왠지 내일 비가 오겠다. 不知怎地明天會下雨。

(2) 應答對話中使用的「-겠-」，為話者從對方的感情或立場思考，因此重點在
對方，而「-는 것 같다」的焦點在話者的想法。

예문 가 : 어제 남자 친구랑 헤어졌어요. 昨天和男朋友分手了。

나 : 저런, (힘들겠어요./?힘들 것 같아요). → 상대방의 기분에 초점이 있음.
真是的，那會很傷心 / 那應該很辛苦。→ 焦點在對方的心情。

예문 가 : 숙제를 안 가지고 왔는데, 선생님께 내일 내도 될까요?
作業沒帶來，明天交給老師可以嗎?

나 : 네, 제 생각에는 내일 내도 (?되겠어요/될 것 같아요).
嗯，我覺得明天交也可以。

→ 자신의 생각에 초점이 있음.

→ 焦點在自己的想法。

- –나/은가 보다

  (1) 主要用在後子句，用在前子句不自然。

  例文 *내일 비가 오나 보니까 등산을 못 가겠다.
  明天好像會下雨，所以沒辦法去爬山。

  (2) 用過去形或未來形，意義會改變。

  例文 *그 두 사람은 다정한 사이인가 봤어요.
  看起來那兩個人是親密的關係。
  *그 두 사람은 다정한 사이인가 볼 거예요.
  展望那兩個人是親密的關係。

2 謙恭表示意見

謙恭表示意見。

- 사실대로 털어놓기를 잘한 것 같아. 照實說出來非常好。
- 신혜는 정말 공부를 열심히 하는 것 같아. 信惠好像真的很認真念書。
- 저는 어렸을 때가 더 행복했던 것 같아요. 我小時候好像更幸福。
- 이 구두는 좀 비싼 것 같아요. 這雙鞋好像有點貴。
- 오늘은 이만 집에 가는 게 좋을 것 같습니다.
  今天就到這裡，回家好像比較好。
- 가 : 저 사람은 정말 게으르지 않니? 那個人好像真的很懶？
  나 : 언니, 다른 사람의 장점에 주목하는 게 나을 것 같아요.
  姊姊，注意別人的優點比較好。

文法訊息

- 助詞結合訊息：「것」後可接補助詞「은、도、만」。
  例文 신혜는 공부를 열심히 하는 것은 같아. 信惠好像真的很認真念書。
  그 정도면 잘생긴 편인 것도 같네. 那個程度好像算長得不錯。
  이 옷은 너무 비싼 것만 같아서 살까 말까 고민된다.
  因為這件衣服好像太貴，所以在煩惱要不要買。

- 先語末語尾限制：和前用言結合時，不介入「–었–」、「–겠–」。
  例文 *저는 어렸을 때가 더 행복했는 것 같아요. 我小時候好像更幸福。
  *이 구두는 좀 비싸겠을 것 같아요. 這雙鞋好像有點貴。

- 句子類型限制：主要用於陳述句、疑問句，不用於建議句、命令句。

- 主要用於口語中。
- 主要用於非正式場合。
- 在口語中主要發音為「-은/는/을 거 같다」。
- 主要用於避免對某對象做出評價，或武斷說出自己的意見，即表現出僅僅是表示個人見解的消極態度。換言之是想要對聽者表現謙恭態度。

-은/는/을 게 틀림없다

依存語結構：
終結表達

形態訊息

	形態				
	動詞			形容詞	
	過去	現在	未來	現在	未來
尾音 ○	-은 게 틀림없다	-는 게 틀림없다	-을 게 틀림없다	-은 게 틀림없다	-을 게 틀림없다
尾音 ✕	-ㄴ 게 틀림없다		-ㄹ 게 틀림없다	-ㄴ 게 틀림없다	-ㄹ 게 틀림없다

- -았/었던 게 틀림없다：為表示話者親自經歷的過去狀況，可以將「-은」替換成「-았/었던」。

  예문 학교 다닐 때 신혜가 규현이를 좋아했던 게 틀림없다니까.

  學生時代信惠喜歡過圭賢是沒錯的。

- -았/었을 게 틀림없다：猜測過去完成的事情時可以用「-았/었을」，此時的過去事情為話者未親自經歷的事。

  예문 가 : 나랑 헤어지고 나서 그 사람도 힘들었을까?

  和我分手後，他也很傷心嗎？

  나 : 당연하지. 그 사람도 꽤나 힘들었을 게 틀림없어.

  當然了，他也非常傷心是毋庸置疑的。

  → '힘들어하는 모습'을 직접 본 적 없음.

  → 沒有親自看到「非常傷心的樣子」。

- -은/는/을 것이 틀림없다：「-은/는/을 게 틀림없다」的「게」是「것이」的縮寫。

- -음에 틀림없다：書面語中也可以用「-음에 틀림없다」。

  예문 환경오염 문제로 인해 전 세계가 혼란에 빠질 것임에 틀림없다.

  由於環境汙染問題，全世界都陷入混亂中是不爭的事實。

1 斷定的推測

表示斷定的推測。

- 신혜 표정을 보니 시험을 잘 본 게 틀림없다.
  看信惠的表情，考試一定考得不錯。
- 버스로 통학하는 걸 보면 그 사람은 서울에 사는 게 틀림없어요.
  看搭公車上學的樣子，他是住首爾沒錯。
- 먹구름 낀 하늘을 보니 곧 비가 올 게 틀림없어.
  看天空烏雲密布的樣子，一定是要下雨了。
- 예전에는 두 사람이 친했던 게 틀림없지만 지금은 앙숙이지.
  兩位以前一定交往親密，但現在是死對頭。
- 신혜는 아기 때도 귀여웠을 게 틀림없어. 信惠小時候一定也很可愛。
- 통 연락이 없던 신혜는 바쁜 게 틀림없었다. 完全沒有聯繫的信惠一定是很忙。
- 까치가 우는 걸 보니 반가운 손님이 올 게 틀림없겠군요.
  聽喜鵲叫，會有佳客來是毋庸置疑的。
- 가 : 김 선생님이 임신을 하셨다고요? 聽說金老師懷孕了？
  나 : 네, 부모님이 선남선녀이시니 태어날 아기는 엄청나게 예쁠 게 틀림없어
  요. 對，父母是俊男美女，生出來的孩子一定很漂亮。

中心語

- 틀림없다 : 前面的事實分明是真的。

文法訊息

- 助詞結合訊息 :「게」和「틀림없다」之間不能加其他的字。
- 主語限制 : 因為用於表示推測，所以和第一人稱主語一起使用不自然。
  例文 *나는 서울에 사는 게 틀림없다. 我分明住在首爾。
- 先語末語尾限制 :「-을 게 틀림없다」和前用言結合時，可介入「-었-」，但不
  和表示未來的「-겠-」結合。
  例文 *반가운 손님이 오겠을 게 틀림없어요. 一定是有佳客要來。
- 句子類型限制 : 主要用於陳述句、疑問句，不用於建議句、命令句。
  例文 *시험을 잘 본 게 틀림없읍시다. 考試一定考得好。

搭配訊息

- 中心語「틀림없다」因為表示「前面的事實分明是真的」，所以主要用於認為是
  確實的推測。不和經常搭配表示不確定推測的「왠지」等副詞一起用。

예문 *왠지 그 사람은 서울에 사는 게 틀림없다. 不知怎地他好像住在首爾。

談話訊息

- 主要用於口語中。
- 主要用於非正式場合。

相關表達

- **–는 것 같다**

  (1) 主要用於茫然推測，或以個人見解為根據的推測，因此可以和「왠지」等副詞語一起使用。

  예문 왠지 그 사람은 서울에 사는 것 같다. 不知怎地他好像住在首爾。

- **–는 모양이다**

  (1) 主要用於有根據的推測，不用於茫然的推測。

  예문 *왠지 그 사람은 서울에 사는 모양이다. 不知怎地他好像住在首爾。

  (2) 和部分連結語尾結合不自然。

  예문 ?내일 비가 올 모양이라서 등산 계획을 취소했어요.
  因為明天好像會下雨，所以取消了爬山計畫。

  (3) 不和先語末語尾「–겠–」結合。

  예문 *까치가 우는 걸 보니 반가운 손님이 올 모양이겠다.
  聽喜鵲在叫，大概會有佳賓要來。

- **–을 것이다 2**

  (1) 表示強烈推測。

  예문 *왠지 그 사람은 서울에 살 거예요. 不知怎地他好像住在首爾。

  (2) 和部分終結語尾結合不自然，或意義會改變。

  예문 ?그 사람은 서울에 살 거군요. 他好像住在首爾啊。

- **–겠–**

  (1) 表示確實性較強的推測，但不如「–는 게 틀림없다」能表確信或斷定。

  예문 비가 오겠어요. → 비가 올 게 틀림없어요.
  會下雨。→ 會下雨無疑。

- **–나／은가 보다**

  (1) 主要用在後子句，在前子句不自然。

例文 *내일 비가 오나 보니까 등산을 못 가겠다.
因為明天好像會下雨，所以沒辦法去爬山。

(2) 用過去時制或未來時制，意義會改變。

例文 *그 두 사람은 다정한 사이인가 봤어요.
那兩個人過去是親密的關係。
*그 두 사람은 다정한 사이인가 볼 거예요.
那兩個人之後是親密的關係。

-은/는/을 듯싶다/듯하다

形態訊息

	形態				
	動詞			形容詞	
	過去	現在	未來	現在	未來
尾音 ○	-은 듯싶다 /듯하다	-는 듯싶다 /듯하다	-을 듯싶다 /듯하다	-은 듯싶다 /듯하다	-을 듯싶다 /듯하다
尾音 ×	-ㄴ 듯싶다 /듯하다		-ㄹ 듯싶다 /듯하다	-ㄴ 듯싶다 /듯하다	-ㄹ 듯싶다 /듯하다

1 推測

表示推測。

- 아직 결과는 모르지만 시험을 잘 본 듯싶다.
  雖然還不知道結果，但好像考得好。
- 그 사람은 서울에 사는 듯싶습니다. 那個人好像住在首爾。
- 내일 비가 올 듯해서 등산 계획을 취소했어요.
  因為明天好像會下雨，所以取消了爬山計畫。
- 오늘은 날씨가 좋을 듯하지요? 今天天氣會好吧？
- 가 : 현정이는 같이 안 왔어? 賢靜沒有一起來？
  나 : 전화를 안 받더라고. 요즘 되게 바쁜 듯하더라. 沒接電話，最近好像很忙。

文法訊息

- 主語限制：因為用於表示推測，所以和第一人稱主語一起使用不自然。
  예문 *나는 예쁠 듯하다. 我好像很漂亮。

- 先語末語尾限制：「–을 듯싶다／듯하다」和前用言結合時，不介入「–겠–」。
  예문 너는 많이 바빴을 듯해서 일부러 안 불렀어.
  因為你看起來好像很忙，所以特意沒找你。
  *너는 많이 바쁘겠을 듯하니까 안 부를게.
  因為你看起來好像會很忙，所以不找你了。

- 時制限制：主要用現在時制或過去時制。
  예문 그 두 사람은 다정한 사이인 (듯해요/듯했어요/*듯하겠어요).
  那兩個人關係好像很親密的樣子。

- 句子類型限制：主要用於陳述句、疑問句，不用於建議句、命令句。
  예문 회의가 곧 끝날 (듯합니다./듯합니까?/*듯합시다./*듯하십시오.)
  會議好像即將結束。

搭配訊息

- 主要用於沒有根據的茫然推測，或雖有根據，但以個人見解為根據所作的推測，因此可以和助詞「왠지」一起使用。
  예문 왠지 반가운 손님이 올 (듯싶다/듯하다).
  不知怎麼地好像有佳賓會來。

談話訊息

- 不用於專業性、學術性、正式性的論題上。
- 「–은／는／을 듯싶다」比起口語，更常用於書面語中，「–은／는／을 듯하다」常用於口語和書面語中
- 帶有話者對內容的不確定態度。

相關表達

- –은／는／을 것 같다
  (1) 表示推測時，和「–은／는／을 듯싶다／듯하다」意義差異不大，可以替換使用。
  예문 아직 결과를 모르지만 시험을 잘 (본 것 같다/본 듯싶다).
  雖然還不知道結果，但好像考得好。

-은 / 는 / 을 모양이다

形態訊息

	形態				
	動詞			形容詞	
	過去	現在	未來	現在	未來
尾音 ○	-은 모양이다	-는 모양이다	-을 모양이다	-은 모양이다	-을 모양이다
尾音 ×	-ㄴ 모양이다		-ㄹ 모양이다	-ㄴ 모양이다	-ㄹ 모양이다

· -았/었던 모양이다：為表示話者親自經歷的過去狀況，可以將「-은」替換成「-았/었던」。

1 推測

用於表示推測。

· 신혜 표정을 보니 시험을 잘 본 모양이다.
  看信惠的表情，好像考得不錯的樣子。
· 버스로 통학하는 걸 보면 그 사람은 서울에 사는 모양이에요.
  看搭公車上學的樣子，他好像是住在首爾。
· 먹구름 낀 하늘을 보니 곧 비가 올 모양이야.
  看天空烏雲密布的樣子，好像馬上要下雨的樣子。
· 예전에는 두 사람이 친했던 모양이지? 兩位以前好像很要好的樣子？
· 통 연락이 없는 걸 보니 신혜는 요즘 바쁜 모양이야.
  看完全沒有聯繫的樣子，信惠最近好像很忙。
· 가 : 까치가 우는 걸 보니 반가운 손님이 올 모양이에요.
  聽喜鵲叫，好像有佳客蒞臨的樣子。
  나 : 그러게. 누가 좋은 소식을 가지고 오면 좋겠네. 是啊，希望有人帶好消息來。

中心語

· 모양 : 外表的樣貌

文法訊息

· 助詞結合訊息：「모양」後主要接敘述格助詞「이다」。

- 主語限制：因為用於表示推測，所以和第一人稱主語一起使用不自然。
  예문 ?나는 곧 집에 갈 모양이다. 我好像馬上要回家的樣子。

- 先語末語尾限制：和前用言結合時，不介入「-었-」、「-겠-」。
  예문 *예전에는 두 사람이 친했는 모양이에요. 以前兩位好像很要好。
  *반가운 손님이 오겠을 모양이에요. 好像會有佳客到來。

- 時制限制：主要用現在時制、過去時制，不用未來時制。
  예문 *어제 그 먹보가 잘 안 먹는 걸 보니 어지간히 배가 부른 모양이었어요.
  昨天那個貪吃鬼不太吃，大概是吃飽了。
  *그 사람은 서울에 사는 모양이겠어요. 那個人好像住在首爾。

- 句子類型限制：主要用於陳述句，若疑問句接「-지요」、「-네요」等結合表確認疑問。不用於命令句、建議句。
  예문 예전에는 두 사람이 친했던 (모양이지요?/*모양입니까?/*모양인가요?)
  以前兩位好像很要好。
  *예전에는 두 사람이 친했던 모양입시다. 以前兩位好像很要好。

搭配訊息

- 中心語「모양이다」表示「外表的樣貌」，主要用於可視的推測，不用於茫然的推測，因此不和副詞語「왠지」一起用。
  예문 *왠지 그 사람은 서울에 사는 모양이다. 不知怎的他好像住在首爾的樣子。

談話訊息

- 主要用於口語中。
- 主要用於非正式場合。

相關表達

- -는 것 같다
  (1) 主要用於茫然推測，或以個人見解為根據的推測，因此可以和「왠지」等副詞語一起使用。
  예문 왠지 그 사람은 서울에 사는 것 같다. 不知怎的覺得他好像住在首爾。

- -는 게 틀림없다
  (1) 表示幾乎是確實或斷定的推測。
  예문 *왠지 그 사람은 서울에 사는 게 틀림없다.
  不知怎的那個人一定住在首爾沒錯。

  (2) 沒有時制限制。
  예문 그 사람은 서울에 사는 게 틀림없었다. 那個人住在首爾沒錯。

- **–을 것이다 2**

  (1) 主要用於以過去的經驗獲得的背景知識推測。

  [예문] 현정이는 결혼을 했을 거예요. 전에 남편 얘기를 들었거든요.
  賢靜結婚了吧,因為從前聽過她老公的事。
  현정이는 결혼을 한 모양이에요. 결혼 반지를 끼고 있더라고요.
  賢靜結婚了的樣子,我見過她戴著結婚戒指。

  (2) 和部分終結語尾結合不自然,或意義會改變。

  [예문] ?그 사람은 서울에 살 거군요. 那個人好像住在首爾啊。

- **–겠–**

  (1) 「–겠–」表示以主觀經驗為根據的推測,而「–는 모양이다」表示以客觀根據
      所做的推測。

  [예문] 저 초콜릿 케이크 무척 맛있겠어요. 저는 단 걸 좋아하거든요. → 주관적 근거
  我覺得巧克力蛋糕很好吃,因為我喜歡甜的。→ 主觀根據
  저 초콜릿 케이크 무척 맛있는 모양이에요. 불티나게 팔리네요.
  那巧克力蛋糕看起來很好吃,賣得很好呢。
  → 객관적 근거
  → 客觀根據

- **–나／은가 보다**

  (1) 主要在後子句,在前子句不自然。

  [예문] *내일 비가 오나 보니까 등산을 못 가겠다.
  因為明天好像會下雨,所以沒辦法去爬山。

  (2) 如果用過去時制或未來時制,意義會改變。

  [예문] *그 두 사람은 다정한 사이인가 봤어요.
  我看了那兩個人是親密的關係。
  *그 두 사람은 다정한 사이인가 볼 거예요.
  我展望那兩個人是親密的關係。

- 은 / 는 법이다

依存語結構：
終結表達

形態訊息

	形態	
	動詞	形容詞
尾音 ○	-는 법이다	-은 법이다
尾音 ×		-ㄴ 법이다

1 當然

表示形成某情況是當然的。

- 겨울이 가면 봄이 오고, 봄이 오면 꽃이 피는 법이다.
  冬天去了春天會來，春天到來必然會開花。
- 원래 휴가 다음날에는 출근하기가 싫은 법이지요?
  本來休假隔天就會不想上班對吧？
- 열심히 노력하는 사람이 성공하는 법입니다. 用心努力的人必然會成功。
- 아무리 겨울엔 추운 법이라지만, 오늘 날씨는 추워도 너무 춥다.
  雖然冬天必然會冷，但今天實在太冷了。
- 가 : 요즘은 일이 너무 많아서 회사에 다니기가 싫어요.
  最近事情太多，不想去公司。
  나 : 당신이 회사에서 인정을 받나 봐요. 원래 능력 있는 사람이 더 바쁜 법이잖
  아요. 你大概是被公司青睞了，本來有能力的人就會比較忙的。

中心語

- **법** : 如同法律或規則，訂立好要遵守的事

文法訊息

- 助詞結合訊息：「법」後方通常接敘述格助詞「이다」。
- 主語限制：主要和第三人稱主語一起使用，或沒有主語。
  예문 *(나는/너는) 휴가 후에 출근하기가 싫은 법이다.
  （我、你）休假後不想上班是必然的。

- 先語末語尾限制：和前用言結合時，不介入「-었-」、「-겠-」。
  > 예문 *열심히 노력하는 사람이 (성공했는/성공하겠는) 법이다.
  用心努力的人必定會成功。

- 時制限制：主要用現在時制，不用過去時制、未來時制。
  > 예문 *열심히 노력하면 성공하는 (법이었다/법이겠다). 用心努力一定會成功。

- 句子類型限制：主要用於陳述句、疑問句，不用於建議句、命令句。

談話訊息

- 因為用於述說某狀況是理所當然的道理，所以聽起來會有教訓的感覺，故不用於下位者對上位者。
  > 예문 *사장님, 열심히 노력하면 결국엔 성공하는 법입니다.
  老闆，用心努力一定會成功。

相關表達

- **-기／게 마련이다**
  (1) 和「-은／는 법이다」意義差異不大，可以替換使用。
  > 예문 살다 보면 누구나 한 번쯤 실수하(기 마련이다/는 법이다).
  任何人活著都可能會犯錯一兩次。

-은 / 는 셈이다

形態訊息

	形態		
	動詞		形容詞
	過去	現在	
尾音 ○	-은 셈이다	-는 셈이다	-은 셈이다
尾音 ✕	-ㄴ 셈이다		-ㄴ 셈이다

- **-았/었던 셈이다**：為表示話者親自經歷的過去狀況，「-은」可以替換成「-았／었던」。

可視為幾乎那樣

表示認為可以算是幾乎那樣。

- 어제는 20시간 동안 잤으니까 하루 종일 잠만 잔 셈이다.
  昨天睡了20個小時,算是一整天都在睡覺。
- 나 좋다고 따라다니는 남자가 다섯은 됐으니 그 정도면 인기가 많았던 셈이지?
  以前喜歡我跟前跟後的男生有五個,那樣算是受歡迎吧?
- 채린이랑 저는 거의 매일 만나니까 어찌 보면 가족보다 가까운 셈이에요.
  彩林和我幾乎每天見面,算是比家人還要更親近。
- 바쁜 부모님 대신 저를 키워 주신 할머니가 저에게는 어머니인 셈이에요.
  代替忙碌父母撫養我的奶奶,對我來說就算是媽媽了。
- 저는 작년 이맘때 한국에 왔으니까 한국에서 1년 정도 살고 있는 셈입니다.
  我大概去年這時候來韓國,算是在韓國住了一年左右。
- 가 : 오늘 할 일은 다 끝났어요? 今天要做的事都結束了嗎?
  나 : 이제 마무리 작업만 남았으니까 다 끝난 셈이네요.
  現在只剩下收尾作業,算是都結束了。

中心語

- 셈 : 不能再增減的計算

文法訊息

- 助詞結合訊息 :「셈」後通常接敘述格助詞「이다」。
- 先語末語尾限制 : 和前用言結合時,不介入「-었-」、「-겠-」。
  예문 *어제는 하루 종일 잠만 잤는 셈이다. 昨天一整天算是都在睡覺。
  *마무리 작업만 남았으니까 다 끝나겠는 셈이네요.
  剩下最後的收尾作業,算是都結束了。
- 時制限制 : 主要用現在時制或過去時制,不過和推測的語尾結合時,可以和「-겠-」結合。
  예문 가 : 어렸을 때부터 할머니께서 저를 길러 주셨어요.
  小時候奶奶拉拔我長大。
  나 : 그럼 현정 씨한테는 할머니가 어머니인 셈이겠어요.
  那對賢靜來說,奶奶就算是媽媽了。
- 句子類型限制 : 主要用於陳述句、疑問句,不用於建議句、命令句。
  예문 *하루 종일 잠만 잔 셈입시다. 一整天算是都在睡覺。

談話訊息

- 「셈」的中心語為「計算」，因此常用於綜觀某狀況，以一句話來說明的時候。

相關表達

- –은／는／을 셈 치다

  (1) 表示雖然事實並非如此，但故意假設為那樣。

  例文 가 : 그렇게 먼 길을 걸어서 왔어요? 那麼遠走來嗎?

  나 : 네, 길이 너무 막혀서요. 그냥 운동한 셈 치지요, 뭐.
  對，因為路上太塞了，就當作運動囉。

  나' : 네, 한 시간 동안 걷고 5분 동안 버스를 탔으니 걸어서 온 셈이지요.
  對，走了一小時，搭了五分鐘公車，算是走來的。

-은 / 는 / 을 셈 치다

依存語結構：
終結表達

形態訊息

	形態		
	動詞		形容詞
	過去	現在	
尾音○	-은 셈 치다	-는 셈 치다	-을 셈 치다
尾音✕	-ㄴ 셈 치다		-ㄹ 셈 치다

1 雖有異於事實，但假設如此

表示雖然事實並非如此，但故意假設為那樣。

- 속는 셈 치고 이번 한 번만 더 네 말대로 할게.
  就當作被騙，這次再照你的話做一次。
- 이번 일만은 죽을 셈 치고 열심히 해 보려고 합니다.
  這次的事就當死了，我要認真的做。
- 자식 없는 셈 치고 우리 부부끼리 잘 삽시다.
  就當作沒有孩子，我們夫妻好好生活吧。

- 앞으로도 그 돈은 안 쓰는 게 좋겠으니 그냥 그 돈은 없는 셈 칩시다.
  以後最好也不要用那些錢，就當作沒有那些錢吧。
- 가 : 그렇게 큰 실수를 하다니 너무 속상해요. 犯那麼大的錯，真難過。
  나 : 이왕 이렇게 됐으니 실수를 통해 배운 셈 쳐라.
  既然已經變成這樣，就當作透過失誤學習吧。
- 가 : 준비하던 프로젝트가 없어졌다면서요? 聽說準備的專案不見了？
  나 : 네, 아쉽지만 그냥 그 분야에 대해서 공부한 셈 치려고요.
  對，雖然可惜，但想說就當作學習了那個領域。

中心語

- 셈 : 不能再增減的計算

文法訊息

- 助詞結合訊息 :「셈」後可以接助詞「（으）로」，但通常會省略。
  [예문] 운동한 셈으로 치려고요. 打算當作運動。
  운동한 셈 치려고요. 打算當作運動。
- 前用言限制 : 主要和動詞「이다」結合，不過有時候可以和「바쁘다」、「아프다」等部分形容詞結合。
  [예문] 아픈 셈 치고 며칠 푹 쉬어. 當作病了，好好休息幾天吧。
- 先語末語尾限制 : 和前用言結合時，不介入「-었-」、「-겠-」。
  [예문] *속았는 셈 치고 잊어버려. 就當作被騙，忘記吧。
  *죽겠을 셈 치고 열심히 합시다. 當作最後一次努力。
- 分布、活用訊息 : 常以「-은／는／을 셈 치고」形態使用。

談話訊息

- 主要用於口語中。
- 主要用於非正式場合。

相關表達

- -는 셈이다
  (1) 表示認為可以算是幾乎那樣。
  [예문] 가 : 그렇게 먼 길을 걸어서 왔어요? 那麼遠走來嗎？
  나 : 네, 길이 너무 막혀서요. 그냥 운동한 셈치지요, 뭐.
  對，因為路上太塞了，就當作運動吧。
  나' : 네, 한 시간 동안 걷고 5분 동안 버스를 탔으니 걸어서 온 셈이지요.

對，走了一小時，搭了五分鐘公車，算是走來吧。

- –을 셈이다
  (1) 表示未來的計畫或想法。

  예문 가 : 왜 그렇게 무모한 짓을 해? 죽기라도 할 셈이야?
  為什麼做那麼魯莽的事？想死嗎？
  나 : 설마 죽지는 않겠지. 그렇지만 죽을 셈 치고 열심히 해 보려고.
  不會死吧，但想當作最後一次努力。

–은 적 (이) 있다 / 없다

形態訊息

	形態
尾音 ○	–은 적(이) 있다/없다
尾音 ×	–ㄴ 적(이) 있다/없다

· -았/었던 적이 있다/없다 : 為表示話者親自經歷的過去狀況，「–은」可以替換為「–았／었던」。

1 經驗

表示經驗有無。

- 저는 제주도에 간 적이 있습니다. 我去過濟州島。
- 이렇게 맛있는 음식은 먹어 본 적이 없어요. 沒吃過這麼好吃的食物。
- 해 본 적 없는 일을 해야 할 때는 누구나 걱정이 앞선다.
  要做沒有做過的事情時，大家都會先擔心。
- 저도 영어 공부를 한 적이 있는데 정말 재미있더라고요.
  我也有學過英文，真的很有趣。
- 가 : 채린 씨, 스키를 타 본 적이 있어요? 彩林，你滑過雪嗎？
  나 : 네, 있어요. 그렇지만 스키를 타다가 크게 다친 적이 있어서 요새는 안 타
  요. 有，不過曾經因為滑雪受重傷，所以最近不太滑。

中心語

- 적 : 某時刻

文法訊息

- 助詞結合訊息:「적」後可以隨意接格助詞「이」,「이」也可以以補助詞「은」、「도」代替。

  예문 저는 제주도에 간 적은 없지만 부산에 간 적은 있어요.
  我雖然沒去過濟州島,但去過釜山。
  저는 제주도에 간 적도 있고 부산에 간 적도 있어요.
  我去過濟州島,也去過釜山。

- 前用言限制:主要和動詞結合,不和形容詞、「이다」結合。

  예문 저는 한국에 간 적이 있어요. 我去過韓國。
  *저는 예쁜 적이 있어요. 我曾經漂亮過。

- 先語末語尾限制:和前用言結合時,不介入「-었-」、「-겠-」。

  예문 *저는 제주도에 갔는 적이 있어요. 我曾經去過濟州島。
  *스키를 타다가 크게 다치겠는 적이 있다. 曾經滑雪受重傷。

- 句子類型限制:主要用於陳述句、疑問句,不用於建議句、命令句。

  예문 *제주도에 간 적이 있읍시다. 曾經去過濟州島。

搭配訊息

- 表「某時刻」的中心語「적」,主要表示過去有某些經驗,或沒做的事實,因此常和「예전에」、「한번」、「일전에」等表示過去的副詞一起使用。

  예문 저는 예전에 한국에 간 적이 있어요. 我以前去過韓國。

相關表達

- -어 보다

  (1) 僅可以用於自己意志下的經驗。

  예문 저는 교통사고로 크게 (*다쳐 봤어요/다친 적이 있어요).
  我曾經因為車禍受重傷。

-은/는/을 줄 알다/모르다

形態訊息

	形態				
	動詞			形容詞	
	過去	現在	未來	現在	未來
尾音 ○	-은 줄 알다 /모르다	-는 줄 알다 /모르다	-을 줄 알다 /모르다	-은 줄 알다 /모르다	-을 줄 알다 /모르다
尾音 ×	-ㄴ 줄 알다 /모르다		-ㄹ 줄 알다 /모르다		-ㄹ 줄 알다 /모르다

- -았/었던 줄 알다/모르다：為表示話者親自經歷的過去狀況，「-은」可以替換成「-았/었던」。

- -았/었을 줄 알다/모르다：表示新得知過去完成的事情時，可以用「-았/었을」，此時過去的事情是話者沒有親自經歷的事情。

예문 나도 채린 씨가 결혼했을 줄 몰랐어. 我也不知道彩林已經結婚了。

1 認知

表示知道或不知道某事實。

- 어렸을 때는 그 애가 그렇게 똑똑한 줄을 몰랐어요. 小時候不知道他這麼聰明。
- 해외여행에 돈이 많이 드는 줄 알고는 있었지만 이 정도일 줄은 몰랐네.
  知道出國旅行要花很多錢，但不知道要這麼多。
- 비가 올 줄 알았으면 우산을 가지고 왔을 텐데.
  如果早知道會下雨，就帶雨傘來了。
- 운전하는 게 이렇게 어려울 줄은 몰랐네. 不知道開車這麼難。
- 두 사람이 예전에 친했던 줄 몰랐어요. 不知道兩位以前很要好。
- 제 소식을 듣고 많이 놀라셨을 줄 압니다만, 너무 걱정하지 않으셔도 됩니다.
  知道您聽到我的消息會很驚訝，不過不用太擔心。
- 가：연정이가 너 좋아하는 줄 알고 있었어? 知道妍靜喜歡你嗎？
  나：아니. 그런 줄 몰랐어. 不，不知道。

中心語

- 줄：某事實

文法訊息

- 助詞結合訊息：「줄」後可以隨意加格助詞「을」，根據意思不同，也可以加補助詞「은」、「도」、「만」。

  예문 스키가 재미있을 줄만 알았지, 무서울 줄은 몰랐다.
  知道滑雪好玩，但不知道可怕。
  스키가 재미있을 줄도 알았고 무서울 줄도 알았다.
  知道滑雪好玩，也知道可怕。

- 先語末語尾限制：和前用言結合時，不太和「-겠-」結合。

  예문 *운전이 이렇게 어렵겠을 줄 몰랐어요. 不知道開車這麼難。

- 句子類型限制：主要用於陳述句、疑問句，不用於建議句、命令句。

  예문 *그 애가 날 좋아하는 줄을 모르자. 不知道他喜歡你。

---

2 錯覺、誤認

表示對某事實錯誤認知。

- 우리 아기는 아빠가 세상에서 제일 힘센 줄로 알고 있다.
  我們孩子以為爸爸是世界上力氣最大的。
- 가：우리 아들은 운동에는 소질이 없네요. 我們兒子沒有運動天分呢。
  나：그러게요. 당신 닮아서 운동을 잘할 줄 알았는데요.
  是啊，以為會像你一樣擅長運動呢。
- 가：왜 이렇게 늦었어? 우리 약속 시간은 2시였잖아!
  為什麼這麼晚？我們約的是兩點啊。
  나：2시였다고? 나는 3시인 줄 알았어. 兩點？我以為是三點。
- 가：소식 들었어? 규현이한테 여자 친구가 생겼대.
  聽到消息了嗎？圭賢有女朋友了。
  나：정말? 나는 규현이가 나를 좋아하는 줄로 알았는데 아니었구나.
  真的？我以為圭賢喜歡我，原來不是啊。

文法訊息

- 助詞結合訊息：「줄」後方可以隨意加助詞「로」。
- 先語末語尾限制：和前用言結合時，不介入「-겠-」。

例文 나는 당신이 학창 시절에 공부를 잘했을 줄 알았어요. 그런데 아니었군요.

我以為你學生時候很會念書，但不是啊。

*나는 우리 약속이 3시이겠을 줄 알았어. 그런데 4시라고?

我以為我們約的是三點，但你說是四點？

- 句子類型限制：主要用於陳述句、疑問句，不用於建議句、命令句。

例文 *우리 약속 시간이 3시인 줄로 알자. 以為我們約的是三點。

-은/는/을 참이다 , -던 참이다 / 차이다

依存語結構：終結表達

形態訊息

	形態		
	動詞		形容詞
	過去	現在	
尾音 ○	-은 셈 치다	-는 셈 치다	-을 셈 치다
尾音 ×	-ㄴ 셈 치다		-ㄹ 셈 치다

- -던 참이다/차이다：為表示未完成狀態，可以用「-던」。「-던」後的「참」、「차」意義差異不大，可以替換使用。

- -은/는/을 참에, -던 참에/차에：「참」、「차」後也可以加「에」。

1 打算做某事時

某動作或行為發生的當下。

- 저희는 지금 막 밥을 다 먹은 참이에요. 我們現在剛好正當吃完飯的時候。
- 안 그래도 어려운 문제로 고민하던 차였는데 선생님께서 답을 주셨네요.
  我們也正在思考難解問題時，老師給了答案。
- 김 부장은 이제 막 퇴근할 참이었다. 金部長現正要下班。
- 잠이 들려던 참에 전화가 왔다. 正想入睡之際電話來了。
- 가 : 여보세요? 강희야, 나야. 喂？姜熙，是我。

  나 : 그렇지 않아도 너한테 전화하려는 참인데 마침 네가 먼저 전화를 했구나.
  我也正想打電話給你，剛好你先打來。

中心語

- **차**：機會或瞬間
- **참**：情況或時機

文法訊息

- 助詞結合訊息：「참」、「차」後主要接助詞「이다」或「에」。

  예문 고민하던 차였는데 마침 선생님께서 답을 주셨다.

  正在思考難題的時候，剛好老師給了答案。

  고민하던 차에 마침 선생님께서 답을 주셨다.

  正在思考難的時候，剛好老師給了答案。

- 前用言限制：主要和動詞結合，不和形容詞、「이다」結合。「차이다」前的動詞主要接冠形形語尾「-던」，「참이다」前的動詞則沒有這種冠形形限制。

  예문 지금 막 밥을 다 먹은 (*차예요/참이에요). 現在剛好吃完飯。

  이제 막 밥을 먹을 (*차예요/참이에요). 現在剛好要吃飯。

  밥을 먹고 있던 (차예요/참이에요). 現在剛好正在吃飯。

- 先語末語尾限制：和前用言結合時，不介入「-었-」、「-겠-」。

  예문 *저희는 지금 밥을 다 먹었는 참이에요. 我們現在剛好正吃完飯。

  *잠이 막 들겠는 차에 전화가 왔다. 正要入睡之際電話來了。

- 句子類型限制：主要用於陳述句、疑問句，不用於建議句、命令句。

搭配訊息

- 以某時間或時刻的「차」、「참」為中心語，表示某行動或動作發生的當下，因此可以和「지금」、「이제」等時間副詞，以及「막」、「마침」等副詞自然搭配。

-은 / 는 체하다 / 척하다

形態訊息

	動詞		形容詞
	過去	現在	
尾音 ○	-은 체하다/척하다	-는 체하다/척하다	-은 체하다/척하다
尾音 ×	-ㄴ 체하다/척하다		-ㄴ 체하다/척하다

Tip 「-은／는 체하다」和「-은／는 척하다」意思相同。

1 假飾

表示實際上並非如此，但假裝那樣。

- 우리는 형편없는 음식을 짐짓 맛있는 체하면서 먹었다.
  我們勉強假裝津津有味地吃難吃的食物。
- 나는 부모님께서 걱정하실까 봐 시험을 잘 본 척했다.
  我怕父母擔心，假裝考試考得好。
- 신혜는 남자 친구와 헤어진 뒤 일부러 잘 지내는 체를 한다.
  信惠和男朋友分手後，特意假裝過得很愉快。
- 빨리 집에 가고 싶으니까 일부러 술에 취한 척을 하자.
  想快點回家就假裝喝醉吧。
- 가 : 민준이가 자꾸 돈을 빌려 달라는데 빌려 주기 싫어. 어쩌지?
  敏俊一直來借錢，我不想借，怎麼辦？
  나 : 그럼 돈이 없는 체해 봐. 那假裝沒錢吧。
- 가 : 그 남자는 만났어? 見到那個男生了嗎？
  나 : 아니. 만나기 싫어서 최대한 바쁜 척할 거야.
  不，因為不想見面，所以盡最大努力裝忙。

文法訊息

- 助詞結合訊息：「체」和「척」後可隨意加格助詞「을／를」。
- 先語末語尾限制：和前用言結合時，不介入「-었-」、「-겠-」。
  예문 *나는 시험을 잘 봤는 척을 했다. 我假裝考試考得好。

*나는 일부러 바쁘겠을 척을 했다. 我故意裝忙。

談話訊息

* 「-은／는 체하다」主要用於書面語中，「-은／는 척하다」主要用於口語中。

-은 / 는 축에 들다

依存語結構：
終結表達

形態訊息

	動詞		形容詞
	過去	現在	
尾音 ○	-은 축에 들다	-는 축에 들다	-은 축에 들다
尾音 ×	-ㄴ 축에 들다		-ㄴ 축에 들다

* -은/는 축에 끼다, 속하다：「들다」可以替換成「끼다」、「속하다」，其意義相同。
* -았/었던 축에 들다：為強調過去狀況，可以將「-은」替換成「-았／었던」。
* 명사 + 축에 들다：主要是「부자」等表示程度的字。

1 屬於某屬性的族群

表示大致接近怎樣的族群。

* 너 정도면 시험을 잘 본 축에 드니까 걱정 마.
  你的程度算是考得好的類型，別擔心。
* 신혜는 똑똑한 축에 들지만 좀 게으른 것 같더라.
  信惠屬於聰明的一群人，但好像有點懶。
* 저 정도면 어린 축에 드는 것 아닌가요? 那程度的話是年輕族群囉？
* 우리 집은 이 동네에서 부자 축에 든답니다. 我們家在這區算是有錢的族群。
* 가 : 김 선생은 요즘 논문을 꾸준히 발표하는 것 같더라.
  金老師最近持續發表論文。

  나 : 그럼요. 김 선생은 신진 학자 가운데서도 가장 전도유망한 축에 들지요.
  當然，金老師在新進學者中，算是最前途無量的類型。

中心語

- 축：依特定屬性所做的群類

文法訊息

- 助詞結合訊息：「축」後方的「에」不能省略，也不能用其他助詞。
  예문 *서울은 물가가 비싼 축 들지요. 首爾算是物價貴的地方。

- 前用言限制：主要和形容詞結合，不過有副詞修飾時，可以和動詞結合。如果是表示屬性的動詞，沒有副詞也能結合。
  예문 *나는 밥을 먹는 축에 든다. → 동사와 결합이 어색함.
  　　我算是吃飯族。→ 和動詞結合不自然。
  　　나는 밥을 빨리 먹는 축에 든다. → 부사의 수식을 받는 동사와 결합이 가능함.
  　　我算是吃飯吃得快的人。→ 可以和有副詞修飾的動詞結合。
  　　나는 공부를 잘하는 축에 든다. → 속성을 나타내는 동사와 결합이 가능함.
  　　我算是會念書的一票人。→ 可以和表示屬性的動詞結合。

- 先語末語尾限制：和前用言結合時，不介入「–었–」、「–겠–」。
  예문 *그 정도면 시험을 잘 봤는 축에 들었다. 那樣的程度算是考試考得好的人。
  　　*그 애는 공부를 잘하겠는 축에 든다. 那個孩子算是會讀書的人。

- 句子類型限制：主要用於陳述句、疑問句，不用於建議句、命令句。
  예문 *서울은 물가가 비싼 축에 (듭니다./듭니까?/*듭시다./*드십시오.)
  　　首爾算是物價貴的地方。

談話訊息

- 主語是第二人稱時，含有對對方評價的意思，因此對上位者使用會有無禮的感覺。
  예문 *교수님, 교수님께서는 좋은 학자 축에 드십니다.
  　　教授，您是好的學者群。

相關表達

- –은 편이다
  (1) 如果前要素是「名詞＋이다」，不能以「名詞＋편이다」形式使用。
  예문 그 정도면 부자인 편이지. 那樣的程度算是有錢人了吧。
  　　*그 정도면 부자 편이지. 那樣的程度算是有錢人了吧。

- 은 / 는 편이다

形態訊息

	動詞		形容詞
	過去	現在	
尾音 ○	-은 편이다	-는 편이다	-은 편이다
尾音 ×	-ㄴ 편이다		-ㄴ 편이다

1 接近某屬性

表示大致接近某屬性。

- 결과를 보니, 그 정도면 시험을 잘 본 편이었다.
  看結果來說，那程度算是考得好。
- 신혜는 똑똑한 편이지만 좀 게으른 것 같더라.
  信惠算是聰明，但好像有點懶惰。
- 오늘은 빨리 출발한 편이었는데도 길이 막혀서 늦었어요.
  今天算是早出發的，但還是塞車晚到了。
- 서울은 물가가 비싼 편이지요? 首爾算是物價高的吧？
- 가 : 벌써 식사를 다 하셨어요? 已經都用過餐了嗎？
  나 : 네, 제가 좀 빨리 먹는 편이에요. 對，我算是吃得快的。

中心語

- 편 : 彼此不同的立場之一

文法訊息

- 助詞結合訊息：「편」後通常接敘述格助詞「이다」，不過「아니다」前的「이」可以換成「은」、「도」、「만」。
  예문 이 가게 물건이 싼 편은 아니다. 這家店的東西不算便宜。
  이 가게 물건은 싼 편도 아니면서 품질도 나쁘다.
  這家店的東西不算便宜，品質也不好。
  이 가게 물건은 싼 편만 아니면 장점이 하나도 없다.
  這家店的東西算便宜之外，一點優點都沒有。

666

- 前用言限制：主要和形容詞結合，不過有副詞修飾時，可以和動詞結合。如果是表示屬性的動詞，沒有副詞也能結合。

  예문 *나는 밥을 먹는 편이다. → 동사와 결합 어색함.

  我算是吃飯的。→ 和動詞結合不自然。

  나는 밥을 빨리 먹는 편이다. → 부사의 수식을 받는 동사와 결합이 가능함.

  我算是吃飯吃得快。→ 可以和有副詞修飾的動詞結合。

  나는 공부를 잘하는 편이다. → 속성을 나타내는 동사와 결합이 가능함.

  我算是會念書。→ 可以和表示屬性的動詞結合。

- 先語末語尾限制：和前用言結合時，不介入「–었–」、「–겠–」。

  예문 *그 정도면 시험을 잘 봤는 편이다. 那樣的程度算是考試考得好。

  *그 애는 공부를 잘하겠는 편이다. 那個孩子算是會讀書。

- 句子類型限制：主要用於陳述句、疑問句，不用於建議句、命令句。

搭配訊息

- 意思為「彼此不同立場之一」的「편」是其中心語，主要表示在兩個對立的屬性中，比較接近哪一個，也表示該屬性有多少程度，因此和大部分的程度副詞一起用都很自然。

  예문 서울은 물가가 아주 비싼 편이에요. 首爾算是物價很貴的。

  서울은 물가가 조금 비싼 편이에요. 首爾算是物價有點貴的。

談話訊息

- 主語是第二人稱時，含有評價對方的意思，因此對上位者使用會有無禮的感覺。

  예문 *교수님, 교수님께서는 좋은 학자인 편이십니다.

  教授，您算是好的學者。

相關表達

- –은 축에 들다

  (1) 可以使用「 名詞 ＋축에 들다」的形式。

  예문 그 정도면 부자 축에 들지. 那樣的程度算是有錢人一類的吧。

  ?그 정도면 부자 편이지. 那樣的程度算是有錢人吧。

  그 정도면 부자인 편이지. 那樣的程度算是有錢人啊。

– 을 것이다 1

依存語結構：
終結表達

形態訊息

	形態
尾音 ○	-을 것이다
尾音 ✕	-ㄹ 것이다

1 未來

表示未來。

- 이번 주말에 등산을 갈 겁니다. 這周末我要去爬山。
- 내일부터 장맛비가 올 거라고 들었어요. 聽說明天雨季會到來。
- 방학에 어디로 여행을 갈 겁니까? 放假要去哪裡旅行？
- 가 : 수업이 언제쯤 끝나요? 什麼時候下課？

  나 : 30분쯤 후에 수업이 끝날 거예요. 30分鐘後會下課。

文法訊息

- 助詞結合訊息：「것」後只能接敘述格助詞「이다」。
- 前用言限制：主要和動詞結合。和形容詞、「이다」結合會不自然，或推測意味強烈。不過，有時候可以和天氣相關的形容詞、「바쁘다」等部分形容詞結合。

  例문 이 아이는 (*예쁠 거예요/예뻐질 거예요). 這孩子會變漂亮的。

  내일은 아주 바쁠 거라서 오늘은 푹 쉬어 두기로 했다.
  因為明天會很忙，所以今天想好好休息。

  이번 주 날씨는 내내 화창할 겁니다. 這整周天氣都會很晴朗。

- 先語末語尾限制：和前用言結合時，不介入「-었-」、「-겠-」。

  例문 *저는 방학에 여행을 (갔을/가겠을) 거예요. 我放假會去旅行。

- 時制限制：主要用現在時制，不過在過去時間點預想未來時可以和「-았／었-」結合。不和「-겠-」結合，或意義會改變。

  例문 원래는 그 주말에 등산을 갈 거였지만 못 갔어요.
  原本那個周末想去爬山，但沒去成。

  ?이번 주말에 등산을 갈 거겠어요. 這個周末會去爬山。

- 句子類型限制：主要用於陳述句、疑問句，不用於建議句、命令句。

談話訊息

- 在非正式的場合中主要使用「–을 거야」、「–을 거예요」；在正式場合中主要使用「–을 것입니다」。「–을 것입니다」常縮寫成「–을 겁니다」。

相關表達

- –겠–

  (1) 「–겠–」常用於對眾多聽眾謙恭說話時；而「–을 것이다」常用於個人親密說話時。

  예문 승객 여러분, 우리 비행기는 곧 인천 공항에 (도착하겠습니다/²도착할 겁니다). 各位乘客，我們班機即將抵達仁川機場。

  수지 씨, 천천히 오세요. 영화는 20분부터 (²시작하겠어요/시작할 거예요). 秀智小姐，請慢慢來，電影20分鐘後開始。

2 保證

表示保證。

- 올해는 꼭 담배를 끊을 것이다. 我今年一定要戒菸。
- 오늘은 내가 집안일을 다 할 거니까 당신은 푹 쉬어.
  今天我會做所有家事，你好好休息。
- 앞으로는 지각하지 않을 거예요. 믿어 주세요. 以後不會遲到的，請相信我。
- 가 : 현정 씨는 꿈이 있어요? 賢靜有夢想嗎？
  나 : 그럼요. 언젠가는 세계 일주를 할 거예요. 當然，總有一天要環遊世界一周。

文法訊息

- 助詞結合訊息：「것」後只能接敘述格助詞「이다」。
- 主語限制：因為表示保證，所以主要和第一人稱主語一起使用。
  예문 저는 절대로 지각하지 않을 거예요. → 다짐의 의미
      我絕對不會遲到。→ 決心的意思
      당신은 절대로 지각하지 않을 거예요. → 다짐의 의미 X
      你絕對不會遲到。→ 決心的意思X
- 前用言限制：主要和動詞結合，不太和形容詞、「이다」結合。
  예문 *내일부터 꼭 예쁠 거예요. 明天開始一定會漂亮。
      *꼭 좋은 선생님일 거예요. 一定是好老師。

- 先語末語尾限制：和前用言結合時，不介入「-었-」、「-겠-」。

  예문 *저는 꼭 담배를 (끊었을/끊겠을) 거예요. 我一定會戒菸。

- 時制限制：主要用現在時制，不過在過去時間點保證時可以和「-았/었-」結合。不太和「-겠-」結合，或意義會改變。

  예문 원래 계획으로는 일을 다 끝낼 거였는데 반도 못했네요.
  原本計畫工作都要結束，但一半都沒做到。
  ?언젠가는 세계 일주를 할 거겠어요. 總有一天一定要環遊世界一周。

- 句子類型限制：主要用於陳述句。

談話訊息

- 在非正式的場合中，主要使用「-을 거야」、「-을 거예요」，在正式場合中，主要用「-을 것입니다」。「-을 것입니다」常縮寫成「-을 겁니다」。

相關表達

- -겠-

  (1) 不是對自己的決心或意志，而是在對方面前公開表示保證。

  예문 내일부터는 절대로 지각하지 않겠습니다. 明天起絕對不會遲到。

  (2) 不能表示在過去時間點所做的保證。

  예문 *원래 계획으로는 일을 다 끝냈겠는데 반도 못했네요.
  原本按照計畫事情全會搞定，但連一半都不到。

- -을게（요）

  (1) 不是僅對自己的保證或自己的意志，而是向對方表示約定之意。

  예문 내일은 내가 집안일을 다 할게. 明天我會做所有的家事。

  (2) 因為是終結語尾，只能用於句尾。

  예문 *내일은 내가 집안일을 다 할게니까 당신은 좀 쉬어.
  明天我會做所有的家事，妳休息一下。

- 을 것이다 2

依存語結構：
終結表達

形態訊息

	形態
尾音 ○	-을 것이다
尾音 ×	-ㄹ 것이다

1 推測

用於表示推測。

- 너는 시험을 잘 봤을 거니까 걱정하지 마. 你考得好,別擔心。
- 그 사람은 서울에 살 거예요. 我想他住在首爾。
- 먹구름이 꼈으니 곧 비가 올 겁니다. 烏雲密布,馬上就會下雨的。
- 두 사람이 지금은 서먹해도 예전에는 친했을 거라고 생각해.
  他倆現在形同陌路,但我認為以前很要好。
- 신혜는 요즘 바쁠 거예요. 信惠最近大概很忙。
- 내일쯤 반가운 손님이 찾아올 것입니다. 明天左右會有佳賓來。
- 가 : 강희가 언제쯤 졸업할 것 같아요? 姜熙大概什麼時候會畢業?
  나 : 논문을 쓰고 있으니까 내년 봄에는 졸업할 것 같아요.
  正在寫論文,大概明年春天會畢業。

文法訊息

- 助詞結合訊息:「것」後只能接敘述格助詞「이다」。
- 主語限制:因為表示推測,所以和第一人稱主語一起使用有時候會不自然。
  예문 *저는 요즘 바쁠 거예요. 我最近會忙。
- 先語末語尾限制:和前用言結合時,不介入「-겠-」。
  예문 *신혜는 내일 바쁘겠을 거예요. 信惠明天會忙。
- 時制限制:只用於現在時制,用過去時制意義會改變。
  예문 *그 사람은 서울에 살 거였어요. → 추측이 아닌 계획이나 의지를 나타냄.
  那個人要住在首爾。→ 並非推測,而是表示計畫或意志。
- 句子類型限制:主要用於陳述句、疑問句,不用於建議句、命令句。

5. 依存語結構：終結表達 671

- 分布、活用限制：

  예문 ?그 사람은 서울에 살 거(군요/네요/지요). → 추측이 아닌 계획이나 의지를 나타냄.

  他要住在首爾。→ 並非推測，而是表示計畫或意志。

搭配訊息

- 主要用於以過去經驗的背景知識所做的推測，因此常用於表示經邏輯推論後做的預想或推測。不和「왠지」等副詞語一起使用。

  예문 *왠지 그 사람은 서울에 살 거예요. 不知道為什麼那個人好像住首爾。

談話訊息

- 在非正式的場合中主要使用「-을 거야」、「-을 거예요」，在正式場合中主要使用「-을 것입니다」。「-을 것입니다」常縮寫成「-을 겁니다」。

相關表達

- -는 것 같다

  (1) 主要表示茫然推測，或以個人見解為根據做的推測，因此可以和「왠지」等副詞語一起使用。

  예문 왠지 그 사람은 서울에 사는 것 같다. 不知道為什麼他好像住在首爾。

  (2)「것」後可以接補助詞「은」、「도」、「만」。

  예문 곧 좋은 소식이 들릴 것만 같다. 好像好消息即將傳來。

  (3) 過去時制不只可以用「-았/었을 것 같다」，也可以用「-았/었던 것 같다」。

  예문 지금쯤 도착했을 것 같다. 現在大概已經抵達了。

  신혜가 우리가 하는 이야기를 들었던 것 같다. 信惠好像聽到我們說的話。

  (4) 可以用於疑問句。

  예문 현정이가 몇 시쯤 도착할 것 같아요? 賢靜大概幾點會到？

- -는 모양이다

  (1)「-는 모양이다」主要用於以現場察覺的經驗為根據來推測，「-을 것이다2」主要用於以過去經驗形成的背景知識為根據來推測。

  (2) 和部分連結語尾結合不自然。

  예문 ?내일 비가 올 모양이라서 등산 계획을 취소했어요.

  因為明天好像會下雨，所以取消了爬山計畫。

- -는 게 틀림없다

  (1) 表示有確信的斷定推測。

(2) 沒有時制限制。

예문 그 사람은 서울에 사는 게 틀림없었다. 他住在首爾沒錯。

- –겠–
  (1) 如果和終結語尾「–군（요）」、「–구나」「、–지（요）」結合，則可以和動詞結合。

  예문 내일도 열심히 공부하겠군요. 你明天也要認真念書喔。
  　　내일도 열심히 공부하겠지요. 明天也要認真念書。

  (2) 和形容詞結合時，「–겠다」表示針對沒有直接經歷之事的推測，因此和表強烈推測之意的「–을 것이다」有推測程度的差異。

  예문 가 : 이 케이크 정말 맛있겠다. 這個蛋糕真的會很好吃。
  　　나 : 응, 한번 먹어 봐. 맛있을 거야. 내가 저번에 먹어 봤거든.
  　　嗯，吃吃看，會好吃的，我以前吃過。

- –나／은가 보다
  (1) 主要在後子句，在前子句不自然。

  예문 *내일 비가 오나 보니까 등산을 못 가겠다.
  　　因為明天好像會下雨，所以沒辦法去爬山。

  (2) 不用過去時制或未來時制。

  예문 *그 두 사람은 다정한 사이인가 봤어요.
  　　那兩個人是親密的關係。
  　　*그 두 사람은 다정한 사이인가 볼 거예요.
  　　那兩個人是親密的關係。

– 을까 보다

形態訊息

	形態
尾音 ○	-을까 보다
尾音 ×	-ㄹ까 보다

1 「好像會發生某事」

以「–을까 봐（서）」形態，主要表示在令人擔心的狀況中，「好像會發生某事」之意。

- 시험 결과가 나쁠까 봐 걱정이에요. 擔心考試結果不好。
- 밤이 되면 추워질까 봐 옷을 하나 더 가져 왔어요.
  因為擔心晚上會冷，所以多帶了一件衣服來。
- 어머니가 걱정하실까 봐 매일 전화를 드리고 있어요.
  因為怕媽媽擔心，所以每天都打電話。
- 언니는 내가 신경 쓸까 봐서 부모님의 수술 사실을 숨겼다.
  姐姐怕我擔心，而隱瞞了父母動手術的事。
- 신혜는 거절당할까 봐 좋아하는 남자에게 고백하지 않았다.
  信惠怕被拒絕，而沒向喜歡的男生表白。
- 가 : 네가 내 실수를 이미 알고 있었을까 봐 두려웠어.
  我怕你已經知道我的失誤。
  나 : 괜찮아. 우린 친구잖아. 沒關係，我們是朋友啊。

文法訊息

- 先語末語尾限制：和前用言結合時，不介入「–겠–」。
  예문 아기가 밤새 (추웠을까/*춥겠을까) 봐 걱정이에요. 擔心孩子晚上冷。
- 後子句訊息：後子句主要用「걱정이다、불안하다、두렵다、무섭다」等表示負面感情的形容詞，或為防止擔心的事發生所做的行為表達為其敘述語。後子句主要用陳述句、疑問句，不用建議句、命令句。
  예문 배고플까 봐 음식을 가져 (왔어요./왔어요?/*오세요./*옵시다.)
  恐怕會餓而帶了食物來。

談話訊息

- 主要用於非正式場合。
- 表示話者對該內容擔心的態度。

參考訊息

- 「보다」可以替換成「하다」或「싶다」，其意義相近。擔心的程度以「보다」最強。
  예문 멀미를 할까 (봐서/해서/싶어서) 약을 가지고 왔어요.
  因為擔心暈車，所以帶了藥來。
---

2 不確實的意圖

以「–을까 봐요」形態，表示還不確實，但未來有做某事的心意。

- 가 : 요즘 악기를 배우는 사람이 많더라. 最近很多人學樂器。

  나 : 저도 방학 하면 기타나 좀 배워 볼까 봐요.

  我也在想放假要不要學個吉他。

- 가 : 이렇게 출장이 잦은데 결혼 후에도 이 일을 계속 할 거예요?

  這麼常出差，結婚後還要繼續做這工作？

  나 : 그러게요. 결혼하게 되면 다른 일을 찾아볼까 봐요.

  是啊，我也在想結婚的話，要不要找其他工作。

- 가 : 기분 전환에는 여행이 최고인 것 같아. 要轉換心情，旅遊似乎最好。

  나 : 나도 여행이나 갈까 봐. 我也在想要不要旅行。

- 가 : 이번에 A사 경쟁률이 진짜 높다던데, 들었어?

  這次 A 公司真的競爭率很高，聽說了嗎？

  나 : 그래요? 준비하고 있었는데, 지원하지 말까 봐요.

  是喔？我有在準備，在考慮不要去應徵。

文法訊息

- 主語限制：因為表示意圖，所以主要和第一人稱主語一起使用。

  例文 *동생은 여행을 할까 봐요. 妹妹在考慮旅行。

- 先語末語尾限制：和前用言結合時，不介入「–었–」、「–겠–」。

  例文 *나도 여행이나 (갔을까/가겠을까) 봐. 我也在想要不要去旅行。

- 時制限制：主要用現在時制，不和表示過去的「–었–」、表示未來的「–겠–」一起使用。

  例文 *이번 방학에는 여행이나 할까 (봤어요/보겠어요).

    考慮這次放假要不要旅行。

- 句子類型限制：主要用於陳述句、疑問句，不用於建議句、命令句。

  例文 *여행이나 할까 봅니까? 考慮旅行嗎？

- 分布、活用限制：主要在句子的終結用「–을까 봐（요）」，此外不和連結語尾、終結語尾結合。

  例文 *이번 방학에는 여행이나 할까 봅니다. 考慮這次放假要不要旅行。

談話訊息

- 主要用於非正式場合。

- 表示話者對該內容持不確實的態度。

參考訊息

- 「-을까 보다」的「보다」可以替換成「하다」或「싶다」，其意義相近。「-을까 보다」的使用限制多，不和「-아 / 어요」之外的語尾結合。「-을까 하다」、「-을까 싶다」則沒有這樣的限制。

  예문 방학을 하면 기타를 배워 볼까 (*보고/하고) 있어요.
    在想放假要不要學個吉他。
    네 시간이 괜찮으면 잠깐 만날까 (*봤어/했어/?싶었어).
    你時間可以的話，要不要見個面。
    주말에 아르바이트를 찾을까 (*보는데/하는데/싶은데), 잘 모르겠어요.
    在想周末要不要找打工，不過還不知道。

- 「-을까 보다」比「-을까 하다」欲做某事的計畫性更低，也就是沒有具體思考。說明當下即時的想法時，用「-을까 보다」更自然。

  예문 가 : 빨리빨리 좀 해라. 快點做。

    나 : 나 너를 주제로 책 한 권 쓸까 봐. 성격 급한 사람의 100가지 특성.
    我想用你當主題寫本書，急性子的100個特徵。

  예문 가 : 나는 주말에는 휴대폰을 아예 꺼 놔. 我周末乾脆關掉手機。

    나 : 그래? 그거 좋은 방법이네. 나도 너처럼 해 볼까 봐.
    是喔？那是好辦法，我也想試試。

相關表達

- **–을 것이다 1**

  (1) 「–을 것이다」表示話者意圖的程度強烈。

  예문 이따가 친구를 만날 거예요. → 친구와 약속을 했음.
    等一下要見朋友。→已經和朋友約好。
    이따가 친구를 만날까 봐요. → 아직 약속하지 않았음.
    我想等一下要見朋友。→還沒有約。

  (2) 「–을까 보다」是話者對剛剛想起的事情稍微表示可能有做該事的意圖，此時用確認性高的「–을 거예요」會不自然。

  예문 가 : 요즘 홍삼을 먹었더니 건강해진 것 같아.
    最近吃了紅蔘，好像變健康。
    나 : 그래요? 그럼 나도 홍삼을 좀 (??먹어 볼 거예요/먹어 볼까 봐요).
    是喔？我也想吃吃看紅蔘。

- –（으）려고 하다

(1) 比起「–을까 보다」，表示話者意圖的程度更強烈。

例文 오늘은 집에 있으려고 해요. → 오늘은 집에 있을까 봐요.
我想今天在家。→ 我想今天在家。

(2) 「–을까 보다」主要和第一人稱主語一起用，「–（으）려고 하다」則沒有這個限制。

例文 민수가 초콜릿을 혼자 다 (먹으려고 해요/*먹을까 봐요).
敏秀想要自己吃掉全部的巧克力。

– 을까 하다

形態訊息

	形態
尾音 ○	–을까 하다
尾音 ×	–ㄹ까 하다

1 不確實的意圖

表示雖然還不確實，但未來有做某事的心意。

- 이번 방학에는 해외로 여행을 갈까 해요. 我想這次放假要不要出國旅行。
- 나는 결혼하면 아이를 셋 정도 낳을까 한다. 我結婚的話，想生三個孩子。
- 가 : 주말 계획은 있어? 周末有計畫嗎？
  나 : 글쎄. 날씨가 좋으면 드라이브나 할까 하고 있어.
  嗯，我在想天氣好的話要不要去兜風。
- 가 : 새로 생긴 레스토랑에 가 볼까 하는데 같이 갈래?
  我在想要不要去新開的餐廳，要一起去嗎？
  나 : 그래? 나도 거기에 한번 가 보고 싶었는데 언제 갈까?
  喔？我也想去看看，什麼時候去呢？

文法訊息

- 主語限制：因為表示話者的意圖，所以主要和第一人稱主語一起使用。

예문 *동생은 여행을 할까 해요. 妹妹在考慮旅行。

- 前用言限制：主要和動詞結合，不和形容詞、「이다」結合。
  예문 *동생은 예쁠까 해요. 妹妹在想要不要漂亮。

- 先語末語尾限制：和前用言結合時，不介入「-었-」、「-겠-」。
  예문 *날씨가 좋으면 드라이브나 (했을까/하겠을까) 해요.
  我在想天氣好的話要不要去兜風。

- 時制限制：主要用現在時制、過去時制，不用未來時制。
  예문 *이번 방학에는 여행이나 할까 하겠어요. 在考慮這次放假要不要旅行。

- 句子類型限制：主要用於陳述句、疑問句，不用於建議句、命令句。
  예문 ?이번 방학에는 해외로 여행을 갈까 합니까?
  考慮這次放假要不要出國旅行？
  *이번 방학에는 해외로 여행을 갈까 합시다.
  考慮這次放假要不要出國旅行。

談話訊息

- 主要用於非正式場合。
- 表示話者對該內容持不確實的態度。

相關表達

- -을까 보다
  (1) 和「-을까 하다」意義差異不大，可以替換使用。「-을까 보다」比「-을까 하다」做某事的計畫性更低，也就是未經具體思考。說明當下即興的想法時，用「-을까 보다」更自然。「-을까 보다」不同於「-을까 하다」，不和表示時制的形態結合。
  예문 주말에 등산이나 갈까 (*봤어요/했어요). 在想周末要不要爬山。

- -을 것이다 1
  (1) 「-을까 보다」表示話者的不確實意圖；而「-을 것이다」表示話者程度較強的意圖。
  예문 이따가 친구를 만날 거예요. → 친구와 약속을 했음.
  等一下要見朋友。→已經和朋友約。
  이따가 친구를 만날까 해요. → 아직 약속하지 않았음.
  我在想等一下見朋友。→還沒有約。

- -(으)려고 하다
  (1) 比起「-을까 보다」，表示話者意圖的程度更強烈。

예문 오늘은 집에 있으려고 해요. → 오늘은 집에 있을까 봐요.

我想今天在家。→在想今天在家。

(2) 「–을까 하다」主要和第一人稱主語一起用；「–（으）려고 하다」則沒有這個限制。

예문 민수가 초콜릿을 혼자 다 (먹으려고 해요/*먹을까 해요).

敏秀想要自己吃掉全部的巧克力。

– 을 따름이다

形態訊息

	形態
尾音 ○	-을 따름이다
尾音 ×	-ㄹ 따름이다

1 只有那樣

表示只有那樣，沒有更多。

- 뜻하지 않게 폐를 끼쳤으니 죄송할 따름입니다. 意外給你造成麻煩，很是抱歉。
- 그냥 잠깐 얼굴이나 보려고 왔을 따름이지 다른 의도는 없어.
  只是想來見一下你，沒有其他意思。
- 너무 바빴을 따름이지 일부러 네 연락을 피한 건 아니야.
  只是太忙而已，沒有故意要躲避你的聯絡。
- 가 : 자네 요새 논문 쓰느라고 고생이 많지? 你最近在寫論文，很辛苦吧？
  나 : 그저 좋은 글을 쓰고자 열심히 노력할 따름입니다.
  只是想寫好文章，正在努力而已。

文法訊息

- 助詞結合訊息：「따름」後主要接敘述格助詞「이다」。
- 主語限制：主要和第一人稱主語一起使用。
  예문 (나는/*신혜는) 그냥 잠깐 네 얼굴이나 보려고 왔을 따름이야.
  我只是想來見一下你而已。

- 先語末語尾限制：和前用言結合時，不介入「–겠–」。

  예문 나는 그냥 잠깐 네 얼굴이나 보려고 (왔을/*오겠을) 따름이야.

  我只是想來見一下你而已。

- 時制限制：可以和表示過去的「–었–」結合，但不和表示未來的「–겠–」結合。

  예문 그저 열심히 노력할 따름이었다. 只是用心努力而已。

  *그저 열심히 노력할 따름이겠다. 只是用心努力而已。

- 句子類型限制：主要用於陳述句。

- 分布、活用限制：接後子句時，主要使用「–을 따름이지」，和其他連結語尾結合不自然。

  예문 *너무 바빴을 따름이지만 일부러 네 연락을 피한 건 아니야.

  只是太忙而已，沒有故意要躲避你的聯絡。

搭配訊息

- 常用於表示沒有其他方法，並強調自己的感情，因此和表示「僅此唯一」之意的副詞語一起使用很自然。

  예문 제 마음을 이렇게 헤아려 주시니 그저 고마울 따름입니다.

  這麼替我著想，實在很感謝。

  내가 합격했다는 사실에 단지 기쁠 따름이었다.

  我對於合格的消息非常高興。

談話訊息

- 可以用於對上位者謙恭道歉或表示謙讓時。

相關表達

- –을 뿐이다

  (1) 在大部分的情況中，和「–을 따름이다」意義差異不大，可以替換使用。

  예문 나는 그 애 때문에 기가 막힐 (뿐이야/따름이야). 我因為他快氣到不行。

  (2) 用於表謙讓時，其謙恭性比「–을 따름이다」低，因此主要用於聽者比話者下位時。

  예문 가 : 자네, 요즘 논문 쓰느라고 고생이 많지? 你最近在寫論文，很辛苦吧？

  나 : 그저 열심히 노력할 따름입니다. 只是用心努力而已。

  예문 가 : 선배님, 요즘 논문 쓰느라고 고생이 많으시지요?

  學長，最近在寫論文，很辛苦吧？

  나 : 그저 열심히 노력할 뿐이지. 我只是用心努力而已。

-을 리(가) 없다

形態訊息

	形態
尾音 ○	-을 리(가) 없다
尾音 ×	-ㄹ 리(가) 없다

1 沒有可能性

表示確信沒有可能性。

- 신혜가 벌써 도착했을 리가 없지요. 信惠不可能已經到了。
- 중세 시대 사람들은 지구가 태양을 돌 리 없다고 생각했다.
  中世紀的人認為地球不可能繞著太陽轉。
- 저렇게 노래를 못하는 사람이 가수일 리가 없어.
  歌唱那麼不好的人，不可能是歌手。
- 지금은 여름이니까 눈이 올 리가 없다. 現在是夏天，不可能會下雪。
- 가 : 김 대리는 아직도 일을 못 끝냈대. 내일이면 끝내려나?
  金代理事情還沒做完，明天可做好嗎？
  나 : 글쎄요. 여태 그 일을 안 한 사람이 내일이라고 할 리가 없지요.
  嗯，到現在還做不好的人，沒有明天做得好的道理。

文法訊息

- 助詞結合訊息：「리」後主要接助詞「가」，但也可以接「는」、「도」。助詞「가」可以省略。
  예문 신혜가 벌써 왔을 수도 없고 왔을 리도 없어.
  信惠不可能已經來了，也沒有已經來的道理。

- 主語限制：因為表示可能性的推測，所以和第一人稱主語一起用可能會不自然。
  예문 ??나는 지금쯤 밥을 먹고 있을 리가 없다. 我沒有現在正在吃飯的道理。

- 先語末語尾限制：和前用言結合時，不介入「-겠-」。
  예문 서준이가 벌써 (왔을/*오겠을) 리가 없지요. 敍俊沒有已經來的道理。

- 句子類型限制：主要用於陳述句，不用於建議句、命令句。「없다」可以改成「있다」表反問疑問。

    예문 저렇게 노래를 못하는 사람이 가수일 리가 (있어/??없어)?

    歌唱那麼不好的人，有可能是歌手嗎？

談話訊息

- 口語中可以省略「없다」。在非正式尊待語中，省略「없다」換用「요」也可以。

    예문 가 : 저 사람이 가수래요. 聽說那個人是歌手。

    나 : 그럴 리가요? 노래를 저렇게 못하는데요? 有可能嗎？歌唱那麼不好？

相關表達

- –을 리 (가) 만무하다

    (1) 主要用於書面語或正式場合中。

    예문 저렇게 노래를 못하는 사람이 가수일 리가 만무합니다.

    歌唱那麼不好的人，萬萬沒有是歌手的道理。

– 을 만하다

依存語結構：終結表達

形態訊息

	形態
尾音 ○	-을 만하다
尾音 ×	-ㄹ 만하다

1 有價值

表示話者認為某行為有做的價值。

- 나는 평생을 걸 만한 가치가 있는 일을 직업으로 삼고 싶다.
  我想要把值得做一輩子的事情當作職業。
- 이 식당 음식은 제법 먹을 만한 게 많아요. 這間餐廳值得吃的料理有很多。
- 가 : 영화는 어땠어요? 재미있었어요? 電影如何？有趣嗎？
  나 : 네, 그럭저럭 볼 만했어요. 嗯，還值得一看。

- 가 : 벼룩시장에 갔었다면서요? 어땠어요? 聽說你去了二手市場？怎麼樣？

  나 : 좋았어요. 쓸 만한 물건도 많고 가격도 싸더라고요.

  很好，很多能用的物品，價格也便宜。

文法訊息

- 助詞結合訊息：「만」和「하다」之間通常不加助詞。

- 前用言限制：主要和動詞結合，不和形容詞、「이다」結合。

- 先語末語尾限制：和前用言結合時，不介入「-겠-」。

  예문 그 일은 평생을 (걸었을/*걸겠을) 만한 가치가 있다.

  那個工作值得做一輩子。

- 句子類型限制：主要用於陳述句、疑問句，不用於建議句、命令句。

2 可能性充分

表示猜想形成某狀態的可能性充分。

- 지금쯤이면 회의가 끝났을 만하다. 現在這個時候會議是該結束了。

- 가 : 민준이가 피곤한지 계속 잠만 자네. 敏俊大概是疲倦了，一直睡。

  나 : 하긴. 운동하느라 무리를 했으니 피곤할 만도 하지.

  是啊，過度運動是會很累的。

- 가 : 신혜가 요즘 너무 힘들어 보여. 信惠最近看起來很累。

  나 : 일이 그렇게 많으니 힘들 만하잖아요. 工作那麼多，是會很累。

- 가 : 하늘이 무너지면 어쩌지? 天塌下來怎麼辦？

  나 : 있을 만하지도 않은 일로 쓸데없이 걱정하지 마. 別為不可能的事瞎擔心。

文法訊息

- 助詞結合訊息：「만」和「하다」間可以加「도」強調意思。

  예문 지금쯤이면 회의가 끝났을 만도 하다. 現在會議是該結束了。

- 主語限制：因為表示可能性的推測，所以和第一人稱主語一起使用可能不自然。

  예문 ??나는 지금쯤 밥을 먹고 있을 만하다. 我現在可能在吃飯。

- 先語末語尾限制：和前用言結合時，不介入「-겠-」。

  예문 일이 그렇게 많으니 (힘들었을/*힘들겠을) 만하다.

  工作那麼多，是會很累的。

- 句子類型限制：主要用於陳述句，疑問時主要用於確認疑問句。不用於建議句、命令句。

예문 그렇게 무리를 했으니 피곤할 만도 (하지요/*해요)?
　　那樣過度做，是會很累吧？

搭配訊息

• 話者表示意見覺得某事的可能性高，因此若和表示「雖然不確實」之意的副詞語「어쩌면」一起使用，可能會不自然。

相關表達

• –을 법하다

(1) 和「–을 만하다」意義差異不大，可以替換使用。

예문 그 정도면 포기할 (법한데/만한데) 그는 포기하지 않고 있다.
　　那樣程度的話放棄無可厚非，但他沒有放棄。

• –을 수 (도) 있다

(1) 話者認為的可能性比「–을 법하다」、「–을 만하다」還低。

예문 회의가 시작된 지 5시간이나 지났으니까 지금쯤이면 회의가 끝났을 만하다. 會議從開始進行了五個小時，現在是該結束的時候了。
회의가 시작된 지 얼마 되지 않았지만 안건이 적다면 회의가 끝났을 수도 있다. 會議雖然開始沒有多久，但如果要討論的事不多，也有可能結束了。

– 을 법하다

依存語結構：
終結表達

形態訊息

	形態
尾音 ○	–을 법하다
尾音 ×	–ㄹ 법하다

1 可能性充分

表示猜想形成某狀態的可能性充分。

• 지금쯤이면 회의가 끝났을 법하다. 現在這個時候會議有可能已結束了。
• 가 : 민준이가 피곤한지 계속 잠만 자네. 敏俊大概是疲倦，一直睡。

나 : 하긴. 운동하느라 무리를 했으니 피곤할 법도 하지.

是啊，過度運動是會很累的。

- 가 : 신혜가 요즘 너무 힘들어 보여. 信惠最近看起來很累。

  나 : 일이 그렇게 많으니 힘들 법하잖아요. 工作那麼多，必然會很累。

- 가 : 하늘이 무너지면 어쩌지? 天塌下來怎麼辦？

  나 : 있을 법하지도 않은 일로 쓸데없이 걱정하지 마. 別為不可能的事瞎擔心。

文法訊息

- 助詞結合訊息：「법」和「하다」間一般不加助詞，不過可以加「도」強調意思。

- 主語限制：因為表示對可能性的推測，所以和第一人稱主語一起使用可能會不自然。

  예문 ^{??}나는 지금쯤 밥을 먹고 있을 법하다. 我現在可能在吃飯。

- 先語末語尾限制：和前用言結合時，不介入「-겠-」。

  예문 일이 그렇게 많으니 (힘들었을/*힘들겠을) 법하다.

  事情那麼多，當然會累。

- 句子類型限制：主要用於陳述句。疑問時主要和「-지요?」、「-잖아요?」等結合以表確認疑問。不用於建議句、命令句。

  예문 그렇게 무리를 했으니 피곤할 법도 (하지요/*해요)?

  那樣過度做，當然會累吧？

搭配訊息

- 話者表示覺得某事的可能性充分高的意思，因此若和表示「雖然不確實」之意的副詞語「어쩌면」一起使用，可能會不自然。

相關表達

- -을 만하다

  (1) 和「-을 법하다」意義差異不大，可以替換使用。

  예문 그 정도면 포기할 (만한데/법한데) 그는 포기하지 않고 있다.

  那個程度的話放棄無可厚非，但他沒放棄。

- -을 수 (도) 있다

  (1) 話者認為的可能性比「-을 법하다」、「-을 만하다」還低。

  예문 회의가 시작된 지 5시간이나 지났으니까 지금쯤이면 회의가 끝났을 법하다. 會議從開始進行了五個小時，現在該結束了。

회의가 시작된 지 얼마 되지 않았지만 안건이 적다면 회의가 끝났을 수도 있다. 會議開始沒有多久，但如果要討論的事不多，也可能已經結束了。

-을 뻔하다

形態訊息

	形態
尾音 ○	-을 뻔하다
尾音 ✕	-ㄹ 뻔하다

1 某事發生的可能性很高，但結果沒發生

表示某事發生的可能性很高，但結果沒發生。

- 길이 미끄러워서 넘어질 뻔했네. 路上很滑，差點滑倒。
- 그 사람은 병원에 조금만 늦게 왔으면 죽을 뻔했어요.
  那個人再晚點到醫院的話，可能會死掉。
- 우리 팀이 거의 이길 뻔했는데 종료 직전에 상대방의 득점을 허용하고 말았다.
  我們隊幾乎快贏了，但結束之前被對方得分。
- 버스에서 잠이 드는 바람에 내릴 정류장을 지나칠 뻔했지 뭐야.
  在公車上睡著了，差點錯過要下車的站。
- 가 : 신혜 씨, 너무 예뻐져서 못 알아볼 뻔 했습니다.
  信惠小姐，變得太漂亮到差點認不出來了。

  나 : 예뻐지기는요. 화장을 했을 뿐이에요. 哪有變漂亮，只是化了妝而已。

Tip 為誇張強調話者的處境，可以用「죽을 뻔하다」。

- 운동이 너무 힘들어서 죽을 뻔했어. 運動累到快掛掉。
- 어찌나 시끄러운지 죽을 뻔했네. 吵到快死了。

文法訊息

- 助詞結合訊息：「뻔」和「하다」間一般不加任何助詞，不過可以加格助詞「을」強調意思。

  예문 잠이 드는 바람에 정류장을 지나칠 뻔을 했어.

睡著了，差點錯過要下車的站。

- 前用言限制：主要和動詞結合，不和形容詞、「이다」結合。
  例文 *나는 거의 예쁠 뻔했다. 我幾乎要漂亮了。

- 先語末語尾限制：和前用言結合時，不介入「-었-」、「-겠-」。
  例文 *길이 미끄러워서 (넘어졌을/넘어지겠을) 뻔했다. 路上很滑，差點滑倒。

- 時制限制：主要用於說明過去的事，因此和「-었-」結合，用過去時制。
  例文 *우리 팀이 거의 이길 (뻔한다/뻔하겠다). 我們隊幾乎要贏了。

- 句子類型限制：主要用於陳述句、疑問句，不用於建議句、命令句。
  例文 *우리 팀이 거의 이길 (뻔해라/뻔하자). 我們隊幾乎要贏了。

談話訊息

- 主要用於口語中。
- 主要用於非正式場合。

- 을 뿐이다

形態訊息

	形態
尾音 ○	-을 뿐이다
尾音 ×	-ㄹ 뿐이다

1 僅只如此

表示僅只如此，沒有更多。

- 뜻하지 않게 폐를 끼쳤으니 미안할 뿐이네. 意外造成麻煩，很是抱歉。
- 그냥 잠깐 얼굴이나 보려고 왔을 뿐이지 다른 의도는 없어.
  只是想見你一面，沒有其他意思。
- 너무 바빴을 뿐이지 일부러 네 연락을 피한 건 아니야.
  只是太忙，沒有故意要躲避你的聯絡。
- 가 : 선배님, 요새 논문 쓰느라고 고생이 많으시지요?
  學長，最近在寫論文，很辛苦吧？

나 : 고생은 무슨. 그저 좋은 글을 쓰고자 열심히 노력할 뿐이지.

哪裡辛苦，只是想寫好文章，盡力而已。

中心語

- 뿐：只有該程度、只有那一個

文法訊息

- 助詞結合訊息：「뿐」後主要接敘述格助詞「이다」。

- 主語限制：主要和第一人稱主語一起使用。

  예문 나는 그냥 잠깐 네 얼굴이나 보려고 왔을 뿐이야. 我只是來見一下你而已。

- 先語末語尾限制：和前用言結合時，不介入「-겠-」。

  예문 나는 그냥 잠깐 네 얼굴이나 보려고 (왔을/*오겠을) 뿐이야.

  我只是來見一下你而已。

- 時制限制：可以和表示過去的「-었-」結合，但不和表示未來的「-겠-」結合。

  예문 그저 열심히 노력할 (뿐이었다/*뿐이겠다). 我只是用心努力而已。

- 句子類型限制：主要用於陳述句。

  예문 *그저 열심히 노력할 뿐입니까? 只是用心努力而已嗎？

- 分布、活用限制：接後子句時，主要使用「-을 뿐이지」，不和其他連結語尾結合。

  예문 *너무 바빴을 뿐이지만 일부러 네 연락을 피한 건 아니야.

  只是太忙，沒有故意要躲避你的聯絡。

搭配訊息

- 常用於表示沒有其他方法，並強調自己的感情，因此和表示「僅只」之意的副詞語一起使用很自然。

  예문 제 마음을 이렇게 헤아려 주시니 그저 고마울 뿐입니다.

  這麼替我著想，實在很感謝。

  내가 합격했다는 사실에 단지 기쁠 뿐이었다.

  我對於合格的消息非常高興。

談話訊息

- 可以用於謙恭道歉或表示謙讓時。

相關表達

- **–을 따름이다**

    (1) 在大部分的情況中，和「–을 뿐이다」意義差異不大，可以替換使用。

    예문 나는 그 애 때문에 기가 막힐 (따름이야/뿐이야). 我因為他快氣到不行。

    (2) 用於謙讓表達時，謙恭性比「–을 뿐이다」高，因此主要用於聽者比話者上位時。

    예문 가 : 자네, 요즘 논문 쓰느라고 고생이 많지? 你最近在寫論文，很辛苦吧？

    나 : 그저 열심히 노력할 따름입니다. 我只是用心努力而已。

    예문 가 : 선배님, 요즘 논문 쓰느라고 고생이 많으시지요?

    學長，最近在寫論文，很辛苦吧？

    나 : 그저 열심히 노력할 뿐이지. 我只是盡力在寫而已。

– 을 셈이다

依存語結構：終結表達

形態訊息

	形態
尾音 ○	-을 셈이다
尾音 ×	-ㄹ 셈이다

1 計畫或規劃

表示未來的計畫或規劃。

- 덜컥 회사를 그만두었으니 앞으로 어떻게 살 셈이냐?
  突然辭掉工作，打算以後要怎麼辦？
- 정말 미안해. 처음부터 네 돈을 떼어먹을 셈으로 돈을 빌린 건 아니었어.
  真的很抱歉，一開始不是為了要佔據你的錢而借錢的。
- 나는 장학금을 받아서 학비에 보탤 셈이었다. 我打算弄到獎學金來補貼學費。
- 가 : 너 그렇게 만날 놀다가 낙제라도 하면 어쩔 셈인 건지 모르겠다.
  真不知道你那樣整天玩，留級了怎麼打算。
- 나 : 걱정 마세요. 제가 알아서 할게요. 別擔心，我會自己看著辦的。

中心語

- 셈 : 不能再增減的計算

文法訊息

- 助詞結合訊息:「셈」後主要接「이다」或「(으)로」。
- 前用言限制:主要和帶有意圖性的字結合,因此不和形容詞結合。
  예문 *언제까지 예쁠 셈이야? 打算漂亮到什麼時候?
- 先語末語尾限制:和前用言結合時,不介入「-었-」、「-겠-」。
  예문 *나는 장학금을 받아서 학비에 (보탰을/보태겠을) 셈이다.
  我打算拿了獎學金補貼學費。
- 時制限制:主要用現在時制、過去時制,不用未來時制。
  예문 *나는 장학금을 받아서 학비에 보탤 셈이겠다.
  我得到獎學金,要補貼學費。
- 句子類型限制:主要用於陳述句、疑問句,不用於建議句、命令句。

搭配訊息

- 「셈」為增加、減少的計算,因此表示針對未來事情立訂的計畫、規劃、心計等。

談話訊息

- 主要用於非正式場合。
  예문 ??제가 대통령이 되면 복지 정책을 확대할 셈입니다.
  我若當上總統,計畫要擴大福利政策。

–을 수도 있다

依存語結構:
終結表達

形態訊息

	形態
尾音 ○	-을 수도 있다
尾音 ×	-ㄹ 수도 있다

1

有可能性

用於表示某事有可能性。

- 행사가 벌써 끝나 버렸을 수도 있다. 活動可能已經結束了。
- 제가 1등일 수도 있었는데 아깝게 2등을 했어요.
  我本來可能第一名，但很可惜得了第二名。
- 내일 비가 올 수도 있다니까 등산 계획은 취소하자.
  明天可能會下雨，取消爬山計畫吧。
- 신혜도 아기 때는 귀여웠을 수도 있잖아요? 信惠小時候也有可能很可愛吧？
- 가 : 우리 서준이를 만나면 맥주 마시러 갈까요?
  我們見到敘俊的話，要不要去喝啤酒？
  나 : 서준이가 술을 못 마실 수도 있으니까 커피숍으로 갑시다.
  敘俊可能不能喝酒，去咖啡店吧。

文法訊息

- 助詞結合訊息：「수」後的助詞「도」可以省略，但一般不會省略。
  예문 행사가 벌써 끝나 버렸을 수 있겠다. 活動可能已經結束了。
- 先語末語尾限制：和前用言結合時，不介入「–겠–」。
  예문 *내일 비가 오겠을 수도 있어요. 明天可能會下雨。
- 句子類型限制：主要用於陳述句、疑問句，不用於建議句、命令句。

相關表達

- –는 수가 있다
  (1) 主要用於警告聽者可能發生不好的事情。
  예문 너, 계속 그렇게 놀다가는 낙제하는 수가 있어.
    你再繼續那樣玩，有可能會留級。
  (2) 主要和第二人稱主語一起使用。
  예문 *내가 계속 이렇게 놀다가는 낙제하는 수가 있어.
    我再繼續那樣玩，有可能會留級。
  (3) 只和動詞結合，不和形容詞、「이다」結合。
  예문 *그렇게 계속 놀다가는 더 바쁘는 수가 있어.
    再繼續那樣玩，有可能會更忙。
  (4) 不用過去時制。

예문 ?그렇게 계속 놀다가는 파산하는 수가 있었다.

　　再繼續那樣玩，有可能會破產。

(5) 主要用於陳述句，不用於疑問句、建議句、命令句。

– 을 수밖에 없다

依存語結構：
終結表達

形態訊息

	形態
尾音 ○	-을 수밖에 없다
尾音 ×	-ㄹ 수밖에 없다

· -는 수밖에 없다 : 用法2中的「–을」也可以改成「–는」。

1 沒有其他可能性

表示某事之外沒有其他可能性。

- 지금쯤이면 행사가 끝났을 수밖에 없어요. 現在這個時候活動一定是結束了。
- 모든 사람들이 칭찬하는 걸 보면 서준이는 좋은 사람일 수밖에 없지요.
  看大家都稱讚，敘俊一定是好人。
- 내일 비가 오면 우리 계획은 취소될 수밖에 없으니까 비가 안 오기를 빌자.
  如果明天下雨，我們的計畫就一定會被取消，祈禱不要下雨吧。
- 가 : 요 며칠은 정말이지 너무 바빴어. 最近幾天真是太忙了。
  나 : 그렇게 많은 일을 했으니 바빴을 수밖에 없잖아요. 이제 좀 쉬세요.
  做那麼多事當然忙，現在好好休息一下。

文法訊息

- 助詞結合訊息：「수」後的助詞「밖에」省略則意義會改變，因此不能省略。
  예문 ?그렇게 많은 일을 했으니 바빴을 수 없잖아요. 做那麼多事當然忙。
- 主語限制：因為表示對可能性的推測，所以和第一人稱主語一起使用可能會不
  自然。
  예문 ??나는 지금쯤 밥을 먹고 있을 수밖에 없다. 我現在這個時候一定是在吃飯。

- 前用言限制：主要和形容詞、「이다」、被動形動詞結合。和其他動詞結合時，主要用「-겠-」。'

  예문 내일 비가 오면 우리 계획은 취소될 수밖에 없다. → 다른 가능성이 없음.

  如果明天下雨，我們的計畫就只能被取消了。→沒有其他可能性。

  내일 비가 오면 우리 계획은 취소할 수밖에 없다. → 다른 방법, 대안이 없음.

  如果明天下雨，我們的計畫就只好取消了。→沒有其他方法、替代方案。

  비가 온 걸로 봐서 그들이 계획을 취소했을 수밖에 없다. → 다른 가능성이 없음.

  看下雨的樣子，他們的計畫不得不取消了。→沒有其他可能性。

- 先語末語尾限制：依結合的前用言種類，可以接「-었-」，但不接「-겠-」。

  예문 ?먹구름이 낀 걸 보니 곧 비가 쏟아지겠을 수밖에 없다.

  看烏雲密布的樣子，一定是要下雨了。

- 句子類型限制：主要用於陳述句、疑問句，不用於建議句、命令句。

相關表達

- **-는 수가 있다**

  (1) 主要用於警告聽者可能發生不好的事情。

  예문 너, 계속 그렇게 놀다가는 낙제하는 수가 있어.

  你再繼續那樣玩，有可能會留級。

  (2) 主要和第二人稱主語一起使用。

  예문 *내가 계속 이렇게 놀다가는 낙제하는 수가 있어.

  我再繼續那樣玩，有可能會留級。

  (3) 只和動詞結合，不和形容詞、「이다」結合。

  예문 *그렇게 계속 놀다가는 더 바쁘는 수가 있어.

  再繼續那樣玩，有可能會更忙。

  (4) 不用過去時制。

  예문 ?그렇게 계속 놀다가는 파산하는 수가 있었다.

  再繼續那樣玩，有可能會破產。

  (5) 主要用於陳述句，不用於疑問句、建議句、命令句。

- **-을 수도 있다**

  (1) 發生的可能性比「-을 수밖에 없다」弱。

  예문 지금쯤이면 행사가 끝났을 수도 있어요. 現在這個時候活動可能結束了。

  (2) 「수」後方的助詞「도」省略，意思改變不大。

  예문 지금쯤이면 행사가 끝났을 수 있어요. 現在這個時候活動可能結束了。

- –은／는／을 게 틀림없다

    (1) 在大部分的情況中，和「–을 수밖에 없다」意義差異不大，可以替換使用。

    예문 지금쯤이면 행사가 끝났을 (수밖에 없어요/게 틀림없어요).

    現在這個時候活動一定結束了。

    (2) 前用言沒有限制。

沒有其他方法或替代方案

表示除某事之外沒有其他方法或替代方案。

- 버스가 끊겨서 택시를 탈 수밖에 없었다. 公車停駛了，只好搭計程車。
- 내일 비가 온다니까 집에 있을 수밖에 없겠네요.
  聽說明天會下雨，只好在家了。
- 식민 지배를 당할 수밖에 없다는 사실에 많은 지식인들이 절망하였다.
  只能被殖民統治的事實，讓很多知識人士絕望。
- 가 : 당신, 또 커피를 마셔요? 你又喝咖啡？
  나 : 할 일이 태산인데 너무 졸려서 또 커피를 마시는 수밖에 없어요.
  要做的事很多，但太累了，只好喝咖啡。

文法訊息

- 助詞結合訊息：「수」後的助詞「밖에」省略的話，意思會改變，因此不能省略。
  예문 ?버스가 끊겨서 택시를 탈 수 없었다. 公車停駛了，只好搭計程車。

- 前用言限制：主要和動詞結合。
  예문 거기까지 따라간 걸 보면 서준이가 채린이에게 청혼할 수밖에 없겠네.
  看跟隨到那裡，敘俊只好向彩林求婚了。
  → 다른 가능성이 없음.

    → 沒有其他可能性。
  채린이가 저렇게 예쁜 걸 보면 서준이가 채린이를 좋아할 수밖에 없겠네.
  看到彩林那麼漂亮，敘俊一定會喜歡上彩林。
  → 다른 방법이 없음.

    → 沒有其他方法。

- 先語末語尾限制：和前用言結合時，不介入「–었–」、「–겠–」。
  예문 *버스가 끊겨서 택시를 (탔을/타겠을) 수밖에 없었다.
  公車停駛了，只好搭計程車。

- 句子類型限制：主要用於陳述句、疑問句，不用於建議句、命令句。

相關表達

- –는 수가 있다

  (1) 和「–는／을 수밖에 없다」相反，用於提示其他替代方案、方法時。

  예문 버스가 끊기면 택시를 타는 수가 있으니까 걱정하지 마.
  公車停駛的話還有計程車可搭，不要擔心。

  (2) 若接於被動詞後則為不同意義，即表可能性。

  예문 자칫 잘못하면 식민 지배를 당하는 수가 있다는 사실에 많은 지식인들이 절망
  하였다. 一有差錯有可能遭到殖民統治，許多知識人士對此感到絕望。

  (3) 主要用在現在時制，可用過去時制但不用未來時制。

  예문 *내일 비가 온다니까 집에 있는 수가 있겠다.
  聽說明天下雨，因此我有可能會在家。

  (4) 主要用於陳述句，不用疑問句、建議句、命令句。

  예문 *정 어려우면 선생님께 여쭤 보는 수가 있어요?
  真的難解的話，可以去跟老師請教嗎？

- –는 / 을 수도 있다

  (1) 和「–는 / 을 수밖에 없다」相反，用於提出其他替代方案或方法時。

  예문 버스가 끊기면 택시를 타는 수도 있으니까 걱정하지 마.
  公車停駛的話，也可搭計程車，別擔心。

  (2) 前用言有被動的意思時會變成其他意思，即表示可能性。

  예문 식민 지배를 당할 수도 있다는 사실에 많은 지식인들이 절망하였다.
  有可能會被殖民統治的事實，很多知識人士對此感到絕望。

– 을 수 있다 / 없다

依存語結構：
終結表達

形態訊息

	形態
尾音○	-을 수 있다/없다
尾音✕	-ㄹ 수 있다/없다

1 能力有無

用於表示能力有或無。

- 신혜는 어렸을 때부터 매운 음식을 잘 먹을 수 있었다.
  信惠從小就很能吃辣的食物。
- 열심히 공부한 끝에 한국어를 잘 할 수 있게 되었어요.
  努力學習後，韓語變得很好。
- 서준이는 일을 빨리 끝낼 수 있겠지? 敘俊可以很快結束工作吧？
- 가 : 한국어 실력은 많이 늘었나요? 韓語實力增加很多嗎？
  나 : 아직은 한국어로 빨리 말할 수는 없지만 열심히 공부하고 있답니다. 雖然
  還不能快速說韓語，但在努力學。

Tip 「–을 수 없다」有時候可以替換成「–지 못하다」。

文法訊息

- 助詞結合訊息：「수」後可以接助詞「가」、「는」、「도」、「만」、「조
  차」等。
  예문 과연 내가 언젠가는 한국어를 잘 할 수가 있을까?
  是不是總有一天我可以說流暢的韓語呢？
  공부를 잘 할 수는 있겠지만 행복하지는 않겠지요.
  功課雖然可以很好，但不會幸福。
  `운동을 잘하는 신혜는 수영을 할 수도 있고 스키를 탈 수도 있다.
  很會運動的信惠，會游泳又會滑雪。
  할 수만 있다면 당장 이 나라를 떠나고 싶다.
  可以的話，想立刻離開這個國家。
  너무 무서워서 울 수조차 없었다. 太可怕了，連哭都哭不出來。

696

- 前用言限制：主要和動詞結合，不和形容詞、「이다」結合。
  [예문] *열심히 노력하면 예쁠 수 있다. 認真努力的話可以漂亮。

- 先語末語尾限制：和前用言結合時，不介入「–었–」、「–겠–」。
  [예문] *나는 매운 음식을 잘 (먹었을/먹겠을) 수 있다. 我很能吃辣的食物。

- 句子類型限制：主要用於陳述句、疑問句，不用於建議句、命令句。

談話訊息

- 用於疑問句時，「–을 수 있어요？」表示話者的中立態度；而「–을 수 없어요？」表示話者的驚訝和嘲諷。
  [예문] 설마 아직도 밤에 혼자 잘 수 없어요? 該不會還沒有辦法晚上一個人睡？

相關表達

- –을 줄 알다／모르다
  (1) 只包含個人能力有無的訊息，沒有狀況上是否允許的訊息。另外，不同於同時包含天生能力、學習後習得能力的「–을 수 있다／없다」，「–을 줄 알다／모르다」主要表示學習或熟悉後而能做的事情的能力有無。
  [예문] 저는 운전할 줄 알지만 한국 운전 면허증이 없어서 한국에서는 운전할 수 없어요. 我雖然會開車，但因為沒有韓國駕照，所以不能在韓國開車。
  가 : 현정 씨, 피아노 칠 줄 알아요? 賢靜，你會彈鋼琴嗎？
  나 : 아니요. 칠 줄 몰라요. 피아노는 배워 본 적이 없어서요.
  不，不會彈，沒有學過鋼琴。

- –지 못하다
  (1) 「–(으)ㄹ 수 없다」表示某事不可能；而「–지 못하다」表示因為周邊的狀況或能力，某事話者因而無法如願。
  [예문] 이곳은 수심이 깊어 수영(*하지 못합니다/할 수 없습니다).
  這裡水深，不能游泳。
  <안내> 이 물은 (*마시지 못합니다/마실 수 없습니다).
  〔公告〕此水無法飲用。

---

2 可能性有無

表示認為某事可能性或意念之有無。

- 제가 1등일 수 있었는데 아깝게 2등을 했어요.
  我有可能得第一名，但很可惜得了第二名。
- 비행기가 연착됐을 수 있으니까 조금 더 기다립시다.

飛機可能會延遲抵達，再等一下吧。

- 신혜도 아기 때는 귀여웠을 수 있잖아요? 信惠小時候可能也很可愛吧？
- 서준이가 술을 못 마실 수 있으니까 커피숍으로 갑시다.
  敍俊可能不能喝酒，去咖啡店吧。
- 우리 토요일에 만날 수 있어요? 我們星期六可以見面嗎？
- 죄송하지만, 저 좀 도와줄 수 있으세요? 抱歉，可以幫我一下忙嗎？
- 가 : 행사가 벌써 끝났을 수는 없겠지요? 活動不可能已經結束了吧？
  나 : 안건이 많아서 일찍 끝내려야 끝낼 수가 없을 거예요.
  內容很多，想要早結束也沒辦法。

> **Tip** 「-으려야 ~을 수가 없다」用於表示無關乎意圖，而強調狀況不可能。

文法訊息

- 助詞結合訊息：「수」後可以接助詞「가」、「는」、「도」等。
  > **예문** 행사가 벌써 끝나 버렸을 수가 있어요? 活動有可能已經結束了嗎？
  > 돈이 많으면 편리할 수는 있겠지. 錢多的話可能方便。
  > 내일 비가 올 수도 있대요. 聽說明天可能會下雨。
- 先語末語尾限制：和前用言結合時，不介入「-겠-」。
  > **예문** 행사가 (끝났을/*끝나겠을) 수는 없나요? 活動不可能已經結束了嗎？
- 句子類型限制：主要用於陳述句、疑問句，不用於建議句、命令句。

談話訊息

- 可以用於提議或表示拜託的語言行為。
  > **예문** 우리 토요일에 만날 수 있어요? → 제안
  > 我們星期六可以見面嗎？→提議
  > 죄송하지만, 저 좀 도와줄 수 있어요? → 부탁
  > 抱歉，可以幫我一下忙嗎？→拜託

相關表達

- **-는 수가 있다**
  (1) 主要用於警告聽者可能發生不好的事情。
  > **예문** 너, 계속 그렇게 놀다가는 낙제하는 수가 있어.
  > 你再繼續那樣玩，有可能會留級。
  (2) 主要和第二人稱主語一起使用。
  > **예문** *내가 계속 이렇게 놀다가는 낙제하는 수가 있어.

我再繼續那樣玩，有可能會留級。

(3) 只和動詞結合，不和形容詞、「이다」結合。

예문 *그렇게 계속 놀다가는 더 바쁘는 수가 있어.
再繼續那樣玩，有可能會更忙。

(4) 不用過去時制。

예문 ?그렇게 계속 놀다가는 파산하는 수가 있었다.
再繼續那樣玩，有可能會破產。

(5) 主要用於陳述句，不用於疑問句、建議句、命令句。

- **–을 수도 있다**

(1) 用於提出其他替代方案或方法時。

(2) 如果使用「–을 수도 없다」可能會不自然，或其意思、用法改變。

예문 내일 비가 올 수 있대요. 聽說明天可能會下雨。
내일 비가 올 수도 있대요. 聽說明天可能會下雨。
?내일 비가 올 수도 없대요. 聽說明天可能不會下雨。

- **–을 리（가）없다**

(1) 用於表示沒有可能性的確信。

(2) 主要用於陳述句，如果「없다」改為「있다」，則為反問疑問句。

예문 ?저렇게 노래를 못하는 사람이 가수일 리가 없어?
歌唱得那麼不好的人，沒有是歌手的道理嗎？
저렇게 노래를 못하는 사람이 가수일 리가 있어?
歌唱得那麼不好的人，有是歌手的道理嗎？
저렇게 노래를 못하는 사람이 가수일 수가 있어?
歌唱得那麼不好的人，有是歌手的可能性嗎？

(3) 口語中「없다」可以省略。依話階不同，省略「없다」的位置可替換為「요」。

예문 가 : 저 사람이 가수래요. 聽說那個人是歌手。
나 : 그럴 리가요? 노래를 저렇게 못하는데요?
有那個道理嗎？歌唱得那麼糟？

–을 줄 알다 / 모르다

形態訊息

	形態
尾音 ○	–을 줄 알다/모르다
尾音 ✕	–ㄹ 줄 알다/모르다

1 知道、不知道方法

用於表示知道或不知道做某事的方法。

- 신혜는 외국어를 배운 적이 없어서 할 줄 아는 외국어가 없다.
  信惠沒有學過外語，沒有會說的外語。
- 나는 수영을 할 줄 몰라서 물에 빠질까 봐 무서워.
  因為我不會游泳，所以很怕掉到水裡。
- 운전을 할 줄 모르는 남편은 늘 대중교통을 이용한다.
  不會開車的丈夫一直搭大眾交通工具。
- 내 친구는 한국어로 말할 수 있지만 한국어를 읽을 줄은 몰랐다.
  雖然我朋友可以說韓語，但不會讀。
- 스키도 탈 줄 몰라요? 滑雪也不會嗎？
- 남편은 집을 어지를 줄만 알았지 치울 줄은 모른다.
  丈夫只會弄髒房子，不會打掃。

Tip 以「–을 줄만 알았지」的形態連結兩個句子時，主要是前子句和後子句的敘述部分彼此相反。此時不只是「能力」，也可以表示反覆在做的事情。

Tip 比起天生的能力，主要表示經學習或熟悉後所擁有的能力。

- ʔ신혜는 어렸을 때부터 매운 음식을 잘 먹을 줄 알았다.
  信惠從小就懂得吃辣的食物。
- ʔ나는 마음만 먹으면 언제라도 부자가 될 줄 안다.
  我只要下定決心，隨時都可以成為有錢人。

文法訊息

- 助詞結合訊息：「줄」後可以接助詞「은」、「도」、「만」等。

> **예문** 신혜는 영어를 할 줄도 알고 중국어를 할 줄도 안다.
> 信惠會說英語，也會說中文。
> 신혜는 영어로 쓸 줄만 알고 말할 줄은 모른다.
> 信惠只會寫英文，不會說英語。

- 前用言限制：主要和動詞結合，和形容詞結合會變成其他意思。
  > **예문** 신혜는 예쁠 줄 알았어! → 지각이나 착각의 의미
  > 我以為信惠漂亮！→ 知覺或錯覺的意思

- 先語末語尾限制：和前用言結合時，不介入「–었–」、「–겠–」。
  > **예문** *저는 수영을 (했을/하겠을) 줄 몰라요. 좀 가르쳐 주세요.
  > 我不會游泳，請教我。

- 時制限制：不和表示未來的「–겠–」結合。
  > **예문** [?]신혜는 스키를 탈 줄 알겠다. 信惠將會滑雪。

- 句子類型限制：主要用於陳述句、疑問句，不用於建議句、命令句。
  > **예문** *우리 수영을 할 줄 압시다. 讓我們會游泳吧。

相關表達

- –을 수 있다／없다
  (1) 表示天生能力、學習後習得能力、狀況的可能性。
  > **예문** 가 : 운전할 수 있어요? 會開車嗎？
  > 나 : 네, 할 수 있어요. 會開。
  > 다 : 저는 운전할 줄 알지만 한국 운전 면허증이 없어서 한국에서는 운전
  > 할 수 없어요. 我會開車，但因為沒有韓國駕照，所以不能在韓國開車。

– 을 지경이다

依存語結構：
終結表達

形態訊息

	形態
尾音 ○	–을 지경이다
尾音 ✕	–ㄹ 지경이다

1 程度

描述某事的程度。

- 눈이 너무 많이 와서 발이 푹푹 빠질 지경이었다.
  下很多雪，到了腳陷入的地步。
- 어찌나 고마운지 눈물이 날 지경이에요. 太感謝了，到快要流淚的地步。
- 제 남편 일을 그렇게 성의껏 도와주시니 제가 다 고마울 지경입니다.
  您那麼用心協助我丈夫的工作，我十分感謝。
- 엄마는 누가 업어 가도 모를 지경으로 깊이 잠들어 계셨다.
  媽媽熟睡到被背走都不知道的地步。
- 그 무렵에는 어찌나 바빴던지 과로로 쓰러졌을 지경이거든.
  那時候很忙，到了要過勞暈倒的地步。
- 가 : 현정이는 오늘도 술을 많이 마시고 오려나?
  賢靜今天也會喝很多酒回來嗎？
  나 : 그렇겠죠. 아마 지금쯤이면 취해서 정신도 못 차릴 지경일 거예요.
  會吧，現在大概醉到不省人事的地步了。

文法訊息

- 助詞結合訊息：「지경」後主要接「이다」、「（으）로」。
- 前用言限制：主要和「고맙다」、「기쁘다」、「슬프다」等表示感情的形容詞結合，不和其他形容詞結合。

  예문 *달리기를 해도 될 만큼 방이 넓을 지경이다. → 형용사와 결합 어려움.
  房間大到可以跑步的地步。→不和形容詞結合。
  영화가 어찌나 슬픈지 우울할 지경이었다.
  電影悲傷到要憂鬱的地步。
  → 감정을 나타내는 형용사와 결합이 가능함.
  →可以和表示感情的形容詞結合。

- 先語末語尾限制：和前用言結合時，不介入「–겠–」。

  예문 *제가 다 고맙겠을 지경입니다. 我要十分感謝的地步。

- 句子類型限制：主要用於陳述句。疑問句時主要和「–지요？」、「–잖아요？」等結合以表確認疑問。不用於建議句、命令句。

  예문 너무 고마워서 눈물이 날 (지경입니다/*지경입시다).
  太感謝到了快要流淚的地步。

談話訊息

- 主要用於口語中。

搭配訊息

- 用於針對有程度性的事情，將該程度誇張強調譬喻或描述時。此時描述對象之事若為「-을 지경이다」時內容在其前面，若為「-을 지경으로」時其內容在後面。

– 지 말다

形態訊息

· 用言的語幹後加「–지 말다」。

1 禁止

表示停止做某事或使不能做。

- 여기에서 담배를 피우지 마세요. 請別在這裡抽菸。
- 잘 될 거니까 걱정하지 마세요. 會順利的，別擔心。
- 신혜야, 내일 낮에 만나기로 한 거 잊지 마. 信惠，別忘記明天白天要見面。
- 화내지 말고 일단 전후사정을 들어 보세요. 別生氣，先聽聽前因後果。
- 우리 헤어진 후에 서로 연락하거나 하지 말자. 我們分手後別再聯絡吧。
- 영화관에서는 앞 의자를 발로 차지 말아 주세요.
  在電影院請別腳踢前面的椅子。
- 앞으로는 후회할 행동을 하지 말아야겠다. 別做以後會後悔的事情。
- 노조는 정규직 전환을 더 이상 미루지 말 것을 요구했다.
  工會要求別再拖延轉換正職。
- 가 : 우리 이제 다시는 만나지 맙시다. 我們從今以後別再見面吧。
  나 : 네, 저도 더 이상 스트레스 받고 싶지 않네요. 잘 지내세요.
  好，我也不想要再受壓力，祝你生活愉快。

文法訊息

- 主語限制：主要和第二人稱主語一起用，或沒有主語。
- 前用言限制：主要和動詞結合，形容詞中只和「아프다」結合表示希望沒有那樣的狀況。

예문 (*힘들지/힘들어하지) 마세요. 別辛苦。

새해에는 아프지 말고 건강하세요. 祝你新年無恙、健康。

- 先語末語尾限制：和前用言結合時，不介入「–었–」、「–겠–」。

  예문 *후회할 행동을 (했지/하겠지) 마세요. 別做會後悔的事情。

- 句子類型限制：主要用於建議句、命令句，不用於陳述句、疑問句。不過，如「–기를 바라다／희망하다／원하다」表示希望的句子可以使用。

  예문 *이번 기회를 놓치지 맙니다. 別錯過這次機會。

  이번 기회를 놓치지 마시기 바랍니다. 希望別錯過這次機會。

談話訊息

- 因為是直接命令，所以主要和家人或熟識的朋友使用。

  예문 언니, 나 잘 거니까 시끄럽게 하지 마. 姊姊，我要睡了，別吵。

  야, 술 마시고 전화 좀 하지 마. 喂，別喝酒後講電話。

- 以多人為對象時，用「–지 말아 주다」以謙恭要求禁止做某行為。

  예문 국민 여러분, 부디 이번 사건을 잊지 말아 주십시오.

  各位國民，請勿忘這次事件。

- 「–지 말다」和命令形語尾「–아／어라」結合則為「–지 마라」。在日常會話中常以「–지 말아라」形態使用。

  예문 너무 늦게 다니지 말아라. 別太晚外出。

相關表達

- – (으) 면 안 되다

  (1) 比「–지 말다」更委婉的禁止表達。

  예문 손님, 여기에서는 담배 피우시면 안 돼요. → 상대적으로 완곡한 금지를 나타냄.

  客人，這裡不能抽菸。→ 表示相對委婉的禁止。

  여기에서는 담배 피우지 마세요. → 강하고 직접적인 금지를 나타냄.

  這裡請別抽菸。→ 表示強烈且直接的禁止。

– 지 못하다

依存語結構：
終結表達

形態訊息

· 用言的語幹後加「–지 못하다」。

`1` 狀況的否定與能力否定

> 表示主語有做某事的意圖或意念，但因周邊狀況或能力不足，而沒有達成。

- 아파서 숙제를 하지 못했어요. 不舒服而沒能寫作業。
- 가고 싶었는데 일이 생겨서 가지 못했어요.
  本來想去，但因生出一些事情而去不了。
- 시간이 부족해서 시험 문제를 끝까지 풀지 못했습니다.
  時間不夠，考題沒能做到最後。
- 신입생 오리엔테이션에 참석하지 못하는 사람도 있다.
  沒能參加新生說明會的人也有。
- 가 : 아까 왜 전화 안 받았어? 剛剛為什麼沒接電話？
  나 : 미안. 수업 중이라서 받지 못했어. 抱歉，在上課中而沒能接。

文法訊息

- 助詞結合訊息：「지」後加「를」、「도」，可以加強其意義。
  예문 너는 왜 네 생각도 말하지를 못하니? 你為什麼連你的想法也說不出來？
  그건 정말 생각하지도 못한 일이에요. 那真是想不到的事。

- 主語限制：主要和表示有情物的主語結合。

- 前用言限制：主要和動詞結合。

- 先語末語尾限制：和前用言結合時，不介入「–었–」、「–겠–」。
  예문 *수업 중이라서 전화를 (받았지/받겠지) 못해요.
  在上課中而沒辦法接電話。

- 句子類型限制：主要用於陳述句、疑問句，不用於建議句、命令句。
  예문 *아파서 숙제를 하지 못합시다. 不舒服而沒能寫作業吧。

相關表達

- 못
  (1) 「–지 못하다」可以換成「못」。
  예문 바빠서 밥도 먹지 못했어요.= 바빠서 밥도 못 먹었어요.
  忙到飯也吃不了。
  예문 오늘은 늦게 일어나서 아침에 운동하지 못했어요.
  今天晚起，早上沒辦法運動。
  = 오늘은 늦게 일어나서 아침에 운동을 못 했어요.
  (2) 書面語或正式場合中，用「–지 못하다」更自然。

> **예문** 그 선수는 부상으로 오랫동안 경기에 나가지 못했다.
> 那位選手因為受傷而長期無法參賽。

- **–을 수 없다**

  (1) 「–(으)ㄹ 수 없다」表示某事不可能，而「–지 못하다」表示因為周邊的狀況或能力而某事無法如話者意志達成。

  > **예문** 이곳은 수심이 깊어 수영(할 수 없습니다/²하지 못합니다).
  > 這裡水深，不可游泳。
  > <안내> 이 물은 (마실 수 없습니다/²마시지 못합니다).
  > 〔公告〕此水無法飲用。

- **–지 않다**

  (1) 表示單純否定。

  > **예문** 신혜는 텔레비전을 보지 않습니다. 信惠不看電視。

  (2) 「–지 않다」表示單純否定，而「–지 못하다」表示想做但沒辦法做。

  > **예문** 선생님, 어제 바빠서 숙제를 (²하지 않았어요/하지 못했어요).
  > 老師，我昨天太忙而沒能做作業。

  (3) 「–지 않다」不能用認知動詞，「–지 못하다」則可以。

  > **예문** 저는 그 일을 알지 (*않았어요/못했어요). 我不知道那件事情。
  > 선생님 말을 이해하지 (*않았어요/못했어요). 不了解老師說的話。

2 否定期待

表示無法達到前所言狀態。

- 아이가 내 생각만큼 그렇게 똑똑하지 못해. 孩子不如我想的聰明。
- 옛날 카메라로 찍어서 사진이 깨끗하지 못하다.
  因為用以前的相機拍，所以照片不清晰。
- 저는 우는 것은 남자답지 못한 행동이라고 생각했어요.
  我覺得哭是不像男生的行為。
- 그 배우는 표정이 다양하지 못하다는 지적을 자주 당해요.
  那位演員的表情常被評為一號表情。
- 가 : 엄마, 이 옷 어때요? 媽媽，這件衣服怎麼樣？
  나 : 좀 단정하지 못하구나. 有點不端莊。

文法訊息

- 助詞結合訊息：「지」後加「가」、「를」、「도」可加強其意義。

  예문 그 애는 착하지도 못하고 똑똑하지를 못해. 那個孩子不乖，也不聰明。

- 前用言限制：主要和形容詞結合。

- 先語末語尾限制：和前用言結合時，不介入「-었-」、「-겠-」。

  예문 *사진이 (선명했지/선명하겠지) 못하다. 照片不清晰。

- 句子類型限制：主要用於陳述句、疑問句，不用於建議句、命令句。

  예문 *우리는 그렇게 착하지 못합시다. 讓我們沒那麼乖吧。

相關表達

- 못

  (1) 在否定話者期待的用法中，不能用「못」。

  예문 애가 (*못 대담해/대담하지 못해). 他不如期盼的大膽。

- -지 않다

  (1) 「-지 못하다」和部分形容詞結合，表示達不到話者的期待；而「-지 않다」則沒有這樣的意思。

  예문 이 상품은 색상이 다양하지 않아요. → 색깔의 종류가 적다.

  這個商品的色相不多。→ 顏色的種類少。

  다양하지 못하다. → 색깔이 더 많았으면 좋겠는데 그렇지 않다.

  不如期待的多樣。→ 顏色更多更好，但沒有。

-지 않다

依存語結構：
終結表達

形態訊息

- 用言的語幹後加「-지 않다」。

1 否定

表示否定某行為或狀況。

- 오늘은 날씨가 덥지 않아요. 今天天氣不熱。

- 저는 아르바이트를 하지 않아요. 我不打工。
- 방학에 고향에 돌아가지 않을 거예요. 放假不會回家鄉。
- 요즘 기분이 좋지 않고 식욕도 없어요. 最近心情不好，也沒有食慾。
- 아침에 늦게 일어나서 밥을 먹지 않았다. 早上晚起沒吃飯。
- 강 선생님께서는 언제나 화를 내지 않으신다. 姜老師向來不生氣。
- 한국은 여름에 눈이 오지 않는다. 韓國夏天不下雪。
- 요즘 부모들은 아들과 딸을 차별하지 않는다. 最近的父母不分兒子女兒。
- 가 : 다시는 도둑질을 하지 않겠습니다. 我不會再偷東西。

  나 : 그래, 나는 너를 믿는다. 好，我相信你。
- 가 : 길이 생각보다 복잡하지 않네요? 路比想像中不複雜呢？

  나 : 네, 다행이에요. 쉽게 찾아갈 수 있겠어요. 對，太好了，可以輕鬆找到。

文法訊息

- 助詞結合訊息：「지」後加「가」、「를」、「도」以加強其意義。

  예문 오늘은 날씨가 덥지도 않고 습하지가 않아서 좋다.

  今天天氣不熱也不潮溼，很好。

- 先語末語尾限制：和前用言結合時，不介入「–았–」、「–겠–」。

  예문 *수업 중에는 전화를 (받았지/받겠지) 않는다. 上課中不接電話。

- 句子類型限制：主要用於陳述句、疑問句，不用建議句、命令句。

  예문 *우리는 그렇게 착하지 않자. 讓我們不那麼乖吧。

相關表達

- 안

  (1) 「–지 않다」可以替換成「안」。

  예문 저는 내일 학교에 (안 가요/가지 않아요). 我明天不去學校。

  발표를 (준비하지 않았어요/준비 안 했어요). 沒有準備發表。

  (2) 書面語或正式場合中，使用「–지 않다」較自然。

  예문 그 사건의 범인이 아직 잡히지 않았다. 那個事件的犯人還沒抓到。

  (3) 音節數長的單字，用「–지 않다」比「안」更自然。

  예문 아직 한국 생활이 (?안 익숙해졌어요/익숙해지지 않았어요).

  還沒熟悉韓國生活。

- –지 못하다

  (1) 「–지 않다」表示單純否定；而「–지 못하다」表示想做但沒辦法做。

예문 선생님, 어제 바빠서 숙제를 (하지 못했어요/²하지 않았어요).

老師，我昨天太忙了，沒能寫作業。

(2) 「–지 못하다」和部分形容詞結合，表示達不到話者的期待；「–지 않다」則
沒有這個意思。

예문 이 상품은 색상이 다양하지 않아요. → 색깔의 종류가 적다.

這個商品的色相不多。→ 顏色的種類少。

다양하지 못하다. → 색깔이 더 많았으면 좋겠는데 그렇지 않다.

不如期待的多樣。→ 顏色更多更好，但沒有。

6

先語末語尾

6 先語末語尾

標題項目訊息

▶ **標題項目依以下原則標示。**
- 提示媒介母音：–(으)시–
- 先提示接於陽性母音的語尾：–았/었–

先語末語尾易讀易解

▶ **提示先語末語尾的形態訊息**
- 先語末語尾依用言的語幹尾音有無、用言語幹末母音種類而提示某異形態的訊息。另外，也以範例提供先語末語尾的位置訊息，並一併提示先語末語尾後與之結合的和其他語尾的訊息等。

▶ **文法用語使用**
- 先語末語尾不同於其他領域，本章為提示「過去回憶」、「冠形形過去回憶」等意義訊息，也使用有別於傳統的用語。

▶ **提示與之結合的終結語尾訊息**
- 先語末語尾不同於其他領域，該先語末語尾包含結合的終結語尾訊息。例如某特定先語末語尾不和建議形等特定語尾結合，此等限制亦一併提示。

▶ **提示先語末語尾結合順序信息**
- 先語末語尾可以和其他先語末語尾結合，結合順序亦予提示。

▶ **提示各種使用場合訊息**
- 先語末語尾包含話者的心理態度，經常根據話者的意圖選用，因此本章詳細提供口語性、書面語性、類型與狀況、發話與聽者關係等語言行為信息。

▶ **提示細部溝通功能信息**
- 即使不是標題項目的基本意義，但依話者的意圖和狀況而產生的隱涵意義、使用意義、說話行為內容，本意則以溝通功能信息加以說明。

▶ **提示各種慣用表達的用法**
- 提供先語末語尾實際使用的各種慣用表達，以有助於學習先語末語尾的實際使用方式。

- 겠 -

形態訊息

- 用言的語幹後加「-겠-」。「-겠-」後方加語尾。

1 臨近的未來

表示即將到來的未來。

- 이것으로 회의를 마치겠습니다. 我們會議到此結束。
- 이제 곧 수업을 시작하겠습니다. 我們開始上課。
- 잠시 후 열차가 도착하겠습니다. 稍會列車即將抵達。
- 다음으로 오늘의 스포츠 소식을 알아보겠습니다.
  接下來報導今天的運動消息。
- 지금부터 신랑, 신부의 동시 입장이 있겠습니다. 現在請新郎、新娘一起入場。
- 가 : 선생님, 지금 50분인데요. 老師，現在50分了。

  나 : 그래요? 그럼 지금부터 10분 쉬겠습니다. 是嗎？那現在起休息10分鐘。

文法訊息

- 先語末語尾訊息：接於「-(으)시-」之後以「-시-＋-겠-」的順序使用。
  예문 지금부터 회장님께서 개회사를 하시겠습니다. 現在開始請會長致開會詞。
- 終結語尾訊息：不和「-자」、「-읍시다」等建議形語尾、「-어라」、「-으세요」、「-으십시오」等命令形語尾結合。
  예문 *시간이 없으니까 빨리 가겠(읍시다/으세요). 沒有時間，快點去。

談話訊息

- 主要用於口語中。
- 主要用在以廣大聽眾為對象的廣播、入學典禮、結婚典禮、會議等正式場合。
- 表示話者的謙恭態度。
  예문 지금부터 회의를 시작합니다. → 통보하는 듯한 느낌을 줌.
  現在開始開會。→ 有通報的感覺
  지금부터 회의를 시작하겠습니다. → 공손한 느낌을 더함.
  現在將開始開會。→ 更有謙遜的感覺

- 由於「-겠-」的特性，比起「-어요」，更常和「-습니다」結合。

  예문 지금부터 장학금 수여식이 있겠(습니다/ʔ어요). 現在開始頒發獎學金。

  이것으로 회의를 마치겠(습니다/ʔ어요). 會議到此結束。

Tip 在告知日程的情況中使用「-겠-」。

  - 10월 5일에 월드컵 예선 경기가 있겠고, 10월 8일에는 본선 경기가 있겠습니다. 10月5日有世界盃預賽，10月8日有正式比賽。

相關表達

- -을 것이다 1

  (1) 「-겠-」用於以廣大聽眾為對象、謙恭說話時；而「-을 것이다」主要用於個人親密說話時。

  예문 승객 여러분, 우리 비행기는 곧 인천공항에 도착하겠습니다.

  各位乘客，我們班機即將抵達仁川機場。

  수지 씨, 천천히 오세요. 영화는 20분부터 시작할 거예요.

  秀智，請慢慢來。電影20分開始。

2 意志

表示話者的意志。

- 제가 도와드리겠습니다. 我會幫你。
- 앞으로 열심히 공부하겠습니다. 以後會好好念書。
- 내일 오전 중으로 다시 연락드리겠습니다. 明天上午再跟您聯絡。
- 오늘 저는 한국 문화에 대해서 발표하겠습니다. 今天我針對韓國文化來發表。
- 저를 채용해 주시면 정말 열심히 일하겠습니다. 如蒙錄取我，會認真工作。
- 가 : 오늘은 제가 사겠습니다. 마음껏 시키세요. 今天我請客，請盡管點。

  나 : 정말요? 그럼 저는 제일 비싼 것으로 주문하겠어요.

  真的？那我要點最貴的。

文法訊息

- 主語訊息：主要和第一人稱主語一起用。

  예문 ??수지 씨는 김치찌개를 먹겠습니다. 秀智要吃泡菜鍋。

- 先語末語尾訊息：不和「-(으)시-」結合。

  예문 *저는 일찍 일어나시겠습니다. 我會早起。

- 前用言訊息：主要和動詞結合。

  예문 *저는 앞으로 부지런하겠습니다. 我以後是勤勞的。

- 終結語尾訊息：不和「–자」、「–읍시다」等建議形語尾、「–어라」、「–으세요」、「–으십시오」等命令形語尾結合。

  예문 *여러분, 우리 앞으로 일찍 오겠(읍시다/으십시오).

  各位，以後我們早來吧。

談話訊息

- 主要用於口語中。
- 主要用於公共場合或公司等正式狀況中。
- 經常和比話者地位高、不親近的人使用。在十分親密的關係中不太使用。

  예문 과장 : 홍연정 씨, 전에 부탁한 일은 어떻게 됐어요?

  科長：洪妍靜小姐，先前拜託的事怎麼樣了？

  연정 : 지금 정리 중입니다. 내일 보고 드리겠습니다.

  妍靜：現在正在整理，明天向您報告。

  예문 ??엄마, 주말에 집에 들르겠어요. 媽媽，周末到家裡一下。

- 「–겠–」帶有正式的感覺，因此比起「–어요」，更常和「–습니다」結合。

  예문 열심히 (?하겠어요/하겠습니다). 我會努力。

- 即使是正式的狀況，若太常用「–겠–」，會有生硬的感覺。

  예문 연정 : 네, 부장님. 그 부분은 수정하겠습니다. 수정 파일은 드리겠습니다.

  妍靜：好的，部長。那部份我會修正，再給您修正檔案。

  그리고 1차 보고는 금요일에 실시하도록 하겠습니다.

  另外，第一次報告將在星期五執行。

  부장 : 연정 씨, 너무 긴장하지 말고 편하게 해요.

  妍靜小姐，別太緊張，放輕鬆點。

相關表達

- –을게요

  (1)「–을게요」和「–겠–」一樣，表示話者的意志。

  (2) 不過，「–을게요」用在日常會話中，委婉表示自己的意志；而「–겠–」用在正式場合中，多少有生硬的感覺。

  예문 선생님, 제가 읽을게요. → 친근하고 부드러운 표현

  老師，我來讀。→ 親切委婉的表達

  읽겠습니다. → 딱딱한 표현

  老師，我來讀。→ 生硬的表達

  예문 (면접에서) 저를 뽑아주신다면 정말 열심히 (??일할게요/일하겠습니다).

  （面試中）若蒙錄用，我會認真工作。

  (3)「–겠–」比「–을게요」有話者下更大決心的感覺。

예문 (친구에게) 오늘은 내가 밥을 살게.사겠어. → 친구를 위해 큰 결심을 했음을 나타냄.
（對朋友）今天我請吃飯。→ 表示為了朋友下定決心。

- **–을 것이다 1**

(1)「–을 것이다」也可以表示話者的意志。

(2)「–을 것이다」不同於「–겠–」，為表示和對話對象無關的話者單方面的意圖和意志。

예문 가 : 책이 많아서 무겁네요. 書很多，很重。

나 : 그래요? 그럼 제가 좀 (*도와드릴 거예요/도와드리겠습니다).
是喔？那我幫你一下。

(3) 使用「–겠–」時話者的意志更被強烈傳達。

예문 나는 무슨 일이 있어도 꼭 (성공할 거예요/성공하겠어요).
我不管怎樣一定要成功。

3 推測

表示話者對未知狀態的即興推測。

- 가 : 어제 친구와 놀이공원에 갔다 왔어요. 昨天和朋友去遊樂園。
  나 : 우와, 재미있었겠네요. 哇，很有趣吧。
- 가 : 다음 주에 시험이 있어요. 下周有考試。
  나 : 그래요? 공부하느라고 힘들겠어요. 是喔？念書很辛苦吧。
- 가 : 이것 좀 먹어 봐. 내가 만들었어. 吃吃看這個，我做的。
  나 : 우와, 진짜 맛있겠다. 哇，應該會很好吃。
- 가 : 강 선생님께서는 미국에서 10년이나 사셨대. 姜老師在美國住了十年。
  나 : 진짜? 그럼 영어도 잘하시겠다. 真的？那英文應該很厲害
- 가 : 지난 방학에 부산 여행을 했어요. 上次放假去釜山旅行了。
  나 : 그럼 부산 사투리도 들어 봤겠어요. 那應該有聽到釜山方言吧。
- 가 : 제 동생은 저하고 5살 차이가 나요. 我妹妹和我差五歲。
  나 : 그래요? 그럼 동생은 아직 학생이겠어요. 是喔？那妹妹應該還是學生吧。

文法訊息

- 主語訊息：表示推測，因此不和第一人稱主語一起使用。
  예문 (*저/지수 씨)는 아침을 안 먹어서 배가 고프겠어요.
  智秀沒吃早餐，肚子應該很餓吧。

- 先語末語尾訊息：接於「-(으)시-」、「-었-」之後，以「-시-＋-었-＋-겠-」的順序使用。

  예문 가 : 첫 월급으로 아버지께 선물을 사 드렸어요.

  用第一份薪水買禮物給爸爸。

  나 : 아버님께서 기뻐하시었겠어요. 爸爸該很開心吧。

- 終結語尾訊息：不和「-자」、「-읍시다」等建議形語尾、「-어라」、「-으세요」、「-으십시오」等命令形語尾結合。

  예문 *강 교수님께서는 영어도 잘하시겠(읍시다/으십시오).

  姜教授也讓英文很流暢吧。

談話訊息

- 主要用於口語中。
- 表示在對話中話者聽到某些話後，針對內容即興做推測。不用在話者和聽者已經知道的事實。

  예문 가 : 이거 제가 만들었어요. 한번 드셔 보세요. 這是我做的，吃吃看。

  나 : (먹기 전에) 우와, 맛있겠네요. （吃之前）哇，應該會很好吃。

  (먹은 후에) *우와, 맛있겠네요. → '맛있다'는 것은 먹어서 알고 있음.

  （吃之後）哇，應該會很好吃。→「맛있다」是吃過知道。

- 「-겠-」表示推測時，也有要和對方共享感情的發話意圖，因此可以直接重複對方表現感情或心情的話。

  예문 가 : 어제는 일이 많아서 밥도 못 먹고 진짜 힘들었어요.

  昨天事情多，飯也吃不了，真的很辛苦。

  나 : 어머, 진짜 힘들었겠네요. 哇，真的會很辛苦。

相關表達

- -은가/나 보다

  (1)「-은가/나 보다」可以用於對不參與對話的第三者的推測，而「-겠-」則否。

  예문 연정 씨가 자꾸 화장실에 가는 걸 보니까 배가 (아픈가 봐요/*아프겠어요). 看妍靜常跑廁所，可能是肚子不舒服。

  예문 (피자를 맛있게 먹는 사람에게) （對津津有味吃著披薩的人）

  가 : (맛있나 봐요/*맛있겠어요). 好像很好吃的樣子。

  예문 (피자 상자를 열고 나서) （打開披薩盒子後）

  가 : (맛있겠다/*맛있나 봐). 這會很好吃。

  (2) 當推測對話的對方時，用「-은가/나 보다」表示對方的模樣或行為；「-겠-」則常用於眼見的狀態，或以對話對象的發言為根據時。

(3) 「–은가/나 보다」可以用於猜測某現象的理由；而「–겠–」則否。

예문 비가 와서 차가 막히나 봐요. → 비를 보면서 다른 사람이 늦는 이유를 추측함.

下雨了，會塞車吧。→ 看著下雨，猜測他人晚到的理由。

막히겠어요. → 비를 보면서 집에 돌아갈 일을 걱정함.

會塞車 → 看著下雨，擔心回家的事。

(4) 「–겠–」有對方要共享感情的意圖；而「–은가/나 보다」則無法。

예문 가 : 어제 긴팔 옷을 입고 와서 정말 더웠어요. 昨天穿長袖，真的很熱。

나 : 어머, 진짜 (*더웠나 봐요/더웠겠네요). 哎呀，真的會很熱。

- –을 것이다 2

(1) 「–을 것이다」是話者非常確信的推測表達，因此要讓對方安心時，用「–을 것이다」比「–겠–」更適合。

예문 가 : 시험 점수가 나쁘면 어떡하지요? 考試成績不好怎麼辦？

나 : 걱정하지 마세요. 점수가 (좋을 거예요/*좋겠어요).

別擔心，你會考得好的。

- –은/는/을 것 같다

(1) 「–은/는/을 것 같다」為表示話者主觀的想法，不能和「–겠–」替換使用。

예문 제 생각에 한국 사람은 모두 김치를 (좋아하는 것 같아요/*좋아하겠어요).

我認為韓國人都喜歡泡菜。

(2) 應答對話中的「–겠–」為話者立於對方感情或立場所作的推測，因此置焦點於對方；而「–는 것 같다」則置焦於話者的想法。

예문 가 : 어제 남자 친구랑 헤어졌어요. 昨天和男朋友分手了。

나 : 저런, (??힘들 것 같아요/힘들겠어요). → 상대방의 기분에 초점이 있음.

那你心情很不好吧。→ 焦點在對方的心情。

예문 가 : 숙제를 안 가지고 왔는데, 선생님께 내일 내도 될까요?

我沒帶作業來，明天交給老師可以嗎？

나 : 네, 제 생각에는 내일 내도 (될 것 같아요/??되겠어요).

恩，我覺得明天交也可以。

→ 자신의 생각에 초점이 있음.

→ 焦點在自己的想法。

4 其他用法

① 可能性與能力推測

表示推測現在狀況下有怎樣的可能性與能力。

- 이렇게 맛있는 밥이라면 두 그릇도 더 먹겠다.
  如果是這麼好吃的飯，應該要再吃兩碗。
- 가 : 누나, 이 문제 좀 가르쳐 줘. 姊姊，這題教我一下。
  나 : 넌 어떻게 중학생인데 이것도 모르니? 이건 초등학생도 풀겠다.
  你國中生還不知道這個？這個小學生都會。

② 慣用用法

「-겠-」在部分招呼語、「알다/모르다」、強調表達中，以慣用的形式使用。此時「-겠-」和委婉性有深切的關係，亦即「-겠-」有避免武斷的感覺。

- 처음 뵙겠습니다. 初次見面。／幸會。
- 앞으로 잘 부탁드리겠습니다. 往後請多指教。
- 네, 알겠습니다. 好，我知道。
- 죄송하지만 잘 모르겠어요. 抱歉，我不太清楚。
- 머리가 아파서 미치겠어요. 頭痛到要瘋了。
- 힘들어 죽겠어요. 辛苦極了。／累壞了。

> **Tip** 「알다」、「모르다」如果不和「-겠-」一起使用，會有很沒禮貌的感覺，要多注意。
> - 가 : 수지 씨, 이 일을 금요일까지 해 주세요.
>   秀智，這件事請在星期五前做好。
> - 나 : 네, (^{??}압니다/알겠습니다). 好，我知道。

各種慣用表達中的「-겠-」

- **-(으)시겠어요?**

  意思 用於委婉詢問聽者的意圖時。

  예문 손님, 주문하시겠어요? 客人，要點餐了嗎？

- **-아／어 주시겠어요?**

  意思 表示委婉請求。

  예문 창문 좀 열어 주시겠어요? 可以幫忙開一下窗戶嗎？

- **-(으)면 좋겠다**

  意思 表示話者的希望。

  예문 내일은 비가 안 왔으면 좋겠어요. 要是明天不下雨就好了。

- **-겠거니 하고**

  意思 表示話者單方面的推測，接著採取行動。

  예문 오늘은 수업이 없겠거니 하고 교과서를 집에 놓고 왔어요.
  心想今天會沒有課，就把課本放在家裡出來了。

- **-을지 모르겠다**

  意思 話者對某事的可能性擔心地談論。

  예문 저는 민수가 좋아요. 민수도 저를 좋아할지 모르겠어요.
  我喜歡敏秀，不知道敏秀喜不喜歡我。

- **-아／어야겠다**

  意思 話者表示有必要做某事。

  예문 앞으로 더 열심히 살아야겠어요. 未來會更努力生活。

- **-고 말겠다**

  意思 表示話者的強烈意志。

  예문 올해에는 꼭 금연에 성공하고 말겠어요! 今年一定要戒菸成功。

- **-는 게 좋겠다**

  意思 表示委婉建議某事。

  예문 그 문제는 다시 생각해 보는 게 좋겠어요. 那個問題最好能再想想。

- **-지 않겠습니까?, 왜 -지 않겠습니까?, 설마 -는 건 아니겠지요?, -은들 -겠습니까?, -(으)면 얼마나 -겠어요?**

意思 使用反問疑問句以更強調其意義。

例文 부모님들이 반대하지 않으시겠습니까? → '매우 반대할 것임'
父母不反對嗎？→ 會非常反對

저라고 왜 취직하고 싶지 않겠습니까? → '매우 취직하고 싶음'
我怎麼會不想就業？→ 非常想就業

설마 귀신을 믿는 건 아니겠지요? → '귀신을 믿는 일은 말도 안 된다고 생각함'
該不會是相信鬼吧？→ 認為相信鬼很不像話

엄마 말도 안 듣는데 제가 말한들 듣겠어요? → '내 말도 당연히 안 들을 것임'
媽媽說的話也不聽，我說的會聽嗎？→ 我的說話當然也不會聽

에이, 애가 먹으면 얼마나 먹겠어요? → '많이 먹지 않을 것이라고 확신함'
欸，孩子吃的又能吃多少？→ 確信不會吃很多

- 더 -

形態訊息

· 用言的語幹後加「-더-」。「-더-」後加語尾。

Tip 用於終結形和用於連結形的情形如下。
　① 終結形：-더라, -더구나, -더군, -더냐, -던가, -던가요, -던데(요) 等
　② 連結形：-던데, -더니, -더라도, -았/었더라면, -았/었던들 等

1 過去回憶

以過去直接經歷而得知或感受的事為依據回憶並談論。

· 가 : 여행은 잘 다녀왔어요? 거기 날씨는 어땠어요?
旅行順利嗎？那裡天氣如何？
나 : 날씨가 선선하더라. 그래서 더 좋았어. 天氣涼爽，所以更好。

· 가 : 어제 신촌에 갔는데 거리에서 사람들이 물놀이를 하더구나.
昨天去了新村，大家在那裡的街道戲水。
나 : 정말요? 상상이 안 돼요. 真的？無法想像。

- 가 : 이 사람 한번 만나 보는 게 어때요? 좋은 사람 같던데요.

  見見這個人怎麼樣？應該是不錯的人。

  나 : 그래요? 한번 만나 볼까요? 是嗎？那要不要見個面？
- 가 : 우리 이번 모임 장소는 어디로 정할까요? 我們這次聚會地點要在哪裡呢？

  나 : 이번에 학교 앞에 새로 생긴 밥집은 어때요? 지난 주말에 갔는데 맛있고 깔
  끔하더라고요. 這次在學校前面新開的餐廳怎麼樣？上週去過，好吃又乾淨。

文法訊息

- **主語訊息**：談論親自經歷而得知的事實時，使用第一人稱主語不自然。不過，
  「기쁘다」、「슬프다」等心理形容詞為敘述語時，或是自己客觀說話時，則可
  以使用第一人稱主語。

  예문 *내가 점심으로 김밥을 먹더라. 我中午吃紫菜飯捲。

  나는 동생이 그 대학에 합격했을 때 세상을 다 얻은 것 같이 기쁘더라.

  我在妹妹考上大學時，像得到全世界一樣開心。

  내가 꿈속에서 날아다니더라. 我在夢裡飛來飛去。

- **先語末語尾訊息**：接於「–(으)시–」、「–었–」、「–겠–」後依「–시–＋–었–
  ＋–겠–＋–더–」的順序使用。

  예문 민수가 어렸을 때 찍은 사진을 보니까 진짜 귀여웠더라.

  看敏秀小時候的照片，真的很可愛。

  아까 외출했을 때 봤는데 곧 비가 오겠더라.

  剛剛出去時看了，好像馬上就要下雨。

  여행 잘 다녀오셨어요? 사진 보니까 정말 재미있으시었겠더라고요.

  旅行順利嗎？看照片好像真的很有趣。

- **終結語尾訊息**：主要和特定的語尾結合，以「–더라」、「–더라고(요)」、
  「–던데(요)」、「–던가요」等形態使用。不和「–습니다」、「–습니까」、
  「–어요」等語尾結合，也不和「–자」、「–읍시다」等建議形語尾、「–어
  라」、「–으세요」、「–으십시오」等命令形語尾結合。

  예문 어제 반 모임에 친구들이 많이 왔더라고요. → 평서문

  昨天班級聚會朋友來了很多。→ 陳述句

  어제 반 모임에 친구들이 많이 왔던가요? → 의문문

  昨天班級聚會朋友來很多嗎？→ 疑問句

談話訊息

- 主要用於口語中。
- 主要用於非正式場合。
- 即使是非正式場合，話者和聽者關係親近時可使用。

- 在正式場合或話者和聽者關係不親近時，主要省略「–더–」，或將「–더–」替換成「–었–」使用。

  예문 (비격식적 : 친구에게 말할 때) 애들아, 이번 뒤풀이는 요 앞에 생긴 밥집에서 하는 게 어때? 지난주에 가 봤는데 아주 맛있더라고.

  （非正式：對朋友說時）孩子們，這次慶功宴在前面新開的餐廳怎麼樣？上週去過，很好吃。

  (격식적 : 회사에서 회의하는 중에) 부장님, 이번 회식은 요 앞에 새로 생긴 밥집에서 하는 게 어떻습니까? 지난주에 가 봤는데 아주 맛있었습니다.

  （正式：公司開會中）部長，這次聚餐在前面新開的餐廳如何？上週去過，很好吃。

- 「–더–」用於分享個人「經驗」時，積極表露話者對某狀況的「認知」、「評價」，因此在正式場合或話者和聽者關係不親近時，可能會不自然。

  예문 (비격식적 : 친구에게 말할 때) 신용카드보다 현금을 쓰는 게 경제적이더라고. （非正式：對朋友說時）比起信用卡，用現金更經濟。

  (격식적 : 방송에서 경제 전문가가 시청자에게) 보통 신용카드보다 현금을 쓰는 게 경제적입니다. （正式：廣播中，經濟專家對聽眾）一般而言，比起信用卡，使用現金更具經濟性。

- 用於話者想以消極態度迴避說話責任時。使用「–더–」以談論自己的意見。因係用於以自己親自的經歷為根據說話，所以用於想要告知自己所說的並非普遍訊息時。

  예문 가 : 이 영화 봤어? 어때? 這部電影看了嗎？怎麼樣？

  나 : 글쎄요. 별점은 별로인데 저는 재미있더라고요.

  嗯，評分不怎麼樣，但我覺得有趣。

- 因表避免武斷談話，因此可以用於要對聽者表示謙恭時。

  예문 아주머니, 아까 복도가 좀 더럽더라고요. 거기 좀 닦아 주실 수 있으세요?

  阿姨，剛剛走廊有點髒，可以幫忙清理一下嗎？

- 可以用於客觀說明自己的事情。

  예문 나는 집에 밥이 있는데도 우리 동네에 있는 밥집에 자주 가게 되더라. 거기 정말 맛있어. 我即使家裡有飯，也常去附近的餐廳，那裡真的很好吃。

- (으) 시 -

形態訊息

	形態
尾音 ○	-으시-
尾音 ×	-시-

- 用言的語幹後加「-(으)시-」。

1 尊待

對主語或主語的部分表示尊待。

- 아버지는 아침마다 신문을 읽으신다. 爸爸每天早上看報紙。
- 선생님께서 출석을 부르셨다. 老師點名了。
- 할머니께서 핸드폰 번호를 물어보셨다. 奶奶問手機號碼。
- 아드님이 굉장히 똑똑하시네요. 令公子很聰明呢。
- 가 : 몸은 좀 괜찮니? 身體還好嗎？

  나 : 네, 엄마가 끓여주신 차를 마시고 좋아졌어요.

  嗯，喝了媽媽煮的茶後好多了。
- 가 : 할아버지, 안경이 부러지신 것 같아요. 爺爺，眼鏡好像斷了。

  나 : 괜찮아. 그래도 아직 쓸 만하단다. 沒關係，還可以用。

文法訊息

- 主語訊息：主語主要為尊待的對象。

  예문 아버지가 돈이 (있으시니?/ *계시니?) 爸爸有錢嗎？

  김 선생님, 내일 나올 수 (있으세요?/ *계세요?) 金老師，明天可以來嗎？

- 前用言訊息：和動詞、形容詞、「이다」的語幹結合，不過「자다、먹다、마시다、있다」則直接使用有尊待意義的單字：「주무시다、드시다、계시다」。「있다」若是對主體相關事物或對象須要尊待時，不是使用「계시다」，而是用「있으시다」。

  예문 오늘은 일찍 주무세요. (자다 → 주무시다) 今天請早就寢。

  천천히 드세요.(먹다 → 드시다) 請慢慢用。

안녕히 계세요.(있다 → 계시다) 再見。

아버지가 돈이 (있으시니?/ *계시니?) 爸爸有錢嗎？

- 先語末語尾訊息：接於「–었–」、「–겠–」、「–더–」前依「–（으）시–＋–었–＋–겠–＋–더–」的順序使用。

  예문 이 시간이면 할아버지께서도 도착하시었겠어요.

  這個時間爺爺應該也到了。

  선생님께서 그렇게 말씀을 하시었더라고요. 老師那麼說。

Tip 「–시–」不同於其他先語末語尾，可以用於補助連結語尾「–아」、「–게」、「–지」、「–고」前。

- 김 선생님은 아직 출근하시지 않았다. 金先生還沒上班。

搭配訊息

- 因為主體是要尊待的對象，所以常和助詞「께서」搭配使用。

談話訊息

- 在以顧客為對象的服務業中，有某些從業人員有過度對顧客的相關對象加「–시–」的現象。

  예문 가 : 얼마예요? 多少錢？

  나 : 네, 고객님 50만 원이십니다. → 고객이 내야 할 돈 50만 원에 '–시–'를 붙임.

  顧客，50萬元。→ 在顧客要付的50萬元加「–시–」。

  예문 가 : 저 실례지만 약속이 몇 시세요? → 고객의 약속 시간에 '–시–'를 붙임.

  抱歉，約定是幾點？→ 在顧客的約定時間加「–시–」。

  나 : 5시라서 지금 바로 가봐야 해요. 다음에 다시 올게요.

  是五點，現在要馬上去，我下次再來。

- 았 / 었 -

先語末
語尾

形態訊息

	形態
ㅏ, ㅗ	-았-
ㅏ, ㅗ 以外	-었-
하다	-였-(하였-/했-)

- 用言的語幹後加「–았/었–」。

1 過去

表示某事件或狀況在過去發生。

- 태훈이는 주말에 강희를 만났다. 泰勳周末見了姜熙。
- 내가 어릴 때 어머니는 학교 선생님이셨다. 我小時候媽媽是學校老師。
- 오랜만에 친구를 만나니까 참 기분이 좋았어요.
  久別之後見到朋友，心情真好。
- 가 : 밥 먹으러 갈래? 要去吃飯嗎？
  나 : 나는 이미 먹었는데. 我已經吃了。

文法訊息

- 先語末語尾訊息：接在「–(으)시–」之後，「–겠–」、「–더–」之前，依
  「–(으)시–＋–었–＋–겠–＋–더–」的順序使用。
  예문 선생님께서 많이 힘드셨겠더라고요. 我想老師會很累。

- 終結語尾訊息：不和「–자」、「–읍시다」等建議形語尾、「–어라」、「–으세
  요」、「–으십시오」等命令形語尾結合。
  예문 *시간이 없으니까 빨리 갔(읍시다/으세요). 沒時間，快點去。

2 完成（持續）

表示在說話時間點已經完成的結果持續到現在，並產生影響。

- 그 분과는 오랫동안 가깝게 지내 왔습니다. 我和他長久以來走得很近。
- 꽃이 예쁘게 피었네. 花開得很美。

- 그 사람에 대해서는 예전부터 알았다. 以前就知道那個人。
- 가 : 오늘은 웬일로 정장을 입었어? 今天為什麼穿正式服裝？

  나 : 오늘 중요한 회의가 있어서 입었어. 因為今天有重要的會議，所以穿了。

文法訊息

- 先語末語尾訊息：接在「－（으）시－」之後、「－겠－」之前，依「－（으）시－＋－었－」的順序使用。

  예문 선생님께서 양복을 입으셨군요. 老師穿了西裝啊。

- 終結語尾訊息：不和「－자」、「－읍시다」等建議形語尾、「－어라」、「－으세요」、「－으십시오」等命令形語尾結合。

  예문 *그 분과는 오랫동안 가깝게 지내 왔(읍시다/으세요).

  和那位長久以來很親近。

Tip 「－고 있다」、「－어 있다」也能表示「完成」之意。

- 민수는 안경을 끼고 회색 바지를 입고 있다.

  敏秀戴著眼鏡、穿著灰色褲子。
- 친구들은 벌써 식당에 도착해 있어. 朋友們已經到了餐廳。

3 斷定未來的事

表示斷言未來將要發生的事。

- 내일까지 끝내려면 오늘 잠은 다 잤네.

  明天要結束的話，今天的覺都睡完了。／沒得睡了。
- 비가 오는 것을 보니 오늘 운동회는 다 했다.

  看下雨的樣子，今天的運動會都結束了。
- 이 정도 점수 차이라면 이 게임은 우리 팀이 이겼어.

  這樣的分數差異，這遊戲是我們隊贏定了。
- 가 : 지난번보다 시험을 훨씬 못 봤어. 這次考得比上次差很多。

  나 : 너 이제 엄마한테 죽었다. 你要挨媽媽罵了。

文法訊息

- 先語末語尾訊息：接在「－（으）시－」之後，依「－（으）시－＋－었－」的順序使用。

  예문 자네는 인제 마누라한테 혼나셨네. 你現在也被老婆罵了啊。

- 終結語尾訊息：不和「－자」、「－읍시다」等建議形語尾、「－어라」、「－으세요」、「－으십시오」等命令形語尾結合。

예문 *내일까지 끝내려면 오늘 잠은 다 잤(읍시다/으세요).
明天要結束的話，今天的覺請都睡了。

談話訊息

- 主要用於口語中。
- 主要用於非正式場合。

– 았 / 었었 –

先語末語尾

形態訊息

	形態
ㅏ, ㅗ	-았었-
ㅏ, ㅗ 以外	-었었-
하다	-였었-(하였었-/했었-)

- 用言的語幹後加「–았/었었–」。「–았/었었–」後方加語尾。

1 完成（中斷）

表示過去曾有某狀況或事件，但已結束，不連續到現在。

- 예전에는 저 식당에서 자주 밥을 먹었었다. 以前常在那家餐廳吃飯。
- 지민이가 어릴 때 참 예뻤었는데. 智敏小時候真的很漂亮。
- 저도 예전에 서울에 살았었어요. 我以前也住在首爾。
- 가：이 식당이 오늘은 한가하네? 這間餐廳今天很空呢？
  나：그러게. 처음 문을 열었을 때는 사람이 많았었는데 말이야.
  是啊，剛開張時人很多呢。

文法訊息

- 先語末語尾訊息：接在「–(으)시–」之後、「–겠–」、「–더–」之前，依「–(으)시–＋–었–＋–겠–＋–더–」的順序使用。
  예문 그때는 선생님께서 많이 힘드셨었겠더라고요. 지금이야 다 회복되셨지만요.
  那時候老師很虛弱，現在都恢復了。

- 終結語尾訊息：後不接「–자」、「–읍시다」等建議形語尾或「–어라」、「–으세요」、「–으십시오」等命令形語尾。

  예문 *예전에는 저 식당에서 자주 밥을 먹었었(읍시다/으세요).

  以前常在那家餐廳吃飯。

談話訊息

- 主要用於口語中。

- 因為表示過去的狀況不再持續到現在，因此用「–었었–」以表示話者的可惜、感慨等感情。

  예문 어렸을 때에는 저 식당이 정말 맛있었었는데. → 지금은 음식 맛이 별로네.

  小時候那家餐廳真的很好吃。→ 現在不怎麼樣。

相關表達

- –았/었–

  (1) 「–었–」表示某事件、狀況過去單純存在，或在過去完成其狀態持續到現在。相較之下，「–었었–」表示過去完成的狀況、事件和現在不同或已斷絕。

  예문 대기업에 취직했다. → 과거에 대기업에 취직하였음. 현재에도 다니고 있을 가능성이 큼.

  就職於大企業。→ 過去在大企業就業，現在很可能還在上班。

  대기업에 취직했었다. → 과거에 대기업에 취직하였으나 현재에는 그 회사에 다니고 있지 않음.

  曾在大企業就業。→ 過去就職於大企業，但現在不在該公司上班。

  서준아, 친구한테 전화 왔다. → 친구에게 전화가 와서 끊지 않고 기다리고 있음.

  敘俊，你朋友打電話來。→ 朋友電話沒有掛，在等待。

  서준아, 친구한테 전화 왔었다. → 친구에게 전화가 왔었으나 서준이가 없어서 전화를 이미 끊었음.

  敘俊，你朋友打電話來過。→ 朋友打過電話，敘俊不在而掛了電話。

2 強調過去狀況

用於強調過去的狀況或事件。

- 우리 그때 수진이 만났었잖아. 我們那時候見了秀珍嘛。

- 내가 이 이야기를 너한테 전에 했었나? 我跟你說過這段話嗎？

- 작년 여름 방학에는 부모님과 미국 여행을 갔었는데 정말 좋은 추억이 되었습니다. 去年暑假和父母去美國旅行，真是很好的回憶。

- 가 : 저 식당 맛있어 보이는데, 우리 저기에서 점심 먹을까?

  那家餐廳看起來很好吃,我們要不要去那吃中餐?

- 나 : 우리 저번에 저기에서 먹었었잖아. 기억이 안 나?

  我們上次在那裡吃了啊,不記得嗎?

文法訊息

- 先語末語尾訊息：接在「-(으)시-」之後，依「-(으)시-+-었었-」的順序使用。

  예문 어머니, 지난주에 할머님을 뵈셨었지요? 媽媽,上周見了奶奶吧?

- 終結語尾訊息：後不接「-자」、「-읍시다」等建議形語尾或「-어라」、「-으세요」、「-으십시오」等命令形語尾。

  예문 *우리 저번에 저기에서 먹었었(읍시다/으세요). 我們上次在那裡吃。

7

冠形詞形語尾

7 冠形詞型語尾

❀ 結構 ❀

標題項目訊息

▶ **標題項目依下列原則標示。**

以語幹末有尾音之用言結合形態為代表形：-을

冠形詞形語尾易讀易解

▶ **文法用語使用**

- 冠形詞形語尾不同於其他領域，本章為表示語意也使用「冠形形過去」等有別於傳統的文法用語。

▶ **提示前用言訊息**

- 冠形詞形語尾因為與其結合的前用言有些使用限制，所以本章提供前用言的意義、形態、詞性等相關訊息。

▶ **提示時制先語末語尾訊息**

- 冠形詞形語尾依某些狀況，在和時制先語末語尾結合時有些限制，因此本章提供相關訊息。

▶ **提示後接要素訊息**

- 冠形詞形語尾不同於其他領域，其後有體言和表達存在，因此本章提供後接要素的意義、形態等訊息。

▶ **提示類似慣用表達間的差異訊息**

- 冠形詞形語尾是學習者經常犯錯的文法項目，因此本章亦詳細提供類似慣用表達的差異點訊息。

▶ **提示有助於實際使用的其他訊息**

- 冠形詞形語尾依時制而區分形態，但其另有無關乎時制而根據說話時間點或狀況完成與否的用法，因此提供有助於實際使用的內容。

–는

形態訊息

- 用言的語幹後加「–는」。

1 冠形形現在

將前內容轉換為冠形語以表示事件或動作正在發生。

- 저기 서 계시는 분이 제 어머니세요. 那邊站著那位是我媽媽。
- 내가 요새 즐겨 먹는 음식은 한국 음식이다.
  我最近很喜歡吃的食物是韓國料理。
- 저는 연세대학교에 다니는 학생입니다. 我是在讀延世大學的學生。
- 가 : 네 남자 친구는 어떤 사람이야? 你男朋友是怎樣的人?
  나 : 키가 크고 멋있는 사람이야. 個子高又帥的人。

文法訊息

- 前用言訊息：和動詞、「있다」、「없다」結合。
  예문 키가 작은 동생 → 형용사 + '–은'
  個子矮的妹妹 → 形容詞 +「–은」
  내가 먹는 사과 → 동사 + '–는'
  我吃的蘋果 → 動詞 +「–는」

- 後接訊息：因前內容而其後得以具體說明的名詞。

相關要素

- –은

  (1) 將前內容轉換為冠形語，但「–은」接於動詞後表示過去或完成，和形容詞結合則表示現在狀態。

  예문 내가 어제 먹은 과일은 사과였다. 我昨天吃的水果是蘋果。
  내가 지금 먹는 과일은 포도이다. 我現在吃的水果是葡萄。

- –을

  (1) 將前內容轉換為冠形語，但「–을」有未來、推測、預定、可能性等意義或

沒有時制之意而修飾特定依存名詞。

예문 내가 지금 먹는 과일은 포도이다. 我現在吃的水果是葡萄。
내가 내일 먹을 과일은 수박이다. 我明天要吃的水果是西瓜。

參考

- 即使是過去的事情，也會使用冠形形現在形「-는」。這並非以說話時間點，而是以事件發生的時間點為基準。

  예문 버스에서 친구가 걸어가는 모습을 봤어요. 在公車上看到朋友在走路。

– 던

形態訊息

· 用言的語幹後加「-던」。

---

1 冠形形過去回憶

回憶過去狀況談論。

- 언니는 비가 많이 오던 날에 결혼했다. 姊姊在下大雨的日子結婚。
- 고등학교 졸업 여행을 가던 날에 배탈이 났었다.
  去高中畢業旅行的那天拉肚子。
- 입사해서 임원들 앞에서 처음으로 발표하던 날에 정말 긴장했었지.
  進公司在員工前面初次發表的那天真的很緊張。
- 내가 취직했을 때 가족들과 같이 불고기를 먹던 때가 아련하게 생각난다.
  依稀記得我找到工作和家人一起吃烤肉的那天。

文法訊息

- 先語末語尾訊息：接於「-(으)시-」、「-었-」之後，依「-(으)시-＋-었-＋-던-」的順序使用。

  예문 어렸을 때 엄마가 해 주셨던 감자 튀김이 생각난다.
  想起小時候媽媽做的炸薯條。

- 後接要素訊息：主要接「일」、「날」、「때」、「것」、「시간」、「해」、

「시절」等能綜觀整體事件的時間名詞。

相關表達

* -은

(1) 「-은」：用於結果狀態持續，或指結束的狀況。

> **예문** 흰 셔츠에 청바지를 입은 여자가 좋다. → 결과 상태의 지속
>
> 我喜歡穿著白T恤配牛仔褲的女生。→ 結果狀態的持續
>
> 흰 셔츠에 청바지를 입던 여자가 좋다. → 과거의 습관
>
> 我喜歡習慣穿白T恤配牛仔褲的女生。→ 過去的習慣
>
> 아침에 문을 두드린 사람이 다시 찾아왔어요. → 끝난 상황
>
> 早上敲門的人又來了。→ 結束的狀況
>
> 아침에 문을 두드리던 사람이 다시 찾아왔어요. → 과거에 지속되었던 상황
>
> 早上常來敲門的人又來了。→ 過去持續的狀況

2 中斷

表示狀況持續到過去某時間點後中斷。

* 사이가 좋던 친구와 자주 싸우게 되어서 요즘 기분이 별로다.
  和過去關係很要好的朋友最近常吵架，心情不太好。
* 동생은 내가 먹던 아이스크림을 빼앗아 가서 먹었다.
  妹妹把我在吃的冰淇淋搶去吃掉。
* 중학생이 될 때까지 배우던 피아노를 그만두었다.
  上了國中把在學中的鋼琴停下不學了。
* 다리를 건너던 사람들이 다시 돌아왔다. 過橋的人們再走回來。
* 거리를 걷던 사람들이 갑자기 뛰기 시작했다.
  走在路上的人們突然開始跑起來。

文法訊息

* 先語末語尾訊息：接於「-(으)시-」、「-었-」之後，依「-(으)시-＋-었-＋-던-」的順序使用。不過若是和「다리를 건너다」等之類有終點的狀況結合時，意義會不一樣。

> **예문** 엄마는 사이가 좋으셨던 사람과 멀어졌다. ＝엄마는 사이가 좋으시던 사람과 멀어졌다.
>
> 媽媽和過去很要好的人疏遠了。＝媽媽和曾經很要好的人疏遠了。
>
> 다리를 건너던 사람들이 다시 돌아왔다. → 건너는 도중에 돌아옴.
>
> 過橋的人們再走回來。→ 在走的途中返回。

다리를 건넜던 사람들이 다시 돌아왔다. → 다리를 끝까지 건넌 후에 돌아옴.

已經過橋的人們再次回來。→ 走到底後返回。

- 後接要素訊息：根據前內容，後內容得以具體說明的名詞。

3 持續

強調過去反覆、習慣的狀況持續。

- 고등학교 때 자주 가던 떡볶이집에 다시 가 봤다.
  再次去高中時常去的辣炒年糕店。
- 어렸을 때 키우던 강아지가 자꾸 생각난다. 經常想起小時候養的小狗。
- 눈이 참 예쁘던 친구가 생각난다. 想起眼睛很漂亮的朋友。
- 새 아파트로 이사 가기 전에 자주 들르던 국밥집을 지나가니 감회가 새롭다.
  路過搬到新公寓前常去的湯飯店，我有新的感觸。

文法訊息

- 先語末語尾訊息：接於「–（으）시–」、「–었–」之後，依「–（으）시–＋–었–＋–던–」的順序使用。

  예문 이 강아지는 어머니가 전에 키우셨던 강아지와 닮았다.

  這隻小狗和媽媽以前養過的小狗很像。

- 後接要素訊息：根據前內容，後內容得以具體說明的名詞。

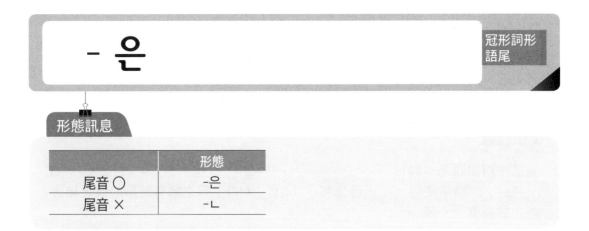

– 은

冠形詞形語尾

形態訊息

	形態
尾音 ○	-은
尾音 ×	-ㄴ

1 冠形形過去

將前內容轉換為冠形語以表示動作在過去完成。

- 지난여름 휴가에 간 곳은 부산 해운대였다. *之前暑假去的地方是釜山海雲台。*
- 그날은 모기 때문에 잠을 설친 날이었어요.
  那天因為蚊子的關係，睡眠不足。
- 조금 전에 저에게 전화 거신 분이 누구신지요? *剛剛打電話給我的是哪位？*
- 가 : 어제 본 영화는 어땠니? *昨天看的電影怎麼樣？*
  나 : 여태껏 본 영화 중에 제일 재미있었어. *那是至今看的電影中最有趣的！*

文法訊息

- 前用言訊息：和動詞結合。
  예문 어렸을 때부터 예뻤던 현정이 → 형용사 + '-었던'
  　　　從小就漂亮的賢靜 → 形容詞+「–었던」
  　　　어제 내가 먹은 사과 → 동사 + '-은'
  　　　昨天我吃的蘋果 → 動詞+「–은」
- 後接詞訊息：根據前內容，後方內容得以具體說明的名詞。

2 冠形形完成

將前內容轉換為冠形語以表示動作完成，而其狀態持續。

- 높은 구두를 신은 여자가 또각또각 소리를 내며 걸어갔다.
  穿著高跟鞋的女子發出叩叩的聲音走過去。
- 민준이는 상한 음식을 먹고 배탈이 났다. 敏俊吃壞掉的食物後拉肚子。
- 사고 현장에서는 처참하게 부서진 자동차가 놓여 있습니다.
  車禍現場擺著嚴重碎裂的汽車。
- 가 : 이 식당 어때? 這家餐廳怎麼樣？
  나 : 최악이야. 식은 음식이 나오더라고. 很糟糕，給冷掉的食物。

文法訊息

- 前用言訊息：主要和穿著動詞以及「상하다」、「부서지다」、「떨어지다」等表示一次性動作、可以全部表示該動作結果狀態的動詞結合。
- 後接詞訊息：因前內容而其內容意義得以具體說明的名詞。

3 冠形形現在狀態

將前內容轉換為冠形語以表示現在狀態。

- 저기 있는 키 작은 사람이 내 동생이야. 那裡那位個子小的人是我妹妹。

- 밤하늘에 예쁜 별들이 반짝인다. 夜晚的天空中漂亮的星星閃爍著。
- 한국 음식 중에는 외국인이 먹기에 매운 음식이 많아요.
  韓國料理中，外國人吃起來辣的料理很多。
- 가 : 너는 이상형이 어떤 사람이야? 你的理想型是怎樣的人？
  나 : 나는 착한 사람을 좋아해. 我喜歡善良的人。

文法訊息

- 前用言訊息：和形容詞結合。

  `예문` 키가 작은 동생 → 형용사 + '-은'

  個子小的妹妹 → 形容詞+「-은」

  내가 먹는 사과 → 동사 + '-는'

  我吃的蘋果 → 動詞+「-는」

- 後接詞訊息：因前內容而其後意義得以具體說明的名詞。

相關表達

- –는

  (1) 將前內容轉換為冠形語，但「-는」和動詞、「있다」、「없다」結合表示現在。

  `예문` 내가 어제 먹은 과일은 사과였다. 我昨天吃的水果是蘋果。

  내가 지금 먹는 과일은 포도이다. 我現在吃的水果是葡萄。

- –을

  (1) 將前內容轉換為冠形語，但「-을」有未來、推測、預定、可能性等意義或沒有時制之意而修飾特定依存名詞。

  `예문` 내가 지금 먹는 과일은 포도이다. 我現在吃的水果是葡萄。

  내가 내일 먹을 과일은 수박이다. 我明天要吃的水果是西瓜。

– 을

形態訊息

	形態
尾音 ○	-을
尾音 ×	-ㄹ

1 冠形形未來

將前內容轉換為冠形語，表示事件或動作未來會出現，或用於表示推測、預定、可能性。

- 장마철에는 비가 올 때를 대비해 우산을 가지고 다니는 게 좋다.
  為預防梅雨季下雨，帶著雨傘比較好。
- 내일 있을 소개팅에 어떤 사람이 나올지 너무 기대돼요!
  明天的相親不知道會來什麼樣的人，真期待。
- 다음 학기에 개설될 강의는 한국어교육론이다.
  下學期要開設的課程是韓語教育論。
- 가 : 여보, 지금 뭐 하고 있어요? 親愛的，現在在幹嘛？
  나 : 저녁에 먹을 음식을 만드는 중이에요. 在做晚餐要吃的菜。

文法訊息

- 時制訊息：表示推測時可和表示過去時制的「-었-」結合。
  예문 그동안 마음고생 많았을 수험생들을 격려해 줍시다.
  請鼓勵一下這段時間勞心的考生們。
- 後接詞訊息：因前內容而其後內容得以具體說明的名詞。

2 冠形形時制中立

沒有特定時制意義而將前內容轉換為冠形語。

- 가수가 되는 것은 어릴 적부터 꿈이었어요. 當歌手是自小的夢想。
- 비가 올 때 우산이 없는 것만큼 난감한 것이 없다.

沒有像下雨時沒雨傘一樣難堪的事了。

- 저는 해외여행을 할 때면 그 나라의 음식을 꼭 먹어 본답니다.
  我去國外旅行時，一定會吃那個國家的料理。

- 김 대리는 과로로 쓰러질 정도로 열심히 일했어요.
  金代理認真工作到會過勞暈倒的程度。

文法訊息

- 後接詞訊息：主要接「적」、「때」、「만큼」、「정도」等特定依存名詞。

  예문 가수가 되는 게 (어릴/*어린) 적부터 꿈이었어요. 當歌手是從小的夢想。
  　　 가수가 되는 게 (어린/*어릴) 시절부터 꿈이었어요.
  　　 當歌手是從小的夢想。

相關表達

- –은

  (1) 將前內容轉換為冠形語，「–은」和動詞結合時表示過去或完成，和形容詞結合則表示現在狀態。

  예문 내가 어제 먹은 과일은 사과였다. 我昨天吃的水果是蘋果。
  　　 내가 내일 먹을 과일은 수박이다. 我明天要吃的水果是西瓜。

- –는

  (1) 將前內容轉換為冠形語，「–는」接於動詞、「있다」、「없다」之後以表現在。

  예문 내가 지금 먹는 과일은 포도이다. 我現在吃的水果是葡萄。
  　　 내가 내일 먹을 과일은 수박이다. 我明天要吃的水果是西瓜。

索引

台灣廣廈 國際出版集團
Taiwan Mansion International Group

國家圖書館出版品預行編目（CIP）資料

韓語文法精準剖析/姜炫和, 李炫妍, 南信惠, 張彩璘, 洪妍定, 金江姬著.
-- 新北市：國際學村出版社, 2021.05
　面；　公分.
ISBN 978-986-454-153-9(平裝)
1.韓語 2.語法

803.26　　　　　　　　　　　　　　　　110002768

 國際學村

韓語文法精準剖析

賀！榮獲 **KPIPA** 贊助出版 ★★★

This book is published with the support of Publication Industry Promotion Agency of Korea(KPIPA).

作　　者／姜炫和・李炫妍・南信惠・張彩璘・洪妍定・金江姬	編輯中心編輯長／伍峻宏
	編輯／邱麗儒
審　　定／楊人從	封面設計／林珈仔・內頁排版／菩薩蠻數位文化有限公司
譯　　者／陳靖婷	製版・印刷・裝訂／東豪・弼聖・紘億・秉成

行企研發中心總監／陳冠蒨　　媒體公關組／陳柔沇
　　　　　　　　　　　　　　　綜合業務組／何欣穎

發　行　人／江媛珍
法律顧問／第一國際法律事務所 余淑杏律師・北辰著作權事務所 蕭雄淋律師
出　　版／國際學村
發　　行／台灣廣廈有聲圖書有限公司
　　　　　地址：新北市235中和區中山路二段359巷7號2樓
　　　　　電話：（886）2-2225-5777・傳真：（886）2-2225-8052

代理印務・全球總經銷／知遠文化事業有限公司
　　　　　地址：新北市222深坑區北深路三段155巷25號5樓
　　　　　電話：（886）2-2664-8800・傳真：（886）2-2664-8801
　　　　　網址：www.booknews.com.tw（博訊書網）
郵政劃撥／劃撥帳號：18836722
　　　　　劃撥戶名：知遠文化事業有限公司（※單次購書金額未達1000元，請另付70元郵資。）

■出版日期：2021年5月
ISBN：978-986-454-153-9

版權所有，未經同意不得重製、轉載、翻印。

한국어 교육 문법 자료편
Copyrighte© 2016 by Kang, Hyoun Hwa & Lee, Hyun Jung & Nam, Sin-Hye &
Jang, Chae Rin & Hong, Yonjong & Kim, Kang-hee
All rights reserved.
Original Korean edition published by HangeulPark (Language Plus)
Traditional Chinese Translation Copyright © 2021 by Taiwan Mansion Publishing Co., Ltd.
This Traditional Chinese edition arranged with HangeulPark (Language Plus)
through M.J Agency, in Taipei